폴이란

**Ｐｏｉｓｏｎ 포이즌 1**

초판 1쇄 찍은 날 ｜ 2010년 11월 9일
초판 2쇄 펴낸 날 ｜ 2014년 7월 10일

지은이 ｜ 김이현
펴낸이 ｜ 서경석

편집 ｜ 최고은

펴낸곳 ｜ 도서출판 청어람
등록번호 ｜ 제1081-1-89호
등록일자 ｜ 1999. 5. 31
어람번호 ｜ 제5-0275호

주소 ｜ 경기도 부천시 원미구 심곡2동 163-2 서경B/D 3F (우) 420-822
전화 ｜ 032-656-4452 팩스 ｜ 032-656-4453
http://www.chungeoram.com
E-mail ｜ chungeoram@chungeoram.com

© 김이현, 2010

ISBN 978-89-251-2340-0 04810
ISBN 978-89-251-2339-4 (SET)

# 꽃잎 1

노서출판
청람

# 목차

『결혼합니다』

전통적인 문양이 섬세하게 새겨진 청첩장 하나.

왼쪽 상단에 멋스러운 글씨체로 인쇄된 다섯 글자가 그의 눈에 아로박혀 들었다.

붉은 매화를 연상시키는 꽃망울이 청첩장의 상단과 하단을 우아하게 장식했다. 그 가운데에 가느다란 붉은색 끈이 리본으로 매듭지어져, 선홍빛 매화 꽃망울과 하나가 되어 어우러졌다. 곱게 차려입은 여인네의 한복 자락을 떠올리게 하는 고아한 청첩장 하나가 벌써 몇 날 며칠째 그의 심기를 어지럽혔다.

예전에도 이와 비슷한 일이 있었다.

결혼을 알리는 청첩장이 아닌 약혼을 알리는 초대장에, 그는 몇 날 며칠 위란(危亂)에 휩싸였었다. 지금처럼 사느란 눈빛으로 얇디얇은 종잇조각을 정안하고 또 정안하던 날이 분명 있었다. 그게 불과 몇 달 전이다.

헌데, 이번엔 결혼이란다.

약혼도 아닌 결혼.

'결국 네 선택은 이거였나.'

깔끔하게 갈무리된 데스크 위에 덩그러니 놓여 있는 청첩장 한 장을 냉량하게 바라보던 그는 애써 시선을 거둬들였다. 우아한 몸짓에 회전의자가 소리없이 데스크에서 창 쪽으로 방향을 전환했다. 탁 트인 창 너머로 석양이 붉게 물들어가고 있었다. 회전의자 팔걸이를 거머쥔 손아귀에 우악스러운 힘이 실렸다. 슬며시 눈을 감는 수려한 얼굴에 비분과 노기가 드리워졌다.

사흘 뒤, 그녀가 결혼을 한다.

사흘 뒤, 그녀가 다른 남자의 여자가 된다.

그리고 그 잔인한 현실은 냉철한 이성을 멀어지게 하고 광포한 야성을 낱낱이 일깨웠다. 얼마나 많은 시간이 경과했을까. 어느덧 회색빛 하늘을 물들이던 노을은 소리없이 사라지고 그 자리엔 어둑어둑한 어둠이 짙게 내려앉았다. 미동없이 앉아 있기만 하던 그는 돌연 슈트 상의를 뒤적거려 휴대전화를 찾았다. 조각처럼 미려한 손이 일말의 망설임 없이 단축키를 눌렀다. 몇 번의 신호음이 울린 뒤, 누군가가 전화를 받았다. 귀에 익은 음성이 귓가를 스치는 순간, 그는 천천히 허두를 뗐다. 복잡다단한 표정과 달리 목소리는 조금도 흔들림 없이 평온하고 차분하게 흘러나왔다.

"뒷일은 내가 알아서 할 테니까 너, 이번 일…… 책임지고 진행해."

휴대전화 너머에서 급하게 들이삼키는 숨소리가 커다랗게 들려왔다. 믿을 수 없다는 듯 말을 더듬는 상대방의 이야기는 일언도 듣지 않은 채 그는 냉랭하게 덧붙였다.

"단, 차질없이."

이미 그녀에게 큰 죄를 지었다. 여기서 죄를 하나 더 짓는다고 해서 더 나쁠 것도, 더 잃을 것도 없었다.

"시간은 이틀이야. 이틀 안에, 모든 자료 언론에 돌려."

일방적으로 통화를 마친 그는 긴 한숨을 내쉬었다. 두 사람의 앞날을 축복해 달라는 메시지가 담긴 예스러운 청첩장에 시선이 올곧게 닿았다. 일순, 마지막 남은 양심이라는 이름과 죄책감이라는 미묘한 감정이 뒤섞여 그의 내면을 어지럽혔다.

하지만 거기까지.

양심과 죄책감, 그리고 죄의식 따위는 버린 지 오래였다. 그런 것으로는 그녀를 잡을 수 없다는 것을 그는 너무도 분명하게 알아버렸다.

달아나려 한다면 잡을 수밖에.

멀어지려 한다면 가둬둘 수밖에.

영원히, 영원히…… 자신에게 속박시키는 수밖에.

"알고 있을까. 넌, 내게 독이라는 걸……."

한숨처럼, 신음처럼 나직하게 흘러나오는 뇌까림.

청첩장에 새겨진 그녀의 이름을 어루만지는 손끝이 미세하게 경련을 일으켰다. 그에게 있어 그녀는 독이다. 한 번 중독되면 결코 헤어 나올 수 없는 치명적인 독(毒). 일순, 그의 시선이 그녀의 이름 옆에 나란히 새겨진 다른 남자의 이름에 닿았다.

『신랑 박우진

　신부 이아란』


　곱디고운 비단에 정성스레 자수를 놓은 듯한 청첩장이 그의 손아귀에서 무참하게 을크러지고 짓이겨졌다. 마음에 들지 않았다. 그녀의 이름 옆에 새겨진 다른 남자의 이름이. 결혼 일시와 장소가 인쇄된 청첩장은 결국 쓸모없는 종잇조각이 되어 순식간에 휴지통으로 자취를 감췄다.

　사흘 뒤, 이아란과 박우진의 결혼식은 돌연 취소되었다.

*1*

인연…… 또는, 악연

　서한그룹 창립기념파티가 열리는 '서한 오리엔탈 호텔' 대연회장은 파티에 참여한 수많은 사람들로 인해 발 디딜 틈 없이 북적였다. 서한그룹의 대표인 서영훈 회장과 다음 경영 대권을 이어받을 서강빈 외, 각 계열사의 사장들과 임원들 그리고 중요인사들이 회사 창립기념일을 축하하기 위해 모여들었다.

　서한건설과 서한중공업 사장을 겸임하고 있는 서영제 사장과 서한증권과 서한자동차에서 맹렬한 활약을 펼치고 있는 서영미 사장은 서영훈 회장의 동생이자 서한그룹 계열사 임원으로서 창립기념파티에 참여해 자리를 빛냈다. 그리고 그들의 자식이자 서영훈 회장의 조카인 세 명의 자제들도 모두 빠짐없이 파티에 참석했다.

　서영제 사장의 외아들인 서강우는 현재 서한전자 부사장으로서 강빈보다 두 살이 더 많았다. 서한그룹의 차기 후계자 자리를 놓고 강빈과 각축(角逐)을 벌였지만 아쉽게도 강빈의 뛰어난 사업수완에 비해 강우는 조금 뒤처졌다. 그 외에도 서영미 사장의 아들인 윤지완 역시 후계자의 대열에는 올라 있지만 순위는 현저히 낮았다.

서한그룹의 차기 후계자는 서강빈이라는 소문이 기정사실이라 해도, 서강우와 윤지완의 존재를 완전히 배제할 수는 없었다. 견고한 강빈의 자리를 위협할 수는 없지만 그들도 분명 서한그룹 각 계열사 중 하나를 물려받을 차세대 후계자임이 분명하기 때문이었다. 그런 그들이 한자리에 모인 건 충분히 대외적인 이슈가 될 만한 소재였다. 더구나 서한그룹이라면 한국을 넘어 아시아를 좌지우지할 수 있는 막강한 파워를 지녔기에 파티에 참여한 수많은 기자들은 강빈과 그의 사촌형제들을 카메라에 담기 바빴다. 또한 파티에 참여한 각계각층의 정관재계 유명인사들을 취재하느라 기자들의 눈과 손은 쉴 새 없이 움직였다.

무엇보다도 그들이 노리는 건 서 회장과 차기 후계자 서강빈이었다. 서강빈 부자(父子)를 단 한 컷이라도 더 카메라 렌즈에 담기 위해 혈안이 되었고, 단 한 줄의 기사라도 더 쓰기 위해 호시탐탐 인터뷰 기회를 노렸다. 하지만 경호원들의 철통같은 경호와 엄호에 고작해야 멀찍이 떨어져서 사진을 찍는 것이 전부였다.

서강빈 부사장이 서한그룹을 이어받을 것이라는데 어느 누구도 이견이 없었다. 사업가로서는 다소 젊다고 할 수 있는 나이지만 실력만큼은 이미 세간에서 높은 평가를 받았다. 뛰어난 두뇌와 빈틈없는 성격, 그리고 타고난 경영수완으로 서한그룹 본사에서 자신의 능력을 눈부시게 발전시켜 나갔다.

서강빈과는 이십여 미터 넘게 떨어진 곳에서 취재를 못해 발만 동동 구르고 있던 경제부 기자들 중 누군가 입을 열었다.

"오늘 파티엔 서한의 전속모델들도 대거 초대됐던데……. 서강빈 부사장의 비주얼에 모두들 빛이 바래는걸요. 이름을 떨치는 한류스타나 우리나라를 대표하는 최고 스타들이 한자리에 모여 있으면 뭐 해요? 어째 그쪽으로는 영 시선이 안 가는데요.”

검지를 세운 여기자가 좌우로 손가락을 까딱이며 말을 이었다.

“정말이지 웬만한 남자 모델은 서강빈 부사장 앞에서 감히 명함도 못 내밀겠어요.”

“웬만한 남자 모델? 그 사람들로는 어림도 없지. 서강빈 부사장의 수려한 용모야, 솔직히 이 바닥에서 모르는 사람 있어? 서강빈 부사장은 문자 그대로 ‘자체발광’이야. 가만히 서 있어도 절로 광채가 나오는 게 아주 눈이 부시다고.”

옹기종기 모인 여자 기자들은 물론 한 무리의 남자 기자들의 시선도 한곳으로 집중되었다.

“하긴. 신이 내린 최상의 피조물이긴 하지, 서강빈 부사장. 경영인 중에서 저만큼 출중한 외모를 자랑하는 사람은 눈 씻고 찾아봐도 없을걸?”

“한마디로 완벽한 남자 아닙니까? 외모 되지, 몸 되지, 능력 되지. 거기다 우리나라를 대표하는 서한그룹 차기 후계자에……. 이야, 이거 말하고 보니 정말 부럽습니다? 부러워하면 지는 건데 어쨌든 같은 남자로서 진심으로 부럽습니다, 서강빈 부사장.”

한 남자가 탄식조로 속삭였다.

“부러워서 눈물 나는 건 최 기자가 아니라 서강우 부사장일 거 같은데?”

“그건 또 무슨 뜬금없는 소리예요?”

"아직 공표된 건 아닌데……."

사십대 후반의 기자 하나가 주위를 살피며 눈치를 보았다. 손가락을 까닥여 기자들을 한데 모은 후 한껏 목소리를 낮췄다.

"윗선에서 그러더라고. 조만간 서한에서 승진인사를 단행할 거라고 말이야. 매번 박빙의 승부를 가르던 서강빈, 서강우 사촌형제가 이번 승진인사에서 확실하게 판가름이 날 거라던데?"

"판가름이라면 혹시…… 이번에도 서강우 부사장이 승진인사에서 미끄러진다는 뭐, 그런 뜻이 숨어 있는 겁니까?"

"설마 그럴 리가 있겠어요? 저번 승진인사에서 서강우 부사장이 한 번 물먹었잖아요? 그때, 서강빈 부사장은 전무에서 부사장으로 무사히 올랐는데 사장 자리를 한껏 노리고 있던 서강우 부사장은 보기 좋게 물먹었다는 소문이 꽤 오래 가지 않았어요? 그런 일까지 있었는데 설마 이번 승진인사에서도 또 물먹으려고요……."

"글쎄. 설마가 사람 잡는 법이지, 아마?"

"서강우 부사장, 이번에도 미끄러지면 이를 바득바득 갈 것 같은데?"

"하핫. 이거, 이거. 조선시대 왕자의 난이 벌어진 것처럼, 현실에서 형제의 난이 무시무시하게 일어나는 거 아냐?"

"흐음…… 난을 일으키기엔 약점이 너무 많지 않나요, 서강우 부사장? 솔직히 저번 승진인사 때도 밀려난 이유가, 대만에 첨단기술을 유출했기 때문이라고 들었는……."

"이 사람, 장사 하루 이틀 해? 오프 더 레코드(Off the record)였어, 그 발언은. 함부로 입 놀리지 말라고."

각 언론사를 대표하는 서한 출입기자들이라고 해도, 뒷담화로 꺼내야 할 주제가 있고 그렇지 않은 주제가 있었다. 잘못 입을 놀리면 함부로 지껄인 기자만 매장당하는 게 아니다. 한 언론사가 소리소문 없이 문을 닫는다 해도 놀랄 게 없는 것이 이 바닥의 관행이었다.

"죄송합니다. 전 그저 아무런 생각 없이……."

"됐어. 다음부턴 생각부터 하고 신중하게 말하도록 해. 아무튼, 송 선배님 말이 믿을 만한 소식통에서 나온 게 확실한 거라면, 이거…… 조만간 재밌어지겠는데요?"

"떽! 이런 일을 재미로 받아들이면 곤란해. 자아, 이 얘기는 여기서 일단락 지을까? 말 새나가지 않게 각자 입단속 잘하는 거 유념하고."

다른 언론사의 기자들이 들을까 봐 염려한 나이 지긋한 기자가 중재에 나섰다. 웃으며 서로 장난스레 의견을 교환하던 몇몇 기자들의 표정이 엄숙하게 바뀌었다.

"빅뉴스, 빅뉴스입니다!"

헐레벌떡 뛰어온 기자 하나가 새로운 소식을 전해주었다.

"서강우 경영전략마케팅 부사장이 인터뷰에 응했습니다. 타임은 딱 십 분. 지금 기자들이 그쪽으로 대거 이동했어요."

"서강우 부사장이?"

누군가 관심을 드러냈다. 하나둘 인터뷰 장소로 자리를 옮기는 사람도 더러 있었다. 하지만 여전히 강빈에게 미련을 못 버리는 사람들이 더 많았다.

"됐어. 난 여기서 서강빈 부사장 인터뷰나 노려보련다."

"저도 그냥 여기 남아 있을래요. 전 서강빈 부사장이 더 큰 먹잇감이라고 보거든요."

"나 역시."

그들은 친절하게 인터뷰에 응하는 서강우보다, 조금도 빈틈을 보이지 않는 강빈을 택했다. 몇몇 사람들이 서강우 부사장에게 갔지만 여전히 수십여 명이 넘는 기자들의 시선은 강빈에게 하염없이 고정되었다.


쉴 새 없이 사람들과 인사를 나누던 강빈은 한 손을 들어 올려 보좌관인 유 실장과 세 명의 경호원의 주의를 끌었다. 눈짓으로 주변을 가득 메운 사람들을 차단할 것을 요구했다. 단 한 마디의 말도 없었지만 비서와 경호원은 발 빠르게 움직여 엄호하듯 강빈의 주변을 에워쌌다.

"윤서진, 파티는 부담스러워서 싫다더니 오늘은 용케 참석했다?"

샴페인 잔을 슬쩍 부딪치는 제스처를 하며 강빈이 말문을 열었다. 입술을 늘어뜨리며 상글거리던 서진은 눈을 찡긋거렸다.

"너도 알잖아. 우리 엄마 성격. 중요한 날이라고 일주일 전부터 참석해라, 참석해라, 아주 그냥 귀에 못이 박히도록 들었거든. 창립기념파티, 엄마한테나 중요하지 나랑 아빠는 아무런 상관도 없는데 말이야. 저기 봐. 병원 일로 눈코 뜰 새 없이 바쁜 우리 아빠까지 친히 대동하고 오셨잖아."

검지를 세워 어느 한 방향을 콕 찍은 서진은 못 말리겠다는 듯 혀를 찼다. 서영미 사장 내외가 금실 좋은 것을 자랑이라도 하듯 사람들 사이를 헤치며 다정하게 붙어 다녔다.

"그래서, 오늘 하루는 고모님을 위해서 착한 딸 노릇을 하시겠다?"

"이래봬도 내가 효녀거든."

강빈의 우스갯소리를 서진은 도도하게 받아쳤다.

"윤서진이 효녀라. 전혀 안 어울리는걸?"

"이거 왜 이러셔? 내가 얼마나 착한 딸인데. 오늘도 봐. 급한 수술 끝내고 쉬어야 하는데, 쉬는 것도 헌납한 채 우리 엄마를 위해서 부리나케 달려왔잖니? 세상천지에 나 같은 딸 없는 법이다."

"너 같은 딸 둘이면 고모님도 곤란하시지."

강빈의 놀림에 서진은 불퉁한 표정을 짓다가 동의한다는 듯 맞장구를 치며 고개를 크게 끄덕였다. 지나가는 웨이터에게서 시원하게 칠링된 샴페인 잔을 건네받은 강빈은 때마침 다가오는 중년 신사를 보고는 고갯짓을 했다. 성큼 다가선 중년 신사가 강빈에게 머리를 숙였다.

"좋은 시간 보내고 계십니까, 부사장님."

서한그룹 이진오 전무가 먼저 인사를 해왔다. 그다지 친분은 없었지만 같은 경영인으로서 이 전무의 능력을 높이 평가하고 있던 강빈은 반갑게 인사를 되돌렸다.

"그럼요. 이 전무님도 좋은 시간 보내고 계십니까."

"좋은 시간 보내고 말고 할 게 뭐 있겠습니까. 저처럼 나이가 지긋해지면 파티고 뭐고 지겹고 귀찮아진답니다. 허헛."

"전 나이가 지긋하지도 않은데 벌써부터 파티가 지겹고 귀찮습니다.”

강빈의 차분한 응수에 이 전무는 소리 내어 웃음을 터뜨렸다.

“별말씀을 다 하십니다, 부사장님도 차암. 이렇게 아름다운 파트너를 곁에 두시고…… 어이쿠, 뉘신가 했더니 서영미 사장님의 따님이신 닥터 윤이었군요. 어때요, 병원 일은 할 만한가요?”

그제야 서진을 알아본 이 전무가 환하게 미소를 지었다. 고개를 숙이며 인사를 한 서진이 해사하게 웃었다.

“그럭저럭요. 이 전무님도 잘 지내셨죠?”

“저도 그럭저럭입니다.”

“그나저나 오늘은 혼자 오셨습니까, 이 전무님?”

중요한 모임이 있으면 항상 아내와 함께 나오곤 했던 이 전무를 알기에, 강빈은 주위를 휘둘러보며 물었다.

“허허헛, 아닙니다. 혼자라니요. 오늘은 저도 아주 아리따운 파트너를 데리고 왔지요.”

이 전무가 두리번거리며 복잡하게 얽혀 있는 사람들 사이를 찬찬히 훑어보았다.

“근데 얘가 어딜 갔지?”

들릴 듯 말 듯 중얼거리던 이 전무는 강빈에게 고개를 숙였다.

“이만 가봐야겠습니다, 부사장님. 찾을 사람이 있어서…….”

“네, 그러십시오. 즐거운 시간 보내시길 바랍니다, 이 전무님.”

강빈은 흔쾌히 고개를 끄덕였다. 곧이어 이 전무가 사람들 무리에 휩쓸려 어디론가 걸어갔다.

“이 전무님, 아주 중후하게 나이를 드신다니까. 멋있으셔.”

이 전무의 뒷모습을 보며 서진이 말을 꺼냈다.

"인품도 훌륭한 분이셔."

"그렇게 보여. 나야 뭐, 사업엔 도통 관심이 없어서 모르지만, 더구나 일 년에 한두 번 볼까 말까 한 분이시긴 하지만, 이 전무님 뵈면 사람이 참 괜찮다 싶거든."

"그래, 확실히 괜찮은 분이시지. 개인적으로 존경하는 분이야."

의외라는 듯 서진은 눈을 크게 떴다.

"우와, 서강빈이 존경까지? 왠지 이 전무님이 더욱더 새롭게 보이는걸? 오호라! 이 전무님은 이 전무님이고, 강우 오빠, 하이에나 같은 기자군단에서 해방되셨나 보네. 이쪽으로 오는데?"

비서를 대동하고 강빈이 있는 곳으로 어슬렁어슬렁 걸어오는 강우에게 서진의 눈길이 닿았다. 한걸음에 강빈의 곁에 다가선 강우는 지나가는 웨이터에게 잔을 건네받고 갈증난 사람처럼 샴페인을 벌컥벌컥 들이켰다.

"인터뷰는 내가 아니라 네가 해야겠더라, 젠장. 질문의 삼분의 일이 서강빈에 관한 거였거든."

"알잖아. 난 인터뷰 같은 거 관심없어."

강빈은 샴페인은 마시지도 않은 채 웨이터에게 잔을 돌려주었다. 대신 오렌지주스를 건네받아서 목을 축였다.

"오늘 보니까 서한 이미지모델들이 제법 왔던데……."

강우는 말끝을 흐리며 연예인들이 모인 곳으로 시선을 던졌다.

"저 아리따운 아가씨들이 있는 곳도 가봤는데 죄다 네 얘기뿐이더라고. 서강빈, 좋겠다?"

"글쎄. 그게 좋아할 이유가 되나?"

강빈의 시니컬한 반응에 강우는 낮게 혀를 찼다. 그리고는 막무가내로 강빈의 팔을 움켜쥐고, 연예인들이 삼삼오오 모여 있는 곳으로 성큼성큼 자리를 옮겼다.

"뭐하는 짓이야?"

걸음을 멈춘 강빈의 몸짓에 따라 강우의 움직임도 점차 잦아들었다. 우두커니 서 있던 강우가 변명하듯 말을 늘어놓았다.

"나 혼자 가니까 영 시선을 못 받더라고, 아우야. 예쁘장한 여배우들 제법 되던데 이 형님을 위해서 잠시만 시간 좀 내주면 안 되겠니?"

"놓으시지?"

강빈의 눈길이 자신의 팔에 놓여 있는 강우의 손에 닿았다.

"어허! 비싸게 굴지 말고……."

"귀찮게 하지 말고 이 손부터 놔."

강빈은 몰풍스레 꾸짖으며 강우의 팔을 거칠게 떨쳐 냈다. 그 순간, 날카롭게 비명을 지르는 여자의 하이소프라노 소리가 연회장에 울려 퍼졌다. 여자의 비명과 동시에 강빈의 가슴팍에 차가운 오렌지 주스가 훅 끼쳐들었다. 먼지 한 점 내려앉지 않은 블랙 슈트와 눈부신 화이트 드레스셔츠에 오렌지색이 점점이 물들어 나가기 시작했다.

"어머! 어, 어떡해……."

"세상에, 괜찮니, 강빈아?"

눈매를 비튼 강빈은 난데없이 주스 세례를 퍼부은 사람에게로 시선을 돌렸다. 일순, 혀끝에 맴돌던 짜증스러운 말들이 흔적도 없이 사그라졌다.

눈앞에 선 여자를 보는 그 순간.

'예쁘다'라는 말로는 부족한, '아름답다'라는 표현으로도 모자란 여자가 난처하고 곤혹스러운 표정으로 그를 망연히 바라보았다. 초록빛으로 물들인 싱그러운 튜브 톱 미니드레스를 차려입은 여자가 어찌할 바를 모른 채 엉망이 된 강빈의 가슴에 시선을 고정시켰다.

그제야 강빈은 사태를 파악했다. 강우의 팔을 내치면서 지나가는 다른 사람의 팔마저 건드렸던 것이다. 한 손에는 초록빛 키위주스를, 다른 손에는 반쯤 엎질러진 오렌지주스 잔을 들고 있던 여자는 강빈보다는 뒤늦게 사태를 파악한 듯 일이 분이 지난 뒤에야 호들갑스럽게 수선을 피웠다.

"어떡해! 말도 안 돼. 어떻게 이런 일이……."

들고 있던 오렌지주스 잔을 지나가는 웨이터에게 건네고 냅킨을 받은 여자가 재빨리 강빈의 슈트와 드레스셔츠를 닦아냈다.

"미안해요, 정말 미안해요. 덜렁대지 않으려고 조심조심 행동했는데…… 아아, 아빠가 이 모습 보면 또 혼내실 텐데…… 근데 아빤 어디 가셨지? 좀 전에 보니까 여기 계시는 거 같았는데……."

연회장에 모인 사람들의 시선이 하나둘씩 강빈의 주변으로 모여들었다. 비서와 경호원이 강빈의 곁으로 다가서려 했지만 단호한 눈길로 그들의 접근을 차단시켰다.

"오, 마이, 갓. 여신 강림이로군."

한숨처럼 나직하게 뇌까리는 강우의 음성이 강빈의 귓가를 스쳤다. 강우는 새롭게 등장한 여자에게서 단 한순간도 시선을 거두지 못했다. 그건 강빈 역시 마찬가지였다.

단 한 번도 여자를 관심있게 바라본 적이 없었다. 눈이 혹할 만큼 미인이든, 혹은 그렇지 않든 강빈에게 여자라는 존재는 관심 밖의 대상이었다. 하다못해 대한민국에서 내로라하는 여배우가 수십 명이 모여 있는 이 자리에서도 강빈은 눈길 한 번 주지 않은 채 사느란 태도로 일관했다.

천하일색이라 떠들고 만고절색이라 칭송하는 미인들이 한자리에 모여 있었지만, 눈앞에 있는 여자만큼 아름다운 이는 단 한 명도 존재치 않았다.

"잠깐만요, 아가씨. 그렇게 마구잡이로 닦아내면 주스가 더 번져요. 줘봐요. 내가 할게요."

여자의 손에 들린 냅킨을 건네받은 서진이 강빈의 화이트 드레스 셔츠를 꾹꾹 눌렀다. 웨이터에게서 냅킨을 받은 강빈은 서진의 손길이 거추장스럽다는 듯 가볍게 떨쳐 냈다.

"놔둬. 내가 할 테니까."

"가만있어 봐. 내가 해줄게."

다른 사람의 손길, 설령 그것이 사촌이라고 해도 내키지 않은 강빈은 단호하게 뿌리치고는 그만 물러나라는 듯 서진의 어깨를 뒤로 슬쩍 밀쳤다. 순간, 뒤로 밀려난 서진과 오도카니 서 있던 여자의 몸이 부딪쳤다. 중심을 못 잡은 서진의 몸이 한쪽으로 기우뚱거렸다. 그와 동시에, 한 걸음 물러나려던 여자가 갑작스러운 부딪힘에 발을 헛디디며 쓰러질 듯 휘청거렸다.

강빈은 셔츠를 닦던 손을 뻗어 재빨리 여자의 섬약한 팔을 낚아챘다. 뒤로 쓰러질 뻔한 몸이 순식간에 앞으로 휙 방향을 틀자, 그때까지 놓지 않고 있던 키위주스 잔이 그녀의 손에서 궤도를 이탈하고는 강빈을 향해 무서운 속도로 돌진했다. 모두 눈 깜짝할 사이에 벌어진 일이었다.

"어어어……."

여자가 입술을 동그랗게 말고 나직이 소리를 질렀다. 하지만 이미 때는 늦어버렸다. 강빈의 새하얀 드레스셔츠는 오렌지색과 초록색이 묘한 대비를 이루며 선명한 색채를 자랑했다. 강빈의 셔츠를 멍하니 바라보던 여자의 얼굴이 점차 혈색을 잃어가며 창백하게 변해갔다.

"난 몰라……."

여자가 아랫입술을 깨물며 강빈의 눈치를 살폈다. 두 번이나 실수를 저지른 여자에게 화가 나야 하건만 어쩐 일인지 강빈은 헛웃음이 나려 했다. 눈앞에 펼쳐진 상황이 한 편의 블랙코미디 같았다. 발을 동동 구르며 어찌할 바를 몰라 하는 여자의 행동이 묘하게 시선을 끌었다. 강빈이 아무런 말도 하지 않고 가만히 있는데, 느긋하게 사태를 관망하고 있던 강우가 유들유들하게 끼어들었다.

"이야, 아름다운 아가씨. 이왕 주스 세례를 퍼부을 거면 나한테 하지 그랬어요? 아가씨 같은 미인이라면 주스가 아니라 뜨거운 물도 뒤집어써 줄 의향이 있는데."

보얀 이마에 땀이 소스락소스락하게 맺힌 여자가 두서없이 말을 쏟아냈다.

"죄송합니다, 정말 죄송해요. 이러려고 한 게 아닌데……."

고개를 푹 숙인 채 들릴 듯 말 듯 속삭이던 여자는 도톰한 아랫입술을 잘근잘근 깨물었다. 강빈의 눈치를 살피며 안절부절못했다.

"괜찮아요, 아가씨. 괜찮아. 저 녀석, 이런 일로 화내거나 하지 않을 테니까 안심해요. 설마 이런 사소한 일로 죽이기야 하려고. 이런, 진짜 많이 놀랐나 보네. 어깨 떠는 것 좀 봐. 정말이지 애처로워서 못 보겠다."

파르르 떨리는 여자의 백설빛 어깨를 강우가 애무하듯 어루만졌다. 강우의 손길을 지켜보던 강빈은 들리지 않게 혀를 찼다.

"그 손 좀 떼고 말하지, 오빠? 강빈아, 뭐하니? 어서 괜찮다고 안심시켜 드리지 않고. 숙녀분 놀라셨잖아."

강우의 행동을 못마땅하게 주시하던 서진이 중재에 나섰다. 당면한 상황에 넋을 놓고 있던 여자는 그제야 정신이 든다는 듯 어깨를 쓰다듬고 있는 강우의 손을 떨어뜨렸다.

"신경 써주셔서 감사합니다."

강우와 서진에게 감사의 인사를 전한 뒤, 강빈을 바라보던 여자가 목례를 하며 다시 한 번 사과의 말을 건넸다.

"정말 죄송하게 됐어요. 일이 어쩌다가 이렇게 돼서, 두 번이나 피해를……. 컵에 발이라도 달렸나. 아니, 어떻게 로켓 발사되듯이 그쪽에게 돌진을 하는지. 정말 일부러 그런 건 아닌데. 그러니까, 으음…… 저 괜찮으시다면 제가 세탁비라도……."

세탁비?

강빈의 반듯한 이마에 실금이 그어졌다.

"변상을 해주는 것도 아니고 겨우 세탁비라……."

컬러풀한 색채를 자랑하는 셔츠와 슈트를 내려다보던 강빈은 냉랭하게 이죽거렸다.

"벼, 변상을요?"

여자는 놀란 토끼처럼 눈을 동그랗게 뜨고는 말을 더듬었다.

"이거, 지워지긴 지워지나?"

강빈은 축축하게 젖은 드레스셔츠를 슬쩍 매만졌다.

"글쎄. 내가 봤을 땐 절대, 네버, 안 지워질 거 같은데? 그렇다고 너처럼 병적일 정도로 깔끔한 녀석이 얼룩이 남은 옷을 다시 입을 성격도 아니고. 이를 어쩌나?"

팔짱을 끼고 서 있던 강우가 우스갯소리를 하듯 농을 던졌다. 뭐가 그렇게 재미있는지 실실 웃으며 고개를 설레설레 저었다.

"세탁비로는 해결이 안 될 거 같고, 강빈이 네 말대로 변상이라든가…… 그게 아니면 뭐, 아쉬운 대로 언제 시간 내서 식사라도 하는 게 어떠냐? 나 같으면 식사에 한 표다, 식사에 한 표!"

"좀 빠지시지, 서강우?"

사태의 본질을 묘하게 흐트러뜨리는 강우에게 일침을 가하며 강빈은 사납게 눈을 빛냈다. 한 걸음 다가온 강우가 강빈의 귓가에 입술을 모았다.

"끝내주는 미인 아냐? 정신이 확 든다. 네가 싫으면 나라도 어떻게 안 될까? 동생아, 이 형님을 위해서……."

강빈은 다리를 슬쩍 옮겨 강우의 구두를 지르밟았다. 강우가 신음을 내뱉으며 발을 빼내려고 안간힘을 다하는 그때, 나직하지만 단호한 음성이 두 남자 사이를 파고들었다.

"실례지만 두 분 다, 제 취향 아닌데요?"

강우의 속삭임을 다 들었다는 듯 여자는 뾰족하게 날 선 음성으로 받아쳤다.

"제가 보기보다 눈이 상당히 높거든요. 변상, 해달라면 해드릴게요. 두 분 중 한 분과 식사를 하느니 차라리 변상이 훨씬 낫겠네요. 그보다 우리, 한 가지는 분명하게 짚고 넘어가죠?"

내내 안절부절못하던 사람은 어디 갔을까, 싶을 정도로 여자의 태도는 순식간에 돌변했다. 턱을 치켜세운 그녀가 도도하게 덧붙였다.

"오늘 일이 죄송하긴 하지만, 솔직히 제 잘못만은 아닌 거 같은데. 어떻게 생각하세요? 짚고 넘어가야 할 건 짚고 넘어가야지, 서로에게 공평한 거 아닐까요?"

강빈과 여자의 눈이 대립하듯 허공에서 팽팽하게 마주쳤다. 한 치의 물러섬 없이 서로를 응시하는 두 쌍의 눈동자에서 열기가 감돌았다. 얼마나 시간이 경과했을까. 결국 여자가 먼저 슬그머니 시선을 돌렸다. 그때까지 들고 있던 키위주스 잔을 웨이터에게 건네고 잠시 목소리를 가다듬은 그녀가 천천히 말을 이었다.

"아까 오렌지주스를 쏟았을 때 너무 놀라서 깜빡했는데, 그쪽에서 분명히 제 손을 먼저 확, 쳤거든요. 이렇게……."

여자가 당시의 상황을 재연하듯 자신의 팔을 앞으로 내밀고, 강빈의 손을 잡아서 확 치는 시늉을 했다. 강빈은 재미있다는 듯 매력적인 입매를 슬며시 늘어뜨렸다.

"그리고 좀 전에도 그쪽이 이 여자분을 밀치는 바람에 이분은 물론, 저까지 중심을 잃어서 세트로 넘어질 뻔했다, 이거죠. 제 말뜻,

이해하시겠어요?"

"그래서?"

강빈은 무심하게 되물었다.

"네?"

막힘없이 말을 줄줄 쏟아내던 여자가 고개를 갸우듬히 기울였다.

"그래서, 이야기의 요점이 뭐냐고."

물에 빠진 사람 건져 줬더니 보따리 내놓으란다고, 넘어질 뻔한 사람 잡아줬더니 그 고마움도 모르고 도리어 화를 냈다. 물론 그녀의 말처럼 사건의 발단은 강빈 자신에게 있다는 걸 모르는 바는 아니었다. 하지만 이렇게 일목요연하게 하나하나 따지고 드니 반감이 들기도 했다. 강빈은 계속 해보라는 듯 차분하게 눈을 빛냈다.

양 볼에 커다란 알사탕 하나를 베어 문 듯 여자의 보얀 볼이 귀염성있게 톡 볼가졌다. 빵빵하게 바람이 들어찬 볼이 일시에 푹 꺼지더니 여자가 불만스레 종알거렸다.

"그러니까…… 제 잘못을 인정하긴 하지만 그쪽도 어느 정도 책임은 있다, 이거죠. 그쪽도 아닌 밤중에 날벼락이겠지만, 제 쪽에서도 지나가는데 갑자기 손이 툭 튀어나오니 놀라긴 마찬……."

"나도 책임이 있다?"

"물론이죠."

"그래서 어쩌자는 건데?"

강빈은 슈트 하의 주머니에 손을 찔러 넣고는 오만하게 턱을 치켜올렸다.

"뭐, 이렇게 된 거 서로 퉁 치죠? 그쪽 때문에 만약 제가 넘어졌다면 어떻게 됐을 거 같아요? 딱 보기에도 크게 다쳤을 거 같죠? 그러니까 피장파장이니 없던 일로 하고…….”

“난생처음 보는 사람에게 주스 세례를 퍼부어놓고는, 없던 일로 하자?”

“그건 죄송해요. 정말 죄송하게 생각하지만 아까 말한 것처럼 제 잘못만은 아닌걸요. 분명히 그쪽에서 먼저 제 손을 치는 바람에…….”

“이아란!”

따박따박 말대답을 하던 여자는 화들짝 놀라며 커다란 눈을 더욱 더 댕그랗게 떴다. 성큼성큼 다가서는 나이 지긋한 남자를 어색하게 바라보던 여자가 들릴 듯 말 듯 소리를 죽여 속삭였다.

“아, 아빠…….”

“너 이 녀석! 그렇게 조심하라고 일렀는데 여기까지 와서 사고를 일으킨 거야!”

사람들 사이를 헤치고 걸어온 이진오 전무는 딸아이와 강빈을 번갈아 바라보았다. 창백한 얼굴로 안절부절못하는 아란과, 엉망이 된 슈트 차림새의 강빈을 지켜보던 이 전무는 빠르게 눈앞에 펼쳐진 당금의 상황을 인지해 나갔다. 엄한 눈초리로 딸아이를 노려보고 이내 강빈에게 머리를 숙였다.

“죄송합니다, 부사장님. 제 여식이 아무래도 큰 실수를 저질렀나 봅니다. 제가 대신 사과드리겠습니다.”

“이 전무님, 따님이었습니까?”

사과를 받는 건 잠시 뒤로 미루고 강빈은 의외롭다는 듯 질문을 던졌다. 이 전무의 아내는 대외적인 자리에서 몇 번 봤지만 그의 딸을 마주하는 건 오늘이 처음이었다. 강빈은 아란을 향한 시선을 거두지 않은 채 말없이 조람(照覽)하고 있었다.

딸아이를 바라보던 이 전무가 고개를 주억거렸다.

"예. 제 딸 이아란입니다."

이아란이라…….

강빈은 속으로 이름을 되뇌며 아란의 얼굴을 정안했다.

티 하나 없이 투명한 피부.

인조속눈썹을 붙인 것마냥 길고 풍성한 속눈썹.

그 속눈썹을 깜빡일 때마다 별처럼 빛나는 맑은 눈동자.

빗은 듯 완벽한 모양의 반듯한 콧날 아래로 도홍빛 입술은 삼키고 싶을 만큼 유혹적이다.

눈, 코, 입 어느 것 하나 완벽하지 않은 데가 없었다. 갸름한 얼굴을 오밀조밀 채우는 이목구비는 사람들, 특히나 남자의 시선을 끌어당기는 묘한 마력을 지녔다.

튜브 톱 미니드레스 위로 봉긋 솟아오른 젖무덤은 한 손에 다 잡히지 않을 정도로 풍만해 보였다. 반면 잘록한 허리 라인은 한 움큼도 안 되어 완벽한 모래시계 모양의 몸매를 소유했다. 굵게 웨이브 진 긴 머리카락이 새하얀 얼굴을 부드럽게 감쌌다. 등까지 물결치는 새까만 머리카락은 함치르르 흘러내려 반짝반짝 빛이 났다. 이목구비가 뚜렷해서 갸름한 얼굴을 더욱 돋보이게 했다. 강빈의 시선이 자연스럽게 아란의 얼굴에서 흰 목덜미로 향했다. 설백색 살결이 몸을 감싸는 짙은 그린 컬러 드레스와 묘한 대비를 이뤘다. 아란은 어딘지 모르게 신비스러운 분위기까지 자아냈다.

아란을 보자마자 강우가 혼잣말처럼 내뱉었던 말이 틀린 말은 아니라고 강빈은 생각했다. 정말이지 신화 속에 나오는 여신이 따로 없었다. 아니, 강빈이 보기엔 여신보다는 차라리 요정에 가까웠다. 숲속에서 방금 뛰쳐나온 깜찍하고 아리따운 요정. 아니, 아니다. 그런 단순한 단어로는 표현이 불가했다. 이아란의 존재감은 어쩐지 현실과는 다소 거리가 먼 악마적인 아름다움을 간직하고 있었다. 지나치게 아름다워서 마치 파괴적인 마력을 지닌 것처럼 그녀는 단 한순간에 사람들의 시선을 앗아버렸다.

"어서 사과드리지 못하겠니. 이아란!"

이 전무가 버럭 역정을 냈다. 도홍빛 입술을 뽀로통하게 내민 아란은 마지못해 입을 열었다.

"죄송해요. 정말 제 불찰이 컸어요. 하지만 그쪽도 어느 정도 잘못이 있다는 걸 인정하셔야……."

"너 이 녀석, 아빠가 그렇게 가르치든? 지금 이 상황에서 그렇게밖에 말 못하는 거야!"

"그럼 어떡해요. 저분이 먼저 지나가는 제 손을 쳤단 말이에요. 그리고 멍하니 서 있는데 갑자기 확 잡아당기는 바람에 일이 커져서……."

아란이 변명조로 말했지만 이 전무는 들은 척도 하지 않았다. 대신 강빈에게 몇 번이나 머리를 숙였다.

"죄송합니다, 부사장님. 다 제 불찰입니다. 하나밖에 없는 여식이라 오냐오냐 키웠더니 집에서든 밖에서든 이렇게 버릇이 없습니다.

딸아이를 대신해서 진심으로 사죄드리겠습니다.”

평소라면 강빈은 무심하게 일관했을 터였다. 이렇게 사람들이 많이 모인 자리에서 주스를 뒤집어쓰는 봉변을 당했으니 화도 나겠지만 내색하지 않고 등을 돌렸을 것이다. 물론 상대방의 사과 따위는 듣지도 않은 채 무시하고 외면했을 터였다. 오늘의 그는 분명 다른 날과 달랐다.

한참이 지난 뒤에야 강빈은 이 전무를 향해 고개를 내저었다.

“됐습니다. 제 불찰도 있으니 그만하세요, 이 전무님. 너무 그러시면 제가 더 미안해집니다.”

이 전무의 주름진 이마에 냉한이 번져 나갔다.

“그렇게 생각해 주시니 감사합니다.”

이 전무가 또다시 허리를 숙여 인사를 했다. 아란은 자그시 입술을 물었다. 부친이 한참 아래인 젊은 남자에게 몇 번이나 잘못했다고 사과를 하는 모습이 눈에 거슬렸다. 심장 한쪽이 무지근하게 죄어왔다. 자신의 부주의한 실수로 부친이 대신 고개를 숙이고 사죄를 하고 있는 것이다.

“그만해요, 아빠. 잘못은 내가 했는데 왜 아빠가 사과를 하고 그래. 그리고 저분도 자신의 잘못을 인정하셨으니 됐잖아요.”

저 남자가 얼마나 대단한 사람인지 몰라도 그녀의 부친 또한 서한 그룹의 중역인 임원이었다. 뭐 그렇게 엄청난 인물이라고 새파랗게 젊은 남자에게 이토록 굽실거려야 한다는 말인가. 부사장이 벼슬인가? 아닌 말로 회장이라도 되냔 말이다. 잘못했다고 정중하게 사과도 했고, 미안하다며 나름대로 변명도 하지 않았던가. 이 정도 했으면 됐지 또 뭘 더 바란다는 말인가. 난생처음 보는 남자에게 주스를 퍼부어서 미안했던 마음은 어느새 흔적도 없이 사라졌다.

"정말 죄송합니다. 실례를 용서해 주세요."

아란은 깊게 고개를 숙이고는 이 전무의 팔을 잡아당겼다.

"그만 가요, 아빠."

이 전무가 마지막으로 강빈에게 인사를 하고는 아란과 보조를 맞췄다.

"이아란 씨?"

한 걸음 내딛던 아란은 움직임을 멈췄다. 천천히 고개를 돌리는 아란의 동공에 강빈의 수려한 모습이 새겨졌다.

"이 전무님께 괜찮다고 한 거지, 이아란 씨에게 괜찮다고 한 건 아냐."

아란은 무슨 소리냐는 듯 의아한 눈길로 강빈을 응시했다.

"오늘의 이 빚은 다음에 청산하도록 하자고, 이아란 씨."

"뜻대로 하세요."

아란은 냉담하게 대꾸하고는 이 전무와 나란히 연회장을 가득 메운 사람들 틈으로 파고들었다.

"우와, 죽여주는 미인인데? 저런 사람을 두고 절세미인이라고 하는 거 아냐? 정말 완전 내 스타일이다, 내 스타일."

아란의 뒷모습을 찌르듯이 바라보던 강우가 말을 꺼냈다.

"이 전무님 딸이 한 미모 한다는 말은 어디서 들은 거 같기도 한데, 솔직히 저 정도인 줄은 꿈에도 몰랐다? 이야, 진작 알았으면 내가 그냥 확! 아무튼, 이아란이라…… 매력있네. 다음에 기회가 있으면 따로 한번 만나보고 싶을 정돈데?"

"좀 전까지 여자 연예인들 시선 받으려고 안달복달하던 오라버니는 어디 가셨나 몰라?"

서진의 이죽거림에 강우는 손을 허위허위 내저었다.

"됐다, 됐어. 그런 여자들은 이젠 눈에도 안 들어온다. 절세미인을 봐버렸는데 텔레비전에서 만날 보던 식상한 얼굴들이 눈에 들어오려고. 그나저나 어떻게 해야 저 예쁜 아가씨를 유혹할 수 있으려나……."

"우리 회사 임원이야, 이 전무님은. 괜한 스캔들거리 제공하지 마."

"스캔들이 열애설이 되고, 열애설이 사랑의 결실을 맺는다는 말 못 들어봤냐, 아우야?"

강우가 느물거리며 눈을 찡긋거렸다.

"서강우 부사장님, 요즘 많이 한가하신 모양입니다? 내가 좀 바쁘게 해드릴까요?"

강우의 얼굴에서 웃음기가 싹 가셨다. 강빈의 말 한마디면 일이 산더미처럼 불어난다는 걸 익히 겪어본 바였다. 몇 날 며칠 회의에 회의를 거듭하고 몇 달 동안 해외로 출장 나가는 모습이 눈에 선하게 그려졌다.

"알았어. 알았으니까 그만해. 어디 서강빈 무서워서 농담이나 하겠냐?"

손사래를 치며 농담이라고 변명했지만 강우의 시선은 여전히 한 곳에만 고정되었다. 파티장 내에서 여러 사람과 인사를 나누는 아란의 고혹적인 뒷모습을 발맘발맘 쫓았다.

"아아, 젠장. 아무리 생각해도 아까운데. 저런 기막힌 미인은 지금 바로 침대로 데려가서……."

말끝을 흐리며 입맛을 다시는 강우의 어깨를 강빈이 슬그머니 움켜쥐었다. 강우에게 경고조로 한마디 덧붙이려는데 강빈의 곁으로 유 실장이 재바르게 다가왔다.

"박 실장과 통화가 됐습니다. 지금 바로 이곳으로 오기로 했습니다."

퍼스널 쇼퍼이자 강빈의 전담 스타일리스트인 박 실장이 갈아입을 옷을 가져오기로 했다는 뜻이었다. 강빈은 눈짓으로 대답을 대신하고는 물러나 있으라는 무언의 명령을 내렸다. 유 실장이 뒷걸음질로 조용하게 물러났다.

"뭐냐, 서강빈? 힘센 거 자랑하는 거야? 이러다 뼈 으스러지겠다?"

어깨를 사정없이 훔켜쥐는 강빈의 우악스런 손길에 강우는 나직이 신음을 내뱉었다. 백팔십육이 훌쩍 넘는 장신의 강빈을 올려다보느라 강우의 머리가 자연스레 뒤로 젖혀졌다.

"너, 두 번 말하지 않을 테니까 새겨들어."

나직하게 귀엣말을 속삭이는 강빈의 음성이 살천스레 흘러나왔다.

"놀던 물에서나 놀아. 괜한 곳에서 엉뚱한 짓 하지 말고."

"무슨 소리야?"

"서강우 스캔들거리에 우리 회사 임원은 걸고넘어지지 말라고 경고하는 거야.”

“경고? 네가 지금, 내게, 경고를 한다, 이 말이냐?”

기가 차다는 듯 강우의 눈매가 매섭게 치켜 올라갔다.

“회사 이미지 실추되는 거, 내 기준에는 용납 안 돼.”

“하핫! 이미지 실추?”

강빈이 했던 말을 앵무새마냥 따라 하며 강우는 사납게 눈을 부라렸다.

“서강우가 누굴 만나든, 누굴 갖고 놀다 버리든 관심없어.”

강빈은 말의 템포를 늦추고는 점점 일그러져 가는 강우의 얼굴을 무감하게 바라보았다.

“그런데, 내 영역은 곤란하지. 우리 회사 임원은 곤란하다고.”

강우의 눈빛이 사느랗게 얼어붙었다. 악력을 행사하는 강빈의 우악스런 손길을 뿌리치지 못한 채 이를 악다물었다. 일그러진 강우의 얼굴에 비릿한 미소가 감돌았다.

“내 영역도 된다는 걸 모르나 보다?”

“네 영역으로 만들고 싶다면 행동거지나 조심해.”

“대단하신 사촌동생님의 충고, 깊이 새겨들어야 하는 건가? 너, 상당히 건방져. 내 앞에서 주제넘게 시건방 떨지 말란…….”

낮게 뇌까리는 강우의 말허리를 강빈이 가로챘다.

“충고가 아니라 경고다. 허튼짓하지 마. 나, 분명히 경고했다, 서강우?”

말을 마친 강빈은 다시 한 번 강우의 어깨를 힘주어 잡고는 아무 일도 없었다는 듯 슬그머니 놔주었다.

"옷 갈아입으러 간다. 나중에 보자."

강빈과 강우에게는 관심도 두지 않은 채 다른 사람과 이야기를 나누던 서진은 흔쾌히 고개를 끄덕였다.

"오케이!"

성큼성큼 연회장을 빠져나가는 강빈의 뒷모습을 사납게 노려보던 강우가 험악한 욕지기를 내뱉었다.

"망할 놈의 녀석!"

주먹을 쥔 강우의 손이 부르르 떨렸다. 조금 전까지 대화를 나눈 사람에게 양해를 구한 서진이 강우의 옆으로 다가섰다. 강우의 모습을 위아래로 훑어 내리며 서진은 한숨을 내쉬었다.

"오빠, 내가 조언 하나 해도 돼?"

"조언이라니?"

"아무 데서나 껄떡대지 좀 마세요, 오라버니. 나까지 낯 뜨겁거든요."

서진은 혀를 차며 고개를 가로저었다.

"회사 일에 젬병인 나도 알겠다. 이 전무님이 회사 중요임원이라는 거. 강빈이가 그렇게 화내는 거, 어떻게 보면 당연한 거야. 다른 사람도 아니고 어떻게 회사임원 딸을 넘보니, 오빠? 초면인 아가씨를 대뜸 침대로 데려가고 싶다니? 오빠, 제정신이야?"

강우의 얼굴이 검붉게 달아올랐다.

"그냥 농담한 거야."

강우가 변명조로 에둘러쳤다. 서진은 믿지 못하겠다는 표정을 지었다.

"농담으로 안 들렸으니 문제지. 솔직히 오빠 여성편력 모르는 사람 있어?"

"망할 것. 그냥 모르는 척하면 누가 뭐라고 하냐? 너나, 강빈이나 아무튼 밉상이야, 밉상."

서진과의 말다툼을 당해낼 재간이 없었던 강우는 홱, 걸음을 돌렸다. 강빈과 강우가 사라지자 연회장은 다시금 활기를 띠었다.


연회장 바깥에 위치한 파우더 룸은 마치 다른 세상처럼 고요한 정적이 흘렀다.

기다란 소파에 앉은 아란은 길게 한숨을 내쉬었다. 이십 분이 넘도록 부친에게 혼이 났던 터라 기운이 하나도 없었다. 일장연설을 늘어놓듯 훈계조로 시작된 말은 불과 십 분 전에야 간신히 끝이 났다. 부친의 훈계가 끝나자마자 도망치듯 파우더 룸으로 숨어든 아란은 입술을 비죽이 내밀었다.

"누가 뭐, 그렇게 대단한 사람인 줄 알았나……."

아란은 혼잣말을 내뱉었다.


"부사장님이 어떤 사람인데 그런 실수를 저질러! 서영훈 회장님의 하나밖에 없는 자제분이란 말이다, 이 녀석아. 서한그룹의 차기 후계자라는 건 차치하고서라도, 이 아빠의 윗사람이라고, 이 눈치없는 녀석아! 그런 분에게 그렇게 경우없이 실수를 저지르다니! 그것도 모자라 따박따박 말대답이나 하고……."

아란은 고개를 가로저어 머릿속을 휘젓는 부친의 화난 목소리를 지웠다. 한바탕 혼이 났으니 이젠 괜찮을 거였다. 알고 그런 것도 아니고 모르고 그런 건데 말이다. 더구나 그쪽에서도 분명히 잘못이 있었다. 그건 서강빈이라는 그 사람도 인정하지 않았는가.

부친에게 혼쭐이 날 때에야 아란은 강빈이 누구인지 뒤늦게 눈치챘다. 단순한 부사장이 아니었다, 그는. 워낙 언론에 모습을 드러내지 않기로 유명한 사람이긴 했으나 대한민국 사람이라면 서강빈의 이름을 모르는 이는 없었다. 아란도 강빈의 이름 세 글자를 각종 언론과 매스컴에서 자주 듣고는 했었다. 얼굴을 직접 보는 건 처음이었지만. 부친의 말대로 상당히 경솔한 행동을 하긴 했다. 다른 사람도 아니고 서강빈에게 그쪽도 잘못이 있노라, 지지 않고 쏘아붙였으니 그 사람이 얼마나 어이없고 황당했겠는가. 엄청난 실수를 저질렀다는 생각에 아란의 보얀 뺨이 발갛게 물들어 나갔다. 하지만 나직하게 들려오던 남자의 속삭임을 떠올린 순간, 아란은 턱을 한껏 치켜들고는 코웃음을 쳤다.

"아쉬운 대로 언제 시간 내서 식사라도 하는 게 어떠냐고? 웃기시네. 누굴 상대로 작업을 거는 거야?"

그런 말만 안 했어도 두 사람 다 제 취향 아니에요, 라는 건방진 말은 안 했을 것이다. 깔끔하게 잘못을 인정하고 세탁비를 물어주든 변상을 하든 했을 텐데, 웃기게도 그것을 빌미로 식사라니? 누굴 바보로 아는 건가. 조금 전에 있었던 상황을 되새기자 기분이 나쁘다 못해 불쾌하기까지 했다.

"뭐, 취향이 아니라고는 했지만 솔직하게 말해서 두 사람 다 엄청 잘생기긴 했더라."

아란은 담백하게 인정했다. 곧이어 고개를 좌우로 횤횤, 가로저었다. 머릿속에 떠오르는 생각을 매정하게 털어냈다.

"물론 우리 우진 오빠보다는 훨씬, 훠얼씬, 못하지만 말이야."

새침하게 중얼거린 아란은 목덜미로 손을 옮겼다. 다이아몬드가 촘촘하게 박힌 자그마한 펜던트는 섬세한 세공으로, 작은 원형 안에 사람의 심장을 닮은 하트가 숨겨져 있었다. 움직일 때마다 하트 모양이 작은 원 안에서 이리저리 움직이는 목걸이는 우진이 생일선물로 그녀에게 준 것이다. 가장 아끼는 물건 중 하나에 속하는 소중한 목걸이를 아란은 조심스레 어루만졌다.

"미안, 오빠. 한순간이라도 다른 남자를 잘생겼다고 해서. 하지만 절대 한눈팔거나 하진 않았어. 내겐 오빠뿐이거든. 오빠도 알지, 내 마음?"

손끝에 키스를 날리고는 그 손으로 펜던트를 지그시 눌렀다. 마치 우진의 뺨에 키스를 하는 것만 같아서 아란은 금세 기분이 좋아졌다. 부친에게 혼이 나서 뾰로통하게 토라졌던 모습은 흔적도 없이 사라진 뒤였다.

"자, 자! 잊어버리자고, 이아란. 사람이 가끔 실수도 할 수 있는 거지. 실수 안 하면 그게 사람이니? 신이지? 그럼, 그럼. 실수는 성공의 아버지다! 이런 말도 있잖아. 아니, 어머닌가? 암튼 그깟 일로 우울해하는 건 절대 너답지 않아."

한바탕 훈계를 들었더니 정신이 오락가락하나 보다. 생각과 달리 말이 제멋대로 튀어나왔다. 소파에서 일어난 아란은 입술을 톡톡, 두

드리며 거울 앞으로 자리를 옮겼다.

"발단은 그 사람이었어. 절대 나 혼자만의 잘못이 아니라고."

거울을 응시하던 아란은 어깨를 으쓱했다. 그러나 얼마 못 가 힘이 가득 들어가 있던 어깨가 축 늘어졌다.

"하긴, 그런다고 내 잘못이 완전히 없는 건 아니지만……."

아란은 하르르 한숨을 내쉬었다. 거울 속에 비추이는 자신의 모습이 한심하기 그지없었다.

"아무튼, 넌 그게 문제야. 어딜 가서든 덜렁대는 그거! 하루라도 실수를 안 저지르면 안 되는 그거! 그게 문제라고, 이아란! 도대체 언제 철들래?"

스물넷이나 됐으면서 아직도 사고나 치고 다니다니. 완전히 걸어 다니는 사고뭉치가 따로 없었다. 나이가 어릴 땐 어리니까 용서가 된다지만 이젠 나이도 있는데 어째서 매번 사고를 몰고 다니는지 이해가 되지 않았다. 조심하려고 할수록 실수는 잦아졌고, 신중하려고 할수록 사고는 끊임없이 일어났다.

"엄마가 안 계셨으니 다행이지, 만약 엄마가 봤다면? 으으, 난 아마 몇 날 며칠 잔소리를 들었을 거야."

아란은 양손으로 팔을 문질렀다. 엄마의 잔소리를 떠올리는 것만으로도 온몸에 소름이 오스스 돋았다. 오늘 창립기념파티는 부부동반 모임이었다. 헌데 감기몸살을 심하게 앓고 있는 모친 최정희 여사가 도저히 파티에 참석할 수가 없어서 아란이 대신 참석한 것이다. 아란이 집을 나서기 전까지 최 여사는 귀에 딱지가 앉을 정도로 앵무새처럼 같은 말을 반복하며 주의를 주었다.

"덜렁대지 말고 매사에 조심해. 중요한 자리니까 신중하게 행동해야 한다. 알았지?"

절대 엄마에게는 오늘의 일을 발설하지 말아달라고 애원에, 부탁에, 협박까지 해서 부친의 입을 단단히 봉해놓았다. 물론 이 시간 이후로 파티가 끝날 때까지 두 번 다시 사고를 일으키지 않고 얌전히 있겠다는 아란의 맹세를 들은 후에야 부친이 그녀의 요구를 들어주었다는 건 두말할 것도 없었다.

거울을 뚫어져라 바라보던 아란은 흐트러진 머리카락을 단정하게 정리했다. 깜찍한 디자인의 불가리 클러치 백을 열어 핑크빛 립글로스를 꺼냈다. 입술에 바르는 둥 마는 둥 립글로스를 바르고는 자신의 모습을 최종점검했다. 거울에 비친 모습에 만족한 듯 고개를 크게 끄덕이던 아란은 장난스럽게 속살거렸다.

"이아란, 도대체 넌 뭘 먹기에 이렇게 예쁜 거니? 아유, 요 이쁜 것!"

도도하게 턱을 치켜 올리고 거울을 바라보던 아란은 푸훗, 웃음을 터뜨렸다. 우진이 이 모습을 봤다면 또 공주병이라고 놀려댔을 것이다.

"공주병엔 약도 없다던데…… 어쩌냐, 우리 란이? 세상에서 자기가 제일 예쁜 줄 아는 우리 이아란, 얼른 환상에서 깨어나야 할 텐데. 오빠가 보기에 세상은 넓고, 예쁜 여자는 무지무지 많거든? 쯧쯧, 어쩌다가 그런 몹쓸 병에 걸려서. 하지만 걱정 마. 내가 돈 많이 벌어서 반드시 수술시켜 줄게. 근데 란아, 공주병이 수술한다고 낫는 병이니?"

　두어 달 전 독일에서 잠시 귀국했을 때 우진이 했던 말을 떠올리며 아란은 코웃음을 쳤다.

　"그래, 독일엔 예쁜 여자들이 엄청 많다 이거지? 흥! 혼자 맘껏 자유를 누리시죠, 박우진 씨. 조만간 내가 가면 다른 여자들은 다시는 못 쳐다보게 철통수비를 할 테니까!"

　새치름하게 말했지만 아란의 얼굴에는 꽃처럼 해사한 웃음기가 감돌았다. 우진의 놀림이 진심이 아니라는 것 정도는 이미 알고 있었다. 장난기가 많긴 했지만 우진은 누구보다 다정하고 따뜻한 사람이었다.

　"아아, 빨리 오빠가 왔으면 좋겠다. 이번 연주회는 또 얼마나 큰 반향을 불러일으키려나."

　클래식 마니아 사이에서 '박우진'은 꽤 많은 팬을 거느리는 것으로 이름이 높았다. 젊은 신예 피아니스트로 세간에서 촉망받는 인재로 손꼽혔다. 우진의 연주가 담긴 음반마저 모두 히트를 치며 매스컴에도 몇 번 얼굴을 알렸다. 매스컴에 나간 지 얼마 안 되었을 때에는 팬카페까지 우후죽순으로 만들어져 아란은 우진의 뜨거운 인기를 실감했다.

　아란이 손꼽아 기다리던 우진의 연주회가 얼마 남지 않았다. 그건 곧 우진을 만날 날이 얼마 남지 않았음을 뜻했다. 더불어 이번엔 가장 중요한 일정이 포함되어 있었다. 우진과의 달콤한 재회를 꿈꾸며 아란은 하루빨리 그날이 오길 간절히 바랐다. 파우더 룸을 나오는 아란의 걸음걸이가 춤을 추듯 사뿐사뿐 변해갔다. 연회장으로 통하는 복도로 나온 아란은 콧노래를 흥얼거렸다. 걸음걸이는 여전히 날아오를 듯 가벼웠다.

그때, 스텝이 엉키듯 아란은 제자리에서 휘청거렸다. 제 발에 발이 걸려 가녀린 몸이 고꾸라지듯 허공에서 바닥으로 풀썩 가라앉았다.

"어! 아앗!"

두꺼운 카펫이 깔린 바닥에 털썩 주저앉은 아란은 짜증스레 하이힐을 노려보았다. 드레스에 맞추기 위해 어쩔 수 없이 하이힐을 신었지만 너무 높은 것을 택했나 보다. 7센티가 넘으니 행동에 제약을 받을 수밖에.

"아아, 뭐야! 아까는 난생처음 보는 사람한테 주스 목욕을 시키더니, 이젠 발을 헛디뎌서 넘어지기까지 하고. 무슨 이런 말도 안 되는 일이 있을 수가 있어."

혼자 중얼중얼거리며 자리에서 일어나던 아란은 나직한 비명을 내지르며 다시 바닥에 주저앉았다. 어떻게 접질렸는지 도무지 일어설 수가 없었다. 너무 아파서 눈에 눈물마저 글썽거렸다. 다시 일어나 보려고 시도했지만 혼자 힘으로는 역부족이었다. 오히려 발목의 통증만 더욱 가중시킬 뿐 움직일 수가 없었다. 눈가에 돋은 눈물이 기어이 뺨으로 흘러내렸다.

"어떡해! 아빠한테 가봐야 하는데…… 일어설 수도 없고…… 그냥 집에 있을걸. 여긴 뭐하러 와서 이 모양 이 꼴이 된 거야……."

오늘 하루가 끔찍한 악몽 같았다. 악몽도 이런 악몽이 없었다. 아무리 실수를 밥 먹듯이 하고, 사고를 자주 치고 다녀도 하루에 두 번씩이나 이런 일이 생길 수는 없는 거였다. 수많은 사람들 앞에서 멀쩡한 사람에게 주스를 퍼부은 걸로도 모자라, 이젠 복도 한복판에서 볼썽사납게 넘어진 모양새라니. 정말이지 한심해서 아란은 얼굴을 들 수가 없을 지경이었다.

"어쩐지, 오늘 파티에 오기 싫었어. 오기 싫었다고. 이런 일이 생기려고 그렇게 오기 싫었던 거야."

일어설 엄두도 내지 못한 채 혼잣말을 종알거리던 아란은 클러치백을 뒤졌다. 부친에게 전화를 하기 위해 휴대전화를 꺼내고 단축키를 누르려는데, 등 뒤에서 듣기 좋은 저음의 목소리가 나른하게 들려왔다.

"여기서 뭐하는 거지?"

아란은 천천히 고개를 돌렸다. 우두커니 서서 그녀를 내려다보고 있는 남자는 다름 아닌 서강빈이었다. 그새 옷을 갈아입었는지 주스 얼룩은 말끔하게 자취를 감춘 뒤였다. 블랙 색상 슈트가 눈부시게 잘 어울리는 남자라고 아란은 막연히 생각했다. 몸에 딱 맞게 재단된 슈트는 서강빈이라는 남자를 더욱더 빛나게 했다. 아까 부친에게 혼날 때, 주변에서 여자 몇몇이 속삭이던 말이 불현듯 떠올랐다.

'서강빈 씨, 진짜 너무 멋있다', '확 안겨봤으면 소원이 없겠다, 정말', '손짓만 하면 바로 달려갈 준비가 됐는데 저 남자, 왜 저렇게 냉담하다니' 등등. 그런 말을 들을 때는 말도 안 된다며 코웃음을 쳤는데 지금 이 순간 아란은 인정할 수밖에 없었다. 여자들이 왜 그토록 이 남자에게 열광적으로 반응했는지 조금, 아주 조금은 이해할 수 있을 듯했다. 조각한 듯 반듯한 이목구비는 수려하기 그지없었다. 목을 뒤로 한껏 젖혀야만 보이는 늘씬한 몸은 단번에 아란의 시선을 사로잡았다. 강빈을 넋 놓고 바라보는 아란의 뇌리에 어른들이 자주 쓰는 말이 스치고 지나갔다.

"뉘 집 자식인지 참, 자알 생겼다."

"뭐? 여기서 뭐하냐니까 뜬금없이 무슨 소릴 하는 거야?"

강빈의 물음에 아란은 퍼뜩 정신을 차렸다. 자신도 모르게 생각이 소리가 되어 튀어나오고 말았나 보다. 홧홧한 열기가 번져 나가는 뺨을 두드리며 아란은 손을 휘휘 내저었다.

"아뇨, 아뇨. 아무것도 아니에요. 혼잣말이니까 신경 쓰지 마세요."

"여기서 뭐하냐고 물었는데, 이아란 씨."

하늘도 무심하시지. 어쩌자고 이렇게 민망한 자세로 있는 모습을 이 남자 앞에서 낱낱이 보여주고 있는지. 복도 한가운데에 주저앉아 다친 한쪽 다리를 구부리고 있는 자신의 모양새가 아주 가관이었다. 드레스 치맛자락으로 대충 다리를 감싼 아란은 들리지 않게 한숨을 내쉬고, 애써 태연하게 입을 열었다.

"돈을 떨어뜨렸거든요. 그래서 찾고 있었어요."

"아주 절박한 자세로 앉아 있는 걸 보니 액수가 제법 큰가 봐? 찾으면 나눠주는 거야?"

"동전인데요?"

"아아, 동전."

슬며시 치올린 강빈의 입술에 다사로운 미소가 새겨졌다.

"꼭 필요한 돈이면 내가 줄 테니까 이만 비켜주면 안 될까? 내가 좀 지나가야겠는데."

"돈은 됐고, 길은 알아서 비켜가세요. 가로막은 적 없으니까."

아란은 입술을 삐죽이 내밀고는 시큰둥하게 받아쳤다. 다른 사람이라면 도움이라도 요청하겠는데, 이 남자에게는 다리를 삐었다는 걸 보여주고 싶지 않았다. 망가진 모습은 한 번으로 족했다. 굳이 따지자면 지금도 충분히 망가진 모습이지만. 아무튼 아란은, 강빈이 어서 빨리 이곳을 지나가길 바랐다. 못 본 척하고 가주면 얼마나 좋을까, 하고 들리지 않게 속엣말을 했다.

"일어나 봐."

아란의 마음을 아는지 모르는지, 강빈이 명령조로 말했다.

'일어날 수 있었다면 벌써 일어났을 거네요!'

아란은 속으로 말하며 자그시 입술을 물었다. 가던 길 가라는데 왜 안 가고 장승처럼 버티고 서 있는 건지, 눈치없는 강빈이 야속하기만 했다.

"일어나 보라고, 이아란."

'어라, 근데 이 사람, 언제 봤다고 자꾸 반말이래?'

아란의 눈매가 매섭게 치켜 올라갔다.

"가던 길 가시죠, 서강빈 씨?"

아란은 생글방글거리면서 한 자 한 자 부러뜨릴 듯 힘주어 말했다. 말없이 아란을 내려다보던 강빈이 나직하게 한숨을 내쉬었다.

"서 있는 것도 힘든 건가."

들릴 듯 말 듯 낮게 중얼거리던 강빈은 허리를 숙였다. 불쑥 손을 내밀어 아란의 발을 감싸는 하이힐을 벗겼다.

"뭐, 뭐하는 거예요? 무슨 짓을……."

아란의 목소리가 날카롭게 변해갔다. 강빈은 들은 척도 하지 않은 채 아란의 가느다란 발목을 이리저리 어루만졌다. 발갛게 부어오른 상처가 강빈의 눈을 파고들었다. 한눈에 보기에도 통증이 제법 있을 듯했다. 파우더 룸에서 아란이 걸어나올 때부터 강빈의 시선은 오로지 한곳만 향했다. 뭐가 그렇게도 즐거운지 환한 미소를 머금고 나비처럼 팔랑거리며 걷는 아란의 모습을 강빈은 홀린 듯이 바라보았다. 자석의 이끌림처럼 아란의 행동을 주시하던 순간, 뜻하지 않게 넘어지는 것까지 보게 된 것이다.

통통 부어오르는 발목을 걱정스레 바라보던 강빈은 아란의 몸을 가분히 안아 올렸다. 갑작스레 낯선 남자의 품에 안긴 아란이 비명을 지르며 벗어나기 위해 안간힘을 다해 바르작거렸다.

"이봐요, 도대체 왜 이러는 건데요?"

"얌전히 있어, 이아란. 유난 떨지 마. 잠깐 상처를 보려는 것뿐이니까."

파우더 룸으로 성큼 들어간 강빈은 뒤를 따르는 비서에게 물었다.

"오늘 파티에 대비해서 대기하고 있는 의료진, 있습니까?"

수많은 임원이 모인 자리라 만약을 대비해 의료진은 물론, 비상사태를 고려해서 많은 것을 준비해 둔 터였다. 유 실장이 재빨리 대답했다.

"네, 의료진이라면 파티가 시작되기 전부터……."

"그럼 호텔 측에 얘기해서 의료진부터 데려오십시오."

"의, 의료진? 그냥 있으면 저절로 낫는데 거창하게 무슨 의료진이라는 거예요? 괜찮아요. 정말 괜찮다니까요. 이렇게 수선 피울 일이 아닌데……."

아란이 목소리를 높여 거절했지만 아무도 귀를 기울이는 사람은 없었다.

"네, 부사장님."

유 실장이 나가는 모습은 쳐다보지도 않은 채 강빈은 파우더 룸 안으로 들어온 경호원들에게 눈짓을 했다.

"밖에서 대기하세요."

두 명의 경호원이 나가고 파우더 룸에는 강빈과 아란만이 남았다. 소파에 아란을 앉힌 강빈은 한쪽 무릎을 굽히고 앉아 다친 다리를 세심하게 살폈다. 새하얀 발목이 보기 흉하게 부어 있었다.

"진짜 괜찮은데……."

잘 알지도 못하는 사람 손에 다리를 맡기고 있다는 사실이 아란은 여간 불편한 게 아니었다. 거친 동작으로 발목을 휙 잡아 빼다가 별안간 앓는 소리를 했다. 갑자기 다리에 힘을 가하자 모든 신경이 발목에만 집중되었다. 참기 힘든 통증이 한꺼번에 밀려들었다.

"아, 아파라…… 정말 징그럽게 아프네……."

아란은 짜증스럽게 말을 내뱉으며 욱신욱신거리는 발목을 아무렇게나 주물렀다.

"그러게, 얌전히 있지 왜 일을 만들고 그래?"

강빈이 무심하게 말하며 아란의 다리를 자세히 보기 위해 앞으로 끌어당겼다.

"가만있어. 움직이지 말고."

초록빛 튜브 톱 미니드레스는 아란의 늘씬한 다리를 유감없이 드러냈다. 조각상처럼 쭉 뻗은 다리 라인은 피팅 모델처럼 완벽했다. 빚은 듯 섬려한 아란의 발목을 부드럽게 마사지하며 강빈은 조심조심 어루만졌다.

"아앗! 아파요! 이왕 하는 거 좀 정성을 다해서, 살살할 수 없어요?"

"그 아가씨, 주문 한번 까다롭네."

굳게 닫힌 강빈의 입매가 부드러워졌다.

"아프단 말이에요. 진짜 거짓말 안 보태고 발목이 똑, 하고 부러질 것 같아."

"엄살 피우지 마."

강빈은 핀잔을 주면서도 손의 힘을 느슨하게 푸는 것을 잊지 않았다. 아닌 게 아니라, 발목이 어찌나 잔약한지 조금만 힘줘서 만지면 부러질 것만 같았다. 아란이 지지 않고 되쏘았다.

"엄살 아니거든요? 정말 죽도록 아프단 말이에요. 뼈가 부러진 거 같아."

"그 정도로 뼈가 부러지진 않아. 어린애도 아니고, 나 참. 이진오 전무님이라면 매사에 자로 잰 듯 빈틈없는 분이라고 알고 있는데 어떻게 너 같은 딸을 둔 거지?"

"우리 아빠가 그러시던데요? 전 다리 밑에서 주워 왔다고."

아란이 새치름하게 받아쳤다. 못 당하겠다는 듯 강빈은 고개를 절레절레 내저었다. 발목 통증을 덜어주기 위해 마사지를 하는 그를 보며 아란이 은근슬쩍 질문을 던졌다.

"근데, 되게 냉정한 사람이라고 들었는데 보기보다 자상한 데가 있나 봐요?"

"누가 그래?"

"음, 글쎄요. 누가 그랬을까요오?"

아란은 입술을 동그랗게 말고 노래를 부르듯 말끝을 길게 늘였다. 딴 곳을 바라보는 척 애써 대답을 회피했다. 오늘 파티에서 들은 말을 요약하자면 하나는 서강빈이 멋있는 사람이고, 또 하나는 여자에게 지독하게 냉담해서 곁을 주지 않는 사람이라는 말이었다. 가만히 있어도 여기저기서 들려오던 말을 떠올리며 아란은 상글상글 웃어댔다. 지독하게 아프기만 하던 통증은 강빈의 손길을 따라 마치 마법처럼 잦아들기 시작했다. 아픈 게 좀 괜찮아지자 괜스레 오기가 발동했다. 아까 연회장에서 있었던 일을 떠올린 아란은 콧잔등에 자잘한 주름을 만들었다. 다시 생각해도 조금은 억울한 상황이었다.

"그나저나, 솔직히 말해봐요. 아까 그쪽이 잘못했다는 거, 인정하는 거죠?"

"뭘?"

아란의 발목 마사지에만 신경을 곤두세운 강빈은 무감하게 되물었다. 도톰한 아랫입술을 비죽이 내민 아란이 말을 이었다.

"아까 그 사달이 일어난 거, 전적으로 그쪽 탓이잖아요. 그쪽이……."

"서강빈."

“네?”

갑작스레 강빈이 말허리를 자르자 아란의 말문이 닫혔다.

“서강빈이라고. 자꾸 그쪽, 그쪽 하지 마.”

“아, 네…… 음, 그러니까…… 서강빈 씨가 내 팔을 치지만 않았어도 내가 주스를 쏟지 않았을 거고, 또 서강빈 씨가 아까 그 여자분을 밀치지만 않았어도 두 번째로 주스를 엎지르지는 않았을 거다, 이거죠.”

아란이 조목조목 따지듯 일목요연하게 설명했다.

“그래서, 이아란 잘못은 전혀 없다?”

강빈의 빈정거림에 아란은 고개를 내저었다.

“그게 아니라, 내 말뜻은…… 아이참!”

아랫입술을 질끈 베어 문 아란이 강빈을 노려보았다. 별빛 품은 맑은 두 눈이 강빈에게 올곧게 닿았다.

“알았어요! 내가 잘못했어요! 잘 보고 다녀야 되는데 갑자기 애먼 데서 팔이 툭, 튀어나올 줄 몰랐던 내 잘못이 커요. 죽을죄를 졌어요. 앞으로는 앞뒤, 좌우, 잘 살펴보면서 조심조심 걸을게요. 됐어요?”

아란의 재재바른 모습이 귀엽기 그지없었다. 메말랐던 강빈의 눈빛이 다습게 변해갔다.

“근데요, 서강빈 씨! 그쪽, 그거 고쳐야 돼요. 아주 안 좋은 버릇이거든요.”

“잘 알지도 못하는 사람, 이 자식 저 자식 하는 네 버릇은 안 고쳐도 되고?”

“네?”

"아까 파우더 룸 앞에서 중얼거리던 네 말, 다 들렸어. 뉘 집 자식인지, 라고 했던가? 다음에 다른 사람 욕을 할 땐, 목소리를 낮추도록. 이 버릇없는 아가씨야."

아란의 고운 얼굴에 도홍빛 열기가 번져 나갔다. 눈동자를 또르륵 또르륵 굴리며 시시각각으로 변하는 아란의 깜찍한 표정을 강빈은 재미있다는 듯 주시했다.

"욕한 거 아닌데요, 그거. 그건 그러니까…… 음, 칭찬한 거예요."

"두 번만 칭찬했다간 아주 욕설이 난무하겠는걸?"

"칭찬 맞는데……. 그쪽이 너무 잘생겨서 나도 모르게 그만…… 아이참. 좋아요, 뭐. 혼잣말하는 그 버릇 고칠게요. 안 그래도 고치려고 했어요. 대신, 그쪽도 자기반성 좀 하시죠?"

아란의 뜬금없는 반격에 강빈은 계속 해보라는 듯 눈을 빛냈다.

"그쪽보다 나이 훨씬 많은 분이 죄송하다, 미안하다, 그러면 마음에 없어도 그 사과 냉큼 받아줘야 되는 거예요. 정 떨어지게 오만한 표정으로 가만히 서 있는 거, 얼마나 재수없고 기분 나쁜지 알아요?"

생각에 잠긴 듯 강빈은 말없이 아란을 응시했다. 쌀쌀맞게 노려보던 아란은 아직도 더 할 말이 남았는지 종알댔다.

"입장을 바꿔서 생각해 봐요. 서강빈 씨 아버님이 누군가에게 그렇게 사과를 하는데 상대편이 뚱한 표정으로 가만히 있으면, 기분 좋겠어요?"

'당돌하네.'

강빈의 매력적인 입술이 포물선을 그리며 유연하게 휘늘어졌다.

"원래 그렇게 하고 싶은 말을 즉흥적으로 다 하는 편이야?"

아란의 가느다란 발목을 주물러 주며 강빈이 물었다. 갑작스럽게 대화의 주제가 바뀐 것에 적응을 못하던 아란은 한참 뒤에야 고개를 주억거렸다.

"뭐, 그렇다고 할 수 있죠. 혹시, 기분…… 나빴어요?"

"나빴다고 하면, 사과라도 할 거야?"

강빈은 놀리듯이 되받아쳤다. 가만히 강빈을 바라보던 아란이 망설이듯 혀끝으로 아랫입술을 핥았다.

"미안해요."

잠시 말의 템포를 늦춘 아란은 재차 사과의 말을 덧붙였다.

"내가 원래 실수가 잦아요. 덤으로 사고도 잘 치고. 그러면 안 되는데 생각없이 말도 잘 내뱉어요. 그래서 매번 혼나는데, 그게 잘 안 고쳐져서 사실 나도 힘들어요. 어쨌든, 미안해요. 그리고 주스 엎지른 거…… 뭐, 그것도 내 잘못이 커요. 진심으로 사과할게요."

"됐어."

아란의 말을 가로막은 강빈은 무심하게 대화를 차단했다.

"네 말대로 내 잘못도 있으니까 그 얘긴 그만하자."

이렇게 자기감정에 솔직한 사람은 보지 못했다. 자기감정을 숨기고 감추기 바쁜 요즘 같은 세상에 이아란처럼 솔직담백한 사람은 처음이었다. 그래서인지 강빈은 눈앞에 있는 이 천방지축 아가씨가 신기하고 새롭기까지 했다. 어쩌면 이렇게 솔직할 수가 있을까, 하는 의문마저 들었다.

어쨌든 아란만 탓할 수는 없었다. 지나가는 아란의 팔을 먼저 친 것도 그였고 가만히 서 있던 아란이 뒷걸음치게 된 것도 결국 그가 서진의 어깨를 밀치면서 벌어진 일이니까. 그 일이 없었다면 이 깜찍하고 발랄한 아가씨를 만날 일도 없었을 터였다. 강빈으로서는 연회장에서 벌어졌던 해프닝이 그다지 불쾌한 일은 아니었다.

"그 일은 잊어버리라는 거야, 이아란. 어때, 이제 좀 괜찮아?"

아란의 발목을 주시하며 강빈이 물었다.

"음, 아직 좀 아프긴 하지만 아까보다 훨씬 괜찮아진 거 같긴 해요. 아앗! 살살해요! 아프다니까요!"

아란의 괜찮다는 말에 강빈은 자신도 모르게 순간적으로 손에 힘을 주었다. 조금 세게 마사지를 했더니 아란의 음성이 단박에 새청맞게 변해갔다. 강빈은 손아귀의 힘을 느슨하게 조절했다. 아란이 상체를 숙이고는 강빈이 어루만지고 있는 발목을 걱정스레 바라보았다. 부기는 좀체 가라앉지 않았다. 오히려 시간이 흐를수록 더욱더 발갛게 부어오르기만 했다.

"이거, 금방 낫겠죠? 아빠가 알면 또 덜렁대다 이렇게 됐다고 일장연설을 늘어놓을 텐데……. 지긋지긋한 잔소리 끝난 지 얼마 되지도 않는데 그 소리를 또 들어야 하다니……."

종알종알거리는 아란의 음성이 강빈의 귀에는 하나도 들리지 않았다. 이성과 사고가 따로 분리되는 순간이었다. 아란이 몸을 숙이는 순간, 풍만한 젖가슴이 완벽한 모양을 유지하며 단번에 눈길을 사로잡았다. 강빈은 짜증스레 눈매를 일그러뜨렸다. 철없는 어린 시절에도 이런 적은 없었다. 고작 여자 가슴을 보는 것만으로 눈이 혹한 적은 없었다. 헌데 오늘은 어이없게도 보일 듯 말 듯 감질나게 드러나는 여자의 가슴에 심장이 두근거렸다.

발갛게 부어오르는 발목을 걱정스레 보며 아랫입술을 잘근잘근 짓씹는 아란의 행동은 유혹적이다. 치아의 힘에 따라 도톰한 입술은 점점 더 짙어지고 붉어져, 급기야 석류물이 배인 듯 한입에 삼키고 싶을 만큼 매혹적으로 변해갔다. 눈길을 돌려야 하는데 머릿속으로 생각만 할 뿐 행동으로 옮기지는 못했다. 그가 할 수 있는 것이라고 는 그저 아란을 홀린 듯이 바라보는 게 전부였다.

그 순간, 아란은 고개를 갸웃거리며 강빈의 손을 뚫어져라 응시했 다.

"우와…… 그러고 보니 손, 정말 예쁘다."

검지를 세운 아란이 강빈의 손등을 장난스럽게 톡톡, 하고 쳤다.

"실례가 안 된다면 손, 자세히 좀 봐도 돼요?"

"으음?"

설단증에 걸린 것처럼 강빈은 쉽사리 대답할 수가 없었다. 그것을 동의하는 것으로 해석한 아란은 강빈의 손을 조심스레 잡아보았다. 아란의 손이 그의 손과 하나가 되는 순간, 강빈의 심장에 두근거리는 열감이 번져 나갔다. 보드랍고 따뜻한 손이 그의 손가락에 하나둘 얽 혀들자 전신에 저릿저릿한 전율이 일었다. 그저 손과 손이 만났을 뿐 인데 어떻게 이런 느낌이 들 수 있을까. 혀가 아릴 만큼 달금하면서, 또 상이하게 끔찍한 형벌처럼 느껴지는 고형(苦刑)과도 같았다.

"너, 뭐하는 짓이야."

강빈의 사느란 음성이 퉁명스레 흘러나왔다. 삭풍이 불 듯 차디차 게 변해 버린 분위기를 감지하지 못한 채, 아란은 그저 강빈의 미려 하게 뻗은 손에 흠뻑 빠져들었다. 강빈의 손을 이리저리 세심하게 살피며 진귀한 보물을 보듯 눈을 반짝였다.

"세상에, 서강빈 씨! 당신 손, 정말 예쁜걸요?"

아란은 탄성을 내지르며 강빈의 손가락을 유심히 살폈다. 거친 일을 하지 않은 손은 황금빛 피부를 자랑하며 단번에 시선을 사로잡았다. 더구나 손가락 마디마디가 길게 뻗어 있어 우아하기까지 했다. 이렇게 근사한 손이 건반 위를 춤추듯이 날아다닌다면, 아마 홀딱 반할지도 모른다고 아란은 생각했다.

"피아노 칠 줄 알아요? 우리 오빠처럼 피아니스트면 정말 좋겠다. 음, 어디 보자. 손톱의 길이나 모양도 완벽하고…… 남자가 이렇게 예쁜 손 갖기 정말 힘든데……. 혹시, 어디서 손 관리라도 받는 거 아니죠? 정말 너무 예쁘다."

귀한 도자기를 보며 품평이라도 하듯 아란은 그를 잡고 있는 손을 거두지 않았다. 체질적으로나 성격적으로나 강빈은 다른 사람과의 접촉을 그다지 좋아하지 않았다. 누군가의 손이 닿는 게 때로는 귀찮고 불쾌하기도 했다. 그래서인지 타인의 손이 닿는 걸 극도로 꺼려했다. 그런 그의 행동에 사람들은 냉정하고 매몰차다고 했지만 타고난 성격을 바꿀 수는 없었다. 다른 때라면 손이 맞닿자마자 뿌리쳤을 터였다. 헌데 어쩐 일인지 강빈은 아란의 손길을 매정하게 거절할 수가 없었다.

"남자한테 예쁘다라고 하는 건 칭찬이 아니라는 거 모르나 봐, 이아란?"

자신도 이해할 수 없는 변화를 감추기 위해 강빈은 일부러 더 냉랭하게 이죽거렸다. 그때까지도 그의 손을 놓지 않고 있던 아란이 가만가만 고개를 가로저었다. 긴 머리카락이 이리저리 나부끼듯 흔들리며 강빈의 눈앞을 부드럽게 스치고 지나갔다. 윤기가 함치르르 흐르는 머릿결은 만져 보고 싶은 묘한 충동이 일게 했다.

"아뇨. 칭찬이에요. 더할 수 없이 완벽한 칭찬. 난요, 손 예쁜 남자를 좋아하거든요. 텔레비전에 잘생긴 연예인이 나오면 이상하게 얼굴보다 손에 먼저 눈이 가요. 근데 손 예쁜 남자가 드물어서 아쉬울 때가 많아요. 남자 손은 보통 너무 거칠고 투박한 게 다반사거든요. 손톱 모양도 대체적으로 뭉툭뭉툭한데, 서강빈 씨 손은 어쩌면 이렇게 근사하죠? 가만히 보니까 우리 우진 오빠 손이랑 비슷하게 생긴 거 같다. 쭉쭉 뻗은 마디가 우아한 게…… 음, 어떻게 보면 우리 오빠보다 손이 더 예쁜 거 같기도 하고. 아니다, 우리 오빠 손이 조금 더 희고 마디가 가는 것 같기도 하고……."

말을 얼버무린 아란은 그제야 강빈의 손을 내려놓고는 해사한 미소를 건넸다. 강빈의 눈앞이 일순 하얗게 변해갔다. 아란의 웃는 모습에는 빛처럼 눈부신 영채가 흘렀다. 바라보는 것만으로도 그를 아뜩하게 만들었다. 처음 보는 순간부터 예쁘다는 것은 인정했다. 하지만 무언가가 달랐다. 유난히 아름다운 얼굴이어서가 아니다. 아란에게는 사람을 설레게 하는 특유의 무언가가 있었다. 말로는 표현할 수 없는 그 무언가가. 아란의 눈부신 미소가 강빈에게 묘한 설렘을 안겨주었다.

낮은 노크 소리와 함께 파우더 룸 문이 열렸다. 강빈과 아란의 시선이 동시에 문가로 날아들었다. 두 명의 의료진을 대동한 유 실장이 들어왔다. 자리에서 일어난 강빈은 허리를 조금 숙이고 아란의 이마를 아프지 않게 쥐어박았다. 눈을 가느다랗게 뜬 아란이 입술을 비죽였다.

"뭐예요? 왜 갑자기 때리고……."

"자주 봤으면 좋겠다."

웃음기 어린 목소리로 강빈이 덧붙였다.

"물론, 다음엔 주스 세례는 사절이야."

의료진을 남겨두고 밖으로 나가려던 강빈은 갑작스레 몸을 돌렸다. 잊고 있던 것을 깨달은 듯 말을 이었다.

"참, 빚 하나가 더 추가됐는데……."

"다음에 청산하도록! 뭐, 이런 말 하려고 했죠?"

아란이 삐딱하게 받아쳤다.

"천방지축 아가씨가 제법 똑똑한걸?"

"전 갚을 생각 없는데요?"

"어쩌나…… 난 밑지는 장사는 안 해서 다 받아야겠는데."

뾰로통하게 앉아 있는 아란의 모습이 절로 미소를 자아냈다. 의료진들에게 아란을 맡긴 강빈은 천천히 파우더 룸을 나갔다. 뒤따라 나온 유 실장이 조심스레 입을 열었다.

"회장님께서 찾으십니다. 연회장을 너무 오래 비우셨는데 이만 다른 분들과 합류하시는 게 어떨지요, 부사장님."

강빈은 짧은 고갯짓으로 대답을 대신했다. 상사의 뒤에 서서 지시를 기다리던 유 실장은 슈트 안주머니에서 휴대전화를 꺼냈다. 희미한 진동음이 낮게 울려 퍼졌다.

"네, 여보세요."

유 실장의 통화내용을 무심하게 들으며 강빈은 시선을 내렸다. 아란이 부드러운 손길로 어루만졌던 손에 눈길이 멈췄다. 일순, 손끝에 저릿저릿한 전율과 홧홧한 열기가 번져 나갔다. 강렬한 느낌을 가두듯 천천히 주먹을 그러모아 쥐었다. 아란의 보드레한 피부와 다스한 열기가 손안에 잠들었다.

"네, 알겠습니다. 지금 바로 부사장님을 모시고 가겠습니다."

통화를 마친 유 실장이 부스럭거리며 품 안으로 휴대전화를 갈무리했다.

"부사장님……."

"뭡니까."

"회장님 비서진 측에서 연락이 왔습니다."

강빈은 천천히 걸음을 돌리고 유 실장을 정안했다.

"호텔 로비에 신승재 서울시장님과 김한수 국무총리님께서 도착하셨답니다."

서한그룹 창립기념파티 축하사절단으로 서울시장과 국무총리가 온다는 건 강빈도 알고 있는 사실이었다. 서울시장과 국무총리는 강빈의 부친인 서영훈 회장과 각별한 친분을 유지하고 있는 사이였다. 창립기념파티 외에도 서 회장의 생일파티나 그 외 크고 작은 모임에도 자주 참석해 서로의 친분을 돈독히 했다.

"총장님이 퇴장하자마자 시장님과 총리님이라……."

창립기념파티가 시작된 지 얼마 안 되었을 때 부친의 죽마고우인 검찰총장이 다녀갔다. 한 기업의 창립기념파티에 이토록 대외적으로 이슈가 되는 인물이 대거 참석하는 건 이례적인 일이었다. 그건 바꿔

말하면 정관재계 모든 인맥을 아우르는 서 회장의 능력을 단면적으로 보여주었다. 슈트 소매를 들춰 손목시계에 눈길을 던진 강빈은 시간을 가늠했다. 여기서 더 지체할 시간이 없었다.

"시장님과 총리님을 기다리게 할 순 없죠."

우아하게 뻗은 긴 손가락을 움직여 파우더 룸에 손짓을 한 강빈은 빠르게 지시를 내렸다.

"먼저 들어갈 테니까 이아란 씨, 상처가 괜찮아지면 이 전무님께 모셔다 드리세요."

"네, 부사장님."

연회장으로 성큼성큼 걸음을 옮기는 강빈의 뒷모습을 향해 유 실장은 머리를 조아렸다. 강빈의 뒤에서 서너 걸음 뒤처진 경호원들이 민첩하고 재바르게 뒤를 따랐다. 연회장 밖을 서성거리던 기자 몇몇이 강빈에게 다가서려 했지만, 보안요원들이 물샐틈없이 강빈의 주변을 에워쌌다.

기자들이 귀찮게 들러붙을 거라며 평소보다 경호원을 조금 더 늘이라던 강빈의 말이 이해가 되었다. 강빈의 뒷모습이라도 카메라에 담으려고 혈안이 된 기자들을 바라보며 유 실장은 한숨을 내쉬었다. 그나마 조금 전, 연회장에서 벌어졌던 불미스러운 일은 기사화되지 못하게 미연에 방지한 터라 큰 문제는 없을 듯했다. 유 실장은 휴대전화를 꺼내고는 단축키를 길게 눌렀다.

"밑에 대기하고 있는 경호원 두 명 더 올려 보내서 부사장님 경호하도록 해주세요."

간단하게 지시를 내린 뒤 폴더를 덮는데 파우더 룸 문이 벌컥 열렸다. 의료진의 부축을 받으며 아란이 걸어나왔다. 청순함과 발랄한 생동감이 한데 어우러져 반짝반짝 빛이 나는 아란은 사람들의 시선을 묘하게 끌어당겼다.

"이제 좀 괜찮으십니까?"

멍하니 아란을 바라보던 유 실장은 마른침을 삼켰다.

"네, 괜찮아요. 신경 써주셔서 감사합니다."

아란이 예의 바르게 목례를 하고는 주변을 두리번거렸다.

"어, 서강빈 씨는요? 먼저 나갔는데……."

"일이 생겨서 연회장으로 가셨습니다. 괜찮으시다면 제가 이진오 전무님께 모셔다 드리겠습니다."

유 실장이 정중하게 제안했다. 아란은 손을 휘휘 내저으며 손사래를 쳤다. 생그레 미소를 베어 물었다.

"됐어요! 모시다니, 무슨 그런 황송한 말씀을. 이제 많이 괜찮아졌으니까 걱정 마세요. 혼자서도 충분히 갈 수 있거든요."

통통 튀는 목소리마저 매력적이었다. 아란의 음성은 마치 노래하는 듯한 고운 음색이었다. 빙그레 웃음을 머금은 유 실장이 고집스레 첨언했다.

"부사장님 명령입니다. 이아란 씨를 모셔다 드리는 건 제 의무이기도 하고요. 불편한 다리로 혼자 가셨다고 하면 부사장님이 걱정하실지도 모릅니다."

유 실장이 아란을 부축하려고 손을 내밀었다. 아란은 두어 걸음 뒤로 물러나는 것으로 거절의 의사를 전했다.

"아이고. 걱정은 무슨."

아란은 깔깔거리며 천진난만하게 웃음을 터뜨렸다. 방울방울 터지는 웃음소리가 파우더 룸 복도를 가득 메웠다.

"그런 걱정 안 해도 좋으니까, 제발 빚 갚으라는 소리나 안 했으면 좋겠네요."

손사래를 치며 아란은 아예 고개까지 설레설레 내저었다. 웃는 모습이 어찌나 눈에 박히도록 어여쁜지 시선을 떼지 못하게 했다. 유실장과 의료진들이 아란을 넋 놓고 바라보고 있는 사이, 연회장에서 이진오 전무가 걱정스러운 표정으로 나왔다. 파우더 룸 앞에 있는 아란을 발견하고는 이 전무의 발걸음이 빨라졌다.

"왜 이렇게 안 온 거야? 걱정했잖아. 아빠 말에 많이 서운했던 거니?"

혼 좀 냈더니 토라져서 연회장에 안 오는 건가 걱정이 되었던 이 전무는 딸아이의 어깨를 다정하게 토닥여 주었다. 아란은 머쓱한 듯 혀를 살짝 내밀더니 눈을 찡긋거려 윙크를 던졌다.

"아니, 그게 아니라 아빠, 사실은 내가 발을 헛디뎌서 발목을 조금 삐끗했거든. 그래서……."

"뭐? 어쩌다가 발목을 다쳐? 많이 다친 거야? 병원은 안 가봐도 되겠니?"

이 전무가 대번에 무릎을 굽히고 앉아 아란의 발목을 진중하게 살폈다. 아란은 부친의 어깨를 톡톡 두드리며 말을 보탰다.

"지금은 괜찮아, 아빠. 여기 이분들이 도와주셨거든요."

이 전무가 감사의 인사를 전했다. 해야 할 일을 했을 뿐이라며 인사를 되돌린 의료진들이 서둘러 자신들의 자리로 돌아갔다. 이 전무와 유 실장이 몇 마디 말을 더 주거니 받거니 하는 동안 아란은 제대로 걸을 수 있는지 차분하게 연습을 했다. 몇 발자국 떼기도 전에 발목이 욱신거렸지만 확실히 처음보다는 많이 호전되었다. 복도를 서성거리고 있는 아란의 곁으로 유 실장이 다가와 고개를 숙였다.

"먼저 들어가 보겠습니다. 다리는, 너무 무리하지 않는 게 좋을 듯합니다."

"네. 신경 써주셔서 감사합니다."

걸음을 멈추고 부친 이 전무에게 몸을 기댄 아란이 목례를 하자, 인사를 마친 유 실장이 황급히 연회장으로 들어갔다. 아란의 다리를 걱정스레 내려다보던 이 전무는 휴대전화를 꺼내고는 운전기사에게 전화를 걸었다.

"입구에 차 대기시켜요. 아란이가 조금 다쳐서 일찍 들어가야 할 거 같으니까."

기사와 통화를 하는 부친을 지켜보며 아란은 고개를 마구 내저었다.

"난 괜찮다니까, 아빠! 멀쩡해요! 하나도 안 아프다니까? 솔직히 좀 전엔 죽어라고 아팠는데 지금은 다 나았어요. 중요한 자리인 거 같은데 이렇게 훌쩍 가버리면……."

"나한테 우리 딸만큼 중요한 게 또 어딨겠니? 걱정하지 마라, 요 녀석아. 만나봬야 할 사람은 거의 다 만났고, 또 인사도 나눴으니 이젠 가도 괜찮단다."

아란의 이마를 톡, 하고 쥐어박은 이 전무가 나직이 웃음을 토해냈다.

"그나저나 우리 공주님 걷는 게 힘들면 이 아빠가 안아줄까?"

"우웩! 됐네요. 나 안다가 아빠 허리 삐끗하면, 아빠의 하나밖에 없는 귀한 딸 엄마한테 맞아 죽거든요? 정중하게 사양하겠습니다."

아란의 우스갯소리에 이 전무는 큰 소리로 웃음을 터뜨렸다.

"이 녀석, 못하는 소리가 없구나."

"어, 저 사람! 서울시장 아닌가?"

십여 명의 사람들에게 둘러싸여 연회장으로 향하는 중년의 남자를 바라본 아란은 눈을 동그랗게 떴다. 서울시장과 총리를 바라보느라 한눈을 팔고 있는 사이, 아란은 누군가 다가오는 것도 감지하지 못했다. 급하게 걸어오는 일행을 발견한 이 전무가 날래게 아란을 한쪽으로 잡아당겼다.

"이 녀석, 앞 좀 제대로 안 보련!"

"미안, 아빠."

콧잔등에 잔주름을 만들며 아란은 어색하게 웃었다. 다행히 부딪히는 것은 면했지만 상대방에게 사과를 하려고 고개를 들었을 때는 이미 그 사람들은 서너 걸음 앞서서 잰걸음으로 연회장을 향했다.

"신성그룹 민 사장이잖아? 그러고 보니 저쪽도 부인 대신 딸을 대동하고 왔는걸."

황급히 지나가 버린 네댓 명의 사람들을 바라보던 이 전무가 아는 체를 했다.

연회장 입구에서 서울시장과 총리의 인터뷰를 마친 기자들은 새롭게 등장한 다크호스를 취재하려고 한꺼번에 몰려들었다. 신성그룹 부녀(父女)를 향해 몇몇 질문이 두서없이 날아들었다.

"조금 늦으셨습니다, 민성택 사장님."

"네. 차가 막혀서."

"모두들 쉬쉬하고 있지만 서한그룹의 서강빈 부사장님과 사장님의 따님이신 민지수 양과의 정략결혼설이 조심스레 흘러나오고 있습니다. 이렇듯 공개적인 자리에 따님을 모시고 나온 건 소문을 사실화시키는 것인가요?"

"오늘 모임에 딸을 데리고 오신 분이 저밖에 없답니까?"

"그건 아닙니다만……."

"처가에 일이 있어서 아내는 오지 못했습니다. 딸을 데리고 온 해명은 이것으로 대신하죠."

취재는 일문일답처럼 오고 갔다. 기자들 앞에서 여유롭게 서 있는 두 부녀의 모습이 간간이 카메라에 담겼다. 엘리베이터 쪽으로 걸음을 옮기던 아란은 먼 곳에서 들리는 강빈의 이름에 잠시 걸음을 멈췄다. 먼저 엘리베이터에 도착한 이 전무가 고개를 갸웃거렸다.

"뭐하니, 아란아?"

"아, 아무것도 아냐, 아빠."

조심조심 부친에게로 걸음을 내딛는 아란의 뒤로 계속해서 질의응답이 이어졌다.

"그럼 결혼설은 단순한 소문일 뿐입니까?"

"글쎄요."

"서한그룹 측에선 사실과 관계된 바 없다는 말로 단호하게 일축하던데 어떻게 생각하십니까?"

"아니 땐 굴뚝에서 연기 나는 거, 보셨나요?"

조용하게 침묵을 지키고 있던 여자가 대뜸 입을 열었다. 기자들의 플래시 세례가 일제히 민지수를 향해 터졌다. 부친 민 사장의 팔에 팔짱을 낀 지수가 오만하게 턱짓으로 인사를 했다.

"예정에 없던 인터뷰는 여기까지 하는 걸로 하죠. 가요, 아빠."

두 부녀가 수행원을 대동하고 연회장으로 사라지자, 남겨진 기자들은 기사를 작성하느라 바쁘게 움직였다. 엘리베이터에 올라탄 아란은 보이지 않게 고개를 가로저었다. 여기는 마치 다른 세상 같았다. 일거수일투족이 기사화되는 걸 보니 남의 일인데도 불구하고 머리가 지끈거렸다. 그녀라면 이런 곳에서는 숨이 막혀서 단 하루도 살 수 없을 것만 같았다. 엘리베이터 닫힘 버튼에 검지를 올린 아란은 잠시 머뭇거렸다. 이 전무가 의아하게 바라보았다.

"왜, 뭐 빠뜨리고 온 거 있어?"

"아니. 그게 아니라…… 가기 전에 인사를 해야 할 사람이 있는데 못하고 가니까 좀 미안해서. 고맙다는 말도 못했는데……."

고맙다는 인사는 다음 기회로 미뤄야 할 듯했다. 기회가 오지 않는다면 할 수 없는 거고. 말끝을 흐린 아란은 이내 닫힘 버튼을 힘주어 눌렀다. 여기는 다른 세계, 다른 세상의 사람들이다. 그녀와는 전혀 상관없는.

천천히 금속 문이 닫히고 이아란과 서강빈이 연결된 세계의 문도 굳게 닫혀 나갔다.


"일 년에 단 하룬데, 이 짓도 못해먹겠다. 어머니께 끌려서 여기저기 인사하러 다녔더니 목이 다 아프다, 젠장."

지완이 뒷덜미를 주무르며 강빈에게 신세한탄을 늘어놓았다.

"잘하면서 않는 소리는."

"잘하는 척, 하는 거지. 솔직히 파티라면 이가 갈린다. 으음, 저게 누구야? 찰거머리 양, 민지수잖아?"

나직이 혀를 찬 지완은 한쪽을 가리키며 턱짓을 했다. 강빈의 시선이 자연스레 지완이 가리킨 곳을 향했다. 다스한 온기가 흐르던 강빈의 눈빛이 급속도로 냉각되었다.

"강빈 씨, 오랜만이에요."

"그간 잘 지냈나?"

지수와 민 사장이 동시에 인사를 했다. 강빈은 보일 듯 말 듯 고개를 숙이고는 인사를 되돌렸다.

"네. 민 사장님도 잘 지내셨습니까."

"나야 늘 잘 지내지. 참, 지수 넌 잠깐 여기 있어라. 아빠 서 회장님 좀 뵙고 오마."

민 사장이 지수의 어깨를 토닥였다. 지완이 강빈의 귓가에 입술을 모으고 한껏 목소리를 깔았다.

"저 레퍼토리 지겹지도 않나, 저 능구렁이 영감? 이런 식으로 은근 슬쩍 딸내미를 너한테 붙여놓을 심산인 거 누가 모르냐고. 안 그래?"

강빈은 대답 대신 반듯한 이마에 실금을 그었다.

"두 사람, 무슨 얘길 그렇게 속닥여요? 설마 내 흉보는 거 아니죠?"

성큼 다가선 지수가 강빈의 팔에 팔짱을 끼면서 자연스럽게 매달렸다. 강빈의 얼굴이 일순 화강암처럼 딱딱하게 굳어나갔다.

"남자들끼리 귓속말하는 거 보기 싫어요."

"이 손."

강빈의 음성이 냉엄하게 흘러나왔다. 시선이 지수의 가느다란 팔에 멈췄다.

"네?"

"너, 이 손 놓고 얘기해."

"아…… 미안해요. 나도 모르게……."

강빈의 베어버릴 듯한 날카로운 눈빛에 주눅이 든 지수는 재빨리 손을 거뒀다. 지수는 도움을 구하듯 지완을 바라보며 애절한 눈빛을 보냈다. 한숨을 내쉰 지완이 마지못해 입을 열었다.

"미인이 도와달라는데 신사 된 도리로써……."

어깨를 으쓱인 지완은 강빈의 어깨를 주먹으로 가볍게 후려쳤다.

"야, 그렇다고 사람을 면전에 두고 그렇게 무안을 줄 건 또 뭐냐? 좋게 말해도 될 텐……."

"함부로 입 놀리지 마, 민지수."

지완의 말허리를 자른 강빈이 사늘하게 뇌까렸다. 무슨 소리냐는 듯 지수가 눈을 동그랗게 뜨고 그를 응시했다.

"연회장 입구에서 인터뷰한 내용, 이미 다 보고됐어."

"화났어요? 난 그냥 농담으로……."

어색한 순간을 모면하기 위해 지수는 안간힘을 다했다. 안면근육이 마비될 정도로 환하게 웃었지만 강빈은 조금도 틈을 보이지 않았다. 먼지 한 점 내려앉지 않은 강빈의 슈트 소매를 탁탁, 털어내면서 지수가 애교 섞인 음성으로 종알댔다.

"아아, 내가 이 모습에 반하긴 했는데 솔직히 너무 무섭다. 그렇게 화내지 마요. 나 얼음될 것 같아."

애정이 한가득 묻은 지수의 손길을 강빈은 매몰차게 뿌리쳤다.

"아니 땐 굴뚝에 연기 나는 거 보셨나요, 라고 했던가?"

연회장 밖에서 했던 말을 강빈이 토씨 하나 틀리지 않게 반복하자, 지수의 고운 얼굴이 확 달아올랐다. 이렇게까지 화를 낼 줄은 미처 예상하지 못했다. 등골 사이로 식은땀이 주르륵 흘러내리는 기분이 들었다. 지수는 애꿎은 입술만 잘근잘근 물어뜯었다.

"상대편 감정은 고려하지도 않고 제 감정만 앞세워서 돌진하는 거, 민폐라고 생각하지 않나? 다음부터는 조심해 줬으면 좋겠는데."

말을 마친 강빈은 지완에게 시선을 돌렸다. 멍하니 서서 구경하던 지완이 목소리를 낮춰 강빈에게만 들리게 속삭였다.

"나쁜 녀석. 너 좋다는 여자, 꼭 이런 식으로 잘라내야겠냐? 민지수, 좀 있으면 울겠다?"

"내가 상관할 바 아냐."

"아무튼 인정머리없는 놈."

"그럼, 인정 많은 네가 눈물 흘리면 좀 닦아주든지."

말을 마친 강빈은 뒤도 돌아보지 않고 가버렸다. 얼떨결에 지수와 남겨진 지완은 혹 떼려다 혹 붙인 꼴이 되고 말았다. 모친을 피하려고 강빈의 곁에 있었는데 어쩌다 보니 귀찮은 지수를 떠맡게 된 것이다.

　창립기념파티가 끝나고 얼마 지나지 않아, 서한그룹에서는 대대적인 임원 승진인사를 단행했다. 서한전자 부사장에서 사장으로 승진한 서강빈을 필두로 역대 최대 규모인 사백여 명이 넘는 임원이 승진인사를 한 것이다.

　서영제 사장의 아들인 서강우는 부사장 보직에 그대로 머물렀다. 서강우 부사장은 벌써 두 번이나 승진인사 명단에서 제외되어 일각에서는 염려의 목소리가 끊이지 않고 들려왔다. 반면 또 다른 일각에서는 서강우 부사장이 조만간 그의 부친 서영제 사장 밑으로 가거나, 혹은 다른 계열사를 맡는 것으로 직위가 업그레이드되지 않을까, 하는 조심스러운 추측이 나돌기도 했다.

　서강우 부사장과 달리 서영미 사장의 아들인 윤지완은 서한증권 상무 보직에서 전무로 무사히 승진인사를 하는 영광을 안았다. 다른 사촌형제들보다 다소 늦은 나이에 경영일선에 뛰어들었지만 타고난 사업적 감각과 든든한 백그라운드에 힘입어 한 단계 높은 곳으로 자리를 옮긴 것이다. 이런 승진인사 단행에 족벌체제, 재벌체제라는 말들이 새어 나오긴 했지만 어느 누구도 감히 겉으로 표현하는 이는 없었다.

　서한그룹의 후계자인 서강빈의 사장 승진은 당연한 수순이었다. 부친인 서영훈 회장은 조금 더 일찍 강빈을 사장 자리에 앉히고 싶어 했으나 경영에 대한 커리어를 더 쌓고 싶어하는 아들의 뜻을 굽힐 수가 없었기에 차일피일 승진을 미뤄오다, 드디어 사장 자리를 맡기게 된 것이다.

　이로써 강빈의 경영승계 작업이 본격화하기 시작했다. 그러나 일반인들은 감히 짐작도 하지 못할 만큼, 강빈의 경영수업은 아주 오래 전부터 시작되었다. 부친 서영훈 회장의 지시 아래, 강빈은 고등학교 재학 당시부터 전문 비서를 대동하고 사업장을 둘러보았다. 그렇게 사업장을 둘러보며 경영전반에 걸친 보고를 빠짐없이 들었다. 어린 나이에도 불구하고 강빈은 그 모든 것을 무리없이 받아들이고 더 나아가, 회사에 실질적인 도움이 되는 조언도 아끼지 않았다.

그뿐만이 아니다. 성인이 된 후에는 서영훈 회장이 해외출장을 나설 때마다 함께 동행해서 국제감각도 익혔고, 틈틈이 시간을 내서 지방사업장도 둘러보며 경영수업을 꾸준히 해왔다. 외형적으로나 내부적으로나 서한그룹의 승계구도는 마무리 단계에 접어들었다. 물론 서영훈 회장에게 동생이 둘이나 있고, 그들의 자식들도 있기에 섣불리 예단할 수는 없지만 외부에선 이미 강빈을 최고경영자로 예우(禮遇)했다.

이제 재계의 이목은 강빈이 언제 서영훈 회장의 뒤를 이어 서한그룹의 실질적인 총수로 등극하는지, 그리고 그것이 과연 언제쯤인지에만 집중되었다.

서한그룹 본관(本館). 서한전자 사장실.

마호가니 데스크 위에는 강빈의 사장 승진인사를 축하하는 축전이 물밀듯이 밀려들어 차곡차곡 쌓였다. 비서진 측에서 일차적으로 보고 불필요한 축천은 거르고 걸렀음에도 어마어마하게 남은 양은 고스란히 강빈에게로 전달되었다. 강빈은 건성으로 축전 몇 개를 읽었을 뿐 그 외에는 모두 뜯어보지도 않은 채 밀봉된 상태 그대로 밀려났다.

똑똑—

낮은 노크 소리가 강빈의 업무를 방해했다. 해외사업장에 대한 일련의 보고서에서 눈을 떼지 않은 채 강빈은 짤막하게 입을 열었다.

"네."

집무실 안으로 들어온 여비서가 고개를 숙이고는 강빈의 앞으로 성큼 다가섰다.

"회장님 비서실에서 연락이 왔습니다."

사인을 마친 보고서를 옆으로 밀어두고 다른 서류를 뒤적이던 강빈은 계속 해보라는 듯 고개를 끄덕였다.

"영국 방문 일정이 내정되었답니다."

"언제입니까?"

그제야 강빈은 서류에서 시선을 거두었다. 영국 방문 일정은 중요한 행사의 한 부분이었다. 부친 서 회장이 공식적으로 영국을 방문하는 것은 오 년 만이다. 오 년 전, 런던에 새로 건설된 서한전자 공장 점검을 위해 각 계열사의 부회장과 사장단을 대동하고 다녀온 것이 마지막이었다.

"일주일 뒤입니다."

"일정은 어떻게 됩니까."

"열흘입니다."

곰곰이 생각에 잠겼던 강빈은 짧게 고갯짓을 했다.

"언론부터 차단해요. 오 년 만의 방문이라 언론, 매스컴 모두 관심을 드러낼 겁니다."

서 회장의 해외출장은 근 일 년 만이라서 대외적인 이슈거리가 될 만했다. 작년 4월경, 독일에서의 서한전자 준공식 이후 오랜만의 해외출장이었다.

"참, 중요한 일정은 아직 보고서가 도착하지 않았지만 회장님과 영국 수상과의 만찬이 있다고 합니다. 그 자리에 사장님께서도 동석을 하셨으면 한다고 회장님께서 전하라고 하셨답니다."

"수상과의 만찬이라. 알겠습니다. 그 외 다른 전달사항은 없습니까?"

양손을 다소곳하게 모은 최 비서가 말을 이었다.

"이틀 뒤 본가에서 가든파티가 있을 예정입니다. 사장님도 알고 계시는지……."

"네. 알고 있습니다."

서 회장이 해마다 결혼기념일에 맞춰 본가 정원에서 가든파티를 연다는 것은 재계에서도 널리 알려졌다. 생일파티나 그 외 다른 것은 조촐하게 넘어가면서 유독 결혼기념일만큼은 성대하게 치러지고는 했다. 강빈은 무심하게 질문했다.

"이번 가든파티엔 어떤 분들이 참석하는 겁니까?"

미리 예상한 물음인 듯 최 비서가 차분하게 대답했다.

"일단 친지분들은 모두 참석하신다고 들었습니다. 늘 참석해 주셨던 회장님의 지인분들도 모두 빠짐없이 오시기로 하셨고요. 그리고 이번엔 이례적으로 승진인사를 하신 임원들 중 각 계열사의 부사장급 이상 되는 임원들 몇몇 분도 파티명단에 올랐다고 들었습니다. 결혼기념일도 기념일이지만, 승진축하파티도 겸한다고 하셨거든요."

"그런가요. 늘 그렇듯 이번에도 가족동반모임이겠죠."

"네. 가족 모두 참석하시라는 초대장을 발송했답니다."

'가족모임이라.'

만년필로 데스크를 톡톡, 두드리던 강빈은 이내 그것을 내려놓았다. 시끌벅적한 파티는 질색인 그로서는 솔직히 매년 열리는 '가족모임' 파티가 그다지 달갑지 않았다.

"그리고……."

최 비서가 망설이듯 덧붙였다.

"올해는 신성그룹 민지수 양을 에스코트해 줬으면 한다는 회장님의 전언이 따로 있었습니다.”

강빈의 입매가 슬며시 비틀렸다. 이런 우연이 반복되니 지수가 건 방지게도 아니 땐 굴뚝에 연기 나는 거 봤냐고 하는 건지도 모른다. 강빈은 불쾌한 기분을 억누르고 짤막하게 지시했다.

“리젝트(Reject).”

메모를 적어나가던 최 비서의 손이 멈칫했다. 이미 강빈의 일정이 빽빽하게 적힌 일정표에 ‘가든파티 파트너, 민지수 양’ 이라고 깔끔한 필체로 적어두었던 것이다. 최 비서의 얼굴에 일순 당혹스러움이 스쳤다.

“저어…… 회장님의 전언을 이렇듯 일언지하에 거절하는 경우는 처음이어서. 음, 그럼 뭐라고 거절의사를 전해야 하는 건지…….”

“파트너, 정해졌다고 해요.”

“네? 파트너라니, 도대체 누구신지…….”

단 한 번도 공식적인 자리에 파트너를 대동하지 않았던 강빈을 알 기에 최 비서는 자신도 모르게 강한 호기심을 드러냈다. 사느란 눈빛 으로 최 비서를 주시하던 강빈이 오만하게 덧붙였다.

“내가 최 비서님께 그런 것까지 일일이 보고해야 합니까?”

“아, 죄…… 죄송합니다, 사장님. 전 그저 사장님의 일정을 알아야 하기에…….”

최 비서가 급히 머리를 조아리며 드문드문 사과의 말을 건넸다. 강빈은 눈빛으로 최 비서의 말을 잘랐다.

“됐으니까, 그만 나가서 일보십시오.”

집무실 문을 가리킨 강빈은 조금 전에 보던 서류로 시선을 돌렸다. 그 순간, 대수롭지 않게 들었던 최 비서의 전언이 강빈의 귓가를 스쳤다.

'부사장급 이상 되는 임원?'

고개를 갸우듬히 기울인 강빈은 서류를 빼곡히 메우는 활자에서 눈을 뗐다.

"잠시만, 최 비서."

집무실 문을 막 열어젖힌 최 비서가 남은 지시사항을 듣기 위해 조심스레 문을 닫았다.

"부사장급 이상 되는 임원들에게 초대장을 발송했다고 하셨습니까?"

"예. 그렇다고 들었습니다."

왜 갑자기 그 얼굴이 떠오르는지 모르겠다고, 강빈은 생각했다. 전혀 의도하지 않았는데, 그동안 까맣게 잊고 있는 존재였는데, 섬광이 스치듯 지금 이 순간 떠오르는 얼굴이 하나 있었다. 만년필을 쥐고 있는 자신의 손을 강빈은 슬쩍 별관(瞥觀)했다.


"난요, 손 예쁜 남자를 좋아하거든요. 텔레비전에 잘생긴 연예인이 나오면 이상하게 얼굴보다 손에 먼저 눈이 가요. 근데 손 예쁜 남자가 드물어서 아쉬울 때가 많아요. 남자 손은 보통 너무 거칠고 투박한 게 다반사거든요. 손톱 모양도 대체적으로 뭉툭뭉툭한데, 서강빈 씨 손은 어쩌면 이렇게 근사하죠?"


종달새마냥 재잘거리던 아란의 청아한 음성을 떠올린 강빈은 싱그레 미소를 지었다. 지시사항을 기다리던 최 비서는 눈을 휘둥그레 떴다. 회사 내에서는 좀체 웃는 모습을 보이지 않는 상사가 환하게 미소를 짓고 있었다.

"혹시, 경영전략본부 이진오 부사장님…… 아니, 아닙니다. 됐으니까 그만 나가봐요."

지시를 내리려다가 거두는 강빈을 의아하게 보던 최 비서는 이내 고개를 끄덕이고, 추가 지시사항이 없다는 것을 확인한 후에야 조용하게 집무실을 빠져나갔다. 윤기 흐르는 체리목 문이 닫힌 뒤, 강빈은 실소를 터뜨렸다.

'무슨 짓이냐, 서강빈?'

은연중에 튀어나올 뻔했다. 이진오 부사장님에게도 초대장이 발송되었는지 확인하는 물음이. 이번 승진인사명단에는 이진오 부사장도 포함이 되었다. 전무에서 부사장으로. 부사장급 이상 되는 임원들이라면 어쩌면 이 부사장도 가든파티에 참석할지도 모르는 일이다.

일순, 어떤 기대감이 강빈의 내면을 채워 나갔다. 뭐라 단정 지을 수 없는 기묘한 기대감이. 딱딱하게 굳어 있던 강빈의 입가에 부드러운 미소가 물결처럼 번져 나갔다. 이아란이라는 여자를 자주 봤으면 좋겠다는 생각을 잠시잠깐 하기도 했었다. 승진인사와 함께 일이 바빠 그동안 까마득히 잊고 지냈지만 이상하게도 지금 이 순간, 아란과 함께했던 기억이 하나하나 또렷하게 되살아났다.

'인연이 있으면 또 보게 되겠군, 이아란.'

내키지 않았던 파티가 강빈은 어쩐지 기다려졌다.

“아빠, 시원하지? 그치?”

“그래, 시원하다. 우리 공주님 안마 솜씨야 자타가 인정하지.”

이 부사장의 뒤에서 아란은 열심히 두 손을 움직여 안마를 했다. 건장한 어깨를 토닥토닥 두드리고 솜씨 좋게 주무르면서 정성을 다 했다. 목덜미와 양어깨에 꾹꾹 지압까지 해가며 아란은 잠시도 손을 쉬지 않았다.

“내가 매일매일 이렇게 안마해 준다니까? 하루에 십 분, 아니다. 에잇! 인심 썼다. 만날, 하루도 빼먹지 않고 이십 분씩 안마해 줄게요. 정말이라니까?”

“그래도 안 된다.”

빙그레 미소를 물고 있던 이 부사장이 고개를 가로저었다. 새치름 하게 눈을 흘긴 아란은 부친의 뒷모습을 말없이 노려보았다. 오늘따라 유난스레 부친이 얄밉기만 했다. 짜증 섞인 말이 톡하고 튀어나갈 것만 같아 아란은 지그시 어금니를 물었다. 생글생글 눈웃음을 치며 부친의 앞으로 몸을 틀었다. 소파에 앉은 부친의 발치에 무릎을 꿇고 앉아 이번엔 다리를 주물렀다.

“다리 아프지, 아빠? 어깨는 실컷 안마했으니까 이젠 다리 주물러 줄게요.”

“전신안마를 해줘도 안 되는 건 안 돼.”

부친의 다리에 놓여 있던 아란의 손이 부르르 떨렸다. 성질 같아 서는 안마고 뭐고 다 때려치우고 싶지만 참아야 했다.

“아침에 아빠 출근할 때마다 타이도 내가 해줄게. 응, 아빠? 아빠 나 엄마보다 내가 더 타이 예쁘게 맬 줄 아는 거 알지? 내가 완전 타이 모델 저리 가라 할 정도로 멋들어지게 매줄 테니…….”

“너, 아빠 타이 매준다는 핑계로 매번 삥 뜯어가는 거 누가 모를까 봐?”

다이닝 룸에서 모친 최 여사의 음성이 날카롭게 날아들었다. 이 부사장이 너털웃음을 터뜨리며 아란의 손을 토닥였다. 다이닝 룸을 향해 아란이 소리쳤다.

“엄마는…… 고상한 사모님의 입에서 삥이 뭐냐, 삥이. 용돈이라고 하는 거지, 그건. 아빠, 이젠 타이 매주고 돈 달라는 소리도 안 할게. 약속해. 정말이야. 아예 도장이라도 찍을까?”

손가락을 걸자며 약지를 들고 다가서는 아란은 영락없는 개구쟁이였다. 딸아이를 바라보는 이 부사장의 눈에 따뜻한 온기가 배어 나왔다. 멋대로 손가락을 걸고 도장 찍고 사인까지 마무리한 아란은 이제 끝났다는 듯 자리를 털고 일어났다.

“자아, 이로써 거래체결입니다, 이진오 부사장님?”

이 부사장은 눈을 둥그렇게 떴다. 아란이 눈을 찡끗거리며 장난스럽게 윙크를 던졌다.

“하루에 안마 이십 분. 타이도 내 손으로. 아, 가장 중요한 용돈은 거절. 됐지, 아빠? 난 오늘 모임 안 가도…….”

“안 된다.”

이 부사장의 단호한 말투에 아란은 소파에 털썩 주저앉았다.

“우씨, 아빠! 그런 게 어디 있어!”

“어딨긴, 여기 있지.”

딸아이를 놀리는 게 왜 이렇게 재미있는지 모르겠다. 양 볼에 바람을 잔뜩 넣은 아란이 불만스레 입술을 비죽거렸다. 눈동자를 이리저리 굴리던 아란은 갑작스레 이 부사장 앞으로 바짝 다가섰다.

"좋아. 최후의 히든카드를 쓸 수밖에."

이 부사장의 귀를 양손으로 잡은 아란이 노래를 부르듯 목소리를 높였다.

"준비됐나요오."

아란이 하는 모양새가 귀여워서 이 부사장은 모르는 척 받아주었다. 이건 아란이 어렸을 때 자주 하던 놀이 중에 하나였다. 다 커서도 제가 필요한 게 있으면 필살무기로 내세워 간간이 써먹던 놀이.

"장전."

비장하게 속삭이며 아란이 생글거렸다.

"발사."

이 부사장의 뺨에 뽀뽀 세례를 퍼붓는 아란의 뒤통수를 최 여사가 모질게 쥐어박았다. 아얏, 하고 비명을 지른 아란은 뒤통수를 긁적였다.

"뭐야, 엄마. 왜 때리고 그래."

"엄마가 내 거에 자꾸 침 묻히지 말랬지?"

"침 안 묻혔거든요?"

"안 묻긴 뭐가 안 묻어. 어이구, 여기 침이 흥건하네, 흥건해."

최 여사는 옷소매로 남편의 뺨을 쓱쓱 닦는 제스처를 해 보였다. 아란의 말대로 침은커녕 물기 하나 없었지만 최 여사는 손길을 멈추지 않았다.

"내가 딸을 둘을 데리고 살지. 이거야, 원."

이 부사장은 못 말리겠다는 듯 고개를 내저었다. 어린애마냥 토닥토닥 말다툼을 하는 두 모녀는 엄마와 딸이라기보단 자매처럼 허물없어 보였다.

"이 기집앤 다 커서도 뻑 하면 뽀뽀를 무기 삼아……. 여보, 절대 허락하지 말아요. 쟤도 안 되는 게 있는 걸 알아야지…… 애교만 떨면 다 통하는 줄 알아."

아란이 혀를 길게 빼물고는 최 여사에게 메롱을 해댔다. 한 대 쥐어박으려고 최 여사가 손을 높이 들어 올리자 아란의 핑크빛 혀가 재빨리 자취를 감췄다. 시침을 딱 떼고 아란은 고개를 휙 돌렸다. 혀를 쯧쯧 차던 최 여사가 덧붙였다.

"너 그러는 거 우진이도 아니? 다 큰 기집애가 어떻게 제 아빠 옆에서 떨어질 줄을 모르니, 원. 우진이가 알면 퍽이나 좋아하겠다."

"이게 다 내조라는 거거든? 흥!"

"말이나 못하면."

머리를 설레설레 내젓던 최 여사가 다이닝 룸으로 걸음을 옮겼다. 점심을 먹은 뒤 디저트를 준비하다가 응접실에서 들려오는 두 부녀의 모양새가 하도 얄미워서 잠깐 나온 거였다.

"난 거기 안 가면 안 돼, 아빠?"

이 정도 초절정 닭살 애교면 허허롭게 웃으며 허락해 줄 텐데 오늘따라 전혀 먹히질 않았다. 아란은 기도하는 심정으로 부친의 앞에서 양손을 곱게 모으고 큰 눈을 깜빡깜빡거렸다. 길고 풍성한 속눈썹을 애처롭게 팔락팔락 움직였다.

"제발, 응?"

"안 돼, 이 녀석아! 아주 중요한 가족모임이라서 너도 꼭 참석해야 한다고 몇 번이나 말했잖니."

아란은 못마땅한 듯 양 볼을 풍선처럼 크게 부풀렸다. 도우미 아주머니가 건네는 과일과 허브티를 쟁반에 받쳐 들고 다이닝 룸을 걸어 나오던 최 여사가 낮게 혀를 찼다.

"우진이 하루쯤 늦게 본다고 무슨 큰일이라도 나니? 매일 통화하다시피 해놓고서는, 아무튼 유별나게 굴기는."

이 부사장이 앉아 있는 소파 옆 팔걸이에 엉덩이를 살짝 걸치고 있던 아란은 혀를 쏙 내밀었다.

"누가 매일 통화했다고 그래! 요즘 우진 오빠 바빠서 통화 못한 지 일주일이 훌쩍 넘었는데. 저번에 통화할 때 그랬단 말이야. 오늘 밤에 도착한다고. 공항에 마중 나가서 깜짝 놀라게 해주려고 내가 며칠 전부터 얼마나 손꼽아 기다렸는데……."

남편의 맞은편에 앉은 최 여사는 허브티 찻잔과 과일 접시를 테이블에 내려놓았다. 아란을 곱게 흘겨보며 약 올리듯 말했다.

"열녀 났네, 열녀 났어. 그렇게도 우진이가 좋아?"

코웃음을 친 아란은 최 여사의 질문을 외면했다. 최 여사가 다정하게 웃음을 터뜨렸다. 그때를 기회로 받아들인 아란은 다시금 이 부사장에게 콧소리를 내며 간절하게 매달렸다.

"아빠아아. 으응? 난 거기 안 가면 안 돼? 솔직히 내가 그런 자리 가봤자 무슨 도움이 되겠어요. 사고나 안 치면 다행이지. 저번에 창립기념파티 때도 나 때문에 한바탕 난리가 났었잖아. 아빤, 그새 잊었어? 거기 가서 내가 또 사고라도 치면 어쩌려고 그래? 난 그냥 얌전히 집에 있는 게 엄마랑 아빠를 도와주는 거라니까? 아빠도 그렇게 생각하지? 그치?"

포크에 키위를 꽂아 남편 앞으로 내밀던 최 여사의 손이 허공에서 우뚝 멈췄다. 아란을 바라보는 최 여사의 눈길이 매섭게 변해갔다.

"무슨 소리야? 아란이 너, 그날 사고 저질렀니? 회사 창립기념파티 때, 또 사고 친 거야?"

아란의 커다란 눈동자가 휘둥그렇게 변해갔다. 비밀엄수를 위해 그토록 조심을 했건만 결국 자신의 부주의로 홀라당 발설하고 말았다. 입술을 굳게 다물고 부친의 눈치만 살피던 아란은 완강하게 손을 휘휘 내저었다.

"아냐, 엄마! 사고는 무슨! 내가 그날 얼마나 얌전히, 그리고 조신하게 있다가 왔는데……."

향긋한 허브티를 한 모금 들이켜던 이 부사장의 입술을 가르고 나직한 웃음소리가 터져 나왔다. 아란이 도와달라는 간청을 담아 구원의 눈빛을 보냈지만 이 부사장은 모르는 척 넘어갔다. 딸아이를 노려보던 최 여사가 소파 등받이에 등을 기대고 양팔을 엇갈리게 팔짱을 꼈다. 오도카니 앉아 있는 아란을 위아래로 훑어보았다.

"이실직고 못하겠니, 이아란!"

낮지만 단호한 목소리가 채찍처럼 날아들었다. 화가 날수록 음성이 나직하게 가라앉는 것은 최 여사의 성격이었다. 결국 이 부사장이 중재에 나섰다. 아란의 머리를 쓰다듬으며 가만가만 고개를 가로저었다.

"그만둬요, 여보. 뭐, 그렇게 큰 실수를 저지른 것도 아니니까."

서강빈 사장의 옷에 주스를 엎지른 게 큰 실수가 아닌 건 아니지만, 당사자가 괜찮다고 하지 않았는가. 본인이 크게 문제를 삼지 않는데 누가 뭐라 한단 말인가. 더구나 나중에 아란에게 전후사정을 들어보니 서 사장 쪽에서도 실수가 아예 없지는 않았다. 일의 발단은 주스를 들고 있던 아란이겠지만, 주스를 쏟게 된 계기를 만든 건 서 사장 쪽이었던 것이다.

"당신이 매번 그렇게 감싸고도니까 애가 버릇이 없는 거예요. 혼낼 때는 따끔하게 혼내야지 정신을 차리지. 매번 그렇게 두루뭉술하게 넘어가 주니까 애가 저 모양이잖아요. 내일 모레면 시집갈 나인데 아직도 어린애마냥 철이 없으니……."

마음에 안 든다는 듯 요란하게 혀를 찼지만 아란을 바라보는 최 여사의 눈에는 딸아이를 향한 애정이 가득했다. 아란이 잘못을 저지를 때마다 무섭게 다그쳤지만 정작 그녀 자신도 딸아이에게는 단 한 번도 모질게 대한 적은 없었다. 아란이 제아무리 잘못을 저지르고, 크고 작은 사고를 친다 하더라도 매몰차게 혼낸 적은 없었다. 이 부사장의 입안에 연둣빛 멜론을 한 조각 넣어준 아란은 최 여사에게도 똑같이 멜론을 포크에 찍어 내밀었다. 최 여사가 손사래를 치며 고개를 돌렸다.

"됐어! 너나 실컷 먹어, 이 사고뭉치야."

혀를 날름 내밀고 미안한 표정을 짓던 아란은 갈 곳을 잃은 멜론을 냉큼 입안에 집어넣었다. 아란의 장난스러운 행동에 최 여사의 입가에 잔잔한 미소가 번져 나갔다.

"저런 말괄량이가 뭐가 좋다고 우진이는 쟤만 보면 껌뻑 넘어가는

지. 도무지 이해가 안 된다니까."

그제야 생각났다는 듯 아란은 손뼉을 딱 하고 마주쳤다.

"맞다, 우진 오빠! 오빠를 깜빡 잊고 있었네. 아빠, 나 그 모임에 안 가면 안……."

"안 된다."

"안 돼, 이아란!"

마지막으로 부탁했지만 아란의 말이 끝나기도 전에 이 부사장과 최 여사가 동시에 안 된다는 말로 쐐기를 박았다. 소파에서 발딱 일어난 아란은 거친 발소리를 내면서 응접실을 벗어났다.

"모임이 일곱 시까지라고 했으니까 한 시간 전까지 준비 다 해놓는 거 잊지 마라."

이 부사장이 나직하게 말했다. 아란은 들은 척도 하지 않고 계단을 성큼성큼 올라갔다.

"삼십 분 뒤에 엄마랑 의상실에 들렀다가 헤어숍도 가야 하니까 어디 나가지 말고 얌전히 있어. 알았니?"

최 여사가 언성을 높이자 아란은 마지못해 걸음을 멈추고 시큰둥하게 대꾸했다.

"알았어, 알았다고! 거기 가서 확 사고나 쳐버릴 거야. 두고 봐. 나 데리고 간 거 두고두고 후회하게 될걸?"

몇 달 전에 보고 내내 만날 수 없었던 우진이 한국에 도착하길 잔뜩 기대했는데 갑작스레 일정이 틀어져 버리자 아란은 말도 못하게 화가 났다. 그런 모임에 가봤자 고리타분하기만 할 텐데 뭐하러 가자고 하는 건지 도무지 이해할 수가 없었다.

'아니, 가족모임은 왜 하는 건데? 나이 든 사람들끼리 어울릴 거면 그냥 부부동반모임이나 하든가. 아니면, 내일 하면 누가 뭐라고 해? 왜 하필 우진 오빠가 도착하는 오늘이냐고, 오늘.'

침실에 들어선 아란은 기분 나쁘다는 것을 보여주듯 문짝이 부서져라 쾅 하고 닫았다. 아래층에서 '이아란, 너 정말 혼나야 정신 차릴래?' 라며 최 여사가 목소리를 높였지만 아란은 못 들은 척 외면했다. 화장대 앞으로 걸음을 옮기고는 자그마한 액자를 들어 올렸다. 카메라를 보며 활짝 웃고 있는 아란의 등 뒤에서 우진이 애정을 담아 포옹을 하고 있는 사진이었다. 우진과 즐거운 한때를 담아놓은 사진을 말없이 바라보던 아란은 액자에 입술을 찍어 눌렀다. 차디찬 유리에 따뜻한 온기를 불어넣으며 한숨처럼 속삭였다.

"빨리 와, 오빠. 비행기 안에서도 뛰어와야 해."

보고 싶어, 라는 말은 만났을 때 하기 위해 아껴두었다.


"혹시…… 피아니스트 박우진 씨, 아니세요?"

깔끔한 차림새의 스튜어디스가 아는 체를 했다. 비행기에 탑승한 뒤 내내 지나치게 친절을 베풀던 승무원이었다. 우진은 싱그레 웃으며 고갯짓을 했다.

"네. 맞습니다만."

"저어, 실례가 안 된다면 사인 부탁 좀 해도 될까요?"

여자가 고급스러운 가죽 다이어리를 내밀었다. 우진은 미소를 거두지 않은 채 재킷을 뒤져 만년필을 꺼냈다. 승무원의 이름을 물어본 뒤 정성스레 사인을 해주었다. 긴 시간 비행을 해야 하는지라 퍼스트 클래스에 탑승한 승객 중 일부는 잠을 자고, 일부는 각자 제 할 일을 하고 있었다. 조용한 기내에 우진의 다정한 음성이 낮게 울려 퍼졌다.

"여기."

사인을 마친 다이어리를 주인에게 돌려주었다.

"고마워요. 제가 박우진 씨 연주를 너무 좋아하거든요. 잘 간직할 게요."

"별말씀을요."

승무원에게서 시선을 거둔 우진은 보고 있던 책으로 관심을 돌렸다. 그때까지도 가지 않고 망설이고 있던 여자가 머뭇거리며 입을 열었다.

"저어…… 이건 제 연락처인데 혹시 생각있으시면…….."

펼쳐진 책 위로 여자의 새하얀 손이 다가왔다. 네모반듯한 명함 한 장이 얌전히 놓여졌다. 우진은 얇은 종잇조각에는 눈길도 주지 않은 채 꼿꼿하게 서 있는 승무원을 응시했다. 아름다운 얼굴로 남자의 시선을 제법 받을 만한 사람이었다. 이런 일은 처음인 듯 양 볼이 새빨갛게 달아올라 몸 둘 바를 몰라 했다. 단정하게 틀어 올린 올림머리 아래, 단아한 이마와 오뚝한 콧잔등에는 송골송골 투명한 땀이 맺혔다. 우진은 다사롭게 웃으며 명함을 들어 올렸다. 정중하게 돌려주며 덧붙였다.

"죄송합니다만, 우리 공주님이 질투가 심해서요."

"아아…… 여자친구가 있으신가 봐요."

"네."

우진은 짤막하게 대답하고는 이내 시선을 아래로 내렸다. 다음 책장을 넘기는 손짓이 우아하게 움직였다.

"그런 것도 모르고 실례했습니다."

"천만에요."

우진은 고개도 들지 않은 채 대화를 갈무리 지었다. 잠시 뒤, 사인해 주어서 감사하다는 말을 남기고 스튜어디스가 조용히 물러났다. 이제 몇 시간만 더 있으면 한국에 도착할 터였다.

"우리 덜렁이, 이번에도 공항에 마중 나와 있으려나……."

혼잣말을 내뱉는 우진의 얼굴에 부드러운 미소가 배어 나왔다.


5월의 싱그러운 봄기운이 정원 곳곳을 가득 메웠다. 초록빛 잔디는 봄 향기를 물씬 풍기며 새싹을 피웠고, 겨울 내내 잠들었던 정원수는 메마른 가지에 잎사귀를 풍성하게 피워 나갔다. 날씨마저도 서 회장 내외의 서른네 번째 결혼기념일을 축복해 주는 듯 완벽한 하루를 연출해 주었다.

해마다 빠지지 않고 치러지는 결혼기념일파티. 집안의 큰 행사 중 하나에 속했다. 오늘 파티에 초대된 인원만 하더라도 이백여 명이 훌쩍 넘었다. 유난히 많은 사람을 초대하기도 했지만 올해는 승진축하파티까지 겸해진 터라, 평소보다 인원이 두 배는 더 늘었다.

"샴페인 테스트. 해보시겠습니까, 사모님?"

파티 관계자 중 한 사람이 박 여사의 곁으로 다가왔다.

"좋죠."

박 여사의 대답과 함께 샴페인 뚜껑이 경쾌한 소리를 내며 열렸다. 목이 긴 투명한 잔에 샴페인이 삼분의 일쯤 따라졌다. 은은한 향을 음미하며 박 여사는 입술을 축였다. 식도를 타고 내려가는 액체가 기분까지 즐겁게 만들었다.

"훌륭하네요."

"와인도 준비가 됐는데 테스트하시겠어요?"

"아뇨. 와인은 이미 선별작업할 때 테스트를 마쳤어요. 신경 써줘서 고마워요."

샴페인 병과 잔을 들고 있던 파티 관계자가 박 여사에게 인사를 하고는 사람들 무리로 사라져 갔다.

"정원 입구 쪽에 조명 더 추가해 줘요. 조금 어두운 것 같아요."

"네, 사모님."

조명을 체크하던 담당자가 고개를 끄덕였다. 박 여사가 손뼉을 쳐서 사람들의 주의를 끌었다.

"조금만 더 서둘러 주세요. 곧 손님들이 오실 시간이에요."

박 여사의 지시에 파티 관계자들은 더욱더 분주하게 손을 움직였다. 결혼한 지 삼십여 년이 훌쩍 지났다. 신혼 초의 설렘은 사라졌다 해도 매년 이날만 되면 박 여사는 가슴이 떨렸다. 그 옛날 그 시간으로 돌아가는 것 같아서 이날 하루만큼은 세상 누구보다 행복한 사람이 되었다. 마지막으로 정원을 휘둘러보던 박 여사의 눈길이 돌연 이층 침실에 고정되었다. 침실 창문에 강빈의 실루엣이 언뜻 스치고 지나갔다. 주말인데도 아침 일찍 회사에 나갔던 강빈은 불과 삼십여 분 전에야 간신히 들어와서 샤워를 마치고 옷을 갈아입는 중이었다.

'부전자전이라던가. 어쩌면 그렇게도 남편을 닮아가는지.'

단 하루라도 회사 일에서 손을 떼지 않는 남편과 아들은 서로 판박이처럼 닮았다. 지금의 강빈을 보고 있노라면 흡사 삼십여 년 전의 남편을 보는 듯한 착각마저 일었다. 예순이 다 되어가는 나이지만 여전히 아름다운 미모를 자랑하는 박 여사의 입술을 가르고 한숨이 배어 나왔다.

'그러나…… 일에 대한 열정을 제외하고는 닮은 게 하나도 없어. 하나도.'

못마땅한 표정을 지으며 박 여사는 속으로 되뇌었다. 남편 서 회장의 용모와 성정을 그대로 물려받은 강빈은 한 기업을 이어받기에 부족함이 없는 아들이었다. 아니, 어떻게 보면 일에 대한 열정과 사업을 추진하는 능력은 오히려 서 회장을 능가했다. 하지만 일과 사업을 배제하고 강빈은 모든 것에 무감했다. 어떤 것도 강빈의 관심을 끌지는 못했다. 박 여사는 그 부분이 아쉽고 안타까웠다. 강빈이 조금쯤은 삶에 여유를 두고 인생을 즐겼으면 하는 바람이 더 컸다. 경영인으로서 이름을 드높이는 아들보다, 자신의 인생을 즐길 줄 아는 진정으로 행복한 사람이 되길 박 여사는 간절히 바라고 또 염원했다. 정원을 휘둘러보던 박 여사가 나직하게 한탄했다.

"하긴. 강빈이에겐 이것도 일의 연속이겠지."

박 여사의 속삭임이 한숨처럼 흩어져 나왔다. 하나뿐인 아들에겐 파티도 일의 연속일 터였다. 괜스레 미안한 마음이 들어서 박 여사의 입가엔 씁쓸한 미소가 감돌았다.


"해럴드 사 일은 어떻게 잘 추진되고 있는 거니? 영국 방문 일정이 코앞인데."

"최종협의만 남았습니다. 그건 그쪽 경영진들을 만나서 조율할 문제죠."

"듣기론 아직도 기술제휴 쪽에 미련을 버리지 못했다던데……."

"이미 수년 전부터 자금압박에 시달린 회삽니다. 기술제휴를 원했다면 삼 년 전 우리 쪽에서 제시한 제안을 받아들였어야죠. 이젠 늦었습니다. 많이."

서 회장은 진중하게 고개를 끄덕였다. 갈색 액체가 반쯤 남은 글라스를 테이블에 올려놓았다. 파티가 시작될 시간이 얼추 다 되어갔다.

똑똑—

나직한 노크 소리에 서 회장의 시선이 문가에 닿았다.

"들어오게."

서 회장이 대답하자 집안일을 도맡아 하는 도우미들 중 한 명이 문을 열고 들어섰다.

"회장님, 손님들이 들어서고 계십니다. 그리고 서영제 사장님께서도 지금 막 도착하셨습니다."

도우미의 말을 듣고 있던 서 회장이 고갯짓을 했다.

"알았다. 곧 나가지."

소파에 앉아 있던 강빈은 창가로 자리를 옮겨 정원을 바라다보았다. 어느새 꽤 많은 인원이 정원을 가득 메웠다.

"올해는 이 애비가 정한 아가씨를 에스코트하지 않겠다고 했다면서?"

갑작스레 생각난 듯 서 회장이 의뭉스레 물었다.

"파트너라도 있어야지 다른 아가씨들이 덜 달라붙지. 혼자 몸으로 파티에 참석하면 여기 모인 아가씨들 대다수가 네 주변을 맴돌걸?"

"그런 뜻이 아니라 아버지께서 지정해 준 아가씨와 잘해보란 뜻, 아니었습니까?"

서 회장의 입가에 보일 듯 말 듯한 미소가 자리를 잡았다.

"눈치챘던 거니?"

"둔치가 아닌 이상 그걸 모르겠습니까."

강빈의 냉담한 반응에 서 회장은 허희자탄했다.

"매정한 녀석. 그걸 아는 녀석이 그래, 이 애비 청을 그렇게 모질게 내치나."

"꼭 파트너가 필요한 자리라면 제 파트너는 제가 정합니다. 앞으로는 그런 수고, 하지 마세요."

"좋다. 내 한 걸음 물러서지. 비서진을 통해 들으니 파트너가 정해졌다던데 누구냐? 설마, 그냥 해본 말은 아니겠지?"

창가를 흘끗 내다보는 강빈의 시야에 고모 내외가 들어왔다. 정원으로 들어선 서영미 사장과 윤동수 원장이 일일이 사람들과 악수를 했다. 그 옆에서 따분하다는 듯이 하품을 길게 하는 서진의 모습이 흐릿하게 보였다. 굳게 닫힌 입매를 가만히 늘인 강빈은 고개를 끄덕였다.

"지금 도착했네요, 파트너."

서 회장이 황급히 창가로 걸음을 옮겼다. 환하게 웃으며 정원에 모여든 손님들을 면면히 살폈다. 젊은 아가씨들을 하나하나 찬찬히 살펴보는데 강빈이 낮게 뇌까렸다.

"서진입니다."

"뭐? 누구?"

정원에서 눈길을 거둔 서 회장은 길게 한숨을 내쉬었다. 그럼 그렇지. 난생처음 파트너가 정해졌다 해서 뉘 집 여식인가 했더니 겨우 질녀(姪女)라니. 기대했던 만큼 실망도 컸다. 서 회장은 질타를 가하듯 쓴소리를 내뱉었다.

"차라리 지완이를 옆에 붙여놓지?"

"그래도 됩니까?"

"떽! 참, 지완이 곧 약혼한다더라. 네 고모가 그러던데 너도 들었니?"

금시초문이라는 듯 강빈은 고개를 내저었다.

"예상 밖인걸요? 전 강우 형이 먼저 갈 줄 알았는데."

"한량 기질 있는 강우는 아직 결혼 생각 없나 보더라. 그래, 넌 어떠냐?"

"뭘 말씀입니까."

다 알면서도 강빈은 모르는 척 시치미를 뗐다. 끌끌 혀를 찬 서 회장이 다그쳤다.

"결혼 언제 할 거냔 말이다."

"결혼은 뭐, 혼자 합니까?"

"어디, 좋은 혼처 자리 한번 알아봐 주랴?"

서 회장이 은근하게 목소리를 깔았다. 못 말리겠다는 듯 강빈은 고갯짓을 했다. 냉담하게 말을 이었다.

"괜히 쓸데없는 일에 기력 소모하지 마세요, 아버지. 기운 빠지십니다."

"나쁜 녀석."

"그나저나 이제 정말 나가야 되겠는걸요? 파티 주최 측이 이렇게 오래도록 자리 비우는 거, 예의가 아닙니다."

강빈은 더 이상의 대화는 무의미할 것만 같아서 부친을 채근했다. 호기롭게 웃던 서 회장은 그제야 서재 문을 활짝 열어젖혔다.

"그래. 많이 늦은 거 같으니 농담은 여기까지 하고 이만 나가보자."


서 회장 내외와 나란히 선 강빈은 가든파티에 초대된 사람들과 일일이 인사를 나누었다. 결혼기념일을 축하한다는 인사와 승진을 축하한다는 덕담이 오고 가며 사람들 사이에서는 웃음꽃이 끊이지 않고 이어졌다. 지루한 기색 없이 강빈은 손님들과 악수를 나누고 능숙하게 대화를 이어갔다.

"오셨습니까, 총장님."

부친의 죽마고우인 강일호 검찰총장을 먼저 발견한 강빈은 가볍게 목례를 하고는 정중하게 악수를 청했다.

"쌀쌀맞은 녀석. 편하게 아저씨라고 부르래도 꼭 딱딱하게 총장님이라지."

강 총장이 강빈의 건장한 어깨를 툭, 쳤다. 아프지도 않은데 강빈은 어깨를 매만지는 제스처를 해 보였다.

"편한 직책이 아니지 않습니까?"

“영훈인?”

서 회장이 어디 있는지를 묻는 강 총장의 물음에 강빈은 사람들로 빼곡한 정원을 휘둘러보았다. 좀 전까지 부모님과 같이 손님을 맞았는데 모친 박 여사의 지인들이 오면서 서로 흩어지게 된 듯했다.

“음, 잠시 전에 대신그룹 오 회장님과 인사를 나누시는 거 같았는데……”

사람들 무리에서 호탕하게 웃고 있는 부친의 모습이 강빈의 시야에 잡혔다.

“저기 있군. 뭐가 저리 좋아서 웃는 게야?”

강 총장은 머리를 절레절레 흔들었다. 강빈의 곁으로 한 걸음 다가서서는 느른하게 덧붙였다.

“알고 있냐, 강빈아?”

강빈의 모양 좋은 눈썹이 설핏 위로 치켜 올라갔다.

“네 아버지, 재계에서는 차갑고 무뚝뚝한 인물로 정평이 나 있지만 집안에선 세상 누구보다 부드러운 사람이라는 거 말이다.”

강빈의 직선으로 맞물린 입술이 우아한 곡선으로 변했다.

“영훈이한테 가봐야겠다. 좋은 시간 보내렴.”

“네, 즐거운 시간 보내십시오.”

강 총장의 와이프인 정 여사는 이미 나이 지긋한 여자들이 모인 곳에 자리를 잡고 인사를 나눴다. 사람들 사이를 헤치고 서 회장에게로 걸음을 옮기는 강 총장을 향해 강빈은 뒤늦게 물어보았다.

“기혁인 안 왔습니까?”

“아, 기혁이. 같이 오려고 했는데 급한 일이 생겨서……. 너도 알잖니. 우리 일이라는 게 한 번 비상 걸리면 꼼짝 마라는 거. 나도 영훈이와 간단히 인사만 나누고 급히 가봐야 한단다."

강 총장과 기혁은 대검찰청에서 두 부자(父子)가 나란히 명성을 높였다. 부모님들 덕분에 어린 시절부터 곧잘 어울렸던 강빈과 기혁은 서로 막역한 사이였다.

"바쁘신 데도 이렇게 와주셔서 감사합니다."

"녀석. 누가 너한테 그런 인사치레 듣자던?"

강 총장이 너스레를 떨고는 사람들 사이로 사라져 갔다. 뒤이어, 허겁지겁 정원을 가르며 뛰어오는 지완이 강빈의 눈에 들어왔다. 누군가를 찾는 듯 이리저리 둘러보는 지완에게 다가선 강빈이 단단한 어깨에 주먹을 꽂았다.

"늦었다?"

"어. 회사에 일이 좀 있어서."

"얘기 들었어. 약혼한다면서?"

강빈의 물음에 나지막이 웃음을 터뜨린 지완이 대답하려는데 어디선가 툭 튀어나온 서진이 날름 대답을 가로챘다.

"어떤 불쌍한 여자, 윤지완 만나면서 인생 종 치는 거지 뭐."

도끼눈을 뜬 지완이 서진을 사납게 노려보았다.

"넌 하나밖에 없는 오빠 약혼을 그렇게밖에 표현 못하냐?"

"오빠 좋아하시네. 윤지완! 너, 경고하는데 해주 씨한테 새언니라고 못 부른다?"

"그러다 어머니한테 맞아 죽어도 난 모른다?"

"설마 하나밖에 없는 딸 죽이기야 하려고."

주거니 받거니 토닥거리는 쌍둥이 남매의 모습은 어린아이 저리 가라였다. 못 말리겠다는 듯 강빈은 고개를 가로젓고는 서진과 지완의 어깨를 동시에 슬쩍 밀었다.

"제발 딴 데 가서 싸워. 다 큰 것들이 유치하게 말다툼하는 거 도저히 못 들어주겠다."

"아이, 왜 그래. 강빈아. 나 오늘 파트너잖아, 파트너."

서진이 생글거리며 강빈의 팔에 팔짱을 꼈다. 부드럽게 뿌리치는 강빈의 행동을 눈치채지 못하고 서진은 낭랑하게 말을 보탰다.

"간택해 주셔서 감읍할 따름입니다……."

블루 컬러 원숄더 드레스로 완벽한 몸매를 과시한 서진에게서 성숙미가 물씬 배어 나왔다. 드레스 스커트 자락을 살짝 말아 쥐고는 고개를 다소곳하게 숙인 서진이 강빈에게 인사를 꾸뻑했다.

"라고, 할 줄 알았지? 뭐야? 무슨 바람이 불어서 갑자기 나더러 파트너가 돼달라고 한 건데? 나, 저 뭇 여자들의 따가운 눈총을 받으며 화살받이가 되는 거니, 오늘?"

"싫어?"

강빈이 무감하게 되물었다. 주변을 휘둘러보던 서진이 의미심장하게 목소리를 깔았다.

"거래조건은?"

"원하는 걸 말해."

"대부도에 있는 별장……."

강빈의 눈썹이 활 모양으로 치켜 올라갔다.

"계속해 봐."

"달라고 하면 말도 안 될 테고."

"파트너 한 번에 별장을?"

강빈은 웃음기 어린 음성으로 받아쳤다. 손사래를 친 서진이 재빨리 대꾸했다.

"그건 도둑놈 심보겠지? 좋아. 파트너, 해줄게. 대신 나, 승마하고 싶을 때마다 내 마음대로 대부도 별장 가게 해줘. 그 정도는 해줄 수 있지?"

"같이 가자고 안 조른다면."

"그건 좀 곤란한데. 별장 마사(馬事)들이 너 없다고 나 괄시하면 어떡해? 인심 쓰는 김에 그것까지 거래조건에 추가하자, 강빈아. 응?"

"이 기집애 살랑살랑 꼬리치는 거 좀 봐라?"

지완이 진저리를 치며 대화에 끼어들었다.

"윤서진, 다른 남자 앞에서도 그렇게 나긋나긋하게 좀 해보지? 넌 어떻게 강빈이 앞에만 서면 보들보들, 야들야들해지냐? 저번에 맞선 장소에 나가서 또 틱틱거리면서 행패 부렸다며? 그러니까 네가 여태 시집을 못 가지. 여자 나이 서른둘이면 늦어도 많이 늦었다? 안 그러냐, 강빈아?"

"그렇지. 심하게 늦은 감이 있지."

좀처럼 맞장구를 쳐주지 않던 강빈이 거들자 지완은 쾌재를 부르며 신나게 떠들어댔다.

"여자 나이가 서른이 훌쩍 넘으면 슬슬 재취(再娶) 자리를 알아봐야 하는 거지. 이제 좋은 시절 다 갔다, 우리 서진이."

지완의 놀림에 서진의 눈빛이 표독스레 변해갔다. 파르란 불꽃이

지완과 강빈을 차례차례 훑었다.

"네가 명줄을 재촉하는구나, 윤지완. 오늘 아예 죽여줘? 서강빈 사장님, 직급이 한 단계 높아지니까 눈에 봬는 게 없지?"

강빈과 지완은 동시에 웃음을 터뜨렸다. 서진은 주먹을 말아 쥐고 두 남자 앞에서 흔들어대다가 슬그머니 손을 치웠다.

"나이가 드니까 주변에서 어서 결혼하라고 채근은 하는데 어디 눈에 들어오는 남자가 있어야 말이지. 내 이상형은 딱, 넌데 말이야."

검지를 세운 서진이 강빈의 너른 가슴을 쿡쿡 찔렀다.

"어디 하늘에서 서강빈이랑 똑 닮은 남자 하나 안 떨어지나 몰라? 그럼 바로 시집가서 후대에 길이 남을 현모양처가 될 수도 있는데."

서진의 말이 농담이라는 걸 알기에 강빈과 지완은 그저 서로를 바라보며 머리만 가로저었다. 그때, 고운 음색의 여자 음성이 그들의 주의를 끌었다.

"제가 딱 서진 씨 심정이잖아요."

연보랏빛 드레스로 자신만의 청초한 매력을 한껏 뽐낸 지수가 한 걸음씩 다가섰다. 가슴께에 자잘하게 잡힌 주름이 여성스러움을 강조한 것과 달리 뒤태는 스트랩으로 아슬아슬하게 연결되어 아찔한 섹시함을 연출했다. 파티에 모인 젊은 남자 몇몇은 지수의 뒷모습을 삼킬 듯이 바라보았다.

"지금 바로 강빈 씨에게 시집가고 싶은데 이 무정한 남자는 도무지 절 받아주질 않네요."

창립기념파티 때 일은 깨끗하게 잊어버린 듯 지수는 스스럼없이 말했다. 강빈의 슈트 소매에 손을 올리고 유혹하듯 쓸어내렸다.

"신부수업은 이미 오래전에 끝나서 실전에 옮기기만 하면 되는데……."

지수가 의도적으로 말끝을 흐리며 자근덕거렸다. 강빈은 팔에 놓인 지수의 손을 거추장스럽다는 듯 털어내고는 냉매하게 대화를 잘랐다.

"한심하게 신부수업이나 받는 여자, 매력없지."

강빈의 엄혹한 태도에 지수의 고운 얼굴이 해뜩발긋하게 변해갔다. 매번 이렇게 밀어내기만 하는 남자가 왜 이렇게도 좋은지 지수도 알지 못했다. 다른 남자가 이런 말을 했다면 앙칼지게 따지고 분노를 터뜨렸을 텐데 감히 강빈의 앞에서는 입술도 달싹할 수가 없었다.

"그럼 강빈 씨가 매력있다 생각하는 여자는 어떤 스타일이에요? 아니, 오늘 강빈 씨 에스코트를 받을 영광의 아가씨는 누구예요? 여기 모인 아가씨들 모두 궁금해하던데 말이죠."

"너도 차암…… 피곤하겠다, 서강빈."

막무가내로 들이대는 지수를 짜증스레 쳐다보던 서진이 기가 차다는 표정을 지었다. 도도하게 턱을 치켜든 서진은 강빈의 팔에 제 팔을 슬쩍 끼워 넣었다. 다정하게 팔짱을 끼고는 오만하게 입을 열었다.

"그 영광의 아가씨 나니까 궁금증 해소됐으면 가시죠, 민지수 씨."

지수는 듣지 못하게 한껏 목소리를 낮춘 서진이 덧붙였다.

"저 여우 떼주면 대부도 별장, 내가 가고 싶을 때마다 너랑 갈 수 있는 거니?"

"나는 네가 더 피곤하다, 윤서진."

서진이 깔깔거리며 시원스레 웃음을 터뜨렸다.

"아무래도 윤서진이랑 딜 못하겠는걸?"

"왜?"

"딜 조건이 너무 까다로워서."

"아쉬운 건 내가 아닐 텐데?"

"나도 뭐, 그다지 아쉬울 건 없어서."

말고삐를 늦춘 강빈은 잠시 뜸을 들였다. 는실난실 매달리는 여자들 때문에 괴로운 건 서진이 아니라 강빈이었다. 그러므로 강빈이 제안을 거절할 리 없다고 서진은 굳게 믿었다.

"마음대로 하셔."

서진은 코웃음을 치며 턱을 치켜 올렸다.

"너 내킬 때마다 함께 동행해야 한다면 난 차라리 민지수다. 민지수는 오늘 하루만 깔끔하게 무시하면 그만이니까."

예상치 못한 강빈의 반격에 서진은 열심히 머리를 굴렸다. 대부도 별장은 탁 트인 바다와 눈부신 해안가가 절경을 이뤘다. 그뿐만이 아니다. 일반인은 감히 출입조차 못하는 삼엄한 경비에 마음 놓고 휴식을 취할 수 있는 곳으로는 그곳이 최고였다. 더구나 웬만한 국내승마장은 명함도 못 내밀 정도로 규모와 시설이 압도적인 승마장을 갖추고 있다는 게 별장의 핵심이었다. 승마를 하기엔 최적의 장소라고 해도 과언이 아닌 대부도 별장은 서진이 꼭 갖고 싶어 열망했던 곳이기도 했다. 그 별장이 얼마 전 외삼촌의 명의에서 강빈의 명의로 이전된 것을 알고 얼마나 부러워하고 동시에 안타까워했던가.

"아아, 좋아. 계획 급 수정 들어간다. 꼭 너랑 안 가도 돼. 나 혼자

가도 되니까, 가고 싶을 땐 언제든지…….”

“휘유…… 죽여주는 언니 한 명 등장하셨는데?”

서진의 나직한 속살거림이 파묻힐 정도로 지완이 돌연 음성을 높이고는 기다랗게 휘파람을 불었다.

“누구냐, 저 눈 돌아가게 예쁜 언니는?”

지완은 탁하게 가라앉은 어조로 신음처럼 속삭였다.

“천사 언니…… 아니, 요정 언니인가…….”

벌어진 입을 다물지도 못한 채 지완이 중얼중얼 말을 쏟아냈다. 강빈의 무감한 눈길이 지완의 턱짓을 따라 움직였다. 샴페인 잔을 들어 올리던 강빈의 손짓이 얼어붙듯 허공에서 움직임을 멈췄다.

이아란.

아란이 이진오 부사장 내외와 나란히 정원으로 들어섰다. 파티에 참여한 사람들의 시선이 일제히 이 부사장의 왼쪽 편에 서 있는 아란에게 고정되었다. 정원에 모여 있는 사람이라면 누구나 숨 쉬는 것도 잊은 채, 멍하니 아란의 모습을 발맘발맘 쫓았다.

짙은 브라운 컬러의 무릎을 살짝 덮는 벌룬 드레스를 입은 아란은 경쾌하면서 동시에 발랄한 이미지였다. 백설빛 어깨를 드러내는 디자인의 드레스는 볼륨있는 아란의 바디 라인을 잘 살려주며, 더불어 가는 목선과 쇄골을 더욱 도드라져 보이게 했다. 가느다란 어깨끈과 우아한 목덜미를 드러내는 네크라인의 화려한 스톤 장식이 정원을 밝히는 조명등 아래에서 눈부시게 반짝였다.

등까지 물결치는 웨이브 진 긴 머리카락은 차분하게 빗어 내려 드레스와 동일한 컬러인 헤어밴드로 마무리를 지었다. 번쩍이는 화려한 쥬얼리나, 과감하게 드러내는 노출이 없어도 아란은 파티에 참여한 다른 누구보다 단연 시선을 압도해 나갔다. 이 부사장에게 귀엣말을 속삭이며 환하게 웃고 있는 아란은 마치 돌피인형처럼 환상적인 미모를 자랑했다.

"어라? 그리고 보니 저 아가씨 일면식이 있는데……."

멀찍이 떨어진 아란을 바라보던 서진이 고개를 갸우듬히 기울였다. 인연이 있으면 다시 볼 수 있을지도 모른다는 일말의 기대는 했었다. 헌데, 이렇듯 다시 만나게 되니 어쩐 일인지 강빈은 저 실수투성이 아가씨가 반갑기까지 했다. 심장 한쪽이 저릿하게 아려올 만큼.

"윤서진. 우리 딜은 없던 걸로 해야겠다."

멍하니 아란을 주시하던 서진은 홱 고개를 돌려 강빈을 쳐다보았다. 강빈의 거절에 서진의 입술이 배뚜름하게 치올라갔다.

"왜?"

다급하게 울려 퍼지는 서진의 목소리에는 실망이 가득 묻어 나왔다. 아란을 향한 뭇 남자들의 시선은 굶주린 하이에나처럼 희번덕거렸다. 남자들의 모습을 하나하나 놓치지 않고 사느랗게 시야에 담은 강빈은 차분하게 응대했다.

"아무래도…… 천방지축 아가씨를 에스코트해 줘야 할 것 같거든."

"뭐? 갑자기 그게 무슨 소리……."

강빈은 수수께끼 같은 말만 남기고는 천천히 걸음을 옮겼다. 남겨진 지완과 서진, 그리고 지수에게는 눈길 한 번 건네지 않은 채.

3

시나브로

—모르는 사이에
조금씩, 조금씩

모든 사람들의 시선이 아란을 향하자 이 부사장은 예민하게 신경을 곤두세웠다. 이런 점이 싫어서 회사 사람들과의 모임에는 일부러 아란을 대동하지 않았던 경우가 허다했다. 워낙 사람들의 시선에 익숙한 아란은 무관심하게 넘겼지만 이 부사장은 이런 순간이 마냥 불편하기만 했다.

오늘의 모임은 여태 있었던 소소한 모임이 아니라, 서영훈 회장의 직접적인 초대였다. 승진파티가 겸해지지 않았다면 이 부사장은 감히 초대조차 받지 못할 어려운 자리였다.

서 회장의 가족사랑은 재계인들 사이에서도 입에 오를 만큼 유독 남달랐다. 가정이 평안해야 사업도 일장월취할 수 있다는 게 서 회장의 견해였다. 그런 견해를 증명하듯 해마다 주최되는 가든파티는 '가족모임'이었다. 그 중요한 모임에 아란을 제외하고 참석하는 건 크나큰 결례에 해당되었다. 우진을 만나려는 아란의 청을 단호하게 거절한 건 바로 그 때문이었다. 눈에 익은 몇몇 기업인과 임원들이 고갯짓으로 인사를 해왔다. 짧은 고갯짓으로 인사를 되돌린 이 부사장은 사람들에게 둘러싸인 서 회장에게 성큼 걸음을 내디뎠다.

"이 부사장님 오셨군요. 조금 늦으셨습니다?"

다른 사람과 대화를 나누던 서 회장이 먼저 말을 걸어왔다. 고개를 숙여 인사부터 건넨 이 부사장은 겸연쩍은 듯 대답했다.

"죄송합니다. 차가 많이 막혀서 본의 아니게 시간 약속을 어겼습니다. 이렇게 초대해 주셔서 감사합니다, 회장님."

"농입니다, 농. 이 부사장님도 차암. 어쨌든 이렇게 와주셔서 제가 더 감사하죠."

서 회장은 이 부사장의 손을 맞잡고 악수를 나눴다. 몇 번 얼굴을 봐왔던 최 여사에게 반갑게 인사를 건네던 서 회장의 눈길이 일순 아란에게 닿았다. 나이 지긋한 서 회장의 얼굴에 놀란 기색이 어렸다.

"이런! 이렇게 어여쁜 아가씨는 누굽니까, 이 부사장님?"

"아, 소개가 늦었습니다. 제 딸아이입니다. 인사드리렴, 아란아."

아란의 빼어난 자색에 놀란 서 회장은 낮게 탄성을 터뜨렸다. 한 걸음 앞으로 나온 아란이 고아한 몸짓으로 인사를 했다.

"안녕하세요, 회장님. 이아란입니다."

밝고 통통 튀는 듯한 아란의 음색은 마치 노래를 부르는 듯했다.

"이렇게 고운 따님을 오늘 처음 보게 되는군요. 반가워요, 아란 양."

"두 번째예요, 회장님."

"음?"

"일전에 회사 창립기념파티에서 회장님을 뵈었거든요. 그날은 회장님 주변에 지인분들이 너무 많으셔서 따로 인사를 드리지 못했어요. 다행히 오늘 이런 기회가 찾아왔네요. 초대해 주셔서 감사합니다. 그리고 회장님과 여사님의 결혼기념일을 진심으로 축하드려요. 늘 건강하시고 행복하세요, 회장님.”

“어이쿠! 이런 안타까운 일이 있나. 내 주변에 사람이 많아서 창립기념일날 이처럼 아리따운 아란 양 인사를 받지 못했다니. 이 늙은이 마음이 다 아파오는군요, 아란 양.”

서 회장이 장난스럽게 농을 던졌다. 아란의 입가에 햇살처럼 해사한 미소가 번져 나갔다. 커다란 눈을 찡긋거려 매력적인 윙크를 하면서 아란은 자연스레 대화를 이끌었다.

“저도 그날 회장님께 인사드리지 못해 마음이 아팠어요. 예쁘게 봐주셔서 감사합니다. 그리고 늙은이라니요. 당치도 않아요. 회장님은 지금도 아주 핸섬하고 근사하신걸요. 물론 우리 아빠보다는 조금 못하시지만요.”

장난기 가득한 아란을 응시하던 서 회장의 입매에 다감한 웃음기가 어렸다. 연삭삭한 아란이 마냥 어여뻐 보였다. 이 부사장이 아란의 손을 잡아당기며 뒤로 끌었다.

“죄송합니다, 회장님. 하나밖에 없는 여식이라 오냐오냐하며 키웠더니 어른 무서운 줄 모르고…… 보시다시피 아직 철도 없고, 어린아이 티도 벗지 못했습니다. 너그럽게 이해해 주세요.”

이 부사장이 정중하게 사과의 말을 건넸지만 서 회장은 전혀 개의치 않았다. 서 회장의 호탕한 웃음소리가 봄바람을 타고 정원으로 흩어졌다.

“죄송하기는요. 놔두세요, 이 부사장님. 보기 좋은데 뭘 그러십니까? 아란 양을 보고 있으니 내게도 이렇게 예쁜 딸이 하나 있으면 참 좋겠구나, 하는 생각이 드는 참이었습니다. 그나저나, 따님의 미모가 출중하다는 말은 일전에 어디선가 들은 거 같은데, 이토록 미색이 고운 줄은 몰랐습니다. 절세가인이라더니, 빈말이 아니었군요.”

“과찬이십니다.”

“과찬이라니요. 좋은 시간 보내고 가요, 아란 양. 혹시나 모임이 지겹거든 언제든지 내게 말해요. 내 얼마든지 아란 양과 놀아드리리다.”

“감사합니다. 그럴 일은 없겠지만 만약 모임이 지겨워지면 언제든지 회장님께 달려올게요. 그리고 말씀 편히 하세요. 듣는 제가 불편해서 부담스러워요.”

“제아무리 나이가 많다고 해도 초면에 불쑥 반말을 하는 건 예의가 아니지. 필요하면 말을 놓을 테니 너무 불편해하지는 말아요, 아란 양.”

“네. 그러겠습니다, 회장님.”

좌중을 휘둘러보던 서 회장이 나직이 혀를 찼다. 아란의 손등을 토닥이며 짓궂게 첨언했다.

“이거야, 원. 아란 양이랑 더 대화를 나눴으면 좋겠는데, 여기서 더 아란 양을 붙잡고 있으면 살인이라도 날 것 같군 그래.”

무슨 소리냐는 듯 아란은 고개를 갸우듬히 기울였다.

“이 부사장님이 왜 그토록 따님을 꼭꼭 숨겨뒀는지 알 만합니다그려. 여기 모인 젊은이들이 죄다 아란 양에게 다가오고 싶어서 이 늙은이에게 따가운 눈총을 주는 게 보이십니까?”

"별말씀을 다 하십니다, 회장님."

이 부사장은 에둘러 응수하며 말을 아꼈다. 서 회장이 한 팔을 내밀어 길을 텄다.

"자자. 이 부사장님 시장할 텐데 우리는 저쪽으로 자리를 옮겨서 뭐 좀 듭시다. 젊은이들은 젊은이들끼리 알아서 인사하고 할 테니 말이요. 아란 양, 부친을 내가 좀 모셔가도 되겠지요?"

"그럼요."

아란의 대답과 함께 서 회장이 이 부사장을 안내해 어딘가로 데리고 갔다. 내키지 않는 듯 망설이던 이 부사장은 할 수 없이 아란을 남겨두고 서 회장의 뒤를 따랐다. 잠시 뒤, 아란의 주변으로 기다렸다는 듯이 남자들이 벌 떼마냥 와르르 모여들었다. 순식간에 남자들 틈에 휩싸인 아란은 정신없이 날아오는 질문을 받느라 혼이 쏙 빠질 지경이었다.

이렇게 뜨거운 관심이 아란은 불편하고 부담스럽기 그지없었다. 이럴 때 아란이 취할 수 있는 해결책은 오직 단 하나. 흠흠, 헛기침으로 목소리를 가다듬었다. 말을 하려고 입술을 달싹이는 그때,

"모두들 내 파트너에게 너무 무례한걸."

라며, 나른하게 들려오는 음성에 아란은 결국 말을 해야 할 타이밍을 놓치고 말았다.

'죄송하지만 약혼할 사람이 있으니 개인적인 관심은 삼가주세요.'

머릿속에 뱅뱅 맴도는 말이 혀끝에서도 맴돌았으나 입 밖으로 나오지는 못했다. 아란의 손에 들린 샴페인 잔과 와인 잔을 능숙하게 가로챈 강빈이 근처에 있는 테이블에 올려놓았다. 일순, 사위가 고요

하게 변해갔다.

"손은 두 개밖에 없는데 한꺼번에 많은 잔을 건네면 어쩌자는 거지? 그리고, 이 아가씨 손에 음료수 잔이 놓이는 게 얼마나 위험한지 모르나 보군, 다들?"

낯선 사람들 틈에서, 총체적 난국을 어떻게 모면하나 골머리를 앓고 있던 아란의 얼굴에 화색이 돌았다.

"어머나…… 서강빈 씨."

반갑게 인사말을 내뱉은 아란이 눈을 동그랗게 떴다. 강빈의 오만한 손짓에 모여들었던 남자들이 하나둘 멀어졌다. 아쉬움과 안타까움이 남자들의 얼굴에 공존했지만 차마 강빈에게 반기를 들 수는 없었다.

"그런데 조금 전에 파트너, 라고 한 거…… 설마 저는 아니겠죠?"

열댓 명이 훌쩍 넘는 남자들이 뿔뿔이 흩어지는 모양새가 아란은 신기하기만 했다. 어떻게 손짓 한 번에 저 많은 사람을 물리칠 수가 있는 것일까. 강빈이 살짝 고개를 숙이고는 아란의 귓가에 입술을 모았다. 강빈의 더운 숨결이 귓불에 와 닿는 순간 아란은 솜털이 올올이 곤두서는 것만 같은 느낌에 휩싸였다.

"여기 모인 늑대들, 모두 상대할 수 있어, 이아란?"

나직한 속삭임이 귓가를 통해 조그맣게 들려왔다. 썰물처럼 휩쓸려 나간 남자들 중 몇몇은 마지막까지 미련을 못 버리고 아란을 힐끔힐끔 쳐다보았다. 뜨거운 시선이 화살처럼 몸에 푹푹 꽂히는 것만 같아서, 아란은 가만가만 고개를 내저었다.

"누군가 나서지 않으면 파티가 끝날 때까지 늑대들한테 시달릴 텐데, 그럴 의향은?"

다른 이들에게는 들리지 않게, 오직 아란에게만 들리게끔 강빈은 한껏 목소리를 낮췄다. 강빈의 말처럼 저 남자들은 파티가 끝날 때까지 곁을 맴돌지도 몰랐다. 약혼자가 있다고 해도 물러서지 않을지도 몰랐고. 생각만으로도 고달파진 아란은 진저리를 치며 속삭였다.

"그럴 의향…… 없죠. 절대."

아란의 단호한 말투에 강빈은 입술을 늘였다.

"잘됐군. 나도 그럴 의향 없으니까."

강빈의 의미심장한 말뜻은 깊이 생각하지도 않고 아란이 질문했다.

"근데, 서강빈 씨가 왜 날 도와주는 건데요? 난 그게 궁금한데……."

"뭐하냐, 강빈아? 너, 이 요정 아가씨랑 벌써 사귀기라도 한 거니?"

어슬렁어슬렁 다가온 강우가 아란과 강빈의 사이를 파고들었다. 허리를 숙이고 정중하게 인사를 마친 강우는 테이블 쪽으로 손을 뻗었다. 꽃바구니에서 새빨간 장미를 한 송이 꺼내 유혹하듯 아란에게 건넸다.

"이렇게 또 만나다니 반가워요, 이아란 씨. 우리, 아무래도 인연 같은데 말이죠. 정식으로 인사나 할까요? 서강웁니다."

악수를 청하며 강우가 넉살좋게 웃었다.

"안녕하세요, 서강우 씨. 제 이름이 이아란인 건 이미 아시는 거 같고…… 다시 만나서 저 역시 반가워요."

아란은 살갑게 인사를 되돌리고는 강우의 손에 들린 장미를 응시했다.

"꽃, 안 받으실 건가요?"

강우가 아란의 앞으로 어여쁘게 봉오리 맺힌 꽃을 바짝 내밀었다.

"어쩌나…… 제가 꽃에 지독한 알레르기가 있어서 말이에요."

강우의 손에 들린 장미가 순식간에 테이블 한쪽으로 휙, 내던져졌다. 청아하게 울려 퍼지는 아란의 웃음소리가 정원 구석구석을 휘돌았다.

"농담이에요, 농담. 꽃 싫어하는 여자가 어딨겠어요. 다만, 제가 아무나 주는 꽃을 덥석 받는 성격이 아니거든요. 이해해 주세요."

"그럼 샴페인은……."

"죄송하지만 그것도 거절할게요."

아란은 한 손을 들어 올려 강우의 말허리를 잘랐다. 한 걸음 뒤로 물러나는 것으로 강우와의 거리도 넓혔다. 사느란 눈빛으로 강우를 정시하는 강빈에게 아란은 조심스레 손을 내밀었다. 강빈의 묻는 듯한 시선이 아란의 새하얀 손에 닿았다.

"파트너…… 해주신다면서요, 서강빈 씨. 파트너가 이렇게 뭇 남자의 유혹을 받는데 가만히 계실 거예요?"

"뭐냐, 서강빈? 파트너라니. 벌써 선수 친 거야?"

믿을 수 없다는 듯 강우는 눈을 슴벅거렸다. 해마다 에스코트하게 된 여자들에게도 일정한 거리를 유지하며 냉담하게 일관하던 강빈이었다. 그런데 오늘은 에스코트도 아니고 파트너란다. 눈앞에 펼쳐진 상황이 못마땅해 강우는 슬머시 이맛살을 찌푸렸다. 심통 맞게 중얼거렸다.

"찬물도 위아래가 있는데…… 이번만큼은 이 형님에게 양보하는 게 어떠니? 너 원래 여자에겐 일절 관심없잖아. 아란 씨, 아란 씨가 몰라서 그렇지 이 녀석 얼마나 따분하고 재미없는지 알아요? 차라리 나랑 놀아요. 내가 즐겁게 해줄 테니까……."

강빈의 앞에 내밀어진 아란의 손을 강우가 단박에 가로챘다. 아란이 재빨리 뿌리치려 했지만 강우는 막무가내로 우악스레 움켜쥐었다. 찰나, 강빈이 아란의 손을 홱 낚아채고는 경고조로 말을 보탰다.

"못 들었어? 내 파트너라고 했을 텐데."

"뜻밖이다, 서강빈? 설마, 네 마음에 드는 아가씨는 아닐 테고……. 아니, 아니. 혹시, 그 설마가 맞는 건 아니겠지?"

"그걸 답해야 할 의무는 없는 거 같은데."

"흐음…… 이거 왠지 상당히 재밌는 상황이 연출되는 거 같은데?"

아란의 손을 단단히 움켜쥐고 있는 강빈의 손을 묘한 눈길로 응시하며 강우가 느물거렸다. 아란의 늘씬한 몸을 핥듯이 훑어 내린 강우는 마지못해 뒤로 물러섰다.

"좋아. 이 형님이 특별히 이번만은 양보하마. 근데 너무 안심하진 마라. 꽃 같은 파트너 넘보는 사람이 어디 나 하나뿐이겠니?"

유들유들하게 말을 마친 강우는 아란에게 윙크를 던졌다. 강우의 느물거림에 아란은 할 말을 잃었다. 웃기지도 않는 상황에 헛웃음조차 나오지 않았다.

"스톱(Stop)! 잠시만요, 서강우 씨. 이제 그만 좀 하시죠?"

아란의 중재에 강빈과 강우의 시선이 동시에 그녀에게 날아들었다. 강빈의 손을 부드럽게 떨어뜨려 낸 아란은 강우를 향해 짧게 고갯짓을 했다. 강우의 집요함은 아란을 질리게 했다. 그 눈빛, 그 말투는 모두 여자를 유혹하는 그것이었다. 그걸 모르지 않았기에 아란은 강빈의 파트너 제안을 받아들이려 했다. 헌데 그로 인해 강빈이 곤란해지는 것 같아서 마음이 불편해졌다. 아란은 단호하게 쐐기를 박았다.

"호의는 감사하지만 지나친 관심은 사절이에요, 서강우 씨."

아란을 바라보던 강우가 피식거리며 웃음을 토해냈다. 이 아가씨, 꽤 재미있는 아가씨 같았다. 보기엔 아름다운 한 떨기 꽃이자, 심장마저 두근거리게 만드는 여신 포스가 물씬 배어 나오는데 말을 섞으면 한마디도 지지 않는다. 그건 창립기념파티 때도 이미 눈치챈 사실이었다. 또박또박 제 할 말 다 하는 모습이 나름대로 귀엽기도 했다. 강우의 입가에 새겨진 미소가 점점 깊어졌다.

"그리고 파트너 제안은 없던 걸로 하죠, 서강빈 씨. 마음만 고맙게 받을게요. 뭐, 혹시라도 불편한 상황 닥치면 저 혼자 힘으로 얼마든지 해결할 수 있으니까 그 점은 신경 안 써주셔도 돼요."

멋대로 강빈의 손을 끌어다가 척, 하니 잡고는 아란은 악수를 했다. 강빈의 손에 아란의 손이 하나하나 얽혀들었다. 보드라운 살결과 다스한 온기가 고스란히 그에게 전달되었다. 짧은 악수를 남기고 아란이 손을 뗐다.

"다시 만나게 돼서 정말 반가웠어요, 서강빈 씨."

아란은 상큼하게 웃으며 덧붙였다.

"그럼 두 분 다, 좋은 시간 보내세요."

단정하게 고갯짓을 한 뒤, 아란은 몸을 돌렸다. 뒤도 돌아보지 않은 채 사람들 사이를 파고들었다. 두 남자를 멋지게 잘라내는 아란의 노련한 솜씨에 강빈은 소리없이 입매를 늘였다. 이아란이 서강빈과 서강우를 동시에 밀어낸 것이다.

"흐음, 이아란…… 정말 매력있는걸? 이거 정말 보면 볼수록 빠져드는 거 같은데……."

아란의 뒷모습을 눈으로 쫓아가던 강우가 혼잣말을 내뱉듯 속삭였다. 눈매를 확 틀어 올린 강빈이 경고조로 입을 뗐다.

"허튼짓하지 마, 서강우."

강빈의 사늘한 태도에 강우가 비웃음을 흘렸다.

"글쎄…… 저 아가씨가 매력있다고 생각하는 건 비단 나 혼자만이 아닌 거 같은데, 아우야. 안 그러니?"

강우는 묘하게 눈을 빛내며 의미심장한 말을 내뱉고는 자리를 떴다.


싱그러운 봄내음과 서늘한 봄바람이 아란의 코끝을 스쳤다. 파티에 참석한 사람들과 저녁식사를 마친 아란은 달콤한 샴페인을 마시며 비슷한 또래의 여자들과 이야기를 나누고 있던 참이었다.

아란의 부친 이 부사장은 서 회장의 곁에서 시종일관 진지하게 대화를 이끌어 나갔다. 최 여사는 친분있는 몇몇 중년 부인들과 담소를 나누다가 간간이 아란을 바라보고는 했다. 멀찍이 떨어져 있는 아란에게 최 여사의 시선이 날아들었다. 아란은 투명한 샴페인 잔을 높이 들어 보이며 생긋방긋 미소를 지었다. 얌전히 있는 그녀에게 만족했는지 최 여사의 시선이 중년 부인들에게로 돌아갔다.

"윤지완 씨, 곧 약혼한다는 소문이 들리던데 사실이에요?"

누군가가 서진에게 질문을 던졌다. 공식적인 자리에서 몇 번 얼굴을 마주한 여자는 서한 계열사 임원의 딸이었다.

"네. 아직 날은 안 잡았지만 조만간 약혼할 거 같아요."

"아아…… 지완 씨 약혼하고 나면 눈물 흘릴 아가씨가 제법 될 거 같은데요?"

서진은 코웃음을 쳤다.

"설마요. 뭐, 강빈이 정도 돼야 아가씨들의 눈물바다가 이뤄지지 않을까요?"

서진의 무심한 물음에 대여섯 명의 여자들 시선이 일제히 멀찍하게 떨어진 강빈에게 닿았다. 아란의 눈길도 자연스레 강빈에게 닿았다가 다시금 서진을 향했다. 이곳에 오고 나서야 알았다. 서강빈과 윤서진이 사촌 간이라는 것을. 이란성 쌍둥이에다가 사촌형제까지 있는 서진이 아란은 말도 못하게 부러웠다. 어릴 때부터 형제 많은 친구들이 얼마나 부러웠던가. 아란에게 있어서 우진은 그래서 더 소중한 사람이었다. 우진은 연인이자 오빠이며 가족 같은 존재였다.

"쌍둥이는 서로 유별나게 교감을 한다던데 맞아요, 언니? 저, 쌍둥이 실제로 보는 거 처음이거든요. 너무 부럽고 신기하고 그래요."

아란이 눈을 반짝이며 물었다. 같이 식사를 하면서 대화를 많이 나눈 아란과 서진은 어느새 부쩍 친분을 쌓아갔다.

"교감은 무슨 개뿔. 부러울 것도 많다, 아란 씨. 우리 남매는 서로 못 잡아먹어서 안달이거든요. 아마 쌍둥이라서 더 싸울걸?"

말은 모질게 하면서도 지완을 응시하는 서진의 눈빛은 따뜻했다.

"피아노가 전공이라고 했죠, 아란 씨?"

내내 침묵을 지키고 있던 지수가 대화의 주제를 돌렸다. 파티에 등장하자마자 일시에 시선을 끌어 모으고, 그것도 모자라 강빈과 한참 동안 이야기를 나눈 아란이 얄미워서 일부러 말을 섞지 않았다. 헌데 가만히 지켜보니 성격도 털털하고 말도 조근조근 잘하는 게 썩 밉게 보이지는 않았다. 지수가 재차 질문했다.

"그럼 유학도 생각하고 있어요?"

"네. 지금 준비 중이에요."

"우와! 이거 나중에 아란 씨, 세계적인 피아니스트 되는 거 아니에요? 미리 사인이라도 받아놔야 하나?"

서진은 감탄사를 내뱉으며 아란을 응시했다.

"얼굴 예쁘지, 몸매 착하지. 거기다 세계적인 피아니스트까지 되면 아란 씨 인기 급상승이겠는데? 그때, 나 모른 척하기 없기예요."

"아하핫! 무안하게 왜 그러세요. 저, 그런 실력 없어요. 세계적인 피아니스트라니. 우리 오빠가 들으면 삼박사일 비웃을 거예요. 근데 제가……."

아란은 잠시 말의 템포를 늦췄다. 역적모의를 하듯 테이블 앞으로 상체를 숙이고 나직하게 목소리를 깔았다.

"……얼굴이랑 몸이 좀 괜찮긴 하죠."

일순, 분위기가 싸해졌다. 정확히 삼 초 뒤 왁자지껄한 웃음소리가 여기저기서 흩어져 나왔다. 다른 자리에도 젊은 여성들이 옹기종기 모인 곳도 여러 군데 되었지만 유독 아란이 있는 테이블에만 웃음이 끊이지 않았다. 한참을 웃던 지수가 샴페인 잔을 들어 올려 아란에게 브라보를 하자는 제스처를 해 보였다. 아란은 잔을 높이 올리고는 화답했다. 잔의 밑바닥에 조금 남아 있는 샴페인을 단숨에 마시고 테이블에 잔을 내렸다. 지나가던 웨이터가 기다렸다는 듯이 또 다른 샴페인을 내밀었다.

‘너무 많이 마시는 건 곤란한데……’

마음속에서 갈등이 생겼다. 이런 자리에서 자칫 잘못해 실수라도 하게 된다면 큰일이다. 알코올에 유독 약한데 홀짝홀짝 마시다 보니 벌써 다섯 잔이나 비운 것이다. 그만 마셔야지, 하면서도 입에 착착 달라붙는 샴페인이 아란을 유혹했다.

딱 한 잔만 더 마실까, 하는데 옆자리에 앉아 있던 서진이 잔을 부딪쳐 왔다. 입술을 축이는 시늉만 하고 옅은 노란색에 황금색이 가미된 액체를 불빛에 비추며 아란은 장난스럽게 흔들어 보았다. 샴페인이 출렁거리며 잔 안에서 이리저리 움직였다. 허공에 들어 올린 잔을 아래로 내리고 한 모금을 입안으로 삼켰다.

설탕에 절인 레몬, 바닐라 외에도 몇 가지 맛과 향이 혀끝으로 달보드레하게 퍼져 나갔다. 아란은 미식가처럼 맛을 보며 샴페인에 대한 평가를 했다.

‘훌륭해. 최고의 샴페인이야.’

아란이 샴페인을 홀짝이고 있는데, 서진이 후훗거리며 웃음을 터뜨렸다.

“지수 씨, 대강해요. 그렇게 뚫어져라 보다간 우리 강빈이 얼굴 닳겠다.”

흘끔거리며 강빈이 앉은 곳을 주시하고 있던 지수의 얼굴이 발갛게 달아올랐다.

"저만 그런가요 뭐. 여기 모인 다른 여자들도 죄다 강빈 씨만 훔쳐보고 있는데……."

지수가 억울하다는 듯이 반박했다. 서진은 어깨를 으쓱이고는 턱짓으로 아란을 가리켰다.

"죄다는 아닌 거 같은데요? 아란 씨는 한 번도 눈길 안 돌리던데."

얼떨결에 대화의 주제에 놓인 아란은 주변에 모인 여자들을, 그리고는 먼 곳에 떨어진 강빈을 차례대로 훑었다.

"서강빈 씨를 봐야 하는 이유라도 있어요?"

아란의 뜬금없는 질문에 몇몇이 뜨악한 눈길이 되고 말았다. 이름도 잘 기억나지 않는 여자가 말도 안 된다는 듯 목소리를 높였다.

"아란 씨가 보기엔 강빈 씨, 멋있지 않아요?"

"멋있어요."

아란은 짤막하게 대꾸하고는 강빈이 있는 곳으로 시선을 옮겼다. 십여 명의 남자들 틈에서 유독 서강빈에게 빛이 나 보이는 건 사실이다. 햇살을 머금은 듯 그의 주변으로 찬란한 빛이 스며들었다. 그에게는 시선을 끄는 묘한 매력이 있었다. 이를테면 언제 어디서건 자신의 존재감을 강하게 발산하는 독특한 분위기라고 할까. 아란은 한숨처럼 속삭였다.

"그러고 보니 정말 잘생겼네요, 저 사람."

"설마, 아란 씨까지 우리 강빈이 추종자 되는 건 아니죠? 일찌감치 단념해요. 저 녀석 여자에게 얼마나 냉담한데."

서진이 낮게 혀를 찼다. 아란은 상그레 미소를 지으며 손을 휘휘 내저었다.

"염려 마세요. 서강빈 씨가 멋있긴 하지만 제 눈엔 서강빈 씨보다 훨씬 더 멋있는 사람이 있거든요. 근데 왜 다들 저 사람이 냉담하다고 하는 거죠? 솔직히 첫인상은 좀 별로였지만 몇 번 보니까 다정……."

갑작스레 울려 퍼지는 휴대전화 벨소리에 아란은 잠시 말을 멈췄다.

"죄송합니다. 잠시만요."

양해를 구한 아란은 자그마한 클러치 백을 뒤적거려 휴대전화를 꺼냈다. 액정화면에 '우진 오빠'라는 글자가 또렷이 새겨졌다.

"후훗. 호랑이네. 내가 오빠 말한 건 어떻게 알고."

아란은 즐겁게 종알거리며 의자를 뒤로 밀고 자리에서 일어났다.

"잠깐 실례할게요. 전화가 와서."

입가에 해사한 미소를 베어 물고 아란은 통화 버튼을 눌렀다.

"오빠!"

아란의 음성이 평소보다 한 톤 높아졌다. 돌연 큰 소리를 내는 그녀의 행동이 주위에 있던 다른 사람들의 시선을 하나둘 끌어당겼다. 아란은 몸을 돌려 조용한 곳을 찾았다. 휴대전화 너머에서 우진의 부드러운 목소리가 들려왔다.

[이제 막 도착했어, 란아.]

독일에서도 하루에 한 번은 잊지 않고 통화를 해온 그들이었다. 하지만 요 며칠은 우진의 목소리를 듣지 못했기에 반가움은 두 배가 되었다. 사람들이 없는 곳으로 자리를 옮기던 아란은 제법 큼지막한 크기의 연못을 발견하고는 그 앞으로 다가갔다. 수면 아래에 비단 잉어들이 꼬리를 살랑이며 유유히 헤엄을 치고 있었다.

"미안, 오빠. 공항에 마중 나가려고 했는데……."

[귀찮게 마중은 무슨. 됐어.]

우진은 달래듯 말하고는 다정하게 덧붙였다.

[그리고 공항에 벌써 매니저가 나와 있더라. 오늘 바로 재단 측하고 미팅을 해야 한대나, 어쩐대나. 암튼 너 안 나온 거 잘한 거였어.]

"이번엔 일정이 빠듯하겠다, 그치 오빠?"

우진이 두 달 일정으로 귀국한 건 전국 여섯 개 도시에서 연주회가 열릴 예정이기 때문이다. 그리고 오래도록 준비해 왔던 음반 작업도 이번 기회에 마무리 짓기로 했다. 우진의 이번 귀국도 많이 바쁘겠지만 그래도 아란이 이토록 설레고 기쁜 마음으로 기다린 것은 다른 중요한 이유가 있어서였다.

[바빠도 너 볼 시간은 충분히 있어.]

아란은 만족스러운 듯 크게 고개를 끄덕였다.

"그럼, 그럼. 그래야지. 아무리 바빠도 나부터 봐야지."

우진의 싱그러운 웃음소리가 귓가에 날아들었다.

[우선 연주회 관계자랑 재단 측 사람들을 만나봐야 돼. 미팅 끝나면 바로 달려갈게. 무지무지 보고 싶다, 란아. 집으로 갈 테니까 기다려. 조금 이따 보자, 아란아.]

상대편의 말은 듣지도 않은 채 성급하게 전화를 끊으려는 우진을 아란은 다급하게 불렀다.

"오빠, 잠깐만!"

[왜?]

다행히 우진은 전화를 끊지 않았다. 하지만 다른 소리가 우진과의 통화를 방해했다.

밥 주세요—

어린아이의 깜찍한 목소리가 길게 울려 퍼지며 휴대전화 배터리
가 방전되었음을 알렸다. 아란은 속사포처럼 말을 꺼냈다.

"오빠, 나 집에 없……."

그러나 말을 채 끝맺기도 전에 휴대전화는 야속하게 꺼져 버렸다.
시커멓게 침묵을 지키는 휴대전화를 노려보던 아란은 입술을 자그시
깨물었다. 연못을 벗어나 사람들이 있는 곳으로 빠르게 걸음을 옮겼
다. 다른 사람의 휴대전화라도 빌리려고 주위를 두리번거리는 아란
의 눈에 조금 전까지 대화를 나눴던 서진이 들어왔다.

"언니, 미안하지만 핸드폰 좀 빌릴 수 있을까요?"

"핸드폰? 어쩌지? 파티 시작하자마자 웨이터에게 맡겨서 아마 집
안에 있을걸?"

여기저기서 나도, 나도 집 안에 있어, 라는 말이 들려왔다. 아란은
한숨을 쉬고는 주변을 휘둘러보았다. 아란의 눈에 서 회장의 안사람,
박 여사가 들어왔다. 아란은 망설임없이 박 여사의 곁으로 다가갔다.

"저어, 여사님. 죄송하지만 핸드폰 좀 쓸 수 있을까요?"

"핸드폰? 어쩌지, 아란 양. 집 안에 두고 안 가져왔는데."

박 여사의 옆에 앉아 있던 다른 사람들도 고개를 내저었다. 파티
가 시작되면서 겉옷이나 가방은 모두 웨이터에게 맡겼던 것이다. 우
진에게 전화가 올 거 같아서 아란은 클러치 백을 들고 있었지만 다른
사람들은 죄다 거추장스러운 물건을 치운 뒤였다.

"왜?"

아란의 난처한 얼굴에 모친 최 여사가 입을 열었다.

“전화할 데가 있어서.”

“급한 거 아니면 나중에 해.”

“급해.”

아란의 날카로운 말투에 박 여사가 의자에서 일어났다.

“이리 와요, 아란 양. 급한 전화인가 본데 집 안으로 안내해 줄 테니까 집 전화를 쓰도록 해요. 그럼 되겠죠?”

아란의 얼굴에 화색이 돌았다.

“그래도 될까요?”

박 여사가 잔잔하게 웃으며 고개를 끄덕였다.

“그럼요. 그게 뭐 어려운 일이라고. 따라와요.”

앞장서는 박 여사의 손을 잡아챈 아란이 손을 내저었다.

“아뇨. 번거롭게 그러실 필요는 없어요. 저 혼자 가도 되니까 앉아서 말씀 나누세요. 집 안에 누구 다른 분 계시죠?”

“도우미들이 있긴 한데…… 가든파티에 일손이 딸려서 지금 정원에서 일을 거들고 있을 거예요. 이를 어쩌나?”

“그런가요? 아무도 안 계신 집에 들어가도 실례가 되지 않을까요?”

“실례는 무슨.”

“감사합니다. 그럼, 얌전히 전화만 쓰고 나올게요.”

“불편하게 생각하지 말고 편안하게 통화 마치고 와요, 아란 양.”

아란을 집까지 안내할까 하고 망설이던 박 여사가 의자에 도로 앉았다. 아란의 모친 최 여사가 실수하지 말라는 눈빛을 보내며 무언의 경고를 날렸다. 아란은 걱정하지 말라는 듯 고갯짓으로 대답을 하고는 박 여사에게 정중하게 고개를 숙였다.

"감사합니다."

다시 한 번 고마움을 표현한 아란은 잰걸음으로 정원을 가로질러 나갔다.


"경기침체가 악화되면서 각 기업들은 앞 다투어 구조조정에 들어간다던데 이거 참. 이 경기침체에 살아남으려면 어떻게 대처를 해야 하는지 난감하다고 봅니다."

"글쎄요. 이럴 땐 같은 계열사는 합병을 하거나 혹은, 인력감축도 논의해 봐야 하지 않을까요."

최근 경기침체로 각 기업이 어려움을 겪고 있는 것을 주제로 남자들은 이야기를 나눴다.

"MJ그룹은 비용절감을 위해 가지치기를 하듯 자잘한 사업체는 하나로 합치기로 했다는 소문도 돌던걸요. 그것도 어떻게 보면 현명한 방법 같아요."

남자들 틈에서 지완이 말을 꺼냈다. 여기저기서 불황이다, 경기침체다 말이 많았지만 서한그룹은 독보적인 위치를 고수했다. 각 계열사마다 무섭게 성장하며 상반기를 마무리 지을 때는 엄청난 수익을 창출할 것으로 기대를 모았다.

"흐음, 글쎄. MJ그룹은 작은 사업체를 하나로 모으면서 위기를 모면할 방도를 찾긴 했지만, 그 가운데 엄청난 실수를 범하고 있어."

강빈의 냉량한 음성이 좌중을 휘어잡았다. 이십여 명의 남자들이 모두 강빈을 주목했다. 시원한 오렌지주스를 한 모금 들이켠 뒤 강빈은 말을 이었다.

"불황 타개를 위해 무엇보다 대규모 자금이 들어가는 해외인수합병을 포기하는 게 급선무인데, MJ는 아직도 해외인수합병에 열을 올리고 있더라고. 자잘한 사업체를 하나로 합병하면 뭐해. 해외인수합병으로 큰돈은 다 날리는데 말이야."

"현 시점에서 해외인수합병도 괜찮은 대안 아닌가?"

지완의 물음에 강빈은 단호하게 고개를 내저었다.

"천만에. 괜찮은 대안이 아니라 최악의 대안이겠지."

모두들 강빈의 말에 귀를 기울였다. 뒷말을 이으려던 강빈의 눈에 아란이 들어왔다. 바쁘게 걸어가는 모양새가 꼭 넘어질 것만 같았다. 물가에 내놓은 어린애처럼 왜 이렇게 저 실수투성이 아가씨가 걱정되고 눈에 들어오는지 모를 일이었다.

'그나저나 저 천방지축 아가씨가 무슨 사고를 치려고 집엔 들어가는 거지?'

높게 솟은 삼층 저택을 향해 종종걸음으로 뛰어가는 아란을 강빈은 말없이 주시했다.

"최악의 대안이라니?"

지완이 어서 말해보라는 듯 채근했다.

"아아…… 리스크에 대응하기 위한 것 중 제일 중요한 게, 현금의 흐름이거든. 기업 경영을 위해서 필요한 자금을 충분하게, 그리고 여유롭게 확보할 수 있는 방법이 뭐가 있을까? 현 시점에서 그 방법이 뭐가 있느냐에, MJ그룹은 초점을 맞춰야 할 때야. 불필요한 해외인수합병을 추진할 게 아니라."

"아하, 어려운 때에 불필요한 자금을 낭비하는 게 최악의 대안이다, 이건가? 듣고 보니 네 말도 일리가 있는걸?"

지완이 손뼉을 서너 번 마주치고는 엄지를 치켜세웠다. 테이블 위에 놓인 샴페인을 쭉 들이켜고 빈 잔을 웨이터에게 건넨 뒤 새로운 잔을 두 개 받아 들었다. 한 개는 자신의 앞에 놓고 다른 한 개는 강빈에게 내밀었다.

"전적으로 네 생각에 동의한다, 사촌."

잔을 부딪치자는 지완의 제스처에 강빈은 샴페인 잔은 한쪽으로 밀어놓고 대신 주스 잔을 챙, 하고 부딪혔다.

"안 마셔?"

지완의 눈길이 테이블 위에 놓여진 샴페인 잔에 닿았다.

"오늘은 술 생각 없다."

"술 생각은 없다라. 그럼 다른 거 생각하는 건 있어?"

"글쎄. 다른 거 생각하는 거라……."

강빈의 눈길이 무심결에 아란이 걸어갔던 자취를 더듬었다. 정원을 가로질러 집 안으로 들어가던 아란의 뒷모습을 떠올리며 강빈은 슬며시 입술을 말아 올렸다. 혹시 집 안에서 뭘 깨거나, 부수진 않을지 은근히 걱정이 되었다.


사람들로 북적거리던 정원과 달리 집 안은 적막감이 감돌 정도로 고요했다. 이따금 정원에서 희미하게 사람들의 웃음소리와 오케스트라 연주음이 들려오지 않았다면 마치 다른 세계에 떨어진 듯한 느낌이 들 정도였다. 낯선, 그리고 어려운 분의 집이라 아란의 움직임은 상당히 조심스러웠다. 평소의 덜렁대는 이미지는 자취를 감춘 채 걸음걸이마저도 조심, 또 조심을 하며 매사에 신중을 기했다.

정원에서 저택을 바라볼 때 집 크기가 상당하다는 건 이미 짐작한 바였다. 삼층 대저택은 밖에서 볼 때보다 훨씬 더 크고 웅장하기까지 했다. 눈부신 대리석 복도, 각종 희귀 명화가 걸린 벽면, 휘황찬란한 샹들리에 그 모든 게 아란의 눈을 단번에 사로잡았다.

"우와, 집이 아니라 이건 완전 박물관 수준이네. 아니다, 왕실 수준인가?"

이름난 도예가가 빚은 듯 보이는 청화백자는 얼마나 간수를 잘했는지 거의 국보급이라 불러도 무방해 보였다. 책에서나 볼 법한 진품들을 뒤로하고 아란은 복도를 빠르게 걸었다. 남의 집을 허락도 받지 않고 함부로 두리번거리는 건 어쩐지 결례인 것만 같았다.

"그나저나 전화기는 어디 있을까."

대리석 복도를 지나자 탁 트인 응접실이 아란을 맞이했다. 정원이 한눈에 내다보이는 아치형 창문은 바닥에서부터 시작해 천장까지 길게 맞닿았다. 넓은 응접실에 맞춰 십여 개가 넘는 아치형 창에서 쏟아져 오는 불빛은 눈이 부실 지경이었다. 지금은 필요없는 벽난로가 한쪽 대리석 벽을 차지하고 그 반대편에는 반들반들 윤이 나는 테이블이 길게 이어졌다. 테이블에 전화기가 있나 훑어보던 아란은 고개를 젓고는 다른 쪽을 살폈다.

블랙 앤 화이트로 콘셉트를 맞춘 듯 아치형 창문의 화이트 창틀과 블랙 컬러의 가죽소파가 깔끔하게 조화를 이뤘다. 불필요한 물건은 존재치 않는 듯 모든 것이 깔끔하게 정리정돈 되어 있었다. 소파 중앙에 자리 잡은 반들반들한 테이블에는 먼지 한 점 내려앉지 않아 얼굴이 비칠 정도였다. 그 옆 사이드 테이블에 시선을 돌리던 아란은 생그레 웃으며 나직하게 '빙고'를 외쳤다.

"찾았다, 전화!"

전화기로 손을 뻗던 아란의 시야에 곱게 접힌 신문이 들어왔다. 헤드라인 기사가 눈에 박히듯 아로새겨졌다.

『재계의 젊은 총수 서한전자 '서강빈' 사장, 이달 안으로 영국 방문 예정.』

대단한 사람인 줄은 일찌감치 알았지만 해외출장 가는 것까지 일일이 언론에 보도되는 걸 보니 새삼 놀라웠다. 수화기를 들어 올리고는 우진의 휴대전화 번호를 꾹꾹 누르면서도 아란의 시선은 여전히 신문에 고정되었다. 몇 번의 신호음이 울리는 동안 눈으로 기사를 빠르게 훑어 내렸다.

『서한그룹 서영훈 회장을 보필하게 된 최고경영진에는 서강빈 사장 외에도 삼십여 명의 사장단들이 있다. 이들 모두 이달 안으로 대거 해외출장에 나선다. 영국 방문 일정의 공식적인 이유는 영국 내 사업장 점검으로 발표되었다. 런던, 브롬리, 노퍽, 카디프 등에 걸쳐진 수십 개의 사업장 점검 외에, 일각에서는 영국의 해럴드 사를 인수합병하는 일을 추진 중이라는 소문이 심심치 않게 들려오고 있다.』

기사 상단에는 서 회장을 보필할 사장단들의 명단과 모습이 담긴 사진이 새겨졌다. 그중에 강빈의 수려한 모습은 찾을 수가 없었다. 특별한 기사 외에는 강빈의 사생활은 철저하게 베일에 가려져 있었다. 자그마한 사진조차 서한그룹 홍보실에서 허용치 않았다. 그것을 모르는 아란은 왜 강빈의 사진이 없는 것일까, 하며 의아하게 생각했다.

[네, 박우진입니다.]

기사와 사장단들의 사진을 응시하던 아란은 우진의 목소리가 들리자 그제야 신문에서 눈을 뗐다.

"오빠, 나야."

[여보세요? 어, 란이니? 이거 모르는 번호던데……]

액정화면에 뜨는 번호를 확인하는 듯 가깝게 들리던 우진의 목소리가 잠시잠깐 멀리서 들려왔다.

[어디, 밖이야?]

다시금 가까이에서 들리는 우진의 목소리. 다정하고도 부드러운 음성에 아란의 입가에는 자잘한 미소가 물결쳤다.

"어. 중요한 모임이 있어서 밖에 나와 있어."

[중요한 모임? 이야, 이거 서운한데? 얼마나 중요한 모임이기에 내가 도착하는 날 다른 약속을 잡았을까? 내가 이아란의 그 중요한 모임에 밀리는 거야?]

우진이 서운하다는 듯 낮게 혀를 찼다.

"미안해, 오빠. 근데 어쩔 수가 없었어. 가족모임이라서 나도 꼭 참석해야 한다고 아빠랑 엄마가 얼마나 채근을 하시던지. 내가 초절정 닭살 애교도 부렸거든? 근데 안 먹히더라니까. 정말이지 나도 안 올 수가 없었어."

아란은 설명조로 말했다.

"어쨌든 오늘은 못 볼 거 같아. 집에 가려면 아직 한참이나 더 기다려야 될 거 같거든. 아쉽지만 내일 봐, 오빠. 설마…… 내일부터 스케줄이 줄줄이 잡혀 있는 건 아니지?"

[당연히 아니지. 열일 제쳐 두고 너부터 봐야지 스케줄은 무슨. 걱정하지 마. 내일은 널 위해서 시간을 다 비워뒀으니까.]

우진이 당연하다는 듯 대답했다. 아란은 만족스러운 미소를 지으며 고개를 끄덕였다.

"좋아. 내일 봐. 연주회 관계자들이랑 미팅 잘하고 집에 가서 푹 쉬어. 내일 아침에 내가 전화할게."

[그렇다면 할 수 없지 뭐. 알았어. 내일 보자, 아란아.]

우진이 먼저 전화를 끊었다. 통화를 마치고 무선전화기를 제자리에 내려놓은 아란은 나직이 한숨을 내쉬었다. 오늘은 우진을 만날 수 있다고 한껏 기대에 들떠 있었는데 못 본다고 생각하니 기분이 울적해졌다. 그나마 다행이라면 파티에 초대된 사람들 중에 마음에 드는 괜찮은 사람들이 꽤 많다는 거였다. 특히나 마음도 잘 맞고 대화도 잘 통하는 서진이 아란은 무작정 좋아지기 시작했다. 서진과의 좋은 만남에 아란은 우진을 만나지 못한다는 서운함은 잠시 뒤로 밀어놓았다.

"참! 보고 싶다는 말도 못했는데!"

아란은 뒤늦게 생각난 듯 손뼉을 딱, 하고 마주쳤다. 다시 전화를 할까 망설이다가 고개를 내젓고는 들어 올린 전화기를 내려놓았다.

"내일 볼 건데 뭐. 또 전화하면 오빠가 유난떤다고 한소리할 거야."

혼잣말을 중얼거리는 아란의 시야에 반쯤 보다 만 신문 기사가 들어왔다. 손을 뻗어 신문을 들어 올린 아란은 재빨리 활자를 읽어 내렸다.

『전자업계에서 해럴드 사는 영국 내에서도 열 손가락 안에 드는 탄탄한 기업이다. 그러나 몇 년 전부터 극심한 자금난에 시달린 해럴드 사는 몇 번이나 경영악화를 겪고, 또 그룹 전체가 위기에 봉착해 흔들리기도 했다. 그런 해럴드 사와 서한그룹의 기술제휴냐, 인수합병이냐 분분한 의견이 오가는 가운데 서한그룹 측에서는 노코멘트로 기사화되는 것을 단호하게 일축했다. 하지만 최측근의 귀띔으로는 해럴드 사의 인수합병은 거의 막바지에 도달한 단계이며 이번 일을 선두에서 진두지휘하게 된 건 서한전자의 서강빈 사장이라는 것이다. 이것이 그저 소문이든 아니든 서한그룹의 영국 방문은 이미 공식화되었다. 사장으로 승진인사 후 첫 해외출장을 나서게 된 서강빈 사장. 그리고 오 년 만에 영국을 찾는 서영훈 회장. 최고 경영진 삼십여 명을 대동한 이번 해외출장이 단순히 사업장 점검인지 아닌지는 돌아오는 서영훈 회장, 아니, 서강빈 사장을 보면 알게 될 듯하다.』

"흐음……."

신문을 제자리에 내려놓는 아란의 표정이 복잡다단하게 변해갔다. 경영에 대해서는 무지하다 싶을 정도로 잘 모르지만 서강빈이라는 사람이 평범함과는 거리가 멀다는 걸 새롭게 인식하는 순간이었다.

"이게 누구신가…… 정원에 있어야 할 아란 씨가 집 안엔 어쩐 일이죠?"

갑작스레 들리는 인기척에 아란은 심장이 내려앉듯 깜짝 놀랐다. 희미한 신음이 날카롭게 흘어져 나왔다. 휙, 몸을 틀자 응접실 입구 벽에 등을 기대고 있는 강우가 눈에 들어왔다.

"서강우 씨는 어떻게…….."

강우가 눈을 찡긋거리며 대답했다.

"나야 뭐, 파티가 지겨워서 게스트 룸에서 잠시 쉬려고 들어왔죠. 그런데 설마 아란 씨가 날 쫓아온 건 아닐 테고…… 흐음, 그럼 정말 우리가 인연은 인연인가? 묘한 곳에서, 묘하게 만나다니 말입니다?"

강우가 너스레를 떨며 아란에게 한 걸음씩 다가섰다. 두려움에 휩싸인 아란은 자신도 모르게 뒷걸음질을 쳤다.


"앞으로 시간이 흐를수록 경기침체가 더욱더 심해질 거라는 전망이 나돌던데, 이러다가 서한그룹에도 영향을 미치는 건 아닌지……."

누군가 걱정스레 하는 말을 건성으로 흘려들으며 강빈은 슈트 소매를 슬쩍 들췄다. 십여 분이 훌쩍 지났다. 아란이 그의 시야에서 벗어난 지가. 강빈은 초조하게 주위를 휘둘러보다가 짜증스레 머리카락을 쓸어 넘겼다.

'무슨 일이 있는 건가?'

강빈의 눈길이 불빛이 환하게 비추이는 저택을 향했다.

"경기침체가 길어지면 결국 우리도 피해갈 수는 없겠죠. 그건 서한뿐만 아니라 다른 기업도 마찬가지일 겁니다. 그래도 솔직하게 말해서 아직까지 경기침체라는 게 피부에 와 닿지 않아서인지 난 그 부분은 한 번도 생각을 해본 적이……."

대화가 지루하다는 듯 한 손으로 입을 가리고 하품을 하던 지완이 고개를 갸웃거렸다.

"강우 형은 아예 외삼촌 댁에서 하룻밤 자고 갈 생각인가 보다? 잠깐 쉰다고 들어가더니 아예 나올 생각을 안 하네.”

아란에 대한 걱정으로 조바심을 치던 강빈은 지완의 말을 듣는 순간 무방비상태에서 급소를 가격당한 듯했다. 누군가에게 둔기로 뇌를 맞은 듯 잠시 아무런 말도 할 수가 없었다. 지완을 망연히 바라보다가 겨우 말문을 열었다.

“뭐? 강우가, 지금 어디 있다고?”

“몰랐어? 아까 좀 취한 거 같다면서 쉰다고 집에 들어갔…… 야, 인마. 왜 그래?”

지완의 말을 끝까지 듣지도 않은 채 강빈은 의자에서 홱, 몸을 일으켰다. 주먹을 그러모아 쥔 강빈의 표정이 화강암처럼 딱딱하게 굳어져 갔다. 문득 가슴 한쪽에 선득한 바람이 휘몰아쳤다. 파트너 따윈 필요없다고 깔끔하게 거절할 때 강압적으로라도 아란을 곁에 둘 걸 그랬다고 강빈은 뒤늦게 후회를 했다. 설마 이런 일이 벌어지리라고는 감히 짐작조차 하지 못했었다.

‘이아란, 지금 그 녀석과 같이 있는 거야? 무슨 짓을 저지를지 모르는 그 위험한 녀석이랑?’

그가 아란을 주시한 것처럼 강우도 그녀에게서 눈을 떼지 못했다. 어떻게 하면 유혹할 수 있을까, 하며 강우는 호시탐탐 기회를 엿보았던 것이다. 눈앞에 들어온 먹잇감을 곱게 보내줄 만큼 강우는 착하지도, 순진하지도 않았다.

‘젠장, 서강우!’

험악한 욕설이 혀끝에서 맴돌았다. 저택을 향해 황급히 걸음을 옮기는 강빈의 뒷모습을 지완은 멍하니 지켜보았다.

“사장으로 승진인사 후, 첫 해외출장을 나서게 된 서강빈 사장. 그리고 오 년 만에 영국을 찾는 서영훈 회장. 최고 경영진 삼십여 명을 대동한 이번 해외출장이, 단순히 사업장 점검인지 아닌지는 돌아오는 서영훈 회장, 아니, 서강빈 사장을 보면 알게 될 듯하다? 하핫, 아무튼 되는 놈은 뭘 해도 된다니까!”

강우의 나직한 음성에는 부러움과 질투가 묘하게 섞여 있었다. 테이블에 신문을 내려놓고는 아란의 고운 얼굴을 집요하게 바라보았다.

“근데, 그 녀석에게 관심이라도 있어요? 이 기사를 뚫어져라 보던데. 이거, 어쩐지 기분 나쁜걸? 내가 관심 둔 여자, 다른 놈에게 호감이 있다니. 상당히 불쾌해지려고 해요, 아란 씨.”

정중한 말투인데 상당히 기분이 나빴다. 직감적으로 위험을 감지한 아란은 자그시 아랫입술을 물었다.

“이 손 좀 놓고 말하면 안 될까요?”

퇴로를 차단한 채 움직이지도 못하게 아란의 손을 움켜쥐고 있던 강우는 어깨를 으쓱거렸다. 바르작거리며 손을 빼내려는 아란의 손목을 더욱 우악스레 훔켜쥐었다. 파르란 눈빛으로 강우를 노려보며 아란이 되쏘았다.

“이보세요, 서강우 씨.”

“관심, 있어요? 강빈이 녀석에게?”

“관심, 없는데요?”

“나는요? 나도 관심없어요?”

“그쪽도 일절 관심없거든요? 됐어요? 이제 그만 좀 비켜주시죠,

서강우 씨?"

아란은 한 음절 한 음절 끊어 말하듯 딱딱하게 응수했다. 아란의 얼굴을 삼킬 듯이 바라보던 강우가 머쓱한 듯 얼굴을 붉혔다. 그는 몰라도 강빈에겐 관심있을 줄 알았더니 아란은 그것도 아니라고 했다. 강우는 고개를 갸우듬히 기울였다. 진귀한 귀중품을 품평하듯 아란의 얼굴을 하나하나 뜯어보다가 돌연 휘파람을 길게 불었다.

"예쁜 건 이미 알고 있었지만 가까이에서 보니까 정말 숨이 막히는걸? 녀석도 이 모습에 반한 건가? 단도직입적으로 말하죠. 아란 씨…… 나, 진지하게 생각해 보고 싶지 않아요?"

도자기처럼 매끈한 아란의 뺨을 강우가 손끝으로 어루만졌다. 아란은 홱 고개를 틀고는 매섭게 눈매를 치켜 올렸다.

"절대, 생각하고 싶지 않네요. 그리고 이거, 명백한 희롱이라는 거, 알고 있어요?"

손길을 뿌리치려는 아란의 행동을 가볍게 제지한 강우는 보석을 감정하듯 번뜩이며 눈을 빛냈다.

"눈 돌아가게 예쁜 얼굴도 맘에 들지만 뭣보다 난, 아란 씨 성격이 더 맘에 들어요. 그건 아마도 강빈이 그 녀석도 마찬가지일걸?"

처음이었다. 강빈이 여자에게 호감을 가진 건. 여자를 그토록 다스하게 바라보는 것도 난생처음이었다. 귀찮게 얽혀드는 여자들을 내치기 바쁜 강빈이 어쩐 일인지 아란에게만큼은 다정다감했다. 그래서인지 강우는 더 아란이 욕심났다. 녀석이 탐내는 걸 자신이 갖게 된다면 얼마나 짜릿할까, 하는 승부욕이 발동했다. 헌데 이 깜찍한 아가씨는 그에게 조금도 관심이 없단다. 진지하게 생각할 필요 따위도 없다며 냉정하게 거절했다.

"참는 것도 한계가 있어요. 여기가 서 회장님 댁이어서 될 수 있으면 참아주려고 했는데 더 이상은 곤란해요, 서강우 씨."

이를 악다물고 잇새로 또박또박 말을 밀어내던 아란은 강우의 손을 야멸치게 떨쳐 냈다. 절대 놓지 않겠다는 듯 훔켜쥐고 있는 강우의 손아귀에서 손목도 비틀어 빼냈다. 얼마나 힘주어 잡았는지 그새 손목에는 새빨간 손자국이 흉하게 새겨졌다.

"서강우 씨처럼 앞뒤 재지도 않고 대시하는 스타일, 제가 제일 경멸하는 타입이에요. 관심이 있으면 정중하게 다가서세요. 거절당하면 깔끔하게 인정하고 돌아서는 게 신사 된 도리고 예의예요. 더구나 지금 서강우 씨 상태로 지껄이는 말은, 고백이 아니라 술주정으로밖엔 안 보여요. 하긴 잘 알지도 못하는 사람에게 이토록 무례한 짓을 저지르는 거 보면 애초에 예의라는 단어를 전혀 배우지 못한 거 같지만."

말을 마친 아란은 앞을 가로막고 있는 강우의 옆을 지나쳤다. 하지만 아란의 동선을 파악한 강우가 날래게 다리를 내미는 것으로 걸음을 방해했다. 짜증이 확 솟구친 아란의 음성이 날카롭게 튀어나왔다.

"이봐요, 서강우 씨!"

"아까 보니까 누군가와 통화를 하는 거 같던데, 혹시 남자친구?"

강우의 사정거리에서 벗어나기 위해 방향을 틀 때마다 번번이 가로막혔다. 쥐를 갖고 노는 심술궂은 고양이마냥 강우는 아란을 툭툭 건드렸다. 아란의 눈길이 아치형 창가에 닿았다. 정원과 본채와의 거리가 상당히 멀어서 파티에 참여한 사람들의 얼굴이 제대로 보이지도 않았다.

집 안엔 도움을 줄 만한 이가 하나도 존재치 않았다. 이 넓은 집엔 그녀와 서강우, 단 두 사람만이 존재했다. 더구나 상대는 술에 취해 있었다. 강우가 한마디씩 내뱉을 때마다 술 냄새가 역하게 배어 나왔다. 아란의 표정이 짜증에서 분노로, 분노에서 점차 절망적으로 바뀌어갔다.

"남자친구가 있는 겁니까, 아란 씨?"

"도대체 내가 왜 그걸 대답해야 하죠?"

새파랗게 날이 선 음성으로 아란이 쏘아붙였다. 입술을 비틀어 실소를 머금은 강우가 고개를 절레절레 내저었다.

"이런, 이런! 뭐야, 그럼? 우리 두 사람 다 헛물켠 거야? 난 뭐, 괜찮다고 해도 녀석은 충격 좀 받겠는걸? 난생처음 호감을 보인 여자한테 애인이 있다? 이 사실을 그 녀석이 안다면……. 하핫! 이거 참 오랜만에 유쾌한 상황입니다, 아란 씨?"

뭐가 그렇게 즐거운지 강우는 연신 비릿한 웃음을 터뜨렸다. 강우에게서 벗어나기 위해 신경을 곤두세우고 있던 아란은 그의 말은 귀에 담지도 않았다. 뭐라고 지껄이는지, 무슨 말을 하는지 한마디도 새겨듣지 않았다. 그저 어떻게 하면 이 곤란한 순간을 모면할까, 하는 생각만이 아란의 뇌리를 가득 메웠다.

"나야 원래 치마만 두르면 다 좋아한다지만, 녀석은 다른데. 아무에게나 눈길 주는 스타일이 아니거든요. 그 녀석…… 당신을 향한 감정이 단순한 호감일까, 그게 아니면 호감을 넘어선 관심일까? 어떻게 생각해요?"

이리저리 피해 다니는 아란의 걸음을 방해하며 강우가 느물거렸다.

"난 정말 그게 궁금한데 말이죠, 아란 씨."

손을 뻗은 강우가 아란의 팔을 탁, 하고 낚아챘다. 거침없이 품으로 끌어당기고는 아란의 가녀린 허리에 팔을 둘렀다. 두 사람의 몸이 한 치의 빈틈없이 하나로 맞붙었다. 소름 끼치는 상황에 놓인 아란은 팔을 높이 치켜 올렸다. 강우의 뺨을 후려치려는 순간, 그녀의 손이 허공에서 움직임을 멈췄다. 강우가 아란의 팔을 낚아채고는 힘껏 움켜쥐었다.

"함부로 남자를 때리면 안 되는 거예요, 천사 아가씨."

"함부로 여자를 희롱하는 건 괜찮은 건가요, 서강우 씨?"

"진정해요. 나도 바보가 아닌 이상 큰아버님 댁에서 사고를 치고 싶지는 않거든요. 더구나 이 부사장님의 따님을 상대로 말입니다."

바들바들 떨고 있는 아란을 달래듯 강우가 낮게 속삭였다. 사느란 비웃음을 터뜨린 아란이 되받아쳤다.

"완전히 머리가 빈 건 아니군요. 최소한의 상식은 알고 있는 거 같으니까."

강우의 팔을 뿌리친 아란은 재빨리 양손으로 건장한 몸을 밀어냈다. 꿈쩍도 하지 않고 장승처럼 서 있던 강우가 아란의 허리에 감긴 팔에 힘을 바짝 실었다.

"그런데…… 상당히 유혹적인 먹잇감이긴 합니다? 여기가 큰아버님 댁이 아니었으면 이 부사장님이고 뭐고 아란 씨를 당장 침대로 끌어들여서 품에 안아버렸을 텐데. 그랬다면 그 녀석에게 제대로 한 방 먹일 수 있는 기회가 오는 건데 말입니다."

아란의 입술을 손끝으로 쓸어내리며 강우가 덧붙였다. 등골 사이로 오스스 한기가 들었다. 뒷덜미의 솜털이 일시에 곤두섰다. 아란은 진저리를 치며 새된 소리를 내질렀다.

"미쳤어요? 아니, 죽고 싶어요?"

여기까지가 마지노선이었다. 이곳이 서 회장 댁이든 말든, 서강우가 서 회장의 조카이든 말든 아란은 더 이상은 참아줄 수가 없었다. 목이 터져라 비명을 지르든지, 그게 안 되면 급소를 걷어차서라도 위기의 순간을 모면해야 했다.

그때,

"아마, 두 가지 다일 거야."

라고, 말하는 냉엄한 음성이 아란과 강우 사이를 파고들었다. 홱, 고개를 돌리는 아란의 시야에 한 걸음씩 한 걸음씩, 천천히 거리를 유지하며 다가서는 강빈이 들어왔다.

"미쳤으니, 죽고 싶겠지."

시린 밤하늘을 닮은 강빈의 눈동자가 어둡게 가라앉았다.

"안 그래, 서강우 부사장님?"

강빈의 이마에 새파란 힘줄이 도드라졌다. 강빈은 턱짓으로 아란을 가리키고는 냉랭하게 덧붙였다.

"너, 이 시간 이후부터 내 옆에서 일 미터도 떨어지지 마, 이아란."

강빈의 오만한 명령에 아란은 입도 벙긋할 수가 없었다. 일순, 긴장이 칼끝처럼 뾰족하게 빛을 발하며 세 사람 사이를 에워쌌다.

괜찮다고 말했지만 휴대전화를 바라보는 우진의 얼굴에는 실망한 기색이 역력했다. 밴 뒷좌석에 앉아 있던 우진은 차창 밖으로 휙휙 지나치는 도심의 거리를 바라보았다.

"아란 씨, 다른 약속 있대?"

매니저인 소은이 조심스레 물었다. 창밖에 시선을 고정시키고 있던 우진은 말없이 고개를 끄덕였다. 연주회 일정이 잡히면 기획사에서 소은을 보내왔다. 전체적인 스케줄과 우진의 컨디션을 적절하게 조절해 주는 게 소은의 일이었다. 일 관계로 소은을 만나게 되었지만 알아온 시간이 꽤 되었기에 두 사람은 친구처럼 편안하게 서로를 대했다.

"몇 달 만에 보는 건데 오늘 같은 날 다른 약속을 잡다니. 우리 덜 렁이한테 많이 서운한걸? 아무리 중요한 가족모임이라고 해도……."

"그렇게 예쁜 아가씨한테 자꾸 덜렁이, 덜렁이 할래?"

"덜렁이니까 덜렁이라고 하지. 툭하면 넘어지고, 깨지고, 다치고, 물건도 자주 잃어버리고…… 가끔 걱정도 돼. 그렇게 덜렁대다가 혹시 나도 잊어버릴까 봐."

장난스레 말하던 우진이 은밀하게 덧붙였다.

"근데 내가 이렇게 부르는 거 비밀이야, 소은 씨. 알지?"

나직이 웃음을 터뜨린 소은이 고갯짓을 했다. 가방에서 두 개의 서류를 꺼낸 소은은 그중 하나를 우진에게 건넸다.

"한 번 봐, 스케줄 표야."

눈으로 스케줄을 쓰윽 훑어 내리던 우진의 입술을 가르고 한숨이 비어져 나왔다.

"이게 뭐야. 너무 빠듯하잖아. 이래서야 어디 잠잘 시간이나 있겠어?"

"그렇게 됐어. 두 달 안에 다 하려니 무리일 수밖에."

빠르게 스케줄 표를 체크하던 우진은 곧이어 따지듯이 쏘아붙였다.

"연주회랑 음반 제작은 그렇다 치고 인터뷰? 이건 뭐야? 방송? 내가 무슨 연예인이야? 웬 방송 스케줄이 이렇게 많이 잡혀 있어?"

"박우진 귀국 연주회, 박우진의 네 번째 음반. 방송가에서 뜨겁게 러브콜 보낼 만하지."

"기획사에서 일부러 밀어붙인 건 아니고?"

우진은 예리하게 비아냥거렸다. 어색하게 웃던 소은이 변명했다.

"알잖아, 우진 씨도. 매스컴만큼 좋은 광고 효과가 어딨어?"

얼굴이 붉으락푸르락해진 우진은 소은을 죽일 듯이 노려보았다.

"한소은 실장……."

"그렇게 화내지 마. 우진 씨, 작년엔 이보다 더한 살인적인 스케줄도 감당했잖아? 왜 이번엔 이렇게 화를 내는 건데?"

"하아, 그래. 그랬지. 작년엔 이보다 더했지. 하지만……."

"약혼식은 포함 안 됐다, 이거지?"

소은이 되받아치며 보고 있던 스케줄 표를 가방에 넣었다.

"다 할 수 있어, 다. 사람은 닥치면 다 하는 법이거든. 우리 이 스케줄 표 보고 힘내서 열심히 하자, 우진 씨. 할 수 있지?"

스케줄 표를 한 번 더 훑어보던 우진은 끙, 하고 신음을 터뜨렸다.

"약혼 앞두고 이게 무슨 봉변이야……."

"너무 미리부터 겁먹지 마. 내가 힘닿는 데까지 시간 조율해 볼게. 아무려면 약혼식 치를 시간 없을까 봐?"

소은은 아무렇지 않은 척 말했지만 우진의 표정은 어둡게 물들어 갔다. 그냥 약혼식만 치른다면 하루면 충분하다. 하지만 아란은 다른 것을 기대하고 있을 거였다. 두 사람이 같이 약혼준비를 하나하나 진행해 나가는 것. 드레스며 연회장이며 초대장, 그 외 자잘한 것까지 같이 다니며 알아보자던 아란을 떠올리자 우진의 신음은 더욱 깊어 졌다.

"자자, 벌써부터 걱정하지 마세요. 아란 씨랑 알콩달콩 약혼준비 할 수 있게 내가 물심양면 도와줄게."

매번 바쁘다는 핑계로 아란을 혼자 두는 날이 많아서 우진은 항상 미안했다. 학업 때문에 독일에 있을 땐 그렇다고 쳐도 일 년에 두어 번 귀국을 해도 상황은 마찬가지였다. 연주회가 아니면 음반 작업으로 인해 아란은 언제나 뒤로 밀려나곤 했다.

"우진 씨, 내 실력 믿지? 약혼준비하는 데 차질없도록 할게. 무엇보다 어여쁜 아란 씨 혼자 둘 순 없잖아. 그러다 누가 채가면 어쩌려고? 나 같으면 그렇게 예쁜 아가씨 두고 불안해서 유학도 못 갔겠다."

"그래서 조만간 모셔가려고. 내가 있는 곳으로."

웃음기 어린 음성으로 대답하던 우진은 빼곡한 스케줄을 확인하고는 이맛살을 찌푸렸다. 메마른 입술을 가르고 저절로 탄식이 배어 나왔다.

"제발 부탁이니까, 아란이랑 느긋하게 약혼준비할 시간만 주면 돼. 나도 그 이상은 안 바랄게."

"네, 네. 받들어 모실게요."

"스케줄 때문에 약혼 그르치게 되면 연주회고 음반 작업이고 다 엎어버릴 겁니다, 한소은 실장님?"

우진의 협박에도 소은은 미소를 잃지 않았다.

"네. 명심하겠습니다, 박우진 씨."

소은의 다짐을 받고 나서야 우진은 한시름을 놓았다. 아란이라면 분명히 혼자서 약혼준비도 하고, 바쁜 그를 백번 이해도 하겠지만 더 이상 방치하고 싶지 않았다. 곁에서 보듬어주고 품어주고 싶은 사람, 혼자 외롭게 두고 싶지 않았다. 손목시계를 흘끗거리며 시간을 확인한 소은이 앞좌석에 있는 운전기사에게 말했다.

"아저씨, 좀 서둘러 주세요. 서한재단 측 관계자들과 약속한 미팅 시간이 다 돼가거든요. 그 귀한 분들 기다리게 할 순 없는데, 어떻게 빨리 안 될까요?"

"네, 지금 최대한 빨리 가고 있습니다."

기사가 흔쾌히 대답하고는 가속페달을 밟아 속력을 냈다. 우진을 태운 밴이 바람처럼 쏜살같이 어두운 밤거리를 내달렸다. 창에 비치는 우진의 얼굴에 밤하늘처럼 짙은 그림자가 내려앉았다. 긴 비행이 피곤하지 않았던 건 아란을 볼 수 있다는 자그마한 기대감 때문이었다. 헌데, 만남을 하루 미룰 생각을 하니 갑자기 피곤이 해일처럼 밀려들었다.

'내일 보자, 우리 공주님.'

우진의 소리없는 말이 가슴속에서 메아리쳤다.


"이게 누구야? 파티가 한창일 텐데 어떻게 여긴 온 거지?"

한 걸음씩 다가서는 강빈을 바라보다가 강우가 비아냥거렸다.

"내 집에, 내가 들어오는 게, 불만이야?"

강빈의 입가에 사느란 미소가 감돌았다. 강빈이 한 걸음씩 다가설수록 세 사람의 거리가 점차 좁혀졌다. 아란은 극렬하게 저항해 강우의 품에서 벗어나려 했다. 안도감이 혈관 구석구석으로 퍼져 나갔다. 누군가의 도움을 간절히 바랐다. 허나, 누구도 도울 수 없다는 사실에 절망하기도 했다. 그런 아란의 기도에 부응하듯 강빈이 나타난 것이다. 한줄기 햇살처럼 찬연하게.

그러나 아란이 제아무리 발버둥을 쳐도 강우는 손을 놓지 않았다. 오히려 더욱 힘주어 훔켜쥐는 것으로 아란의 분노에 부채질을 가했다. 바르작거리는 아란을, 아란의 허리에 팔을 두르고 있는 강우를, 차례차례 말없이 정안하던 강빈의 눈매가 일그러졌다.

"놔."

"뭐? 이거?"

강우가 턱짓으로 아란을 품에 안고 있는 자신의 팔을 가리켰다.

"놓으라고 했다, 서강우."

한 자 한 자 씹어뱉듯 강빈은 말을 밀어냈다.

"못 놓겠다면?"

강우가 입술을 비틀며 조소했다.

"아, 미치겠네, 정말. 제발 이 손부터 좀 놔요!"

아란은 언성을 높이며 거칠게 몸을 비틀었다. 왜 이런 상황에 놓여야 하는 건지 도무지 이해가 되질 않았다. 그저 전화만 한 통 하려고 했는데, 왜 여기서 서강우를 만났을까. 어째서 이 지경까지 오게 된 것일까. 이 남자의 품에서 벗어나면 아란은 망설이지 않고 뺨을 올려붙이겠노라 다짐했다. 지금의 분이 풀릴 때까지, 격노가 사그라질 때까지 몇 번이고 뺨을 갈기고 또 갈기겠다고 맹세했다.

"경고했다, 서강우."

"뭐, 손 놓으라는?"

강빈이 이토록 화를 내는 모습은 오히려 강우를 즐겁게 했다. 언제나, 무엇을 하든 무심하게 일관하던 강빈이 감정을 고스란히 내비치는 게 마냥 신기해서 강우는 더욱 그의 심기를 긁어댔다. 여기서 조금만 더 자극을 하면 녀석을 폭발시킬 수도 있을 것 같았다.

강우를 주시하는 강빈의 눈빛이 차게 식었다.

"아니. 내 영역에서……."

강빈은 잠시 말을 끊었다. 곧이어 엽렵하게 다가서서는 망연히 서 있던 강우의 팔을 확, 꺾어 비틀었다. 득의만만하던 강우의 입술을 가르고 억눌린 신음이 비어져 나왔다. 그제야 강우의 품에서 벗어난 아란은 가쁜 숨을 몰아쉬고는 주춤주춤 뒤로 물러섰다.

"서강빈, 너 이 자식!"

팔을 바숴 버릴 듯 힘껏 비틀수록 강우의 신음 소리가 더욱 격해졌다.

"……허튼수작 부리지 말라고 분명, 경고했을 텐데."

회사 창립기념파티 때 강빈이 했던 말을 상기하며 강우는 험악한 욕지기를 내뱉었다. 조금 심했다는 것 정도는 강우도 인정하는 바였다. 헌데 어떻게 손에 들어온 이아란이라는 먹잇감을 곱게 보내준단 말인가. 정말이지 여기가 큰아버님 댁이 아니었다면 강우는 아란의 입술을 훔쳤을지도 몰랐다. 그로 인해 아란에게 파렴치한 불한당으로 낙인찍힌다고 해도 그만큼 욕심이 났다. 이아란이라는 여자가. 아쉽게도 그녀는 그에게 조금도 관심이 없는 듯해서 실망감을 안겨주었지만 강제로라도 취하고 싶을 정도였다.

"알았어. 알았으니까 우선 이 손부터 놔."

팔이 육체에서 분리되는 듯한 극심한 통증이 덮쳐 와 강우는 으윽, 하고 비명을 내질렀다.

"야, 서강빈! 겨우 장난 좀 친 것 갖고 너무한 거 아냐?"

"장난? 장난이라고 했어, 지금?"

"막말로 네 여자라도 돼? 왜 이렇게 흥분하는 건데? 좀 심한 오버라고 생각하지 않냐?"

강우의 팔을 한껏 비틀자 우두둑, 거리며 뼈마디가 어그러지는 소리가 울려 퍼졌다.

"내 집에서."

강우의 팔이 기형적으로 보일 만큼 비틀릴 대로 비틀렸다.

"우리 회사 임원 딸에게."

강우가 헉헉거리며 신음을 내뱉었다. 지독한 아픔과 통증에 이마에는 어느새 식은땀이 송골송골 맺혔다.

"말도 안 되는 수작을 벌여놓고…… 장난이다?"

혀끝에 칼을 품은 듯 강빈이 한마디 한마디 내뱉을 때마다 모든 단어가 강우의 심장을 거침없이 파고들었다.

"진짜 장난이 어떤 건지, 한번 보여줘?"

강빈의 눈동자가 시린 냉기를 띠며 사느랗게 빛났다.

"보여줄까, 서강우?"

"그쯤 하고 그만두세요."

갑작스레 들리는 음성에 강빈은 손아귀의 힘을 느슨하게 풀었다. 꼿꼿하게 허리를 세우고 서 있던 아란이 고개를 내저었다.

"그러다 다치겠어요. 그만해요."

"동정이라도 베풀려는 거야, 이런 녀석에게?"

"동정이든, 복수든 그 손을 놔야 내가 다음 리액션을 취하죠."

"비켜. 이 녀석 근처에 네가 있는 거, 내가 더 불쾌하니까."

"곤란하죠, 그건."

강빈의 곁으로 한 걸음 다가선 아란은 혀를 찼다. 아란도 강우의 곁에는 한순간도 가까이 있고 싶진 않았다. 하지만 여기서 끝낼 수는 없는 법. 희롱한 대가는 치러야 서로에게 공정하지 않겠는가. 소름 끼칠 만큼 싫지만 아란은 강우의 곁에 바짝 다가섰다.

"서강우 씨와 나, 아직 계산이 안 끝난 부분이 있거든요."

강우의 팔을 뽑아버릴 듯 비틀어 쥐고 있는 강빈의 손을 아란이 슬쩍 잡아당겼다. 순식간에 놓여난 강우가 허리를 구부리고 헉헉 거친 숨을 토해냈다. 엉망으로 구겨진 강우의 슈트 상의를 아란은 탁탁 털어주었다.

"이아란, 너 뭐하는……."

어이가 없다는 듯 강빈이 말문을 여는 순간, 살과 살이 맞부딪히는 소리가 날카롭게 울려 퍼져 응접실을 가득 메웠다. 옷매무새를 가다듬어 주는 아란의 손길에 엉거주춤 몸을 세우던 강우의 고개가 한쪽으로 홱, 돌아갔다. 아란이 얼마나 힘을 실어 뺨을 쳤는지 강우의 얼굴에는 시뻘건 손자국이 선명하게 새겨졌다.

"이아란 씨……."

홧홧한 열기가 전해지는 뺨을 감싼 강우가 아란의 이름을 나직하게 읊었다. 찰나의 여유도 두지 않고 아란은 다시 한 번 전신의 힘을 끌어 모아 힘껏 손을 날렸다. 강우의 머리가 이번에는 반대편으로 방향을 틀었다. 이를 악물고 있던 아란은 여전히 한 손을 허공에 높이 치켜 올렸다. 당장이라도 강우의 뺨을 더 후려갈길 태세였다. 아란은 싸늘한 눈빛으로, 그보다 더 싸늘한 목소리로 담담하게 입을 열었다.

"한 대 더 맞으실래요, 아니면 지금 당장 내 눈앞에서 꺼지실래요. 선택은 서강우 씨 몫이에요."

강우의 관자놀이가 검붉게 물들어갔다. 아란의 뜻밖의 행동을 지켜보던 강빈은 소리없이 웃었다.

"여기가 서 회장님 댁이라는 걸 감사히 여겨야 할 거예요. 서강우 씨가 서 회장님 조카라는 것도 감사히 여기세요. 그게 아니었으면 당신, 오늘 내 손에 죽었을 테니까.”

뺨을 어루만지던 강우가 돌연 큰소리를 내며 미친 듯이 웃어젖혔다.

“아란 씨 손에 죽을 수도 있었는데 이거, 그 영광의 기회를 강빈이 때문에 날려 버렸군요. 아쉬운데요, 아란 씨?”

느물거리는 강우의 모양새가 아란은 얄미워서 죽을 것만 같았다.

“내 이름, 친근하게 부르지 마세요, 서강우 씨. 기분, 아주 나쁘니까.”

“하핫. 완전히 밉보였다, 이겁니까? 알았습니다. 접수하죠, 아란 씨 마음.”

참 빨리도 접수한다. 아란은 앙칼지게 노려보며 아랫입술을 앙 다물었다. 유들유들거리는 강우의 정강이라도 힘껏 걷어차야 이 분노가 사그라질 것만 같았다. 뾰족한 구두를 신고 있지 않다는 게 억울할 지경이었다. 구두만 신고 있다면 지체없이 정강이에 발을 내다 꽂을 텐데. 아란에게서 몸을 돌린 강우가 강빈을 바라보았다.

“예쁘기만 한 꽃인 줄 알았더니, 날카로운 발톱을 감춘 새끼 고양이더라? 너도 봤지? 섣불리 다가서다간 너도 내 짝 날걸? 차분히 계산 잘해서 다가서라. 아우를 위한 이 형님의 진심 어린 충고니까.”

수수께끼처럼 알 듯 말 듯한 말을 건넨 강우가 강빈의 어깨를 토닥였다.

“그런데 어쩌냐? 난생처음 눈에 들어온 여자, 이미 애틋한 연인이 있는 거 같은데? 하핫, 잘해봐라.”

어깨에 놓인 강우의 팔을 강빈은 거칠게 떨쳐 냈다.

"무슨 뜻이야?"

"글쎄. 무슨 뜻일까? 정말 몰라서 묻는 건 아닐 테고……. 오호라, 아직 제 감정도 눈치채지 못한 네 녀석 감정을, 내가 먼저 캐치한 거다 이건가? 이거 정말 뜻밖의 수확인데?"

아란을 흘끗거리며 눈치를 살핀 강우가 강빈에게 바짝 다가섰다. 귓속말을 하듯 한껏 목소리를 낮췄다.

"저런 타입은 내가 잘 알지. 마음을 고백하면 부담스럽다며 십 리 밖으로 도망가서 두 번 다시 안 보려고 할 거다. 연애도 결국 머리로 하는 거거든. 뭐, 머리 좋은 서강빈, 어련히 알아서 잘하겠냐만 말이다."

"주제넘어, 서강우. 지금 누가 누구에게 훈수를 두는 거야?"

"글쎄. 언젠가는 내 훈수가 도움이 될 거다. 그것도 아주 간절하게."

잘난 척 턱을 치켜 올린 강우는 아란에게로 눈길을 돌렸다. 파르랗게 독기가 배어 나오는 눈빛으로 아란이 그를 쏘아보았다. 그 모습조차 지독하리 만치 요염하고 섹시하게 보여 강우는 보이지 않게 전율했다.

"가기 전에 사과는 하고 가죠. 이렇게 심하게 장난을 칠 생각은 아니었는데…… 내가 싫어하는 누군가를 자극하기 위해서 도를 넘었다는 거 인정해요. 하지만 내 마음까지 장난은 아니었다는 거 알아둬요. 처음 보는 순간부터 당신에게 반해 버렸었거든."

"정중하게 거절하죠, 그 마음."

아란은 진저리를 치며 쏘아붙였다.

“이런, 안타까워라. 처음으로 몸만 동하는 게 아니라 마음까지 동한 사람을 만났는데. 내가 조금만 더 나쁜 놈이었다면 물불 가리지 않고 아란 씰 침대로 끌어들였을 텐데……. 정말이지 아쉽습니다, 아란 씨?”

“아직도 정신 못 차렸나 보다, 서강우?”

베어버릴 듯한 강빈의 눈빛은 날카롭기 그지없었다. 한 손을 들어올려 손사래를 치던 강우가 웃음기 어린 목소리로 부언했다.

“아니. 정신 차렸다. 너한테 팔이 꺾이는 순간 제정신으로 돌아왔으니 안심하셔, 사촌 아우님.”

한 대 칠 듯한 강빈의 사나운 기세에 눌려 강우는 슬금슬금 뒷걸음질을 쳤다.

“그럼 난 이쯤에서 퇴장해 주지. 뭐, 몰골은 조금 우습게 됐지만 재미있는 정보를 하나 꿰찼으니, 나로선 그다지 나쁘진 않군.”

아무 일도 없었다는 듯 천연덕스럽게 인사를 마친 강우가 성큼성큼 걸어나갔다. 그런 강우의 뒷모습을 쳐다보던 아란은 짜증스레 소리쳤다.

“저 사람, 도대체 뭐라는 거예요?”

“다른 일은 없었어?”

“네?”

잔뜩 흐트러진 머리카락, 엉망으로 구겨진 드레스 치맛단, 창백하게 혈색을 잃은 아란의 얼굴을 강빈은 빠르게 눈으로 훑었다. 왜 그렇게 화가 났는지 이유를 알지 못했다. 지금도 여전히 그 해답은 찾을 수가 없었다. 다만 한 가지, 강우가 아란을 안고 있던 그 순간 분노가 폭렬하듯 거세게 솟구쳤을 뿐.

"저 녀석이 다른 짓은 안 했냐고 물었어."

"다른 짓이라뇨?"

질문의 요지를 모르겠다는 듯 아란이 되물었다. 한숨을 내쉰 강빈은 고개를 내저었다.

"됐다, 그만하자. 머리나 정리해. 흐트러졌어."

머리카락을 가지런히 쓸어내리는 아란의 손길을 가만히 지켜보던 강빈이 턱짓을 했다.

"거기 말고 반대쪽."

"여기요?"

계속 애먼 데만 손으로 빗질하는 아란을 강빈은 답답하다는 눈길로 바라보았다. 등까지 물결치는 긴 머리카락은 왼쪽 귀밑부터 마구잡이로 엉켰다. 자잘한 보석이 박힌 헤어밴드도 본래의 자리에서 이탈해 비스듬하게 머리에 걸쳐졌다.

"여기."

강빈은 검지를 세워 아란의 귀밑을 톡톡, 두드렸다. 아란이 재빨리 엉킨 머리카락을 부드럽게 쓸어내렸다. 심장에 저릿한 감각이 찾아들었다, 강빈의 손이 닿는 순간. 아란의 가냘픈 어깨가 희미하게 떨렸다.

"그리고 여기."

헤어밴드를 톡톡, 두드린 뒤 강빈이 한 걸음 뒤로 물러섰다. 강빈이 지적해 준 헤어밴드를 정갈하게 정리하는 손이 눈에 띄게 다르르 떨렸다. 일순, 강빈의 눈빛이 매섭게 변해갔다.

"불편한 상황 닥치면 혼자 잘 해결할 수 있다고 큰소리치더니. 이게 혼자 잘 대처하는 거야?"

강빈의 날카로운 지적에 아란의 볼에는 복숭아 꽃물이 번져 나갔다. 파트너 제안을 할 때 못 이기는 척 받아들일 걸 그랬나 보다. 그랬다면 이런 사달은 안 벌어졌을 텐데. 뒤늦게 후회해 봐야 무엇하랴. 걷잡을 수 없이 악화일로를 치닫던 상황이 결국은 강빈의 노력으로 마무리 지어졌는데. 아란의 한숨이 깊어졌다.

"고마워요. 음…… 늦었지만 파트너 제안, 아직 유효해요?"

"파트너 제안은 물 건너갔는데, 이 시간 이후로 파티 끝날 때까지 넌 내 옆에 있어야겠다. 그래야 내 마음이 편할 것 같으니까."

아란은 보이지 않게 안도했다. 거절하면 어쩌나 마음을 졸였는데 다행이었다. 파트너는 못해주겠다고 했지만 곁에 있어준다니 그게 그거 아니겠는가.

"고마워요."

아마 강빈이 나타나지 않았다면 강우와의 실랑이는 아직도 현재 진행형일지도 모른다. 그 사실을 되새기는 것만으로도 끔찍하기 그지없었다. 아란은 거세게 도리질을 하며 머릿속을 메우는 강우의 모습을 깨끗하게 지워 나갔다.

"어쩌죠? 나, 서강빈 씨에게 빚이 하나 더 추가된 거 같은데…… 이걸 갚으려면 한 재산 쏟아 부어야 할 거 같지 않아요?"

경직된 강빈의 입가에 매력적인 미소가 번졌다.

"글쎄. 그런 걸로 과연 탕감이 되려나?"

생그레 웃는 아란의 얼굴이 강빈의 눈에 깊숙이 파고들었다.

"그만 나갈까?"

자그시 아랫입술을 깨문 아란은 아치형 창가로 시선을 돌렸다. 표정이 어둡게 가라앉은 아란은 한참을 망설이다가 마지못해 덧붙였다.

"실례가 안 된다면 전 조금 이따가 나가면 안 될까요? 진정이 좀 되면…… 솔직히 서강우 씨 얼굴을 아무렇지 않은 척 대면하기도 그렇고……."

강빈의 얼굴에 짜증의 빛이 스며들었다. 이마를 덮는 머리카락을 쓸어 넘기고는 퉁명스레 입을 뗐다.

"그러게 집엔 뭐하러 들어온 거야?"

정원에 있었다면 이런 일이 발생하지는 않았을 거였다. 불현듯 화가 치민 강빈의 표정이 딱딱하게 굳어갔다.

"전화 좀 쓰려고 그랬죠. 급하게 전화할 데가 있는데 핸드폰 배터리는 완전 바닥이지, 주변에 핸드폰 갖고 있는 사람은 없지……."

변명을 늘어놓던 아란의 볼이 귀염성있게 톡 볼가졌다.

"서진이랑 얘기 잘 하더니만. 서진이라도 데리고…… 아, 됐다. 이제 와서 이런 말이 무슨 소용이야."

뾰로통한 아란의 뺨이 점점 더 크게 부풀어져 갔다.

"그만해. 그러다 터지겠다."

보드레한 아란의 볼을 만져 보고 싶은 충동에 사로잡힌 강빈은 무뚝뚝하게 말했다. 자신도 모르게 손이 뻗어나갈 것만 같았다. 알사탕을 물고 있는 듯하던 볼이 쏙 꺼지더니 이내 보조개가 깊게 팼다. 아란이 장난꾸러기 같은 미소를 담뿍 베어 물었다.

"먼저 나가서 기다리세요. 여기서 심호흡 조금만 하면 진정이 될 것 같은데……."

"파티 끝날 때까지 내 옆에서 일 미터도 떨어지지 말라고 했을 텐데?"

"네? 아, 맞다. 그럼 죄송하지만 제 옆에……."

분노가 좀체 사그라질 기미를 보이지 않았다. 강우의 품에 안겨 있던 아란의 모습이 뇌리에서 지워지지가 않았다. 녀석을 반쯤 죽여 놓는 건데 아란의 중재로 그것도 못했다. 애써 태연한 척 가장하는 아란의 떨리는 어깨가 눈을 파고들었다. 강빈은 짜증스레 손을 내밀었다.

"줘봐."

갑자기 손을 내밀자 아란이 의아한 눈길로 강빈을 빤히 바라보았다.

"뭘요?"

"핸드폰."

짧게 끊어 말하는 강빈의 무심한 말투에 아란은 고개를 갸웃거렸다.

"핸드폰은 왜……."

말은 그렇게 하면서도 아란은 클러치 백을 뒤적거려 휴대전화를 주섬주섬 찾았다. 성큼 다가선 강빈이 아란의 손에 잡힌 휴대전화를 홱 낚아챘다.

"어, 그거 배터리 없는데……."

전화기가 놓여 있는 사이드 테이블로 강빈은 자리를 옮겼다. 충전기와 휴대전화를 빠른 손놀림으로 연결한 뒤 오만하게 명령했다.

"따라와."

응접실을 지나 어딘가로 성큼성큼 걸어가는 강빈의 뒷모습을 아란은 망연히 응시했다. 강빈과 휴대전화를 번갈아 보다가 잰걸음으로 강빈의 뒤를 따랐다.

"뭐하는 거예요? 어디 가는 건데요?"

"이렇게 된 거 충전이나 하고 가."

뒤도 돌아보지 않은 채 강빈은 걸음을 옮겼다.

"괜찮은데…… 놀란 거 진정이 되면 금방 나갈 건데……."

"진정되게 도와줄 테니까 따라오라고, 이 아가씨야."

바(Bar)에 도착하자 정원이 한눈에 내다보였다. 찬연한 조명 아래에서 쉴 새 없이 물줄기를 내뿜는 분수대가 아란의 눈을 현혹시켰다. 대리석으로 깎아 만든 원형분수대는 고대 그리스 조각품처럼 고아하기 그지없었다. 여러 갈래로 나눠진 물줄기가 힘차게 위로 솟구쳤다. 그 옆으로 사랑의 신(神)이라 불리는 에로스가 포동포동한 손에 활과 화살을 쥐고 있었다. 당장이라도 활을 당길 듯한 동작을 취하고 있는 에로스는 영락없는 악동의 모습이었다.

스툴을 하나 빼낸 강빈이 앉으라는 눈짓을 했다. 아란은 냉큼 스툴에 앉아 테이블에 팔을 기댔다. 여전히 눈길은 창 너머에 있는 분수대를 향했다.

"커피? 아니면 시원한 주스?"

"주스…… 아니다. 미안하지만 지금은 알코올의 도움이 절실하게 필요할 것 같은데요?"

강우와의 실랑이가 다소 충격이긴 했나 보다. 기다란 테이블에 걸쳐진 손끝이 아직도 희미하게 떨렸다. 슬그머니 주먹을 말아 쥐고 떨림을 감춘 아란은 씁쓸한 미소를 지었다.

"아까 정원에서 마신 샴페인 괜찮던데, 그거…… 마실 수 있을까요?"

혀끝에 퍼져 나가던 달보드레한 맛과 향이 새삼 떠올랐다. 그러고 보니 몇 년도 산인지 궁금하던 차였다.

"샴페인? 기분 나쁠 때 마시는 술은 독이 될 수도 있는데……."

"괜찮아요. 조금만 마실게요."

강빈은 흔쾌히 고갯짓을 하고는 가지런히 드러누워 있는 와인 병과 샴페인 병 중에서 하나를 꺼내 아이스버킷에 꽂았다.

"기다리는 동안 마티니 어때?"

"좋죠."

아란은 생긋방긋 웃으며 고개를 끄덕였다. 익숙한 동작으로 마티니를 준비한 강빈은 글라스에 두 잔을 따르고 하나는 아란에게, 하나는 자신의 앞에 놓았다. 아이스버킷을 슬쩍 살핀 아란이 물었다.

"저거 돔 페리뇽 맞죠? 혹시 몇 년도 산인지 알아요?"

"돔 페리뇽 외노테크 빈티지 1992년 산. 근데 그건 왜?"

샴페인 이름을 혀끝으로 되뇌던 아란은 고개를 가로저었다.

"그냥요. 입에 짝짝 붙더라고요."

"입에 짝짝 붙어?"

스툴에 앉지 않고 테이블에 비스듬히 기대 서 있던 강빈은 싱그레 웃음을 터뜨렸다. 아란의 볼을 슬쩍 꼬집고는 놀리듯이 말을 이었다.

"표현 한번 유치하게 한다, 이아란."

마티니를 홀짝이며 아란은 리듬감있게 다리를 까딱까딱거렸다. 피팅모델처럼 우아하게 뻗은 다리는 단번에 시선을 사로잡았다. 자신도 모르게 늘씬한 다리를 지그시 응시하던 강빈과 아란의 눈이 마주쳤다. 아란은 이내 까딱이던 움직임을 멈추고 슬며시 스커트 자락을 끌어당겼다.

"다리는, 이제 괜찮아?"

강빈은 몸을 돌려 스툴에 앉고는 무심하게 물었다.

"네?"

짧은 미니드레스는 아무리 끌어당겨도 허벅지를 가리기에는 역부족이었다. 아란은 치맛단이 뜯겨 나갈 정도로 힘주어 당기다가 강빈의 이어지는 말을 듣고는 손짓을 멈췄다.

"넘어졌었잖아, 그때. 이제 좀 괜찮은지 물었어."

강빈은 눈짓으로 아란의 발목을 가리켰다. 그제야 아란은 스커트 자락에서 어색하게 손을 뗐다. 괜한 오해를 한 것 같아 얼굴이 발갛게 상기되었다. 다리를 훑어보는 줄 알았더니 다친 발목을 유심히 살핀 모양이었다. 강우에게 호되게 당한 뒤라 그런지 아무도 믿을 수 없을 것만 같았다. 무안하고 민망해진 아란은 손을 쫙 펼친 채 열심히 얼굴에 부채질을 해댔다.

"그럼요. 조금 삐끗한걸요. 그 다음날부터 뛰어다녔어요."

어색한 순간을 모면하기 위해 아란은 창가로 눈길을 옮겼다. 여전히 분수대에서는 투명한 물줄기가 시원하게 솟아올랐다. 그 분수대 뒤로 거대한 유리의 성이 우뚝 솟아 아란의 시선을 끌었다. 수영장으로 보이는 그곳에 환한 조명이 햇살처럼 찬란하게 흩뿌려졌다. 천장부터 시작해 사면이 유리로 뒤덮인 수영장에서 시선을 돌린 아란이 물었다.

"수영, 좋아하나 봐요?"

"괜찮은 운동이니까."

"좋아하는 운동은 그럼, 수영?"

글라스를 쥐고 마티니를 한 모금 들이켠 강빈은 짧게 고개를 가로저었다.

"노(No). 수영은 그저 아침마다 의무적으로 하는 거고, 좋아하는 운동이라면 오히려 승마라고 할 수 있지."

이 남자가 승마를 한다면 정말 근사할 거라고 아란은 생각했다. 영화의 한 장면처럼 완벽하게 보일 거라는 것에 전 재산을 걸 수도 있을 것 같았다.

"그럼 이아란이 좋아하는 운동은?"

스툴을 옆으로 빙글, 돌려 아란을 마주 바라보던 강빈이 질문했다.

"저요? 음…… 숨 쉬기 운동?"

나직하게 웃음을 터뜨리는 강빈을 보면서 아란은 콧잔등을 찌푸렸다.

"또 유치한 표현한다, 뭐 이 말 하려고 했죠?"

"알면 됐어."

아란의 보얀 볼이 터질 듯 톡, 볼가졌다. 강빈의 입가에 새겨진 미소가 눈가에도 잔잔하게 번져 나갔다.

"자꾸 그러면 정말 터지겠다?"

고개를 비스듬히 돌린 아란은 무슨 소리냐는 듯 눈을 동그랗게 떴다.

"이거."

강빈은 검지를 세워 아란의 볼을 쿡, 찔렀다. 빵빵하게 바람이 들어차 있던 아란의 볼이 일시에 푹 꺼졌다. 못마땅한 듯 입술을 비죽이 내밀던 아란이 생그레 웃자 그 자리에 예쁜 볼우물이 깊게 팼다. 아란을 바라보는 강빈의 눈빛이 봄날 아련하게 내리쬐는 햇살처럼 다사롭게 변해갔다.

귀여웠다, 이아란이라는 여자가.

아주 많이 귀여워서, 강빈의 눈길을 내내 사로잡았다.

마티니 한 잔을 말끔하게 비운 아란이 빈 글라스를 테이블에 올려놓았다. 입술만 적시는 정도로 마시던 강빈은 빈 잔을 보다가 말문을 열었다.

"한 잔 더?"

빈 글라스와 강빈을 번갈아 보던 아란은 손짓으로 아이스버킷을 가리켰다.

"마티니도 좋지만 이제 저거 마시면 안 될까요?"

강빈은 우아한 동작으로 스툴에서 일어나 얼음으로 가득 찬 아이스버킷에서 목이 긴 샴페인 병을 꺼냈다. 뚜껑을 여는 동작과 손잡이가 가느다란 잔에 샴페인을 반쯤 따르는 사소한 동작 하나하나가 마치 예술 같았다. 귀족적인 느낌이 물씬 배어 나오는 행동이었다. 아란은 강빈의 움직임을 하나도 놓치지 않고 홀린 듯이 바라보기만 했다.

"술, 좋아해?"

강빈이 샴페인 잔을 건넸다. 아란은 감사의 인사말을 전하며 잔을 건네받았다. 향을 음미하듯 코앞에서 잔을 흔들어댄 아란이 대답했다.

"좋아하긴 하는데, 잘은 못 마셔요."

아란의 솔직한 대답에 강빈은 입술을 부드럽게 늘였다.

"조금만 마셔도 금세 취하거든요."

"그럼 많이 마시면 안 되겠다?"

강빈은 턱짓으로 아란이 쥐고 있는 투명한 잔을 가리켰다.

"그것만 마시고 끝내."

샴페인 한 모금으로 혀끝을 축인 아란은 열심히 고개를 가로저었다. 이렇게 맛있는 걸 딱 한 잔만 마시라고 하는 강빈이 어쩐지 얄미워졌다.

"그 정도로 약하진 않아요. 더 주세요."

반발하듯 잔을 깨끗하게 비운 아란은 강빈의 앞으로 쑥 내밀었다. 잠시 망설이던 강빈은 할 수 없다는 듯 빈 잔에 샴페인을 따라주었다. 샴페인 병을 가볍게 쥐고 있는 강빈의 손이 아란의 눈길을 끌었다. 길게 뻗은 손가락은 남자 손인데도 불구하고 섬세할 정도였다. 정말이지 손 하나는 예술이었다. 물론, 다른 여자들 말처럼 얼굴도 예술이라는 것을 아란은 기꺼이 인정하는 바였다.

얼마만큼의 시간이 경과했을까.

강빈의 부드러운 음성과 편안한 태도는 강우와 있었던 불쾌한 기억을 남김없이 잊게 만들었다. 아란의 불안했던 심리가 강빈과 함께 있는 동안 점차 안정을 되찾았다.

"그만 마시지, 이아란 씨?"

벌써 다섯 잔이 넘게 샴페인을 홀짝홀짝 마시는 아란에게 강빈이 경고했다. 따라놓기가 무섭게 아란은 잔을 비우기 바빴다. 빈 잔을 테이블에 올려놓은 아란이 손사래를 쳤다.

"아이참, 이 정도는 괜찮다니까요."

볼 주변이 발갛게 익어가는데 괜찮단다. 새하얀 뺨에 홍조가 깃드니 훨씬 더 어여뻐 보였다. 아란의 고운 얼굴에서 강빈은 눈을 떼지 못했다. 강빈이 잔을 안 채워주니 기다리다 못한 아란이 직접 빈 잔에 샴페인을 부었다.

"외노테크 빈티지 1992년 산이라……. 앞으로 샴페인은 이것만 마실 거 같아요. 달달하고 새큼한 게 완전 내 취향이라니까요."

상글상글 웃으며 샴페인을 마시는 아란을 강빈은 걱정스레 응시했다. 그는 여태까지 마티니 한 잔으로 시간을 보내고 있는 중이었다.

"샴페인도 술이다. 너무 많이 마시면 취해. 적당히 마셔."

강빈의 충고를 한 귀로 흘려들으며 아란은 고개를 끄덕였다. 달금한 샴페인이 맛있기도 했지만 알코올이 들어가자 마음이 한결 편안해졌기 때문에 어쩌면 더 열심히 마신 건지도 몰랐다. 강우와 있었던 안 좋은 일도 어느새 먼 나라 이야기처럼 희미하고 흐리마리하게 느껴졌다. 정원에서부터 적지 않게 샴페인을 마셨다는 것을 깨끗하게 망각한 채, 아란은 또다시 향긋한 샴페인으로 입안을 적셨다. 은은한 향이 입안 가득 퍼져 나갔다.

"사촌형제분이 몇 분이나 돼요?"

샴페인 잔을 세련되게 움켜쥔 아란이 물었다.

"셋."

"우와! 완전 부럽다."

"부러워?"

"네. 전 외동딸이거든요. 사촌형제도 하나 없어요. 그래서 그런지 형제나 사촌들 많은 사람들 보면 참 부러워요. 물론, 서강우 씨는 하나도 안 부럽지만 말이에요."

아란은 재치있게 덧붙이고는 눈을 찡긋거려 깜찍한 윙크를 건넸다.

"외롭진 않지. 어렸을 때부터 함께한 시간이 많아서 그런지 다들 우애도 돈독하고. 물론, 서강우는 빼고."

강빈의 대답에 아란은 깔깔거리며 싱그러운 웃음을 터뜨렸다. 다리를 까딱이며 발장난을 치던 아란은 스툴을 빙글, 돌려 몸이 한 바퀴 뱅그르르 돌게 했다. 한 번, 두 번, 세 번…… 스툴이 빙글빙글 움직이며 놀이기구처럼 신나게 돌아갔다.

"사촌형제가 많다는 거, 그거 복이에요. 혼자는 정말이지 너무 외롭거든요."

발끝으로 스툴을 뱅글뱅글 돌리며 아란이 부러움을 가득 담아 속삭였다. 한 번도 멈추지 않고 어지럽게 빙글빙글 돌아가는 스툴을 강빈이 잡아챘다. 현란하게 돌아가던 스툴이 우뚝, 움직임을 멈췄다. 갑작스러운 방해에 기분이 언짢다는 듯 아란은 입술을 조가비처럼 꼭 다물었다. 스툴에서 일어난 강빈은 한 손은 슈트 하의 주머니에 찔러 넣은 채 시선을 아래로 내렸다. 아란은 고개를 한껏 뒤로 젖히고는 장신의 강빈을 올려다보았다.

"이아란은 괜찮다고 하는데, 내 눈엔 안 괜찮아."

아란의 긴 머리카락을 장난스레 흐트러뜨린 강빈이 말을 보탰다.

"너, 취했어."

아란은 머쓱한 듯 혀를 짧게 빼어 물었다. 핑크빛 혀가 쏙 나왔다가 도톰한 아랫입술을 한 번 쓸어내리고는 이내 제자리로 들어갔다.

"취한 모습도 상당히 귀엽긴 하다만."

강빈은 말을 끊고는 아란을 향해 손을 내밀었다.

"그만 나가는 게 좋지 않을까, 아가씨?"

긴 속눈썹을 내리는 것으로 표정을 감춘 아란은 고개를 끄덕였다. 아닌 게 아니라 취기가 돌긴 했다. 마구잡이로 스툴을 돌려서 그런 건지 살짝 어지럽기도 했고. 강빈의 말에 동의하듯 스툴에서 발딱 일어나던 아란이 비틀거렸다. 그런 아란을 강빈이 재바르게 잡아주었다. 싱그레 웃음을 터뜨린 그가 아란의 뺨을 살며시 꼬집었다.

"거봐, 취한 거 맞지?"

"아하하…… 샴페인이 은근히 사람 보내네요? 여기서 조금만 더 마시면 엄마 아빠 얼굴도 못 알아보겠다."

어색하게 웃으며 아란은 솔직하게 자신의 상태를 시인했다. 원래 술에 약하긴 했지만 이렇게 빨리 취하진 않았다. 적당히 마신 거 같은데 언제 이렇게 흐트러지고 말았을까. 아란은 고개를 갸웃거리다 또다시 중심을 못 잡고 는적거렸다. 아란의 가녀린 어깨를 지그시 누른 강빈은 그녀를 다시 스툴에 앉혔다.

"안 되겠다. 커피라도 한 잔 마시는 게 어때?"

"저야 좋지만 자꾸 귀찮게 하는 거 같아서……."

"귀찮을 거 없으니까 신경 쓰지 마."

무심하게 말을 마친 강빈은 바(Bar) 한쪽에 위치한 커피머신이 있는 곳으로 자리를 옮겼다. 강빈의 행동을 주시하던 아란은 창 너머에 있는 분수대로 눈길을 돌렸다. 쏟아지는 물줄기와 방울방울 부서지는 물방울을 응시하는 동안 어느새 진한 에스프레소 향이 아란의 코끝을 스쳤다. 잠시 뒤, 강빈이 고급스러운 골드빛 커피 잔을 내밀었다.

"마셔, 주당 아가씨."

"윽! 솔직히 주당으로 불릴 만큼 많이 마신 건 아닌데요?"

"주당, 맞거든?"

"아니거든요, 서강빈 씨? 어디서 멀쩡한 처녀를 주당으로 몰아!"

아란은 슬며시 인상을 찌푸렸다. 콧잔등에 자잘하게 새겨진 주름이 마냥 귀여웠다. 팩, 토라진 모습이 영락없는 장난꾸러기 같았다. 뜨거운 커피를 조심스레 한 모금씩 마시던 아란이 뒤늦게 감사의 인사를 전했다.

"아, 맞다. 커피 고마워요, 서강빈 씨."

그러다가 아란은 강빈의 이름을 혀끝으로 몇 번이고 되뇌었다.

"서강빈, 서강빈…… 흠, 그러고 보니까, 이름이 참 예쁘고 멋있네요. 서강빈 씨랑 너무 잘 어울리는 이름 같아요. 서강빈이라……."

강빈의 수려한 얼굴을 바라보며 아란은 나직하게 이름을 읊조렸다. 강빈의 조각 같은 입매가 우아하게 휘늘어졌다.

"이아란. 남자한테 멋있다고 말하는 게 취미인가 보다?"

아란은 무슨 소리냐는 듯 고개를 갸우듬히 기울었다.

"처음 보는 남자 손을 덥석 잡고 예쁘다고 하질 않나."

강빈은 자신의 손을 가리켰다. 아란의 눈길이 자연스럽게 강빈의 손에 닿았다. 볼 때마다 느끼는 거지만 마디마디가 길쭉하게 뻗은 손은 아름답기까지 했다.

"환갑 넘은 노인보고 핸섬하다고 하질 않나."

강빈은 턱짓으로 정원을 가리켰다. 이건 또 무슨 소리인가, 하던 아란은 서 회장에게 했던 말을 상기했다. 그러고 보니 강빈의 부친인 서 회장에게 핸섬하다고 했었다.

"이제는 내 이름이 멋있다고 하질 않나."

고개를 가로젓던 강빈이 말을 이었다.

"이아란, 빈말 너무 잘한다? 아니면 그 모든 게 인사치레인가?"

아란은 말도 안 된다는 듯 발끈해서는 강빈의 말 가운데에 톡 하고 끼어들었다.

"아니거든요? 빈말, 인사치레 둘 다 아니에요. 서강빈 씨 손, 정말 예뻐요. 우리 오빠 손처럼 예뻐서 처음 볼 때부터 눈에 확 들어왔단 말이에요. 그리고 서 회장님 정말, 정말 핸섬하시거든요? 어딘가 모르게 중후한 매력이 있으시잖아요. 물론 우리 아빠보다는 솔직히 못하시지만요. 우리 아빠, 젊었을 때 정말 끝내주는 미남이셨거든요. 지금도 마찬가지지만. 그리고 서강빈 씨 이름…… 부르기 좋고, 듣기 좋고, 어감도 좋고, 정말 멋있다고 생각했어요. 뭐, 그쪽이 아니라고 한다면 굳이 주입시키고 싶은 마음은 없지만…… 어머, 어떡해!"

강빈에게 다다다 말대답을 하면서 발끝으로 스툴을 뱅글, 돌리던 아란은 손에 쥐고 있던 커피 잔을 순간적으로 놓쳤다. 재빨리 잡으려 했지만 이미 때는 늦은 듯했다. 커피는 아란의 드레스 치맛단을 빠르게, 아주 빠르게 적셔 나갔다.

"우앗! 앗, 뜨거!"

아란은 날카롭게 비명을 내질렀다. 방금 내린 뜨거운 커피가 옷감을 적시고, 아란의 여린 살을 파고들었다. 민첩하게 다가선 강빈이 냅킨을 가져와 치맛단을 닦아냈다. 옷감을 닦아내던 강빈의 손이 아란의 허벅지에 슬쩍슬쩍 닿았다.

낯선 이의 손길이 부담스럽기도 하고, 불편하기도 해서 아란의 얼굴에는 어느새 홍조가 깃들었다. 누군가의 손이 이토록 가깝게 다가온 건 강빈이 처음이었다. 가족과 우진을 제외하고는. 심장이 빠르게 뛰는 건 순전히 알코올 때문이다. 얼굴이 홧홧하게 달아오르는 것도 모두 알코올 때문에 벌어진 일이라고 아란은 단정했다. 붉게 상기된 얼굴로 강빈의 손에 들린 냅킨을 건네받으려던 아란은, 뒤이어 이어지는 단호한 말투에 스툴에서 펄쩍 튀어 올랐다.

"스커트, 걷어."

아이스버킷에서 얼음조각을 몇 개 꺼내고 냅킨에 둘둘 싼 뒤, 강빈이 오만하게 명령했다. 발갛게 달아올랐던 얼굴에서 순식간에 피가 빠져나가는 기분이 들었다. 아란은 더듬더듬거리며 겨우 말을 쏟아냈다.

"뭐, 뭐라고 했어요? 스커트를 어, 어쩌라고……?"

평소에는 말을 더듬지 않는다. 어느 자리에서든 자신이 하고 싶은 말을 똑 부러지게 잘하는 편이었다. 헌데 어쩐 일인지 아란은 지금 말 한마디 하는 게 생각만큼 쉽지 않았다.

'샴페인 때문이야, 이아란. 너무 많이 마신 거라고.'

아란은 들리지 않게 자신을 향해 힐난을 가했다. 아란이 멍하니 있는 동안 강빈의 우아한 손이 스커트를 단호히 밀어 올렸다. 탁, 하고 강빈의 손을 야멸치게 떨쳐 낸 아란이 소리쳤다.

"뭐 하는 짓이에요, 서강빈 씨!"

아란의 매서운 어조를 강빈은 무심하게 받아쳤다.

"너무 뜨거워서 화상 입을지도 몰라. 우선 얼음찜질부터……."

강빈의 손에 들린 냅킨과 급히 만든 얼음찜질팩을 아란은 확 빼앗았다. 뜨거운 커피에 흠뻑 젖은 치맛단을 거친 손길로 바득바득 닦아 내던 아란이 종알거렸다.

"괜찮아요. 화상 입을 정도로 뜨겁진 않아요. 그리고……."

눈초리를 사납게 치켜 올리고 강빈을 쏘아보던 아란이 냉랭하게 덧붙였다.

"설령 화상을 입었다고 해도 낯선 남자 앞에서 그런 무례한 행동을 할 만큼 철이 없지는 않답니다, 서강빈 씨."

아란은 한 자 한 자 부러뜨릴 듯 힘을 주어 말했다. 강빈이 혀를 차며 고개를 내저었다.

"원래 뭘 하든 이렇게 실수를 잘 저지르는 성격이야?"

'아뇨'라고 하고 싶었지만 양심에 찔린 아란은 진솔하게 대답하기로 했다. 이 사람 앞에서 실수를 저지른 게 벌써 몇 번째인데 말도 안 되는 거짓말이 통하겠는가.

"뭐…… 안타까운 현실이지만, 대체적으로 그렇다고 할 수 있죠."

아란은 자신의 모습이 한심해 한숨을 길게 내쉬었다. 강빈의 조각 같은 입매가 부드럽게 풀어졌다.

"걱정인걸? 이렇게 천방지축인 아가씨를 누가 데려갈지……."

턱을 치켜세운 아란은 코웃음을 쳤다.

"걱정 붙들어 매세요. 저 데려가겠다는 사람 줄 세우면 우리 집에서 광화문까지 줄을 쫘악 서고도 남을 테니까."

"이 부사장님 댁이 광화문이라는 건 금시초문이네."

"뭐라고요?"

강빈의 시원스러운 웃음소리가 더욱 깊어졌다. 그때, 유 실장이 바(Bar)를 향해 걸어오다가 강빈을 마주하고는 정중하게 고개를 숙였다.

"뭡니까?"

"회장님이 찾으십니다."

"알았습니다. 곧 나가죠."

턱짓으로 유 실장을 물리친 강빈은 아란을 걱정스레 정시했다.

"괜찮아?"

축축하게 젖은 치맛단을 손으로 탁탁 매만진 아란은 고개를 끄덕였다.

"그럼요. 별거 아니에요."

방금 내린 뜨거운 커피를 홀라당 뒤집어썼으면서 별거 아니란다. 강빈의 눈가에 미소가 어렸다. 손을 내밀어 보드레한 아란의 뺨을 검지로 톡톡 건드렸다.

"처음엔 주스 세례."

단정하게 정리된 가지런한 앞머리 위로 손을 올린 강빈은 이번에는 아란의 이마를 톡, 두드렸다. 아란이 뾰로통하게 인상을 찡그렸다.

"다음엔 발을 삐끗."

못마땅하다는 걸 여실히 드러내듯 아란의 콧잔등에 자잘한 주름이 잡혔다. 강빈은 잘 빚은 듯 쪽 뻗은 아란의 예쁜 코를 아프지 않게 비틀었다.

"이번엔 커피 봉변."

그윽하게 웃음을 터뜨리며 강빈은 손을 뗐다.

"정말 정신없는 아가씨라니까. 바쁘겠어, 이아란?"

"뭐가요?"

아란은 심통 맞게 받아쳤다. 틀린 말은 아니지만 그다지 듣기 좋은 말도 아니었다.

"그렇게 종횡무진하기 쉽지 않을 텐데 말이야."

방그레 미소를 베어 문 아란이 익살스레 대응했다.

"제가 좀 바쁘긴 하죠. 워낙에 미모가 출중하고 거기다 성격까지 좋아서 인기가 하늘을 찌르거든요."

"그 정도면 중증이다?"

무슨 소리냐는 듯 아란은 눈을 동그랗게 떴다.

"잘난 척하는 게 아주 중증이야, 이아란."

"웃자고 하는 말에 죽자고 덤비시네요. 한번 해보자는 건가요?"

아란의 자신만만한 대답에 강빈은 웃음을 터뜨렸다. 한줄기 바람처럼 시원스러운 웃음소리가 마냥 듣기 좋아서 아란은 가만히 귀를 기울였다.

"그만 나가봐야죠? 회장님이 찾으시는 거 보니까 일이 있는 거 같은데……."

"그래. 나가자. 자리를 너무 오래 비웠다."

스툴에서 일어나기 전에 아란은 악수를 청했다. 내밀어진 아란의 고운 손을 강빈은 말없이 조람하기만 했다.

"고마웠어요. 오늘 서강빈 씨 아니었으면 나, 큰일 치를 뻔했잖아요."

"그 정도까지는 아닐 거야. 서강우, 그렇게까지 생각없는 녀석은 아니거든."

다른 곳도 아니고 강우가 가장 어려워하는 서 회장의 자택에서 어리석은 짓을 저지르지는 않았을 거였다. 막무가내에 천상천하 유아독존처럼 굴어도 강우는 서 회장 앞에서는 한 마리 순한 양이었다.

"어쨌든요. 이 빚 갚으려면 고생 좀 해야겠지만, 진심으로 감사해요."

"과연 탕감이…… 되려나?"

강빈이 빙글거리며 놀려댔다. 아란의 손을 가볍게 쥐고 악수를 한 뒤 손을 뗐다. 짤막한 고갯짓으로 인사를 마친 아란이 얼굴을 들자, 강빈의 짙은 눈썹이 활 모양으로 치켜 올라갔다. 스툴에서 일어나려는 아란의 손을 가만히 움켜쥔 채 강빈이 낮게 중얼거렸다.

"묻었어."

"네?"

강빈의 섬세한 손가락이 그녀의 얼굴을 향해 거리를 좁혀왔다. 강빈의 심해 같은 눈빛에 갇히듯 아란은 망연히 바라보기만 했다.

"여기, 커피가 묻었다고. 이 천방지축 아가씨야."

강빈의 손이 다가와 아란의 입술에 깃털처럼 부드럽게 터치를 가했다. 아란의 들숨과 날숨이 거짓말처럼 멈춰 버렸다. 눈앞이 아득해졌다. 모든 감각이 강빈의 손이 닿은 입술을 향하는 것만 같았다. 머릿속이 안개 속에 휩싸이듯 희뿌옇게 변해 버렸다. 숨을 쉬는 것도 힘겹기만 해서 아란은 질끈 눈을 감았다.

"눈은 갑자기 왜 감는 건데, 이아란?"

강빈의 웃음기 어린 목소리가 아란의 귓가를 스쳤다.

"설마, 키스라도 기대한 거야?"

"누, 누가!"

발갛게 달아오른 얼굴로 아란은 발끈 소리를 질렀다.

"나, 아무 여자에게나 키스할 만큼 문란하지 않다?"

아란의 입가에 맺힌 커피 자국을 깨끗하게 닦아준 강빈은 나직하게 웃음을 터뜨렸다. 목안 깊은 곳에서 울리는 웃음소리는 아란의 가슴에 잔잔한 파장을 울렸다.

"착각도 그 정도면 중증입니다, 서강빈 씨?"

'누가 키스를 바랐다고, 칫!'

스툴에서 발딱 일어난 아란은 양손을 허리에 짚고 따박따박 말을 이었다.

"그쪽이 키스를 해도 제 쪽에서 거절이에요."

"글쎄, 키스할 생각 없었다니까?"

강빈이 어깨를 으쓱였다.

'아, 짜증나! 왜 이 남자는 말발에서 조금도 안 밀리는 거야?'

분하고 억울해서 왈칵 짜증이 일었다. 눈을 감은 건 사실이지만 키스를 기대한 건 결코 아니었다. 그냥 분위기가, 상황이 말도 못하게 미묘하고 야릇해서 자신도 모르게 나온 행동이었다. 더구나 우진이 있는데 왜 다른 남자와 키스를 하고 싶겠는가. 생각이 거기까지 미치자 아란의 눈이 생동감있게 반짝반짝 빛을 발했다.

"그리고 말이에요. 이건 아주 중요한 건데요. 제가 키스를 받고 싶은 사람은 세상에서 한 사람, 오직 단 한 사람밖에 없답니다, 서강빈 씨. 그러니까 그런 착각은 정신건강에 아주, 매우, 많이, 해로우니 일찌감치 접으세요."

"아, 그러십니까?"

"네, 그렇습니다."

약 올리는 듯한 강빈의 물음을 아란은 천연덕스럽게 받아쳤다. 두 사람의 시선이 하나로 얽혀들었다. 그러다가 동시에 웃음을 터뜨렸다. 꽃처럼 해사하게 웃는 아란의 모습이 고와서 강빈은 숨을 쉬는 것도 잊었다.

이아란이라는 여자가 서강빈의 심장에 비처럼 조용히 스며드는 순간이었다.


샤워를 마치고 잠옷으로 갈아입은 아란은 젖은 머리를 말렸다. 타월로 물기를 닦고 헤어드라이로 젖은 머리카락을 말린 뒤 브러시로 가지런히 빗어 내렸다. 거울 속 자신의 모습을 뚫어져라 바라보던 아란의 눈길이 문득 입술에 멈췄다. 불현듯, 강빈의 손이 닿았던 순간이 선연하게 떠올랐다. 무안하기만 했던 순간을 지우듯 아란은 거세게 고개를 가로저었다.

"왜 그 순간에 눈을 감은 거야. 이 바보 멍청이!"

아란은 자신의 머리를 쥐어박았다. 한 대, 두 대, 세 대. 아프도록 탁탁, 쥐어박는 손이 거침없이 움직였다. 거울 속에 비치는 모습에 눈을 흘겼다. 쯧, 하고 혀를 차고는 습관적으로 우진이 준 목걸이 펜던트를 만지작거렸다.

"미안, 오빠. 정말 그런 거 아니거든? 내가 어떻게 오빠를 두고 다른 남자의 키스를 바라겠어. 안 그래, 오빠? 그건 다 그 남자 착각이라니까. 눈 좀 감는다고 '키스라도 기대한 거야?' 라고 묻는 남자가 더 이상한 거 아냐? 완전 왕자병도 아니고, 웃긴다니까 정말."

아란은 변명하듯 재잘재잘 말을 늘어놓았다. 갑자기 우진의 다정한 목소리가 듣고 싶어졌지만 참기로 했다. 시간이 벌써 새벽 한 시가 훌쩍 넘었다. 늦은 시간이라 그런지 잠이 쏟아졌다. 침대로 가기 전, 화장대 위에 놓인 리모컨을 들어 재생 버튼을 눌렀다. 곧이어 CD플레이어에 불이 켜지고 피아노 선율이 흘러나왔다. 잠자기 전 꼭 하는 것이 우진의 연주앨범을 듣는 것이었다. 수백 번은 듣다시피 한 우진의 연주에 맞춰 아란은 침대로 걸음을 옮겼다.

'베토벤'의 '피아노 소나타 제8번 비창'을 완벽한 기교로 연주하는 우진의 피아노 선율을 들으며 아란은 피아노 건반을 두드리듯 손가락을 움직였다. 그러고 보니 오늘 저녁엔 모임 때문에 피아노 앞에 앉아보지도 못했다. 오늘 연습을 못하면 내일 그 두 배로 해야 하는데, 내일은 또 우진과 약속이 있으니 어쩔 수 없이 그 다음날 세 배나 더 노력해서 연습해야 한다. 갑자기 아란의 입술을 가르고 긴 한숨이 하르르 흩어져 나왔다.

"오빠 따라가려면 손가락 부서져라, 아니, 죽어라 연습해도 안 될 거야."

씁쓸하지만 거부할 수 없는 현실이고 사실이었다. 우진은 타고난 피아니스트였고, 그녀는 노력해서 겨우 여기까지 온 것이다. 물론 제아무리 노력해도 우진의 실력을 뛰어넘을 수는 없었다. 아니, 끊임없이 연습에 매진한다고 하더라고 우진의 발치를 따를 수 있을지도 의문이었다. 이런저런 상념에 젖어 있던 아란은 우진의 연주를 들으며 눈을 감았다. 얼마나 피곤했던지 눈만 감으면 수마(睡魔)에 휩싸이듯 깊은 잠에 빠져들 것만 같았다.

"내일 일어나자마자 오빠한테 전화해야지."

내일은 우진을 만날 수 있다는 것이 아란을 행복하게 만들었다. 도대체 얼마 만에 우진과 함께하는 것인가. 바빠서, 하루가 멀다 하고 일이 생겨서 우진이 한국에 와도 얼굴 보는 게 힘들 정도였다. 한 달 일정으로 온다면 기껏해야 일주일 정도 얼굴을 볼까 말까 했다. 이번엔 두 달 일정이니까 만날 수 있는 기회가 더 많을 거라고 아란은 믿어 의심치 않았다. 더구나 약혼준비를 하려면 매일매일 붙어 다녀도 모자랄 판이었다.

"오빠가 조금만 덜 바쁘게 해주세요."

양손을 곱게 모으고 기도를 하듯 경건하게 속삭인 뒤 눈을 감았다. 침실 안을 가득 메우는 피아노 선율을 자장가 삼아, 아란은 다음 날을 기대하며 스르르 잠에 빠져들었다.

충전하느라 강빈의 집에 두고 온 휴대전화의 존재는 새까맣게 잊은 채.


새벽같이 일어난 강빈은 하루의 일과를 수영으로 시작했다. 매일

그렇듯 수영장을 정확히 서른 번 왕복하고는 침실로 올라와 샤워를 한 뒤 출근준비를 했다. 남들보다 기상시간이 다소 이른 그는 출근도 남들보다 빨랐다. 비서실 직원들이 아홉 시에 출근한다면 그는 정확히 여덟 시까지 회사에 나가서 미리 업무를 시작했다.

침실을 나서려고 할 때, 어디에선가 음악 소리가 흘러나왔다. 귀에 익은 멜로디는 캐논 연주곡이었다. 이게 무슨 소리지, 하며 이맛살을 찌푸린 강빈의 눈에 화이트 빛깔의 자그마한 휴대전화가 들어왔다. 소리의 근원지는 휴대전화였다. 액정화면에 불이 들어온 휴대전화가 어서 받으라는 듯 소리를 높였다.

전날, 파티가 끝나고 뒷정리를 하던 도우미가 사이드 테이블에서 낯선 휴대전화를 발견했다. 누구 것인가, 고개를 갸웃거리는 도우미를 강빈이 본 건 순전히 우연이었다. 마지막 손님을 배웅하고 부모님과 집 안으로 들어서던 강빈은 바로 이층 침실로 올라가려다 자기 전에 신문이나 보자, 싶은 마음에 응접실로 향했던 것이다. 그곳에서 아란의 휴대전화를 들고 있는 도우미를 봤을 때에야 강빈은 깨달았다.

아란의 휴대전화를 충전하고 있었다는 것을.

아는 사람의 것이라며 도우미에게서 건네받고도 출근준비를 서두르느라 잊고 있었다. 없어졌다는 걸 알면 전화하겠거니, 했지만 이렇게 이른 시간에 전화가 올 줄은 몰랐다. 휴대전화를 들어 올리던 강빈의 고개가 한쪽으로 갸우듬히 기울었다.

액정화면에 뜨는 네 개의 글자가 그의 눈에 아로박혔다.

『우진 오빠』

우진 오빠?

강빈의 짙은 눈썹이 슬쩍 한쪽으로 치켜 올라갔다. 전화를 받을까 말까, 망설이는 순간에도 벨은 끊임없이 울려 퍼졌다. 강빈은 통화 버튼을 누르고는 티 테이블 의자에 앉았다.

"네."

휴대전화 너머에서 정적이 감돌았다. 강빈이 전화를 받았음에도 불구하고 상대편은 아무런 말도 하지 않았다.

"여보세요. 말씀하세요."

희미한 숨소리가 낮게, 그리고 불규칙적으로 들려왔다. 강빈은 짜증스러운 기색을 나타내지 않으려고 스스로를 컨트롤했다. 잠시 뒤, 나직하게 헛기침을 내뱉은 한 남자가 조심스레 입을 열었다.

[실례지만 이아란 씨 휴대폰 아닌가요?]

잔뜩 긴장한 음성이지만 상대편은 꽤 부드러운 목소리를 소유하고 있었다. 강빈은 천천히 말을 밀어냈다.

"맞습니다만."

강빈의 애매모호한 대답에 상대편은 다시금 길게 침묵을 지켰다. 간단하게나마 아란의 휴대전화를 갖고 있게 된 경위를 설명하려는데, 미지의 남자가 강빈의 말문을 가로막았다.

[전화를 받으시는 분은…… 누구시죠?]

불쾌함이 섞인 다소 날카로운 상대편의 말투. 강빈은 재미있다는 듯 들리지 않게 웃음을 터뜨렸다.

"전화를 거신 분은 누구십니까."

나직한 욕설이 들릴 듯 말 듯 들려왔다. 젠장, 뭐 이런 비슷한 소리인 거 같았다. 전화를 건 상대는 꽤 기분이 나쁜 듯했다. 장난은 여기까지. 이아란과 친분이 있는 사람인 거 같은데 괜스레 오해하게 내버려 둘 수는 없었다. 기분 좋게 말을 이으려는 순간,

[란이 남자친구입니다.]

라며, 남자가 목소리를 낮게 깔고 사납게 받아쳤다.

'직구(直球)로군.'

강빈은 소리없이 뇌까렸다.

[란이 옆에 있으면 바꿔주세요.]

'란이? 애칭인가. 란이라…… 잘 어울리네.'

란이라는 이름을 꽤나 다정하게 부르는 걸 보니 정말 남자친구가 맞긴 맞나 보다. 어쩐지 기분이 나빠지려 했다. 어딘가 모르게 아주 조금 심기가 불편해졌다. 강빈은 길게 뻗은 검지로 티 테이블을 톡톡, 두드렸다.

"미안합니다. 미리 설명하려고 했는데……."

자신만만하게 남자친구라 소개하는 남자가 어쩐 일인지 강빈을 불쾌하게 만들었다. 그래서인지 조금 전과는 달리 목소리가 다소 사느랗게 흘러나왔다.

"이아란 씨, 여기 없습니다. 어제 모임에 참석했다가 휴대폰을 두고 갔거든요."

[아, 그래요? 어쩐지!]

퉁명스럽던 목소리가 언제 그랬냐는 듯 나긋나긋하게 변했다. 완전 닮은꼴이다. 팩, 토라졌다가 방싯방싯 웃는 아란과, 무뚝뚝하게 전화를 받다가 사근사근하게 변한 전화기 속 남자는 정말이지 똑 닮아 있었다. 차갑게 식어가던 강빈의 눈빛이 아란을 떠올린 순간, 다

스한 열기로 번져 나갔다.

[아무튼 우리 덜렁이, 알아줘야 한다니까. 이번이 도대체 몇 번째야? 핸드폰에 줄을 묶어서 목에 걸고 다니라고 하든지 해야지, 원…….]

휴대전화를 목에 대롱대롱 걸고 다니는 아란의 모습을 상상하자 웃음이 비집고 나왔다. 나름 어울리는 것 같기도 했다. 툭하면 넘어지고, 사고 치는 것도 모자라, 자신의 물건까지 잘 잃어버린다면 그 방법이 제일 현명할 듯했다.

[고맙습니다. 제가 우리 덜렁이, 아니, 란이에게 지금 바로 연락해 놓을게요. 핸드폰 보관해 주셔서 정말 감사합니다.]

"별말씀을요. 그럼 이만 전화 끊겠습니다."

깍듯하게 예의를 차리는 상대편에게 점잖게 인사를 되돌린 뒤 강빈은 종료 버튼을 눌렀다. 액정화면 가득 아란의 모습이 새겨졌다. 한 손은 브이(V)를 한 채 방그레 미소를 베어 물고 찍은 셀카 사진이었다. 실물과는 비교가 안 되지만 화면 속 아란은 탄성이 나올 만큼 충분히 아름다웠다.

"천방지축인 줄 알았더니 남자친구도 있었어?"

엄지로 액정화면에 새겨진 아란의 얼굴을 부드럽게 훑어 내렸다.

"이아란, 보기보다 능력있다?"

갑자기 오래전에 끊었던 담배 생각이 났다. 답답하거나 안 좋은 일이 생기면 습관적으로 담배를 떠올리긴 했지만 오늘은 이상하게도 다른 날과 달리 담배의 유혹이 더 크게 다가왔다. 눈앞에 담배가 있다면 망설임없이 피우고 싶을 만큼 한 개비의 담배가 그리웠다. 말끔하게 면도를 마쳐 파르스름한 자국만 남은 턱을 강빈은 조용히 매만졌다.

"남자친구라……."

자신도 모르게 한숨처럼 말이 흘러나왔다. 싱그레 웃고 있지만 눈까지 미소가 번지지는 않았다. 불이 꺼진 휴대전화는 더 이상 아란의 모습을 보여주지 않았다. 자그마한 휴대전화를 만지작거리던 강빈은 천천히 아무 버튼이나 눌렀다. 기다렸다는 듯이 아란의 웃는 모습이 그를 반겼다.

"왠지…… 기분이 묘한걸, 이아란?"

아란의 얼굴을 정안하며 강빈은 들릴 듯 말 듯 나직하게 읊조렸다. 불현듯 키스를 받고 싶은 사람은 세상에서 오직 한 사람밖에 없다고 호언장담하던 아란의 말이 떠올라 강빈은 쓴웃음을 지었다.

"단 한 사람이라……."

강빈은 한숨처럼 말을 쏟아냈다.

"그 사람이 우진이라는 그 친구니, 란아?"

액정화면 속에서 아란의 생글생글 웃는 소리가 튀어나올 것만 같았다. 테이블 위에 휴대전화를 뒤집어놓는 것으로 강빈은 아란의 고운 얼굴을 외면했다. 오더메이드로 특수제작한 블랙 컬러의 고급스러운 브리프 케이스에 아란의 휴대전화를 갈무리했다. 뜻하지 않은 통화로 출근시간이 다소 지체되었다. 시간을 확인하고 재빨리 침실을 나서려는 순간, 강우의 이죽거림이 기억에서 하나하나 되살아났다. 가늘게 좁히는 눈가에 잔잔한 파동처럼 떨림이 일었다. 발밑에 뿌리라도 내린마냥 석상처럼 가만히 서 있던 강빈은 돌연 어이없다는 듯 실소를 터뜨렸다. 강우가 지껄인 수수께끼처럼 난해한 말들이 이제야 이해가 되었다.

“뭐야, 서강우? 내가 그 천방지축 아가씨한테 관심이라도 있다고 여긴 거야?”

말도 안 된다는 생각에 강빈은 단호히 고개를 내저었다.

“그나저나 이아란, 남자친구가 있다는 건 정말 의표를 찌르는군. 이거 꼭, 한 대 얻어맞은 느낌인데.”

강빈의 입가에 시니컬한 미소가 자리를 잡았다. 일순, 아란을 친근하게 부르던 남자의 음성이 귓가에 맴돌아 강빈은 저도 모르게 눈매를 비틀었다. 언죽번죽하던 강우의 빈정거림이 귓전을 때렸다.


“그런데 어쩌냐? 난생처음 눈에 들어온 여자, 이미 애틋한 연인이 있는 거 같은데? 하핫, 잘해봐라.”

“글쎄. 무슨 뜻일까? 정말 몰라서 묻는 건 아닐 테고……. 오호라, 아직 제 감정도 눈치채지 못한 네 녀석 감정을, 내가 먼저 캐치한 거다 이건가? 이거 정말 뜻밖의 수확인데?”


창졸간, 심장이 바투 죄어왔다.

전신에 흐르던 혈액이 남김없이 졸아붙었다.

“여우 같은 녀석. 나도 눈치채지 못했던 감정을 대체 언제…….”

강빈의 나직한 뇌까림이 희미하게 흩어져 나왔다.

눈에…… 품어버린 것이다, 이아란이라는 여자를.

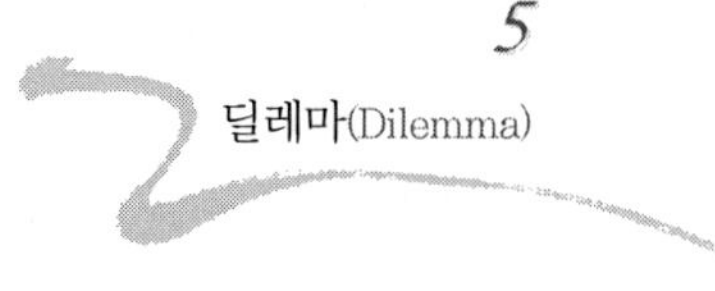



5

"아란아, 일어나 봐. 란아? 이아란!"

소리 높여 불렀지만 아란은 침대 안에서 꼼짝도 하지 않았다. 최 여사는 고개를 내저으며 침대맡에 앉아 아란의 어깨를 두드렸다.

"이아란! 당장 안 일어나?"

"아…… 엄마, 제발. 조금만…… 십 분만 더…….'

잠결에 웅얼거리던 아란은 이불을 머리끝까지 뒤집어썼다. 최 여 사가 이불을 홱 걷어버리자 아란은 신음 소리마저 냈다. 간밤에 늦게 잠들어서인지, 그게 아니면 과한 술 때문인지 눈을 뜰 수가 없었다. 자꾸만 흐려지는 의식 사이로 최 여사의 음성이 아련하게 들려왔다.

"우진이 전화 왔어. 얼른 일어나서 전화 받아."

그제야 아란은 천천히 눈꺼풀을 밀어 올렸다. 침실 창가에 아침 햇살이 눈부시게 흩어졌다. 부스스 침대에서 몸을 일으키는 아란의 입에서 앓는 소리가 절로 튀어나왔다.

"으으, 머리야. 머리 아파 죽겠어, 엄마."

"기집애, 샴페인을 물처럼 퍼마셨는데 머리가 안 아프고 배겨? 어

서 전화나 받아. 우진이 아까부터 기다리고 있으니까. 너 휴대폰이
어쩌고 하던데…….”

　최 여사의 손에서 겨우겨우 무선전화기를 건네받은 아란은 축축
늘어지는 몸을 침대 헤드보드에 기댔다. 전화기를 귀에 대고 한 손으
로는 관자놀이를 꾹꾹 눌렀다. 침실을 나가는 최 여사의 뒷모습을 보
며 아란은 말문을 열었다.

　“안녕, 오빠. 잘 잤어? 아아, 머리 아파라…….”

　[머리 아파? 혹시, 어제 술 마셨니?]

　눈치 빠른 우진이 걱정스레 물었다.

　“어, 조금.”

　[조금?]

　어떻게 말할까, 눈동자를 이리저리 굴리던 아란은 결국 웃음을 터
뜨렸다. 망설임없이 솔직하게 대답했다.

　“실은 조금 많이 마셨어. 어우, 근데 머리 진짜 많이 아프다, 오
빠.”

　[술도 약하면서 뭐하러 그렇게 많이 마신 거야.]

　“어제는 이상하게 술이 입에 짝짝 달라붙잖아. 으으, 근데 다시는
그렇게 많이 안 마실 거야. 완전 사람 잡는다, 오빠. 사람 잡아.”

　[사람 잡을 정도로 마셨어? 이거, 큰일 날 아가씨네? 너, 내가 말
했지. 사람들 앞에서 술 많이 마시지 말라고.]

　우진이 으름장을 놓듯 목소리를 낮게 깔았다.

　“오빠는…… 내가 술 마시면 뭐, 사고라도 치나?”

　아란은 입술을 비죽이 내밀고는 새치름하게 눈을 내리떴다.

[너, 사고 잘 치잖아. 평소에도 뻑 하면 사고뭉치인데 술 마시면 더 하지. 아무튼 란이 너, 사람들 앞에서는 술 마시는 거 조심해. 알 았어?]

일장연설을 늘어놓듯 우진의 말은 끊임없이 이어졌다. 아란은 건성으로 대답하며 고개를 주억거렸다.

"알았어. 알았다고오오! 가만히 보면 오빠는 꼭 날 세 살배기 어린 애로 안다니까. 만날 이거 하지 마라, 저거 하지 마라, 지겹게 그런 소리나 하고."

[다 널 생각해서 그러는 거야. 아무렴 오빠가 너 잘못되라고 그러겠니? 너, 술만 마시면 생글생글거리는 게 얼마나 귀…… 아씨, 됐다.]

우진은 갑자기 말을 뚝 끊고는 혼자 뭐라 뭐라 중얼거렸다. 무슨 소리인지 잘 들리지 않아 아란은 귀를 쫑긋 세웠지만 들리는 것이라고는 조각조각 부서진 단어의 나열뿐이었다.

[그건 그렇고, 너!]

갑작스레 우진이 버럭 소리를 질렀다. 수화기를 귀에 바짝 붙이고 있던 아란은 귀가 쟁쟁 울리는 것 같아 인상을 찌푸렸다.

"뭐야, 오빠. 고막 터질 뻔했잖아."

[이아란 솔직히 말해. 너, 또 휴대폰 잃어버렸지?]

"무슨 소리야? 내 휴대폰은 가방에 있는데?"

아란은 고개를 갸웃거렸다. 어제 우진과 마지막으로 통화를 하고는 휴대전화를 분명히 클러치 백에 잘 보관해 두었던 것이 기억났다. 그 가방을 통째로 잃어버리지 않는 이상 휴대전화가 분실되는 일은 없을 터였다. 더구나 어젯밤엔 집에 오자마자 옷을 갈아입으면서 클러치 백을 드레스 룸에 얌전히 두고 나오지 않았던가.

[가방 좋아하네. 아까 전화해 보니까 네 전화, 웬 남자가 받던데?]

"웬 남자라니? 내 휴대폰은 가방에 있다니까?"

말도 안 된다는 듯 아란이 되물었다. 침대에서 일어나 드레스 룸을 향해 비척비척 걸었다. 휴대전화 너머에서 우진의 설명이 이어졌다.

[그건 그렇고, 오늘 분명히 스케줄을 비워뒀는데 갑자기 급한 일정이 생겨서…….]

아란의 움직임이 일시에 멈췄다. 고운 얼굴에 짜증스러움이 번졌다.

"급한 일? 뭐야, 그럼. 오늘 못 만나는 거야?"

[아니, 아냐. 그건 아니고 일 끝나면 만날 수 있어. 잡지사 인터뷰가 하나 들어와서 어쩔 수가 없대. 나도 다른 날로 미루고 싶지만 재단 측에서 어렵게 인터뷰를 잡았나 보더라고. 미안하지만 한 번만 이해해 주라, 응? 아, 근데 지금 이게 중요한 게 아니라, 이 말을 하려고 좀 전에 너한테 전화를 했거든…….]

"말도 안 돼! 그런 게 어딨어!"

아침 일찍부터 우진을 만난다는 기대감에 휩싸여 있던 아란은 볼멘소리로 따졌다.

[이아란, 자꾸 말 끊지 마.]

우진이 따끔하게 지적했다. 아란은 불만스레 양 볼을 부풀렸다.

"알았어. 계속해."

드레스 룸에 도착한 아란은 클러치 백을 찾아 시선을 돌렸다. 한쪽 벽면을 가득 채우는 옷장과, 모자와 스카프 그리고 머플러 외에 가방과 자잘한 액세서리가 차곡차곡 정갈하게 놓인 기다란 오 층 선반에 아란의 눈길이 스쳤다. 자주 착용하는 선글라스와 여러 가지 디자인의 벨트가 진열된 투명한 유리 서랍장도 재빨리 훑어보았다. 그러나 찾고 있는 가방은 어찌 된 일인지 보이지 않았다.

'도대체 어제 가방을 어디다 둔 거람!'

아란은 아직도 휴대전화가 클러치 백 안에 곱게 잠들어 있을 거라고 믿어 의심치 않았다. 다른 곳에 놔둔 기억이 전혀 없었던 것이다. 눈으로 드레스 룸을 훑으면서 아란은 우진의 말에 귀를 기울였다.

[아무튼 이런저런 사정 때문에 너한테 전화를 했는데 웬 남자가 받더라고. 그런데 그 사람, 목소리 정말 근사하더라? 완전 카리스마 작렬이던데?]

"오빠, 어디 애먼 데 전화한 거 아냐?"

아란의 목소리가 시큰둥하게 흘러나왔다. 기필코 휴대전화를 찾아서 안 잃어버렸다는 걸 증명하고 싶었다. 아무리 찾아도 클러치 백이 안 보이는 그때, 드레스 룸 문손잡이에 자그마한 클러치 백이 대롱대롱 매달려 있는 것이 눈에 들어왔다. 문 안쪽에 걸려 있어서 여태 보지 못했던 것이다.

[같은 남자가 듣는데도 그 남자 목소리에 홀딱 반하겠더라. 남자 목소리에 심장 떨려본 건 처음이라니까?]

"오빠가 그렇게 말하니까 어떤 목소린지 한번 들어보고 싶네. 나중에 번호나 알려줘. 나도 한번 들어나 보게."

[네 번호로 전화해 봐. 바로 연결될 테니까.]

우진이 놀리듯이 받아쳤다.

"나, 정말 휴대폰 잃어버린 적 없다니까?"

아란은 팩, 소리를 지르고는 문손잡이에 걸린 클러치 백을 들어 올렸다. 안을 들여다보던 아란의 표정이 일순 짜증스럽게 변해갔다. 잃어버린 적 없다고 큰소리쳤는데 우진의 말대로 정말 휴대전화가 없었던 것이다.

"뭐야! 또 어디다 두고 온 거야?"

[차분하게 생각해 봐. 아까 그 남자가 뭐라더라? 어제 모임에 참석했다가 네가 휴대폰을 두고 갔다고 하던가, 그랬던 거 같은데.]

우진의 설명을 듣는 순간, 아란은 그제야 휴대전화를 어디다 두고 왔는지 생각이 났다.

"아, 맞다! 어제 충전한다고 하고선, 서 회장님 댁에 두고 그냥 와 버렸다."

[서 회장님? 내가 통화한 사람이 회장님이라고? 상당히 젊은 남자 목소리던데…… 뭐, 목소리에서 회장님의 포스가 강렬하게 느껴지기 는 하더라만.]

"젊은 남자라고? 으음…… 그럼 혹시 서강빈 씨가 전화를 받았나?"

[서강빈? 그 남자 이름이 서강빈이니?]

"그거야 나도 모르지. 누가 전화를 받았는지 짐작이 안 가는걸. 서 강빈 씨가 아니면 그 집안 고용인들일 수도 있고."

[으음, 재계의 젊은 총수, 그 서강빈을 말하는 거야?]

이름만 말했을 뿐인데 우진은 단박에 강빈의 존재를 알아맞혔다. 아란은 나직하게 탄성을 내질렀다.

"오빠도 그 사람 알아?"

[너도 참, 별걸 다 물어본다. 우리나라 사람치고 서강빈 모르는 사람 있을까 봐. 오늘 조간신문에도 그 사람 이름이 경제면에 도배돼 있던걸? 그나저나 가족모임이라더니, 거기 다녀온 거야?]

"어. 서 회장님 댁에서 모임이 있었거든."

돌연, 우진은 길게 휘파람을 불었다.

[이야! 이아란 너, 너무 잘나가는 거 아냐? 신문에 대서특필되는 사람들도 다 만나고? 그러다 이 오빠 얼굴 잊어버리겠다?]

"뭐, 나하고 상관있는 사람인가. 아빠랑 연관있는 사람이지."

입술을 삐죽 내밀고 대수롭지 않게 대답하던 아란은 곧 날카롭게 지적했다.

"내가 오빠 얼굴을 잊어버린다면, 그건 오빠의 살인적인 스케줄 때문이야. 뭐니, 정말? 오늘 하루는 온전히 날 위해서 비워놓겠다고 해놓고선 일방적으로 약속 미루고……."

[미안. 미안해. 대신 끝나는 대로 쌩하니 달려갈게. 부리나케 달려 간다니까?]

우진이 부드러운 음성으로 달래고 또 애원조로 속삭였다. 어쩔 수 없었다. 일 때문에 그러는 건데 아란도 우진을 이해할 수밖에 없었다.

"인터뷰 끝나자마자 바로 오는 거야? 늦게 오면 그땐 정말 삐쳐서 문도 안 열어줄 거야."

[알았어. 이따 오후에 보자, 란아. 참, 얼른 휴대폰이나 찾아놔, 이 아가씨야.]

우진의 싱그러운 웃음소리를 뒤로하고 아란은 통화를 종료했다.


간단히 아침식사를 마친 뒤, 두통약 한 알을 삼킨 아란은 향긋한 허브티가 담긴 머그잔을 들고 자신의 침실로 들어섰다. 창가로 걸어가 하늘하늘한 연핑크빛 커튼을 한쪽으로 밀치고, 창문을 열었다. 상쾌한 바람이 뺨을 스치고 지나갔다. 머리를 맑게 해주는 허브티를 한 모금씩 마시면서 정원을 바라보았다. 푸릇푸릇한 잔디와 푸르른 정원수가 5월의 싱그러운 한때를 한 편의 그림처럼 아름답게 표현해 주었다.

허브티를 다 마신 뒤에야 아란은 사이드 테이블에 놓인 무선전화기를 집었다. 자신의 번호를 하나하나 누르다가 이내 고개를 절레절레 내저었다.

"미치겠다, 이아란. 연중행사도 아니고 일 년에 몇 번씩은 내 휴대폰에 내가 전화를 해야 하다니."

벌써 몇 번째인지 모르겠다. 휴대전화를 잃어버리고, 다시 찾기까지. 그나마 찾은 건 다행이다. 못 찾아서 잃어버린 휴대전화도 적지 않았다. 감미로운 음색의 '아베마리아'가 통화연결음으로 흘러나왔다. 입안으로 음을 흥얼거리며 상대가 전화를 받기를 기다렸다. 한참이 지나도 안 받아서 끊으려는 찰나, 은은한 선율의 연결음이 뚝 끊겼다.

[여보세요.]

서강빈이다.

목소리를 듣는 순간 전화를 받은 사람이 강빈이라는 걸 아란은 눈치챘다. 또 이 사람 앞에서 실수를 한 거 같아 불현듯 얼굴이 뜨거워졌다. 아란은 나직하게 헛기침을 내뱉으며 목소리를 가다듬었다.

"이아란이에요."

[아아, 이제야 전화를 하는군.]

강빈의 목소리가 귓가를 스치자 아란은 우진이 했던 말이 빈말이 아님을 인정했다. 전화상으로 듣는 그의 목소리는 지독하게 섹시했다.

"음, 죄송해요. 어제 급하게 나오느라 휴대폰을 까맣게 잊어버리고 있었어요."

[나한테 죄송할 거까지는 없는데.]

강빈이 나른하게 받아쳤다. 아란은 어떻게 휴대폰을 돌려달라고 하나 고민에 빠졌다. 전에 휴대폰을 잃어버렸을 때는 보통 찾으러 가거나, 그게 여의치 않으면 퀵 서비스로 받고는 했었다.

"저…… 죄송하지만 휴대폰은 퀵 서비스로 보내주시면 안 될까요?"

두통 때문에 도저히 바깥출입은 할 수 없을 것 같았다. 한 몇 시간이라도 누워 있는 게 컨디션에 훨씬 더 도움이 될 듯했다. 그런 아란의 간절한 바람을 강빈이 단호하게 거절했다.

[곤란한걸?]

"네? 뭐가 곤란하다는 건지……."

무슨 말인지 선뜻 이해가 되지 않아 아란은 고개를 갸우듬하게 기울렸다.

[직접 찾아가. 잃어버린 사람이 찾아가야지. 안 그래?]

‘그거야 그렇죠.’

아란은 속으로 쏘아붙이며 인상을 찡그렸다.

“그래도, 음…… 바쁘지 않으시다면 퀵 서…….”

아란의 정중한 부탁을 강빈은 매정하게 차단했다.

[바빠.]

아란은 들리지 않게 체념의 한숨을 내쉬었다. 아무래도 직접 찾으러 가야 할 것 같았다. 하긴, 조금 뻔뻔하긴 했다. 휴대전화를 잃어버린 것도 모자라 대뜸 퀵으로 보내달라고 했으니.

[이봐, 채무자 아가씨.]

휴대전화를 보관해 줘서 고맙다는 인사를 전하려는데 강빈이 갑작스레 대화의 주제를 돌렸다.

[쌓여가는 빚이 자꾸 늘어가는 거 같은데, 어떻게 생각해?]

강빈의 장난스러운 어투에 아란은 후훗, 웃음을 터뜨렸다.

“설마 제가 빚진 거 수첩에 하나하나 적고 있는 건 아니죠?”

[벌써 다 적어놨는데?]

“으윽! 한 회사의 오너라기에 배포가 엄청 크신 줄 알았더니, 생각보다 치사하신가 봐요?”

[오너는 사람 아닌가?]

질문을 질문으로 되돌리는 이 센스. 역시 말로써 이 남자를 상대할 수는 없었다. 어젯밤 겪어보지 않았던가. 아란은 생그레 웃으며 고개를 내저었다.

"알았어요. 가면 되잖아요. 가는 김에 빚 청산 하나 하고 오죠 뭐."

[빚 청산을 뭐로 할지 은근히 기대된다?]

"너무 기대는 마세요. 저, 가난한 학생이거든요. 그런데 지금 가면 되나요?"

[음, 지금은 곤란하고 열두 시쯤 회사로 와. 오전 스케줄은 그때 끝나니까.]

혹시나 잊어버릴까 봐 아란은 약속 시간과 장소를 재빨리 다이어리에 메모했다. 그때, 강빈의 그윽한 목소리가 아란의 귀를 거쳐 가슴을 파고들었다.

[란아.]

두근거리는 심장의 울림이 아란의 귀에 고스란히 전달되었다. '란'이라고 부를 수 있는 사람은 우진밖에 없었다. 물론 부모님도 계시긴 했지만 가족이 아닌 타인 중에서는 우진이 유일했다. 그런데 몇 번 만나지도 않은 강빈이 '란아', 하고 부르자 어딘지 모르게 기분이 묘했다. 뭐랄까, 아직은 어색하고 낯설기만 한 그 사람이 부쩍 가까워진 느낌이라고 할까.

"네? 왜요?"

아란은 혼란스러운 마음을 감추고 태연하게 물었다.

[아니. 그냥 한 번 불러봤어. 그런데 란이가 애칭인가 보다?]

"애칭까지는 아니고 편하게 부르다 보니까 그렇게 된 거 같아요. 왜 집에선 보통 이름 끝 자를 간혹 부르잖아요. 서강빈 씨는 어렸을 때 안 그랬어요?"

[뭘?]

"부모님들이 빈아, 라고 안 했냐고요."

[그런 기억 없는데.]

강빈의 음성이 무심하게 흘러나왔다. 아란은 고개를 주억거리며 약 올리듯 말했다.

"하긴. 그쪽은 어렸을 때도 되게 무뚝뚝하고 딱딱했을 거 같아요. 좀 귀염성이 있어야 빈아, 라고 부를 텐데."

[이아란한테 무뚝뚝하게 한 적은 없는 거 같은데…….]

"왜 없어요. 어제 서강우 씨랑 있을 때 나한테 그랬잖아요. '너, 이 시간 이후부터 내 옆에서 일 미터도 떨어지지 마, 이아란' 으음, 그때 엄청 딱딱했다는 거 알아요?"

위기의 순간에서 강빈이 구해준 건 고맙지만 솔직히 그런 말을 들을 때는 기분이 상당히 나빴다. 너무 놀라고 당황스러워서 그 순간엔 감히 그 말에 반박할 수도 없었다. 그걸 상기하며 아란은 살짝 인상을 찌푸렸다.

[그거야 순간적으로 화가 나니까 그랬던 거고.]

"화요? 왜 화가 나요?"

끊임없이 이어지던 대화가 끊기고 잠시 고요한 침묵이 흘렀다. 얼마나 그렇게 있었을까. 아란은 전화가 끊겼나 싶어서 입술을 달싹였다.

"여보세……."

[일이 있어서 나가봐야겠다.]

아란의 말을 강빈이 가로챘다. 그리곤 곧바로 말을 이었다.

[열두 시까지 회사로 오는 거 잊지 마, 덜렁이 아가씨.]

"덜렁이라니? 아니, 도대체 누굴보고……!"

발끈해서 쏘아붙이자 수화기 너머에서 강빈의 듣기 좋은 웃음소리가 바람처럼 흘러나왔다. 이상하게도 강빈의 웃음소리를 들으면서 아란은 우진의 말을 떠올렸다. 강빈의 목소리는 정말이지 말로는 표현할 수 없을 만큼 근사했다. 나직하게 들려오는 웃음소리까지.

[누군지 몰라도 별명센스 한번 끝내준다. 나중에 보자, 이아란.]

아란이 대답을 하기도 전에, 강빈이 먼저 전화를 끊었다.

"덜렁이? 지금 나더러 덜렁이라고 한 거야?"

무선전화기가 강빈의 얼굴이라도 되는 양 아란은 사납게 노려보았다.

"빛 청산 하나 하려고 했던 거, 취소! 안 해, 못 해!"

처음엔 차나 한잔 대접할까 했다가 약속 시간이 점심 무렵이기에 그럼 식사라도 대접할까 하는 중이었다. 그런데 그런 마음이 말끔히 사라졌다. 덜렁이라는 말을 들었는데 뭐가 좋아서 방싯방싯 웃으면서 식사대접을 하겠는가. 혼자 파르르 떨다가 완전히 틀린 말은 아니라는 생각에 아란은 고개를 푹 숙였다. 그리고 보면 강빈의 앞에서 덜렁댄 게 한두 번이 아니었던 것이다.

"그래도 그렇지. 덜렁이가 뭐냐. 정말 덜렁이는 너무 심하잖아."

뾰로통하게 무선전화기를 내려놓던 아란은 오늘 하루 일과를 머릿속으로 그려보았다. 우진과의 약속이 늦춰지는 바람에 학원에 다녀올 시간은 번 셈이다. 독일어를 상당히 유창하게 구사하지만 유학을 앞두고 회화에 더 집중적인 수업을 받고 있었다. 더구나 음악이론 특별반까지 수강하고 있어서 시간이 더 빠듯했다. 음악전문용어의 독일어 표현 및 시험에 필요한 기본적인 모든 음악이론을 특별반에서 체계적으로 쉽게 배울 수 있는 터라, 아란에겐 더할 수 없이 효과적인 수업이었다.

오후엔 회화 수업이, 오전엔 음악이론 특별반 수업이 기본적으로 정해져 있었다. 우진으로 인해 오후 수업은 부득이하게 건너뛰더라도 특별반 수강은 빠뜨리지 않아도 된다. 다행히 약을 먹었더니 두통은 조금씩 가라앉는 느낌이었다. 일단 학원에 가서 강의를 듣고, 강빈의 회사로 가서 휴대전화를 돌려받으면 되었다. 그리고 집에 와서 한두 시간 피아노 연습을 하며 우진을 기다리는 것으로 아란은 하루의 스케줄을 조정했다.


햇살이 따스했다. 이렇게 좋은 날, 인터뷰를 위해 시간을 허비해야 하다니 어쩐지 슬그머니 짜증이 치밀었다. 더구나 미리 예정되어 있던 인터뷰도 아니었다. 재단 측에서 급하게 잡은 일정이라 괜스레 불만만 커졌다. 기획사에서 밀어붙이는 거면 예정에 없던 일이라고 연기라도 할 텐데 재단 측이라 그것 또한 불가했다. 이왕지사 이렇게 된 거 우진은 인터뷰가 빨리 끝나길 바라는 수밖에 없었다.

'오늘은 아란이랑 둘이 시간을 보내려고 했는데.'

햇빛을 가리기 위해 손을 들어 올려 이마에 맞댄 우진은 눈부신 햇살을 응시했다. 이런 날 아란은 야외로 놀러 나가는 걸 참 좋아했다. 오늘 하루만큼은 온전히 아란을 위해 시간을 쏟아붓고 싶었는데 그럴 수 없다는 게 아쉽고, 또 미안했다. 내일부터는 연주회 일정 때문에 만나야 할 사람도 많았고 스케줄도 타이트해서 미안한 마음이 더 커졌다.

"표정 좀 풀어. 조금 있으면 월간 더 클래식에서 사람들 나올 텐데 너무 굳었다, 우진 씨."

"왜 하필 오늘이야?"

우진은 냉랭하게 말문을 열었다.

"시간 조율해 준다며? 첫날부터 이러면 곤란해, 소은 씨. 솔직하게 말하면 나, 정말 화난다고."

"이해해 줘. 우리 회사, 재단 쪽 후원 잡으려고 얼마나 노력한 줄 알아? 발바닥이 부르트도록 뛰어다녔단 말이야. 어렵게 잡은 기회야. 솔직히 재단에서 우진 씨 밀어주니까 그만큼 더 인터뷰 요청도 쇄도하는 거고. 알잖아? 이번 연주회만 성공적으로 치르면 재단 측에서 해외협연도 성사시켜 줄 거 같은 눈치야. 서한문화재단에서 클래식 음악을 적극 지원하는 건, 우진 씨도 알고 있지?"

물론 우진도 잘 알고 있는 사실이었다. 뉴욕 필과 런던 필 등 유수의 교향악단과 두루 연관을 맺고 있는 재단의 후원을 받는다는 건 아티스트들에게 있어서 하나의 염원과도 같은 희망이었다. 그런 재단에서 우진의 후원을 아끼지 않겠다고 나서는 건 그만큼 그의 실력을 높이 평가하는 것도 있지만 기획사에서 지칠 줄 모르고 재단을 찾아다니며 물밑작업을 했기 때문이다.

"딱 두 달만 참자. 우진 씨가 여기서 한 단계 더 도약을 하느냐, 마느냐는 우진 씨 능력에 달렸어. 재단 측은 우진 씨한테 날개를 달아 줄걸? 그럼 우진 씬 힘차게 날갯짓만 하면 되는 거야. 설마, 그걸 마다하진 않겠지?"

해외협연.

욕심나지 않다면 거짓이리라.

뉴욕 필이나 런던 필과 협연을 한다는 상상만으로도 짜릿한 쾌감이 흘렀다. 하지만 그런 기회는 아무에게나 오는 건 아니었다. 물론 박우진이라는 피아니스트가 세간의 주목을 받긴 했지만 아직은 그만한 그릇이나 재목감은 안 된다고 우진은 냉정하게 자신에 대한 판단을 내렸다.

"오전에 연습하는 거 보니까, 우진 씨 한층 균형감을 찾아가고 있더라?"

시원한 아이스티를 한 모금 마신 소은이 말을 이었다.

"우진 씨, 느린 부분에서 지나치게 감성적이고 낭만적이었거든. 그거, 어떻게 보면 조금 느끼해."

소은의 날카로운 지적에 우진은 말없이 입술만 늘였다.

"그런데 오늘 보니까 파워풀하면서도 우진 씨만의 섬세함은 잊지 않았더라고. 훨씬 좋았어. 참, 이번 연주회에서 앙코르 나오면 '슈만 환상곡 Op.17'로 하는 건 어때? 연주하는 거 보니까 연습 참 많이 했겠다, 싶던데."

오전에 연습하면서 쳤던 곡을 소은이 거론하자 우진은 무심하게 고갯짓을 했다.

"한번 생각해 보고."

내리쬐는 햇살을 향해 우진은 손을 내밀었다. 손끝부터 봄볕의 다스한 열기가 전해와 전신으로 퍼져 나갔다. 마치 아란의 손을 움켜쥐듯 우진은 천천히 주먹을 그러모아 쥐었다. 서운해하던 아란의 목소리가 귓가에 맴돌아 마음이 편치 않았다.

　'미안해, 란아. 이렇게 좋은 날 혼자 둬서.'

　간절한 마음이 아란에게 도착하길 바라며, 우진은 다사로운 봄바람에 들리지 않는 속삭임을 조용히 담아 보냈다.


　임원회의를 마치고 돌아온 강빈은 회의에 관련된 서류를 데스크 위에 던져 놓았다. 해럴드 사 인수합병 건으로 회의가 생각 외로 길어졌다. 더구나 해외출장이 코앞으로 다가오면서 처리해야 할 문제도 산적해 있었다. 회전의자에 앉아 새로 올라온 보고서들 중에서 하나를 집어 들었다. 찬찬히 훑어보다가 하단에 사인을 휘갈기던 강빈의 손짓이 잠시 움직임을 멈췄다.

　『*Bin*』

　영문으로 사인을 하던 중 이름 끝 자를 쓸 차례에서 아란의 말이 떠올랐다. '좀 귀염성이 있어야 빈아, 라고 부를 텐데' 라며 놀리듯이 종알대던 목소리가 바로 옆에서 들리는 듯했다. 사인을 마저 끝내는 강빈의 입가에 잔잔한 미소가 스며들었다. 그러고 보면 길게 통화할 생각이 없었는데 어느 순간 그는 아란과의 대화를 즐겼다. 종달새마냥 재잘거리는 목소리가 듣기 좋아서 전화를 끊는 게 아쉬울 정도였다. 솔직하게 말하자면 직접 와서 휴대전화를 찾아가라는 말을 하려고 한 건 아니었다. 그가 소지하고 있으니 걱정하지 말라고, 비서를 통해서 보내줄 테니 기다리라는 말을 하려고 했는데, 입술을 가르고 나온 말은 의지와는 전혀 반대의 말이었다.

　오기일까, 치기일까.

남자친구가 있다는데, 애틋한 연인이 있다는데 이아란을 왜 불러 들였을까.

강빈의 눈에서 웃음기가 급격히 말라붙었다. 마음에 들지 않았다. 이아란이라는 여자가. 아니, 이아란이라는 여자를 섣불리 불러들인 자신이 강빈은 무엇보다 마뜩찮았다. 감정적으로 얽히는 걸 누구보 다 거추장스러워한 그였다. 헌데, 지금 눈앞에 벌어지는 이 일은 무 엇이란 말인가.

고요한 집무실에 인터폰 소리가 울려 퍼지며 상념에 훼방을 놓았 다. 기다란 손으로 버튼을 기계적으로 누른 강빈은 단음절로 대답했 다.

"네."

[사모님께서 통화를 원하십니다, 사장님.]

"연결해요."

만년필을 내려놓은 강빈은 수화기를 들어 올렸다.

"네, 어머니. 접니다."

[바쁘니?]

박 여사가 조심스레 물었다.

"아뇨. 말씀하세요."

검토가 끝난 보고서를 한쪽으로 밀어놓고 강빈은 다른 보고서를 펼쳐 보았다. 눈은 보고서에 인쇄된 활자를 좇으며 귀는 통화에 집중 했다.

[오랜만에 점심이나 같이 할까 싶어서 전화했는데, 시간 가능하 지?]

검지로 데스크를 톡톡, 내리치며 강빈은 잠시 이맛살을 찌푸렸다. 아란이 오면 점심이나 같이 할까, 했는데 아무래도 그건 접어야 할 듯했다.

"그러세요. 그럼 어머니 좋아하시는……."

[오늘은 내가 좋아하는 음식 말고 지수 양이 좋아하는 음식으로 하자. 응? 조금 전에 지수 양이 지나가던 길이라며 재단집무실로 찾아왔는데 이렇게 된 거 식사나 할까 싶어서 말이야. 동석할 수 있지?]

강빈의 입가에 사느란 냉소가 흘렀다.

"민지수가, 어머니께 지나가던 길에 들렀다고 하던가요?"

[뭐? 어, 그래. 왜?]

서릿발 같은 시선으로 전화기를 노려보며 강빈은 냉담하게 응수했다.

"영악하군요. 이런 식으로 절 불러내는 걸 보면."

[강빈아, 너 무슨 말을 그렇게 심하게…….]

박 여사가 질책하듯 다급하게 말을 쏟아냈다.

"점심식사에 절 동석하자는 건 어머니 생각입니까, 아니면 민지수 생각입니까."

잠시 어색한 침묵이 흘렀다. 강빈의 입술이 수평으로 굳어나갔다. 모친 박 여사가 선뜻 대답을 못하는 건 결국 후자(後者)라는 뜻이다.

"점심식사는 다음에 하는 게 좋겠네요, 어머니. 대신."

강빈은 잠시 말을 끊었다. 사인을 마무리 지은 보고서를 한쪽으로 밀어놓고 다음 보고서를 들어 올렸다. 더할 수 없이 차게 말을 이었다.

"바꿔주세요, 민지수."

[너도 점심은 먹어야 하잖니. 그러지 말고 오늘은 그냥…….]

"바꾸십시오."

강빈의 음성이 사느랗게 변했다. 잠시 뒤, 수화기 너머에서 두런 두런 대화를 나누는 소리가 어렴풋이 들려왔다. 뒤이어 지수의 청아한 목소리가 이어졌다.

[전화 바꿨어요. 저예요, 강빈 씨. 마침 이쪽으로 지나가던 길이어서 우연찮게 들렀다가 어머님께 식사초대까지 받은 거 있죠. 강빈 씨도 바쁘지 않으면 함께 식사하는 게 어때요?]

'어머님?'

지수의 적절하지 않은 단어선택은 강빈에게 짜증스러움을 몰고 왔다. 누구에게 어머니라는 건가, 지금. 강빈은 일언도 하지 않은 채 혀를 굳혔다.

[여보세요? 강빈 씨, 듣고 있어요? 혹시…… 화난 건…….]

"쉬운 여자, 매력없어."

지수의 말을 가로챈 강빈은 냉엄하게 받아쳤다.

[뭐, 뭐라고요?]

"다시 말해야 하나?"

강빈은 말의 템포를 늦췄다가 사늘하게 덧붙였다.

"그리고 호칭에 신경을 좀 써줬으면 좋겠는데. 언제부터 내 어머니가, 네 어머니가 된 거지? 그 호칭, 상당히 거슬려. 앞으론 너, 내 어머닐 찾아가서 귀찮은 일 만들지 않았으면 좋겠는데. 그럼 이만 전화 끊지.”

이어지는 지수의 말은 듣지도 않은 채 강빈은 냉정하게 수화기를 내렸다. 분노에 휩싸여 파르르 떨고 있을 지수의 모습이 눈앞에 선연히 그려졌다. 하지만 어쩔 수 없는 일. 마음에도 없는 여자를 상대하느라 아까운 시간을 허비하고 싶지는 않았다. 무엇보다 부친 서 회장과 민성택 사장의 친분을 빌미로 매번 주제넘게 행동하는 지수를 이쯤에서 차단시켜야 했다. 일말의 기대조차 하지 못하게끔 단호하게.

그때, 인터폰이 울리고 최 비서의 음성이 집무실 안을 울렸다.

[사장님…….]

“어머니면 연결하지 말아요.”

인터폰 연결을 종료하려는데 최 비서가 다급하게 말을 이었다.

[아닙니다, 사장님. 사모님이 아니라 말씀하셨던 이아란 씨께서 도착하셨거든요.]

강빈의 눈길이 클래식한 볼륨감이 돋보이는 바쉐론 콘스탄틴 손목시계에 닿았다. 시간은 어느새 열두 시 정각이었다.

‘천방지축 아가씨가 시간관념 하나는 정확하네.’

강빈의 입매가 부드럽게 휘늘어졌다. 원체 실수를 자주해서 약속 시간도 예사로 넘길 거라 예상했는데 아란은 정확하게 시간을 엄수했다.

“안으로 모셔요.”

[네, 사장님.]

집무실 문이 열리고 아란이 들어섰다. 봄의 요정처럼 산뜻한 차림의 그녀는 한눈에 강빈의 시선을 앗아갔다. 아란은 무릎까지 오는 화이트 색상의 스커트와 여성스러움을 강조하는 블라우스 위에 민트색 트위드 재킷을 깔끔하게 매치했다.

"안녕. 또 보네요, 우리."

아란이 상큼하게 인사를 했다. 장난꾸러기처럼 귀엽게 덧붙였다.

"이렇게 자주 보다가는 정들겠어요."

생그레 웃는 모습이 너무 예뻐서 강빈은 눈을 뗄 수가 없었다. 간신히 아란에게서 시선을 돌린 강빈은 회전의자에서 일어나 소파로 자리를 옮겼다.

"앉아."

집무실을 휘둘러보던 아란이 강빈의 맞은편에 앉았다.

"커피?"

"좋죠. 허브티가 있으면 더 좋을 거 같지만."

소파에서 일어나 데스크로 걸어간 강빈이 인터폰을 눌러 차를 준비하라고 시켰다. 아란은 말없이 강빈의 행동을 주시했다. 짙은 그레이 색상의 슈트가 강빈의 건장한 몸에 완벽하게 피트되었다. 몸을 따라 흐르는 느낌과 평범한 듯하면서도 극히 절제된 우아함이 숨어 있는 슈트는 마치 그의 신체 일부처럼 하나로 어우러져 한숨이 나올 만큼 근사했다. 강빈의 모습을 보는 동안 아란의 맑은 두 눈에 다스한 열기가 어렸다.

소파로 돌아온 강빈에게 아란은 척, 하고 손을 내밀었다.

"주세요. 내 휴대폰."

하지만 그는 아란의 말을 못 들은 척 외면했다. 소파에 등을 기대고 앉은 강빈은 슈트 소매를 슬쩍 들춰 시간을 확인하는 것으로 주의를 돌렸다. 사파이어가 박힌 세련된 은빛 프레임 커프링크스가 아란의 눈 깊숙이 들어왔다. 눈부시게 빛나는 사파이어의 영롱한 빛깔이 어쩐지 그에게 잘 어울리는 보석이라는 생각이 문득 들었다.

낮은 노크 소리와 함께 최 비서가 들어왔다. 테이블에 찻잔을 올려놓고 허리를 깊게 숙여 인사를 한 비서는 곧 조용히 집무실을 나갔다. 허브티 향이 코끝을 스쳤다. 아란은 손을 뻗어 찻잔을 들어 올리며 했던 말을 반복했다.

"휴대폰 안 돌려줄 거예요?"

"빚 청산은 뭐로 할 생각인데, 이아란?"

"네?"

아란은 눈을 동그랗게 뜨고는 고개를 갸우듬하게 기울였다.

"빚 청산 하나 한다며? 들어보고 괜찮은 거 아니면 휴대폰은 압수야."

"말도 안 돼. 그런 게 어딨어요?"

"어디 있긴, 여기 있지. 채무자 아가씨, 그 빚 다 갚기 전까지 담보라도 하나 있어야 하는 거 아냐?"

진심인가 싶어서 아란은 강빈을 뚫어져라 바라보았다. 그런데 강빈의 눈에 웃음기가 어리는 것을 보고는 도홍빛 혀를 쏙 빼물었다.

"뜻대로 하세요. 그럼 담보도 잡혔겠다, 본격적으로 빚을 더 늘려볼까요? 음, 이 기회에 대출을 좀 받아볼까……."

"사절이야."

싱그레 웃음을 터뜨린 강빈은 테이블 위로 아란의 휴대전화를 건넸다. 아란은 날름 휴대전화를 들어 올려 쪽, 하고 입맞춤을 했다.

“내가 다시 너 잃어버리면 그땐 우진 오빠 딸이다, 딸.”

아란의 종알거림에 강빈은 고개를 내저었다. 조만간 아란이 우진이라는 사람의 딸이 될지도 모른다는 생각에 웃음이 비어져 나왔다.

“우진이라는 친구는, 남자친구?”

의도하지 않은 질문이 허락도 없이 입술을 가르고 튀어나왔다. 오전에 통화하면서 ‘남자친구’라고 분명히 들었는데 뭘 확인하고 싶어서 물었는지 강빈도 알 수 없었다. 클러치 백에 휴대전화를 넣던 아란이 머리를 가로저으며 무심하게 대답했다.

“아뇨. 남자친구 아니에요.”

일순, 강빈의 기분이 묘하게 변해갔다. 마음이 편해졌다고 할까, 그게 아니면 안심이 된다고 할까. 하지만 그 편안함은 불과 일 초도 안 되어 흔적도 없이 사그라졌다. 아란의 덧붙임에 의해서.

“남자친구라니. 그런 단순한 말로 우리 오빠를 표현할 순 없죠. 우진 오빠, 제 약혼자거든요.”

“약혼, 한 거야?”

강빈의 음성이 미세하게 떨렸다. 아란의 입에서 약혼자라는 단어를 듣는 순간 심장이 비틀리듯 죄어왔다. 남자친구와 약혼자는 어감 자체가 달랐다. 물론, 뜻도 천양지차로 달랐지만. 일순 불쾌한 기분이 전신으로 퍼져 나갔다. 이건, 강우가 아란을 품에 안고 있던 상황보다 더 부아가 치미는 일이었다.

“몇 살이지?”

아란은 검지를 세워 자신의 얼굴을 가리켰다.

“저 말이에요?”

서늘하게 얼어붙었던 강빈의 입가에 엷은 미소가 어렸다. 아란의 어린아이 같은 순수한 행동이 귀여워서 미소가 배어 나왔다. 강빈은 고갯짓으로 대답을 대신했다.

"나이는 갑자기 왜 물어보는 건데요?"

"약혼자가 있기엔 너무 어려 보여서 말이야."

생글방글 미소를 베어 문 아란이 도도하게 턱을 치켜 올렸다.

"제가 좀 동안이긴 하죠? 되게 앳돼 보이죠? 이래봬도 스물넷이에요. 약혼자가 아니라 결혼해서 애를 낳아도 될 나이거든요."

결혼해서 아이를 낳았다면 강빈은 이아란이라는 여자에게는 눈길도 주지 않았을 터였다. 처음 만났을 때부터 이상하게도 눈길이 가던 여자였다. 그렇게 잊고 지내다가 우연히 조우했을 때에는 반가운 마음도 들었다. 강우로 인해 곤경에 처한 그녀를 도와주면서 뜻하지 않게 단둘이 시간을 보냈을 때, 그 시간이 지루하지 않고 오히려 즐거웠었다. 여자와 그토록 즐겁게 대화를 나눈 건 아란이 처음이었다. 그런데, 그런 그녀에게 남자친구가 있다는 걸 알았을 때는 어쩐지 기분이 묘했다. 서운한 마음도 들고 한편으로는 화가 나기도 했다.

언제부터일까.

이 천방지축 아가씨를 눈에 담은 것은.

이 사고뭉치 아가씨를 가슴에 담은 것은 대체 언제부터일까.

강빈은 아란의 고운 얼굴을 말없이 정안했다. 우윳빛 피부와 대조적으로 흑단 같은 새카만 머리카락이 함치르르 흘러내려 등에 물결쳤다.

'약혼자라…… 남자친구도 아닌, 약혼자라…….'

쉬운 여자는 매력없다고, 지수에게 말했다. 철이 들기도 전부터 그의 눈에 들기 위해 갖은 아양을 떠는 여자들을 지겹게 봐왔다. 대놓고 대시하는 여자들 따위는 모두 차갑게 무시하고 외면했었다. 먼저 다가서는 여자들은 매력없다고 언제나 분명하게 선을 긋기도 했다. 하지만 분별없이 다가서는 여자들보다 더 매력없는 여자는, 바로 이아란 같은 여자였다.

마음의 주인이 정해진 여자.

"왜 그렇게 보는 거예요?"

아란이 테이블을 톡톡, 두드리며 강빈의 주의를 끌었다.

"아…… 아냐, 아무것도."

강빈은 애써 미소를 연출하려고 노력했다. 여전히 눈자위는 차게 사위었다.

"점심약속 있어요?"

"왜?"

질문의 의도를 뻔히 알면서도 강빈은 냉량하게 받아쳤다.

"빚 청산 하나 해야죠. 비싼 건 안 되지만 제 능력 한도 내에서 거하게 쏘겠습니다."

검지와 엄지를 쭉 펴고는 총을 쏘듯 아란은 빵, 소리를 냈다. 눈을 찡긋거리며 윙크를 하는 모습이 더할 수 없이 귀엽고 어여뻤다.

"마음만 받을게. 바빠서 그건 곤란하겠다."

아란의 초대를 강빈은 싸늘하게 거절했다. 오전업무는 이미 끝난 상태였다. 따로 오찬 약속도 없어서 두어 시간은 편하게 보낼 수도 있었다. 더구나 아란이 오면 점심이나 할까, 하던 참이기도 했다. 하지만, '약혼자'라는 단어를 듣는 순간 모든 것이 물거품처럼 사라졌다. 이아란이라는 여자에게 더 이상 호의나 친절 따위는 베풀고 싶지 않아졌다.

"에이, 그러지 말구요. 여태 도움받은 게 어딘데 여기서 입 싹, 닦을 순 없죠. 그럼 제 마음도 안 편하고 말이에요. 비싼 건 안 된다니까 안 내켜서 그래요?"

소파에서 발딱 일어난 아란이 강빈의 곁으로 와서는 슈트 깃을 탁탁 털어냈다.

"아, 좋아요, 좋아. 조금, 아주 조금 비싼 거 정도는 허락할게요. 선약 있는 거 아니면……."

아란의 손이 닿는 곳마다 근육이 무섭도록 팽팽하게 당겨졌다. 저릿저릿한 감각이 전신으로 빠르게 뻗어나갔다. 강빈은 아란의 손을 탁, 하고 낚아채고는 나직하게 뇌까렸다.

"약혼은, 언제 한 거지?"

갑작스러운 물음에 아란은 고개를 갸우듬히 기울였다. 눈을 동그랗게 뜨고는 무슨 소리냐는 듯 망연히 강빈을 바라보기만 했다. 강빈은 슬며시 어금니를 사려물었다. 이게 아닌데, 그만 가보라는 말을 하려고 했는데 혀가 제멋대로 날뛰었다.

"아직 안 했는데요?"

"뭐?"

"약혼, 아직 안 했어요. 두 달 뒤에 하기로 날 잡았거든요. 오빠 연주회랑 음반 작업 끝내고 나면 그때 하기로…… 근데 그건 왜요?"

아무런 사심 없이 대답하던 아란이 되물었다. 강빈의 입가에 실소

가 묻어 나왔다. 그러게, 그걸 왜 물어봤을까. 말을 내뱉은 그도 이해
가 되지 않는 엉뚱한 질문이었다. 심화가 가득 들어찼던 강빈의 시린
눈에, 점차 온기가 스며들었다. 그러니까 이야기를 종합해 보면 오전
에 통화했던 그 남자는 아란의 '미래의' 약혼자라는 것이다, 현재가
아니라. 그 사실 하나가 강빈의 불쾌했던 감정을 보이지 않게 누그러
뜨렸다.

소파에서 몸을 일으킨 강빈은 데스크 쪽으로 자리를 옮겼다. 오도
카니 서 있던 아란은 앉았던 자리로 가서 클러치 백을 들어 올렸다.

"방해해서 죄송해요. 이만 가볼 테니까, 바쁘시면 일 보세요."

강빈에게 도움받은 게 한두 번이 아니기에 감사의 인사로 식사라
도 대접하는 게 예의 같았는데 아무래도 안 될 것 같았다. 업무를 방
해해서는 안 된다는 생각에 아란은 단아하게 고개를 숙여 인사를 하
고는 한 걸음 발을 뗐다.

"어딜 가는 거야, 천방지축 아가씨?"

"네?"

아란은 몸을 돌려 강빈을 바라보았다. 데스크에 비스듬히 기댄 강
빈이 슈트 하의 주머니에 손을 찔러 넣고는 오만하게 턱짓을 했다.

"점심 산다고 했잖아. 탕감 안 되는 빚이라도 조금씩 갚아나가는
성의를 보여야지?"

강빈의 거절에 살짝 마음이 상했던 아란은 이내 표정을 풀었다.
방싯거리며 웃는 아란의 커다란 눈에 반짝이는 별빛이 스몄다.

"물론이죠. 성의는 얼마든지 보여 드릴 수 있어요. 근데 비싼 건
안 되는 거, 알죠?"

"나한테 음식 선택권이 있는 거야?"

"당연히…… 없죠. 사주는 것만 그냥 맛있게 드세요."

싱그레 미소를 지은 강빈은 인터폰 버튼을 누르고는 빠르게 명령했다.

"입구에 차 대기시키라고 해요."

집무실을 나서며 강빈이 물었다.

"좋아하는 음식은?"

"그건 제가 물어봐야 할 것 같은데요?"

"대답이나 하지, 아가씨?"

집무실 문이 열리자마자 비서실 직원일동이 자리에서 벌떡 일어나 허리를 굽혀 인사를 했다. 무심한 손짓으로 인사를 되돌린 강빈은 지시를 내렸다.

"두 시까지 올 거니까 급한 일 아니면 따로 전화 연결하지 말아요."

수행원은 모두 차단한 채 강빈은 임원전용 엘리베이터가 있는 곳으로 걸음을 옮겼다. 강빈의 옆에서 보폭을 맞춰 걸어나가던 아란이 자그마한 클러치 백을 대롱대롱 흔들며 장난을 쳤다.

"음식 선택권, 나한테 있는 거 알죠? 나, 아침을 부실하게 먹어서 엄청 배고프거든요. 그냥 밥 먹으러 갈 거니까 이의 달기 없기예요."

"밥 먹고 싶어?"

아란은 열심히 고개를 끄덕였다. 숙취로 인해 대충 한 끼 때웠더니 허기가 졌다.

"다른 거 먹고 싶진 않고?"

엘리베이터 앞에서 멈춘 강빈이 내려가는 버튼을 눌렀다.

"꼭 맛있는 거 사줄 거처럼 묻네요? 그래도 뭐, 난 밥. 밥이 좋아요. 좀 있으면 한국 음식이 엄청 그리워질 날이 올 텐데 먹을 수 있을 때 부지런히 먹어둬야 하거든요."

엘리베이터 문이 열렸다. 아란이 먼저 타고 뒤이어 강빈을 기다렸지만 깊은 생각에 잠긴 듯 그는 꿈쩍도 하지 않았다. 석상처럼 우두커니 제자리에 서서 아란을 바라보기만 했다.

"안 타요?"

아란은 엘리베이터 벽면을 똑똑, 노크했다. 그제야 천천히 엘리베이터에 올라탄 강빈은 1층 버튼을 눌렀다. 우아하게 뻗은 강빈의 기다란 손가락이 희미하게 떨렸다.

"한국 음식이 그리워질 거 같다는 건 무슨 뜻이지?"

"유학준비 중이거든요. 약혼한 다음에."

강빈은 지그시 눈을 감아버렸다. 엘리베이터가 그대로 멈췄어도 그렇게 충격적이진 않았을 것이다. 아란의 유학 소식은 강빈에게 엄청난 충격을 안겨주었다. '미래의' 약혼자라는 존재보다 훨씬 더 크고 강력한 충격을.

'젠장.'

사나운 욕지기가 튀어나오려는 걸 강빈은 간신히 자제했다. 혀가 무겁게 가라앉아 입도 벙긋할 수가 없었다. 왜 이렇게 심화가 나는지 알 수 없었다. 갑자기 전신으로 노기가 갈래갈래 뻗쳐 나가는 것만 같았다. 투명한 엘리베이터 창 너머로 높게 솟은 빌딩과 길게 이어진 도로를 내려다보던 아란이 돌연 휴대전화를 꺼내 들었다.

“아, 맞다! 오빠한테 휴대폰 찾았다고 문자 보내야지.”

익숙한 손길로 재빠르게 문자를 보내는 아란의 모습을 보면서, 강빈은 심술궂게도 그것을 확 빼앗아 버리고 싶다는 강한 충동에 사로잡혔다. 휴대전화를 자그마한 가방에 갈무리한 아란이 고개를 들고는 강빈에게 꽃처럼 해사한 미소를 보냈다. 아란의 눈부신 미소가 동공에 담기고 심장에 전달되는 순간, 강빈은 인정하고 말았다.

빼앗고 싶은 건 휴대전화가 아니라, 이아란이라는 여자라는 것을……

태어나서 처음으로 눈에 품은 여자가, 하필이면 다른 남자와 약혼을 앞두고 있는 이아란이라는 여자라니. 아란을 주시하는 강빈의 눈빛이 암연처럼 어둡게 가라앉았다.

보낼 수도, 가질 수도 없는 진퇴무로에 그는 빠져들고 있었다.

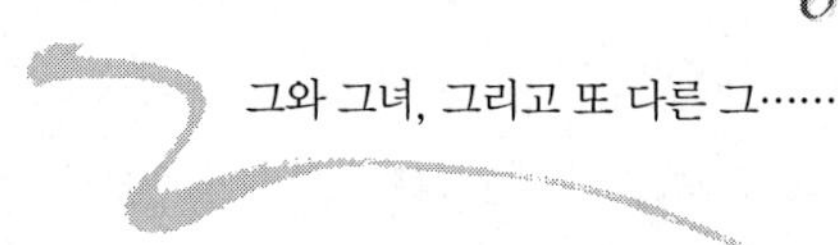

6

그와 그녀, 그리고 또 다른 그……

북악산 기슭에 위치한 '삼청각 이궁'은 도심 속 파라다이스를 연상케 했다. 한 폭의 동양화 같은 울창한 수목에 둘러싸인 전통 가옥은, 서울 도심의 매캐한 공기에 찌들어 있는 이들의 몸과 마음을 맑게 정화해 주었다. 회사를 나서면서 강빈은 간단한 전화 한 통화로 무리없이 별채 '취한당'을 예약했다.

총지배인과 매니저가 직접 강빈을 맞이해 별채로 안내하고는, 뒤이어 조리장까지 와서 강빈에게 인사를 하고 따로 주문을 받았다.

"오늘은 전복과 대하가 물이 좋아서 사장님 입에 맞을 듯합니다."

조리장이 정중하게 메뉴를 권했다.

"늘 먹던 진어상으로 주세요. 그리고 음식은 따로 들이지 말고 한꺼번에 들이세요. 괜히 방해받고 싶지 않으니까."

메뉴판을 펼쳐 보지도 않은 채 강빈이 짤막하게 주문했다.

"네, 그렇게 하겠습니다."

강빈보다 나이가 훨씬 더 많은, 나이 지긋한 남자가 머리를 숙이고는 별채를 나갔다. 열두 폭 병풍이 펼쳐져 있는 취한당을 휘둘러보던 아란의 눈에 병풍 속 그림이 들어왔다. 사계절을 담은 동양화는, 매화가 피고 새가 날아다니는 것에서부터 시작해 눈이 내리는 설경까지 섬세하게 표현했다.

옛 정취가 물씬 배어 나오는 고풍스러운 장식장이 놓인 곳에 작은 쪽문이 하나 열려 있었다. 열린 쪽문 사이로 청명한 하늘 아래 고즈넉한 후원이 그림처럼 아스라이 펼쳐졌다. 아담한 키의 나뭇가지에 자연소재로 만든 등이 걸려 있어 바람이 불 때마다 살랑살랑 흔들렸다. 반들반들 윤이 나는 장식장 위에 놓인 선 굵은 검은색 화병엔 벼를 닮은 익시아와 꽃송이가 탐스러운 호접란이 꽂혀 시선을 끌었다.

"여기 음식 괜찮다. 깔끔한 게, 입에 맞을 거야."

후원의 빼어난 경관과 수려한 운치를 즐기고 있던 아란이 고개를 돌려 강빈을 응시했다. 땀도 나지 않는데 괜스레 이마를 닦아내는 시늉을 하던 아란의 보얀 볼이 톡, 볼가졌다.

"그냥 회사 주변에서 간단하게 먹자니까……."

'이렇게 휘황찬란한 데를 와서 사람 기를 팍, 죽이는 거예요.'

아란은 이어지는 뒷말은 식도 안으로 삼켰다.

"그래서, 불만이니?"

아란을 품는 강빈의 눈에 다스한 빛이 스며들었다.

"뭐, 불만은 없지만……."

"없지만?"

말끝을 흐리는 아란을 대신해 강빈이 놀리듯이 물었다.

"나는 그냥…… 깔끔한 한정식 식당에 가서 된장찌개나 김치찌개를 먹으려고 했거든요."

능력 한도 내에서 쏘겠다고 했는데 강빈은 그녀의 능력을 과대평
가하고 있었나 보다. 아란은 이곳의 음식값을 대충 계산하며 들리지
않게 한숨을 내쉬었다. 머릿속에 새파란 지폐 수십 장이 둥둥 떠다녔
다.

"여기도 한정식 하는 곳이야."

웃음기 어린 목소리로 대답하던 강빈이 말을 이었다.

"그런데, 된장찌개나 김치찌개를 좋아하나 보다?"

"우리나라 사람치고 된장찌개랑 김치찌개 싫어하는 사람도 있어
요?"

아란은 무슨 그런 말도 안 되는 소리를 하냐는 듯 되물었다.

"보기보다 소탈하네."

아란의 소박한 모습이 어여뻐서 강빈은 짧게 웃음을 쏟아냈다. 부
루퉁한 얼굴로 강빈을 쏘아보던 아란이 받아쳤다.

"강빈 씨가 보기엔 내가 어떻게 보이는데요?"

아란의 입에서 그의 이름이 나오는 순간 심장이 바숴지듯 저릿하
게 죄어왔다. 서강빈 씨가 아닌, 강빈 씨는 어감 자체가 달랐다. 그리
고 전해지는 느낌도.

"토속적인 음식과는 왠지 안 어울려. 이아란의 이미지를 봤을 땐
말이야."

아란은 어깨를 으쓱거리며 턱을 들어 올렸다. 섬려한 턱 선이 조
각처럼 완벽했다. 주근깨 하나 없이 투명하기만 한 피부는 사람의 것
이라고는 믿기 어려울 정도였다.

"내가 좀 심하게 우아하고 세련된 이미지긴 하죠. 하지만 나도 사

람이라 밥을 먹어야 해요. 만날 이슬만 먹고 살 수는 없잖아요. 안 그
래요?"

장난기 가득한 아란의 말에 강빈은 소리없이 웃었다.

"이슬을 먹는다고는 안 했다?"

고개를 내저으며 강빈은 딴죽을 걸었다. 아란은 새치름하게 눈을
치켜떴다.

"사람들이 그래요. 난 이슬만 먹고 살 것 같다고."

"그 사람들 눈에 이상이라도 생겼나 보네."

"이거, 명백한 태클이죠?"

짐짓 화가 난 듯 허리에 팔을 척 걸친 아란이 쏘아붙였다. 잔뜩 화
가 난 음성이었으나, 얼굴에는 부드러운 미소가 감돌았다.

"이아란보다 예쁜 여자, 세상에 많아. 아쉽게도 넌 아직까지 못 만
나본 거 같지만."

강빈의 반격에 아란은 깔깔거리며 웃음을 터뜨렸다. 화를 낼 줄
알았더니 신나게 웃는 모습이 의외라는 듯 강빈은 눈을 빛냈다. 새하
얀 치아를 활짝 드러내며 웃고 있는 아란의 볼에 귀여운 볼우물이 깊
게 팼다.

"강빈 씨 말 들으니까 갑자기 우리 오빠가 생각나요. 우리 우진 오
빠도 그런 말 했거든요. 세상에 나보다 예쁜 여자 엄청 많으니까 정
신 차리라고. 후훗."

'우리 우진 오빠?'

아란을 다스한 눈길로 바라보던 강빈의 눈에서 웃음기가 급격하
게 말라갔다. 사느란 태도를 보이는 강빈을 의식하지 못한 채 아란은

음식을 나르는 매니저가 들어오자 반짝반짝 눈을 빛냈다.

"우와! 맛있겠다! 잘 먹을게요, 강빈 씨."

테이블에 세팅되는 음식을 눈으로 훑던 아란은 수저를 들었다. 강빈이 냉랭하게 말문을 열었다.

"오늘 빚 청산 하나 한다고 하지 않았어?"

유명한 공예가가 만든 도자기 잔을 들어 올린 강빈은 시원한 생수로 입술을 적셨다. 침을 삼키다가 사레라도 들린 마냥 아란은 갑작스레 딸꾹질을 시작했다.

"식사비는 당연히 이아란이 낼 줄 알고 있었는데."

입맛을 돋우는 전복죽과 물김치를 맛보던 아란은 혀를 길게 빼물고는 종알거렸다.

"그게요, 곰곰이 생각해 보니까 깜빡하고 지갑을 안 가져온 거 있죠. 저도 빚 청산 하나라도 빨리 하고 싶죠. 그런데 어쩌겠어요. 지갑이 없는 걸……."

그러면서 슬금슬금 자그마한 클러치 백을 자기 품으로 끌어당기는 아란의 모습이 귀여워서 강빈은 딱딱하게 굳은 입매를 느슨하게 풀었다.

"근데 이거, 엄연히 반칙이에요, 반칙."

"반칙이라니?"

불만스럽다는 듯 아란이 툴툴거렸다. 맛깔스러운 구절판을 입안에 넣고 혀로 입술을 핥은 뒤 말을 이었다.

"내가 음식 선택권은 나한테 있는 거라고 했죠? 가난한 학생이 돈이 있어봤자 얼마나 있다고 이런 델 데리고 와요. 누구 파산시킬 일

있어요?"

"식사 한 끼에 파산?"

아란의 엄살에 강빈은 환하게 미소를 베어 물었다. 강빈의 미소를 홀린 듯이 바라보던 아란이 흠흠, 헛기침을 내뱉으며 뾰로통하게 입술을 내밀었다. 톡, 튀어나온 모란꽃처럼 붉은 입술이 강빈의 동공 깊은 곳으로 자리를 잡았다. 엄지로 입술을 꾹, 누르고 싶은 묘한 충동을 억누르며 강빈은 다감하게 말했다.

"천방지축 아가씨를 파산시킬 순 없지."

손짓으로 음식을 들라는 제스처를 해 보인 뒤 강빈이 덧붙였다.

"마음 편하게 드세요, 아가씨. 계산하라고 안 할 테니까."

"아하핫! 역시, 내가 사람 하나는 잘 봤다니까. 고마워요, 강빈 씨. 복받으실 거예요."

아란이 활짝 웃으며 깜찍하게 윙크를 던졌다. 식사 한 끼에 파산이라는 말로 앓는 소리를 하는 것도 웃기지만, 한 끼 대접했다고 복받을 거예요, 하는 것도 마냥 우스워서 강빈의 표정은 어느 때보다도 부드러웠다.

"학생이라면, 전공은?"

강빈은 무심하게 질문을 던졌다. 왕새우를 삶아 살을 발라내어 들깨소스에 무쳐 낸 대하구이를 맛있게 먹던 아란이 대답했다.

"피아노."

채썰어 볶아놓은 삼색 파프리카와 양파를 대하 살 위에 얹어 먹으니 입안에 바다와 산이 한꺼번에 들어온 듯했다. 아란은 풍성한 맛을 전해주는 대하구이를 향해 지칠 줄 모르고 젓가락질을 했다.

"우진이라는 친구, 혹시 피아니스트?"

입안 가득 음식물을 넣고 오물오물 씹던 아란은 다 씹지도 않은 음식물을 급하게 꿀꺽 삼켰다. 생수를 한 모금 마시고는 긴 속눈썹을 팔락였다.

"강빈 씨 혹시, 신기 같은 거 내렸어요?"

"신기라니?"

강빈이 고개를 한쪽으로 기울이며 되물었다.

"어떻게 우리 오빠가 피아니스트인지 알아요? 우와, 되게 신기하다."

"별게 다 신기하다."

말의 템포를 늦춘 강빈은 삼색 전유화를 한 점 집어 올렸다.

"아까 이아란이 그랬잖아. 연주회와 음반 작업 끝나면 약혼한다고. 기억, 안 나?"

"아아, 맞다!"

"이아란 전공이 피아노라면, 그 친구 전공도 피아노일 확률이 높지. 그래서 물어본 거야."

고개를 끄덕끄덕하던 아란은 강빈이 음식을 먹는 모습을 넋 놓고 바라보았다. 정갈한 동작은 한 치의 흐트러짐 없이 완벽했다. 최고급 양식이나, 이태리 요리를 먹을 때에만 식사예절이 필요한 게 아니었다. 강빈을 보니 물 한잔 마시는 데에도 절제된 예절이 필요한 것만 같았다. 그에게선 타고난 우아함과 왕족의 일원이라고 해도 모자라지 않을 귀족적인 무언가가 배어 있었다.

"그렇게 보다가는, 조만간 내 얼굴 닳겠다."

　묵묵히 음식을 드는 줄 알았더니 뚫어져라 바라보는 그녀의 눈길을 일찌감치 눈치챘나 보다. 황급히 시선을 내리는 아란의 얼굴에 복사꽃물이 곱게 번져 나갔다. 파티 때마다 강빈에게 눈을 떼지 못하던 여자들의 마음을 조금은 알 것만 같았다. 그토록 열광하던 이유도.

　"보는 건 좋은데, 뭘 좀 먹어가면서 봐, 이 아가씨야."

　입매를 늘어뜨린 강빈은 연어가 놓인 접시를 아란의 앞으로 밀었다. 강빈이 시키는 대로 연어 수삼말이를 맛본 아란은 고개를 끄덕이며 두어 번 더 젓가락질을 했다.

　"우와! 정말 맛있다. 여긴 맛없는 게 없는 거 같아요. 죄다 맛있어, 죄다."

　강빈을 빤히 바라보았던 어색한 순간을 모면하기 위해 아란은 필요 이상으로 너스레를 떨었다. 먹는 데에 열중한 척하며 새우완자 청포묵탕과 쇠고기 야채말이 편채, 구절판과 탕평채를 차례대로 맛보던 아란은 정말로 먹는 데에 푹 빠졌다. 너무 열심히, 그리고 맛있게 잘 먹는 아란을 지켜보는 강빈의 눈에 다스한 열기가 번져 나갔다.

　"그렇게 먹다간 조만간 그 예쁜 몸이 망가질 거 같은데."

　잠시 말을 끊은 강빈은 놀리듯이 부언했다.

　"천방지축 아가씨는 다이어트 같은 건 생각 안 하나 보다?"

　강빈의 놀림에 아란은 코웃음을 쳤다.

　"맛있는 음식을 앞에 놔두고 깨작거리는 거, 죄악이에요."

　"그러다가 살 뺀다고 이상한 약 같은 거 먹는 날 오면 어쩌려고."

　"전 살찌우려고 한약은 먹어봤어도, 살 뺀다고 다이어트 약 같은 거 먹어본 적은 없어요."

"대단한 자신감인데?"

"뭐, 신의 은총을 받은 몸이라고 해두죠."

말을 마친 아란은 오만하게 턱을 들어 올리다가, 강빈과 눈이 마주치자 연홍빛 혀를 살짝 내밀며 머쓱한 표정을 지었다.

"또 잘난 척한다고 한마디 하려고 했죠?"

"알면 됐어."

강빈의 무심한 말투에 아란의 볼이 톡, 볼가졌다. 뾰로통하니 토라진 듯 수저를 내려놓는 아란을 보면서 강빈은 고개를 내저었다. 턱짓으로 수저를 가리키며 덧붙였다.

"잘 먹는 거 보니까 예쁘다. 많이 먹어."

그제야 아란은 방싯방싯 웃으며 날름 수저를 들어 올렸다. 송이신선로를 맛있게 먹던 아란이 돌연 질문을 던졌다.

"근데 강빈 씨 나이는 어떻게 돼요?"

"그건 왜?"

강빈의 모양 좋은 눈썹이 활 모양으로 치켜 올라갔다.

"그냥요. 궁금해서. 같이 술도 마시고, 밥도 먹었는데 이름밖에 모르니까 조금 어색하고 답답해서요."

"서른둘."

아란은 고개를 주억거렸다.

"되게 젊은데 일찍 오너가 됐네요?"

"그런 셈이지."

좌식의자 등받이에 등을 기대고 있던 강빈은 식사를 거의 마쳤다.

아란은 여전히 이것저것 집어 먹으며 왕성한 식욕을 자랑했다. 붉은 진사를 이용해 만든 다기잔을 강빈은 우아하게 들어 올렸다. 상큼하게 입안을 자극하는 매실차를 한 모금씩 마시며 아란이 먹는 모습을 조용하게 지켜보았다.

"여자들한테 인기 정말 많겠다."

새우살 전유화를 맛있게 먹던 아란이 혼잣말을 했다.

"뭐가?"

"강빈 씨 말이에요. 완전 잘생겼지, 매너 끝내주지, 젊은 나이에 벌써 막강한 기업의 오너지. 여자라면 누구나 강빈 씨 처음 보자마자 심장이 떨릴 것 같아요."

아란의 재잘거림을 들으며 강빈은 다기잔을 슬그머니 움켜쥐었다. 다른 여자에게서 이런 말을 들었다면 시니컬한 미소로 일관했을지도 몰랐다. 그런데 아란에게서 듣는 말은 조금 의미가 달랐다. 우습게도 기분이 좋아지려 했으니까. 여자의 칭찬에 이토록 가슴이 설레는 경우는 또 처음이었다.

머릿속에 맴도는 말이 혀끝에서도 맴돌기만 했다. 물어보고 싶은 말이 하나 있었다. 이아란도 그러냐고. 이아란도 심장이 떨렸냐고. 예고도 없이 말이 튀어나올 것 같아서 강빈은 어금니에 지그시 힘을 실었다. 삿된 말이 튀어나올까 봐 혀를 단단히 굳혀 나갔다.

'아서라, 서강빈. 곧 다른 남자와 약혼할 여자야.'

오늘 이후론, 사적인 일로 만날 일도 없는 사람이었다. 이아란이라는 여자는. 감정적인 흔들림은 여기까지. 더 이상은 곤란했다. 이런 감정을 깨우쳐 준 상대가 하필이면 곧 약혼할 여자라니, 별로 달갑진 않았다. 아니, 상당히 불쾌했다. 다만, 이런 불쾌함도 이아란을 만나지 않으면 해결될 일이다. 보지 않으면 흔들리는 일 따위도 없을 것이다. 자신도 모르게 눈에 품은 여자, 앞으론 두 번 다시 눈에 담지 않으면 그만일 터였다. 강빈은 지극히 간단명료하게 결론을 내렸다.

"맞죠? 강빈 씨 주변에 여자들 되게 많죠?"

식사를 마친 아란은 입가심으로 숭늉 한 대접을 말끔히 비우고는 매실차를 들이켰다. 참 대단한 식성이다, 싶어서 강빈은 슬며시 입술을 말아 올렸다. 여태껏 그가 봐온 여자들은 이렇게 탐스럽게 잘 먹지 않았다. 음식을 앞에 두고 항상 깨작거리곤 했었다. 그래서인지 아란의 먹는 모습이 참 어여뻤다. 눈을 떼지 못할 만큼 귀엽기도 했다.

"글쎄. 무슨 말이 듣고 싶은 건데?"

"뭐, 딱히 듣고 싶은 말은 없어요. 그냥, 음…… 어제 가든파티에서도 보니까 쟁쟁한 아가씨들이 강빈 씨만 뚫어져라 바라보고 또 바라보던걸요."

계속 해보라는 무언의 눈빛을 보내며 강빈은 고갯짓을 했다.

"보다 못한 서진 언니가 강빈 씨 얼굴 닳겠다고 그만 보라며 우스갯소리를 하는데도 시선을 못 거둔 아가씨들이 많더라, 이거죠."

별 의미도 없는 말이라 강빈은 건성으로 응대했다.

"그런 사람들에게 일일이 신경 쓸 만큼 한가하지 않다, 나."

"아, 네. 물론 그러시겠죠."

딱 잘라 말하는 강빈의 냉담한 말투에 아란은 머쓱하게 고개를 끄덕였다.

"그럼 이아란 주변에는 남자가 얼마나 되는데?"

"네?"

갑작스레 대화의 주제가 바뀌자 아란은 눈을 동그랗게 떴다.

"네 주변에도 남자가 만만치 않을 거 같은데 대충 몇 명이나 되냐고."

아란이 고개를 가로저으며 깔깔 웃음을 터뜨렸다. 웃음소리가 마치 투명한 물방울 소리 같았다. 한여름 대지를 적시는 한줄기 시원한 빗방울과 물방울처럼 아란의 웃음소리는 강빈의 가슴을 촉촉하게 적셔 나갔다.

"내가 엄청 예쁘게 생겨서 남자도 무지 많을 거 같죠?"

또 잘난 척에, 자기 칭찬이다. 남들이 이러면 한심하거나 가소로워 보일 텐데 진심이 아니라 장난이라는 걸 알아서 그런지 강빈은 말없이 미소만 지었다.

"예쁘다는 말은 안 했다?"

"에이, 그게 그거죠, 뭐. 참, 그나저나 저 남자 없어요. 나한텐 오빠만 있으면 되거든요. 다른 남자? 노(No)! 절대, 네버, 사절이에요. 전 어장관리 같은 거, 전혀 안 하거든요."

"어장관리라니?"

'오빠'라는 심기를 불편하게 하는 단어보다, 대화와 전혀 상관없는 단어 하나가 강빈을 의문스럽게 했다. 단아한 자세로 매실차를 들이켜는 아란의 모습이 한 폭의 그림처럼 아름다웠다.

"어장관리, 몰라요?"

정말 모르겠다는 듯 강빈은 고갯짓을 했다. 맑은 눈동자로 강빈을 응시하던 아란이 나직하게 웃음을 터뜨렸다.

"어떤 예쁘고 인기 많은 여자가 있다고 쳐요. 그 여자가 여러 명의 남자들에게 떡밥을 던져 주면서 남자들이 그 여자에게 푸욱 빠지게 만드는, 말하자면 일종의 남자 인맥관리라고 할까. 뭐, 그런 비슷한 뜻이에요."

그럼 관리인은 여자, 물고기는 남자란 말인가? 아란의 표현력에 불현듯 웃음이 비어져 나왔다. 한 손으로 세련되게 입을 가로막은 강빈은 자꾸만 터져 나오는 웃음을 애써 가렸다.

"참…… 어린애도 아니고. 다시 한 번 말하지만 이아란의 표현력 한번 유치하다."

"죄송하네요. 어린애처럼 유치해서."

귀엽다는 칭찬을 에둘러쳤는데 아란은 잘못 받아들인 모양이었다. 부루퉁하니 입술을 내밀고 있는 게 영락없이 토라진 어린아이 같았다. '나 삐쳤음' 이라는 문구를 이마에 턱하니 붙인 어린아이가 따로 없었다.

양손으로 곱게 잡고 있던 다기잔을 내려놓으며 아란이 또 질문을 던졌다.

"그런데 강빈 씨 이상형은 어떤 사람이에요?"

"뭐가 그렇게 궁금한 게 많아?"

생그레 미소를 베어 문 아란이 어깨를 으쓱거렸다.

"그러게요. 난 왜 자꾸 그런 게 궁금하죠?"

이건 뭔가. 관심? 그게 아니면 단순한 호기심?

아란을 주시하는 강빈의 눈빛이 일순 진지하게 변해갔다. 관심과 호기심, 두 가지 다 달갑진 않았다. 이아란이라는 여자를 밀어내야 하는 그로서는 아란의 질문이 다소 불편했다. 강빈은 한참을 망설이다가 운을 뗐다.

"이상형이라. 한 번도 그 부분에 대해선 생각해 본 적이 없는데……."

말끝을 흐리던 강빈이 곧이어 장난스레 눈을 찡긋거렸다.

"굳이 설명하자면 아마도 이아란과는 반대의 타입?"

아란의 커다란 눈이 동그랗게 떠졌다. 깜빡깜빡거릴 때마다 긴 속눈썹이 나비의 날갯짓처럼 팔랑거렸다.

"아니! 내가 어때서요? 내가 얼마나 착하고, 예쁘고, 똑똑하고, 싹싹하고……."

"난 좀 지적인 여자를 좋아한다, 이아란."

길게 이어지는 아란의 말허리를 자른 강빈이 지적했다. 새치름하게 눈초리를 끌어올린 아란이 강빈의 얼굴을 노려보았다.

"지금, 내가, 좀, 덜떨어진다, 이 말을 하는 거예요?"

아란이 한 글자 한 글자 되씹듯이 말에 힘을 주었다. 자신도 모르게 큰 소리로 웃음을 터뜨린 강빈은 차분히 말을 보탰다.

"그렇게 직설적으로는 말 안 했는걸?"

"그게 그 뜻이죠 뭐."

못마땅한 듯 볼을 크게 부풀린 아란이 심통 맞게 입을 열었다.

"뭐, 좋아요. 괜찮아요, 괜찮아. 나도 서강빈 씨 이상형 되고 싶은 생각 없거든요?"

"글쎄. 이아란은 내 이상형이 아니라니까."

"아, 네. 알았습니다요. 어차피 나야 우리 오빠 이상형이기만 하면 되는데요 뭐."

온기가 가득 찼던 강빈의 눈빛이 차게 식었다. 결국 원점으로 오고 말았다. 우진이라는 '미래의' 약혼자로. 즐겁고 화기애애하게 오가던 대화는 단절되었다. 편안하게 등을 기대고 있던 좌식의자에서 강빈은 북풍한설 같은 시린 바람을 일으키며 홱 몸을 세웠다.

"식사도 다 마친 것 같은데 이만 일어나자."

엉거주춤 일어나는 아란에게는 눈길도 건네지 않은 채 강빈은 재빨리 별채 취한당을 빠져나갔다. 망연하게 서 있던 아란은 강빈의 굳은 뒷모습을 보며 고개를 갸웃거렸다.

"뭐야, 왜 갑자기 화난 것 같지?"

쪽문 사이로 비추이는 후원의 봄볕을 바라보며 아란은 자신이 혹시 말실수라도 한 게 있는 건 아닌지 찬찬히 되돌아보았다. 그런데 아무리 생각해 봐도 말실수 같은 건 하지 않은 듯했다. 봄볕이 후원의 소나무를 따사롭게 비추는 5월의 어느 오후를 뒤로하고 아란은 강빈이 나간 곳을 따라 걸음을 옮겼다.

어쩐지 우울했다.

이렇게 서강빈이라는 남자와 헤어지는 것이.


이 부사장의 저녁식사 시간이 다른 날과 달리 시끌벅적했다. 평소에는 세 식구가 단출하게 식사를 했는데 오늘은 우진까지 포함해 시종일관 화기로운 분위기를 연출했다. 오후 세 시가 조금 넘어서 도착한 우진은 멋대로 약속을 변경해서 미안하다며 아란에게 한 아름의 선물을 안겼다. 잔뜩 토라진 척 고개를 홱 고개를 돌리고 있던 아란은 우진의 포옹에 마지못해 화를 푸는 척 능청스러운 연기를 펼쳤다.

가까운 곳으로 드라이브를 다녀온 뒤 정원에 나가 여유롭게 산책을 즐겼다. 정원용 원목 그네에 앉아 차를 마시는 것으로 두 사람은 시간을 보냈다. 그동안 연습을 게을리하지 않았다는 것을 보여주기 위해 아란은 우진 앞에서 피아노 연주실력을 뽐내기도 했다. 집에 우진이 왔음을 알고 있던 이 부사장은 다른 날과 달리 일찍 귀가해 가족 모두 오붓하게 저녁 시간을 즐기고 있었다.

"이거 오빠가 좋아하는 거지? 많이 먹어."

아란은 간장 게장과 맛깔스러운 잡채가 담긴 접시를 우진의 앞으로 끌어당겼다. 때마침 간장 게장으로 젓가락질을 하던 이 부사장이 퉁명스레 입을 열었다.

"간장 게장은 나도 좋아한다, 아란아. 이 애비는 보이지도 않는 거니?"

"미안, 아빠. 하지만 오빠는 오랜만에 먹는 거잖아. 하해와 같은 마음으로 너그럽게 이해해 주세요."

아란은 장난꾸러기 같은 미소를 지으며 그 와중에도 맛깔스레 간이 밴 갈비찜과 노릇하게 구워진 송이버섯 구이를 재빨리 우진의 앞에 놓았다.

"우리는 밥만 먹으라는 거니, 이 기집애야?"

최 여사가 눈을 흘기며 따졌다. 우진은 몸 둘 바를 모르며 아란이 끌어다 놓은 접시를 제자리에 돌려놓기 바빴다.

"엄마도 참! 어차피 오빠 온다고 다 한 거잖아. 괜찮아, 오빠. 먹어. 많이 먹어. 우리 엄마가 일부러 저러시는 거야."

"그만해라, 란아. 부모님 앞에서 이러니까 민망하다."

아란의 손을 잡고 만류했지만 소용이 없었다. 제자리로 간 접시는 다시금 우진의 앞으로 하나둘 옹기종기 사이좋게 모여들었다.

"민망하기는 무슨. 두 분은 이런 때 없었을 거 같아?"

아란은 부지런하게 손을 움직여 식탁 위에 있는 음식이란 음식은 죄다 우진의 앞에 줄을 세웠다. 맞은편에 앉아 있던 최 여사가 식탁 위로 손을 뻗어 아란의 여린 손등을 탁, 하고 모질게 때렸다.

"아얏! 뭐야, 엄마! 아프잖아!"

새빨갛게 자국이 생긴 손등을 주무르며 아란이 종알거렸다. 최 여사가 쯧쯧 혀를 차며 눈을 치켜떴다.

"그래, 우리도 너희들처럼 좋은 때가 있었어. 그리고 지금도 충분히 좋은 때고. 여보, 어서 들어요."

아란에게 지지 않고 최 여사가 우진의 앞에 놓인 접시들을 한 개씩 한 개씩 이 부사장 앞으로 끌어다 옮겼다.

"딸 키워봤자 말짱 헛수고라더니, 우진이만 오면 저 기집애 눈에는 아무것도 안 보이나 봐요."

발갛게 양념이 밴 더덕구이를 한 점 집어 남편의 입에 쏙 넣어주는 최 여사의 행동을 보면서 아란은 혀를 길게 빼물었다. 양손으로 팔을 문지르고는 손바닥으로 입을 틀어막고 웩웩거렸다.

"으으, 닭살! 새파랗게 어린 자녀 앞에서 애정과시하는 거 안 부끄러우세요, 두 분?"

"이참에 진하게 뽀뽀하는 것까지 보여줄까?"

이 부사장마저 합세해서 아란을 놀렸다. 아란은 졌다는 듯 양손을 모으고 불공을 드리듯 고개를 푹 숙였다.

"제발 참아주세요들!"

한바탕 웃음이 터지고 나서야 최 여사가 반찬 그릇을 우진의 앞으로 옮겼다.

"미안해, 우진아. 저 기집애 말하는 본새가 밉살맞아서."

"괜찮아요. 놔두세요. 제가 알아서 먹을게요."

"아냐. 많이 먹어. 다 너 먹으라고 준비한걸."

우진을 애정 가득한 눈으로 바라보던 이 부사장은 걱정스레 말문을 열었다.

"연주회니 뭐니 한창 바쁠 텐데 우리가 네 귀한 시간을 방해하는 건 아니니?"

"아니에요, 아버님. 오늘은 아란이 위해서 하루 종일 시간을 비워뒀거든요."

우진이 넉살 좋게 받아쳤다. 만족한 듯 고개를 주억거린 이 부사장이 생수를 한 모금 마시며 목을 축였다.

"그렇다면 다행이고."

그 옆에서 아란이 톡하고 끼어들었다.

"하루 종일 날 위해서 시간을 비워뒀다고? 순 거짓말쟁이! 인터뷰 있다고 멋대로 약속 캔슬 내고 세 시가 넘어서야 어슬렁어슬렁 나타난 사람이 누구시더라?"

"그래도 인터뷰 끝나자마자 바로 왔잖아."

우진이 부드럽게 달랬다. 아란의 어깨를 토닥이고 볼을 살짝 꼬집었다. 보드랍고 다스한 아란의 피부를 손끝으로 어루만지듯 쓸어 넘기다가, 어른들 앞이라는 걸 깨닫고는 재빨리 손을 뗐다. 그런 우진의 행동을 이 부사장과 최 여사가 못 본 척 외면했다.

"참! 너도 할 말 없잖아? 휴대폰 찾으러 간다고 나가서는 두 시가 훌쩍 넘어서 들어왔다며? 그럼 됐지 뭐. 하루 종일 집에서 나만 기다린 것도 아닌데……."

우진의 지적에 아란은 슬그머니 눈을 피했다. 이렇게 나오니 딱히 할 말이 없었던 것이다. 그리고 강빈과 식사를 했던 순간도 꽤 즐겁고 유쾌한 시간이었다. 잠시잠깐 우진의 생각을 까맣게 잊어버릴 만큼 행복한 한때를 보냈다. 걱정스레 인상을 찡그린 이 부사장이 끼어들었다.

"또 휴대폰을 잃어버렸던 거니?"

아란은 허공으로 손을 뻗어 허위허위 내저었다. 우진을 노려보는 눈에 만화영화 속에서나 나올 법한 새파란 레이저빔이 싸느랗게 쏟아져 나왔다.

"아냐, 아빠. 어제 서 회장님 댁에 두고 왔다가 오늘 찾아왔어요. 잃어버리긴. 깜빡하고 놔두고 온 거지."

"그게 그거지."

우진이 얄밉게 말했다. 볼을 부풀려 불만스런 표정을 짓던 아란은 우진의 옆구리를 살짝 꼬집었다.

"죽을래, 오빠?"

나직한 신음 소리를 내뱉던 우진은 고개를 내저으며 항복했다.

"미안! 잘못했어. 다신 안 그럴게. 사람이 실수도 할 수 있는 거지. 그럼, 그럼. 실수 안 하면 그게 어디 사람이니? 신이지?"

그제야 만족한 듯 아란은 날카롭게 세웠던 손톱을 거둬들였다.

"서 회장님 자택에 가서 찾아온 거니? 실수 같은 건 안 했고?"

이 부사장이 조심스레 물었다. 혹시나 아란이 서 회장 댁에서 실수라도 저질렀을까 봐 나이 지긋한 얼굴이 곤혹스럽게 변해갔다.

"아냐, 아빠. 아까 낮에 회사에 갔었어. 강빈 씨가 내 휴대폰을 갖고 있어서 말이야. 간 김에 아빠도 보고 오려고 비서실에 연락했는데, 오찬약속이 있어서 나가셨다고 하더라고. 그래서 바로 강빈 씨 집무실로 갔어요."

"서강빈 사장이? 아니, 서 사장이 어떻게 네 휴대폰을……?"

"그거야 나도 모르지. 전화를 하니까 강빈 씨가 받던걸? 그래서 직접 가서 찾아온 건데. 왜 뭐 잘못됐어요, 아빠?"

"아니. 잘못되긴. 혹시 서 사장 앞에서 천방지방거리며 어이없는 실수 같은 건 안 저질렀지?"

아란은 선서를 하듯 오른손을 허공에 척 올리고는 큰 소리로 선언했다.

"실수라니요! 절대, 아닙니다! 오늘은 조용히, 그리고 얌전히 밥만 먹고 돌아왔습니다!"

일순, 이 부사장의 눈이 의아하게 변해갔다. 아란을 정시하며 이 부사장은 궁금증을 토로했다.

"밥을 먹었어? 서 사장과?"

아란은 고갯짓을 하며 옥돔 구이의 살을 발라서 우진의 수저 위에 얹어주었다. 묵묵히 식사를 하던 우진이 싱그레 웃는 것으로 고마움을 전했다.

"그분, 참 괜찮던데요? 몇 번 안 봤는데 사람이 참 좋은 거 같아요."

아란의 말을 듣던 우진이 수저를 내려놓고 냅킨으로 입가를 닦았다.

"아침에 내가 통화한 사람 말이야?"

"아마 그럴걸?"

우진의 이름을 아는 걸로 봐서는 아마도 오전에 통화한 사람이 강빈이 분명한 듯했다. 기억을 더듬듯 눈을 가늘게 뜬 우진이 거들었다.

"정말 목소리 하난 예술이던데?"

"얼굴도 예술이야."

아란은 무심하게 말하고는 양념이 진하게 배인 갈비찜 한 점을 입에 넣었다.

"서 사장 인물이야, 경영인들 중에서도 단연 첫 번째 손에 꼽히지."

이 부사장의 입가에 잔잔한 미소가 감돌았다.

"그 정도로 잘생겼어요?"

우진이 궁금하다는 듯 고개를 갸웃거렸다. 워낙 언론에서 자주 접한 이름이라 서강빈이라는 존재가 낯설지는 않았다. 그러나 매스컴엔 일절 모습을 드러내지 않는 사람이어서 얼굴을 본 적은 없었다. 헌데 경영인들 중에서도 단연 첫 번째에 손꼽힌다니. 어쩐지 마음 한 구석이 불편해지기 시작했다. 이유도 알지 못한 채, 심기가 묘하게 어그러졌다.

"어연번듯한 서 사장을 흠모하는 직원들이 얼마나 많은지는, 하늘만 알고 있다는 말이 회사에 돌 정도라면 설명이 되려나.”

최 여사가 조용히 식사를 하다가 이 부사장의 설명에 일조를 가했다.

“어휴, 젊은 사람이 볼 때마다 얼마나 근사한지. 멀찍이 떨어져서 본 게 전부인데도 심장이 떨려서 제대로 바라보질 못하겠던걸요. 정말이지 내가 딱 삼십 년, 아니, 이십 년만 젊었으면…….”

“젊었으면?”

이 부사장이 은근하게 목소리를 깔았다. 어색하게 웃음을 터뜨린 최 여사가 재빨리 말을 바꿨다.

“우리 우진이랑 결혼했으면 좋겠다, 이거죠 뭐.”

얼떨결에 우진의 이름이 거론되자 아란은 바쁘게 움직이던 수저를 내려놓았다. 매섭게 눈을 흘겼다.

“됐거든, 엄마? 하나밖에 없는 딸이랑 연적되고 싶어?”

우진의 팔에 팔짱을 끼고는 아란은 혀를 길게 빼물었다. 아란의 손등을 토닥토닥 다독여 주던 우진이 입을 열었다.

“그렇게 잘생긴 사람이라는 거, 왜 미리 말 안 했어?”

“응? 뭘?”

“내가 예전에 말했지? 남자는 아버님이랑 나 빼곤 죄다 도둑놈이라고.”

“그거야 오빠가 나, 중학교 다닐 때부터 주입시켰잖아. 남자는 다 도둑놈이다, 란아. 절대 믿으면 안 되는 존재다. 뭐, 이렇게.”

옛 기억을 더듬듯 아란은 눈을 가늘게 떴다. 아주 어린 시절부터 함께해 온 우진이었다. 추억이란 걸 떠올리면 자연스레 우진이 포함

되었다. 아란에게 우진이 없는 어린 시절은 존재하지 않았다. 철이 들기 전부터 우진은 그녀의 곁을 지켰던 것이다. 기억도 나지 않는 유년시절부터 두 사람은 긴 시간을 함께해 왔다. 우진이 만족스레 고개를 주억거리며 대꾸했다.

"잘 아네. 그럼 눈앞에 잘생긴 사람이 있을 땐 어떻게 대처하라고 했지?"

"눈앞에 돌덩어리 하나 놓여 있다, 라고 여기라며?"

아란은 식탁 위에 놓인 반찬을 골고루 집어먹으며 고갯짓을 했다. 혹시나 아란이 체할까 봐 우진은 간간이 생수를 챙겨주었다.

"그렇지. 앞으론 그 사람 만나면, 만날 일도 없겠지만 행여 또 만나면 돌덩어리다, 생각하라고. 알았지?"

"치, 순 억지다. 그렇게 잘생긴 돌덩어리가 어딨냐?"

아란이 입술을 삐죽이 내밀고 반대의견을 달자 우진의 눈이 날카롭게 변해갔다.

"너, 솔직하게 말해봐. 내가 잘생겼어, 그 남자가 잘생겼어?"

우진의 목소리가 나직하게 가라앉았다. 화가 난 듯 오만하게 턱을 치켜 올렸지만 우진의 표정은 다정다감하기 그지없었다. 눈동자를 요리조리 굴리며 우진의 반응을 살피던 아란이 생글거렸다.

"물론…… 오빠가 백만 스물한 배 더 잘생겼지. 뭘 그렇게 당연한 걸 묻고 그러냐, 오빠는?"

아란의 애교스러운 대답과 함께 식탁을 두드리는 소리가 다이닝 룸을 가득 메웠다. 손바닥으로 대리석 식탁을 탁탁, 내려친 최 여사가 쯧쯧 혀를 찼다. 아란과 우진을 노려보며 연신 고개를 내저었다.

“나, 참. 눈꼴셔서 도저히 더 이상은 못 봐주겠다. 그런 건 둘이 있을 때 하면 안 되니? 꼭 엄마 아빠 앞에서 유난을 떨고 싶어?”

그제야 우진은 아란과 단둘만 있는 게 아니라는 걸 알아차렸다. 홍안이 된 우진이 얼굴을 푹 숙이고는 입술을 달막댔다.

“죄송합니다.”

무안함을 감추기 위해 우진은 수저를 들고는 바쁘게 식사에 열중하는 척했다. 벙그레 미소를 짓던 이 부사장이 흐뭇한 얼굴로 아란과 우진을 바라보았다. 오누이처럼 토닥토닥하는 두 아이가 말도 못하게 귀여웠다. 가만히 보면 어린 시절 그대로인 거 같은데 이렇듯 곱게 자라준 두 아이가 이 부사장은 마냥 고맙고 대견했다.

“당신도 참, 보기 좋은데 뭘 면박을 주고 그러나 몰라.”

“보기 좋긴 뭐가 보기 좋아요. 누가 보면 남들 안 하는 연애 지들만 하는 줄 알겠네. 아주 유치해서 못 봐주겠다니까요.”

아란이 식탁 앞으로 양손을 불쑥 내밀고는 싹싹 비는 시늉을 했다. 잘못했다는 아란의 제스처에 최 여사도 결국 웃음을 터뜨렸다.

“아, 맞다. 휴대폰 찾아주고 보관해 준 건 고맙지만 다음부턴 잘 모르는 사람이랑은 밥 먹지 마. 세상이 얼마나 험한데…… 철없이 그 남자랑 밥을 먹으러 간 거야? 혹시, 그 사람이 사준다고 했어?”

인터뷰 때문에 일방적으로 약속을 미룬 게 우진은 미안하고 또 죄스러웠다. 헌데 그 시간에 아란이 다른 남자와 식사를 했다는 건 아무리 생각해도 마음에 들지 않았다. 아란이 마냥 집에서 자신만 기다리는 것도 내키지 않았지만 다른 남자를 만난 건 더 못마땅했다. 살짝 질투가 날 만큼.

"아니. 이것저것 도움받은 게 꽤 있어서 내가 대접한다고 했는데? 뭐, 결국 식사비는 강빈 씨가 냈지만."

"휴대폰 찾아준 성의를 봐서라도 네가 계산했어야지."

이 부사장이 나직하게 지적했다. 한숨을 푹 내쉰 아란은 어깨를 으쓱거렸다.

"나도 그러려고 했지. 근데 한 끼 식사비가 얼만지 알아, 아빠? 나한텐 완전 천문학적인 숫자라고. 그걸 내가 무슨 수로 계산해?"

있는 집 아이답지 않게 아란은 항상 검소했다. 옷이나 그 외 액세서리는 최 여사가 거의 사주다시피 했지만 정작 아란은 본인에게 꾸미는 것에 상당히 인색했다. 또한 또래 아가씨답지 않게 용돈도 딱 쓸 만큼만 정해서 받는 편이었다. 지나친 과소비가 없으니 비교적 적은 용돈도 항상 남아돌 정도였다. 간간이 아르바이트를 해서 필요한 건 제 돈으로 사는 노력을 보이기도 했다. 그런 딸아이가 이 부사장은 대견하고 기특하기만 했다. 가끔 넥타이를 매어준다던가, 안마를 해준다는 것으로 용돈을 타가긴 했으나 그건 어디까지나 애교스러운 수준의 액수였다.

"그럴 경우엔 카드로 결제해."

"카드로 흥한 자, 카드로 망하리라!"

한 손을 번쩍 들고 아란이 연극조로 말했다. 이 부사장 내외와 우진이 아란을 보며 무슨 소리냐는 듯 눈을 동그랗게 떴다.

"혜경이가 그러더라고. 카드로 흥한 자, 카드로 망한다고. 걔 저번 달에 카드 왕창 긁어 쓰다가 며칠 전에 아빠한테 들켜서 맞아 죽을 뻔했대."

아란과 제일 친한 친구인 혜경을 떠올리며 우진은 낮게 웃음을 터뜨렸다. 그러다가 갑자기 생각난 듯 주먹을 말아 쥐고는 아란의 머리를 한 대 쥐어박았다.

"아얏! 갑자기 왜 때리고 그래, 오빠?"

"무턱대고 아무나 덜컥 따라가지 마, 이아란. 잘 알지도 못하는 사람이랑 밥 먹으러 가지도 말고."

"걱정하지 마, 오빠. 그 사람, 나쁜 사람 아니거든."

"그래도……."

우진이 따끔하게 한마디 쏘아붙이려는데 이 부사장이 중재에 나섰다.

"괜찮다, 우진아. 서 사장은 내가 알아. 아란이한테 해코지할 사람은 아니니까 그런 걱정은 안 해도 돼."

"해코지할까 봐 그런 게 아니라……."

'혹시 그 사람이 아란이에게 관심있을까 봐 괜히 불안해서 그러는 거죠.'

우진은 툭 튀어나오려는 속엣말을 가슴속 깊이 묻어두었다. 그런 그의 속마음을 아는지 모르는지 아란이 우진의 어깨를 툭툭, 치고는 거기에 살포시 머리를 기댔다.

"오빠, 질투하는구나? 강빈 씨 잘생겼다니까 괜히 신경 쓰이는 거지?"

"누가! 질투 좋아하네!"

토닥토닥 싸움을 일삼는 아란과 우진을 보던 이 부사장 내외의 입가에 흐뭇한 미소가 감돌았다.

"걱정 붙들어 매세요, 박우진 씨. 세상에서 제일 잘생긴 사람이 내 앞에 있어도 내 눈엔 박우진 씨밖에 안 보인답니다. 박우진 씨 빼고는 모두 돌덩어리다, 라고 생각할게요. 됐어요, 미래의 서방님?"

아란의 깜찍한 애교에 우진의 관자놀이가 붉게 달아올랐다.

"어서 밥이나 먹어, 이아란."

보드레한 아란의 볼을 우진은 아프게 꼬집었다. 송이버섯 구이를 집어 올려 마구잡이로 아란의 입에 밀어 넣었다. 한입 가득 들어온 향긋한 버섯을 아란은 맛있게 꼭꼭 씹어 먹었다. 다 먹고 혀끝으로 입술을 쓱 핥은 아란이 종알거렸다.

"우와, 맛있다. 오빠가 주니까 더 맛있는 거 같은데? 한 개 더 먹여 줄래? 이번엔 갈비찜 살 발라서."

"또 까분다."

우진의 으름장에 아란은 해맑은 웃음을 터뜨렸다.

"그리고 이건 만약을 대비해서 하는 말인데, 란아. 아무나 무작정 따라가지 마. 설령 그 사람이 좋은 사람처럼 보인다고 해도 말이야. 솔직히 란이 너 기준에 나쁜 사람 있냐? 조금만 쓸 만해도 완전 좋은 사람으로 탈바꿈하는 거지? 아버님, 어머님 얘 어쩌면 좋아요? 전 아직까지도 걱정이에요. 맛있는 사탕 준다고 아무 남자나 무턱대고 따라갈까 봐."

우진의 장난스러운 말투에 이 부사장과 최 여사가 나직이 웃음을 터뜨렸다. 우진의 곁에 있던 아란은 휙 고개를 돌리고는 기분이 상했다는 것을 여실히 드러냈다.

"근데 그 사람, 신문에서 보니까 엄청 바쁜 사람이라던데 용케 시간 내서 너랑 밥 먹었다?"

밥을 한술 떠서 입안에 넣은 우진이 웅얼거리듯 물었다.

"아무리 바빠도 사람이 밥은 먹어야 할 거 아냐. 타이밍이 딱 점심 시간이었거든. 그래서…… 근데 오빠, 왜 그 사람 애길 자꾸 물어봐?"

"그, 그냥…… 묻지도 못하냐? 혹시나 너한테 관심있을까……."

자신도 모르게 툭 튀어나오는 말에 우진은 재빨리 혀를 물었다. 방그레 웃던 아란이 우진의 등을 퍽, 하고 쳤다.

"아이, 오빠는! 오빠 눈에 내가 예쁘게 보이니까 다른 사람들도 다 그렇게 본다고 생각하는구나? 걱정 뚝! 안 그래도 내가 궁금해서 강빈 씨한테 물어봤거든. 이상형이 어떻게 되냐고. 그렇게 멋있는 사람은 이상형이 어떻게 되는지 무지 궁금하잖아. 근데 기분 나쁘게 뭐라고 대답한 줄 알아?"

네가 왜 그 사람 이상형이 궁금하냐는 날카로운 말이 목구멍까지 올라왔다가 사그라졌다. 우진은 하릴없이 매끈매끈한 대리석 식탁을 만지작거렸다.

"나랑 정반대 타입을 좋아한대나, 어쩐대나? 아니, 거기다가 내 이름은 왜 끌어들인대? 흥, 고상하신 그분은 지적인 여자를 좋아하신대요, 지적인 여자를. 그럼 난 뭐야? 덜떨어진 애야?"

"뭐? 하하핫!"

우진은 급작스레 튀어나오는 웃음을 감추느라 서둘러 입을 가렸다. 아란이 눈을 새치름하게 뜨고는 우진을 노려보았다. 우진의 입에서 끅끅, 하는 웃음이 쉼없이 흘러나왔다.

"뭐야, 오빠? 그거, 비웃는 거지?"

"아, 아냐. 비웃다니, 절대로 아냐. 그런데……."

생수를 마시는 것으로 능숙하게 표정을 감춘 우진이 말을 흐렸다.

"그 사람, 생각이란 게 있는 사람이구나! 너무 멋진걸? 목소리 하나만으로도 카리스마가 장난 아니더니, 행동도 마음에 쏙 들어요! 어쩐지 얼굴 한 번 못 본 그 사람이, 나도 정말 마음에 드는데?"

아란의 등을 툭툭 치며 우진은 연신 즐거운 웃음을 터뜨렸다. 무심한 얼굴로 듣고 있던 이 부사장의 입가에도 미소가 어렸다. 항시 차갑고 빈틈없는 사람으로 여겼는데 아란에겐 농담도 한두 마디 했나 보다. 서 사장의 말에 뾰로통하게 앵돌아진 딸아이가 이 부사장의 눈에는 귀엽기 그지없었다.

"뭐야, 정말! 오빠는 그렇게밖에 말 못해? 진짜 너무하다!"

식탁에 수저를 탁, 하고 올려놓은 아란이 의자에서 몸을 일으켰다. 홱, 하고는 다이닝 룸을 뛰어나가는 아란의 뒷모습을 보면서 우진은 진땀을 빼질빼질 흘렸다. 이 부사장과 최 여사에게 꾸벅 고개를 숙이고는 서둘러 자리에서 일어났다.

"어, 농담인데…… 그냥 웃자고 한 말인데…… 어떡하죠? 란이가 단단히 삐쳤나 봐요. 가서 달래주고 올게요."

"가서 혼내주렴, 우진아. 우리도 아직 식사가 안 끝났는데 휑하니 나가 버리다니. 나쁜 것 같으니라고."

"네, 네. 알겠습니다, 어머니. 무섭게 혼내줄게요. 아주 혼쭐을 낼게요."

큰소리치듯 호언장담하는 우진을 지켜보면서 이 부사장이 덧붙였다.

"혼내줘야 돼, 우진아. 네가 잘못했다고 싹싹 비는 게 아니라."

다이닝 룸을 벗어나던 우진은 머쓱한 듯 머리를 긁적거렸다. 그의 성격을 부모님 다음으로 잘 아는 분들이 바로 이 부사장 내외였다. 아란을 달래러 가서 그가 뭘 할지 보지 않아도 훤히 알 수 있을 정도로 서로에 대해 속속들이 안다고 할 수 있었다. 우진의 뒤로 이 부사장과 최 여사의 말이 두런두런 들려왔다.

"이따금씩 보면 아란이 쟤, 아직까지도 어린애 같아요. 우진이랑 함께 있을 땐 중, 고등학교 다닐 때 그대로인 거 같지 않아요, 여보?"

"그래서 더 보기 좋은걸? 순수해 보이잖아."

"순수는 무슨. 그건 철이 덜 들었다는 거예요."

최 여사가 못마땅하게 중얼거렸다.

"난 우리 공주님이 천천히 철이 들었으면 좋겠는데? 너무 빨리 철이 들어서 어른이 되면 어쩐지 서운할 거 같아."

"당신도 참……."

나직나직하게 들려오는 두 내외의 말을 들으며 이층으로 올라가던 우진은 동의한다는 듯 고개를 끄덕였다.

"하긴 우리 덜렁이, 확실히 철이 덜 들긴 했지. 그러니 내 앞에서 아무 남자나 멋있다, 잘생겼다, 하는 거고. 그나저나 다시는 그런 말 못하도록 따끔하게 경고라도 해야겠는걸? 철부지 아가씨가 어디 낭군님 될 사람 앞에서 다른 남자를 두고 멋있다고 하는 거야. 겁도 없이……."

우진의 입술을 가르고 질투 섞인 투덜거림이 새어 나왔다. 그러나 표정은 화가 나기는커녕 부드럽고 다스한 온기만 가득했다.

청담동에 위치한 레스토랑에 강빈이 들어서자 포멀하게 차려입은 직원일동이 일제히 고개를 숙였다. 손짓으로 인사를 되돌린 강빈은 웅장한 홀의 테이블을 무심하게 살폈다. 총지배인이 다가와 정중하게 허리를 숙여 인사를 하고는 한 손을 앞으로 내밀었다.

"먼저 와 계십니다. 이쪽으로 오십시오."

테이블 중간중간마다 오렌지빛 달리아와 이끼조약돌로 꾸민 센터피스가 길게 이어졌다. 강빈이 다가서자 창 쪽에 앉아 있던 지완이 환하게 웃으며 자리에서 일어났다.

"축하한다. 멋지게 한 건 했던데?"

강빈은 짙은 그레이 컬러 슈트 상의 단추를 열고는 편하게 자리에 앉았다.

"고맙다."

테이블 너머로 악수를 나누는 두 사람의 손이 하나로 얽혔다가 떨어졌다.

"정말로 해럴드 사를 인수합병할 줄은 몰랐다, 인마. 솔직히 어려운 일 아니었냐? 영국 내에서도 해럴드 사와 접촉한 데가 한두 군데가 아닌 걸로 아는데, 도대체 어떻게 그 거대 회사를 한입에 털어 넣은 거야?"

강빈이 해럴드 사 인수합병 건으로 영국출장에서 돌아온 지도 벌써 열흘이 지났다. 신문에서는 연일 서한전자가 영국 해럴드 사를 인수합병하는 데 성공했다는 기사를 앞 다투어 보도했다. 표면적으로 거론되기 훨씬 전부터 인수합병은 은밀하게 추진되었다. 실제로 강빈이 이번 프로젝트를 맡은 지도 거의 삼 년이 다 되어갔다.

"영국 수상의 입김이 이번 일에 큰 변수가 됐다고 할까?"

강빈은 웨이터가 다가오자 말을 아꼈다. 간단하게 주문을 마친 다음 두 사람은 와인 잔을 기울였다. 부친 서 회장을 보필해 영국출장을 다녀온 뒤에도 강빈은 두 번이나 더 영국행을 감행했다. 모든 공식적인 절차는 다 끝난 상태였지만 해럴드 사를 둘러보거나 그 외 임원들과 직원들을 따로 만나는 일이 남았던 것이다. 몇몇의 수행원들과 일련의 경호원만 대동하고 강빈은 지난 열흘 동안 서울과 영국을 바쁘게 오갔다.

"아주 피를 말리는 인수합병이었다던데?"

와인으로 입술을 적시던 강빈이 싱그레 웃었다.

"뭐, 조금."

"아무튼 서강빈의 절등(絶等)한 사업감각은 알아줘야 한다니까. 우리 어머니도 입에 침이 마르게 칭찬을 하시더라."

"그 얘긴 그만하고, 오늘 서킷 브레이커(Circuit Breakers 주식시장에서 주가가 급등락하는 경우 주식매매를 일시정지하는 제도)가 발생했다고 들었는데. 왜 갑자기 주가가 큰 폭으로 하락한 거야? 그나저나 그 일로 너도 진땀 좀 흘렸겠다?"

강빈은 유연하게 대화의 주제를 다른 곳으로 돌리며 와인을 들이켰다.

"아, 그거. 너도 들었냐? 하긴 뉴스에서 그렇게 떠들어댔는데 못들었을 리가 있겠냐. 우리나라 경제뿐 아니라 유럽 쪽 경제도 불안정하니까 매일매일 주가가 올랐다, 내렸다, 아주 널뛰기가 따로 없다니까."

양손으로 관자놀이를 꾹꾹 누르며 지압하던 지완이 말을 보탰다.

"젠장. 이 짓도 못해먹겠다. 어머니 등쌀에 못 이겨서 일을 배워 나가고 있긴 한데 정말이지 하루하루가 살벌한 전쟁터야. 어떨 땐 사업은 적성에 안 맞는다며 일찌감치 발을 뺀 서진이가 부럽다니까? 아아, 차라리 나도 의사나 될 걸 그랬나?"

"윤지완이 의사 되면, 의료사고가 빈번하게 일어나서 한국병원 문 닫아야 할 텐데."

강빈의 지적에 지완은 시원스레 웃음을 터뜨렸다.

"예리한 녀석. 말을 해도 꼭 그렇게 밉살맞게 한다니까."

"현명한 조언이야."

"아, 예. 지당하신 말씀입니다, 사촌."

고개를 푹 숙이는 지완의 너스레에 강빈의 입매가 느슨해졌다. 웨이터가 웨곤을 밀고 와서 테이블 위에 음식을 조심스럽게 세팅했다. 레드와인 소스를 곁들인 스테이크와 푸아그라 테린, 바닷가재 요리가 차례로 자리를 잡아나갔다. 유니크한 프랑스식 정찬을 차린 웨이터가 돌아가고 강빈과 지완은 가벼운 대화를 나누며 식사를 계속했다.

"약혼준비는 잘돼가?"

"그럭저럭. 솔직히 말해서 약혼준비, 양쪽 어머님들이 하시지. 나랑 해주 씨는 각자 할 일 하느라 신경도 안 써."

"약혼선물로 뭐, 바라는 거 있어?"

"그런 것도 해주려고? 흐음, 글쎄. 일단 한번 생각해 보고. 근데 비싼 거 말해도 되나?"

"그럼 나도 한번 생각해 보고, 인마."

웃음기 어린 농담이 오고 가고 쌓여 있던 음식도 조금씩 줄어들었다. 와인을 들이켜던 지완이 돌연 잔을 내리고는 길게 휘파람을 불었다.

"이야, 저게 누구야? 그때 그 요정 언니잖아?"

강빈은 눈길도 돌리지 않은 채 묵묵히 음식을 들었다.

"그러고 보니 저 예쁜 언니, 너 잘 아는 사람 같던데. 맞지?"

그제야 강빈은 슬그머니 고개를 들었다. 지완의 손짓을 따라 시선을 돌리던 강빈의 눈빛에 한줄기 반가움이 스쳤다. 찰나, 빛과 같은 속도로 반가움은 사늘함으로 바뀌었다. 강빈이 앉은 자리에서 정확히 여섯 개의 테이블을 사이에 두고 아란이 있었다. 그리고 누가 굳이 설명해 주지 않아도 알 수 있는 그녀의 '미래의' 약혼자도.

"이, 이…… 뭐더라? 이, 그래, 이아란! 맞지? 너무 예쁘게 생겨서 내가 이름도 기억하고 있다. 외삼촌 결혼기념일파티에서 봤었잖아, 왜?"

"알아."

강빈은 냉담하게 응수했다. 아란에게서 눈길을 거두지 못한 채 지완은 아예 넋을 놓았다.

"진짜 빈말이 아니라 끝내주게 예쁘다. 저기 저 웃는 모습 봐라. 아주 그냥 사람 녹이겠다, 녹여."

"음식이나 먹어, 윤지완."

무의식적으로 생각하지 않으려 하던 사람이다, 이아란은. 자신도 모르게 아란이 떠오르면 그때마다 차갑게 외면하고 뇌리에서 밀어냈다. 아니, 이젠 뇌리에서 흔적도 없이 지워졌다고 믿어 의심치 않았다. 그런데 이렇게 마주치는 건 전혀 예상 못했다. 이 뜻밖의 조우가 반가운 반면 부아가 치밀기도 했다. 보지 않으려 했는데 눈길이 제멋대로 아란에게 날아갔다. 보통 두 사람이 테이블을 사이에 두고 앉으면 마주 보며 앉는 게 정석인데 아란은 그러지 않았다. 우진과 나란히 어깨를 맞대고 앉는 것으로 애정을 과시했다.

"근데 저 남자도 은근히 시선을 끈다? 요즘 말로 완전 꽃미남 아니냐? 눈에 확 들어오는데?"

아닌 게 아니라 아란의 옆에 앉은 남자는 멋있다고 하는 것보단, 아름답다는 말이 더 어울릴 듯했다. 멀리 떨어져 있는데도 남자의 새하얀 피부가 눈에 선연히 보이는 듯했다. 단정한 헤어스타일, 조각한 듯 똑 떨어지는 얼굴. 잘 어울렸다, 두 사람은. 감히 질투 같은 건 하고 싶지 않을 정도로.

뭐가 그렇게 재미있는지 아란은 연신 생글방글 웃고 있었다. 테이블 위에 뭔가를 올려놓고 하나하나 넘기면서 눈을 빛냈다. 아마도 사진을 보는 듯한데 아란의 눈에 반짝이는 별이 총총히 박혀 있는 것만 같았다. 빛 너울을 쓰듯 눈부신 아란의 모습을 망연히 응시하는 강빈을, 지완이 의미심장한 눈길로 바라보았다.

"관심있나?"

지완은 툭 던지듯 말문을 열었다.

"뭐?"

질문을 놓친 듯 강빈이 되물었다.

"관심있냐고, 저기 떨어져 있는 저 아가씨에게."

"별 시답잖은 질문을 다 한다, 윤지완?"

눈길을 거둔 강빈은 와인 잔을 들어 올렸다. 조금도 흐트러짐없는 그는 흔들리는 감정 따위는 일절 내비치지 않은 채 시종일관 초연하게 행동했다.

"너."

지완이 검지를 세워 강빈을 가리켰다.

"그날도 그랬어. 저 아가씨가 오자마자 눈을 못 뗐지. 그리고는 휙, 저 아가씨한테 가버렸어."

"그래서?"

강빈의 음성이 북풍한설처럼 차게 식었다.

"지금도 그래. 지금도 그날처럼, 눈을 못 떼고 있잖아."

입매를 비틀어 시니컬한 미소를 지은 강빈이 무심하게 고갯짓을 했다.

"하고 싶은 말이 뭐냐, 윤지완 전무님."

"관심있는 거지, 저 아리따운 천사 아가씨에게?"

"노(No)."

강빈은 짤막하게 반박했다. 침착하게 일관하는 강빈의 행동을 지완은 주의 깊게 살펴보았다. 그러다가 악동 같은 장난기 어린 미소가 개구지게 번져 나갔다. 와인을 단번에 비우고 다시금 잔을 채운 와인을 지완은 맛있게 들이켰다. 서너 잔을 연거푸 마신 지완은 테이블에 잔을 탁, 소리나게 내려놓았다.

"너도 알지? 나, 솔직히 변변한 연애도 한 번 못해본 거? 까놓고 말해서 해주 씨는 어른들끼리 맺어준 거고."

뜬금없이 무슨 소리인가 하는 표정으로 강빈은 짙은 눈썹을 활 모양으로 치켜 올렸다.

"결혼 전에 뜨겁게 연애 한번 해보고 싶은데……."

지완은 턱짓으로 멀찍이 떨어진 아란을 가리켰다. 와인 잔을 움켜쥐고 있는 강빈의 손에 필요 이상으로 힘이 가득 실렸다. 이대로라면 얇은 유리잔이 종잇조각 구겨지듯 힘없이 바스러질 것만 같았다. 강빈은 태연함을 가장해 잔을 아래로 내렸다.

"쟤, 마음에 든다. 너 잘 아는 애 같던데, 중간에서 다리 좀 놔줄래? 저런 상대라면 뜨거운 연애도 가능……."

"그만하자?"

지완의 말허리를 매정하게 자른 강빈이 잇새로 서늘하게 말을 밀어냈다. 본심을 보이지 않는다면 도발할 수밖에. 치분이 들어찬 강빈의 눈을 지완은 슬머시 외면했다.

"선남선녀가 연애 좀 할 수 있지 뭐. 저 정도면 아마 침대에서도 끝내……."

건장한 상체를 일으킨 강빈이 전광석화처럼 효한하게 손을 내뻗었다. 지완의 멱살을 단번에 확, 낚아챘다.

"그만하자고 했을 텐데. 한마디만 더 하면…… 정말 죽는다, 너."

'걸렸다.'

지완은 느물거리는 웃음을 흘렸다.

"윤지완 승!"

한 팔을 번쩍 들어 올린 지완이 소리쳤다. 어이가 없다는 듯 강빈은 실소를 터뜨리고는 손을 거둬들였다. 서강빈이 도발에 넘어가다니. 이 믿을 수 없는 현실에 적응하려면 알코올의 기운이라도 빌려야 할 듯했다. 향긋한 뒷맛의 여운을 남기는 와인을 강빈은 물을 마시듯 다급하게 들이켰다.

"어디가 그렇게 마음에 든 거냐?"

강빈은 지완의 잘생긴 얼굴을 사납게 노려보았다. 빙글빙글 웃고 있던 지완의 턱에 망설임없이 주먹을 꽂고 싶을 지경이었다.

"그냥 솔직하게 다 불어, 두 달 늦게 태어난 사촌동생."

"명줄을 재촉하는구나, 네가?"

"정신이 번쩍 들 정도로 예쁜 미모에 반한 거냐?"

강빈의 서슬 퍼런 경고의 눈빛에도 지완은 멈출 줄을 몰랐다. 익살스러운 표정으로 눈을 찡끗거린 지완이 재촉했다.

"너, 여자를 그런 눈빛으로 바라보는 거 처음 봤다? 아주 따뜻하다 못해 열기가 좔좔 흐르더라. 그렇다면 답은 나온 거 아냐? 도대체 어디에 반한 거야, 예쁜 거?"

강빈의 눈길이 먼 곳에 떨어진 아란에게 곧게 닿았다. 긴 머리카락을 깔끔하게 하나로 묶어 올려 섬려한 목덜미가 한눈에 들어왔다. 우진에게 뭐라 속삭이며 깔깔 웃는 소리가 마치 환청처럼 강빈의 귀에까지 들릴 지경이었다.

예뻤다, 이아란은.

정말이지 미치도록 아름다웠다, 그녀는.

"부정하진 않아. 그 얼굴에 숨이 멈췄던 거, 사실이니까."

강빈은 한숨처럼 말을 쏟아냈다. 눈길은 여전히 아란에게 고정한 채. 지완이 나직하게 휘파람을 불렀다. 좀 더 코너로 몰아야 숨겨둔

본심을 보일 것 같더니 의외로 강빈은 순순히 속마음을 털어놓았다.

"그리고? 다른 이유도 있어?"

"얼굴이 예쁘다는 이유 하나만으로 이렇게 신경이 쓰이진 않을 거야."

"그럼?"

생각에 잠긴 듯 강빈은 오래도록 말이 없었다. 아란에게서 시선을 거둔 강빈은 테이블 위에 커피 잔을 세팅하는 웨이터를 조용하게 지켜보았다. 잠시 뒤 웨이터가 자리를 뜬 다음에야 나직하게 말을 이었다.

"뭐라고 할까. 사람이 참…… 밝고 맑아. 보고 있으면 가슴이 따뜻해. 기분도 유쾌하고."

"점점?"

"넘어지고 엎어지고 사고 치고, 잠시도 가만히 못 있는 거 보면 나도 모르게 눈길이 가고."

이렇게 솔직하게 말할 줄은 몰랐다. 그저 괜찮다, 관심있다, 라는 말 정도만 기대했던 지완은 입을 쩌억 벌리고 강빈의 말에 귀를 기울였다. 안토니오 커피를 한 모금 들이켠 강빈이 싱그레 웃으며 덧붙였다.

"가끔 입에 짝짝 붙는다, 어장관리다, 퉁 치자, 뭐 이런 어린애처럼 유치한 표현을 하는 것도 나름대로 귀엽고."

"이야, 이거 비약적인 발전인데? 여자에겐 일절 관심없던 서강빈, 드디어 임자 만난 거야?"

"임자라……."

강빈은 조심스레 말을 아끼며 아란이 있는 곳에 짧게 눈길을 보냈다. 일 초도 안 되어 고개를 돌렸다. 차갑고 싸늘하게 외면했다.

"뭘 망설이냐? 그런 느낌 가질 수 있는 사람, 흔치 않다. 밀어붙여. 서강빈 정도면 손짓 하나로 여자들 녹다운시킬 수 있잖아. 네 무심한 눈빛 하나에 바로 서강빈 발치로 쓰러질걸, 저 깜찍한 요정 언니도?"

"아마도, 그건 아닐 거다."

"왜?"

"곧…… 약혼할 여자거든."

"뭐? 어, 음…….."

갑작스레 말문이 턱 막힌 지완은 입만 벙긋벙긋거렸다. 어쩐지, 너무 쉽게 속마음을 드러낸다 싶었다. 강빈이 이렇게까지 솔직하게 표현한다는 건, 지완의 귀에는 거의 감정정리를 마쳤다는 뜻으로 들렸다.

"약혼한 다음엔 유학까지 떠난다더라."

'약혼에, 유학에…… 완전 점입가경이로군.'

옆에 앉은 남자와 손장난을 일삼는 아란을 곁눈질로 응시하며 지완은 쓴웃음을 지었다.

"재밌냐, 윤지완?"

"그래, 재밌다. 아주 심하게 재밌어서 눈물까지 난다!"

두 사람만의 게임에서 겼는지 우진이 아란의 손목을 장난스레 때렸다. 볼을 부풀린 아란이 왼손으로 맞은 손목을 쓰다듬는 것을 지켜보는 강빈의 표정이 씁쓸하게 변해갔다. 그런 강빈의 옆모습을 지완은 걱정스레 바라보았다. 아련하게 젖어드는 강빈의 눈빛에 괜스레 지완은 노기가 뻗쳤다.

"어쩔 거야?"

"뭘?"

"그런 느낌 갖게 하는 사람, 평생 한 번 만날까, 말까야. 까짓것 결혼한 거도 아닌데 그냥 확……."

"그만."

강빈은 지완의 말을 단호하게 차단했다.

"그만해라, 윤지완."

"매사에 자로 잰 듯 반듯하신 우리 사촌, 이럴 땐 참 답답하다 못해 갑갑하다. 나 같으면 확 가로챈다. 골키퍼가 있든, 임자가 있든 말든. 그런 느낌을 갖게 해준 여자라면 가차없이 내 여자로 만들어 버리겠다, 인마."

지완의 직설적인 표현에 강빈은 실소를 머금었다. 시린 눈동자가 지완에게 올곧게 닿았다. 강빈은 담담하게 속엣말을 질문으로 에둘러쳤다.

"약혼 앞두고 있는 녀석이 참 쉽게도 말한다. 너라면 어쩌겠냐. 하루아침에 윤지완 약혼녀, 누군가가 채간다면?"

잠시 지완은 꿀 먹은 벙어리가 되고 말았다. 입술이 착 달라붙고 혀가 얼어붙듯 굳어버렸다. 그런 생각은 하지 못했다. 막상 머릿속으로 그려보자 짜증이 확 솟구쳤다. 약혼을 앞두고 다른 놈이 해주를 넘본다는 건 상상도 하기 싫었다.

"어쩌긴…… 나 완전히 새 되는 거지 뭐."

지완의 솔직한 답변에 강빈의 눈매가 부드럽게 풀어졌다. 커피로 입술을 축인 뒤 턱짓으로 아란의 자리를 가리켰다.

"저 남자, 나도 오늘 처음 봤다. 몰랐는데 두 사람…… 꽤 잘 어울리네."

"잘 어울리긴, 개뿔!"

지완은 와인을 한 잔 가득 따르고는 향과 맛은 음미하지도 않은 채 시원한 생수를 마시듯 한입에 털어 넣었다. 까짓것 결혼한 것도 아닌데 뭐가 문제란 말인가. 마음이 있으면 낚아채 버리면 그만인 것을. 아란의 곁에 있는 남자가 비록 한숨 나올 만큼 아름답다고는 하나, 지완의 눈에는 서강빈과는 비교도 되지 않았다. 아니, 감히 강빈과 비교선상에 올릴 수도 없었다. 이아란의 옆에 있는 남자는.

만에 하나, 누군가 해주를 채가는 건 내키지 않았다. 그러나 사촌 형제인 강빈의 경우라면 이야기는 달라졌다. 강빈이라면 차라리 지체없이 낚아채는 게 훨씬 현명할 듯했다. 한 남자가 새가 되든 말든. 버림을 받든 말든 강빈이 상처받는 것보다는 이름도 모르는 남자가 상처를 입는 게 나았다. 이 비뚤어진 생각이 비록 이기적인 발로라고 하더라도 지완의 생각은 변하지 않았다.

"오늘 보니까 정말 실감난다. 저 두 사람, 아주 예쁘게 사랑하는 거."

"예쁘게 사랑하는 거 좋아하네. 사랑은 움직이는 거고, 쟁취하는 거고, 빼앗는 거야. 알아, 순진한 서강빈 사장님?"

"글쎄다. 내 욕심 차리자고 저 예쁜 커플을 갈라놓을 순 없지. 저 두 사람 사이를 훼방 놓고 싶지도 않고."

"그래서, 네 선택은 뭔데?"

쏘아붙이듯 물어보는 지완의 질문에 강빈은 오래도록 답이 없었다. 한참을 한곳만 주시하던 강빈은 고개를 돌리고는 커피 잔을 들어 올렸다. 입가로 잔을 옮기는 것으로 경직된 입매를 세련되게 감추었다. 테이블 위에 놓인 와인 잔을 닮은 램프에서 새빨간 불길이 야울야울 타오르고 있었다.

"보내줘야지. 어차피 내 것도 아니었는데……."

강빈의 나직한 혼잣말을 들으며 지완은 괜한 걸 물어보았다고 뒤늦게 후회를 했다. 차라리 물어보지 말걸. 쓸데없이 눈치만 빨라서는 좋았던 분위기를 다운시키고 말았다고 조심성없는 제 혓바닥을 오래도록 저주했다.


서한 미술관 개관 30주년 기념으로 '한국 미술 명품전'에 박 여사를 에스코트하게 된 강빈은 서한문화재단을 찾았다. 박 여사는 서한 재단 중 하나인 문화재단 이사장으로서 다양한 문화예술사업에 앞장 섰다. 재단에 출근을 하지 않을 때에는 자택에서 업무를 보고받았지만 오늘처럼 큰 행사가 있는 날이면 박 여사는 빠짐없이 집무실을 찾았다.

서한문화재단은, 서한 미술관 외에도 SH 갤러리, SH 박물관 등 총 여섯 개의 미술관과 박물관이 재단 소속으로 문화예술지원에 아 낌없이 투자를 하고, 수많은 인재를 발굴하는 데 총력을 기울였다. 또한 문화재단은 장학사업을 추진하여 매년 우수한 학생들을 국외로 유학을 보내는 데 앞장을 서기도 했다.

"클라이언트와 면담이 있어서 이사장님께서는 지금 회의실에 계십니다. 곧 나오실 테니 잠시만 기다려 주세요."

강빈을 집무실로 안내한 비서가 단아하게 고개를 숙이고는 사라졌다. 아담한 집무실은 모친 박 여사의 성정을 그대로 반영한 듯했다. 크게 꾸밈없고 간소하면서도 우아한 기품이 느껴지는 그곳은, 업무를 보는 집무실이라기보다는 아늑한 휴식공간처럼 여겨질 정도였다.

창가에 찬란하게 부서지는 해 지는 노을을 오렌지빛 롤스크린이 따사롭게 가로막아 주었다. 이름있는 작가들의 명화가 군데군데 걸려 있고, 곳곳에 춘란(春蘭)과 하란(夏蘭), 추란(秋蘭), 한란(寒蘭)이 꽃망울을 터뜨리며 그윽한 향내를 내뿜었다. 길게 뻗은 초록 잎사귀를 손끝으로 쓸어내리며 강빈은 느른하게 읊조렸다.

"난이라……."

아란의 해사한 미소가 눈앞에 아른거렸다. 강빈은 지그시 눈을 감는 것으로 시야를 메우는 곱다란 얼굴 하나를 외면했다. 소파에 앉으려던 강빈은 창가로 자리를 옮겨 롤스크린을 슬쩍 걷었다. 붉은 태양이 소리없이 이지러지기 전인 오후의 한때가 고즈넉하게 펼쳐졌다.

몸을 돌려 창가에 기대고 눈에 띄는 그림 한 점을 살피던 강빈의 눈길이 마호가니 데스크로 향했다. 최근 두어 달 동안의 일정 리스트가 깔끔하게 정리되어 데스크 위에 얌전히 놓여졌다. 몸을 뗀 강빈은 리스트를 들어 올려 건성으로 한 장 한 장 넘겨보았다. 주로 미술관의 전시회가 주를 이루었고 박물관의 전시회도 일정이 빠듯하게 예정되어 일정표를 가득 메웠다.

그 외에도 문화재단의 한 축을 이루는 음악재단도 연일 강행군이라 불릴 만큼 빽빽한 스케줄을 소화해 나갔다. 국내에서 가장 큰 규모를 가진 서한음악재단은, 바이올리니스트·첼리스트·피아니스트 등, 국내 클래식 아티스트들의 연주회와 독주회를 전폭적으로 지지하고 후원하는 프로그램으로 명성이 높았다.

실제로 음악재단 후원금의 절반은 서한전자에서 아낌없이 지원사격을 해주었다. 또한 음악재단의 눈부신 발전을 위해 서한그룹은 뉴욕 필, 런던 필과 문화적 교류를 맺으며 공동예술체로서 상호간의 우익을 다졌다.

연주자들의 연주회 일정과 사진이 담긴 팸플릿이 스케줄 리스트 중간중간 삽입되어 있어 강빈은 제대로 보지도 않은 채 재빨리 넘겼다. 조용하게 문이 열리고 박 여사가 들어섰다. 데스크에 비스듬히 기댄 채 스케줄 표를 훑고 있는 강빈을 발견하고는 곱게 눈을 흘겼다.

"아무리 아들이라도 내 스케줄을 마음대로 볼 권리는 없다는 거, 모르니?"

"죄송해요. 무료해서."

"많이 기다린 건 아니지? 아동문화센터 개관 문제로 만날 사람이 좀 있었거든. 이제 슬슬 미술관으로 가볼까?"

고갯짓을 한 강빈은 손에 들린 종이 뭉치를 데스크로 내려놓았다. 그 순간, 한 사람의 얼굴이 새겨진 팸플릿 한 장이 강빈의 느긋한 움직임을 싸늘하게 굳혔다.

「피아니스트 박우진. 귀국 연주회」

박우진?

강빈은 손을 뻗어 팸플릿을 다시 집어 들었다. 분명 그 사람이 맞았다. 아란의 곁에 있던 귀공자풍의 예쁘장한 남자. 근데 이 남자의 연주회 일정이 왜 여기에 있는 걸까. 어질러진 데스크를 대충 정리하던 박 여사는 강빈의 손에 들린 팸플릿을 보고는 방그레 미소를 지었다.

"아주 훤하게 생긴 젊은이지?"

"이 사람……."

강빈의 음성이 탁하게 가라앉았다.

"우리가 물심양면 후원해 주는 친구야. 실력이 아주 출중하거든. 독일 하노버 국립음악대학에 다니는 젊은인데, 들리는 말로는 천재라고 하더라?"

나갈 채비를 하며 박 여사가 계속 말을 이었다.

"열아홉인가? 그때 최고권위라고 할 수 있는 쇼팽 국제 콩쿠르에서 2위를 하면서 국제무대에 데뷔했다지, 아마? 그 뒤로도 네다섯 번 수상경력이 더 있다고 들었는데, 아무튼 실력이 대단한가 봐. 하긴, 그러니 다들 천재라고 하겠지."

강빈은 극도로 말을 아꼈다. 이곳에서 박우진의 소식을 듣게 될 줄은 꿈에도 짐작하지 못했다. 아니, 우진이 서한음악재단의 후원을 받고 있을 줄은 감히 상상도 하지 못했던 것이다.

"음반도 세 번이나 냈대. 모두 다 폭발적인 반응을 일으키며 성공했다고 하더라고. 이번 네 번째 음반은 재단 후원에 힘입어 그 어느 때보다도 정성스레 제작하고 있다는데, 어떻게 될지 모두들 기대가 커. 강빈이 너도 알다시피 내가 미술관이나 문화재단 쪽은 적극 앞장서서 일하고 있지만 음악재단 쪽은 모르는 게 많잖니. 아랫사람들 도움을 받아가며 하고 있는데 이게 또 의외로 힘들고 은근히 어려운 게 많다?"

우진은 피아노 앞에 앉아 환하게 미소를 짓고 있었다. 수려한 용모가 담긴 팸플릿을 내려놓으며 강빈은 입매를 굳혔다. 과연, 얽히고설킨 운명의 끝은 어디일까. 이아란이라는 여자를 만나지 않았다면 한 피아니스트의 연주회 팸플릿에 이토록 동요를 하지는 않았을 텐데.

이아란이라는 여자를 만나지 않았다면…….

팸플릿과 일정표를 따로 분류하는 박 여사의 분주한 손길을 보면서 강빈은 어지럽게 얽혀드는 머릿속을 정리했다. 그와는 상관없는 사람이었다. 이아란과 박우진은. 달빛처럼, 별빛처럼 곱디곱게 웃던 아란의 고운 얼굴을 기억에서 차단했다. 종달새처럼 재잘거리던 듣기 좋은 목소리도 외면했다.

"음악재단은 아무래도 나한텐 적성에 안 맞는 거 같아. 내가 뭐 음악을 알아야 말이지. 그래서 생각해 본 건데, 문화재단에서 음악재단은 별개로 운영하는 게 어떨까, 하고 요즘 고민 중이야. 복지재단이나 그 외 다른 재단처럼 분야를 나눠서 더 크게 재단을 꾸려 나가면, 국내 클래식 아티스트들에게 기회도 그만큼 많이 돌아갈 듯하고. 네 생각은 어떠니?"

혼자만의 상념에 잠겨 있던 강빈은 박 여사의 물음을 듣지 못했다.

"강빈아?"

어깨를 툭, 치는 박 여사의 손길에 강빈은 상념에서 빠져나왔다.

"무슨 생각을 그렇게 골몰히 하는 거니? 회사에 안 좋은 일이라도 있어? 표정이 상당히 심각한데……."

강빈의 얼굴을 주의 깊게 살피는 박 여사의 눈빛이 진지하게 변해 갔다.

"아뇨. 아무 일도 없어요. 그건 그렇고 그만 나가는 게 좋지 않을 까요? 더 지체하다간 늦을 것 같은데."

"어머나, 시간이 벌써 이렇게나 됐네. 그래, 어서 출발하자."

명화 사이에 걸린 벽시계를 흘끗 바라본 박 여사가 서둘렀다. 집 무실을 나서던 강빈은 문이 닫히기 전 자신도 모르게 데스크로 시선을 던졌다. 깔끔하게 정리정돈이 되어 있는 그곳 어딘가에 우진의 얼 굴이 새겨진 팸플릿이 놓여 있을 터였다.


은회색 메르세데스 벤츠가 서한그룹 본관 앞에 멈춰 섰다. 기다리 고 있던 경비가 바람처럼 달려와 뒷좌석 문을 열고는 허리를 깊게 숙 였다. 자동차에서 내린 강빈은 손짓으로 인사를 되돌리고는 성큼 걸 음을 내디뎠다. 강빈이 도착하기 전부터 본관 앞에서 대기하고 있던 유 실장이 정중하게 인사했다.

"이번 회의 안건은 유니세프 캠페인입니다. 차질없이 진행됐습니 까?"

"네, 사장님."

뒤따라 걷던 유 실장이 단박에 대답했다. 서한그룹에서 유니세프 캠페인을 추진한 역사도 꽤 오래되었다. 이젠 유니세프가 연례행사 처럼 느껴질 정도였으니 말이다. 본관 로비에 수행원 수십여 명과 검 은 정복을 말끔하게 차려입은 보디가드들이 일렬로 늘어서 있었다.

강빈이 한 걸음씩 움직일 때마다 서른여 명이 훌쩍 넘는 인원이 조용히 그의 뒤를 따랐다.

올해는 유니세프 기금마련 행사에서 오백만 달러의 기금을 조성해 기부하기로 잠정적 결론을 내렸다. 이번 컬렉션에서는 동양의 미를 한껏 살리는 '난' 으로 결정되었다. 앞으로 생산되는 서한전자 한정판 제품엔 고풍스러운 난이 돋을새김으로 우아하게 새겨질 것이다. 이제 막 꽃망울을 터뜨리는 고아한 난이.

"어떻게 난을 생각하셨냐며 디자인부에서 칭찬이 쇄도하고 있습니다, 사장님."

"됐습니다. 회의시간, 얼마나 남았습니까?"

어떻게 난을 생각했냐고 물으면 강빈은 선뜻 대답할 수가 없었다. 그저 그 순간 떠오른 이름 하나가 난을 떠올리게 했을 뿐이었다. 슈트 소매를 들춰 시간을 확인한 유 실장이 유순하게 대답했다.

"정확히 십오 분 남았습니다."

"회의자료는요."

"이미 회의실에 모두 전달해 두었습니다."

"수고하셨습니다."

전국을 넘어 전 세계 매장으로 나가는 서한전자 제품은 유니세프 캠페인이라는 이름 아래, 매출의 이십 퍼센트를 기금으로 조성했다. 이 캠페인은 결국, 서한전자 제품을 구매하는 이들도 유니세프 캠페인에 참여를 한다는 의미가 되기도 했다. 이런 소식에 많은 사람들이 동참을 했고 매출도 기하급수적으로 오르기 시작했다. 이렇게 모인 기금은 아프리카 지역의 저개발국가 어린이와, AIDS 및 각종 질병에 시달리는 아이들의 교육과 보건, 보호는 물론 깨끗한 식수 공급을 위해 전폭적으로 쓰이게 될 예정이었다.

서한전자의 유니세프 행사는 한정판이다. 일정한 제품만 만들어 놓고서 판매가 완료되면 행사도 완료되는 것이다. 벌써 십여 년 가까이 진행되어 온 프로그램이지만 단 한 번도 제품이 남은 적은 없었다. 언제나 빠른 시간 안에 동이 나, 제품 전체가 완판이 되곤 했으니까. 지난해엔 전자제품에 활짝 만개한 연꽃을 삽입해 엄청난 반향을 불러일으켰다. 올해는 지난해보다 더 뜨겁고 열화와 같은 반응을 불러일으킬 듯하다는 게 업계 관계자들의 전망이었다.

이렇게 서한전자가 매년 유니세프 기금을 모금하는 건 이제 기업의 사회환원에 앞장서는 좋은 이미지를 굳히는 효과를 몰고 왔다. 십여 년 전 이런 프로그램이 있어도 괜찮지 않겠냐며 부친 서 회장에게 강빈이 조언을 했을 때 흔쾌히 받아들여지지 않았다면 오늘날 서한그룹의 유니세프 캠페인은 영원히 빛을 보지 못했을지도 몰랐다.

수행원들을 대동하고 임원 엘리베이터 앞에 서 있던 강빈은 무료하게 주위를 휘둘러보았다. 업무시간이어서 그런지 로비 입구는 한산할 정도였다. 한 손을 슈트 하의 주머니에 찔러 넣고 회의내용이 담긴 보고서를 빠르게 훑어 내렸다.

엘리베이터가 열리는 소리와 동시에 강빈은 보고서를 아래로 내렸다. 한 걸음 내딛으려던 강빈의 움직임이 그대로 얼어붙듯 뻣뻣하게 굳어버리고 말았다. 심장이 천 길 아래 낭떠러지로 추락하듯 걷잡을 수 없이 곤두박질쳤다.

도저히 이해불가한 일이지만 아란이 임원전용 엘리베이터 안에 있었다. 아란과 한 폭의 그림처럼 잘 어울리는 박우진의 품에 안겨 키스를 나누다 놀라서는 황급히 몸을 떼고 있던 것이다.

살짝 흐트러진 머리카락.

삼키고 싶을 만큼 반짝반짝 윤이 나는 도톰한 입술.

한 떨기 모란꽃처럼 발갛게 상기된 여린 두 뺨.

그 모든 것이 강빈의 동공 깊숙이 자리를 잡고는 두근거리는 열감을 선사했다.

'젠장.'

어금니를 사려문 강빈은 옆으로 몸을 비켰다. 손끝 마디부터 시작해 전신에 아릿아릿한 감각이 빠르게 번져 나갔다.

"우리 회사 임원인 줄은 몰랐군."

강빈은 쓰게 비아냥거렸다. 옷매무새를 가다듬느라 그때까지 강빈을 보지 못했던 아란이 화들짝 고개를 들어 올렸다. 양 볼에 사랑스러운 복사꽃물이 화사하게 새겨졌다.

"어머, 강빈 씨! 오랜만이에요. 나, 아빠 만나고 가는 길인데, 그동안 잘……."

생그레 미소를 지으며 반갑게 인사말을 건네는 아란을 보기 좋게 무시한 강빈은 유 실장에게 고개를 돌렸다.

"어떻게 된 일입니까?"

직원전용 엘리베이터를 흘끗 응시한 유 실장은 이내 사태를 파악했다. 본관 로비 쪽 엘리베이터 여덟 대 모두 점검 중이라는 푯말과 안내판이 세워져 있었다.

"수리 중인가 봅니다."

"그런가요. 늦은 거 같은데 이만 가봅시다."

강빈의 손짓 하나에 수많은 사람들이 우르르 엘리베이터에 몸을 실었다. 엘리베이터 입구, 정중앙에 서 있던 강빈은 문이 닫히는 순간까지 보고서에만 시선을 집중했다. 여기서 눈을 조금만 더 돌린다면 미칠 듯한 격노가 거대한 해일처럼 뒤덮을 것만 같았다. 보고서를 쥔 손의 관절이 새하얗게 탈색되어 갔다.

잠시 뒤, 영원과도 같이 길게 느껴질 만큼 긴 시간이 흐른 뒤에야, 금속철제문이 조용히 닫혔다. 강빈은 그제야 내용은 눈에 들어오지도 않는 보고서를 아래로 내렸다. 얇은 종잇조각이 사정없이 구겨졌다.

'제기랄!'

사나운 욕지기가 강빈의 내면을 거침없이 휘저어댔다.


딸칵—

강빈의 손짓에 지포라이터에 불꽃이 화르륵 일었다. 화이트 골드에 강빈의 영문이름이 정교하게 새겨진 듀퐁 라이터는 오더메이드 제품으로 세상에 단 하나밖에 없는 것이다. 비교적 거추장스러운 건 안 좋아하는 성격 탓에 값비싼 라이터에는 영문 이름만 정갈하게 새겨졌다. 하지만 세공 자체가 섬세해서인지 그것만으로 훌륭한 시각적 효과를 몰고 왔다. 오래전 담배를 끊으면서 서랍 안 깊숙이 넣어 뒀던 라이터를 다시 꺼낸 건 근 오 년 만인 듯했다.

회의가 끝나자마자 집무실로 돌아온 강빈은 회전의자에 머리를 묻고 라이터 불을 밝혔다, 꺼트렸다를 반복하고 있었다.

탁—

뚜껑을 덮어 불길을 잠재웠다. 강빈의 다른 손엔 피우지 않은 담배 한 개비가 세련되게 들려져 있었다.

딸칵—

또다시 점화하자 파르란 불꽃이 일렁였다. 일렁거리는 불꽃 사이로 아란의 고운 얼굴이 떠올랐다. 강빈은 지그시 눈을 감았다. 함께 점심 식사를 한 뒤로 대략 이십여 일 만에 만나는 듯했다. 그 시간 동안 아란은 더 예뻐졌고 더 아름다워졌다. 한순간에 시선을 앗아갈 만큼.

거친 손동작으로 듀퐁 라이터의 뚜껑을 확 덮었다.

탁—

일시에 불길이 잠재워졌다. 아란의 얼굴을 눈에서, 뇌리에서 지워 냈다. 깨끗이, 그리고 말끔히. 곧 다른 남자와 약혼할 여자였다. 그 남자와 유학까지 떠난다고 했다. 미련 두지 말아야 할 사람이었다. 그런데…… 자꾸만 미련이 생기는 사람이었다.

강빈의 조각 같은 입술에 가느다란 담배가 맞물렸다.

딸칵, 불을 밝히고는 천천히 입가로 불길을 끌어당겼다. 막 불을 붙이려는 찰나, 강빈은 화이트 골드로 빛을 발하는 라이터 뚜껑을 거칠게 덮었다. 입에 물려 있던 담배 한 개비도 두 동강이 나서는 크리스털 재떨이로 처량하게 내던져졌다.

"젠장."

미련 둘 수 없었다.

다른 남자를 향해 빛살이 부서지듯 해맑게 웃는 여자에게는.

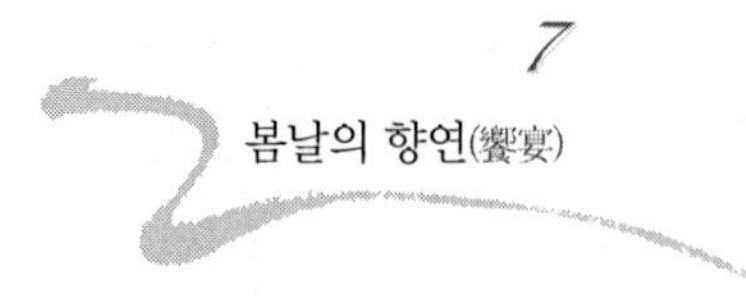

　'리스트(Liszt)'의 '파가니니에 의한 대연습곡 S.140, 제6번'을 연주하는 동안 아란의 머리에는 수십 개의 혹이 올록볼록 생겨났다. 벌써 같은 부분에서만 세 번이 넘게 쥐어 박혔다.

　"이아란, 정신 똑바로 안 차려? 똑바로 하랬잖아, 이 바보야! 내가 몇 번을 말해야 알아들어?"

　주먹 쥔 손으로 아란의 머리를 딱, 하고 쥐어박은 우진이 버럭 고함을 질렀다. 우진이 양손으로 건반을 확 내리치듯 누르자 콰쾅, 하는 커다란 소음이 아란의 귀청을 울렸다. 다시금 연주를 시작하려고 손을 뻗는 아란을 보면서도 우진은 뭐가 마음에 안 드는지 내내 머리를 가로저었다. 그러면서도 쉼없이 아란의 머리를 딱딱 때렸다.

　"그만, 그만해! 그게 연주냐? 그냥 피아노를 대충 뚱땅거리는 거지?"

　"이씨. 자꾸 때리면 나 안 할 거야?"

　잔뜩 토라진 아란은 시큰둥하게 툴툴거렸다.

　"안 해? 안 한다고? 연주를 그 모양 그 꼴로 해놓고 연습을 안 한다, 이거지?"

우진은 으름장을 놓듯 목소리를 낮게 깔았다. 팔짱을 끼고 오만하게 턱을 치켜든 채 피아노 옆에 비스듬히 몸을 기댔다.

"잘 들어, 이아란. 리스트는 파가니니의 바이올린 무반주곡인, '24곡의 카프리스'를 피아노곡으로 편곡, 개작해서 이 작품을 완성했어. 제6번 a단조 '주제와 변주'는 카프리스 제24번을 주제로 한 곡으로, 열한 개의 변주와 코다로 이뤄져 있다는 거, 너도 알고 있지?"

양 볼에 바람을 잔뜩 불어넣은 아란은 부루퉁하게 고갯짓을 했다. 딱, 하고 아란의 머리를 아프도록 쥐어박은 우진이 경고했다.

"집중하고 잘 들어, 이 둔탱아."

아란의 눈이 매섭게 치켜 올라갔다. 아란이 노려보는 것을 신경도 쓰지 않은 채 우진은 차분하게 곡 해설을 하기 시작했다.

"브람스도 뒤를 이어 같은 주제로 스물여덟 개의 변주를 붙였으며, 라흐마니노프 역시 이 주제로 작곡한 변주곡 형식의 화려하고도 기품있는 협주곡을 우리에게 선사했어. 그리고 내 세 번째 앨범의 다섯 번째 트랙이기도 하고. 너도 수없이 그 연주들을 들었겠지. 아주, 수없이."

"나도 그 정도는 안다 뭐. 그래, 수없이 연주 들었거든. 아주 수도 없이 들었어. 귀에 딱지가 앉을 만큼 들었다고. 그래서 어쩌라고오오!"

아란은 발끈 성을 내며 파르르 언성을 높였다. 연습 때마다 늘 있는 일이었다. 실력이 늘지 않는 아란은 항상 쥐어 터졌고, 하루가 다

르게 일취월장하는 우진은 아란의 연주가 마음에 들지 않아 손이 아
프도록 예쁜 머리통을 딱딱, 때리곤 했었다.

"넌 그렇게 귀에 딱지가 앉을 정도로 연주곡을 들었는데 그 모양
으로밖에는 연주가 안 되냐? 너 바보지? 솔직히 말해봐! 너 악보도
볼 줄 모르지? 그렇지?"

"이씨! 사람을 뭐로 보고. 나 안 해, 못해. 안 할 거야!"

의자에서 발딱 일어나는 아란의 어깨를 힘주어 꾹 누른 우진이 경
고조로 말했다.

"너, 한 번만 더 안 한다는 소리 하면 그땐 꿀밤 연속으로 서른 대
맞을 줄 알아."

아란은 슬그머니 의자에 앉았다.

"알았어, 한다고. 하면 되잖아, 칫."

'실력 좀 있다고 만날 사람 구박하고. 오빠 어머니 보면 다 이를
거다 뭐. 두고 보자고, 메롱.'

아란은 속으로 종알거리며 잠시잠깐 혀를 쏙 내밀었다.

"이 작품은 피아니스트로서의 매력을 한껏 발산할 수 있는 옥타브
의 비약, 여러 색채의 화음에 의한 선율, 평행 트릴, 경련이 일어날
만큼의 대담한 다이내믹, 이 모든 것을 아우르는 편안한 부분. 그리
고 깊은 저음부와 중성부, 불안할 수 있는 고음부와의 완벽한 조화를
요구하는데……!"

나직나직 부드러운 목소리로 설명하던 우진의 음성이 후반으로
갈수록 점점 격하게 높아져 갔다.

"그 모든 것을 요구하는데! 어떻게 넌 제대로 하는 게 하나도 없

냐? 어, 이아란? 그것도 재주냐?"

아란은 불퉁하니 입술을 삐죽이 내밀었다. 틀린 말은 없었다. 핵심을 콕콕 찌르는 말에 아란도 딱히 반기를 들 수 없었다.

"이 작품은 그저 손가락 연습이 아니라 두뇌와 정신을 병행해 경주하듯 연주해야 된단 말이야. 그리고 연주할 땐 무엇보다 영감과 확신이 필요한 곡이야. 훌륭한 연주는 깊은 사상과 정신력의 총체이며, 경건함과 성실이 기반돼야 한다고 내가 말했어, 안 했어, 이 둔탱아! 내 말, 무슨 뜻인지 알아들었어?"

우진은 버럭 소리를 질렀다. 뾰로통하게 일관하는 아란의 이마에 망설임없이 꿀밤이 가해졌다.

"그런데, 네 연주엔 뭐가 있어? 화려하길 해, 기품이 있길 해? 다이내믹한 대담함은 눈 씻고 찾아봐도 도무지 찾아볼 수가 없어. 대담? 소심이나 안 하면 다행이게?"

못마땅함을 여실히 드러내며 우진은 고개를 내저었다.

"그저 손가락 연습이 아니라 경건한 마음으로, 성실하게 연주에 임하란 말이다, 이 둔탱아! 대충 시간만 때우려고 하지 말고!"

오랜만에 하루 휴가를 받은 우진은 연습을 게을리하고 있는 아란을 맹훈련시키고 있는 중이었다. 하루에 서너 시간 빠지지 않고 꼬박꼬박 연습을 하고 있었지만, 우진의 눈에는 여전히 아란의 실력이 미비하게만 느껴졌다. 조금이라도 발전시키고 싶은 마음에 아픈 소리도, 날카로운 지적도 아끼지 않았다. 어디까지나 아란을 아끼고 위하는 마음 때문에.

"자아, 다시 시작해. 정신 바짝 차리고 도입부부터 다시 해봐."

아란은 잔뜩 긴장한 채 건반에 손을 올렸다. 정말이지 더 이상은 맞고 싶은 생각이 손톱만큼도 없었다. 조금만 더 맞으면 머리에 숭숭 구멍이 뚫릴 것만 같았다. 고운 음색의 피아노 선율이 아란의 연습실에 울려 퍼졌다. 팔짱을 낀 손으로 팔을 톡톡 두드리던 우진이 음률에 맞춰 손가락을 까딱였다.

"좋아. 도입부는 화성 간의 안정감에 주목해서 연주하고…… 좋아, 그렇게."

한층 안정감을 찾은 음색은 고왔다. 아란의 희고 고운 손이 유연하게 건반 위를 미끄러졌다.

"부드럽게."

악보를 보지도 않은 채 우진은 다음 음률을 짚었다. 아란이 조금 빠르게 건반을 두드리자 인상을 확 찌푸린 우진이 단박에 질타를 가했다.

"반복되는 부분은 조금 더 부드러운 느낌을 가지고 하라고 했잖아. 부드럽게, 부드럽게! 이 바보 멍청아! 부드럽게라는 말 몰라?"

아란의 새빨간 입술이 불쑥 튀어나왔다. 조금 더 천천히, 손에 힘을 약하게 실어서 건반을 터치했다. 그제야 우진이 고개를 끄덕이며 만족한 듯 빙그레 미소를 지었다.

"그래. 잘한다. 그렇지. 거긴 좀 더 활기차고 담대하게! 옳지. 소리의 색채가 강렬하게 빛나도록! 그래, 그렇게. 잘하네? 이렇게 잘할 수 있으면서 아깐 왜 그렇게 버벅거린 거야?"

그나마 조금 나아진 듯한 연주 실력에 우진은 칭찬을 아끼지 않았다. 그제야 새치름하게 토라져 있던 아란의 표정도 조금씩, 조금씩 부드럽게 풀어졌다. 자신감을 얻은 아란은 유연하게 연주를 계속해 나갔다.

"아니지. 그게 아니지. 거긴 오른손의 움직임과 왼손의 선율이 대조를 이루게 해야지. 왼손의 선율이 더 돋보이도록…… 그래, 그렇게."

장장 두 시간이 넘는 맹훈련이 끝났을 때 아란의 손은 마치 경련을 일으키듯 뻣뻣하게 굳어 있었다. 손을 주무르며 마사지를 하는 아란의 곁에 우진이 털썩 앉았다. 힘든 건 우진도 마찬가지였다. 피아노를 연주하는 사람이나, 옆에서 지켜보고 있는 사람이나 똑같이 기력이 쇠진해 기운이 쪽 빠질 지경이었다. 아란의 긴 머리카락을 장난스레 흐트러트리며 우진은 다정하게 말문을 열었다.

"힘들었지?"

아란은 입술을 꾹 다물었다. 실컷 두들겨 패고 '힘들었지?' 라고 하는 게, 마치 병 주고 약 주는 것만 같았다. 오늘은 기필코 쉽게 화를 풀지 않을 거라 다짐하며 아란은 도자기처럼 매끈한 턱을 치켜들었다.

"고생했어. 그래도 처음보다는 훨씬 좋아졌잖아."

'그렇게 신나게 맞아가면서 하는데 실력이 안 늘면 그게 짐승이지, 사람이냐? 흥!'

아란은 홱 고개를 돌렸다. 싱그레 웃던 우진이 아란의 볼에 입술을 부딪치며 입맞춤을 했다.

"너 엄청 삐쳤구나? 이젠 아예 눈도 안 맞추려고 하네?"

우진의 입술이 닿았던 뺨을 손으로 박박 문지르며 아란은 시선을 피했다. 초등학생 때부터 우진의 레슨을 간간이 받아왔다. 나이는 들었는데 여전히 우진의 수업 방식은 초등학생 때를 못 벗어났다. 매번 쥐어박고, 연습이 끝나면 언제 그랬냐는 듯 싱긋벙긋 웃으며 달래주는 것으로 도무지 변한 게 없었다.

"미안해. 내가 너무 내 욕심만 부려서. 난 그냥 네가 좀 더 뛰어난 연주를 했으면 하는 마음에……."

말끝을 흐린 우진은 마지막까지 지도자의 모습으로 일관했다. 검지로 악보를 톡톡 두드리며 설명조로 덧붙였다.

"근데 란아, 변주곡에서 주의할 점은 매 변주곡마다 끝부분이 늘어지거나 부드럽게 끝나면 전체적으로 지루해질 수 있기 때문에, 각각의 성격을 잘 살려서 연주해야 돼. 그걸 잊으면 안 되는 거야. 알았지?"

안 듣는 척했지만 실은 한마디도 놓치지 않은 채 아란은 진지하게 새겨들었다. 우진의 가르침으로 여기까지 왔다고 해도 과언이 아니다. 타고난 피아니스트인 우진과, 죽어라고 연습하는 아란의 차이점이었다. 물론 아무리 연습을 해도 전도유망한 피아니스트에게 이아란은 한없이 부족한 인물이겠지만.

"너, 부분부분 무겁게 가라앉는 데가 너무 많았어. 지나치게 늘어지는 데도 많았고. 그런 거 주의하면서 연주하면 앞으론 훨씬 좋아질 거야."

그래도 여전히 말이 없는 아란을 빤히 응시하던 우진은 길게 한숨을 내쉬었다. 손이 많이 결리는지 연신 마사지를 하고 있는 아란의 움직임에 우진은 손을 내밀었다. 아란의 손을 움켜쥐고 손가락 마디

마디를 정성스레 주물러 주었다.

"란아."

묵묵부답.

우진은 힐끗 아란의 얼굴을 바라보다가 손으로 시선을 내렸다.

"내가 매일매일 이십사 시간 네 옆에 붙어서 연습을 시켜줬으면 좋겠지만 그게 곤란하다는 거, 너도 알지?"

아란의 가슴속에 쌓였던 화가 보이지 않게 녹아들었다. 우진의 부드러운 음성과 따스한 손길에 의해서.

"너도 곧 유학을 앞두고 있는데 그 실력이면 곤란해. 여기선 그럭저럭 들어줄 만한 연주도, 더 넓은 세상으로 나가면 아주 하찮은 거에 불과하거든. 난…… 너랑 오래, 그리고 영원히 함께 하고 싶어. 우리가 좋아하는 연주를 하면서 평생토록 말이야."

아란의 쪽 뻗은 완벽한 모양의 코를 살짝 비틀면서 우진은 말을 보탰다.

"너무 심하게 연습을 시켰다면 미안해. 다음엔 안 그러도록 노력할게. 뭐, 솔직히 말해서 장담은 못하겠지만."

시종일관 무뚝뚝하게 있던 아란이 푸훗, 하고 웃음을 터뜨렸다. 이번에도 실패로 돌아가고 말았다. 언제나 맞아가면서 연습하는 게 불만이었던 아란은 토라진 척 연기를 해서 우진에게 다시는 안 그러겠노라 다짐을 받으려 했지만 늘 허사로 돌아갔다. 오늘처럼 '장담은 못하겠지만'이라는 말로. 아무래도 언젠가는 머리가 돌이 될지도 모른다는 생각이 스쳤다. 하도 많이 맞아서 딱딱하게 굳어버릴 거라고. 그게 아니면 맞는 데 이골이 나서 맷집만 늘어나, 아픔 자체를 못 느끼던가.

아란의 코를 슬쩍 비틀던 우진의 손이 아래로 내려갔다. 석류물이 배인 듯한 붉은 입술을 부드럽게 어루만졌다. 천천히 고개를 숙이는 우진을 보면서 아란은 자연스럽게 뺨을 쓱 내밀었다. 다스한 입술이 아란의 보얀 뺨을 스쳤다. 쪽, 하는 짧은 입맞춤을 선사한 뒤 우진이 다정하게 속삭였다.

"내가 너, 사랑하는 거 알지?"

"사랑한다면서 만날 사람이나 두들겨 패고."

"다 사랑하니까 그런 거야."

"말이나 못하면!"

아란의 시큰둥한 반응에 우진은 낮게 웃음을 토해냈다. 보드레한 아란의 이마에 우진의 입술이 장난스레 닿았다가 멀어지고, 또 닿길 수차례 반복했다.


눈꽃 모티브가 돋보이는 블룸 링을 이리저리 살펴보고 손에 껴보던 해주가 만족스러운 미소를 지었다. 손을 가지런히 뻗어서 앞으로 내밀어 지완에게 자랑스레 보여주었다.

"어때요, 지완 씨?"

"음, 괜찮네요. 잘 어울려요."

가만히 지켜보던 지완이 고개를 끄덕였다. 약혼 준비는 거의 양쪽 어머님이 준비했지만, 예물만큼은 서로 마음에 드는 것을 고르라며 일임하였기에 지완과 해주는 예물 코너에서 시간을 보내고 있었다. 예물 코너 매니저가 앤티크한 쇼케이스 위에 십여 개의 반지를 더 나

열했다. 이것저것 손에 껴보는 해주를 다정하게 바라보던 지완은 다 잘 어울린다는 듯 고갯짓을 했다. 쥬얼리 숍 자동문이 열리고 한 사람이 매장에 들어서자 지완과 해주를 담당하던 매니저가 누군가에게 손짓을 했다. 또 다른 매니저가 지완의 테이블로 다가왔다.

"지금 들어오는 저 클라이언트, 예약된 분이셔. 아주 중요한 분이니까 예의 바르게 잘하고."

예약카드를 뒤적이던 매니저가 고개를 주억거렸다.

"음, 이 시간에 방문하신 분이라면…… 박우진 씨와 이아란 씨?"

지완은 천천히 고개를 돌려 매장 안을 둘러보았다. 제대로 들은 거라면 방금 두 여자가 '이아란 씨'라는 말을 얼핏 한 거 같았다. 동명이인인가 싶어서 매장을 휘둘러보는 지완의 눈에 며칠 전 보았던 아란이 들어왔다. 어떻게 여기서 다 만날 수가 있을까, 지완은 문득 신기하기까지 했다. 그러고 보니 약혼을 앞두고 있다던 강빈의 말이 새삼 떠올랐다.

"이건 어때요?"

해주의 말은 듣지도 않은 채 지완은 아란을 향해 귀를 쫑긋 세웠다. 강빈의 숨겨진 마음을 알고 있어서인지 이상하게도 이아란이라는 여자에게 자꾸만 눈길이 갔다.

"예비 약혼자이신 박우진 씨는 안 오시나요?"

"아뇨, 좀 있으면 올 거예요. 여기서 만나기로 했거든요."

"예물은 박우진 씨가 오시면 그때 볼까요?"

"네. 오빠랑 같이 볼게요."

"허브티 한잔 드릴게요. 잠시만 기다려 주세요."

"감사합니다."

매니저와 두런두런 이야기를 나누는 아란의 음성이 여과없이 지완의 귀를 스쳤다. 밝고 통통 튀는 목소리엔 행복함과 즐거움이 담뿍 배어 있었다. 불현듯 지완은 이맛살을 찡그렸다. 보내줘야지, 라고 말하던 강빈이 떠올라서 저도 모르게 슬며시 부아가 치밀었다.

"왜 이렇게 안 오는 거야, 오빠는."

다이아몬드로 정교하게 세팅된 브레게 손목시계에 눈길을 던진 아란은 나직이 투덜거렸다. 숄더백을 뒤져 휴대전화를 꺼낸 뒤 단축키를 길게 눌렀다. 약속 시간에 늦는 걸 제일 싫어하는 우진이 어쩐 일인지 아직 도착하지 않았다. 통화연결음이 울린 지 얼마 안 되어 우진의 부드러운 음성이 다급하게 들려왔다.

[어, 란아. 안 그래도 내가 전화하려고…….]

"어디야, 오빠? 다 와가는 거야? 난 벌써 도착했는데."

우진의 말은 듣지도 않은 채 아란은 제 할 말을 불쑥 내뱉었다.

[미안, 미안. 미리 전화한다는 게 정신이 하나도 없어서 나도 깜빡하고 있었다…….]

허브티를 들고 온 매니저에게 아란은 눈짓으로 감사의 인사를 전했다. 테이블 위에 놓인 투명한 잔에서 초록빛 페퍼민트 차가 싱그러운 향을 내뿜었다.

[나 지금 부산 가는 길이거든. 아무래도 예물은 너 혼자 봐야겠다. 미안해서 어쩌지?]

아란의 고운 얼굴이 일시에 찌푸려졌다. 허브티가 담긴 잔을 들어올리던 손이 허공에서 우뚝 멈췄다. 입술을 가르고 날카로운 목소리가 짜증스럽게 튀어나왔다.

"무슨 소리야? 갑자기 그런 게 어딨어?"

[미안해, 정말 미안해. 너도 알다시피 저녁에 부산에서 연주회 있잖아. 너랑 예물 보고 출발해도 시간이 충분했거든. 리허설할 시간도 넉넉했고.]

아란은 입술을 앙다문 채 우진의 말을 들었다. 기분이 급격하게 나빠졌다. 연일 바빠서 얼굴 보기도 힘든데 예물 맞추는 날까지 이러니 화가 날 지경이었다.

[근데 지금 부산 날씨가 안 좋아서 비행기가 아예 뜨질 않는대. 기상악화로 인해서 그렇다는데 어쩌겠니? 리허설도 해야 되고 공연장 사전 점검도 해야 돼서 부득이하게 차로 출발하고 있거든. 정말 미안한데 예물은 너 혼자 보면 안 될까, 란아? 응?]

"정말 너무한다, 오빠. 약혼은 뭐, 나 혼자 하니!"

팩 토라진 아란은 버럭 소리를 질렀다. 매장 안에 있던 사람들의 눈이 이내 아란에게 향했다. 자그시 아랫입술을 감문 아란은 휴대전화를 바투 잡았다.

[미안해. 나도 너랑 같이 예물 보고 싶지. 근데 이해해 주라. 부산 날씨가 나쁜 게 내 탓도 아니고…….]

아란의 시선이 매장 입구에 있는 투명한 자동문에 닿았다. 맑은 하늘 아래 수많은 사람들이 바쁘게 지나다녔다. 하늘엔 구름 한 점 없었고, 오가는 사람들의 손에는 우산 같은 건 일절 보이지 않았다.

"여긴 날씨 좋기만 한데? 햇볕은 쨍쨍, 모래알은 반짝이라고."

[미안해.]

우진이 진심을 다해 나직하게 사과의 말을 속삭였다.

[대신 너 하고 싶은 걸로 다 사. 사달라는 거 다 사줄게. 어차피 예물은 우리 쪽에서 하기로 한 거니까, 이참에 반지만 하지 말고 풀세트로 사라, 응? 오빠가 나중에 다 계산할게.]

"짜증나. 정말 짜증나 미치겠어."

너무 화가 나서 왈칵 눈물이 나려 했다. 물기가 차오르는 눈에 힘을 주고 아란은 한숨처럼 말을 쏟아냈다.

"오빠랑 같이 예물 보고 싶었단 말이야. 같이 고르고 싶었는데……."

[미안. 그럼 이렇게 할까? 예물은 다음에 보자. 음, 내일까지는 부산에서 연주회를 해야 하니까 곤란하고, 다음 주엔 보자…… 목요일까지 앨범 녹음 때문에 통 시간을 못 내겠네. 금요일쯤엔 어떻게 시간이 잠깐 날 것 같기도 한데…….]

"됐어. 전화 끊어!"

우진의 이어지는 말은 듣지도 않은 채 아란은 종료 버튼을 눌러 통화를 매듭지었다. 일 분도 안 되어 휴대전화 벨이 울렸지만 아란은 매정하게 전원을 꺼버렸다. 미안하다는 간단한 말로는 서운한 마음을 달랠 수가 없었다. 다른 날도 아니고 예물을 맞추는 날인데 어떻게 이럴 수가 있단 말인가. 이따금 약속을 두어 시간 미루거나, 바빠서 한 며칠 연기한 게 한두 번이 아닌데, 그럴 때마다 잘 넘겼는데 오늘은 유난스레 화가 났다. 따지고 보면 우진의 잘못도 아닌데. 기상 악화로 인해 그렇다는데 어쩌겠는가. 아란은 애써 서운한 마음을 다독이고 추슬렀다.

매니저가 다가와 조심스레 물었다.

"다음에 일정을 다시 잡을까요?"

"네. 예약은 정확한 날이 정해지면 전화로 알려 드릴게요."

의자에서 일어나 발걸음을 옮기려던 아란은 하르르 한숨을 내쉬었다. 괜히 우진에게 화를 낸 것만 같아서 마음이 편치 않았다. 아란은 의자에 다시 앉았다. 곧은 자세로 서 있던 매니저가 고개를 갸웃거렸다.

"타이핀 있죠? 그거 좀 보여주세요."

"예비 약혼자께서 하실 건가요?"

"네. 매장에서 마음에 드는 거 없으면 주문제작도 되죠?"

"물론이죠. 잠시만 기다리세요."

매니저가 넥타이핀을 고르러 간 동안 아란은 휴대전화 전원을 다시 켰다. 빠른 손놀림으로 자음과 모음을 번갈아 누르며 문자를 새겨나갔다.

『화내서 미안해, 오빠. 연주회 잘하고 와.』

전송버튼을 누른 뒤 숄더백에 휴대전화를 넣었다. 매장 안을 휘둘러보는 아란의 눈에 낯익은 사람이 들어왔다. 어디서 봤더라, 기억을 더듬는 아란의 고운 미간에 자잘한 주름이 잡혔다.

서 회장의 결혼기념파티.

그곳에서 인사를 나눴던 사람이 어여쁜 사람과 예물을 고르고 있었다. 안쪽에 위치한 프라이빗 룸에 있던 그도 그녀를 알아보았는지 고갯짓으로 인사를 건넸다. 생그레 웃으며 아란도 인사를 되돌렸다. 통화를 하고 있는지 그의 손에는 휴대전화가 들려 있었다.

"어디냐? ……회사? 넌 토요일에도 일하는 거야? 아무튼 재미없는 녀석이라니까. 아니지. 회사라면 오히려 다행이다. 거리가 가까우니까. 한 이십 분이면 오겠네? ……잔말 말고 나와, 인마. 결혼선물로 받고 싶은 거 생각났으니까. ……늦으면 길 잃은 요정 방황할지도 모르니까 부리나케 오기나 해, 사촌."

위치까지 자세하게 설명하는 남자의 목소리를 무심하게 들으며 아란은 다가서는 매니저에게 눈길을 던졌다. 수십 개의 넥타이핀을 받침대에 받쳐 온 매니저가 테이블 위에 조심스레 내려놓았다.

"젊은 분이 하시는 거라 중후한 느낌보다는 조금 가볍고 밝은 걸로 했는데, 한번 보세요. 타이택과 세트인 커프링크스도 준비해 봤는데 이건 그냥 가져온 거니까 편하게 봐주시면 돼요."

한번 쭈욱 훑어본 아란은 가만가만 고개를 내저었다. 머릿속에 생각하고 있던 이미지가 하나도 없었다. 뭔가 특별한 것을 기대했던 아란은 한숨을 내쉬었다.

"피아노 건반 모양으로 디자인을 해서 타이택을 제작할 수 있을까요?"

"어떤 식으로요?"

매니저가 되물었다.

"음…… 타이택에 사파이어나 에메랄드는 너무 흔해서 싫어요. 디자인도 다 거기서 거기인 것 같고. 흰색 건반과 검은색 건반 모양으로 보석을 넣어서……."

"흰색이라면 어떤 보석을 생각하시는지."

매니저의 정중한 물음에 아란은 곰곰이 생각에 잠겼다.

“푸른색이 흔하긴 하지만 터키석에 화이트 터키석, 있죠?”

매니저가 고개를 끄덕였다.

“아니다. 그것보다는 조금 불투명하긴 해도 문스톤이 낫겠다. 흰색 건반엔 문스톤으로 하고, 검은색엔……”

“오닉스가 좋겠네요.”

아란은 손을 딱 부딪쳤다. 문스톤과 오닉스로 피아노 건반 모양을 본뜬다면 아주 예쁜 넥타이핀이 될 듯했다. 예전부터 우진에게 뭔가 특별한 선물을 하나 해주고 싶었다. 세상에 하나밖에 없는, 보고 있으면 자신을 떠올릴 수 있는 무언가를. 연주회를 할 때마다 격식을 갖춰 슈트나 연미복을 입으니 넥타이핀이 아주 유용하게 쓰일 것이다. 그걸 착용할 때마다 자신을 떠올릴 걸 생각하니 뿌듯하기까지 했다. 아란의 입가에 매력적인 미소가 보기 좋게 새겨졌다.

“아주 독특하고 멋진 타이택이 나오겠는걸요? 잠시만요, 디자이너를 부를게요. 일단 시안부터 한번 뽑아볼까요?”

흔쾌히 고갯짓을 하는 아란의 시야에 특이한 모양의 커프링크스가 들어왔다. 영문 에스(S)가 옆으로 비스듬히 누운 듯한 형상의 ∞ 모양에, 짙은 녹음을 연상시키는 에메랄드가 촘촘히 세공되어 있었다. 그것을 눈에 담는 순간, 묘하게도 잊고 있었던 서강빈의 이름이 아란의 뇌리에서 또렷하게 깨어났다. 커프링크스의 정교한 모양은 강빈의 이름 첫 글자 이니셜을 떠올리게 했다.

그때, 그리스 다비드 상처럼 또렷한 이목구비를 가진 강빈의 준수한 모습이 눈앞을 스쳤다. 그리고 사흘 전에 있었던 일도 파노라마처럼 눈앞에 펼쳐졌다.

우진과 함께 부친 이 부사장을 만나러 갔던 날이 하나하나 되살아났다.

부친을 만나고 나왔을 때 엘리베이터가 모두 점검 중이라는 말을 들었다. 어찌할까 망설이는 아란에게 부친이 괜찮으니 임원 엘리베이터를 타고 내려가라고 했었다. 로비까지 직접 배웅해 줄 테니 아무 문제 없을 거라고 첨언했다. 다 함께 엘리베이터를 타려는데, 비서가 달려와서 급한 전화가 왔다고 알리지만 않았다면 분명 부친은 아란과 우진을 로비까지 배웅을 했을 거였다. 아쉽게도 부친은 걱정하지 말고 가라는 말만 남긴 채 집무실로 돌아가 버렸지만.

널찍한 엘리베이터 안에 우진과 단둘이 남게 되자, 장난기가 발동한 아란은 입맞춤을 해달라고 졸라댔다. 아란의 짓궂은 장난을 일찌감치 눈치챈 우진은 요리조리 도망 다니는 것으로 약을 올렸다. 강제로 우진의 입술에 키스를 퍼붓는데 그만 예고도 없이 문이 활짝 열려 버렸다. 장난에 한눈을 파느라 1층에 도착한 줄도 몰랐던 것이다. 지금 생각해도 짓궂은 장난이었다. 그 철없는 장난을 엘리베이터 밖에 있던 사람들이 지켜보았다니. 그 순간을 상기하는 것만으로도 아란의 뺨에 더운 열기가 홧홧하게 번져 나갔다. 불에 덴 듯 볼이 화끈거려 괜스레 얼굴을 매만졌다.

시간이 마치 그날, 그 시간으로 되돌아간 듯했다.

자신을 바라보던 얼음송곳처럼 시리고 매서운 강빈의 눈빛이 바로 앞에 있는 듯했다.

강빈을 만난 지 얼마 되지 않았지만, 잘 알지도 못하지만 그런 눈빛은 처음이었다. 그렇게 냉담하던 모습도. 오랜만에 만났다는 반가운 마음에 인사를 하려 했지만 강빈은 본체만체 등을 돌렸었다. 너 같은 건 모르노라, 말하듯이. 너 따위는 알지도 못한다는 듯이. 엘리베이터 문이 닫힐 때까지 강빈은 고개를 들지 않았다. 서류 뭉치에 시선을 고정시키고는 끝내 아란과 눈도 마주치지 않았다.

왠지 그의 냉담한 행동에 아란은 마음이 아팠다.

아주 많이, 가슴이 아렸다.

"왜……."

자신도 모르게 혼잣말이 튀어나와 아란은 자그시 혀끝을 물었다. 왜 그랬을까, 그는. 왜 그렇게 차갑게 등을 돌렸을까. 갑작스러운 물음이 뇌리 속을 부유하며 아란을 괴롭혔다. 며칠 전 있었던 일을 지우듯 머리를 가로저었다. 커프링크스 한 쌍이 아란의 동공 깊은 곳으로 파고들었다.

푸르른 바다를 닮은 사파이어 커프링크스가 강빈의 손목에서 빛나던 걸 상기하며 아란은 에메랄드가 박힌 커프링크스를 눈여겨보았다. 어쩐지 강빈이 착용하면 참 잘 어울릴 듯했다. 불현듯, 강빈에게 도움받았던 일들이 떠올랐다. 발목을 다쳤을 때, 강우와 실랑이를 벌였을 때, 그 외에도 크고 작은 도움을 더 받았다. 자그마한 커프링크스는 그에 대한 보답으로 적격인 것만 같았다. 비록 아란의 기준에는 상당히 고가의 보석이긴 하지만 자꾸만 커프링크스가 눈에 밟혔다.

매니저 한 사람을 손짓으로 불렀다. 검지로 커프링크스를 콕 찍은 아란은 즉흥적으로 말했다.

"이거, 포장해 주세요."

줄 수 있을지 없을지도 모르지만, 아니, 강빈을 다시 만날 수 있을

지 없을지도 모르지만 아란은 일단 사는 것으로 결정을 내렸다. 아란이 가리킨 커프링크스를 조심스레 들어 올린 매니저가 어딘가로 사라졌다.

"아는 사람이에요?"

예물에는 도통 관심을 드러내지 않은 채 다른 여자에게만 신경을 곤두세우는 지완이 못마땅해서 해주의 음성에 날이 섰다. 해주의 변화를 감지하지 못한 지완은 장난꾸러기 같은 미소를 지었다.

"아…… 공주님."

"네? 공주님이라뇨? 누가……."

뒤늦게 해주에게로 시선을 돌린 지완은 고개를 내저었다.

"나 말고, 사랑하는 내 사촌이 지키고 싶어하는 공주님이라고 할까. 뭐, 그런 게 있어요."

"도대체 그게 무슨 말이에요?"

이해가 불가한 지완의 난해한 말에 해주의 표정이 복잡다단하게 얽혀갔다. 해주의 볼을 슬쩍 꼬집은 지완은 눈을 찡긋거리며 윙크를 던졌다.

"그런 게 있어요. 너무 깊이 알려고 하지 마요, 해주 씨."

의자에서 슬그머니 일어선 지완은 손목시계에 눈길을 던졌다. 시간을 확인하고는 매장 입구를 일별한 뒤, 들릴 듯 말 듯한 혼잣말을 나직이 내뱉었다.

"그나저나 이 녀석, 시간 안에 와야 할 텐데."

도착하기 전까지 이아란이라는 여자를 붙잡고 있어야 한다. 필요하다면 어떤 핑계라도 불사해야 했다. 가령 예를 들자면 식사 초대라는 말도 안 되는 명분이라도 붙여서라도. 잘 알지도 못하는 여자를 어떻게 붙잡고 있나, 생각하니 머리가 지끈거렸다. 다시 한 번 시간을 확인한 지완은 초조하게 테이블 주변을 서성거렸다. 다행히 아란의 볼일은 끝나지 않은 듯했다. 곁눈질을 해보니 주문제작을 맡기는지 프라이빗 룸에서 디자이너와 이야기를 나누며 진지하게 상의를 하고 있었다.

아란의 고운 옆모습을 주시하는 지완의 눈동자에 짓궂은 빛이 조금씩 스며들었다. 강빈에게 전화를 한 지 대략 십여 분이 지났다. 회사 근처이니 차량을 이용해서 온다면 앞으로 십 분 정도면 충분히 도착할 수 있는 거리였다. 강빈이 오지 않을 거라는 생각은 아예 하지도 않았다. 암호처럼 알쏭달쏭한 말로 힌트를 줬으니까. 기다리는 시간이 일각이 여삼추처럼 길게만 느껴져 지완은 몇 번이나 입구를, 그리고 손목시계를 번갈아 바라보았다.

얼마나 시간이 경과했을까.

디자이너와 상담을 마친 아란이 의자에서 일어섰을 때, 까르띠에 쥬얼리 매장 입구 자동문이 천천히 열렸다. 아란이 밖으로 나가려는 것을 반사적으로 막으려던 지완은, 성큼성큼 들어서는 짜증스러운 표정의 강빈을 발견하곤 두 눈을 짓궂게 빛냈다.

'자, 그럼 팔자에도 없는 큐피드 노릇…… 어디 한번 해볼까?'

지완은 하고픈 말을 입안에 사렸다.


『미안해. 연주회 끝나면.』

거기까지 문자를 누르던 우진은 돌연 종료 버튼을 꾹 눌렀다. 미안하다는 말로는 지금의 이 심정을 고스란히 표현할 수가 없었다. 다시 용기를 내어 문자를 보내기 위해 통화 버튼을 누르고 문자창을 열었다. 첫 글자를 누르지도 못한 채 휴대전화를 손아귀에 꽉 움켜쥐었다. 마음에 들지 않았다. 빡빡한 일정도, 하루가 멀다 하고 쫓아다니는 연주회도, 몇 날 며칠 시간을 투자해야 하는 음반 작업도. 모든 게 마뜩찮아 심화가 솟구쳤다. 그에게 제일 중요한 건 아란인데, 가장 소중한 건 이아란인데, 항상 스케줄을 핑계 삼아 아란을 방치하고 있다는 사실이 우진을 못 견디게 했다.

"미안해. 정말 미안해, 우진 씨."

벌써 이십여 분이 넘게 휴대전화를 만지작거리기만 하는 우진을 보면서 소은이 속삭였다. 괜스레 미안해서 우진의 얼굴을 똑바로 볼 수가 없을 지경이었다. 스케줄 조절 해주겠다고 큰소리쳐 놓고 중요한 날 우진의 자그마한 편의를 봐줄 수 없다는 게 매니저로서 회의가 들었다.

"이게 소은 씨 탓인가. 왜 소은 씨가 미안해하는 거야. 그럴 필요 없으니까 그러지 마."

씁쓸하게 입매를 말아 올린 우진이 차갑게 받아쳤다. 소은의 탓이 아닌 걸 알고 있었다. 그런데도 서운한 마음을 감출 수 없어서 우진의 음성은 냉랭하게 변했다.

"내가 기획사에 얘기해서 이번 연주회 끝나면 우진 씨한테 보너스 두둑하게……."

"됐어. 누가 돈 때문에 그러나 뭐."

소은과의 대화를 단절시키듯 우진은 눈을 질끈 감았다. 널찍한 밴

안에서 가죽 시트 냄새가 물씬 배어 나왔다. 뒷좌석에 머리를 기대고 쥬얼리 매장에 홀로 남겨져 있을 아란을 떠올렸다. 화가 많이 났을 것이다. 아란의 목소리에는 한껏 짜증이 묻어 있었다.

"아아, 정말 말도 안 된다. 여긴 이렇게 날씨가 좋은데 부산은 비가 억수같이 퍼붓고 있다니. 우리나라처럼 좁은 땅덩어리가 크게 느껴지는 건 오늘이 또 처음이네."

소은은 창을 내리고는 창밖으로 손을 내밀었다. 상쾌한 봄바람이 손끝을 스치고 지나갔다. 햇살은 따뜻하게 내리쬐고 바람은 딱 적당할 만큼 불었다. 불과 몇 시간 거리인 다른 도시는 해는커녕 폭풍우가 몰아친다니 도저히 믿을 수 없는 변덕스러운 날씨의 조화였다.

"우리 덜렁이가 그러더라, 소은 씨. 거기는 햇볕은 쨍쨍, 모래알은 반짝이라고."

아란의 음성을 떠올리는 우진의 입가에 싱그러운 미소가 스쳤다. 창밖에서 눈을 뗀 소은은 후훗 웃음을 터뜨렸다.

"귀여운 우리 아란 씨. 투정도 아주 깜찍하게 한다니까."

"그러게. 우리 깜찍한 덜렁이…… 이번엔 정말 화 많이 났을 텐데."

"부산 날씨가 안 좋은 게 우진 씨 탓은 아니지만, 그래도 연주회 다녀오면 아란 씨한테 잘못했다고 손이 발이 되게 싹싹 빌어. 예물도 최상급으로 해주고. 번쩍이는 다이아 턱, 안겨주면 혹시 알아? 아란 씨가 너그럽게 봐줄지?"

소은의 장난스러운 말투에 우진은 슬그머니 눈을 떴다. 자연스레 활짝 열려진 창밖으로 시선이 갔다. 꽉 막힌 도로체증에 문득 가슴이 답답해져 왔다. 서울을 벗어난 지 얼마 안 되는 하늘은 아란의 말대로 청명할 정도로 쾌청했다. 기상악화로 인해 어느 도시는 비행기가 이륙도, 착륙도 못한다는 건 새빨간 거짓말처럼 느껴졌다.

"……주고 싶었는데……."

들릴 듯 말 듯한 우진의 속삭임에 소은은 귀를 쫑긋 모았다. 고개를 갸웃거리며 물었다.

"뭐라고? 뭐라고 했어, 우진 씨?"

우진은 고개를 가로젓는 것으로 대답을 대신했다. 여전히 우진의 시선은 시리도록 푸르른 하늘을 응시하고 있었다. 함께 약혼예물을 보고 싶었는데. 그 예쁜 손에 반짝이는 반지를 직접 끼워주고 싶었는데. 가느다란 손에 반지를 끼워주며 영원불멸한 사랑을 굳게 맹세하고 싶었는데. 그 모든 게 한여름 밤의 꿈처럼 흐릿하게 사라져 버렸다.

아란은 서울에 남겨두고, 우진은 부산을 향해 서로 엇갈린 길을 가면서…….


"너, 뭐하는 짓이야."

지완을 노려보는 강빈의 눈에 치분이 가득 들어찼다. 낮게 뇌까리는 음성에는 차디찬 빙하가 뚝뚝 떨어질 듯했다. 매장에 들어서자마자 제일 먼저 강빈의 눈에 들어온 건 아란이었다. 지완도, 지완의 약혼녀인 해주도 아닌, 이아란. 심장이 그의 허락도 없이 무지근하게 저려왔다. 아란의 모습을 동공에 담는 순간. 반갑게 다가서려다 얼어붙듯 제자리에 오도카니 서 있는 아란을 본체만체하고 강빈은 했던 말을 반복했다.

“너, 뭐하는 짓이냐고 물었어, 윤지완.”

바쁜 사람을 오라 가라 불러내는 것도 못마땅한데 이곳에 왜 아란이 있다는 말인가. 밖으로 나가지도, 그렇다고 곁으로 다가오지도 못하는 아란을 강하게 의식하며 강빈의 표정이 사느랗게 굳어갔다.

“뭐하는 짓이긴. 결혼선물로 받고 싶은 게 생겼으니 계산하라고 부른 거지. 해주 씨, 이 녀석 처음 보는 거죠? 인사해요. 나보다 두 달 늦게 태어난 사촌동생인데, 한 번도 형이라고 안 부르는 아주 버르장머리없는 사촌이에요.”

눈빛으로 살인을 저지를 만큼 사납게 눈을 부라리는 강빈을 피하기 위해 지완은 망연히 서 있는 해주를 앞으로 불쑥 내밀었다.

“아, 안녕하세요. 송해주예요. 뵙는 건 처음이지만 말씀은 참 많이 들었어요.”

얼떨결에 두 남자 사이에 놓인 해주는 지완과 강빈을 번갈아 보며 어색하게 인사말을 건넸다.

“반갑습니다. 서강빈입니다.”

점잖게 인사를 되돌린 강빈은 여전히 지완을 죽일 듯이 쏘아보았다. 아란에 대해 솔직하게 고백한 건 이젠 정말 마음에서 비웠기 때문이다. 머리에서도, 가슴에서도 잘라냈기에 미련 두지 않으려 했었다. 헌데, 지완의 철없는 행동은 주제넘다 못해 분개할 지경이었다.

강빈의 서슬 퍼런 눈빛을 외면하며 주위를 두리번거리던 지완은 오버액션을 취하듯 목소리를 높였다.

“어, 이아란 씨! 맞죠? 왜, 일전에 외삼촌 결혼기념일파티에서 뵀었잖아요. 저, 알죠? 윤지완이에요, 윤지완.”

아까 전에 이미 눈인사를 마쳤으면서 지완은 지금에서야 아란을 본 것처럼 너스레를 떨었다. 강빈의 눈치를 살피는 아란을 자신의 테이블로 끌어당기며 지완은 더욱 목소리를 높였다. 천연덕스레 연기를 펼쳤다.

"우와! 이거 완전 우연이네? 도대체 언제 왔어요, 아란 씨? 이 녀석 알죠? 그날 파티에서 보니까 두 사람, 이야기도 꽤 나누는 거 같던데……."

"아, 네……."

갑작스러운 돌발 상황에 아란은 혼이 빠진 듯했다. 지완과 이렇게 반갑게 인사를 나눌 만큼 가까운 사이는 아니었다. 나가야 하나, 말아야 하나 심사숙고하면서도 쉽게 발을 떼지 못한 건 강빈의 싸늘한 모습 때문이었다. 나가려니 이대로 가면 다시는 못 볼 듯했고, 다가서려고 하니 빙하처럼 차디찬 모습에 차마 발이 떨어지지 않던 참이었다. 강빈의 이 모습은 흡사 며칠 전 엘리베이터를 사이에 두고 봤던 그 모습과 똑같았다. 차갑다 못해 뼛속까지 시릴 정도로 강빈의 눈빛은 냉담했다. 선뜻 다가서는 것도, 아니, 간단한 인사말도 건네지 못할 정도로 그는 높고 두터운 장벽을 치고 있었다.

"잘 지냈어요, 강빈 씨?"

조심스레 묻는 아란의 질문을 강빈은 시린 눈빛으로 차단했다. 엘리베이터 안에서 키스를 나누던 아란과 우진의 영상이 되살아나, 강빈의 얼굴에는 불쾌한 기색이 빠르게 번져 나갔다.

인사도 받아주지 않는 강빈의 행동에 아란은 보이지 않게 상처를 받았다. 강빈이 왜 이토록 차갑게 변한 건지 도무지 이해가 되질 않았다. 자신도 모르는 사이에 강빈의 앞에서 엄청난 실수라도 저지른 건가? 그게 아니면 말실수라도 했던 걸까? 짧은 시간에 수많은 물음이 뇌리를 스쳤지만 뚜렷한 답은 떠오르지 않았다. 초조하게 아랫입술을 감문 아란은 고갯짓으로 인사를 했다. 목소리가 미세하게 떨리고 있었다.

"볼일을 마쳐서 전 이만 가볼게요. 만나서 반가웠어요, 지완 씨."

강빈에게 주기 위해 사놓은 선물이 있는데 차마 꺼낼 수가 없었다. 숄더백 손잡이를 만지작거리던 아란은 한걸음 뒤로 물러섰다. 그때, 지완이 아란의 손목을 홱, 낚아챘다. 그런 지완의 손길을 강빈은 사나운 눈길로 직시했다. 상당히 눈에 거슬렸다. 아란의 가느다란 손목을 친근한 척 움켜쥐고 있는 지완의 건방진 손이.

"이렇게 만난 것도 인연인데 그냥 가버리면 서운하죠. 어때요, 아란 씨? 어디 가서 차라도 한잔…… 해주 씨, 괜찮죠? 이 두 사람, 내가 잘 아는 사람이거든요."

멀뚱멀뚱 바라보던 해주는 지완이 몇 번이나 눈을 찡긋거리며 신호를 보내자 마지못해 고개를 끄덕였다.

"그럼요. 전 괜찮아요."

아란은 고개를 내저으며 지완의 손을 부드럽게 뿌리쳤다. 자신을 본체만체하며 차가운 태도로 일관하고 있는 강빈과 차를 마신다는 게 부담스럽기 그지없었다.

"아뇨, 차라니…… 말씀은 감사하지만 제가 시간이 안 돼서요. 다음에 기회가 있으면 그때 하기로 해요."

아란의 정중한 거절에 지완은 다음 리액션을 어떻게 취해야 하나

머릿속이 복잡하게 얽혀들었다. 이대로 아란을 끌고 주변에 있는 커피숍으로 가면 강빈이 못이기는 척 따라오지 않을까 하는 생각마저 들었다. 어떻게든 두 사람이 함께 있는 시간을 만들어주고 싶었던 지완은 바쁘게 눈을 굴렸다. 아란이 나가면 결사적으로 막아야겠다, 라는 마음으로 결의를 다지는데 조심스레 몸을 틀던 아란이 움직임을 멈췄다. 숄더백을 뒤적거려 무언가를 꺼냈다. 짙푸른 빛깔의 보석 케이스가 강빈의 앞에 내밀어졌다. 표정의 변화 없이 냉량하게 보석 케이스를 응시하던 강빈이 잇새로 짧게 말을 밀어냈다.

"뭐지?"

"생각나서 샀어요. 커프링크스인데 강빈 씨한테 잘 어울릴 것 같아서……."

앙증맞게 리본이 묶여진 보석 케이스를 바라보던 강빈은 입매를 비틀었다.

"아무 남자에게나 잘해주는 게, 이아란 컨셉인가?"

강빈의 입술에 시니컬한 미소가 깊게 새겨졌다.

"아니, 이아란 표현대로 하자면 지금, 어장관리하는 셈인가? 그렇다면 이아란. 너, 사람 잘못 봤어."

강빈의 매정한 말투에 아란의 음성이 희미하게 떨려 나왔다.

"강빈 씨, 그게 무슨……."

"너한테 이런 거 받을 이유, 없어. 이런 건 이아란 약혼자에게나 주는 게 좋을 거 같은데."

아란의 마음이 담긴 선물을 강빈은 턱짓으로 오만하게 물렸다. 지완이 다급하게 중재에 나서려 했지만 강빈의 얼음장 같은 표정에 입술을 굳게 다물었다. 보석 케이스를 어색하게 말아 쥐고 있던 아란은 고개를 내저었다.

"난 그냥 고마운 마음에…… 강빈 씨한테 도움받은 건 많은데 딱히 해드린 건 없고, 일전에 식사비도 강빈 씨가 냈잖아요. 그래서 감사의 마음으로……."

"아무에게나 감정 흘리고 다니는 여자, 제일 싫어해."

말의 템포를 늦춘 강빈은 잔인하게 뒷말을 이었다.

"아니, 경멸한다고 할 수 있겠지."

아란의 말허리를 자른 강빈은 혀 속에 칼을 품고 있듯 거침없이 독설을 내뱉었다. 아란의 고운 얼굴에서 일시에 핏기가 사라져갔다. 강빈은 눈빛으로 말하고 있었다. 너 같은 여자, 경멸한다고. 보석 케이스를 쥐고 있는 아란의 손이 다르르 떨렸다.

"야, 인마! 서강빈! 말이 너무 심하잖아."

참다못한 지완은 버럭 소리를 질렀다. 홱, 몸을 틀고 나가려던 강빈의 눈길이 지완에게 닿았다. 담담히 지완을 바라보며 강빈은 몰풍스레 뇌까렸다.

"윤지완, 너 오늘…… 상당히 쓸데없는 짓 했다."

지완의 관자놀이가 검붉게 물들어갔다. 아란과 지완, 그리고 해주를 남겨두고 강빈은 쥬얼리 숍을 성큼 걸어나갔다. 매장 안엔 숍 매니저만 몇몇이 남아, 고객의 사생활에는 눈 감고 귀 막은 사람처럼 묵묵히 제 할 일만 하고 있었다.

"기다려요."

자동문이 막 열리는 찰나, 재빨리 뛰어온 아란이 강빈의 손을 잡아챘다. 손끝에 뜨거운 열기가 삽시간에 퍼져 나가 강빈의 혈관 구석구석을 휘돌았다. 그저 손만 닿았을 뿐인데 저릿저릿한 감각에 일순 전율이 이는 듯했다. 자신의 손에 휘감긴 아란의 새하얀 손을 일별한 강빈은 지그시 어금니를 사려물었다.

"나, 이런 말 들을 이유 없어요. 강빈 씨한테 이런 대접 받을 이유, 없단 말이에요. 왜 이래요? 왜 나한테 화내는 건데요? 도대체 왜 화를 내는 거냔 말이에요, 왜에!"

아란은 화를 터뜨리듯 왈칵 소리를 질렀다.

"강빈 씨한테 도움받은 거 많잖아요, 나. 그 마음 조금이라도 보답하기 위해서 산 건데, 그게 그렇게 기분 나빠요? 그게 그렇게 값싼 여자 취급받을 만큼 나쁜 짓이에요? 그래요?"

"너……!"

아란의 따스한 손을 거칠게 뿌리친 강빈은 자신도 모르게 튀어나오려는 말을 혀끝에 잠재웠다. 다른 남자와 약혼을 앞두고 있으면서, 그가 보는 앞에서 다른 남자와 키스를 나눴으면서, 아무렇지 않게 선물을 샀단다. 고마운 마음에 선물을 하나 샀단다. 그 선물이 그에게 어떤 의미로 다가올지 아무것도 모른 채.

"너란 여자…… 정말 싫다."

강빈의 나직한 음성이 쥬얼리 숍에 울려 퍼졌다. 하지만 정작 하고픈 말은 따로 있었다. 혀끝에 맴도는 말은 전혀 다른 것이었다. 차마 말로는 표현할 수 없는, 그래서 결코 입 밖에 내뱉어서는 안 되는 그런 말이 강빈의 가슴을 휘저었다. 허락도 없이 내면에서 영역을 넓혀 나가는 '미련'이라는 이름의 싹을 잘라내고 또 잘라내도, 그 마음

만큼은 지울 수가 없어서 지금 이 순간 누구보다 힘든 건 바로 그 자신이었다.

"네가 정말 싫다, 이아란."

강빈을 쏘아보는 아란의 커다란 눈에 투명한 유리알 같은 물기가 돋아 올랐다. 도톰한 아랫입술을 질끈 물고 있던 아란은 강빈의 얼굴을 향해 보석 케이스를 힘껏 내박쳤다. 짙은 블루 빛깔의 보석 케이스가 강빈의 뺨을 스치고 지나가 요란한 소리를 내며 숍 바닥에 나뒹굴었다.

"강빈 씨 거예요. 구워먹든 삶아먹든 알아서 해요. 이걸로 강빈 씨한테 빚진 거 모두 청산했다고 생각하면 나도 마음 편하니까."

말을 마친 아란은 강빈에게 마지막 작별의 인사말도 남기지 않은 채 서둘러 매장을 빠져나갔다.

한바탕 전쟁을 치른 듯했다.

아란이 사라진 뒤 찾아온 고요는 살얼음판 위를 걷는 것처럼 위태롭기까지 했다. 반들반들거리는 대리석 바닥 위에 내팽개쳐진 보석 케이스가 강빈의 동공 깊은 곳에 자리를 잡았다. 지완이 걸어와 허리를 구부려 케이스를 들어 올렸다. 강빈의 손에 쥐어주고 마구잡이로 등을 떠밀었다.

"네가 너무 심했어, 서강빈. 가서 달래주는 거…… 네 몫인 거 같은데?"

바숴 버릴 듯 보석 케이스를 꽉 움켜쥔 강빈의 손에 푸른 정맥이 불거졌다.

"윤지완, 너……."

베어버릴 듯한 강빈의 눈빛은 잘 벼린 칼날처럼 날카로웠다. 양손을 모아 싹싹 비는 시늉을 하던 지완이 덧붙였다.

"그래, 나도 알아. 죽을죄를 졌다. 근데 그건 다음에 하자. 신나게 두들겨 패면, 신나게 맞아줄게. 그러니까 제발 어서 쫓아가기나 해, 인마. 마지막 기회일지도 몰라, 서강빈. 이대로 저 요정 언니를 놓칠 셈이야? 기회라는 거, 아무 때나 안 찾아온다? 너도 그 정도는 알고 있지?"

강빈의 눈동자에 잔잔한 떨림이 일었다.

"지금 안 나가면 넌 영원히 이아란과는 굿바이, 일 거야. 네가 원하는 게 그거라면…… 알아서 해."

"망할 자식."

"정말 그렇게 생각해?"

유들유들거리는 지완의 잘생긴 얼굴에 웃음기가 번져 나갔다.

"어쩌냐, 이렇게 있는 동안 이아란은 훨훨 날아가 버릴 텐데?"

강빈의 건장한 어깨를 툭툭 내리친 지완이 말을 이었다.

"정공법이 안 될 땐 빈틈을 노리는 것도 나쁘진 않지. 그게 오히려 역공이 될 수도 있고. 안 그래, 사촌?"

무슨 소리냐는 듯 강빈은 눈을 가느다랗게 좁혔다.

"아직 누군가에게 얽매인 몸도 아닌데 너, 너무 조심한다? 그러다 진짜로 얽매이면 넌 아웃이야. 이아란을 눈에 담는 것도 안 된다고. 물론, 다른 누구도 아닌 서강빈이 그 사실을 제일 잘 인지하고 있겠지만."

잠시 말을 끊은 지완은 해주에게 손짓을 했다. 다가선 해주의 손을 잡고 강빈에게 심술궂게 인사를 마친 지완이 등을 돌렸다.

"해주 씨, 저 녀석이랑 차 마시는 건 다음으로 미뤄요. 내가 보기에 저 녀석, 지금 어디 급하게 갈 데가 있는 거 같거든요."

단아한 고갯짓으로 인사를 건넨 해주는 지완의 강경한 움직임에 떠밀리듯 매장을 걸어나갔다. 지완의 뒷모습을 망연히 응시하던 강빈은 짜증스레 머리카락을 쓸어 넘겼다.

윤지완…… 정말이지, 마음에 안 드는 녀석이었다.


수많은 사람들 틈에 뒤섞여 걷고 있는 아란의 모습이 강빈의 시야에 포착되었다. 갓길로 천천히 주행하며 검지로 핸들을 톡톡, 두드렸다. 뒤에서 빨리 가라는 듯이 클랙슨을 성급하게 울려대도 못 들은 척 외면했다. 쥬얼리 숍을 나오자마자 제일 먼저 강빈이 한 건 아란을 찾는 것이었다. 지완과 몇 마디 말을 더 나누어서 어쩌면 놓쳤을지도 모른다고 여겼다.

헌데, 아란이 있었다.

무슨 생각을 하는지 머리를 푹 숙이고 걷는 모습이 위태롭기까지 했다. 잠시잠깐 눈을 떼거나, 고개를 돌리는 순간 지나가는 다른 사람과 금방이라도 부딪힐 듯했다.

"앞 좀 봐, 이 아가씨야."

강빈의 걱정스러운 음성이 나직하게 흘러나왔다. 말이 끝나기가 무섭게 아란이 누군가와 부딪혔다. 강빈의 이마에 실금이 그어졌다. 연신 고개를 숙이며 사과를 하는 아란의 모습을 강빈은 못마땅하게 지켜봤다.

이대로 아란을 무시하고 가면 그만이다. 그렇다면 두 번 다시 이 아란이라는 여자를 만날 일은 없을 터였다. 그러나…… 자신이 원하는 게 정말 그것인지 강빈은 명확한 확답을 내릴 수가 없었다. 아란을 두고 가는 게, 철저하게 외면하는 게, 이 상황에서의 가장 적절한 해답인 걸까? 역시, 답이 없는 난해한 물음이다.

갓길 한쪽에 날렵한 차체를 자랑하는 블랙색상 재규어XJ 220이 미끄러지듯 멈춰 섰다. 조수석 백미러에 조금 뒤처져서 걸어오는 아란의 모습이 선명하게 새겨졌다. 다섯 걸음 정도 뒤에서 아란이 천천히 걸어왔다. 싱그러운 레몬빛 원피스 치맛자락이 봄바람에 살랑이며 흩날렸다. 봄날 흐드러지게 피어 있는 개나리꽃마냥, 한 걸음 한 걸음 내딛는 아란의 자태는 한 떨기 꽃처럼 강빈의 시야를 자극했다.

네 걸음 뒤.

아란은 여전히 바닥만 바라보며 걸음을 옮겼다. 저러다가 정말이지 넘어지기라도 할까 봐 강빈은 눈을 뗄 수가 없었다. 이대로 가속페달을 밟아 속력을 내면 아란을 두 번 다시 안 만날 수도 있을 것만 같았다. 가속페달에 올려놓은 발에 슬며시 힘을 주려다가 자신도 모르게 다리를 뗐다.

세 걸음 뒤.

두 걸음 뒤.

아란과 강빈의 사이에 벌어져 있던 거리가 점차 좁혀졌다. 마지막 한 걸음을 남겨두었을 때 핸들을 톡톡, 내리치던 강빈의 손짓이 움직임을 굳혔다.

"젠장."

나직한 욕지기를 내뱉은 강빈은 유혹을 참지 못하고 운전석 문을 벌컥 열어젖혔다. 번뇌와 고민과 갈등은 여기까지. 내면에서 첨예하고 치열하게 갈등을 보이던 '약혼'과 '유학'이란 단어를 이쯤에서 일단락 지었다.

더 이상은 그도 어쩔 수 없었다.

이아란을…… 이대로 보내고 싶지 않아졌다.

차체에 몸을 기대고 아란을 주시했다. 고개를 푹 숙이는 것으로 표정을 감춘 아란은 그가 바로 근처에 있다는 사실도 알지 못한 채 무심하게 지나쳐 갔다. 강빈의 얼굴에 짜증의 빛이 스며들었다. 아란과 불과 몇 미터 떨어지지 않은 곳에서 자전거 두 대가 무서운 속도로 질주했다. 자전거를 모는 두 사람은 전방은 보지도 않고 서로를 향해 무어라 이야기를 나눴다. 자전거 경주라도 하듯 두 대의 자전거가 앞서거니 뒤서거니 하더니 그중 한 대가 정확하게 아란을 향해 속력을 내고 있었다.

자전거와 아란이 부딪히기 직전, 강빈은 엽렵하게 다가선 뒤 아란의 허리에 팔을 두르고 품으로 확 끌어당겼다. 아란의 날씬한 몸이 강빈의 품에 폭 안겨들었다. 끼이익, 거리며 자전거 한 대가 급정거를 했다. 뒤이어 또 다른 자전거도 기다렸다는 듯이 움직임을 멈췄다.

"죄송합니다. 앞에 사람이 있는 줄도 모르고……."

자전거를 몰던 남학생이 연신 사과의 말을 건네며 고개를 숙였다. 강빈의 눈빛이 사느랗게 빛났다. 앞도 제대로 보지 않고 질주한 학생에게 힐난을 가했다.

"죄송하다면, 다 해결되는 건가."

"네?"

"가봐."

강빈은 턱짓으로 오만하게 명령했다. 사람과 충돌할 뻔했다는 것에 놀란 듯한 학생의 얼굴이 시뻘겋게 달아올랐다. 머뭇거리며 고갯짓을 하던 학생이 자전거를 끌고 터덜터덜 걸어갔다. 그 옆으로 다른 학생이 보조를 맞춰 걷고 있었다. 갑작스러운 상황에 갈 길을 멈추고 구경하던 이들도 하나둘 자리를 떴다.

"넌, 사람들하고 부딪히는 게 취미니?"

품에 안긴 아란을 내려다보며 강빈은 냉랭하게 뇌까렸다. 자전거에 부딪힐 뻔한 것보다, 강빈이 곁에 있다는 것에 더 놀란 아란은 혼란스러운 듯 눈을 깜빡였다. 언제 그가 왔는지, 왜 여기 있는지, 아무것도 이해가 되질 않았다. 마치 꿈을 꾸는 것만 같았다. 눈을 뜨고 꾸는 꿈. 그토록 시리고 차갑게 '네가 싫다'고 말한 사람이 어떻게 이곳에 있을 수 있을까, 어떻게. 쥬얼리 숍에서 강빈이 했던 말을 되새기고 또 되새기느라 아란의 머릿속은 엉망으로 얽혀들어 있었다.

그제야 흐리마리한 아란의 사고가 현실로 또렷하게 되돌아왔다. 강빈이 어떻게 이곳에 있냐는 건 더 이상 중요하지 않았다. 중요한 건, 그가 그녀를 싫다고 한 거였다. 아란은 허리에 감긴 강빈의 손을 매정하게 떨쳐 냈다. 강빈의 얼굴은 보기도 싫다는 듯, 홱 고개를 돌렸다. 인사도 없이 한 걸음 내딛으려는데 강빈의 나른한 음성이 아란의 거친 움직임을 일시에 잠재웠다.

"넌, 고맙다는 말도 못하나 보다?"

'고마운 거 좋아하네.'

아란은 입술을 앙다물고 톡 하고 튀어나오려는 사나운 말을 삼켰다. 누가 언제 도와달라고 했다고 바람처럼 나타나서는 불쑥 구해준단 말인가. 뭐가 고맙다고. 싫다는 말이나 한 주제에. 뒤에 강빈을 남겨두고 아란은 한 걸음씩 걸어나갔다.

"누구 마음대로 빚 청산을 다 해?"

제자리에 가만히 서서 슈트 하의 주머니에 손을 찔러 넣은 강빈은 턱을 치켜 올렸다. 지나가던 몇몇 여자들이 강빈의 준수한 얼굴을 흘끔거렸다. 다른 여자들에게는 눈길도 건네지 않은 채 강빈은 놀리듯이 덧붙였다.

"탕감 안 된다고 했지? 그런데 겨우 커프링크스 하나로……."

걸음을 딱, 멈춘 아란이 홱 몸을 돌렸다. 성큼성큼 걸어와 강빈의 정강이를 향해 거침없이 구두코를 박았다. 둔탁한 소리와 함께 강빈의 얼굴이 살짝 일그러졌다.

"이아란, 너……."

강빈의 음성이 탁하게 갈라졌다. 차마 아프다는 표현을 못하는 강빈을 향해 아란은 혀를 길게 빼물고는 약을 올렸다.

"맞아도 싸요, 맞아도 싸. 그게 얼마짜린데, 내 몇 달치 용돈이 순식간에 홀라당 날아갔는데. 뭐라고 했어요? 겨우, 커프링크스, 하나? 웃기지도 않아, 정말. 왜 남의 성의를 무시하고 난리예요?"

슬며시 치올린 강빈의 입술에 미소가 번졌다. 아란은 억울함과 서운함을 담아 쉼없이 다다다 말을 쏟아냈다.

"하기 싫으면 관둬요. 다시 돌려줘요. 강빈 씨 이름에 들어가는 첫 글자가 생각나서 일부러 사줬더니만 그렇게 싫으면 달라고요. 내가 차라리 엿을 바꿔 먹고 말지. 얼른 돌려줘요, 얼른!"

아란은 척, 하니 손을 내밀었다. 그 손을 빤히 내려다보던 강빈은 망설임없이 홱 낚아채고는, 잠시 주차해 놓은 자동차로 성큼성큼 걸음을 옮겼다. 눈을 동그랗게 뜨고 어어, 거리는 아란을 조수석에 밀어 넣었다. 앞 범퍼를 빙 돌아 운전석에 도착한 강빈은 재빨리 시동을 걸었다. 한 마리 흑표범을 연상시키는 재규어XJ가 미끄러지듯 도로를 주행하기 시작했다. 입을 헤, 벌리고 있던 아란은 정면을 응시하다가 강빈을 바라보았다.

"지금 뭐하는 짓이에요?"

턱짓으로 룸미러를 가리킨 강빈이 입을 열었다.

"교통경찰이야. 조금만 늦었으면……."

"아하, 딱지 끊긴다?"

강빈의 말을 아란이 이어받았다. 가만히 입술을 늘인 강빈이 고개를 끄덕였다. 아란은 코웃음을 치며 도도하게 턱을 치켜 올렸다.

"딱지가 끊기든 말든, 내 차도 아닌데 난 왜 끌고 온 건데요?"

핸들을 유연하게 돌리며 강빈은 운전에 열중했다. 아란의 종알거리는 말은 듣지 못한 듯, 한마디도 대답하지 않은 채. 입술을 굳게 다물고 전방만 주시하는 강빈의 옆모습을 아란은 홀린 듯이 바라보았다. 완벽한 모양의 짙은 눈썹과 그 아래 자리한 속눈썹은 길다 못해 우아하게 말려 있어서 남자의 것이라고는 믿기 힘들 정도였다. 조각상보다 더 반듯한 콧날은 신이 정성을 다해 빚은 것만 같았다. 굳게 다문 입술은 꽃잎처럼 붉게 물들어 만지고 싶은 묘한 충동이 일었다. 손이 제멋대로 뻗어나갈 것만 같아 아란은 슬며시 주먹을 말아 쥐었다.

"저 앞, 지하철역 입구에 세워주세요."

시큰둥하게 말한 아란은 창문 너머로 눈길을 던졌다. 높게 솟은 건물과 주변 상가들이 휙휙 스쳐 지나갔다. 하루하루가 지날수록 사람들의 옷차림이 얇아졌다. 다가올 여름을 대비하듯 길가에 늘어선 가로수는 새파란 봄 하늘에 뒤질세라 싱그러운 초록빛으로 물들어나갔다.

"지하철역이라니, 차 안 가져왔어?"

"차가 좀 아파서 입원시켜 놨어요."

강빈의 물음을 아란은 무심하게 받아넘겼다.

"어디가 얼마나 아프기에 입원까지 시키시나."

"애가 좀 부실하거든요. 뻑 하면 멈추질 않나, 여기저기 아프다며 주인 허락도 없이 고장나질 않나."

"그 정도면 문제가 있는걸? 서한전자 임원 연봉이 박봉은 아닐 텐데, 이 부사장님은 귀한 딸에게 자동차 한 대 바꿔줄 능력도 안 되시나 보다?"

강빈은 능숙하게 차선을 바꿔가며 나직이 혀를 찼다.

"안 바꿔주신 게 아니라 제가 필요없다고 한 거예요."

아란은 고개를 가로저으며 강빈의 의견을 정정했다.

"조금 있으면 유학 갈 건데 뭐하러 굳이 돈을 써요. 그리고 속 썩이는 그 차는, 내가 직접 돈 벌어서 처음으로 산 차거든요. 차가 좀 부실하다고 날름 바꾸면 내 애마인 그 녀석 속상할 거예요. 오늘 같은 날은 뭐, 아쉬운 대로 지하철 타고 다녀도 되고."

"안 불편하니?"

아란의 사고방식에 강빈은 적잖이 놀랐다. 그 정도 집안에, 그 정도 지위와 위치를 가진 부친을 두고 있으면서, 아란은 지나치게 평범한 생활을 추구했다. 직접 돈을 벌어서 차를 샀다는 것은 정말이지 의외였다. 겉으로 드러나는 아란의 세련된 이미지는 제 손으로 돈을 버는 것과는 상당히 거리가 멀어 보였다. 되바라지게 사치스럽지 않은 아란이 이상하게도 강빈의 마음을 다스하게 만들어 나갔다. 아란을 바라보는 강빈의 눈동자에 많은 생각이 교차했다.

"글쎄요, 뭐…… 크게 불편함을 느낀 적은 없어서. 솔직히 차가 있어도 타고 다닐 곳이 많은 것도 아니고. 급할 때 타긴 하는데 그거, 한 달에 몇 번 안 돼요. 난 오히려 지하철이 더 편하고 좋아요. 그리고 강빈 씨가 몰라서 그렇지 요즘 대중교통 수단 꽤 편해요. 막히는 것도 없고 쌩쌩 달려주니 얼마나 고마워요?"

"소탈한 줄은 알았지만 그 정도면 너무 심하다. 자신이 가진 걸 누릴 줄도 알아야 하는 거야, 이아란."

"차 한 대 안 바꾼다고 누릴 걸 못 누리진 않아요. 어, 지하철역 지났는데?"

옆으로 휙 하고 지나치는 역 입구를 보며 아란은 검지를 세웠다. 강빈은 고개도 돌리지 않은 채 묵묵히 핸들을 움직였다. 수많은 차량 행렬을 유연하게 헤치며 자동차는 아스팔트 위를 빠르게 질주했다. 창문을 스르륵, 내린 아란은 창밖으로 손을 내밀었다. 손끝에 와 닿는 포근한 봄바람이 가슴까지 설레게 했다.

"우와, 날씨 정말 좋다!"

눈부신 햇살은 찬연했고, 새파란 하늘에 떠 있는 구름은 솜사탕처럼 새하얀 색채를 띠었다. 목적지를 정하지 않은 채 어딘가로 훌쩍 떠나고 싶은 마음이 들 정도였다. 이렇게 좋은 날 우진과 교외로 바람을 쐬러 간다면 얼마나 좋을까. 향긋한 꽃내음이 풍기는 만개한 꽃 사이를 거닌다면 더 바랄 게 없을 것 같은 황홀한 주말이었다. 안타깝게도 우진은 지금 이 시간, 부산을 향해 열심히 달려가고 있겠지만.

"아, 놀러 가고 싶다……."

창밖에 시선을 고정시킨 아란은 한숨을 내쉬며 들릴 듯 말 듯한 혼잣말을 낮게 속삭였다. 활짝 열어놓은 창문에서 살랑거리는 봄바람이 들어와, 아란의 속삭임을 강빈의 귓가에 살포시 옮겨놓았다. 룸미러로 아란의 고운 얼굴을 주시하던 강빈은 연하게 미소를 지었다.


인공호수를 만들어 도시인이 쉽게 접할 수 없는 자연생태계를 완벽하게 재현한 공원에는 꽤 많은 사람들이 모여 북적거렸다. 주말이라서 더 많은 사람들이 여흥을 즐기러 나온 듯했다. 공원 앞 노천카페에 앉아 카페오레를 한 모금씩 마시고 간간이 초코 무스 케이크를 떠먹는 아란을 강빈은 말없이 지켜보았다. 강빈의 앞에는 진한 에스프레소 한 잔이 놓여 있었다.

봄 햇살 아래 파릇파릇한 잔디가 빼곡히 돋아나 초록빛으로 아스라하게 펼쳐졌다. 그곳에는 장미, 튤립, 프리지어, 소국 등이 만개해 찾아온 이들을 열렬하게 환영해 주었다.

공원에는 많은 인파가 모여 있는 것만큼 각양각색의 사람들이 지나다녔다. 자전거 전용 도로에는 자전거를 탄 이들이 끝없이 이어졌다. 그중에는 연인으로 보이는 젊은 남녀 커플이 2인용 자전거를 타고 다정하게 페달을 굴렸다. 운동을 하기에는 어정쩡한 시간인데도 불구하고 가벼운 차림으로 조깅을 하는 이들도 보였고, 길게 이어진 돌계단 위에는 어린아이들이 장난을 하며 쉴 새 없이 계단을 오르내리고 있기도 했다.

아이들이 가위바위보를 하며 계단을 하나씩 오르는 것을 웃음 띤 얼굴로 바라보던 아란은 강빈에게로 시선을 돌렸다. 하얀 파라솔 아래에, 테이블을 사이에 두고 두 사람의 시선이 서로에게 얽혀들었다. 강빈을 바라보며 아란은 말문을 열었다.

"여긴 왜 온 거예요?"

"놀러 가고 싶다고 했잖아."

눈을 동그랗게 뜬 아란이 긴 속눈썹을 팔락이며 깜빡깜빡거렸다.

"들었어요?"

"들으라고 한 말 아닌가?"

강빈은 놀리듯이 받아쳤다. 볼을 부풀린 아란이 슬며시 눈초리를 날카롭게 세웠다.

"아니거든요? 나는 뭐, 혼잣말도 못해요?"

휙 얼굴을 돌린 아란은 바람에 이리저리 휘날리는 풍선꾸러미를 응시했다. 알록달록한 총천연색과 독특한 캐릭터 모양을 자랑하는 풍선이 아이들의 시선을 한 몸에 받았다. 엄마에게 풍선을 사달라고 떼를 쓰는 어린아이를 바라보며 아란은 생그레 미소를 베어 물었다. 안 사주면 금방이라도 울어버릴 듯한 아이가 앙증맞을 정도로 귀여웠다. 아란의 눈길이 머문 곳을 일별한 강빈이 나른한 음성으로 말을 꺼냈다.

"하나 사줄까?"

무슨 소리냐는 듯 아란은 눈을 깜빡였다. 손짓으로 풍선을 가리킨 강빈이 덧붙였다.

"풍선, 엄청 갖고 싶은 애절한 눈빛인데?"

아란의 커다란 눈이 가느다랗게 조프려졌다. 뾰로통하게 입술을 내밀고는 퉁명스레 받아쳤다.

"됐거든요?"

"아, 풍선을 들고 다니기엔 나이가 좀 많나?"

매력적인 강빈의 입매에 웃음기가 번져 나갔다. 주위를 휘둘러본 강빈은 검지를 세워 어딘가를 가리켰다. 아란의 눈길이 자연스럽게 강빈의 손짓을 따라갔다. 솜사탕 기계에 옹기종기 모여 있는 아이들이 아란의 동공 깊은 곳을 파고들었다.

"솜사탕은 어때?"

그윽한 음성에는 다분히 장난기가 숨겨져 있었다.

"사줘?"

"내가 애예요?"

아란의 볼이 귀염성있게 톡, 볼가졌다. 주먹 쥔 손으로 입을 가로막은 강빈은 하하, 거리며 나직하게 웃음을 토해냈다.

"강빈 씨 웃음소리 참 듣기 좋아요."

듣기 좋게 울려 퍼지던 강빈의 웃음소리가 딱 끊겼다. 아란을 바라보던 강빈이 탁하게 갈라진 목소리로 말했다.

"어디 가서 그런 말 하면 유혹한다고 오해한다, 이아란. 다른 사람

앞에서는 그런 말 가려서 해.”

“듣기 좋은 걸 듣기 좋다고 하는데 무슨 유혹. 근데요, 강빈 씨. 나, 뭐 하나 물어봐도 돼요?”

“물어보지 말라면 안 물어볼 거야?”

강빈의 되물음에 아란은 고개를 가로저었다.

“그건 아니죠. 난 궁금한 건 못 참거든요.”

엷은 미소를 짓고 있던 강빈이 고갯짓을 했다.

“물어보세요, 아가씨. 성심성의껏 답변해 드리죠.”

“내가 왜 싫어요? 나, 강빈 씨한테 뭐 큰 실수한 거 있어요?”

강빈의 우아하게 휘늘어진 입매에서, 다스한 눈동자에서 웃음기가 급격하게 말라갔다. 담담하게 바라보는 아란의 시선을 외면한 강빈의 입매가 수평으로 굳어나갔다.

“네? 왜 싫은 건데요?”

속 시원하게 대답해 보라며 아란은 초조하게 채근했다. 답을 듣지 못하면 답답해서 일이 손에 안 잡힐 것만 같았다. 누군가에게 미움을 받는다면, 왜 미움을 받는지 이유라도 알아야 마음이 조금이나마 편할 것만 같았다.

“아무리 생각해도 모르겠어요. 강빈 씨가 왜 날 싫어하는지…….”

아무런 말도 하지 않은 채 사느란 태도로 일관하는 강빈을 보면서 아란은 또 뭔가 실수를 했나, 하는 생각마저 들었다. 어색한 분위기를 모면하기 위해 카페오레를 홀짝이며 마셨다. 달콤한 초코 무스 케이크를 한입 떠먹는 그 순간, 그들의 눈앞에서 마법처럼 환상이 펼쳐졌다. 불과 십여 미터 정도 떨어진 곳에서 물기둥이 높게 솟아올랐다. 공원 근처를 가득 메웠던 사람들의 입에서도 저마다 탄성이 터져 나왔다.

분수가 가동되는 시간이었다. 화강석 바닥에 뚫린 수백 개가 넘는 노즐에서 동시에 물줄기가 뿜어져 나왔다. 어떤 것은 성인의 키가 훌쩍 넘는 높이로, 어떤 것은 아이들의 어깨에 간신히 닿을 높이로.

바닥분수에서 셀 수 없을 만큼 많은 물기둥이 일제히 하늘을 향해 치솟자 아이들은 환호성을 질렀다. 분수대 바깥을 맴돌던 아이들은 하나둘씩 짝을 이뤄 물줄기가 뿜어져 나오는 곳으로 들어가 이리저리 물기둥을 피해 뛰어다녔다. 아이들을 데리고 나온 부모들도 말리기는커녕 웃으면서 지켜보고 있었다.

"물…… 좋아해요, 강빈 씨?"

현란하게 솟아오르는 물줄기를 눈도 깜빡이지 않고 바라보던 아란이 들뜬 목소리로 물었다. 기묘하게 얼어붙었던 분위기는 쏟아지는 물줄기에 의해 흔적도 없이 녹아들었다. 강빈은 대답 대신 고요하게 아란을 응시했다. 분수대에서 시선을 떼고 강빈을 바라보던 아란이 팔을 부드럽게 잡아끌었다.

"싫어도 가야 할걸요. 내가 물을 좋아하니까."

아란은 환하게 웃으며 눈을 빛냈다. 별처럼 반짝이는 영롱한 빛이 강빈의 눈과 마주했다.

"지금, 저길 들어가자는 거야?"

강빈은 말도 안 된다는 듯 손사래를 쳤다.

"얼마나 재밌는데요. 어서요."

아란은 막무가내로 강빈을 부추기다 안 되겠는지 손을 놓고는 재빨리 물줄기를 향해 뛰어갔다. 아란이 먼저 분수대에 뛰어들어 아이들과 합류했다. 수백 개의 물줄기 사이를 이리저리 파고들며 아란은 아이들과 함께 신나게 웃음을 터뜨렸다. 그런 아란의 모습이 강빈의 눈을 거쳐 가슴 깊은 곳에 자리를 잡았다. 눈부신 생명력으로 빛나고 있는 아란의 아름다운 모습이 강빈의 심장 깊숙이 새겨졌다.

아이들은 높은 물기둥은 요리조리 피해 다니다가, 낮은 물줄기를 만나면 양손에 물을 받아 세수를 하거나, 옆 아이에게 물을 뒤집어씌우기도 했다. 바닥에 찰랑찰랑 고인 물을 발로 걷어차며 아이들과 장난을 치는 그 속에, 아란도 함께 어울리고 있었다.

물줄기를 피해 열심히 도망을 다녔지만 아란은 금세 젖고 말았다. 워낙 많은 노즐이 있어서 그렇기도 했지만 장난꾸러기 같은 아이들이 협공을 해서 아란을 공격했기 때문이었다. 혼자 당할 수만은 없다는 생각에 아란은 분수대 밖에 있는 강빈을 향해 힘껏 손짓을 했다. 강빈은 한사코 싫다는 듯 손을 내저었다. 결국 아란은 할 수 없다는 듯이 포기를 하고는 아이들과 함께 물장난을 쳤다.

그때, 귀에 익은 캐논 연주곡이 강빈의 귓가를 스쳤다. 테이블 위에 놓여 있던 아란의 휴대전화에서 벨소리가 끊임없이 울려 퍼졌다. 슬쩍 액정화면을 바라보니 '우진 오빠'라는 글자가 깜빡였다. 물줄기 사이를 아이처럼 천진난만하게 뛰어다니는 아란과, 휴대전화를 번갈아 보던 강빈의 입매가 일그러졌다.

"네가 왜 그토록 싫은지, 나도 그 이유를 알았으면 좋겠다, 이아란."

강빈이 나직하게 혼잣말을 하는 동안에도 휴대전화는 멈추지 않고 벨소리를 토해냈다. 잠시 뒤, 벨소리가 멈추고 나서야 강빈은 아란의 휴대전화를 사느란 눈빛으로 노려보았다. 우진의 전화가 왔다는 걸 알면 아란은 단박에 물속에서 뛰어나올지도 모른다. 그가 보는 앞에서 예쁜 미소를 지으며 연인과 통화하는 아란의 모습이 선연하게 그려졌다. 다른 건 몰라도 그걸 지켜볼 마음의 여유 따위는 없었다. 그 모습을 보려고 아란을 이곳에 데려오지는 않았으니까.

여전히 물줄기 속을 뛰어다니던 아란이 또다시 강빈에게 손짓을 했다. 생긋방긋 웃으며 어서 들어오라고 깜찍하게 유혹하고 있었다. 물의 요정 운디네(Undine)보다 더 아름답고 사랑스러운 표정으로 유혹의 손짓을 했다. 아란에게서 시선을 거두지 못한 채 강빈은 느긋하게 슈트 상의를 벗고 실크넥타이를 풀어 테이블 위에 올려놓았다.

아이들의 짓궂은 장난도 거부하지 않은 채 모든 것을 받아주는 아란을 향해, 강빈은 물속으로 뛰어들었다. 차가운 물줄기가 강빈의 얼굴을 적시고 단정한 와이셔츠와 슈트를 적셔 나갔다. 아란에게 성큼 다가선 강빈은 손으로 물을 튀기며 놀렸다.

"뭐야, 다 큰 어른이 어린애들 싸움에서 밀리는 거야?"

아란에게 물세례를 퍼부었던 아이들을 하나하나 찾아서 강빈은 똑같이 되돌려주었다. 들어오지 않으려고 한사코 고개를 내젓던 강빈이 물줄기 사이를 헤치며 아란을 괴롭혔던 아이들을 일일이 공격했다. 절대 이런 곳엔 안 들어올 사람 같았는데, 물에 젖는 걸 즐기는 사람도 아닌 거 같은데, 물속에서 환하게 웃으며 서 있는 그가 참 보기 좋아서, 너무 멋있어서, 아란은 자신도 모르게 강빈을 바라보고 또 바라보았다.

"뭐해? 벌써 지친 거야, 아가씨?"

강빈이 아란의 어깨를 툭 쳤다.

"뭐예요. 안 들어온다고 하지 않았어요? 근데 이 안에서 제일 신나게 노는 사람은 강빈 씨 같은데요?"

아란은 한쪽 눈을 찡긋거리며 깜찍한 윙크를 던졌다. 웃음을 터뜨린 강빈은 젖은 머리카락을 쓸어 넘기고는 고개를 숙여 아란의 귀에 입술을 바짝 붙였다.

"그러려고 했는데…… 물의 요정이 손짓을 하던걸. 어서 들어오라며."

나란히 서 있는 강빈과 아란 사이에 물줄기가 쏴아, 튀어 올랐다. 아란은 재빨리 한 걸음 뒤로 물러섰다. 미처 피하지 못해 물을 흠뻑 뒤집어 쓴 강빈이 손으로 물기를 툭툭 털어내는데 그 옆에서 또 다른 물줄기가 예고도 없이 솟아올라 그의 몸을 덮쳤다. 아란이 소리 내어 웃으며 강빈을 바라보자, 갑자기 그가 손을 뻗었다. 아란을 물줄기 속으로 끌어당기며 강빈이 나른하게 속삭였다.

"혼자 당하면 억울하지."

"어, 이건 반칙이에요."

벗어나려 버둥거렸지만 강빈은 놓아주지 않았다. 두 사람 다 물에 흠뻑 젖고 말았다. 햇살 아래에서 환하게 빛나는 강빈의 얼굴이 아란의 눈에 깊숙이 파고들었다.

"어쩌죠? 나, 강빈 씨가 정말 좋아지려 해요."

아란의 팔을 잡고 있던 강빈의 손에 일순 힘이 가해졌다. 심장과 맥박이 빠른 속도로 줄달음치기 시작했다. 아란의 고백을 듣는 그 순간. 탁하게 갈라진 그의 목소리가 낮게 흘러나왔다.

"위험한 발언인데?"

"우리 오빠가 없었으면 아마 강빈 씨에게 홀딱 반하고 말았을 거예요."

물줄기 사이를 폴짝폴짝 뛰어다니던 아란이 속마음을 남김없이 밝혔다.

"오빠가 있어서 반하진 않았다?"

강빈의 의미심장한 질문의 의도를 눈치채지 못한 채, 아란은 여전히 물줄기 속에서 장난을 쳤다.

"정말 강빈 씨에게 반하면 곤란하죠. 그럼 우리 오빠 상처받아요. 우진 오빤, 나 없으면 안 되거든요. 물론 나도 오빠가 없으면 절대 안 되지만."

아란의 입술을 가로막고 싶은 충동에 휩싸였다. '우진 오빠'라고 다정하게 내뱉는 아란의 말을 듣고 싶지 않았다. 할 수만 있다면 강제로라도 막아버리고 싶었다. 그런 강빈의 마음을 아는지, 모르는지 아란이 정답게 말을 이었다.

"반하진 않았지만 나, 정말 강빈 씨가 좋아요. 좋아졌어."

"칭찬으로 받아들이지."

"완벽한 칭찬입니다, 서강빈 씨."

거수경례를 하듯 아란이 한 손을 이마에 척 붙였다. 해맑게 웃는 모습이 햇살 아래에서, 물줄기 아래에서 눈부시게 빛났다. 강빈은 무언가에 이끌리듯 아란의 이마에 입술을 내렸다. 쏟아지는 물줄기 속에서 두 사람의 몸이 하나로 겹쳐졌다. 아란의 섬약한 어깨를 움켜쥐고 부드럽게, 부드럽게 터치를 가했다.

새하얀 깃털이 가볍게 내려앉듯.

봄날 팔랑이는 나비의 고요한 날갯짓처럼.

생동감있게 뛰어다니던 아란의 움직임이 얼어붙듯 꼼짝도 하지 않았다. 숨 쉬는 것도 잊은 채 눈도 깜빡이지 못한 채 가만히 서서 강빈에게 몸을 맡겼다. 아란의 고운 이마에 달라붙은 젖은 머리카락이 짓궂게 훼방을 놓았다. 강빈은 젖은 머리카락을 걷어내고 아란의 보드라운 살결에 뜨거운 입술을 포갰다.

찰나였으나, 영원이었다.

품에 안긴 어여쁜 사람 숨결을 앗고 싶었으나 그저 보드레한 살결만 맛보았다.

입맞춤을 하는 강빈과 아란의 주변으로 물기둥이 높게 치솟아올라 두 사람의 모습을 감췄다. 아이들이 양팔을 쭉 펴고 비행을 하듯 물줄기 사이를 헤쳐 다녔다. 아란의 이마에 낙인을 찍듯 뜨겁게 입맞춤을 한 강빈은 뒤로 한 걸음 물러섰다. 아란의 맑은 눈동자에 복잡다단함과 혼란스러움이 가득 들어찼다. 강빈을 정안하는 눈빛에는 두려움과 경계심이 진하게 배어 나왔다.

"칭찬에 대한 답례."

아란의 볼을 검지로 톡톡, 두드린 강빈이 태연하게 말했다. 윙크를 하며 장난스레 덧붙였다.

"그런데, 어쩌지 이아란? 난 너란 여자가 정말 싫으니."

말을 마친 강빈은 물줄기가 솟아오르는 곳으로 아란의 날씬한 몸을 슬쩍 밀쳤다. 방심하고 있던 아란은 그대로 물을 뒤집어쓰고 말았다. 강빈의 공격에 아이들까지 합세해 아란을 궁지로 몰았다. 모두들 두 손으로 물을 받아 아란과 강빈의 얼굴과 몸에 들이부었다. 나직하게 비명을 지르던 아란 역시 지지 않고 아이들을 향해 반격에 나섰고, 강빈도 아란을 적극 도와주었다.

어른 대 아이들 싸움이 잠시 뒤, 여자 대 남자 싸움으로 변했다. 어른은 고작 아란과 강빈 두 사람이어서 수적으로 불리하다 싶은 아란이 나름대로 작전을 짠 것이다. 여자아이들만 골라서 편을 나누고 남자아이들을 무차별 공격했다. 양손에 물을 가득 받아서 남자아이들을 향해 뿌리고, 제자리에서 풀쩍풀쩍 뛰어올라서 물이 사방으로 튀게 만들었다.

남자아이들이 공격을 할라 치면 아란은 여자아이들의 손을 잡고 일제히 도망을 가기도 했다. 웃음소리가 물줄기를 뚫고 하늘 위로 날아갔다. 아이들의 깔깔거리고, 까르륵거리는 즐거운 웃음소리가 쏟아지는 물줄기 속으로 스며들었다. 강빈의 싱그러운 웃음소리와 아란의 청아한 웃음소리가 한데 어우러져 6월의 향긋한 꽃내음 사이로 사그라졌다. 분수 작동이 멈출 때까지, 노즐에서 물줄기가 나오지 않을 때까지 수십 명의 아이들과 강빈, 그리고 아란은 하나가 되어 황홀한 봄날의 향연을 즐겼다.

분수 안에서의 물싸움은 남자아이들의 압도적인 승리로 끝이 났다. 강빈의 진두지휘 아래에 남자아이들은 치밀하게 계획을 짜서 여자아이들을 궁지로 몰아넣고는 승리를 거머쥔 것이다. 비록 여자들 팀이 졌지만 누구도 안타까워하는 여자아이는 없었다. 그건 싸움이 아니라 서로간의 교감이었으니까.

　게임은 끝났지만 아란은 자신의 곁을 떠나지 않는 두 명의 여자아이 손을 잡고 물줄기 사이를 이리저리 뛰어다녔다. 이쪽을 피하려고 발을 돌리면 그쪽에서 물이 쏴아, 하고 솟아오르고 다른 쪽으로 도망가면 그곳에서 기다렸다는 듯이 물줄기가 솟아올랐다. 여자아이 두 명이 숨이 넘어갈 듯 웃으며 아란의 손을 놓지 않고 있었다.

　분수대 밖에서 아란의 모습을 지켜보던 강빈은 지그시 어금니를 사려물었다.

　"정말 싫다, 이아란. 너란 여자, 지긋지긋하게 싫어."

　물줄기 사이로 사라졌다 나타나기를 반복하는 아란의 고운 얼굴을 주시하며 강빈은 들릴 듯 말 듯한 말을 읊조렸다. 강빈의 나직한 혼잣말이 바람결에 사그라졌다.


　병아리처럼 귀여운 분위기를 자아내던 아란의 연한 레몬빛 원피스가 물에 흠뻑 젖었다. 가녀린 팔과 탐스러운 가슴에 착 달라붙은 원피스는, 애초의 단정한 차림새와 달리 도발적이고 관능적으로 변해 버렸다. 우아하게 굴곡진 여성스러운 라인을 남김없이 드러내고 이제는 섹시한 분위기까지 자아냈다. 매혹적인 젖은 몸이 단번에 시선을 끌었다. 강빈은 아란을 향한 뜨거운 눈길을 거두지 않았다. 머리부터 발끝까지 아란의 대한 것은 모두 눈에 품고 가슴에 차곡차곡 담았다. 바닥분수 밖으로 타원형처럼 둘러싸고 구경하던 사람들 틈에서 강빈은 자신과 똑같은 눈빛을 발견하고는 들리지 않게 험악한 욕지기를 내뱉었다.

　구경꾼의 절반은 남자들이었다. 그 남자들은 하나같이 싱그러운 생동감으로 반짝반짝 빛을 발하는 아란을, 번들거리는 눈으로 핥듯이 바라보았다. 눈길을 돌릴 생각도 하지 않은 채. 그들의 옆에 있는 아내나, 연인은 거들떠보지도 않은 채. 그들의 시선은 모두 약속이라도 한 듯 아란에게만 고정되어 있었다.

그때, 아란이 아이들에게 인사를 하고는 분수대 밖으로 뛰어나왔다. 입가에 말간 웃음을 가득 물고 강빈이 있는 테이블로 한걸음에 다가왔다. 자리에서 일어난 강빈은 아란의 어깨에 벗어두었던 자신의 슈트 상의를 자연스럽게 걸쳐 주었다.

"물에 빠진 생쥐가 돼버렸는데?"

타박하듯 말했지만 옷깃을 여며주는 강빈의 손길은 더없이 부드러웠다. 도홍빛 혀를 쏙 내민 아란이 어깨를 으쓱거렸다.

"이렇게 예쁜 생쥐 봤어요?"

아란은 물기가 뚝뚝 흐르는 머리카락을 모아 한쪽 어깨로 가지런히 내렸다. 백설빛 목덜미가 유혹하듯 모습을 드러냈다. 우아하게 뻗은 고혹적인 목덜미와 빚은 듯 섬세한 쇄골이 강빈의 눈을 아프도록 파고들었다.

"아, 그나저나 이렇게 홀딱 젖을 생각은 아니었는데……."

자신의 옷차림을 내려다보던 아란의 입에서 한숨이 배어 나왔다. 그때까지도 바닥분수 안에서 즐거운 한때를 보내고 있는 아이들에게 시선을 돌린 아란은 투정 부리듯 종알거렸다.

"저 장난꾸러기들의 무차별 공격 때문에 내가 이렇게나 호되게 당하다니."

강빈은 싱그레 웃음을 베어 물고 응수했다.

"이아란이 아이들을 괴롭힌 건 기억 안 나? 남자애들을 거의 익사 시킬 듯 해놓고서는……."

아란은 곱게 눈을 흘겼다.

"응징이에요, 처절한 응징. 어디 감히 여자들에게 대들고, 덤벼들 어요? 겁도 없이……."

젖은 머리 한 가닥이 아란의 뺨에 달라붙어 있었다. 한바탕 뛰어 다닌 것으로 인해 투명할 정도로 새하얀 피부에는 보기 좋게 홍조가 피어올랐다. 강빈은 손을 내밀어 머리카락을 귀 뒤로 쓸어 넘겨주었 다. 순간, 아란의 어깨에 파르르 떨림이 일었다. 강빈의 손길이 부담 스럽다는 듯 아란은 화들짝 몸을 떼고는 서둘러 뒤로 물러났다. 사소 한 동작이지만 명백한 거절에 강빈의 눈언저리가 차게 사위었다. 재 빨리 손을 뗀 강빈은 슬그머니 주먹을 말아 쥐었다. 아란의 보드라운 피부에 닿았던 생소한 감각은 손끝이 아릴 정도로 저릿저릿함을 동 반했다.

"그만 차에 가자. 이러다 감기 걸리겠다."

"봄에 물놀이 잠깐 했다고 감기 걸리진 않아요."

날씨는 더할 수 없이 포근한 봄날이지만 그래도 조심해서 나쁠 건 없었다. 노천카페 테이블에 올려두었던 아란의 숄더백을 강빈이 집 어 들었다. 아란의 손이 휴대전화를 향하자 강빈은 태연하게 그것을 빼앗아 숄더백에 집어넣었다.

지금 이 순간, 아란의 어여쁜 모습을 다른 남자와 나누고 싶은 마 음은 손톱만큼도 없었다.

비록 전화통화로 서로의 목소리만 나눈다고 하더라도 강빈은 그걸 허용하고 싶지는 않았다.

"얼른 가자, 란아."

아란의 가느다란 손을 움켜쥔 강빈은 성큼성큼 걸음을 빨리했다. 강빈과 보폭을 맞추느라 아란의 걸음도 덩달아 빨라졌다.

"정말 즐거운 하루였어요. 이렇게 멋진 곳을 어떻게 알고 있는 거죠? 안 그래도 너무 우울했는데, 데려와 줘서 정말 고마워요."

아란은 즐거운 시간을 만들어준 강빈에게 감사의 인사를 전했다. 걸음의 속도를 늦춘 아란은 맑은 하늘을 올려다보았다.

"우와, 정말 날씨 끝내준다!"

붉게 타오르는 석양과, 코끝을 스치는 미풍은 완벽하기 그지없었다. 하늘을 바라보던 아란은 고개를 내려 강빈에게로 눈길을 돌렸다. 진주처럼 매끈한 치아를 드러내며 상큼하게 웃었다. 강빈의 시선이 아란의 흠뻑 젖은 옷에 닿았다. 나직이 혀를 차며 강빈은 걱정스레 입을 열었다.

"일단 옷부터 갈아입어야겠다. 이 상태로 있으면 정말이지 감기 걸리겠는걸."

"집에 가서 갈아입죠 뭐. 괜찮아요."

"귀한 딸 물에 빠진 생쥐 모양새로 들어가면 부모님 걱정하신다, 이아란."

"걱정이 아니라 혼을 내시겠죠. 다 큰 게 별짓을 다 하고 다닌다고."

"알면 다행이고."

주차장에 세워두었던 자동차 조수석 문을 열고 강빈은 아란을 먼저 태웠다. 운전석에 오르기 전, 강빈은 전담 스타일리스트인 박 실장에게 전화를 했다. 아란의 옷과 자신의 옷을 준비해 놓으라는 지시 사항을 빠르게 전달한 뒤 통화를 마무리 지었다. 때마침 같이 물장난을 했던 아이들이 자동차 옆으로 지나가자 아란은 바이바이를 외치며 신나게 손을 흔들었다. 운전석에 앉는 강빈을 보며 아란이 손짓을 했다.

"저 애들, 너무 귀엽지 않아요? 깨물어주고 싶다, 정말."

예닐곱 살 정도로 보이는 아이들에게서 아란은 눈을 떼지 못했다. 엄마 아빠 손을 잡고 폴짝폴짝 뛰어가는 여자애 둘은 서로가 똑 닮은 쌍둥이였다. 옴팡 젖었지만 양 갈래로 단정하게 묶은 헤어스타일도 똑같았고 자잘한 물방울무늬가 새겨진 연둣빛 원피스도 일부러 맞춰 입은 듯 서로 똑같았다. 멀어져 가는 아이들에게는 눈길도 건네지 않은 채 강빈은 들릴 듯 말 듯 낮게 읊조렸다.

"내 눈엔 네가 더 귀엽다."

한숨처럼 속삭이는 강빈의 읊조림을 듣지 못한 아란은 여전히 아이들에게 손짓으로 인사를 전했다. 뒷걸음질로 양손을 흔들며 바이바이를 외치던 쌍둥이들이 그제야 몸을 돌렸다.

"아아, 얼른 집에 가야겠다. 아닌 게 아니라 으슬으슬 추운걸요?"

걸치고 있던 강빈의 슈트 상의를 바짝 잡아당기며 아란은 바르르 어깨를 떨었다. 자동차가 소리없이 미끄러져 주차장을 매끄럽게 빠져나왔다.

"삼십 분이면 도착할 거야. 거기서 옷 갈아입고, 간단하게 식사나 하자."

강빈의 무심한 말투에 아란은 고개를 갸우듬히 기울였다.

"집에 가는 거 아니에요?"

"나 때문에 물벼락 맞은 아가씨, 젖은 채로 집에 돌려보낼 순 없지."

아란은 상그레 웃으며 강빈의 건장한 몸을 감싸는 젖은 와이셔츠를 가리켰다.

"나 때문에 강빈 씨가 물벼락 맞은 거 아닌가요?"

"알면 됐어."

아란의 듣기 좋은 웃음소리가 자동차 안을 가득 메웠다. 룸미러로 아란의 고운 모습을 바라보던 강빈의 눈에 다스한 열기가 번져 나갔다. 분수 타임이 지난 공원은 고즈넉하게 변해 있었다. 현란한 화려함과 눈부신 생동감은 사라졌지만 그곳엔 오후의 한때가 고요하게 펼쳐져 사람들의 이목을 끌었다.

해지는 오후.

석양이 붉게 물드는 공원을 자동차가 빠르게 지나쳤다.

아쉬운 듯 몇 번이나 뒤를 돌아보던 아란은 한숨처럼 나직하게 속살거렸다.

"다음에 오빠랑 꼭 다시 와봐야지."

강빈의 눈동자에 잔잔한 파동처럼 떨림이 일었다. 전방을 주시하는 눈빛이 사느랗게 빛났다. 입술이 한일자로 단단히 굳어버렸다. 능숙하게 핸들을 돌리는 강빈의 손등에 푸르른 힘줄이 도드라졌다. 애써 억누르고 억눌러도 질투라는 몹쓸 감정이 강빈의 내면을 켜켜이 채워 나갔다.

차가운 물살 위에 구릿빛으로 보기 좋게 그을린 상반신이 나타났다, 사라졌다를 반복했다. 밤잠을 설친 강빈은 이른 새벽부터 지칠 줄 모르고 물살을 가르고 있었다. 서른네 번까지 헤아리다가, 나중에는 헤아리는 것마저 그만두었다. 길이가 오십 미터가 훌쩍 넘는 수영장을 몇 번이나 반복했는지 이젠 기억도 나질 않았다. 숨이 턱까지 차오르고 팔다리의 근육이 뻣뻣하게 굳어갔지만 강빈은 여전히 물살을 가르는 데에만 집중을 다했다. 그러지 않으면 머릿속을 가득 메우는 영상을 지울 수가 없어서, 그리고 잊을 수가 없어서.

태어나서 이토록 무언가를 열망해 본 적은 없었다.

태어나서 누군가를 이토록 갈망해 본 적도 없었다.

가지고 싶어서 미치도록 욕심이 났다. 자신의 것이 아닌, 남의 사람인 누군가가, 이제는 포기가 안 되었다. 보낼 수 있다고, 마음에서 비워냈다고 장담했건만 그 모든 게 헛된 바람이었다. 이젠 돌이킬 수 없었다. 아란의 보드라운 이마에 입맞춤을 한 순간, 심장까지 저릿저릿해져 버렸다. 그리고 섬광과도 같은 깨달음이 강빈의 이성(理性)을 차츰차츰 점령해 나갔다.

이아란을 보낼 수 없다고…….

박우진이라는 남자에게는 결코 보내고 싶지 않다고…….

물살이 부드럽게 몸을 휘감았다. 유연하게 물살을 가르며 또 한 바퀴 턴을 했다. 역동적인 몸짓으로 수영장을 쭉쭉 뻗어나갔다. 붉게 동이 터오면서 아침이 세상을 뒤덮고 만물이 잠에서 깨어나고 있었다. 전면이 유리로 뒤덮인 수영장 내에 눈부신 햇살이 조각조각 부서

졌다. 물 위에 아른거리는 아침 태양이 마블링처럼 잔잔하게 번져 나
갔다.

강빈이 물살을 가를 때마다 자잘한 물방울이 사방으로 튀어나갔
다. 시간이 흐를수록 숨소리가 조금씩 거칠어졌다. 빠른 속도로 수영
장을 왕복하던 움직임도 점차 느릿하게 변해갔다. 장시간 수영을 하
느라 지쳐서 그런 건 아니다. 불현듯 전날의 영상이 강빈의 뇌리에서
되살아났기 때문이다.

분수대에서 쏟아지는 물줄기를 고스란히 맞으며 뛰어다니던 그
영상이. 그 모습을 잊으려고 동이 트기도 전부터 미친 듯이 수영에
열중했는데 또다시 떠올리고 말았다. 아란의 아름다운 모습을. 심장
이 떨리게 고왔던 그 미소를.

다스한 별빛 품은 두 눈이 자신만을 향하기를 간절히 바랐다.

환한 달빛을 닮은 고운 미소가 자신에게만 향했으면 좋겠다고 염
원했다.

자신이 이토록 이기적이고 편협한 인간일 거라고는 단 한 번도 상
상하지 못했다. 자신의 것이 될 수 없는데, 이미 다른 사람을 가슴에
품고 있는 여자인데, 제아무리 노력을 해도 포기가 안 되었다. '잊
자' 다짐하고 돌아서면 우연인 듯, 필연인 듯 그녀가 눈에 보였고,
'지우자' 단념하고 차갑게 외면하면 운명의 장난처럼 그녀가 한 걸
음 다가섰다.

바로 어제처럼.


"어쩌죠? 나, 강빈 씨가 정말 좋아지려 해요."

그 한마디가 어떤 여파를 몰고 올지 꿈에도 짐작하지 못한 채 아란은 그렇게 말했었다. 별 의미 없이 말했겠지만 강빈에겐 엄청난 의미로 다가왔음을 전혀 모른 채. 흔들렸었다. 그 말을 듣는 순간. 아란의 달콤한 말을 듣는 순간, 거침없이 확 낚아채 품으로 안아버리고 싶은 아찔한 유혹에 시달렸었다. 냉정을 되찾지 않았다면 정말이지 행동으로 옮겼을지도 모르는 일이었다.

그 순간만큼은 냉철한 사고도, 올곧은 판단력도 모두 강빈에겐 먼 이름이 되어버렸다. 도자기처럼 매끄럽고 보드레한 이마에 입맞춤을 퍼부었을 때, 사실 강빈이 원한 건 다른 것이었다. 새빨간 석류물이 배인 아란의 입술에 입술을 포개고, 숨결을 남김없이 앗아버리고 싶었다. 모두 그의 것으로 흡수하고, 소유하기를 강렬하게 열망했었다.

박우진이라는 예비 약혼자 따위가 없었다면 이토록 지독한 딜레마에 빠지지도 않았을 터였다. 천천히, 천천히 다가서고 서로를 알아가면 되니까. 그 남자와 함께 나란히 유학 따위 떠나지 않는다면 이토록 조급하지도 않았을 터였다. 그렇다면 서강빈과 이아란의 사이에 남은 시간은 많고도 많았을 테니까.

하지만, 아란은 곧 맹세의 서약을 맺을 약혼자가 있었고, 먼 타국을 향해 떠날 유학도 예정되어 있었다. 변하지 않는 사실, 변할 수 없는 현실이었다. 이제는 뭐가 됐든 결정을 내려야 한다. 더 늦으면 그땐 정말이지 기회 따위는 오지 않을 테니까.

다른 남자 앞에서 빛살이 부서지도록 환하게 웃던 아란의 모습이 눈앞에 아른거렸다. 그 미소를 잔인하게 부서뜨리거나, 무참하게 깨뜨리고 싶지 않았다. 그에겐 그럴 자격이 없다고 여겼다. 그저 아란의 행복한 모습을, 어여쁜 모습을 곱게 지켜주는 게 그가 할 수 있는 일의 전부라고 생각했다.

헌데, 이젠 늦은 듯했다.

정말이지, 너무…… 늦은 듯했다.

힘차게 물살을 가르며 거친 숨을 몰아쉬었다. 수경을 통해 비추이는 물속은 투명할 정도로 맑았다. 마치 세상 때라고는 하나도 묻지 않은 아란의 순수하고 반짝이는 맑은 눈망울처럼. 거침없이 수영장을 헤쳐 나가며 강빈은 소리없이 뇌까렸다.

'내게 와.'

물속에서 몸을 한 바퀴 회전해 새하얀 타일을 툭 치고는 마지막으로 턴을 했다. 물 밖으로 고개를 내밀어 숨을 들이쉬고는 다시금 물 안에 머리를 밀어 넣었다. 턱까지 차오른 숨이 머리끝까지 밀고 들어왔다. 숨이 턱턱 막혀왔다. 심장이 터질 듯 옥죄어들었다. 흐릿한 시야 사이로 물의 정령보다 더 아름다웠던 아란의 모습이 새겨졌다. 물에 흠뻑 젖은 채 쏟아지는 물줄기 사이를 천진난만하게 뛰어다니던 그 모습이 환영처럼 되살아났다.

'내게 와, 이아란.'

강빈의 소리없는 뇌까림이 물속을 향해 무겁게 잠겨들었다.

앗고 싶었다, 그녀를.

박우진이라는 남자에게서 영원히 앗아오고 싶었다, 이아란이라는 여자를.

부드럽게 몸을 휘감는 물살을 헤치고 강빈은 우아한 몸짓으로 수영장을 빠져나왔다. 한쪽에 곱게 개켜진 타월로 전신에 흐르는 물기를 닦아냈다. 거친 손길로 머리카락을 툭툭 털자 후두둑 물기가 떨어져 수려한 얼굴을 적셨다. 무심한 손길로 얼굴을 닦았다. 눅눅해진 타월을 태닝 의자에 휙 내던졌다.


"반하진 않았지만 나, 정말 강빈 씨가 좋아요. 좋아졌어."


웃음기 가득한 아란의 음성이 귓가에서 되살아났다. 아란의 다정한 속삭임을 되새기며 강빈은 지그시 어금니를 물었다. 물기가 채 가시지 않은 몸에 가운을 걸치며 잇새로 짧게 말을 밀어냈다.

"앗을 터."

보내주려고 무던히도 노력했다. 자신의 것이 아니므로 놓아줘야 한다고, 사납게 욕심을 부리는 마음을 다스리고 또 다스렸다. 헌데, 이젠 너무 늦어버렸다. 눈에 담은 아란을 어느새 심장 깊은 곳에 품어버렸다. 다른 어떤 누구도 품지 않았던 그의 심장에 이아란이라는 이름이 또렷하게 새겨졌다.

앗는다…… 그녀를.

수영장 한쪽에 마련된 샤워부스로 강빈은 걸음을 옮겼다.

그 뒤로 눈부신 아침 햇살이 찬연하게 빛났다.

*8*

열병(熱病)

　침실 발코니에 서 있던 박 여사는 오래도록 미동없이 수영장을 응시하고 있었다. 그제야 물 밖으로 나오는 강빈을 보며 박 여사는 나직이 한숨을 내쉬었다. 큰 타월로 물기를 대강 닦아내는 모습이 흐릿하게 비춰졌다. 박 여사가 지켜본 지도 벌써 삼십여 분이 훌쩍 지났다. 아마도 그전부터 수영을 해온 듯한데 이렇게 오랜 시간, 잠시도 쉬지 않고 수영을 하는 모습은 처음이었다.

　일어나면 가볍게 몸을 풀기 위해 수영장을 서른 번 정도 왕복하는 건 이미 알고 있는 사실이었다. 강빈에게 특별한 일이 없는 이상 매일 아침 거르지 않는 운동 중 하나였다. 헌데, 오늘은 조금 달랐다. 멀리서 지켜보는 거라서 정확하진 않았지만, 이건 운동이 아니라 숫제 고문 수준이었다. 수영선수도 저렇게 필사적으로 물살을 가르지는 않을 터였다. 보는 사람이 다 지치고 숨이 막히는 것만 같았다.

　가벼운 차림새로 옷을 걸친 강빈이 수영장을 나왔다. 젖은 머리카락을 무심하게 털어내며 정원을 가로지르는 강빈의 모습을 박 여사는 말없이 바라보았다.

"뭘 그렇게 유심히 보는 거요."

발코니 유리문을 열고 서 회장이 다가섰다. 분수대 앞에서 잠시 걸음을 멈춘 강빈은 손을 내밀어 분수대에서 떨어져 내리는 물줄기를 손끝으로 받고 있었다. 무슨 생각을 하는지 강빈의 준수한 얼굴에는 짙은 그림자가 어둡게 드리워졌다.

"강빈일 보고 있었던 거요?"

"고민이 있는 거 같은데……."

혼잣말을 내뱉듯 박 여사는 조용히 속삭였다.

"음? 누가?"

고개를 비스듬히 기울인 서 회장이 눈을 껌뻑였다.

"강빈이 말이에요. 수영을 너무 오래 하던데, 도대체 무슨 걱정이 있는 건지."

"원래 수영 좋아하잖아, 저 녀석. 그게 어디 어제오늘 일인가."

서 회장은 대수롭지 않게 응대하며 발코니 문을 열어젖혔다. 침실로 들어가려던 서 회장은 뒤이어 들리는 말에 걸음을 멈췄다.

"지난밤엔 잠도 거의 안 잤다고 하던걸요? 미라 엄마 말로는 밤새도록 삼층 서재에서 불이 안 꺼졌다던데, 잠도 안 자고 강빈인 거기서 뭘 한 거죠?"

집안일을 도맡아하는 도우미 중 한 사람의 이름을 거론하며 박 여사는 걱정스레 물었다.

"혹시 회사에 안 좋은 일이라도 있어요?"

서 회장은 무심하게 고개를 가로저었다.

"아니. 내가 알기론 아무 일도 없는 걸로 아는데."

사장으로 승진인사 후, 강빈은 무섭게 자기만의 영역을 구축해 나
갔다. 어렸을 때부터 하나를 가르치면 열을 깨우치는 아이였지만, 오
너 자리에 앉으면서 더 탄탄하게 자신만의 입지를 굳혔다. 집 안으로
들어섰는지 강빈의 모습이 정원에서 사라졌다. 고즈넉한 정원을 휘
둘러보던 서 회장은 박 여사의 어깨를 부드럽게 다독였다.

"정 궁금하면 물어봐요. 그런데 별일은 없을 거요. 지난밤에 잠이
안 왔을 수도 있지 뭘. 나도 이따금 그럴 때가 있는걸."

강빈이 서 있던 분수대를 뚫어져라 바라보며 박 여사는 가만히 한
숨을 내쉬었다. 타원형의 분수대에 날개를 활짝 편 에로스가 허공을
향해 활을 겨냥했다. 그 주변으로 투명한 물줄기가 방울방울 떨어져
내렸다.

"그랬으면 좋겠지만……."

박 여사는 말끝을 흐렸다. 남편의 말대로 잠이 안 와서 하룻밤 서
재에서 보냈을 수도 있었다. 하지만, 그렇다면 수영은 뭐란 말인가.
끝없이 물살을 가르고 또 가르던 그 모습은 어쩌란 말인가. 지치지도
않고 무한반복하며 그 넓은 수영장을 몇 번이고, 몇 번이고 왕복하던
강빈의 모습이 머릿속에서 지워지지가 않았다.

"오늘 강 총장이랑 골프 약속이 있는데, 어서 준비 좀 해줘요."

몸을 돌린 서 회장은 침실로 걸음을 옮겼다. 남편의 뒤를 따르며
박 여사가 물었다.

"강빈이도 같이 가는 거예요?"

"아니. 강빈인 안 갈 거요. 강 총장이랑 둘이서만 필드에서 만나기
로 했거든. 기혁이도 바빠서 못 나온다고 하고, 때마침 강빈인 오늘

대부도에 있는 별장에 가기로 했다더라고. 서진이랑 약속이 있다나, 어쩐다나……."

"그 좋은 델 가면서 겨우 서진이랑 간대요?"

박 여사는 서운함을 담아 중얼거렸다. 이렇게 좋은 날 다른 곳도 아닌 별장에 가면서 이왕이면 다른 사람을 데려가면 얼마나 좋을까, 하는 아쉬운 마음이 들었다.

"저 좋다는 여자, 차고 넘치면 뭐해요. 여자한텐 곁눈질 한 번 안 하는 녀석인데. 저러다 결혼이고 뭐고 일절 거들떠도 안 보고 평생 일에만 매달리면 어쩌죠?"

욕실로 향하던 서 회장이 끌끌 혀를 찼다.

"설마, 그러려고. 저도 다 생각이 있겠지. 지금은 뭐, 일에만 시간을 투자하고 싶은지도 모르고."

"일이 전부는 아닌데. 가만히 보면 강빈인 일이 전부인 것 같지 않아요? 하긴, 누굴 탓하겠어요. 그게 다 당신이랑 서방님 때문인데."

서 회장의 얼굴이 검붉게 달아올랐다. 괜스레 어색하게 헛기침을 내뱉으며 박 여사의 매서운 시선을 비꼈다.

"서방님과 당신 욕심 때문에 두 아이가 얼마나 힘겹게 자랐는지 한번 봐요. 강빈인 그나마 다행이죠. 올곧은 성품이어서 한 번도 어긋나진 않았지만, 호시탐탐 후계자 자리를 강우에게 넘기려던 서방님은 결국 어떻게 됐어요? 서방님의 뜻을 이기지 못한 강우만 삶을 포기하듯 자포자기하고 매번 비뚤게 나가는 거잖아요."

"그만합시다."

속상한 속내를 고스란히 쏟아내는 아내를 차마 바라볼 수가 없어서 서 회장은 몸을 돌렸다.

"네. 그만해야죠. 당신은 듣지도 않는데 나 혼자 뭐하러 주절주절 말하겠어요."

박 여사의 아픔 배인 말투에 서 회장은 들릴 듯 말 듯 허희자탄했다. 박 여사에게 성큼 다가서서는 가녀린 어깨를 부드럽게 다독여 주었다.

"알아요. 당신은 서방님한테 할 만큼 하고 있다는 거. 항상 서방님이 문제죠, 서방님이. 강빈이 자리 위협하고 어떻게든 그 자리, 강우에게 넘겼으면 한다는 거. 정말이지 서방님한테 너무 서운해요. 이젠 아이들의 후계자 다툼, 그만할 때도 됐는데……."

"꼭 그렇지만은 않아. 당신이 아주 중요한 걸 간과하고 있는 게 하나 있는데……."

박 여사의 말허리를 자른 서 회장은 신중하게 말을 이었다.

"만약에 강우가 그만한 자질이 된다면 기꺼이 후계자 자리를 내줬을 거요. 당신도 알 거요. 강빈이나 강우나 두 녀석 다, 어렸을 때부터 똑같은 기회를 줬어. 후계자 수업은 강우 녀석도 만만치 않게 받았다, 이거지. 헌데 아쉽게도 강우는 제 아비인 영제보다 그릇이 더 작아. 턱없이 작다는 게 문제지. 영제 눈엔 하나밖에 없는 아들 녀석의 흠이 보이지 않겠지만 내 눈엔 그게 보인다는 거요. 한 기업을 이끌기엔 실력이 부족하기에 나로선 강우를 배제할 수밖에 없는 거요. 무작정 영제의 뜻을 견제하는 게 아니라."

"알아요."

서 회장의 차분한 설명에 박 여사는 고개를 주억거렸다. 왜 모르겠는가. 남편의 깊은 뜻을. 귀한 아들이 행여나 일에 치여 근심이라도 있는 건가, 싶어서 괜스레 심화가 났을 뿐이다.

"하지만 어미로서 마음이 쓰이는 건 어쩔 수가 없는걸요. 인생을 즐길 새도 없이 일에만 얽매인 강빈이가 안쓰럽단 말이에요. 너무 일찍 큰 직책을 맡아서 도무지 쉴 여유도 없는 거 같고. 아무튼…… 강빈일 보고 있으면 마음이 편치 않아요."

"걱정 말아요. 안 그래도 강빈이한테 쉬엄쉬엄 일하라고 했으니까. 즐기면서 일하라고 했더니, 녀석이 뭐라는지 알아? 충분히 즐기면서 하고 있다더군."

"두 번만 즐기면서 했다간 아주 몸을 혹사시키겠네. 후훗, 아무튼 누가 당신 아들 아니랄까 봐."

그제야 답답한 마음을 추스른 박 여사는 낮게 웃음을 토해냈다.


리모컨을 들어 플레이 버튼을 눌렀다. 기다렸다는 듯이 CD플레이어에서 우진이 연주하는 '라흐마니노프'의 '피아노 협주곡 제2번 C단조 제3악장'이 흘러나왔다. 장엄하게 시작되었다가 점차 경쾌하게, 시간이 흐를수록 은은하게 피아노 선율이 울려 퍼졌다. 허밍으로 음률을 흥얼흥얼거리며 아란은 휴대전화를 들어 올렸다.

숫자 1을 길게 누르고 침실 창가로 걸어가 창문을 활짝 열었다. 코끝을 스치는 시원한 아침바람 한줄기가 여름이 머지않았음을 예고했다. 어느덧 날씨는 늦은 봄이라기보단, 초여름에 성큼 다가서 있었다. 해사하게 웃던 아란의 입가에서 일순, 말간 웃음기가 자취를 감췄다.

[전원이 꺼져 있어 음성사서함으로 연결되며 삐 소리 후 통화료가
부과됩니다.]

어젯밤 잠들기 전에도 우진의 휴대전화는 꺼져 있었다. 몇 번이나
전화를 하며 연결을 시도했지만 돌아오는 건 전원이 꺼져 있다는 소
리가 전부였다. 결국 연주회가 끝나고 피곤해서 일찍 잠자리에 들었
나 보다 생각하며 우진과의 통화를 포기했었다. 그런데 하룻밤이 지
났는데 아직까지도 휴대전화는 침묵을 지켰다. 전원을 켜놓는 것을
잊어버린 건 아닌지, 그게 아니면 부산에서 혹 무슨 일이라도 생긴
건 아닌지, 불쑥 걱정이 밀려들었다.

음성 메시지를 남기려다가 아란은 고개를 가로저었다. 차라리 소
은에게 전화를 하는 게 빠를 듯했다. 우진은 전화를 안 받는다고 해
도 소은은 전화를 받을 터였다. 소은의 전화번호를 찾기 위해 저장된
번호를 뒤적거리는데 갑작스레 휴대전화 벨소리가 울려 퍼졌다. 아
란의 고운 얼굴에 화색이 돌았다. 우진일 거라 여기며 액정화면은 보
지도 않은 채 통화 버튼을 꾹 눌렀다. 상대편의 말은 듣지도 않고 재
잘재잘 말을 꺼냈다.

"잘 잤어? 아침은 먹었고? 뭐냐, 오빠는. 밤새 전화도 꺼놓고. 내
가 몇 번이나 전화했는지 알아? 바빠도 전원은 꺼놓지 말랬지, 내가?
그 여자 목소리, 정말 기분 나쁘단 말이야. 전원이 꺼져 있어, 어쩌고
하는 여자 말이야. 걘 왜 만날 같은 소리만 하는 거래? 좀 참신하게
말하면 안 되나? 참, 그나저나 전원은 왜 꺼놓은 거야? 무슨 일 있었
어? 여보세요, 오빠?"

길고 긴 침묵만 지루하게 전해왔다. 뒤늦게 뭔가 이상하다는 것을

깨달은 아란은 황급히 귀에 대고 있던 휴대전화를 떼어냈다. 액정화면에 새겨진 번호는 우습게도 우진의 것이 아니었다. 생소한 번호에 아란의 눈이 댕그랗게 변했다.

"여보…… 세요?"

우진과는 전혀 상관없는 사람에게 미주알고주알 말한 게 무안해진 아란은 조심조심 전화를 받았다. 여전히 상대편은 아무런 말이 없었다. 잘못 걸린 전화인가, 고개를 갸웃거리며 끊으려는 순간 나른한 음성이 아란의 귓가를 스쳤다.

[그 많은 말을 한꺼번에 다 하려면 도대체 숨은 언제 쉬는 거니, 이아란.]

'남자 목소리가 이렇게 섹시해도 되는 걸까?'

누군가의 목소리에 이렇듯 가슴이 떨리는 경우는 처음이었다. 그윽하게 가라앉은 강빈의 웃음소리는 아란의 정신을 아찔하게 만들었다.

"여보세요? 강빈 씨예요?"

이런 시간에, 그것도 강빈이 먼저 전화를 했다는 사실에 놀라서, 아란의 커다란 눈동자가 더욱 크게 변해갔다.

[그래, 나야.]

"어, 어쩐 일로……."

사이드 테이블에 놓인 샛노란 해바라기 모양의 자명종을 흘긋거리며 아란은 말을 얼버무렸다. 동그란 원형 안에 까만 해바라기 씨를 닮은 시곗바늘이 일요일 오전 열 시를 향해 바쁘게 달려갔다.

[천방지축 아가씨가 어제 내 차에 뭘 두고 내리셨더라고.]

아란의 보얀 이마가 살짝 찌푸려졌다. 뭘 두고 내렸다고? 그런 거 없는 거 같은데. 어제 들고 나갔던 물건은 달랑 숄더백 하나였다. 그건 무사히 집에 들고 왔었고 휴대전화도 지금 손에 들려 있었다. 그렇다면 이번엔 또 뭘 두고 내린 거지? 아란은 고개를 갸우듬히 기울였다.

[음, 뭘 두고 내렸는지도 모르는 눈치인데?]

'귀신이다.'

뜨끔해진 아란은 입술을 뾰로통하게 내밀었다. 강빈의 나른한 웃음소리가 듣기 좋게 울려 퍼졌다.

[덜렁이 아가씨가 자신이 선녀인 줄 아는지 내 차에 날개옷을 두고 갔던데.]

그제야 아란은 아아, 하고 탄성을 내뱉었다. 어제 젖은 옷을 갈아입고 강빈과 간단하게 저녁식사를 했었다. 집까지 데려다 준 강빈에게 고맙다는 인사를 한 뒤 재빨리 집으로 들어오느라 입고 있던 옷가지는 까맣게 잊어버렸다. 물론, 지금 이 시간까지. 아마도 강빈의 전화가 오지 않았다면 아직도 모르고 있을 게 뻔했다. 강빈의 앞에서 또 실수를 했다는 생각에 아란의 볼에 화끈거리는 열기가 번져 나갔다.

[이젠 선녀 아가씨라고 불러야 하나?]

강빈이 놀리듯이 느긋하게 말문을 열었다. 새침하게 눈을 내리뜬 아란은 되쏘듯이 받아쳤다.

"선녀의 날개옷은 나무꾼이 훔친 거지, 선녀가 일부러 두고 간 건 아니거든요. 설마, 그것도 모르는 거 아니겠죠?"

[그럼 내가 이아란 옷을 훔친 게 되는 건가?]

"뭐…… 그건 아니지만요. 어쨌든 미안하게 됐어요. 그럼 어쩌나. 음, 이렇게 된 거 죄송하지만……."

[퀵으로 보내주세요, 이 말 하려고 했지?]

이어지려는 아란의 말을 강빈이 받았다.

"우와, 어떻게 알았어요?"

낮게 들려오는 웃음소리가 또다시 아란의 심장에 잔잔한 파장을 일으켰다. 언젠가 우진이 말했던 것처럼 정말이지 강빈의 음성은 완벽하게 근사했다. 묘하게 설렘을 주는 웃음소리마저 유혹적으로 들려왔다.

[아무튼 이아란 뻔뻔한 건 거의 국보급이라니까.]

"뭐, 국보급까지야……."

턱을 치켜든 아란은 어깨를 으쓱거렸다. 강빈의 놀리는 듯한 말투가 한없이 다정하게 들렸다. 몇 번 만나지도 않은 강빈이 이토록 편안하게 느껴지다니 참 이상한 일이다. 우진을 제외하고 이런 느낌을 갖게 한 남자는 강빈이 처음이었다. 강빈과의 통화를 즐기며 아란은 상그레 미소를 지었다.

[나와. 지금 이아란 집 앞이거든.]

사레라도 들린 듯 아란은 갑작스레 마른기침을 쏟아냈다. 콜록거리는 기침이 멈추지 않고 계속 흘러나왔다. 강빈의 걱정스러운 물음이 귓가를 스쳤다.

[감기 걸린 거야?]

"아, 아뇨. 아니에요, 감기."

아란은 재빨리 고개를 내저었다. 간신히 기침을 잠재우고 말을 덧붙였다.

"설마…… 정말 우리 집 앞이라는 건 아니죠?"

믿을 수가 없었다. 겨우 옷 하나 갖다주려고 강빈이 그녀의 집 앞에 왔다는 사실이. 서강빈이라는 남자가 얼마나 바쁜 사람인지, 아란도 모르지는 않았다. 이따금 신문 경제면에서 그의 근황을, 그리고 눈부신 활약을 엿볼 수 있었다. 일전에는 영국의 한 거대 기업을 인수합병하는 데 성공했다는 소식이 매스컴을 연일 뜨겁게 달구기도 했었다. 그런데, 그런 사람이 덜렁대다 놔두고 내린 옷을 갖다주러 직접 왔단다. 아란은 믿을 수가 없어서 아연한 표정을 지었다.

[아마도, 그 설마가 맞을걸?]

"음…… 그냥 퀵으로 보내주면 될 걸, 뭐하리 번거롭게……."

강빈의 세심한 배려가 부담스러워서 아란은 우물쭈물 말끝을 흐렸다.

[얼른 나와, 아가씨. 나 바쁘다.]

"어, 잠시만요. 지금 바로 나갈게요."

어리둥절하게 서 있던 아란은 황급히 전화를 끊고는 재빨리 침실을 나섰다. 우진과 통화 연결이 안 되어 소은에게 전화를 하려던 건 까마득히 잊고서.


끊긴 휴대전화를 바라보며 강빈은 한숨을 내쉬었다. 전화를 받자마자 '오빠'라며 종알거리던 아란의 목소리를 상기하자 눈빛이 파르랗게 날이 섰다. 자그마한 휴대전화를 바숴 버릴 듯 그악스레 움켜쥐었다. 내색하지 않았지만 급속도로 기분이 나빠졌다. '오빠'라는 다정한 말투를 듣는 순간.

철컥, 거리며 대문이 열리고 생그레 미소를 베어 문 아란이 봄의 요정처럼 상큼하게 다가섰다. 뛰어왔는지 숨소리가 조금 거칠었다. 편안한 청바지에 보랏빛 플라워 무늬가 자잘하게 새겨진 심플한 셔츠를 입은 아란은 숨 막히게 어여뻤다. 보는 것만으로도 눈이 불러 강빈의 마음까지 풍요로워졌다.

"이거 갖다주러 일부러 여기까지 온 거예요?"

아란이 고개를 갸웃거렸다.

"이아란 말대로 퀵으로 보낼까 하다가, 지나가는 길이어서 잠시 들렀어."

쇼핑백을 앞으로 내밀며 강빈은 아란의 이마를 다정하게 쥐어박았다.

"물건 간수 좀 제대로 하시지, 아가씨?"

"후훗, 그러게 말이에요."

쇼핑백을 날름 받아든 아란은 머쓱한 듯 혀를 쏙 내밀었다. 이슬을 머금은 듯 촉촉하게 젖은 진홍빛 입술을 강빈은 삼킬 듯이 뜨겁게 응시했다. 손끝이 아릴 정도로 그녀를 원했다. 이아란이라는 여자를 미치도록 갈망하고 또 열망했다.

"근데 난 깜빡쟁이여서 잊어버렸다 쳐도 강빈 씨까지 깜빡할 줄은 몰랐어요. 강빈 씨 차에 있었는데 어제 말했으면 놔두고 내리는 일은 없었을 거 아니에요. 그럼 강빈 씨도 귀찮게 여기까지 올 필요도 없고."

쇼핑백을 열어보던 아란이 투덜거렸다. 강빈은 못 말리겠다는 듯이 나직하게 혀를 찼다.

"이젠 남 탓을 다 하는 거야?"

서진을 만나러 가면서 차에 올라탔을 때, 조수석 아래에 얌전히 놓인 쇼핑백이 강빈의 눈에 들어왔다. 이게 뭐지, 하며 들어 올렸을 때에야 아란의 물건임을 눈치챘다. 전날 아란이 두고 내린 것을 깨달은 강빈은 망설임없이 이곳으로 향했다. 한참을 둘러가는 길인데도 불구하고, 서진과의 약속 시간을 어겨가면서까지 이곳에 먼저 온 것이다.

"어디 가는 길인가 봐요?"

강빈의 차림새를 눈으로 훑으며 아란이 물었다. 항상 단정한 슈트를 입고 있던 강빈은 지금 멋들어진 승마복을 세련되게 걸치고 있었다. 구김 하나 없는 블랙 색상 승마바지에 눈이 부시도록 새하얀 셔츠가 깔끔하게 매치되었다. 편안하게 단추를 서너 개 풀어헤친 셔츠 사이로 단단해 보이는 근육질 가슴이 언뜻언뜻 드러나 아란의 시선을 끌었다.

짧은 고갯짓으로 대답을 대신한 강빈은 운전석 문을 열었다. 쇼핑백 손잡이에 검지를 걸고 허공에 대롱대롱 흔들면서 아란이 종알거렸다.

"운동하러 가는 길이죠? 차림새를 보니 딱 승마하러 가는 거 같은데. 흐음…… 무지 재밌겠다. 그러고 보니 강빈 씨, 승마 좋아한다고 했었죠?"

"기억력 좋은걸?"

차에 타지 않은 채 열어젖힌 운전석 문에 팔을 괸 강빈이 유혹하듯 덧붙였다.

"특별한 스케줄 없으면……."

확률은 반반이다. Yes or No. 최대한 태연하게, 그리고 느긋하게
아란을 응시하며 강빈은 말을 이었다.

"……함께 갈까?"

그 순간, 아란의 마음속에서 치열한 갈등이 벌어졌다. 강빈과 가
고 싶다는 마음과, 그러지 말라는 마음. 오늘 하루 특별한 일정은 없
었다. 피아노 연습을 마치고 혜경에게 연락해서 오랜만에 영화나 보
러 갈까 하는 게 전부였다. 그러나 그것보다는 승마가 더 유혹적인
제안이었다. 훨씬 더 호기심도 당기고. 어두컴컴한 영화관과, 새파란
잔디가 깔린 푸른 초원이 뒤죽박죽 어우러져 아란의 눈앞에 펼쳐졌
다. 생각에 잠긴 듯 눈을 또르륵 굴리며 한참을 망설이던 아란은 조
심스레 입술을 달싹였다.

"음…… 그래도 돼요?"

'예스다.'

만약 노(No)라고 대답하면 무슨 핑계를 대고 데려가나 걱정이 되
기도 했다. 헌데 함께 동행한다고 했다, 아란이. 강빈은 들리지 않게
안도의 한숨을 내쉬었다.

"안 될 것도 없지. 어서 타."

"잠시만요. 나, 금방 들어가서 옷 갈아입고 나올게요."

휙, 하고 몸을 돌리는 아란의 손목을 단박에 움켜쥐었다. 집에 들
어간 뒤 갑자기 마음이 바뀔까 봐 강빈은 조바심이 났다. 힘겹게 잡
은 나비를 놓칠세라 저도 모르게 손아귀에 힘이 가해졌다. 가만가만

고개를 내저으며 아란을 조수석 쪽으로 이끌었다. 재빨리 태우고 문을 탁 닫았다. 창 너머에 있던 아란이 눈을 동그랗게 뜨고 강빈을 바라보았다. 강빈이 운전석에 앉아 시동을 걸자 한껏 볼을 부풀린 아란이 못마땅한 듯 투덜거렸다.

"설마, 이렇게 입고 승마하러 가자는 거예요? 말도 안 돼. 누가 청바지 입고 승마를⋯⋯."

"벨트나 하세요, 아가씨."

아란의 말허리를 자르고 눈짓으로 안전벨트를 가리킨 강빈은 휴대전화를 꺼냈다. 단축키를 누른 뒤 상대편이 전화를 받길 기다렸다. 잠시 뒤, 유 실장의 정중한 음성이 들려왔다. 느릿하게 차를 출발시키며 강빈은 짧게 지시를 내렸다.

"박 실장에게 연락해서 좀 전에 말한 거 준비하라고 전해주세요. 지금 출발하니까 늦지 않게 보내라는 말 덧붙이는 거, 잊지 마십시오."

짤막하게 들려오는 대답을 뒤로하고 강빈은 통화를 종료했다. 아란의 집 주변을 빠르게 벗어나는 검은색 재규어XJ 위로 늦은 봄 햇살이 뜨겁게 내리쬐고 있었다.


머리가 깨질 듯이 아파왔다. 나직하게 신음을 내지르며 우진은 겨우겨우 침대에서 몸을 일으켰다. 누군가 망치로 사정없이 머리를 두드리는 듯했다. 어젯밤 너무 많이 마셨나 보다. 연주회가 성공적으로 끝나고 팀원들과 회식이 있었다. 적당히 분위기만 맞추려고 했는데 술잔이 오가다 보니 통제가 안 되었다. 주는 술을 마다 않고 마셨더니 어느 순간부터는 필름이 딱, 끊겨 버렸다. 침대맡 사이드 테이블에 놓인 생수 잔에 손을 뻗었다.

"어우, 도대체 얼마나 마신 거야."

관자놀이를 꾹꾹 누르며 우진은 욕지기를 내뱉었다. 얼마나 마셨는지 머리가 아프다 못해 속까지 메슥거릴 정도였다. 시원한 생수를 단번에 비우고 잔을 내렸다. 흐릿한 눈을 들어 주변을 둘러보았다. 기획사에서 예약해 놓은 호텔에 어떻게 도착했는지 도무지 기억이 나질 않았다. 침대 헤드보드에 몸을 기대고 머리를 가로저었다. 그럴 때마다 눈앞이 팽글팽글 돌아 어지럼증을 유발했다.

어디서 필름이 끊겼나, 기억을 더듬던 우진은 사납게 욕설을 뇌까렸다. 아란에게 전화가 올까 봐, 술자리 내내 휴대전화를 손에서 놓지 않았다. 아무리 기다려도 전화가 오지 않아서 단단히 토라졌구나, 걱정이 됐었다. 먼저 전화를 해서 달래주어야겠다는 생각에 전화를 하려는데 누군가가 우진의 휴대전화를 확 빼앗았다.

취기로 얼굴이 붉게 달아오른 무대 연출자가 쯧쯧 혀를 차며 전원을 아예 꺼버리던 모습이 뇌리에서 되살아났다. 돌려달라는 우진의 부탁을 매정하게 무시한 연출자는 무조건 술잔을 내밀었다. 주는 대로 마시면 휴대전화를 돌려주겠다는 말에 할 수 없이 술잔을 기울인 기억이 어렴풋이 났다. 헌데 그 뒤로는 완전히 백지 상태였다. 기억이란 게 아주 깨끗이 지워져서 아무것도 생각이 나질 않았다.

"아, 빌어먹을…… 란이 휴대폰 꺼놓는 거 제일 싫어하는데……."

사이드 테이블에 곱게 놓인 휴대전화를 들어 올렸다. 아니나 다를까, 휴대전화는 시커멓게 잠들어 있었다. 종료 버튼을 길게 누르자 전원이 켜지는 신호음과 함께 액정화면에 불이 들어왔다. 곧이어 꽃처럼 해사하게 웃고 있는 아란의 모습이 화면을 가득 채웠다. 우진의 입가에 부드러운 미소가 감돌았다. 아란의 얼굴을 보는 것만으로도 마음이 따뜻해졌다. 깨질 듯한 두통도 조금이나마 가라앉는 듯했다.

아란의 모습이 담긴 액정화면을 입술로 지그시 누르고는 단축키를 눌렀다. 곧이어 통화연결음인 '아베마리아' 피아노 연주곡이 잔잔하게 귓가를 메웠다. 연주곡이 중반으로 치달을 때까지 아란은 전화를 받지 않았다. 전화를 끊고 다시 재연결을 시도했지만 상황은 똑같았다. 연주음만 지루하게 흘러나올 뿐이었다. 얼마나 그렇게 있었을까. 잠시 뒤 귀에 익은 음성이 들려와 우진은 인상을 찡그렸다.

[연결이 되지 않아 음성사서함으로…….]

종료 버튼을 누르고 시간을 확인했다. 어느새 열한 시가 훌쩍 넘었다. 얼마나 오랜 시간 잠을 잤는지 오전 시간을 무의미하게 보내고 말았다. 전날의 과음으로 인해 아침 연습도 건너뛰었다는 사실에 화가 치밀었다. 숙취로 몸도 머리도 괴로웠지만 더 이상 침대에 있을 수는 없었다. 오후에 있을 연주회를 준비하려면 지금부터라도 부지런히 몸을 움직여야 했다. 룸 한쪽에 있는 욕실로 걸음을 옮기려던 우진은 마지막으로 한 번 더 아란에게 전화를 걸었다. 여전히 들려오는 건 판에 박은 듯한 여자의 음성이 전부였다.

"얜 뭐하느라 전화를 안 받는 거야?"

는적거리며 힘겹게 욕실로 걸어가던 우진은 나직하게 혼잣말을 내뱉었다.

그 시간, 서초동에 있는 아란의 침실엔, 휴대전화 하나가 덩그러니 티 테이블 위에 놓여 있었다. 강빈의 전화를 받다가 갑작스레 뛰어나가면서 자그마한 휴대전화는 한쪽에 얌전히 두었던 것이다.

탁 트인 초원 위에 말 세 필(四)이 나란히 걸어가고 있었다. 초보인 아란을 염려한 강빈이 최대한 속력을 죽인 채 천천히 말을 몰았다. 아란의 옆에 바짝 붙어서 시종일관 시선을 떼지 않고 조언을 아끼지 않았다.

"고삐를 더 짧게 잡아, 이아란."

손에 잡힌 고삐를 한 번 더 휘감고 단단히 바투 쥔 아란이 물었다.

"이렇게요?"

강빈은 고갯짓으로 대답을 대신했다. 말을 모는 모습이 비교적 안정적이다. 허리를 꼿꼿이 세우고 앉은 자세나 우아하게 걷는 모습이 완전 초보는 아닌 듯했다. 잘 손질되어 윤기가 반질반질 흐르는 말의 털을 쓰다듬으며 아란이 낮게 속삭였다.

"너, 정말 순하다?"

강빈의 곁을 걷고 있던 서진이 부드럽게 대꾸했다.

"여기 있는 말들 중에서 제일 순한 녀석이에요, 베스는. 그런데 정말 두 사람, 어떻게 같이 온 거야?"

서진은 강빈에게로 시선을 돌렸다. 아란을 응시하며 강빈이 무심하게 입을 열었다.

"오다가 주웠어."

강빈을 바라보는 서진의 눈빛이 진지하게 변해갔다. 강빈이 별장에 가족 외에 다른 사람을 불러들인 건 이번이 처음이었다. 누군가를 대동하고 온 것도 처음이지만 그 누군가가 '여자'라는 사실에 서진은 적잖이 놀랐다. 말은 저렇게 해도 준비는 꽤나 철저히 한 듯했다. 서진은 아란이 입고 있는 구김 하나 없는 화이트 컬러 승마복을 훑어 내렸다. 완벽하게 맞아떨어지는 승마복은 맞춤복이라고 해도 믿을 정도였다.

강빈의 말로는 식구들 중 누군가가 입던 것이라고 했지만 서진의 눈썰미로 봤을 때 단연코 그건 아니었다. 외숙모인 박 여사도 이따금 승마를 하긴 했지만 그때마다 블랙 계열의 승마복을 입곤 했었다. 단순히 승마복만이 아니다. 승마복과 세트인 승마모자에 부츠, 장갑, 조끼 그 모든 게 반짝반짝 빛나는 새것, 그것이었다.

"베스, 순하긴 해도 약간 신경질적인 면이 있다, 이아란. 조금이라도 예민해지면 굴러 떨어질 수 있으니까 조심해."

눈이 부시도록 새하얀 털을 자랑하는 베스에게 장난을 거는 아란이 불안해진 강빈은 걱정스레 말했다. 고개를 숙이고 베스의 귀에 무어라 속삭이던 아란이 고갯짓을 하며 해맑게 웃었다.

"승마, 배운 적 있어?"

유연하게 몸을 움직이는 아란의 몸짓을 눈으로 좇으며 강빈이 물었다.

"어렸을 때요. 중학교 다닐 땐가? 승마클럽 다니면서 잠깐 배운 적이 있는데 너무 자주 떨어지니까 우진 오빠가 못하게 했어요. 그러다 손 다치면 큰일 난다고."

강빈의 눈빛이 사느랗게 얼어붙었다. 도대체 이아란과 박우진의 인연이 언제부터 시작된 건지 슬며시 불쾌한 기분이 들었다. 아란과 우진의 세계는 도저히 그는 범접할 수 없는 거대한 성처럼 느껴졌다.

"낙마 없이 승마를 배울 순 없지."

강빈은 냉량하게 말하며 아란을 정안하던 시선을 거둬들였다. 만 평이 넘는 푸른 초목 위에 새하얀 울타리가 끝없이 이어져 있었다. 따스한 햇살이 그들 주변을 온화하게 에워쌌다. 살랑거리며 바람이 불어오자 아란의 긴 머리카락이 부드럽게 흩날렸다. 햇살 아래에 반짝이는 아란의 머릿결에서 찰랑찰랑거리는 물소리가 들리는 듯했다. 손으로 쓸어내리고 싶은 충동을 억누르며 강빈은 애꿎은 말고삐만 우악스레 움켜쥐었다.

"근데 이 승마장 왜 이렇게 조용해요? 사람이 우리밖에 없는데, 이러다가 승마장 망하는 거 아니에요?"

사람이라고는 말을 타고 있는 그들뿐이었다. 네댓 명의 관리인들은 마사에서 그리 떨어지지 않은 곳에서 희미한 점이 되어 아란의 눈에 들어왔다. 넓디넓은 초원을 휘둘러보던 아란이 질문을 던졌을 때, 서진이 시원스레 웃음을 터뜨렸다. 아란은 눈을 동그랗게 뜨고 서진을 응시했다.

"아란 씨, 여기 승마장인 줄 알았어요?"

말의 움직임을 멈추고 서진은 고개를 내저었다. 서진의 웃음소리에 말이 투루루 투레질을 해댔다.

"아니에요?"

"여기, 외삼촌 별장이에요. 아니지. 명의 변경한 지가 언젠데. 여기 강빈이 별장이에요, 승마장이 아니라."

무심하게 고갯짓을 하던 강빈이 돌연 소리를 질렀다.

"이아란, 앞 좀 제대로 안 봐?"

서진을 바라보느라 고개를 홱 꺾은 아란은 베스를 높게 솟아오른 울타리 쪽으로 몰았다. 재빨리 고삐를 오른쪽으로 잡아당겨 방향을 틀었다. 아란의 곁으로 말을 바짝 붙인 강빈이 손을 쭉 뻗었다. 검지와 엄지를 둥글게 말아 아란의 이마에 톡, 하고 튕겼다.

"승마 중에 다른 생각은 곤란해, 이아란. 다칠 뻔했잖아."

"고마워요."

아란은 생그레 웃으며 눈을 찡끗거렸다. 강빈과 아란의 모습을 가만히 주시하던 서진의 눈에 묘한 웃음기가 감돌았다.

'이것 봐라?'

별장에 누굴 데려온 것도 놀랠 노 자인데 강빈이 여자에게 저토록 다정한 모습을 보이는 건 거의 기적에 가까웠다. 서진은 두 사람을 바라보며 상글상글 미소를 지었다.

"이야, 이거 언빌리버블인걸? 서강빈 사장님, 너…… 들켰어. 나한테, 후훗."

서진은 손가락으로 총을 쏘는 듯한 제스처를 해 보이며 빵, 하는 소리를 냈다. 아란은 무슨 소리인지 이해가 되지 않는 표정으로 서진과 강빈을 번갈아 보았다. 강빈의 얼굴에 일순 열기가 확 몰려들었다. 짓궂게 강빈을 놀리던 서진은 아란을 향해 말을 몰았다.

"아란 씨, 자기 봉 잡았어요. 그거, 알아요?"

"네?"

아란이 망연한 얼굴로 되묻는데 그 사이로 강빈이 타고 있는 새카만 말 한 필이 파고들었다. 아란이 듣지 못하게 서진에게 한껏 몸을 기울인 강빈이 경고조로 나직하게 덧붙였다.

“닥터 윤, 앞으로 내 별장에 안 오고 싶은가 보다?”

“그럴 리가! 나, 사람들 바글바글한 승마장 정말 싫단 말이야.”

서진은 거세게 도리질을 하며 알 듯 말 듯한 미소를 지었다.

“그런 게 있어요, 아란 씨. 여기서 더 말하면 나 제명돼요. 그나저나 여기, 강빈이 개인 사유지예요. 그러니 사람들이 없죠. 여긴 관계자 외에는 함부로 못 들어오거든요. 별장 입구에 무인 시스템 봤죠? 일반인들은 완전 통행 제한 구역이에요.”

서진의 설명을 들으며 아란은 고개를 갸웃거렸다. 말을 고르러 마사에 들어갔을 때 보았던 말이 어림잡아 스무 마리는 넘는 듯했다. 그런데 그 모든 게 개인 소유라는 게 믿어지지 않았다. 수십 마리의 말이 있으니 아란은 당연히 승마장이라 여겼던 것이다.

“와아, 날씨 한번 죽이게 좋다.”

말고삐를 느슨하게 잡고 하늘을 우러러보던 서진이 말했다.

“누구는 이 좋은 날 아리따운 사람과 데이트를 하는데…… 누구는 처량 맞게 그걸 구경이나 해야 하다니.”

“윤서진.”

강빈의 사느란 뇌까림에 서진은 큰소리로 웃음을 터뜨렸다. 검지를 세워 입술에 붙이고는 고개를 주억거렸다.

“알았어. 그만할게. 그나저나 아란 씨랑 보조 맞춘다고 천천히 걸었더니 너무 재미없다. 난 신나게 달리려고 여길 온 거거든.”

“어머, 어떡해요. 죄송해요, 언니. 저 때문에…….”

아란이 급하게 사과의 말을 건넸다. 손사래를 치던 서진이 말을 보탰다.

“아니, 아니에요. 사과 듣자는 거 아니니까 신경 쓰지 마요, 아란
씨. 자, 그럼 난 한바탕 달리고 올 테니 두 사람은 오붓하게 데……”

사느랗게 노려보는 강빈의 시선에 서진은 황급히 말을 바꿨다.

“잔디밭을 거니세요. 이 몸은 미친 듯이 달리러 갑니다.”

내달리기 전, 서진은 강빈에게로 성큼 다가섰다. 가까이 오라는
듯 손을 까딱이고는 강빈에게로 고개를 숙였다. 아란은 듣지 못하게
한껏 목소리를 낮춘 서진이 속살거렸다.

“일부러 비켜주는 거야. 즐거운 시간 보내셔, 사촌.”

강빈의 대답을 듣지도 않고 서진은 하앗, 하는 우렁찬 기합 소리
와 함께 바람처럼 사라졌다. 푸른 초원 위를 질주하는 말과 그 말을
모는 서진의 우아한 자태를 아란은 눈도 깜빡이지 않고 바라보았다.
마치 그림 같았다. 까만 승마모자 아래로 서진의 머리카락이 바람에
따라 이리저리 휘날렸다. 점점 더 멀어져 가다가 나중에는 아예 희미
한 점이 되어 흐릿하게 사라졌다.

“서진 언니, 어디로 가는 거예요?”

“글쎄. 해안가는 별로 안 좋아하는 녀석이니 아마 산책로 쪽으로
향할 것 같은데.”

“해안가도 있어요?”

아란은 눈을 반짝 빛냈다. 우아하게 입매를 늘어뜨린 강빈이 되물
었다.

“가고 싶어?”

관리인들이 지켜보고 있는 곳으로 강빈은 방향을 전환했다. 아란
이 익숙한 솜씨로 강빈의 옆을 따르며 열렬하게 고개를 끄덕였다. 말

위에 올곧은 자세로 앉은 아란을 눈으로 훑어 내리며 강빈은 나직하
게 한숨을 내쉬었다.

"제법 타긴 한다만 그 실력으론 무리일 텐데."

"끌고라도 가죠 뭐. 나, 힘세요."

팔을 번쩍 든 아란은 있지도 않은 근육을 보여주듯 주먹을 불끈
쥐었다. 싱그레 웃음을 터뜨린 강빈은 손짓으로 마사(馬事)를 불렀다.
말을 관리하고 담당하는 마사 두 명이 기다렸다는 듯이 달려왔다. 성
인의 키를 훌쩍 넘는 흑마에서 날렵하게 바닥으로 내려선 강빈이 빠
르게 지시를 내렸다.

"베스, 마사(馬舍)에 데려다 놓고 이 녀석 안장 바꿔요. 아가씨랑
함께 탈 거니까."

"네, 사장님."

두 명의 젊은 남자가 일사불란하게 움직였다. 아란에게 손을 내민
강빈은 잘록한 허리를 조심스레 쥐고 말에서 내리게끔 도와주었다.

"나 혼자 타도 되는데……."

짧은 시간이었지만 얌전히 자신을 태워준 말을 아쉬운 듯 바라보
며 아란은 볼을 부풀렸다. 빵빵하게 바람이 들어찬 아란의 볼을 강빈
이 검지로 쿡 눌렀다.

"조심해서 나쁠 건 없지. 잘못하다간 다칠 수도 있고."

강빈의 시선이 아란의 새하얀 손에 닿았다. 자칫하다가 낙마를 하
면 손만 다치는 게 아니었다. 그보다 더 크게 다칠 수도 있었다. 두
명의 남자가 안장을 갈고 탔던 말을 마사로 옮기는 동안 아란은 주위
를 휘둘러보았다. 새파란 하늘에는 어린아이 속살 같은 보얀 구름이

군데군데 걸려 어딘가로 흘러갔다. 끝없이 이어진 울타리 밖으로는 울창한 나무가 우뚝우뚝 솟아 아란의 눈을 현혹시켰다. 절경이 따로 없었다. 위풍당당하게 서 있는 이국의 성을 연상시키는 별장과 푸르른 초목이 한데 어우러져 장관을 연출했다.

아란은 눈을 감고 고요하게 불어오는 바람에 몸을 맡겼다. 알싸한 바다 내음이 담긴 시원한 바람이 뺨을 스치고 옷깃을 헤치며 지나갔다. 발밑에 와 닿는 폭신한 잔디는 마치 허공을 딛고 있는 듯한 착각에 빠지게끔 했다. 신비스럽고 고즈넉한 이곳이 아란은 정말이지 너무 마음에 들었다. 개인 사유지만 아니라면 본격적으로 승마를 배우고 싶을 만큼.

"이리 와, 이아란."

강빈의 부름에 아란은 살며시 눈을 떴다. 풍성한 속눈썹이 위를 향해 올라가고 아란의 동공에는 강빈의 수려한 모습이 깊게 새겨졌다. 강빈이 손을 내밀고 있었다. 손을 맞잡고 그의 도움을 받아 가뿐하게 말 위에 올라탔다. 뒤이어 휙 몸을 날린 강빈이 아란의 뒤에 바짝 몸을 밀착시켰다. 두 사람의 몸이 빈틈없이 맞물렸다.

아란의 얼굴에 뜨거운 열기가 확, 끼쳐들었다. 이렇게 밀착된 자세로 말을 타야 하는 건 줄은 미처 몰랐다. 몸을 비틀어 조금이라도 떨어져 앉으려는데 강빈이 결박하듯 그녀의 가녀린 허리에 팔을 둘렀다.

"가만있어. 그러다 떨어진다."

아란의 귀에 입술을 묻은 강빈이 한숨을 내뱉듯 낮게 속삭였다. 귓가에 솜털이 올올이 곤두섰다. 아란의 가냘픈 어깨에 희미한 떨림이 일었다.

"고삐, 잡아. 넌 그냥 잡고만 있으면 돼. 나머진 내가 알아서 할 테니까."

떨리는 어깨를 최대한 당당하게 펴고 아란은 고개를 끄덕였다.

"그럼 출발할까, 아가씨?"

아란은 또다시 고갯짓만 했다. 그와 동시에 하앗, 소리를 내지른 강빈은 말 옆구리를 가볍게 발로 차는 것으로 말을 출발시켰다. 그리고 아란의 눈앞에 바람이, 세상 모든 만물이 빠르게, 빠르게 스쳐 지나갔다. 푸른 초원을 가로질러 별장을 한 바퀴 빙 돌았다. 새하얀 울타리를 따라 거침없이 질주하던 말이 점차 별장을 벗어나기 시작했다. 드넓은 산길을 따라 지나갈 때마다 나뭇가지와 새파란 잎사귀들이 파르르 몸을 떨며 동요를 일으켰다.

바람을 가르며 내리막길을 내달렸다. 울창하게 드리워진 나뭇가지 사이로 눈부신 햇살이 조각조각 부서졌다. 조금도 흐트러짐없이 강빈은 능숙하게 말을 몰았다. 강빈의 다스한 숨결이 아란의 귓가에서 가깝게 들려왔다. 고삐를 쥐고 있는 아란의 손이 강빈의 손아귀에 갇혔다. 두 개의 손이 하나로 어우러져 단단하게 결속되었다.

말고삐를 짧게 당겼다, 느슨하게 당겼다를 반복하며 산길을 빠져나왔을 때, 자잘한 보석이 흩뿌려진 듯한 모래사장이 두 사람을 맞이했다. 눈앞에 펼쳐진 장관에 아란은 탄성을 내뱉었다. 새하얀 백사장과 하늘과 맞닿은 푸른 바다가 끝없이 이어졌다. 사방으로 모래알을 튀기며 말은 멈춤없이 질주에 질주를 거듭했다.

상쾌한 바닷바람이 아란의 주변을 에워쌌다. 높고 푸르른 하늘을 머리에 이고, 푹신푹신한 모래사장을 밟으며 정신없이 내달렸다. 얼마나 빨리 지나가는지 주변 사물이 제대로 보이지 않을 정도였다. 모든 건 강빈이 알아서 하는데도 불구하고 아란의 숨은 점점 더 가쁘게 변해갔다. 가만히 앉아 있는 것만으로도 말 위에 있는 건 체력적으로 엄청난 기를 요구했다.

파도가 밀려들었다. 새하얀 포말을 일으키며 밀려든 파도가 내달리는 말발굽 밑까지 밀려왔다가 바다로 스르륵 빨려갔다. 찰팍찰팍, 물소리가 인적 없는 조용한 바닷가에 퍼져 나갔다. 잠시도 쉬지 않고 달리는 게 지치는지 말이 투루루 소리를 내며 투레질을 했다. 고삐를 늦추지 않은 채 강빈은 전력질주했다. 새하얀 모래사장을 밟을 때마다 밀려든 파도의 투명한 물방울이 말발굽에 채여 사방으로 튀었다.

바람이 아란의 귓가를 스쳤다.

바위에 부딪혀 철썩이는 파도 소리가 메아리처럼 울려 퍼져 나갔다.

뜨겁게 내리쬐는 햇살이 눈부셔서, 눈부신 모래 알갱이가 눈을 멀게 만드는 것만 같아서, 짙푸른 바다에 몸도 마음도 잠식당할 것만 같아서, 아란은 살며시 눈을 감았다. 끝없이 펼쳐진 새파란 하늘로 몸이 훨훨 날아오르고 있었다.

점점 더 높이.

점점 더 빠르게.

그때, 희미한 음성이 아란의 귀를 가르고 심장 깊은 곳으로 박혀 들었다.

"널 원해."

바람이 들려주는 환청이라 여겼다. 그렇지 않고서는 이런 말이 들릴 리가 없었다. 헌데, 이번엔 조금 더 가까이에서, 조금 더 선명한 속삭임이 아란의 귓전을 울렸다.

"널 원해…… 이아란."

아란은 홱, 고개를 돌렸다. 강빈의 입매가 얼어붙은 듯 굳어 있었다. 잘못 들었을지도 모른다. 이성과 사고가 모두 눈앞에 펼쳐진 장관에 제 기능을 못하고 있었으니까. 고장난 듯 움직임을 멈추고 그저 온몸으로 바람을, 파도를 느끼기만 했다.

"앞에서 시선 떼지 마. 그러다 다친다."

입술을 달싹인 강빈이 냉랭하게 읊조렸다. 아란은 곧 정면을 주시하며 눈을 깜빡였다. 잘못 들었어, 잘못 들은 거야. 소리없이 되뇌고 또 되뇌었다. 그런데 왜 가슴이 두근거릴까. 아란은 거친 숨을 몰아쉬며 손아귀에 착 감기는 가죽 재질의 고삐를 그악스레 움켜쥐었다.

아란의 숨소리가 거칠어진 것을 감지한 강빈은 고삐를 잡아당기는 것으로 점차 속력을 줄였다. 끝없이 달음박질치던 말의 움직임이 조금씩, 조금씩 잦아들었다. 투루루 투레질을 하는 말과 가쁜 숨을 몰아쉬는 아란을 강빈은 곁눈질로 바라보았다. 한바탕 질주를 해서인지 복숭앗빛이 새겨진 아란의 얼굴은 어느 때보다 아름다웠다. 볼 주변으로 장미꽃잎을 닮은 홍조가 번져 나가 새하얀 피부를 더욱 희고 투명하게 보이는 효과를 몰고 왔다.

메이크업은 하지 않았다. 그 흔한 립글로스 하나 바르지 않은 것 같은데도 아란은 완벽하게 메이크업을 한 여자들보다 훨씬 더 시선을 끌었다. 따로 메이크업을 하지 않아도 충분히 고운 피부와, 아치형 모양의 짙은 눈썹, 그리고 숱 많고 풍성한 속눈썹은 일부러 뷰러로 올린 것마냥 우아하게 말려 올라갔다. 그 아래로 빚은 듯 쪽 뻗은 콧날과 도톰한 붉은 입술이 조각처럼 오밀조밀 그녀의 얼굴을 완성시켰다.

아란의 손을 감싸 쥐고 있는 강빈의 손아귀에서 저절로 힘이 가해졌다. 놓치기 싫다는 듯, 놓고 싶지 않다는 듯 악력으로 그녀의 손을 가볍게 제압했다. 승마장갑이 훼방을 놓아도 아란의 다스한 체온이 강빈에게 고스란히 전달되었다. 손끝에 아릿아릿한 전율이 스쳤다. 아란의 등이 강빈의 가슴에 그대로 맞닿았다. 서로의 숨결이 얇은 옷감을 여과없이 통과해 하나로 어우러졌다.

바다를 향해 시선을 고정시키고 있는 아란의 고운 옆모습이, 강빈의 시야를 자극했다. 상그레 웃고 있는 모습이 단번에 눈을 현혹시켰다. 탁하게 가라앉은 목소리로 강빈은 힘겹게 말을 꺼냈다.

"안 되겠다."

말의 움직임이 아예 잠들었다. 고삐를 바투 쥐는 것으로 꼼짝도 하지 못하게 말을 길들였다. 아란이 고개를 돌리고는 무슨 소리냐는 듯 의아하게 바라보았다. 강빈은 한숨처럼 덧붙였다.

"참아보려고 했는데……."

도자기처럼 매끈한 아란의 턱을 한 손으로 움켜쥐었다. 동그랗게 뜨고 있는 순결한 눈동자가 강빈의 동공 깊은 곳에 자리를 잡았다. 두 사람의 시선이 짙게 얽혀들었다. 강빈은 천천히 얼굴을 내렸다. 하나의 입술에 또 다른 입술이 포개어졌다. 아란이 다급하게 숨을 들이키는 틈을 이용해 능숙하게 혀를 밀어 넣었다. 얼어붙듯 아란의 몸이 뻣뻣하게 굳어나갔다.

한 손은 고삐를 쥐고, 다른 손은 아란의 턱을 움켜쥔 채 뜨거운 키스를 퍼부었다. 도톰한 아랫입술을 부드럽게 빨아들이고는 달래듯 혀로 핥아나갔다. 삼킬 듯이 입안으로 빨아 당기다가 놓아주었다. 입안을 헤집고 들어간 혀가 거침없이 침범을 해나갔다. 진주처럼 가지런한 잇바디를 혀로 훑고 보드레한 볼 안쪽 살결을 정성스럽게 핥아나갔다.

달달한 혀를 얽어서 입안으로 끌고 들어왔다. 서로의 숨결이 하나로 연결되었다. 혀와 혀가 얽히고, 숨결과 숨결이 서로에게 낱낱이 섞여들었다. 오랫동안 참고 참았던 만큼 길고 긴 키스가 이어졌다. 놀란 아란을 달래듯이, 때로는 은밀하게 유혹하듯이 강빈은 마음껏 여린 입술을 탐닉하고 끝없이 맛보았다. 다스한 숨결과 달금한 입술, 그리고 벨벳처럼 매끄러운 혀가 모두 강빈의 혀 아래에서 녹아들었다.

아란이 거친 숨을 몰아쉬며 강빈의 품에서 몸을 비틀었다. 턱을 쥔 손에 슬그머니 힘을 가했다. 그의 품에서 움직이지 못하게, 그의 손길에서 벗어나지 못하게 바짝 옥줬다. 더 깊이, 그리고 더 대담하게 혀를 놀렸다. 속수무책으로 입술을 내맡기고 있는 아란의 입안을 강빈은 마음껏 탐미해 나갔다.

할 수만 있다면 오롯이 자신의 것으로 만들고 싶었다. 아란의 달콤한 입술, 다사로운 숨결 그 모든 것을 그의 것으로, 서강빈의 것으로 철저하게 구속하고 속박하고 싶었다. 이아란의 모든 것을 소유하고 싶었다. 할 수만 있다면. 바르작거리는 아란의 몸짓이 거세어졌다. 아란의 혀를 휘감아 입안으로 빨아들이며 강빈은 쥐고 있던 매끈한 턱을 바짝 끌어당겼다. 도리질을 하며 고개를 내젓던 아란이 양손으로 그의 가슴을 강하게 밀쳐 냈다.

거센 움직임에 말이 놀란 듯 앞발을 높이 들고는 펄쩍 튀어 올랐다. 파도 소리만 울려 퍼지는 바닷가에 히이잉, 거리는 말 울음소리가 커다랗게 메아리쳤다. 순간적으로 고삐를 놓친 강빈은 재빨리 아란을 품에 확 끌어안았다. 동시에 두 사람의 몸이 바닥으로 곤두박질쳤다. 털썩거리며 강빈의 몸이 모래사장에 먼저 닿았다. 그 위로 아란의 몸이 포개어졌다.

두 사람의 거친 숨소리가 서로의 얼굴을 향해 쏟아졌다. 놀란 듯 눈을 질끈 감고 있는 아란의 뺨을 강빈은 부드럽게 어루만졌다.

"괜찮아, 란아?"

아란이 짧게 고갯짓을 했다.

"갑자기 그렇게 움직이면 말이 놀라잖아."

검지로 볼을 톡톡 두드리며 강빈이 질책했다. 아란은 여전히 눈을 뜨지 않았다. 긴 속눈썹이 경련을 일으키듯 다르르 떨리고 있었다.

"너 때문에 크게 다칠 뻔했다, 이 아가씨야."

"놔…… 주세요."

아란의 음성이 메마르게 갈라졌다. 양팔로 아란을 안고 있던 강빈은 돌연 몸을 홱 돌렸다. 바닥에 있던 강빈과 그 위에 있던 아란의 위치가 순식간에 자리를 바꿨다. 아란의 고운 얼굴을 강빈은 강렬한 시선으로 바라보았다.

"눈 떠, 이아란."

두 눈을 꼭 감는 것으로 강빈을 외면하던 아란은 천천히 속눈썹을 들어 올렸다. 구름을 닮은 새하얀 눈동자에 흑요석처럼 새까만 동공이 투명한 물기를 머금고 반짝였다. 촉촉하게 젖은 아란의 입술을 손끝으로 나릿하게 어루만지다가 강빈은 입술을 내렸다. 고개를 돌리려는 아란의 움직임은 강빈의 간단한 손짓에 차단되었다.

두 개의 입술이 하나로 단단히 맞물렸다. 깃털이 내려앉듯 부드럽게 입맞춤을 퍼부었다. 닿았다 멀어지고, 멀어졌다 닿기를 몇 번이나 반복했다. 혀끝을 이용해 윗입술과 아랫입술을 번갈아가며 정성스레 핥았다. 입안에 머금고 치아로 슬몃슬몃 깨물기도 했다. 그럼에도 불구하고 아란은 고집스레 입술을 열어주지 않았다. 조가비처럼 굳게 닫힌 입술을 열기 위해 강빈은 능숙하게 혀를 밀어 넣었다. 진주처럼 매끈한 잇바디에 가로막힌 혀가 갈 곳을 잃고 방황했다.

강빈은 얼굴을 들어 올렸다. 혼란과 혼돈에 빠진 아란의 표정에 어두운 그림자가 드리워졌다. 아란의 별빛 품은 눈빛이 시간이 흐를수록 어둡게 꺼져 갔다.

"열어, 아가씨."

아란의 두 눈이 강빈을 향했다. 강빈은 손끝으로 아란의 입술을 어루만졌다. 전율하듯 아란의 가녀린 몸이 바르르 떨렸다. 천천히, 감질날 정도로 천천히, 강빈은 고개를 숙였다. 마법의 주문을 걸듯 나직하게 덧붙였다.

"란아, 어서."

"왜……."

왜 이러냐고 묻고 싶었다. 갑자기 왜 이러냐고. 하지만 꽉 잠긴 목소리는 다른 말은 형성할 수가 없었다. 얼어붙은 혀는 점차 감각을 잃어버렸다. 아란의 귀에 강빈의 그윽한 음성이 바람처럼 조용히 내려앉았다.

"네가 좋아. 미치도록."

강빈의 고백을 듣는 순간, 아란은 얼어붙었다. 숨도 쉬지 못하고 눈도 깜빡이지 못한 채 싸늘하게 굳어버렸다. 진지하게 바라보는 강빈의 눈길에 심장이 파삭, 하고 깨져 버릴 것만 같았다. 꿈에도 짐작하지 못했다. 강빈의 마음을, 그의 진심을, 아란은 전혀 예상하지 못하고 있었다. 강빈의 단단한 가슴을 황급히 밀쳐 내며 아란은 두서없이 말을 쏟아냈다.

"미안. 미안해요, 강빈 씨. 난 그런 것도 모르고……."

아란의 손목을 타앗, 낚아챈 강빈은 단단하게 훔켜쥐었다. 일어나려고 안간힘을 다하는 아란의 움직임을 단숨에 잠재웠다. 폭신한 모래 알갱이가 아란의 등에 알알이 박혀들었다. 희미하게 들려오는 파도 소리가 아란의 귓가에서 흩어졌다.

"내가 강빈 씨 좋아한다고 한 건, 그건…… 그냥 친구로서, 강빈 씨가 너무 좋은 친구 같아서……."

"이아란이랑 친구 할 생각, 없어."

더듬더듬 말을 쏟아내는 아란의 말허리를 강빈은 차게 잘랐다. 아란은 그럴 수 없다는 듯 가만가만 고개를 내저었다.

"미안해요. 강빈 씨 마음, 받을 수 없어요. 나한텐 오빠가 있다고…… 곧 약혼한다고 말했던 거 같은데……."

떨리는 목소리로 아란은 힘겹게 말했다. 예리하게 와 닿는 강빈의 시선을 애써 피하며 고개를 돌렸다. 우진을 보고 있어서 여태 몰랐었다. 자신을 향한 강빈의 마음을, 그의 깊은 관심을 모르고 있었다. 아란은 그제야 네가 싫다고 하던 강빈의 말을 이해할 수가 있었다. 왜 그토록 차갑고 시리게 싫다고 말했는지. 아란의 매끈한 턱을 쥔 강빈의 손에 힘이 가해졌다. 두 사람의 시선이 하나로 얽혀들었다.

아란은 강빈의 눈에, 강빈은 아란의 눈에 서로를 품었다.

심장의 두근거림이 아란의 귀에도 고스란히 들려올 지경이었다. 일정한 속도로 뛰고 있던 맥박이 조금씩, 조금씩 속력을 내기 시작했다. 자신도 감당하지 못할 변화에 아란은 자그시 아랫입술을 물었다. 두근거림은 심장을 거쳐 전신으로 뻗어나갔다. 강빈이 천천히 고개를 숙이며 낮게 속삭였다.

“나도 미안하다, 이아란.”

강빈은 아란의 숨결을 앗았다. 황급히 고개를 돌리려는 아란의 움직임은 강빈의 손짓에 의해 가볍게 제지당했다. 뜨거운 혀가 부드러운 입술을 가르고 거침없이 침범했다. 아란이 숨 쉴 여유도 주지 않은 채 진한 키스를 퍼부었다. 다른 남자 따위는 감히 생각하지 못하게 강빈은 아란을 벼랑 끝으로 내몰았다. 달달한 혀를 얽어서 삼킬 듯이 빨아들였다. 벗어나려고 바르작거리던 아란의 움직임이 어느 순간 잦아들었다. 밀쳐 내기만 하던 양손에서도 점차 힘이 빠져나갔다.

‘미안해, 란아. 너…… 그 약혼, 못할 거 같다. 내가…… 보내지 않을 테니까.’

부드럽게, 부드럽게 입맞춤을 선사하며 강빈은 하고픈 말을 혀끝에 잠재웠다.

*9*

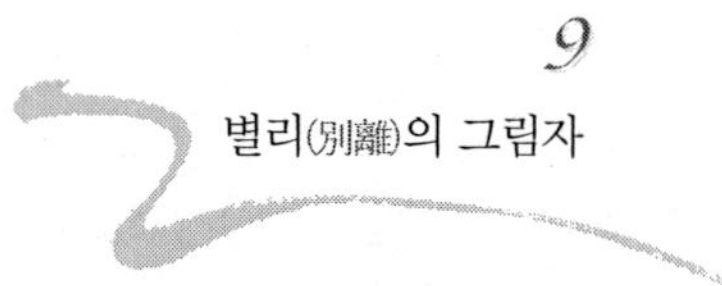

별리(別離)의 그림자

『끊임없이 진화하고 변신하는 클래식계의 혜성, 피아니스트 '박우진'.

현재 클래식 음악계를 가장 뜨겁게 달구고 있는 아티스트로는 박우진을 첫 번째로 꼽을 수 있을 것이다. '준비된 피아니스트', '연주회 곳곳에 센세이션을 몰고 다니는 피아니스트', '발매되는 앨범마다 대박 행진' 등등의 수식어에 이의를 제기할 사람은 아마도 드물 것이다. 박우진은 이미 열아홉에 최고 권위라고 일컬어지는 쇼팽 국제 콩쿠르에서, 1위 없는 공동 2위를 하며 국제무대에 화려하게 데뷔를 했다. 그 후에도 영국 리즈 콩쿠르, 이탈리아 부조니 콩쿠르, 모스크바 차이코프스키 콩쿠르 등 다수의 수상 경력이 있으며 지금은 독일 하노버 국립 음대에서 막시밀리안 슈나이더(Maximilian Schneider)를 사사하면서 점차 연주의 폭을 넓히고 발전하는 모습을 찾아가고 있다.

이번 귀국 연주회는 총 여섯 개의 도시에서 열릴 예정이다. 대구, 부산, 울산, 광주, 인천, 그리고 마지막 연주회는 서울 '예술의 전당'에서 열려, 연주회의 대미를 장식할 것이다. 또한 이번 귀국 연주회와 함께 박우진의 네 번째 앨범도 세상에 소개될 예정이다. 세 번째 앨범은 이십만 장이 넘게 판매되어 클래식계에 한 획을 긋기도 했다. 한층 성숙하고, 현란한 테크닉을 선보일 이번 네 번째 앨범은 어떤 모습으로 베일을 벗을지 손꼽아 기다려 본다.

더 클래식(The Classic) 본지와의 인터뷰에서 박우진은 이런 말을 했다. '자연을 들어보는 게 중요하죠. 속삭이는 바람과, 살랑거리는 나뭇잎, 가만히 내리쬐는 햇살, 그 모든 소리를 귀 기울여 듣고 구름과 빛의 변화를 느끼는 것이 가장 중요해요. 모두 드뷔시가 듣고 보았던 것들이거든요. 제가 제 자신의 음악에 담고 싶은 것들이기도 하고요.' 피아니스트 박우진의 연주엔 자연이 들어 있다. 바람과, 햇살, 구름과 빛, 이 모든 것들이 한데 어우러져 녹아들어 있는 것이다. 아직까지 해외협연을 하지 않은 박우진의 이름은 국내에서만 위상을 떨쳐 다소 아쉽기도 하다. 그가 런던 필하모닉, 또는 뉴욕 필하모닉과 협연을 하게 된다면 박우진의 브랜드 가치는 상상, 그 이상이 될 거라고 본 필자는 믿어 의심치 않는다.

이번 귀국 연주회와 앨범 제작 외에도 박우진에겐 중요한 일정이 하나 더 있다고 한다. 연주회 일정이 모두 끝나면 약혼을 치른다는 그는, 쑥스러운 미소를 보이며 예비 약혼녀의 사진을 보여주었다. 사진 속에서 함박웃음을 짓고 있던 그녀는 '사람 꽃'이라 해도 과언이 아닐 듯했다. 피아노를 전공한다는 L 양(이름은 거론하지 말아달라는 부탁이 있었다). 그녀도 곧 하노버 국립 음대로 유학을 떠난다고 했다. '제 인생에 있어서 가장 소중한 건 피아노나, 연주회가 아니라 바로 그 사람이에요. 그 사람이 있으므로 연주를 하는 거죠. 들려주고 싶으니까. 내 마음을, 내 사랑을.' 피아노 이야기를 할 때, 박우진에게선 빛이 났다. 하지만 예비 약혼녀를 이야기할 때, 그는 눈이 부셨다.

밝고 솔직한 매력을 지닌 피아니스트 박우진. 앞으로 그가 '천재'에서 '거장'으로 발돋움하는 것을 지켜보는 건, 동시대를 같이 살고 있는 청중에게도 크나큰 기쁨일 것이다. 가는 곳마다 뜨거운 열정과 열풍을 몰고 다니는 박우진의 연주를 기다리는 것은 바로 이런 이유 때문이지 않을까? 그의 연주를, 그의 네 번째 앨범을 한없이 설레는 마음으로 기다려 본다.

글 · 이승림 기자 ‖ 사진 · 정도형 기자」

카메라 앞에서 우진은 웃고 있었다. 밝고 환하게. 다정하고 따스한 미소를 지었다. 잡지 속에 담긴 우진의 얼굴을 차가운 시선으로 바라보던 강빈은 곧 눈을 뗐다. 활짝 펼쳐진 잡지를 탁, 하고 덮었다. 더 클래식 표지에도 우진의 모습이 가득했다. 파란 하늘 아래, 하늘빛을 머금은 파라솔을 머리에 이고 새하얀 의자에 비스듬히 앉은 모습이 강빈의 눈을 파고들었다. 표지 첫 하단에 '끊임없이 진화하고 변신하는 클래식계의 혜성, 피아니스트 박우진'이라는 글귀가 단정하게 새겨졌다.

이아란에게 박우진은 더없이 잘 어울리는 남자였다. 그건 강빈도 인정하는 바였다. 하지만 거기까지. 이미 마음의 결정을 내린 이상 물러서고 싶진 않았다. 모친 박 여사가 보던 잡지에서 눈에 익은 얼굴을 발견한 강빈은 양해를 구하고 그것을 가지고 나왔다. 자동차 안에서 우진에 관한 기사를 다 읽은 뒤에야 강빈은 얇은 잡지 한 권을 대시보드에 갈무리했다.

'성급했어, 서강빈. 공주님이 놀라서 숨어버렸잖아.'

아란의 집 앞을 주시하는 강빈의 얼굴에 곤혹스러움이 스쳤다. 자그마한 휴대전화를 만지작거리다가 조수석으로 휙 내던졌다. 조금 전에 아란에게 전화를 했지만 통화연결음만 지루하게 울릴 뿐 전화를 받지는 않았다. 천천히 다가설 걸 그랬다. 조심스럽게 다가설걸. 하지만 그 순간 아란의 숨결을 앗지 않고는 견딜 수가 없었다. 아란의 모습이 너무 어여뻐서, 너무 고와서. 그날의 일을 후회하지 않았다. 다시 그 순간이 온데도 아란의 숨결을 앗고, 천상의 과일보다 더 달콤한 입술을 맛보았을 테니까. 그러나 그 일로 인해 아란은 단단한 껍질 속에 모습을 감추고 말았다. 그의 전화는 일절 받지도 않은 채.

찰나, 잊고 있었던 강우의 말이 기억 속에서 또렷하게 되살아났다.

"저런 타입은 내가 잘 알지. 마음을 고백하면 부담스럽다며 십 리 밖으로 도망가서 두 번 다시 안 보려고 할 거다. 연애도 결국 머리로 하는 거거든. 뭐, 머리 좋은 서강빈, 어련히 알아서 잘하겠냐만 말이다."

강빈의 조각 같은 입매에 조소가 묻어 나왔다. 그러고 보면 강우의 말이 틀리지 않은 것이다. 아란은 그에게서 완벽하게 도망가 버렸고 두 번 다시 보지 않으려 들지도 몰랐다. 놓치고 싶지 않았다. 조금만, 아주 조금만 더 다가서면 그 마음을 훔칠 수도 있을 것 같은데, 그 순결한 마음을 가질 수도 있을 것 같은데 아란은 차갑게 등을 돌리고 완벽하게 숨어버렸다. 그런 틈은 결코 허용하지 않겠다는 듯 냉정하고 싸늘하게 그를 외면했다.

사흘째다, 전화를 받지 않은지.

그날, 아란의 입술을 탐하고 숨결을 앗은 뒤로 그녀는 말이 없었다. 별장으로 돌아가면서도 목소리를 잃어버린 인어공주처럼 입술을 굳게 다물었다. 서진이 눈치껏 서울로 먼저 가버려서 돌아오는 내내 아란은 강빈에겐 눈길도 건네지 않은 채 창밖만 주시했었다. 집 앞에 도착했을 때에야 겨우 '안녕히 가세요' 라는 말을 짤막하게 했을 뿐이었다. 그리고는 뒤도 돌아보지 않고 홀연히 집 안으로 사라져 갔다.

그게 끝이었다. 그의 전화도 받지 않은 채 지난한 하루하루가 더디게 흘러가고 있었다. 자동차 투명한 창밖으로 석양이 붉게 타오르며 하루의 마감을 알렸다. 강빈은 한숨을 내쉬고 창을 아래로 내렸다. 시원한 미풍과도 같던 바람에는 어느새 여름의 열기가 묻어왔다. 곧 찌는 듯한 여름이 다가올 것이다. 작열하는 태양이 세상을 다 태워 버릴 듯 이글이글 비출 터였다. 손끝에 와 닿는 후텁지근한 열기를 온몸으로 느끼며 강빈은 들릴 듯 말 듯한 혼잣말을 나직하게 속삭였다.

"사과는 안 해, 공주님. 나로선 진심이었으니까……."

단단히 화가 났을 것이다, 아란은. 그럼에도 불구하고 강빈은 강제로 아란의 입술을 훔친 걸 사과하고 싶진 않았다. 강탈하듯 숨결을 앗은 것 또한 후회하지 않았다. 시동을 걸기 전 마지막으로 전화를 한 번 더 해볼까 하는 유혹에 시달렸다. 조수석 한쪽에 놓인 휴대전화를 별관하고는 강빈은 천천히 자동차를 출발시켰다.

그 시간, 아란은 휴대전화에 새겨진 부재중 전화 1건이라는 글자를 한참이나 바라보았다. 몇 번의 망설임 끝에 삭제 버튼을 누르는 손길이 미세하게 떨렸다. 티 테이블 근처에서 침실 창가로 몸을 옮겼다. 창가에 서서 멀어져 가는 강빈의 차를 물끄러미 응시했다.

"미안해요, 강빈 씨. 하지만 안 되는 건, 안 되는걸요. 나한텐 오빠가 있다고 분명 말했었는데. 그랬는데, 왜 하필……."

어쩌다 강빈과의 관계가 이렇게 되어버린 걸까. 아란은 왠지 가슴이 아팠다. 이유도 알지 못한 채 묵직하게 죄어오는 심장을 가만히 쓸어내렸다. 강빈을 태운 차가 흔적도 없이 사라졌다. 해 지는 거리엔 가로등만이 외로이 불을 밝혔다. 아란은 천천히 손을 내밀어 창문을 닫았다. 강빈과 함께 했던 짧은 추억도 마음속에서 굳게 닫아버렸다.


"어머나! 너무 예쁘다, 아란아!"

피팅 룸에서 걸어나오는 아란을 바라보면서 정 여사는 탄성을 내질렀다. 아란의 곁으로 성큼 자리를 옮겨 이리 보고 저리 보며 입에 침이 마르게 칭찬을 늘어놓았다. 가느다란 어깨 끈이 아란의 보얀 어깨에 아슬아슬하게 매달려 있었다. 그 아래로 설백색 피부가 눈부시게 드러났다. 아름다운 가슴을 강조하듯 드레스 앞부분에는 드레이핑이 가로로 자잘하게 잡혀 있어 더욱 세련미를 연출했다. 허리 라인이 잘록하게 들어간 아이보리빛 드레스 스커트 자락은 풍성하게 양옆으로 퍼져 있었다. 무릎 길이보다 훨씬 짧아서 아란의 발랄한 이미지와 잘 맞아떨어졌다.

날씬한 허리에 연한 핑크빛 리본이 사랑스럽게 매듭지어진 이브 생로랑 리브고쉬 드레스를 아란은 완벽하게 소화했다. 리본과 동일한 색상의 헤어밴드를 하고 긴 머리를 탐스럽게 풀어헤친 아란은 살아 움직이는 인형이 따로 없었다.

"어휴, 세상에…… 예쁜 줄은 알고 있었지만 정말이지 이 모습은 눈에 넣어도 안 아프겠네. 우리 우진이는 좋겠다? 이렇게 예쁜 아란이를 약혼녀로 둬서?"

홀린 듯이 아란을 바라보고 있는 우진의 어깨를 정 여사가 손바닥으로 툭 쳤다. 우진은 아란의 고운 모습을 삼킬 듯이 바라보았다. 아란이 상그레 웃으며 우진의 앞에서 핑그르르 돌았다. 풍성한 스커트 자락이 만개한 꽃잎처럼 화려하게 활짝 펼쳐졌다.

"어때, 오빠? 나, 완전 예쁘지? 한눈에 반하겠지? 그치?"

아란의 긴 머리카락을 장난스레 흐트러뜨리며 우진은 짓궂게 놀렸다.

"이렇게 비싼 드레스 입으면 누구나 다 예쁘거든, 이아란 씨?"

"아니거든요? 내가 입으니까 더 예쁜 거거든요, 박우진 씨?"

아란과 우진의 토닥거림을 최 여사와 정 여사는 흐뭇하게 지켜보았다. 말은 무뚝뚝하게 해도 우진이 아란에게서 눈을 떼지 못하는 것을 두 여인은 일찌감치 눈치를 챘다. 어릴 때부터 그랬다. 우진은 한시도 아란을 손에서 내려놓지 않았었다. 겨우 두 살 차이면서도 어찌나 극성스럽게 아란을 챙기고 보살피는지 어른들도 두 손을 들고 항복할 정도였다.

"입 좀 다물고 봐라, 우진아. 침 떨어질라. 그리고 대강 좀 봐. 그러다가 아란이 얼굴에 구멍 생기겠다.”

아란을 뜨겁게 응시하던 우진은 머리카락을 쓱쓱 쓰다듬으며 겨우 눈길을 돌렸다. 모친 정 여사의 놀림에 우진의 얼굴에는 홍안이 깃들었다.

“엄마도, 참.”

“우진이, 이렇게 예쁜 우리 아란이 눈에 눈물 흐르게 하면 나한테 혼날 줄 알아라?”

팔짱을 끼고 엄하게 으름장을 놓듯 말했지만 최 여사의 음성에는 웃음기가 가득했다. 도끼눈을 뜬 정 여사가 짐짓 어험스레 입을 열었다.

“아란이, 우리 귀한 아들 눈에서 눈물 빼게 하면 나한테 혼나는 거, 알지?”

“야! 넌 갑자기 왜 우리 딸내미 겁주고 그래?”

“너야말로 우리 귀한 아들 겁은 왜 주냐? 먼저 시작한 게 누군데 그러셔. 이봐, 예비 사돈. 오랜만에 한판 붙고 싶어서 그러는 거야, 최정희?”

아옹다옹거리는 두 중년 부인을 보면서 아란과 우진은 푸훗 웃음을 터뜨렸다. 고교 동창인 두 여인은 오랜 시간이 흘러도 진한 우정을 과시했다. 아란은 못 말리겠다는 듯 고개를 내저으며 우진을 잡아끌었다. 블랙 색상 연미복을 멋들어지게 차려입은 우진이 아란의 곁에 바짝 붙어 섰다. 아란은 휴대전화를 앞으로 불쑥 내밀고는 손짓을 했다.

“이리 와, 오빠. 기념으로 우리 사진 한 장 찍어놓자.”

팔을 길게 뻗고 셀카 사진을 찍는 아란의 곁으로 정 여사가 한걸음에 달려왔다. 아란의 손에 들린 휴대전화를 빼앗듯이 낚아챘다.

"나란히 서보세요, 우리 예쁜 아가들. 사진은 이 어미가 찍어줄 테니까요."

아란의 가녀린 어깨에 팔을 올린 우진이 싱그레 미소를 지었다. 환하게 웃는 아란과 우진의 모습이 휴대전화 액정화면에 가득 잡혔다. 정 여사가 능숙하게 사진을 찍고는 능청스레 말을 보탰다.

"우진아, 아란이한테 뽀뽀 한 번 해봐라. 아주 진하게. 그것도 찍어주마."

"엄마!"

우진은 얼굴을 붉히며 버럭 소리를 질렀다. 최 여사와 정 여사가 동시에 깔깔거리며 웃음을 터뜨렸다.

"뭐 어때, 우진아? 우리 앞에서 뽀뽀 한두 번 한 것도 아니면서. 너 어릴 때 우리 아란이한테 뽀뽀 얼마나 많이 한 줄 알아? 정말이지 우리 아란이 입술 안 닳은 게 다행이다, 다행이야."

두 여인의 협공에 우진의 얼굴에는 식은땀이 배어 나왔다. 손을 활짝 펴고 얼굴에 부채질을 하는 우진의 행동에 아란은 말간 미소를 지었다. 우진의 입술에 아란은 쪽 소리가 날 정도로 입맞춤을 했다. 타이밍을 놓치지 않은 정 여사가 순발력있게 그 모습을 휴대전화에 담았다. 아란의 돌발 행동에 우진은 어이가 없다는 듯 한숨을 내쉬었다.

"내가 어머니들이랑 너 때문에 살 수가 없다, 정말."

아란이 눈을 찡긋거리며 윙크를 던지고는 익살스럽게 덧붙였다.

"더 진하게 키스하는 거, 엄마들 앞에서 한 번 보여 드릴까?"

검지를 우아하게 치켜든 우진은 아란의 입술을 꾹 누르고는 고개를 내저었다. 나직하게 혀를 차며 받아쳤다.

"됐거든, 이아란?"

"아, 또 튕기신다, 우리 박우진 씨."

최 여사와 정 여사는 프라이빗 룸에서 드레스 숍 매니저와 이런저런 상의를 하고 있었다. 아란은 정 여사가 찍은 사진을 보며 만족스레 미소를 지었다. 우진이 다정하게 팔을 걸치고 있는 사진과 아란이 장난스레 입맞춤을 한 사진이 그림처럼 완벽한 조합을 이뤘다.

"사진 정말 잘 나왔다. 흔들리지도 않고. 아주 나이스 타이밍에 찍으셨는데. 그치, 오빠?"

고개를 돌려 우진을 부르던 아란은 곧이어 입을 다물었다. 한쪽으로 물러난 우진이 조용하라는 제스처를 하며 통화를 하고 있었다. 아란은 거울 앞으로 자리를 옮겨 드레스를 입은 자신의 모습을 점검했다. 드레스는 정말 마음에 쏙 들었다. 심플하면서도 디테일한 디자인이 몸에 딱 맞게 피트되어 우아하기 그지없었다.

"알았어. 시간 오래 비워둘 수 없다는 거, 알아. 음, 늦어도 십 분 뒤에는 출발할게. 음반 작업 관계자들에게 잘 설명이나 해줘, 소은 씨. 오케이. 편의 봐줘서 정말 고마워."

우진의 통화를 잠자코 듣고 있던 아란은 이맛살을 찡그렸다. 콧잔등에 주름이 자잘하게 잡혔다. 우진이 바쁜 건 이미 알고 있었다. 음반 작업을 하다가 잠시 짬을 내어 들른 것도 알고 있지만 이렇듯 빨리 가게 될 줄은 몰랐다. 아란은 서운한 듯 입술을 뾰로통하게 내밀고 종알거렸다.

"벌써 가봐야 돼?"

성큼 다가선 우진은 아란의 고운 이마에 입술을 눌렀다.

"미안. 앨범 녹음하다가 달려나온 거야. 나 때문에 수많은 사람들이 하릴없이 기다리고 있거든. 이해해 줄 수 있지?"

"이해는 하지만……."

발밑을 노려보며 아란은 말끝을 흐렸다. 이해는 하지만 서운한 건 어쩔 수 없었다. 좀 더 같이 있고 싶었는데. 나흘 만에 만나는 건데 예복만 입어보고 이렇게 서둘러 헤어지다니. 문득 쓸쓸함이 아란의 내면을 빼곡히 채워 나갔다. 드레스 숍 매니저의 도움을 받아 우진은 빠르게 옷을 갈아입고 피팅 룸을 나왔다. 아란의 곁으로 다가와 보안 볼에 입맞춤을 퍼붓고는 나직이 속삭였다.

"사랑해, 란아. 내가 너, 미치게 좋아하는 거, 알지?"

생그레 웃고 있던 아란의 입가에서 미소가 급격하게 얼어붙었다. 우진을 바라보던 맑은 두 눈에 얇은 얼음막이 형성되었다. 일순, 강빈의 그윽한 음성이 묻어두었던 기억에서 또렷하게 되살아났다.


"네가 좋아. 미치도록."


그날 강빈의 눈빛, 목소리, 몸짓 그 모든 게 너무도 선명하게 떠올라서 아란은 질끈 눈을 감았다. 우진과도 그렇게 진한 딥키스를 나눠본 적은 없었다. 우진과 수없이 많은 키스를 했어도 그날처럼 숨이 막혔던 적은 없었다. 얼마나 휘몰아치는지 맥없이 입술을 허락하고

말았다. 머릿속에 맴도는 모든 생각을 일시에 앗아버리는 그의 농밀
한 키스에 아란은 속수무책으로 무너졌었다. 생각을 털어내듯 거세
게 머리를 가로저었다. 그날의 일도, 강빈의 고백도, 뜨거웠던 키스
도 모두 기억에서 잘라내고 차단했다.

"먼저 가서 미안해. 나중에 보자, 란아."

두 어머니에게 인사를 마치고 온 우진은 아란의 볼을 부드럽게 쓰
다듬고는 바쁘게 드레스 숍을 빠져나갔다. 얼마나 황급히 나가는지
아란의 인사는 듣지도 않은 채. 우진의 뒷모습을 망연히 응시하던 아
란은 미안함과 죄책감에 얼굴을 붉혔다. 우진과 함께 있는 순간에 다
른 남자를 떠올리다니, 그 사람과의 키스를 떠올리다니. 아란은 자기
자신에게 실망을 금할 수가 없었다.


"어이구! 약혼 앞두더니 이아란 얼굴이 아주 활짝 폈네, 폈어."

병실에 누워 있던 혜경은 아란이 들어오는 걸 보고는 부스스 몸을
일으켰다. 샛노란 프리지어 한 다발이 아란의 품에 안겨 있었다.

"어쩌다가 사고가 난 거야? 좀 조심하지."

목에 깁스를 하고 있던 혜경이 진저리를 쳤다. 사고났던 순간을
기억하듯 눈살을 찌푸리며 가냘픈 어깨를 화들거렸다. 팔과 다리에
는 훈장처럼 붕대가 휘감겨 있었다.

"말 마라. 그때 생각하면 아직도 눈앞이 아찔하다. 밤도 늦었겠다,
길가에 차도 없겠다, 좀 밟았는데 갑작스레 골목에서 차가 휙, 나올
줄 누가 알았니?"

"상대편은? 그쪽은 괜찮아?"

어깨를 으쓱거리다가 통증이 찾아온 혜경은 끙끙 앓는 소리를 했다. 아란이 주물러 주려는데 혜경은 손을 내젓는 것으로 거절했다.

"신경질나게 그쪽은 아주 멀쩡하더라. 차가 완전 좋은 차였거든. 역시 사람은 좋은 차를 타야 돼. 만약을 대비해서."

혜경의 투덜거림을 들으며 아란은 병실을 휘둘러보았다. 2인실 병실은 한적했다. 맞은편에 놓인 침대는 깔끔하게 정리되어 환자가 없는 빈곳임을 알렸다.

"그나마 다행이네. 상대편이 무사해서. 그럼 사고 처리는 어떻게 되는 거야?"

"쌍방과실로 하고 보험처리 하기로 했어. 그쪽도 밤이라고 무리해서 달린 거 인정했거든. 아란아, 미안한데 냉장고에서 시원한 음료수 두 개만 가져오면 안 될까?"

냉장고로 걸음을 옮기는 아란의 모습을 주시하면서 혜경이 말을 이었다.

"난 이제 퇴원하면 우리 아빠한테 죽었다. 그쪽 차, 완전 비싼 차 거든. 외제차였어. 이름도 모르는 물 건너온 차. 우리 아빠, 나 죽이려고 하시겠지?"

나직이 웃음을 터뜨린 아란은 오렌지주스 뚜껑을 열어 혜경에게 건넸다. 갈증이라도 났는지 혜경은 주스를 벌컥벌컥 들이켰다. 아란도 시원한 주스를 한 모금 마시며 덧붙였다.

"설마 사고 한 번 냈다고 귀한 딸 죽이시겠니."

"어른들이 왜 좋은 차 타야 된다고 하는지 알 것 같아. 내가 정말 퇴원하고 나면 저놈의 똥차 확, 폐차시키고 새 차 사고 말지."

"돈은 있고?"

아란의 정곡을 찌르는 물음에 혜경의 얼굴이 울상이 되었다.

"하긴. 제일 중요한 돈이 없지. 저번에 카드값 많이 나와서 아빠가 용돈도 반으로 줄인다고 했는데……."

"한동안 조신하게 있어. 혹시 아니? 그럼 아저씨가 멋진 차를 짠, 하고 사주실지."

"내 차도 문제지만 솔직히 네 차가 더 문제 아니냐? 아란아, 이참에 우리 둘 다 차 바꿀까?"

다 마신 빈 병을 침대 아래 휴지통에 던져 넣으며 아란이 따끔하게 지적했다.

"내 차는 잘 굴러가니까 걱정 붙들어 매. 멀쩡한 차 탓하지 말고 다음부턴 운전이나 조심하고, 이 아가씨야."

아란의 타박에 혜경은 깔깔거리며 웃음을 터뜨렸다.

"약혼 준비는 잘돼가? 이제 한 달도 채 안 남았지?"

"어. 시간이 얼마나 빨리 가는지 약혼식이 벌써 코앞으로 다가왔네. 며칠 전엔 드레스도 맞췄거든. 이제 초대장만 고르면 돼. 그럼 끝!"

"아주 좋아 죽는구나? 우진 오빠는 자주 만나? 오랜만에 귀국했는데 알콩달콩 데이트도 많이 해야지?"

아란의 고운 얼굴에서 꽃처럼 해사한 미소가 일시에 거둬졌다. 시무룩한 표정으로 부루퉁하게 대꾸했다.

"약혼 준비할 때만 짬짬이 만나. 너도 알잖아. 우리 오빠 바쁜 거."

잔뜩 구겨진 침대 시트를 탁탁, 펴면서 아란은 대화의 주제를 돌렸다.

"언제까지 입원해 있어야 된대? 상태를 보니 제법 있어야 될 것 같은데."

앉아 있는 게 힘들어진 혜경은 침대에 모로 누워서 아란을 바라보았다. 재잘거림이 쉴 새 없이 이어졌다.

"한국병원에 잘생긴 의사 오빠들 엄청 많더라. 눈요기하면서 이참에 푹 쉬지 뭐."

"그런데 왜 혼자 있어? 아줌마는?"

"이것저것 챙길 게 좀 있다고 집에 잠깐 가셨어. 밑반찬도 두어 가지 해온다고 하셨거든."

"뭐 먹고 싶은 거 있어? 다음에 올 때 사올게."

"먹고 싶은 거야 많지. 피자, 스파게티, 족발, 삼겹살, 꽃등심, 낙지볶음, 스테이크……."

"됐다. 그만해라, 김혜경. 나 돈 없거든?"

끝없이 이어지는 음식들의 나열에 아란은 절레절레 고개를 내저었다.

"다음에 올 땐 먹지도 못하는 이런 꽃 말고 차라리 실용적인 걸 들고 와, 이아란. 그게 병문안의 예의야, 예의."

"잘났다, 정말. 언제부터 너랑 나 사이에 예의 차렸다고. 그만 가야겠다. 푹 쉬어. 무리해서 움직이지 말고."

엉거주춤 일어나려는 혜경의 섬약한 어깨를 아란은 살며시 눌렀다.

"그냥 누워 있어. 다음에 또 올게. 심심하면 언제든지 전화해. 이 언니가 부리나케 달려와서 놀아줄 테니까.”

“고마워, 친구.”

“별말씀을.”

손짓으로 바이바이를 한 뒤에야 아란은 병실을 나왔다. 혜경의 사고 소식을 듣고 한달음에 달려왔는데 상태가 위중해 보이지 않아서 천만다행이었다. 엘리베이터를 타기 위해 바쁘게 걸음을 옮기는 아란의 어깨를 누군가 탁, 하고 쳤다. 아란은 움직임을 멈추고 천천히 뒤를 돌아보았다.

“어머, 언니!”

새하얀 가운을 입은 서진이 방그레 웃고 있었다. 가운 앞섶에 새겨진 ‘흉부외과 전문의 윤서진’이라는 글자가 아란의 시야에 잡혔다.

“여긴 어쩐 일이야, 아란 씨?”

“친구가 입원을 해서…….”

“병문안 마치고 가는 길?”

아란은 고갯짓을 했다. 서진이 아란의 팔에 팔짱을 끼고는 어딘가로 자리를 옮겼다.

“마침 잘됐다. 나도 오늘은 오프여서 일찍 집에 가려고 했는데. 아란 씨, 우리 어디 가서 저녁이나 먹을까? 나 무지무지 배고프거든. 뱃가죽이랑 등가죽이 만나서 허그하자고 난리야.”

강빈과 관계된 사람이어서 아란은 잠시 망설여졌다. 별장에 다녀온 뒤로 강빈에게서 전화가 몇 번 왔었지만 모두 단호하게 받지 않았다. 강빈의 고백에 가슴이 설레지 않았다면 거짓일 것이다. 하지만

우진을 두고 다른 생각은 하고 싶지 않았다. 더구나 약혼식이 코앞에
다가왔는데 다른 사람과 감정적으로 얽히는 건 곤란했다. 서진과의
저녁식사를 거절할까, 하다가 아란은 이내 마음을 접었다. 강빈 때문
에 매력적인 서진을 외면할 수는 없었다.

"저, 엄청 많이 먹는데."

아란의 승낙에 서진은 흔쾌히 고개를 끄덕였다.

"걱정 마, 아란 씨. 이래봬도 나, 가진 건 돈하고 미모밖에 없거든."

서진의 능청스러운 대답에 아란은 상그레 미소를 지었다.


최상급 한우를 숯불에 직접 구워낸 스테이크에서 은은한 숯 향이
배어 나왔다. 한우의 안심과 갈비 사이 부위로 만드는 토시살 스테이
크는 연하면서도 기름기가 전혀 없었다. 셰프가 정성을 다해 선보인
특선 메뉴를 강빈은 무심하게 일관하며 간단한 손짓으로 웨이터의 주
의를 끌었다. 시립하고 있던 웨이터가 재바르게 다가와 강빈의 와인
잔을 채워 나갔다. 투명한 와인 잔에 샤또 뻬뜨뤼스(Château Pétrus)
가 반쯤 채워졌다. 달콤한 와인을 마시는 듯 마는 듯 입술만 조금 적
신 채 강빈은 이내 잔을 테이블로 내렸다. 술도, 식사도 전혀 내키질
않았다.

묵묵히 식사를 하고 와인을 홀짝이던 기혁은 강빈이 음식에는 거
의 손도 대지 않는 것을 보고는 눈살을 찌푸렸다.

"넌 안 먹어?"

"별로 생각이 없네. 너나 어서 먹어. 그래서 요즘 정신없이 바쁘
다, 이거야?"

기혁은 앓는 소리를 하듯 신음을 터뜨렸다. 크리스털 잔에 가득 채워진 생수를 벌컥벌컥 마시고는 탁, 하고 내려놓았다.

"아무려면 너만큼 바쁘긴 하겠냐만 요즘 발등에 불이 떨어져서 검찰청이 완전 아비규환이야, 아비규환. 아무튼 사람처럼 밥 먹는 게 근 일주일 만이면 말 다 했지 뭐."

음식을 말끔하게 비워낸 기혁은 느른하게 와인을 들이켰다. 천장이 높게 솟아오른 레스토랑은 일층과 이층 복층 구조로 지어져 널찍한 공간을 자랑하고 있었다. 빈티지 와인과 고가 와인을 보관하는 일층 메인셀러에는 몇몇의 사람들이 서서 와인을 즐겼다. 메인셀러에서 와인을 마시는 사람들을 건성으로 훑어보던 기혁이 말문을 열었다.

"지완이 약혼한다면서?"

"소식 빠르다?"

"이 바닥에 그런 소문 빠르게 퍼지는 거 몰랐어? 그리고 윤지완이 어디 보통 사람이냐. 서영훈 회장님의 조카님 아니냐, 조카님. 그런데 의외더라? 평범한 집안 아가씨던데? 의사라고 하던가?"

기억을 더듬듯 기혁은 이맛살을 찡그렸다.

"솔직히 너희 집안 혼맥은 거의 로열패밀리잖아?"

기혁이 놀리듯이 말하고는 휘익, 하고 휘파람을 낮게 불었다. 희소성 가치를 지닌 샤또 뻬뜨리스를 쭉 들이켜고는 덧붙였다.

"로열패밀리 중에 로열패밀리지. 강우 형 부모님이나, 지완이 부모님을 보면 완전 명문가가 따로 없는 거 같아. 넌 두말할 것도 없고. 그런 집안에서 의사 아가씨라니, 조금 의외더라?"

"고모부님이 그 아가씨를 예쁘게 봤나 봐. 병원에서 지켜보고 괜찮다 싶으셨는지 지완이한테 소개시켜 줬다고 들었거든."

"흐음, 어쩐지 그런 거 같더라. 그나저나 지완이도 장가가는데, 넌 소식 없냐?"

강빈은 엷은 미소로 대답을 대신했다.

"우리 집 영감님, 매일같이 노래를 부르시잖아. 딸 하나만 있으면 지참금 왕창 챙겨서 너한테 시집보내고 싶다고. 그래서 내가 그랬지. 없는 딸 만들어서 시집보낼 생각 말고 있는 아들 장가나 보내달라고."

"결혼하고 싶어?"

"말이 그렇다는 거지. 결혼은 무슨. 그나저나 우리 서진인 잘 지내고 있나?"

"궁금하면 네가 전화하지 그래?"

"그 기집애는 내가 전화만 하면 바쁘대요. 어찌나 바쁜 척 유난을 떠는지……."

와인을 홀짝이며 기혁은 고개를 내저었다.

"참, 강우 형 소식 들었어? 요즘 또 카지노에……."

기혁의 말을 가로막은 강빈은 손짓으로 시립하고 있던 웨이터를 물렸다.

"계속해 봐. 강우가 뭐?"

"뭐, 중요한 얘기는 아니고 들리는 말로는 강우 형이 요즘 카지노에서 산다는 말이 돌더라고. 그래서 너도 알고 있나, 해서."

강빈의 반듯한 이마에 실금이 그어졌다. 그렇게 당하고도 정신을 못 차렸나 보다, 서강우는. 한 재산 날린 것도 모자라 회사까지 위험에 처하게 해놓고도 카지노에 발을 디딘다니 실소가 터져 나왔다.

"적당한 선에서 누가 말려야 되는 거 아냐? 이러다가 저번처럼……."

"한두 살 먹은 어린애도 아니고 언제까지 식구들이 그 녀석 뒤를 쫓아다닐 순 없지. 본인 스스로 깨우치게 놔두는 게 제일 현명해."

기혁의 걱정스러운 물음을 강빈은 단호하게 일축했다. 웨곤에 디저트를 담아 오던 웨이터가 강빈의 눈치를 살폈다. 대화 중에 방해가 되지 않겠냐는 무언의 눈빛이 담겨 있었다. 강빈의 손짓에 포멀한 차림을 한 웨이터가 익숙한 손길로 테이블을 세팅했다. 망고무스 케이크와 초콜릿 생크림 케이크, 그리고 얼 그레이 티와 셔벗이 차례로 놓여졌다. 소르베 글라스에 담긴 얼 그레이 티 셔벗을 은제 티스푼으로 떠먹던 기혁이 무심하게 입을 뗐다.

"시커먼 사내 둘이서만 밥 먹으니까 진짜 재미없다. 다음엔 서진이라도 불러서 같이……."

얼 그레이 티를 한 모금씩 마시던 강빈이 허공으로 손을 들어 올려 기혁의 말을 잘랐다. 테이블에 올려두었던 휴대전화가 진동음을 울렸다. 셔벗을 장식하는 데세르류를 한입 베어 물며 기혁은 강빈이 전화를 받기를 얌전히 기다렸다. 휴대전화를 바라보던 강빈의 입매가 가만히 늘어졌다. 액정화면에 '윤서진'이라는 글자가 깜빡이고 있었다.

"이 녀석도 양반은 못 되는군."

눈을 둥그렇게 뜨고 있는 기혁을 보며 강빈은 통화 버튼을 눌렀다. 서진의 목소리가 기다렸다는 듯이 쏟아져 나왔다.

[강빈아, 안 바쁘면 나 좀 데리러 와줄래? 지완이 이 망할 녀석한테 전화했더니 연애한다고 바빠서 못 온다잖아. 사랑하는 사촌, 내가 오늘 술을 거하게 한잔해서 운전을 못 하거든. 응? 부탁 좀 하자.]

강빈의 미간에 가로줄이 새겨졌다.

"대리 불러."

서진의 말대로 제법 술을 마신 듯 목소리가 평소와 달리 상당히 어눌했다. 전화를 받는 강빈의 표정에 짜증스러운 기색이 점차 번져 나갔다.

[나도 그러고 싶지. 근데 혹이 하나 딸려서 그게 안 되네. 이 예쁜 혹, 집이 어딘지도 모르고……]

서진이 횡설수설 말을 늘어놓았다.

[정 못 오겠으면 집 위치라도 좀 알려줘. 택시라도 타고 가서 데려다 주게.]

"도대체 무슨 소리를……."

세련된 몸짓으로 얼 그레이 티를 마시려던 강빈의 움직임이 멎었다. 이어지는 서진의 말을 듣는 그 순간.

[아란 씨가 완전 뻗어버려서 어떻게 할 수가 없거든. 근데 이 아가씨, 왜 이렇게 술이 약하니? 몇 잔 마신 거 같지도 않은데 정신을 놔버리네? 이 예쁜 아가씨가 테이블에 엎드려 자니까 치근덕거리는 인간들도 제법 되고…… 얼른 집에 모셔다 드려야 될 것 같은데…….]

느긋하게 앉아 있던 강빈은 자세를 바로잡았다. 자그마한 휴대전화를 바숴 버릴 듯 힘주어 움켜잡았다. 휴대전화를 쥐고 있는 손아귀에 점차 냉한이 번져 나갔다.

"어디야, 거기."

강빈의 음성이 냉랭하게 흘러나왔다. 환호성을 지른 서진이 만세를 외치는 게 귓가를 빠르게 스치고 지나갔다.

[데리러 와주게? 고마워. 정말 고마워, 강빈아. 정말 나한텐 너밖에 없어. 윤지완 그 녀석은 나랑 피를 나눈 남매면서도 연애질이나 한다고 날 팽개치질 않나…….]

"어디냐고, 거기."

서진의 말허리를 매섭게 자른 강빈이 다그쳤다. 서진의 말대로라면 지금 아란이 그곳에 있다는 것이다. 그것도 술에 취해서. 자꾸만 피하기만 하는 아란 때문에 식욕도 나질 않아서, 요 며칠 식사를 하는 둥 마는 둥 했다. 헌데, 아란이 그곳에 있단다. 서진이 있는 그곳에. 술이 거나하게 취한 것 같은데도 서진은 꽤나 상세하게 위치를 설명하고는 일방적으로 전화를 끊었다. 그와 동시에 강빈은 의자에서 홱 몸을 일으켰다.

"뭐, 뭐냐?"

망고무스 케이크를 떠먹던 기혁이 눈을 휘둥그레 떴다. 기혁의 어깨를 두어 번 두들겨 준 강빈의 입매가 딱딱하게 굳어 있었다.

"먼저 일어나야겠다. 급한 일이 생겼거든. 다음에 보자."

"강빈아? 야, 인마!"

뒤도 돌아보지 않은 채 바람처럼 휭하니 사라지는 강빈의 뒷모습을 기혁은 황당하다는 듯이 바라보았다. 서진과 통화를 한 것 같은데 무슨 일로 저렇게 황급히 나가는지 이해가 되질 않았다. 메인셀러 옆

출입문을 열고 강빈이 바쁘게 사라졌다. 얼 그레이 티 셔벗을 티스푼으로 푹푹 찌르던 기혁은 갑작스레 이마를 딱, 하고 쳤다.

"참! 강우 형이 카지노에서 날린 돈이 만만치 않은 액수라는 거 말 안 했는데……. 일전에도 돈 수십억 날려먹고 감당이 안 되니까 회사 기밀……."

웨이터가 눈에 들어와 기혁은 애써 말끝을 흐렸다. 텅 비어버린 맞은편 자리를 바라보다가 의자에서 몸을 일으켰다. 든든하게 배를 채웠으니 다시금 전쟁터인 검찰청으로 들어가 봐야 할 듯했다. 산더미처럼 쌓인 일을 생각하자 기혁의 입술을 가르고 절로 신음이 터져 나왔다.


테이블에 얼굴을 파묻고 널브러져 있는 두 여자를 내려다보던 강빈은 기가 막히다는 듯 한숨을 내쉬었다. 사람들로 번잡한 포장마차 야외 테이블 위에는 초록빛 소주병 네 개가 나뒹굴었다. 소주병을 차가운 눈길로 노려보며 강빈은 눈매를 확 틀었다.

유난히 술이 약했다, 아란은. 본인 입으로도 말했지만 샴페인을 마실 때 보니 정말 알코올에 약한 듯했다. 몇 잔 마시지도 않았는데 고운 얼굴에 열꽃이 번지듯 뺨이 발갛게 물들어 나갔다. 취하면 나오는 버릇인 듯 생긋방긋 웃는 모습이 참 사랑스럽고 귀여웠었다. 헌데, 이렇게 정신을 놓을 정도로 술을 마신 건 정말이지 마음에 들지 않았다. 그것도 이렇게 사람들로 미어 터지는 곳에서.

테이블에 양팔을 올리고 그 위에 곱게 얼굴을 묻은 아란의 옆 테이블에서, 두 남자가 소주잔을 기울이며 계속해서 곁눈질을 했다. 강빈은 한쪽에 팽개쳐져 있는 플라스틱 의자를 확 잡아당겨 아란의 옆에 털썩 앉았다. 그의 몸으로 아란의 날씬한 몸을 가리고는 경고하듯 곁눈질하는 남자를 사납게 노려보았다. 강빈의 눈에서 사느란 빛이 흘러나왔다. 강빈과 눈이 마주친 두 남자가 황급히 시선을 돌렸다. 곧이어 두 남자는 무어라 대화를 나누며 어색하게 술잔을 기울였다.

강빈은 손끝으로 테이블 위를 톡톡, 두드렸다. 두 여자 모두 아주 깊이 잠이 든 듯했다. 테이블을 가볍게 두드리던 손의 움직임이 점차 빨라졌다. 제법 큰 소리에 주변에 있던 사람들의 시선이 하나둘 강빈이 있는 곳으로 모여들었다. 테이블을 두드리던 손짓을 그만두고 강빈은 아란의 가녀린 어깨를 살짝 뒤흔들었다.

"이아란."

얇은 민트컬러 원피스를 입은 아란이 추운 듯 어깨를 바르르 떨었다. 여름이라고 해도 장마철이라 몇 날 며칠 비가 와서인지 저녁엔 날이 제법 찼다. 강빈은 입고 있던 슈트 상의를 벗어서 아란의 어깨에 걸쳐 주었다.

"이봐, 아가씨. 정신 좀 차리시지?"

긴 머리카락이 함치르르 흘러내려 아란의 얼굴을 가렸다. 흐트러진 머리카락을 한쪽으로 곱게 넘겨주던 강빈은 숨을 들이켰다. 포장마차 주변을 밝히는 조명과, 밤하늘에 걸린 달빛이 아란의 고운 얼굴을 여지없이 비춰주었다. 예뻤다, 그녀는. 눈에 담는 것만으로도 심장이 아려올 만큼. 얼굴을 만지고 싶어서, 금세라도 손이 뻗어나갈 것만 같아서 강빈은 슬그머니 주먹을 말아 쥐었다.

"윤서진."

맞은편에서 머리를 숙이고 아주 편안한 자세로 숙면을 취하고 있는 서진을 불렀다. 서진은 꼼짝도 하지 않고 새근새근 고른 숨을 내쉬었다. 두 여자가 어떻게 만나서 이곳에 함께 있는지 강빈은 감이 잡히질 않았다.

"윤서진, 안 일어나?"

포장마차 주인이 와서 소주잔과 나무젓가락을 내밀었다. 강빈은 손짓으로 물리고 다시 한 번 서진의 이름을 외쳤다.

"윤서진!"

갑자기 팩 고꾸라져 있던 서진이 벌떡 일어나 몸을 세웠다. 손바닥으로 입가를 쓰윽 닦고는 도끼눈을 뜬 채 쏘아보았다. 그러다가 이내 생그레 미소를 베어 물었다. 얼굴이 발갛게 달아오른 서진은 한눈에 보기에도 제법 취한 듯했다.

"강빈이 왔구나! 고마워, 와줘서 정말 고마워. 네가 안 오면 어떡하나, 진짜 많이 걱정했거든."

빈 잔에 소주를 한가득 붓는 서진의 손길을 강빈이 잡아챘다.

"그만 마셔. 그리고."

말을 끊은 강빈은 눈짓으로 아란을 가리켰다.

"얼마나 먹인 거야?"

강빈이 빼앗아간 술잔에 미련이 남는 듯 서진의 눈길은 오직 자그마한 술잔에만 고정되었다.

"왜 하필 아란 씨야?"

서진의 뜬금없는 질문을 강빈은 조용히 듣고만 있었다. 테이블에 팔을 올리고 턱을 괸 서진이 씁쓸하게 말을 이었다.

"너, 처음으로 여자한테 관심 보여서 참 보기 좋았어. 아란 씨를 향한 네 마음, 곱고 예뻐서 잘되길 기도했어. 그날…… 두 사람, 그림처럼 잘 어울려서 정말이지 보는 것만으로도 행복했거든. 우연히 병원에서 아란 씨 만나니까 솔직히 엄청 반갑더라. 네 마음을 알기에 일부러 시간 내서 아란 씨한테 식사 대접을 했는데……. 근데…… 이 아가씨, 약혼할 사람이 있더라? 너도 알고 있는 거야, 강빈아?"

속상해서 더 많이 술을 마셨다. 평소에는 이렇게 정신을 놓을 정도로 안 마시는데 아란에게 약혼자가 있다는 말을 듣고 얼마나 화가 났던가. 그 남자를 진심으로 사랑하는 듯 속살거리던 아란의 말에 또 얼마나 상처를 받았던가.

표정의 변화 없이 강빈은 안연자약하게 서진을 주시했다. 서진은 폐부 깊은 곳에서 시작되는 한숨을 길게 내쉬었다. 테이블에 엎드려 잠을 자고 있는 아란을 바라보며 서진은 입술을 잘근잘근 물었다.

"많이 사랑하는 거 같더라. 약혼할 사람, 아란 씨가 정말 많이 사랑하는 거 같았어. 아직 이 아가씨한테 깊이 빠진 거 아니라면 강빈아, 너 이쯤에서 마음 접는 건……."

"윤서진이 상관할 일이 아닐 텐데."

강빈은 차갑게 응수하며 서진의 말문을 닫았다.

"그나저나 이 아가씬 왜 이렇게 많이 마신 거야? 네가 먹인 거야?"

강빈의 사느란 물음에 서진은 목이 떨어져라 고개를 내저었다. 손까지 내저어가며 완강하게 부인했다.

"내가 먹이긴. 나는 내가 사랑하는 사촌이 불쌍해서 마시고, 아란 씬 예비 약혼자가 바쁜 게 속상하다고 넙죽넙죽 마시던데? 그래 봤자 아란 씬 소주 한 병도 안 마셨겠지만."

나머지는 죄다 자신이 마신 거라며 서진은 널브러진 소주병을 하나하나 일으켜 세웠다. 자리에서 일어난 강빈은 조심스레 아란을 품에 안았다. 얼마나 많이 마셨는지 잔뜩 곯아떨어진 아란은 미동도 없이 그의 품에 폭 안겨들었다. 강빈의 직선으로 맞물린 입술이 어느새 곡선으로 변했다.

"윤서진, 이 아란 가방이나 들어."

고개를 끄덕끄덕하던 서진이 서운함을 담아 투덜거렸다.

"아아, 내가 어쩌다가 서강빈 시다바리나 되고……."

"잔말 말고 따라와."

"네에, 네."


서초동 아란의 집 앞에 차를 주차시킨 강빈은 조수석에서 곱게 잠들어 있는 아란을 말없이 정시했다. 서진은 먼저 집에 데려다 주고 오는 길이었다. 술에 취한 서진은 횡설수설하며 많은 말을 내뱉었다.


"네 마음 아는데, 안 되는 건 안 되는 거야. 다른 여자도 아니고 왜 하필이면 임자 있는 여자니? 마음이 더 깊어지기 전에 웬만하면 접어, 서강빈. 괜히 여러 사람 아프게 하지 말고. 두 달 먼저 태어난 누님의 귀한 가르침, 새겨들으셔. 알았어?"


검지로 핸들을 톡톡 두드리며 어둠이 짙게 내려앉은 전방을 주시했다. 수많은 생각이 머릿속을 교차하고 있었다. 전화도 받지 않고 밀어내기만 하는 아란을 어떻게 해야 할지 답이 보이지 않았다. 마음 한 자락 얻고 싶은데 조금도 허용하지 않는 이아란이라는 여자를 어떻게 해야 한다는 말인가. 누운 자세가 불편한지 몸을 뒤척이던 아란이 잠결 속에서 달콤하게 속살거렸다.

"오빠……."

리듬을 타듯 일정한 속도로 핸들을 내리치던 손의 움직임이 거짓말처럼 잦아들었다. 아란의 고운 얼굴을 바라보는 강빈의 눈빛이 사느랗게 빛을 발했다.

끊겨 버렸다.

마지막까지 지켜왔던 인내심의 한계가, 마지노선이…… 이 순간, 끊겨 버렸다.

자동차 밖에 내려선 강빈의 입술에 새하얀 담배 한 개비가 맞물렸다. 한참을 망설이다가 찰칵, 하고 화이트 골드 듀퐁 라이터 불을 밝혔다. 담배에 불을 붙이고 새카만 하늘에 걸린 시린 달빛을 응시했다. 폐부를 휘돈 매캐한 담배 연기가 한숨이 되어 강빈의 입술을 갈랐다. 강빈의 시선이 자동차 안에 잠든 아란에게 닿았다. 입술을 가르고 흘러나온 새하얀 담배 연기가 미풍에 휩쓸려 사그라졌다.

"아란 씬 예비 약혼자가 바쁜 게 속상하다고 넙죽넙죽 마시던데?"

서진의 음성이 귓가를 스쳤다. 어둠의 한가운데에 쓸쓸하게 서 있던 강빈은 담배 한 개비를 다 피운 뒤에야 결정을 내렸다. 오렌지빛으로 물들이는 가로등 불빛을 말없이 바라보았다. 다사로운 불빛 아래에서 강빈의 눈빛이 차게 빛났다. 휴대전화를 꺼내고 단축키를 눌렀다. 잠시 뒤, 유 실장의 정중한 음성이 강빈의 귓가에 들려왔다.

"유 실장, 급하게 재단 쪽 일을 하나 맡아줬으면 하는데 말입니다……."

[네, 사장님. 말씀하세요.]

잠든 아란의 순수한 모습이 강빈의 마지막 남은 양심을 여지없이 자극했다. 강빈은 휙 몸을 돌렸다. 한참을 망설이다가 냉량하게 지시를 내렸다. 일목요연하게 명령을 내리는 강빈의 나직한 음성을 초여름 바람이 삼키고 지나갔다.

통화를 종료한 강빈은 기다란 차체를 자랑하는 마이바흐 62s에 몸을 기댔다. 이젠 어쩔 수 없었다. 운명의 활시위는 당겨졌고, 화살은 날아가 버렸다. 그것이 어디로 흘러갈지는 아무도 예상할 수 없을 터였다.


이튿날.

우진은 밀려드는 살인적인 스케줄에 경악을 금치 못했다. 각 지방에서 열리는 연주회와 앨범 작업만으로도 눈코 뜰 새 없이 바쁜 그에게, 더 큰 일정들이 기다렸다는 듯이 줄줄이 잡혔다. 드라마 O.S.T에 수록될 B.G.M 네 곡을 동시에 녹음해야 했고, 각종 인터뷰와 매스컴 출연으로 하루하루가 정신없이 숨 가쁘게 지나갔다. 국내 최정상급 출연진과 내로라하는 제작진이 만나 드라마를 만든다는 소식은 초미

의 관심사가 되었다. 그 드라마 O.S.T에 참여할 피아니스트가 원래
는 영국의 인기 피아니스트였다는 것을 사람들은 알지 못했다. 다만
촉망받는 신예 피아니스트인 우진에게 그런 기회가 주어진 것을 모
두들 엄청난 축복이자 행운이라 일컬었다.

스케줄에 쫓긴 우진이 아란을 만날 수 있는 시간 따위는 없었다.

그즈음, 기획사와 서한재단은 우진의 뉴욕 필하모닉 협연을 은밀
하게 추진하고 있었다.

10

운명이…… 흐른다

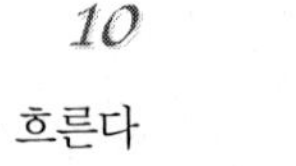

　녹음실을 나오는 우진의 준수한 얼굴에 피곤한 기색이 역력했다. 몇 날 며칠을 밖에도 못 나간 채, 녹음실에서 연주만 하며 하루하루를 보내는 터라 몰골이 말이 아니었다. 연주회 앨범 작업만 해도 기력이 쇠진할 정도인데 갑작스레 드라마 O.S.T에 참여하게 되면서 몸이 두 개라도 모자랄 지경이 되었다.

　각 지방의 연주회와 앨범 녹음, 그리고 O.S.T에 수록될 B.G.M 네 곡까지 우진은 그야말로 죽음의 레이스를 달리듯 숨 가쁘게 일정을 소화해 냈다. 드라마 방영 전부터 '대박 드라마'라 불리어 우진까지 단숨에 매스컴의 주인공이 되었다. 각종 토크쇼나 버라이어티 방송에서 연일 출연해 달라며 우진에게 러브콜을 해왔다.

　식사 시간과 서너 시간 주어지는 수면 시간 외에는 우진에게 자유는 없었다. 부모님 얼굴은 물론이고 아란의 얼굴을 본 지도 까마득하기만 했다. 이삼 일에 한 번 짬이 날 경우 영상통화를 하는 게 전부였다. 아란의 서운함을 모르는 바는 아니나 우진도 별 도리가 없었다. 마치 마법사가 마법을 부리듯, 여기저기서 일거리가 속출했다. 태어나서 이토록 바쁘게 지내는 건 처음일 정도로 우진은 초인적인 스케줄을 감당해 나갔다.

녹음실 밖에 마련된 간이침대에 우진은 쓰러지듯 몸을 묻었다. 우진만큼이나 쉴 틈 없이 일을 했던 음악감독도 회전의자에 머리를 기대고 눈을 감았다. 음향 팀 몇몇의 사람들과 녹음 팀 사람들이 하나둘 나가떨어졌다. 때마침 간식거리를 사들고 오던 소은은 발뒤꿈치를 들고 조용조용 걸었다. 잠시 쉬는 타임인 거 같은데 소란을 피우고 싶지는 않았다. 피자와 치킨 그리고 햄버거, 음료수 등을 테이블 한쪽에 올려두고 죽은 듯이 눈을 감고 있는 우진의 어깨를 가볍게 두드렸다. 눈도 뜨지 않은 채 우진이 웅얼거렸다.

"박우진 삼십 분간 죽었어요. 찾지 말아요."

한쪽 무릎을 굽힌 소은은 우진의 귓가에 입술을 모았다.

"아란 씨 전화 왔었어. 약혼식 초대장 나왔다고 되게 좋아하더라."

고개를 주억거리며 우진은 얕은 잠에 빠져들었다. 바쁜 일정에 쫓겨 결국 아란 혼자 초대장을 골랐나 보다. 괜스레 미안해진 우진은 까무룩 잠이 들면서도 죄책감을 떨칠 수가 없었다. O.S.T 녹음은 열흘 정도만 더 하면 얼추 끝날 듯했다. 우진이 맡은 부분은 드라마 영상에 어울리는 배경음악과 주인공의 테마곡 B.G.M 네 곡이 전부였다. 그 외 여덟 곡의 가창곡은 다른 가수와 연주자들이 해나가야 할 몫이었다.

"삼십 분까지는 안 되고 이십 분만 자, 우진 씨. 사십 분 뒤에 '투데이 연예가'에서 취재 나올 거야. 방송에 나가는 건데 씻고 준비 좀 해야지. 이보세요, 박우진 씨! 듣고 있어요?"

우진은 건성으로 고갯짓을 했다. 연예인도 아닌데 웬 인터뷰가 이렇게 많이 들어오는지 이해할 수가 없었다. 앨범 녹음만으로도 기운이 쭉쭉 빠져서 눈이 팽글팽글 돌 지경이었다. 앨범 작업은 녹음과 믹싱, 마스터링을 거쳐야 해서 시간이 다소 걸리는 작업이지만, O.S.T는 드라마 방영 전에 모든 과정을 끝내고 녹음을 마쳐야 하기 때문에 속성으로 만들어지곤 했다. 자신의 부분은 거의 끝나가는 것을 자각하며 우진은 점차 잠의 나락으로 빠져들어 갔다.

O.S.T 녹음이 끝나면 앨범 작업도 막바지로 치달을 거였다. 그것을 끝내고 나면 서울에서 열릴 연주회를 마지막으로 살인과도 같은 빠듯한 스케줄이 막을 내릴 터였다. 그러면 아란과의 약혼식이 우진을 기다리고 있었다.

손꼽아 기다리던 약혼식이…….

'약혼식이 보름 정도 남은 거 같은데. 약혼식 전까지 모든 일들을 마무리 지어야 하는데. 언제 이 전쟁 같은 스케줄이 끝나려는지. 아아, 우리 덜렁이 얼굴 못 본 지도 한참이나 됐는데…….'

자꾸만 흐려지는 의식 사이로 생각도, 기억도, 한줄기 연기처럼 희뿌옇게 사라져 갔다.


임원전용 엘리베이터 벽에 등을 기대고 피곤한 듯 눈을 지그시 감고 있던 강빈은 긴 한숨을 내쉬었다. 장시간 회의에 참관한 터라 머리가 지끈거렸다. 슬며시 눈을 뜨고 회의 내용이 정리된 회의록 자료를 훑어 내렸다. 브리프케이스에 회의록을 갈무리하고 다시금 눈을 감았다. 찰나의 휴식을 느긋하게 즐겼다.

경쾌한 소리가 울려 퍼지고 엘리베이터가 조용히 멈췄다. 혼자만의 시간을 방해받은 강빈은 못마땅한 듯 이마에 실금을 그리며 천천히 눈을 떴다. 엘리베이터 문이 열리고 이진오 부사장이 문밖에 서 있다가 강빈을 발견하고는 주춤 움직임을 굳혔다. 비스듬히 몸을 기대고 있던 강빈은 자세를 바로잡았다. 고갯짓으로 단중(端重)하게 인사를 전했다.

"이제 퇴근하시는 겁니까, 이 부사장님."

엘리베이터 안으로 들어선 이 부사장이 고개를 숙였다.

"예. 서 사장님도 이제 퇴근하시나 봅니다."

"네."

단답형으로 대답을 마친 강빈은 이 부사장을 눈여겨보았다. 쉰일곱의 노신사는 항상 반듯했고 매사에 단정했다. 일에 있어서도 빈틈이 없었고 대인관계도 원만한 이 부사장은 사내에서도 인기가 많은 편이었다. 아랫사람을 함부로 다루지 않고 윗사람에게도 절도를 지키는 그는, 회사 내에서 '천생(天生) 양반' 이라는 소리를 듣고는 했다. 얇은 종이 한 장을 바라보는 이 부사장의 눈빛이 다사롭게 변해갔다. 벙시레 웃는 입매가 한없이 다정하고 인자해, 보는 사람마저 웃음 짓게 만들었다. 곁눈질로 이 부사장을 바라보던 강빈은 부드럽게 말문을 열었다.

"뭐 재미있는 거라도 보시는 겁니까?"

"아아, 이거 말인가요? 서 사장님도 한번 보시겠습니까?"

이 부사장의 손에 들린 종이가 강빈의 앞으로 불쑥 내밀어졌다. 무심결에 받아 든 순간, 강빈의 얼굴에서 웃음기가 급격하게 말라갔다. 숨 쉬는 것도 잊은 채 강빈은 한 장의 종이를 사느란 눈빛으로 노려보았다. 화사한 꽃과 나비가 홀로그램으로 처리된 초대장은, 청초한 느낌이 물씬 배어 나왔다. 살아 움직이듯 입체적으로 새겨진 나비가 금방이라도 팔랑팔랑 날아오를 듯했다.

약혼 일시와 장소, 그리고 약혼자와 약혼녀의 이름이 초대장에 금박 필체로 우아하게 새겨져 있었다. 굳이 머릿속으로 계산하지 않아도 답이 나왔다. 아란의 약혼식이 정확히 보름 남았다는 사실이 뇌리를 스쳤다. 시간이 흐를수록 초대장을 직시하는 강빈의 눈에 얇은 얼음막이 형성되었다. 태연하게 초대장을 돌려주는 손끝이 미세하게 떨렸다.

아란의 약혼식.

이미 예상하고 있던 일이다. 그러니 놀랄 것도, 두려워할 것도 없었다.

헌데, 눈으로 확인하게 되는 한 장의 초대장은 엄청난 충격으로 다가왔다. 강빈은 애써 초연함을 가장했다. 잠록하게 가라앉은 강빈의 눈빛이 이 부사장의 손에 들린 초대장에 올곧게 닿았다.

'미안해, 공주님. 약혼식은…… 없을 거야.'

박우진은 곧 재단 측에서 제시하는 뜻밖의 제안을 받게 될 것이다. 이미 오래전부터 예정된 약혼식을 한동안 지연시키기 위해서 강빈도 어쩔 수가 없었다. 그에겐 시간이 턱없이 부족했다.

아란에게 다가갈 수 있는 시간이.

아란의 마음을 얻을 수 있는 시간이.

예쁘게 사랑을 가꿔 나가는 두 커플을 갈라놓는 것만 같아서 죄의식을 떨칠 수가 없었다. 그럼에도 불구하고 강빈에겐 선택의 여지가 없었다. 시간이 조금만 더 그의 편이었다면 재단을 등에 업고 우진에게 이토록 남렬한 제안을 하지는 않았을 터였다.

'내게도 시간을 조금만 주면 안 될까, 이아란. 박우진과 네가 나눴던 그 길고 긴 시간의 절반, 아니, 십분의 일이라도 좋아. 널 향한 내 마음을, 내 진심을 보여줄 수 있게 조금만, 아주 조금만 시간을 주면 안 될까. 안 되는 걸까…… 란아.'

밀려드는 죄책감을 이기지 못한 강빈은 지그시 눈을 감았다. 결국 그는 두 사람에게 악인일 수밖에 없었다. 제아무리 그럴듯한 말로 포장한다고 해도 어여쁜 커플을 갈라놓는 불한당 같은 악도일 뿐이다.

"그 조막만 하던 아이가 약혼을 한다니…… 오늘 초대장이 나왔는데 보면 볼수록 신기하기도 하고 서운하기도 하고…… 그렇습디다. 오늘 하루 기분이 얼마나 묘하던지. 허허헛."

이 부사장의 나직한 음성에 강빈은 천천히 눈을 떴다. 초대장에 시선을 고정시키고 있던 이 부사장이 고개를 들고는 허허롭게 미소 지었다. 보는 것만으로도 심장을 멎게 만드는 초대장의 존재감에 강빈은 차마 미소를 되돌릴 수가 없었다. 경직된 입매에 물결처럼 경련이 일었다.

"네. 아무래도…… 그러시겠죠."

어색한 대답으로 강빈은 간신히 대화를 이었다. 약혼에 대한 이야기를 몇 마디 더 덧붙이는 이 부사장의 표정은 온화하기 그지없었다. 강빈은 말없이 이 부사장의 말을 들으며 간간이 고갯짓만 했다. 나이가 들었어도 이 부사장의 외모는 사람들의 시선을 끌었다. 젊은 시절엔 미남이라는 소리를 꽤나 많이 들었을 듯했다. 웃는 입매에 새겨진 자잘한 주름마저 삶의 연륜으로 보여 더욱 멋들어졌다. 전체적으로 선이 굵은 이 부사장의 얼굴은 큼직한 두 눈과 높게 솟은 콧날, 다소 얇지만 웃을 때는 인자하게 변해가는 입술이 완벽하게 조합을 이뤘다. 언젠가 서진이 이 부사장을 두고 '중후하게 나이를 드시는 분'이라고 했던 말이 불현듯 떠올랐다. 정말이지 이 부사장의 느낌을 한마디로 축약하자면 '중후하다'였다. 생김새의 근사함은 더 말할 필요도 없었다.

이 부사장의 모습을 담담히 정안하던 강빈은 슬그머니 시선을 돌렸다. 딸아이의 약혼을 앞두고 한껏 들뜬 그를 차마 바라볼 수가 없었다. 이 부사장의 자그마한 몸짓에, 손에 들린 초대장이 팔락였다. 금세라도 날아오를 듯 초대장에 새겨진 나비가 팔랑팔랑 날갯짓을 해댔다.

환하게 웃는 이 부사장과 얇디얇은 종이 한 장이 강빈에게 미안지심(未安之心)을 부추겼다. 숨 막히는 지리멸렬한 순간이 영원처럼 지속되었다. 엘리베이터가 1층까지 한 번도 멈추지 않고 내려갔다. 1층에 멈춰 선 엘리베이터 문이 반으로 갈라지고 활짝 열렸다. 이 부사장이 옆으로 물러났다. 먼저 내리라는 듯한 몸짓에 강빈은 손을 내저었다.

"아닙니다. 먼저 나가십시오, 부사장님."

강빈의 깍듯한 인사에 이 부사장은 고개를 숙이는 것으로 화답했다. 엘리베이터에서 내린 두 사람은 회사 로비를 향해 나란히 걸어나갔다. 아란의 약혼을 앞두고 두 사람의 표정이 극명하게 엇갈렸다. 만면에 웃음을 짓고 있는 이 부사장과 달리, 사느란 태도로 일관하는 강빈의 수려한 얼굴은 화강암처럼 단단하게 굳어 있었다.


양쪽 식구 모두 난감한 얼굴이 되었다. 긴급회의를 하기 위해 아란의 집에 이 부사장 내외와 우진의 부모인 정 여사와 박 교수가 함께 모여 대화를 나눴다.

"허헛…… 그것참, 분명 좋은 일이긴 한데……."

소파 등받이에 등을 기댄 이 부사장은 말끝을 흐렸다. 턱을 매만지며 곤혹스러운 표정을 지었다. 테이블 위에 놓인 갓 짜낸 시원한 오렌지주스를 한 모금 들이켰다.

"언제 출발해야 한다고?"

"늦어도 이틀 뒤에는 출국해야 한다고 들었어요."

이 부사장의 물음에 우진이 머뭇거리며 대답했다. 약혼식 초대장을 손에 쥐고 한참이나 바라보던 아란은 희미하게 한숨을 내쉬었다.

"일정은 얼마나 걸려, 오빠?"

"대략 두어 달 정도."

묵묵히 침묵을 지키던 박 교수가 말문을 열었다.

"약혼식을 당겨서 하고 가면 안 될까? 그것도 괜찮을 거 같은데……."

박 교수의 옆구리를 팔꿈치로 쿡, 찌른 정 여사가 핀잔을 주었다.

"아무리 당겨 한다고 해도 내일 바로 약혼을 치를 순 없잖아요. 이이는 무슨 말도 안 되는 소리를 하고 그래요."

입안에 잔뜩 바람을 넣은 아란의 볼이 빵빵하게 변했다. 생각에 잠긴 듯 또르륵 또르륵 눈동자를 굴리며 식구들의 얼굴을 하나하나 주시했다. 그중에서 우진의 표정이 제일 심각하고 어두웠다. 아란은 우진을 향해 고개를 숙이고는 얼굴을 바짝 붙였다. 장난스레 종알거렸다.

"오빠 어디 죽으러 가? 왜 그렇게 심각해? 이건 좋은 일이야, 좋은 일. 이런 기회가 흔하게 오는 거 아니잖아? 다 같이 축하를 하고 파티를 해도 모자랄 텐데 얼굴이 왜 그러냐, 오빠는?"

우진의 어깨를 툭툭, 내리치고는 거기에 다정하게 머리를 기댄 아란이 덧붙였다.

"뉴욕 필하모닉에서 오빠한테 협연 요청을 해오다니! 우와! 이거 꿈 아니지? 현실 맞지? 정말 아무리 생각해도 꿈만 같아서 난 아직도 믿을 수가 없어."

폭포수처럼 흘러내린 아란의 긴 머리카락을 부드럽게 쓸어내리며 우진은 아랫입술을 지그시 물었다. 아란의 말에 네 명의 어른들 역시 고개를 끄덕였다. 가만히 앉아 주스를 홀짝이던 최 여사가 거들었다.

"약혼도 중요하지만 지금 이 시점에서 제일 중요한 건 너야, 우진아. 괜히 부담 갖지 말고 다녀와. 약혼은, 음…… 추후에 다시 의논하자. 그게 제일 낫겠지, 영해야?"

정 여사가 보일 듯 말 듯 고갯짓을 했다. 아란의 눈치를 살피며 정 여사는 조심스레 입을 열었다.

"그거야 그렇지만 우리 아란이한테 미안해서 어쩌나……."

상그레 웃는 것으로 아란은 대답을 대신했다. 아란의 손을 가만가만 어루만지던 우진이 입술을 달막댔다. 한참을 망설이다가 나직하게 헛기침을 내뱉고는 어렵사리 입을 뗐다.

"꼭 가야 하는 건 아니에요. 거절해도 상관없거든요. 재단 측의 제안이 감사하긴 하지만, 지금은 코앞에 다가온 약혼이 더 중요하잖아요. 뉴욕 필은…… 아마 다음에 또 기회가 있겠죠. 무엇보다 벌써 약혼 준비도 다 됐는데 이제 와서 연기하는 건 솔직히 내키지 않고, 취소는 생각도 하기 싫고…….”

일 때문에 바쁘다는 핑계로 얼굴도 자주 못 봤는데 여기서 약혼마저 미루면 우진은 죄스러워서 아란의 얼굴을 볼 수가 없었다. 헌데 이번에도 일 핑계로 약혼을 연기하게 된다면 정말이지 아란에게 못 할 짓을 하게 되는 것이다. 아쉽고 안타깝긴 하지만 뉴욕 필하모닉과의 협연은 정중하게 거절하는 게 이 상황에서 가장 현명할 듯했다. 또다시 망부석처럼 아란을 홀로 외로이 기다리게 하고 싶지 않았다.

우진의 어깨에 잠자코 머리를 기대고 있던 아란은 휙, 몸을 뗐다. 날카로운 목소리로 거침없이 지적했다.

“오빠, 바보 아냐?”

아란의 갑작스러운 일격에 우진은 눈을 휘둥그레 떴다. 고개를 설레설레 내저으며 아란은 혀를 찼다.

“약혼은 언제든지 할 수 있지만 협연 요청은 아무 때나 오는 게 아니잖아? 왜 이런 귀하고 엄청난 기회를 걷어차려는 거야?”

“그거야 미안하니까…….”

우진은 말을 얼버무리며 어른들의 눈치를 살폈다. 특히나 이 부사장과 최 여사의 표정을 주시하다 괜스레 고개를 푹 숙였다.

“죄송합니다. 혼자 해결하지 못하고 이런 일로 가족회의까지 하게 해서.”

"아란이 말이 맞아. 우리들 모두 약혼식을 기다리긴 했지만 훨씬 그전부터 우진이 너, 해외로 뻗어나가길 손꼽아 기다렸던 사람들이야."

최 여사가 조심스레 의견을 보탰다.

"그럼, 그럼. 우리 엄마 최고."

아란은 엄지를 치켜세우고는 추임새를 넣었다. 애정 어린 눈길로 우진을 정시하며 아란이 속삭였다.

"흔치 않은 기회야, 오빠. 난, 오빠 선택을 기꺼이 존중할게. 더없이 기쁜 마음으로."

우진의 심장 한쪽이 무지근하게 죄어왔다. 두 눈 가득 들어차는 아란의 모습은 고왔다. 진심을 다해 축하해 주는 마음마저 어여뻤다. 기획사를 통해 처음 협연 요청 이야기를 들을 때부터 우진은 이런 기회를 포기하고 싶지 않았다. 기획사 관계자는 물론 소은 역시 조심스레 조언하지 않았던가.

기회는, 왔을 때 잡아야 하는 거라고.

흔들리고 욕심나고 탐나는 제안이지만 수없이 망설였던 이유는 단 하나였다. 바로 눈앞에 있는 그의 단 하나밖에 없는, 세상 유일무이한 연인 때문에.

"다녀와도…… 될까, 란아?"

잔뜩 쉬어버린 음성이 쥐어짜듯 힘겹게 우진의 입술을 갈랐다. 빛살보다 더 찬연한 미소가 아란의 입가에 번져 나갔다. 맑은 두 눈이 영롱한 빛을 발산하며 우진을 향했다.

"물론이야."

“미안해.”

우진의 나지막한 사과에 아란은 고개를 갸우듬히 기울였다.

“뭐가?”

“내게 첫 번째는 항상 너라고 큰소리치면서 매번 일에 그 자리를 뺏기게 해서.”

“괜찮아. 일은, 내 경쟁 상대가 아닌걸? 난 알고 있어. 오빠 마음 속에 내가 항상, 늘, 언제나 첫 번째라는 걸…… 누구보다 잘 알고 있어. 그러니까 절대 미안해하지도, 속상해하지도 마.”

“고마워. 이해해 줘서 정말, 정말 고마워, 아란아.”

생그레 미소 짓던 아란이 도리질을 했다.

“고맙다는 말도 사절할래.”

테이블에 놓인 주스 잔을 들어 우진에게 건넨 아란은 또 다른 잔을 들어 올리고는 짠, 하고 부딪히는 제스처를 해 보였다.

“협연을 진심으로 축하해, 오빠.”

소파에서 몸을 일으킨 아란은 허공으로 잔을 높이 들었다. 네 명의 어른들과 우진을 차례차례 훑으며 목소리를 높였다.

“뭐하세요? 다 같이 브라보를 외쳐야죠? 오늘 같은 날은 축하를 해야 한단 말이에요. 아니다, 파티! 우리 파티해요. 축하파티! 네? 비록 닷새 뒤에 있을 약혼식은 부득이하게 취소됐지만 이틀 뒤에 떠날 오빠를 위해 시끌벅적한 파티를 하는 게 어때요?”

“그래, 그럽시다. 이건 분명 축하할 일이에요. 약혼식은 다음에 다시 상의하기로 하고 오늘은 아란이 말대로 파티를 합시다. 여보, 뭐 해요? 어서 준비하지 않고.”

이 부사장의 발언에 최 여사가 서둘러 일어났다. 덩달아 일어난 정 여사가 최 여사와 나란히 다이닝 룸으로 향했다.

"거들어줄게."

"거들긴. 됐어. 아줌마랑 같이 하면 되는데 뭘."

"너한테도 면목없다, 얘."

최 여사가 오랜 친구인 정 여사의 어깨를 세게 쳤다.

"우리 사이에 별소릴 다 한다."

두런두런 이야기를 나누며 멀어져 가는 두 여인을 지켜보던 박 교수가 조심스레 입을 열었다.

"저 사람 말이 맞아요. 아란이에게, 그리고 진오 씨에게도 면목없고 또 죄송합니다."

이 부사장이 황급히 손을 내저었다.

"왜 이러십니까, 박 교수. 우리가 함께 해온 인연이 얼마나 깊은데 서운하게 그런 인사치레를 하는 거예요. 됐습니다. 개의치 마세요. 자꾸 그리시면 우리가 더 면구합니다."

말을 마친 이 부사장은 너털웃음을 터뜨리며 장난스레 덧붙였다.

"안 그렇습니까, 바깥사돈?"

"이런…… 바깥사돈이라고 하니 한결 듣기 좋습니다?"

이 부사장과 박 교수가 주거니 받거니 농담을 나누는 동안, 아란은 우진의 귓가에 입술을 모으고는 다정하게 속살거렸다.

"오빠가 자랑스러워. 진심으로 축하해, 오빠."

"나 역시 진심으로 감사해."

아란을 바라보는 우진의 두 눈에 한없는 사랑이 깊게 담겨 있었다.

[강우 형한테 사람이나 좀 붙여놔. 그쪽 움직임이 영 심상치 않다는 정보가 입수됐어.]

보고서에 사인을 휘갈기던 강빈의 우아한 움직임이 일순 멎었다. 귀와 어깨 사이에 고정하고 있던 수화기를 고쳐 잡았다. 강빈은 집무실 벽면을 서릿발 같은 시선으로 노려보았다.

"무슨 소리야?"

[내가 일전에 말했지? 강우 형 요즘 카지노에서 산다고. 액수가 만만치 않아. 벌써 수십억을 날린 거 같더라고. 만회한다고 자꾸 돈을 투자하는데 투자하는 족족 거덜난다는 거지. 기억 안 나? 강우 형, 예전에도 비슷한 일 저질렀잖아. 하다하다 안 되니까 회사 자금까지 손대고, 종국에는 대만에 첨단기술까지 유출하지 않았어? 그 바람에, 언제더라? 아무튼 승진인사 명단에서 제외되는 치욕까지 겪지 않았나? 어쨌든, 강우 형 괜히 엉뚱한 짓 하기 전에 서강빈 너, 제대로 주시해. 그러다가 뒤통수 호되게 맞을라.]

강빈의 입매가 쓰게 비틀어졌다. 전화기 너머에서 기혁의 음성이 쉼없이 흘러나왔다.

[중국 나들이가 잦단다, 서강우. 최측근 비서만 대동하고 이달에만 중국을 두 번이나 다녀왔대. 왠지, 냄새가 나지 않냐?]

강빈은 아예 보고서를 한쪽으로 밀쳐 놓았다. 금제 만년필도 마호가니 데스크 위에 얌전히 놓여졌다. 깊은 생각에 잠긴 강빈의 눈에 시린 냉기가 스며들었다.

"사실이야?"

[사실이야.]

회전의자에 머리를 묻고 창가로 방향을 틀었다. 굵은 장맛비가 유리창을 사정없이 후려치고 있었다.

"귀한 정보, 고맙다."

[천만에. 전화 끊는다. 다음에 또 통화하자.]

수화기를 내려놓은 강빈은 한숨을 내쉬었다. 우울한 잿빛하늘이 창밖을 가득 메웠다. 시간이 흐를수록 빗줄기는 점점 더 거세졌다. 유리에 투영되는 빗줄기가 고스란히 강빈의 시야를 파고들었다.

창가를 적시는 수많은 빗방울.

그 방울방울마다 아란의 고운 모습이 채워졌다.

올해는 유난히 장마가 길었다. 6월 중순부터 시작된 장맛비가 거의 하루 걸러 한 번씩 세상을 적셔 나갔다. 벌써 계절도 7월에 접어들었는데 굵은 빗방울은 한여름의 찌는 듯한 더위를 남김없이 식혀 나갔다. 더운 여름날 비가 내리니 날씨는 눅눅하기 그지없었다. 냉방이 완벽하게 되는 집무실은 시원했지만 불쾌지수는 시간이 흐를수록 높아만 갔다. 이 비가 그치면 온 세상을 태워 버릴 듯한 무더위가 시작될 것이다.

천천히 회전의자를 돌린 강빈은 업무를 계속하려 했다. 찰나, 데스크 한쪽에 놓인 반쯤 접힌 종잇조각이 시선을 끌었다. 비서실 직원을 통해 입수한 아란의 약혼식 초대장이었다. 볼 때마다 심산해서 치워야지, 버려야지 하면서도 쉽사리 버릴 수가 없었다. 아란의 이름이 새겨진 그것을 차마 휴지통에 던질 수는 없는 노릇이었다.

벌써 며칠째 위란에 휩싸인 날들이 이어졌다. 아란의 약혼 소식을 들었던 순간부터, 초대장을 손에 쥐고 있는 지금 이 시간까지 힘겹기는 마찬가지였다. 아니, 하루하루 날이 갈수록 더 괴롭고 참담했다. 자신만 아니었으면 아란은 예정대로 약혼식을 치를 수 있을 텐데, 예쁘게 웃으며 행복한 날을 맞이할 수 있을 텐데 모든 것이 어그러져버렸다. 훗날 이번 일로 인해 천회만회(千悔萬悔)하는 상황에 당면한다고 해도 강빈으로서는 다른 대안이 없었다.

사람의 마음을 억지로 취할 수도 없는 노릇.

아란의 마음 깊은 곳에 자리 잡은 박우진이 잠시 자리를 비운 틈을 타, 다가설 수 있기를. 그 마음 깊은 곳에 그의 존재가 비꽃처럼 스며들 수 있기를 간절히 바라고 또 바랄 뿐. 그가 바라는 건 단지 그것뿐이었다. 단지 그것뿐.

미려하게 뻗은 손가락이 초대장을 향했다. 초대장을 집어 올리는 강빈의 입술을 가르고 나지막한 한숨이 배어 나왔다. 아란의 이름을 손끝으로 쓸어내리며 차마 할 수 없는 사죄의 말을 혀끝에 사렸다. 갑작스러운 약혼식 지연에 혹여 아란이 서운해하지는 않았는지, 약혼을 앞두고 우진이 먼 길을 떠나게 되어 애연해하지는 않았는지 강빈은 미안하고 또 미안했다.

하지만, 이미 주사위는 던져졌다. 우진은 협연 요청을 받아들였고, 곧 그곳으로 떠날 터였다. 아란을 홀로 남겨둔 채. 얇디얇은 종잇조각을 정안하며 강빈은 들릴 듯 말 듯 속삭였다.

"두어 달. 과연 그 짧은 시간 안에 네 마음을…… 얻을 수 있으려나."

음음적막하기만 한 집무실에 인터폰 소리가 낮게 울려 퍼졌다. 마지막으로 초대장에 새겨진 아란의 이름을 일별한 뒤 강빈은 인터폰 버튼을 눌렀다.

"네."

[임원 세미나 시간이 다 되었습니다.]

최 비서의 청아한 음성이 인터폰 사이에서 흩어져 나왔다. 상반기 실적에 관한 세미나로 인해 임원 수십여 명이 회의실에서 그를 기다리고 있었다. 상념에 잠기느라 긴 시간을 허비했다. 시간을 확인하는 강빈의 눈매가 일순 차게 식었다.

우진의 출국 시간이 얼마 남지 않았다는 사실이 번연히 뇌리를 스쳤다. 밀려드는 죄의식에 강빈은 의도적으로 초대장엔 눈길도 돌리지 않았다. 회전의자에서 몸을 세우고 벗어두었던 슈트 상의를 단정하게 걸쳤다. 집무실을 나가는 강빈의 뒤로 탁 트인 창밖에서는, 여전히 굵은 빗방울이 세상에 흩뿌려지고 있었다.

운명이…… 누구도 원치 않았던 방향으로 천천히, 천천히 흘러가기 시작했다.


자동차에서 내린 아란은 샛노란 우산을 활짝 펼쳐 들었다. 우산에 부딪히는 빗방울 소리가 경쾌하게 울려 퍼졌다. 타닥, 타닥. 후두둑, 후두둑. 톡, 톡. 갖가지 소리를 연출하는 자연의 소리가 아란의 귀에는 마치 음악처럼 들려왔다.

『자연을 들어보는 게 중요하죠. 속삭이는 바람과, 살랑거리는 나뭇잎, 가만히 내리쬐는 햇살, 그 모든 소리를 귀 기울여 듣고 구름과 빛의 변화를 느끼는 것이 가장 중요해요.』

내리는 빗줄기를 바라보며 아란은 우진의 인터뷰 내용을 떠올렸다. 우진이 들어보는 자연에 이 빗소리도 포함이 되어 있을지도 모른다. 내리는 비가 조금은 더 특별하게 느껴졌다. 우산 밖으로 손을 뻗어 빗방울을 느껴보았다. 차갑고 시원한 물기가 손바닥을 적셔 나갔다.

"거기, 세상에서 제일 예쁜 아가씨. 누구 기다리는 거죠?"

육중한 철문을 열고 나오던 우진이 눈을 찡긋거렸다. 단번에 아란의 우산 속으로 파고들어 비를 피했다. 아란의 쪽 뻗은 콧날을 살며시 꼬집었다.

"배웅 같은 거 안 해줘도 된다니까, 번거롭게……."

상큼한 비누 내음이 나는 우진의 매끈한 턱에 아란은 짧게 입맞춤을 했다. 우진의 어깨가 젖지 않도록 조심해서 우산을 받치고는 조수석 문을 열었다.

"어서 타시기나 하세요, 박우진 씨. 근데 오빠 짐은?"

자그마한 슈트케이스만 달랑 들고 나온 우진을 아란은 의아하게 바라보았다. 우진은 어깨를 으쓱이며 뒷좌석을 열어 슈트케이스를 밀어 넣었다.

"너 온다고 해서 웬만한 짐은 소은 씨 편으로 보냈어. 기획사 팀이랑 공항에서 만나기로 했거든. 다 같이 움직이려고 했는데 네가 온다잖아. 그래서 죄다 보내 버렸어. 너랑 둘이 오붓하게 가려고."

아란은 만족스레 고개를 끄덕였다. 생그레 웃는 얼굴이 더할 수 없이 환하게 빛났다. 우진은 홀린 듯이 아란을 응시하다가 우산을 슬쩍 내려 두 사람의 몸을 가렸다. 석류물이 배인 듯한 아란의 붉디붉은 입술에 짙은 키스를 퍼부었다. 벨벳처럼 매끄러운 아란의 혀를 입 안으로 빨아들이며 마음껏 탐닉했다. 달금한 입술을 앗고 또 앗은 뒤에야 우진은 겨우겨우 입술을 뗐다. 탁하게 가라앉은 음성으로 한숨처럼 속삭였다.

"사람 불안하게 너 요즘 왜 이렇게 예뻐지냐, 란아? 진짜 확, 안아 버렸으면 좋겠다."

안아보라는 듯 아란은 양팔을 활짝 벌리고 우진을 기다렸다. 다사롭게 미소를 지은 우진은 고개를 내저었다. 아란의 귓가에 입술을 모으고 낮게 덧붙였다.

"아니. 그런 거 말고."

아란은 눈을 동그랗게 뜨고 반문했다.

"그럼?"

아란의 순진한 눈빛에 우진은 괜스레 마른침만 삼켰다. 포옹이 아니라 박우진의 여자로 만들고 싶다는 말을 어떻게 하란 말인가. 그것도 저렇게 순수하고 순결한 눈을 하고 있는 아란의 앞에서. 우진은 조수석에 아란을 앉히고는 앞 범퍼를 빙 돌아 운전석 문을 열었다. 우산을 접고는 물기를 탁탁 털어냈다. 샛노란 우산이 가지런히 접혀 뒷좌석으로 밀려났다.

"오빠가 운전하게?"

"네가 운전하면 불안하거든."

시동을 걸면서 우진은 장난스레 말했다. 아란은 코웃음을 치며 도도하게 턱을 치켜 올렸다. 비 오는 거리 위를 자동차가 미끄러지듯 출발했다.

"이거 왜 이래? 운전경력 삼 년에 접촉사고 한 번 안 냈거든? 아빠도 덜렁대는 내 성격에 비하면 운전은 정말 차분하게 잘한다고 하셨거든요, 박우진 씨?"

"아, 네에. 그래도 내 눈에는 영 못 미덥고 불안합니다, 이아란 씨. 운전할 때 항상 조심하는 거 잊지 마. 비 오는 날은 더 신중을 기해서 조심하고. 생각보다 길이 많이 미끄럽거든."

우진의 걱정스러운 말투에 아란은 고개를 끄덕였다. 다정하고 따스한 마음씀씀이가 한없이 고마웠다. 공항까지 배웅하려고 일부러 왔는데 정작 운전은 우진이 하니 미안한 마음이 들기도 했다.

"근데 이모랑 아저씨는 오빠 배웅 안 해?"

한 손으로 능숙하게 핸들을 돌리면서 다른 손으로 우진은 아란의 이마를 딱, 하고 쥐어박았다.

"아직도 이모고, 아저씨지? 약혼도 앞두고 있는데 어머니, 아버지라고 부르라니까."

아란은 혀를 쏙 빼물고는 생글생글 웃었다.

"그러게. 입에 붙어서 나도 모르게 그만."

"엄마는 따라나서신다는 거 일부러 말렸고, 아버진 병원에 일이 있어서 아침에 따로 인사했어. 일 년에 몇 번을 비행기 타는데 그때마다 배웅을 어떻게 다 하니? 대충 편하게 사는 거지."

창밖으로 우산을 쓴 사람들이 빠르게 스쳐 갔다. 대지를 적시고 아스팔트를 촉촉하게 적시는 빗줄기가 점점 더 거세졌다. 신호대기 중이라 잠시 자동차 움직임이 멈췄다. 창밖을 주시하고 있던 아란의 입가에 꽃처럼 해사한 미소가 번졌다. 엄마 손을 잡고 지나가던 자그마한 어린아이가 우산 밖으로 비죽이 나와서는 쏟아지는 빗줄기 사이를 폴짝폴짝 뛰어다녔다. 엄마가 잡으려고 해도 요리조리 도망 다니며 장난꾸러기처럼 방싯방싯 웃었다.

"안 속상하니?"

아란은 아이를 보던 시선을 돌려 우진을 바라보았다. 바뀐 신호에 따라 수많은 자동차들이 줄지어 내달렸다. 전방을 주시하며 우진은 묵묵히 운전에만 열중했다. 자동차 앞 유리에 투명한 물방울이 걷잡을 수 없이 쏟아졌다. 빗줄기는 시간이 흐를수록 굵게 변했다. 와이퍼가 정신없이 춤을 추듯 흔들리며 유리에 맺힌 물기를 걷어내 주었다.

"바쁘다는 핑계로 매번 너 혼자 두고, 이번엔 일방적으로 약혼을 미루기까지 하고…… 화내고 짜증내도 다 받아줄 텐데, 넌 왜 그렇게 예쁘게 웃는 거야? 그러니까 내가 더 미안하고 죄스럽잖아."

"오빠 별게 다 죄스럽다."

룸미러에 걸려 있는 목걸이를 아란은 뚫어져라 응시했다. 로켓펜던트 안에는 우진과 함께 찍은 사진이 곱게 잠들어 있었다. 행복한 한때를 찍은 사진은 볼 때마다 미소를 자아내게 했다. 자동차의 움직임에 따라 로켓펜던트가 리듬을 타고 이리저리 흔들렸다. 우진의 품에 안긴 채 환하게 웃고 있는 사진은 아란의 침실 화장대 위에 놓여 있는 사진과 동일한 것이다. 사진 크기를 축소해 집에서든, 밖에서든 아란은 항상 우진과 함께 있는 듯한 느낌이 들도록 했다.

"절대 미안해하지 마. 죄스러워도 하지 말고. 난 전혀 신경 안 쓰니까 말이야. 음, 근데 이번엔 좀 유별나게 바쁘긴 했어. 그치, 오빠?"

"그래. 그래서 더 미안하다는 거야."

"알면 협연 마치고 올 때 선물 근사한 걸로 사와. 아주 비싼 걸로."

아란을 정시하는 우진의 눈빛이 다스하게 변했다. 입가에 새겨진 미소도 깊어졌다. 흔쾌히 고개를 끄덕이며 우진이 말을 이었다.

"그래. 아주 비싼 걸로 사올게."

"준비 잘하고, 연습도 많이 하고, 그곳 사람들과도 잘 맞았으면 좋겠다. 우리 부모님이랑 오빠네 부모님이랑 시간 맞춰서 협연 보러 갈게. 잘해야 돼, 오빠! 알지? 당신의 능력을 보여주세요오!"

두 손을 꼭 쥐고 외치는 아란의 장난꾸러기 같은 몸짓에 우진은 싱그럽게 웃음을 터뜨렸다. 어깨를 으쓱이고는 한껏 오만하게 턱을 치켜들었다.

"내 능력이야 뭐, 이미 만인이 인정했지."

우진의 자신만만한 대답에 아란은 혀를 길게 빼물었다.

"으윽. 또 박우진 씨 잘난 척 나왔다."

"잘난 척 아니거든? 오빤 원래 잘난 사람이야."

"아, 네네. 지당하신 말씀이십니다."

주거니 받거니 토닥거리는 순간, 자동차가 크게 덜컹거렸다. 미처 과속방지턱을 발견하지 못한 우진이 속력을 줄이지 않았기 때문이었다. 출렁거리며 요동치는 차 안에서 아란의 몸도 위로 튀어 올랐다가 아래로 푹 꺼졌다.

툭—

룸미러에 대롱대롱 매달려 있던 로켓펜던트 줄이 끊어진 건 그때였다. 가느다란 실이 끊기듯 힘없이 끊어진 목걸이는 이내 운전석 발치로 모습을 감췄다. 룸미러와 우진의 발아래를 번갈아 보던 아란은 고개를 갸우듬히 기울였다.

"이게 갑자기 왜 끊어진 거야."

일 년 가까이 아이들에게 피아노를 가르치면서 벌었던 아르바이트비로 처음 자동차를 장만하자마자 제일 먼저 룸미러에 목걸이를 걸었다. 그 후로 단 한 번도 목걸이가 끊어지거나 떨어진 적은 없었다. 운전석 아래로 몸을 숙인 아란은 혼잣말을 중얼거렸다.

"이상하네. 멀쩡하던 목걸이가 왜 갑자기 끊어지고 난리야."

아란의 손이 우진의 발치를 더듬거리며 목걸이의 행방을 찾았다.

"나중에 찾아, 란아. 운전 중인데 위험하잖아."

우진의 지적에도 아랑곳하지 않고 바닥을 훑던 아란이 소리쳤다.

"오빠 발……."

가속페달을 지르밟는 우진의 발밑에 무언가가 걸렸다. 우진의 다리를 아프게 때리며 아란이 투덜거렸다.

"얼른 다리 치워봐. 오빠가 밟았잖아."

한껏 구부렸던 몸을 펴는 아란의 손안에 로켓펜던트와 끊어진 목걸이가 들려 있었다. 입으로 후후 불면서 먼지를 툭툭 털어내던 아란의 고운 얼굴이 울상으로 변했다.

"어떡해. 유리가 깨졌어."

지그재그로 빗금이 쳐진 유리 안에 두 사람의 모습이 엉망으로 갈라졌다. 펜던트를 흘끗거리던 우진이 무심하게 응수했다.

"유리만 갈면 되겠네. 별것도 아닌 일에 왜 신경을 쓰고 그래?"

"별게 아니긴. 불길하게 목걸이가 끊어지고, 거기다가 유리까지 깨졌는데. 그게 별거 아닌 거야?"

낮게 웃음을 터뜨린 우진은 못 말리겠다는 듯 고개를 가로저었다.

"우리 이아란, 또 사소한 일을 과대포장해서 확대해석한다."

도자기처럼 매끄러운 아란의 이마에 손가락을 튕긴 우진이 말을 보탰다.

"차가 덜컹거려서 목걸이가 떨어진 거고, 내가 부주의하게 밟아서 유리에 금이 간 거야. 불길하긴, 별게 다 불길하다."

"그치만……."

아란을 등 뒤에서 껴안은 우진과의 사진은 보기 흉하게 쩍쩍 갈라 졌다. 환하게 웃는 모습도, 다정하게 포옹하고 있는 모습도 모두 갈 래갈래로 조각난 유리 아래에서 흐릿하게 자리 잡았다. 손끝으로 사 진을 훑어 내리던 아란의 입술을 가르고 돌연 나직한 신음이 비어져 나왔다. 펜던트에서 손을 떼자 새빨간 선혈이 아란의 엄지 끝을 물들 였다. 그때까지 무감하게 응대하던 우진의 눈빛이 날카롭게 빛났다. 핸들을 잡은 왼손은 떼지 않은 채 오른손으로 아란의 손을 홱, 낚아 챘다. 능숙하게 운전을 계속하며 따끔하게 핀잔주었다.

"깨진 걸 왜 만져서 피를 보고 그래?"

방울방울 번져 나가는 핏빛이 아란의 새하얀 손을 적셔 나갔다. 손끝으로 핏물을 닦아내던 우진은 입안에 아란의 엄지를 머금고는 혀끝으로 정성스레 쓸어주었다.

"괜찮으니까 운전이나 해, 오빠."

손을 빼내려는 아란의 손을 힘껏 움켜쥔 우진이 덧붙였다.

"너, 내가 손 다치는 거 제일 싫어하는 거 알지? 이렇게 자그마한 상처도 안 된단 말이야. 항상 손 안 다치게 주의를 기울이라고 내가 몇 번이나……."

그때였다.

맞은편 차선에서 귀청을 찢을 듯한 경적이 울린 것은.

아란의 다친 손에 집중하느라 전방을 주시하는 것을 잊은 우진은 경적 소리에 황급히 정신을 차렸다. 본래의 차선을 이탈한 자동차가 어느새 중앙선을 침범한 채 아찔한 곡예운전을 하고 있었다. 멀찍이 떨어졌지만 빠른 속도로 내달려오던 맞은편의 자동차가 미친 듯이 전조등을 깜빡이고 클랙슨을 울려댔다.

"이런……."

"오빠……."

우진이 다급하게 핸들을 휙 꺾는 순간, 빗길에 미끄러진 차가 소름 끼치는 마찰음을 내며 아스팔트 위를 팽그르르 돌았다. 날렵한 차체가 회전에 회전을 거듭하며 사방으로 부딪혔다.

양팔로 얼굴을 가린 아란의 새된 비명과 끝까지 핸들을 놓지 않던 우진의 날카로운 비명 소리가 7월의 여름 하늘을 갈랐다.

아란이 기억하는 장면은 거기까지였다.

나머지는 어둠 속으로, 심연 같은 어둠 속으로 꺼져 가고 잠겨들었다.


"상반기 실적이 비교적 안정적이긴 하지만 대외변수를 제외하면 솔직히 만족할 수준은 아닙니다. 모두들 긴장의 끈을 놓는 일은 없도록 합시다."

오십여 명의 임원이 모인 회의실에 강빈의 음성이 좌중을 휘어잡았다. 상반기 실적 보고 및, 몇 가지 안건을 주제로 한 회의가 중반을 치닫는 시점이었다. 회의를 주관한 박 전무는 강빈이 말을 시작하는 순간 단상에서 내려섰다. 모든 사람들의 시선이 회의실 정중앙, 회전의자에 느긋하게 등을 기대고 있는 강빈을 향했다.

"앞으로 하반기에는 경영환경이 더욱 어려워질 것으로 예상됩니다. 경기침체는 지속적으로 이어질 것이고, 금융대란 역시 길어질 거라는 전망입니다. 이런 때일수록 차별화된 고객가치 창출을 통해 위기를 기회로 반전시킬 수 있는 경영진의 통찰력과 실행력이 그 어느 때보다 필요한 시점입니다. 또한, 회사의 미래를 좌우할 신성장동력을 찾는 방안도 주력……."

회의실 입구에 부동자세로 서 있던 비서진 네댓 명이 술렁거렸다. 회의실 문을 두드리는 나직한 노크 소리와 함께 세미나가 아직 끝나지 않았는데 누군가 조심스레 들어섰다. 비서진 몇몇이 망연한 눈길로 회의실에 조심스럽게 들어선 사람을 바라보았다. 술렁이는 분위기에 임원들의 눈길도 하나둘 비서진들이 있는 회의실 문가로 날아들기 시작했다. 잿빛 슈트를 단정하게 차려입은 남자 한 명이 임원들을 향해 정중하게 고개를 숙였다.

"회의 중에 소란을 끼쳐 대단히 죄송합니다. 경영전략본부 이진오 부사장님께 급히 전해 드릴 중요한 전언이 있어서 이렇게 결례를 무릅쓰게 되었습니다."

남자에게 닿았던 시선들이 일제히 회의실 한쪽에 앉아 있는 이 부사장에게로 고정되었다. 난감한 표정으로 앉아 있던 이 부사장의 이마에 냉한이 맺혔다. 얼마나 중요한 전언인지 몰라도 수십 명의 임원들과 오너인 강빈의 앞에서 실수를 저지르는 것만은 분명했다.

회의실 정중앙에 착석하고 있던 강빈이 이 부사장의 비서에게 보일 듯 말 듯 고갯짓을 했다. 젊은 남자가 황급히 걸음을 옮겼다. 이 부사장을 향해 허리를 숙이고 두 남자가 귀엣말을 나누는 것을 강빈은 무심하게 일관했다. 회의 마지막 안건이 남아 있었다. 발표를 앞두고 있던 정 상무를 향해 강빈은 손짓을 했다. 정 상무가 조용하게 일어나 몇 가지 서류를 들고 단상으로 올라갔다.

"그게 무슨 소리야? 아란이가 왜?"

정적이 감도는 회의실에 이 부사장의 나직한 음성이 음산하게 울려 퍼졌다. 회의 자료를 훑어보던 강빈의 냉량한 시선이 이 부사장의 나이 지긋한 얼굴에 올곧게 닿았다. 이 부사장의 비서가 들리지 않게 귀에 입술을 바짝 붙이고는 몇 마디 말을 더 했다. 벌떡 일어나는 이 부사장의 뒤로 회전의자가 홱, 하고 요란한 소리를 내며 벌러덩 뒤집어졌다.

언제나 흐트러짐없던 이 부사장의 소란스러움에 일부는 짜증스러운 눈길로, 일부는 의외라는 눈길로 호기심을 표했다. 수십 명의 임원들과 강빈에게 몇 번이나 고개를 숙이고 허리를 구부린 이 부사장이 떨리는 목소리로 쥐어짜듯 간신히 말을 내뱉었다.

"죄송…… 죄송합니다. 집, 집안에 우환이…… 생겨서…… 더 이상 회의를……."

쓰러질 듯 휘청거리는 이 부사장의 몸을 발 빠르게 다가선 비서가 재바르게 잡아주었다. 이마를 짚는 이 부사장의 손이 먼 곳에 떨어진 강빈의 눈에도 화들화들 떨리는 게 보일 정도였다. 핏기가 사라진 이 부사장의 얼굴은 어느새 흙빛이 되었다.

"괜찮습니다. 볼일 보십시오."

강빈의 승낙 하에 이 부사장과 비서는 바람이 휘날리듯 눈 깜짝할 사이에 회의실을 빠져나갔다. 단상에 있는 정 상무에게 회의를 계속 진행하라는 눈빛을 보낸 강빈은 회의실 한쪽에 시립하고 있는 유 실장을 향해 손짓을 했다. 회의를 주관하는 정 상무의 음성을 건성으로 들으며 강빈은 다가선 유 실장에게 나직하게 지시를 내렸다.

"이 부사장님, 무슨 일인지 한번 알아보십시오."

짧게 고갯짓을 한 유 실장이 조용한 몸가짐으로 회의실을 벗어났다. 뭔가 예감이 좋지 않았다. 선득하게 찬 기운이 강빈의 뺨을 스쳤다. 그 시린 기운이 뺨을 거쳐 혈관 구석구석으로 빠르게 번져 나갔다. 아란이라고 했다, 이 부사장은 분명. 그리고 우환이 생겼다는 말도 덧붙였다.

설마, 아란에게 안 좋은 일이라도 생긴 건가?

그런 일만큼은 아니길 바랐다. 아란이 관계된 일이 아니길. 애써 아닐 거라고 다독이지만 심장의 떨림은 무슨 조화란 말인가. 아란의 이름 하나에도 이토록 불안하고 불길한 느낌을 어찌하면 좋단 말인가. 강빈은 초조하게 주먹을 쥐었다 폈다를 반복했다. 손안에 습한 땀이 끈적끈적하게 배어 나왔다.

"……어떠한 악조건 속에서도 지속적인 성과를 창출할 수 있는 세계 최고 수준의 역량을 갖추기 위해……."

회의실을 가득 메우는 정 상무의 음성은 이제 강빈에겐 들리지도 않았다. 잠시 뒤, 회의실 밖을 다녀온 유 실장이 강빈의 곁으로 다가섰다. 허리를 구부리고 한 손으로 입을 비스듬히 가로막았다. 들릴 듯 말 듯한 유 실장의 낮은 목소리가 강빈의 귀를 스쳤다.

"이 부사장님의 따님이신 이아란 씨에게 사고가 났답니다."

"사고라니요."

회의를 주도하던 정 상무가 강빈의 눈치를 살폈다. 계속 진행하라는 강빈의 손짓에 정 상무는 차분하게 회의를 이끌어 나갔다. 위급한 소식을 접한 이 부사장은 벌써 회사를 빠져나간 듯했다. 비서실로 돌아가는 이 부사장의 비서를 통해 전해 들은 내용을 유 실장은 빠짐없이 조심스레 전달했다.

"교통사고가 났다는데 상태가 많이 위중하답니다."

강빈의 손에 들린 만년필이 툭, 떨어졌다. 회의실 테이블 위를 데구루루 굴러다닌 금제 만년필이 바닥으로 찰캉, 하고 섬뜩한 소리를 내고는 힘없이 떨어져 내렸다. 그리고 강빈의 심장도 그 순간 바닥으로, 바닥으로 한없이 낙하하고 있었다. 섬전이 내리꽂히듯 정신이 아뜩하게 변해갔다. 심장이 멈춘다는 게 어떤 것인지, 강빈은 그 순간 겪게 되었다. 아란의 사고 소식에, 일정한 속도로 뛰고 있던 심장박동이 정확하게 멎어버렸다.

"상태가…… 얼마나 위중하다는 겁니까."

강빈의 눈에서 온기와 열기가 흔적도 없이 사라져 차디차게 얼어붙었다.

"자세한 건 잘 모르겠습니다. 빗길에 급브레이크를 밟으면서 튕겨져 나간 차가 가드레일과 전봇대를 차례대로 들이받았답니다. 그 사고로 조수석 쪽이 상당히 많이 손상되었다는데, 하필이면 이아란 씨가 조수석에 앉아 있었다고…….”

에어백이 있어서 다행히 큰 사고를 면한 운전자와 달리 조수석엔 에어백이 없었다는 말을 유 실장은 차마 할 수가 없었다. 그것이 더 큰 사고를 불러일으켰다는 걸 도저히 밝힐 수가 없었던 것이다. 이 부사장의 비서도 떨리는 목소리로 그렇게 말을 했었다. 에어백만 있었더라면 아란이 그렇게 끔찍하게 다치는 일은 없었을 것이라고.

정물화처럼 미동없이 앉아 있던 강빈은 갑작스레 회전의자를 밀치고 일어났다.

“사장님, 아직 회의가…….”

자신도 모르게 벌떡 일어났음을 깨달은 강빈은 쓰러지듯 휘청거리며 의자에 몸을 묻었다. 수십 쌍의 시선이 강빈에게 날아들었다가 곧이어 회의를 주관하는 정 상무에게 옮겨졌다.

“한국병원으로 후송 중이라고 들었습니다. 일단 진정하시고…….”

햇살을 닮은 듯 눈부시던 아란의 모습이 강빈의 눈앞을 스쳤다. 빛 너울을 쓰듯 아란에게선 항상 영채가 흘렀다. 심장이 떨리도록 곱게 웃던 모습, 아무리 들어도 질리지 않을 것 같던 감미로운 재잘거림 그 모든 게 강빈의 이성과 사고를 남김없이 지배했다.

아란이 다쳤단다.

손끝이, 팔이, 전신이, 무섭게 떨려왔다.

초연함을 가장해 보려 해도 안 되었다. 태연하게 앉아 있으려 해도 의식과 신경은 죄다 이아란이라는 여자에게 날아가 버렸다. 숨을

실 수가 없었다. 누군가 숨통을 옥죄고 있는 듯 강빈은 숨이 턱턱 막히는 것을 느꼈다. 회의실을 가득 메우는 수십 명의 임원은 이제 눈에 들어오지도 않았다. 강빈의 눈앞이 점차 흐릿하게 변해갔다. 지진이라도 난 듯 주변이 빙글빙글 휘돌기 시작했다. 의자에 앉아 있음에도 불구하고 강빈은 아득한 현기증을 느꼈다. 억눌린 신음이 입술을 가르고 고통스럽게 흘어져 나왔다.

더 이상 지체할 겨를도 없이 회전의자에서 몸을 일으킨 강빈은 성큼성큼 회의실을 빠져나갔다. 난감한 표정으로 황급히 뒤따르는 유 실장을 향해 빠르게 지시사항을 전달했다.

"회의, 오 분간 딜레이입니다!"

강빈의 뒷모습을 망연히 응시하며 웅성거리는 임원들을 유 실장이 수습해 나갔다. 회의실 바깥에 위치한 휴게실로 자리를 옮긴 강빈은 서둘러 휴대전화를 꺼냈다. 저장된 번호를 뒤적이는 손이 경련을 일으키듯 바들바들 떨렸다. 액정화면에 새겨진 번호를 누르는 손이 자꾸만 헛손질을 해댔다.

"Shit!"

몇 번의 실패 끝에 무사히 찾고 있던 번호에 터치를 했다. 기다렸다는 듯이 신호음이 울려 퍼졌다. 휴게실을 서성거리며 강빈은 상대방이 어서 전화를 받기를 기다렸다. 첫 번째 통화 연결이 실패로 끝났다. 바쁜 일이 있는지 전화를 받지 않았다. 바르르 떨리는 손으로 강빈은 다시 한 번 통화 버튼을 터치했다. 전신을 휘돌던 혈액이 흔적도 없이 메말랐다. 심장이 졸아붙고, 신경이 올올이 곤두섰다.

"어쩌죠? 나, 강빈 씨가 정말 좋아지려 해요."

분수대 사이를 물의 요정처럼 어여쁘게 뛰어다니던 아란의 모습이 눈앞을 스쳤다. 이마를 덮은 머리카락을 신경질적으로 쓸어 넘기던 강빈은 지독한 현기증을 느끼고는 테이블을 짚었다. 천 길 아래 낭떠러지로 끝없이 추락을 거듭했다. 냉철한 사고력과 판단력이 요구되는 순간이지만 강빈의 뇌리를 메우는 건 그저 '이아란'이라는 단 세 글자뿐이었다. 그것 외에는 아무것도 떠오르지 않았다.

한없이 열망하고 갈망하는 그녀가, 이제는 그에게 없어서는 안 될 소중한 사람이 되어버린 그녀가 다쳤다는 소식은 강빈을 무기력하게 만들었다. 아란은 교통사고를 당해 병원으로 후송 중이라는데, 그는 이곳에서 회의를 참관해야 한다는 아이러니한 현실에 화가 나다 못해 분개하고, 분노가 폭렬할 지경이었다.

짜증스러울 정도로 지루하게 이어지던 신호음이 뚝 끊기더니 뒤이어 귀에 익은 음성이 들려왔다.

[여보세요…….]

"강빈입니다, 고모부님. 시급하니 거두절미하고 용건만 간단하게 말씀드리겠습니다. 지금 병원 측으로 후송되는 환자가 한 사람 있을 겁니다. 이름은 이아란, 나이는 스물넷. 교통사고 환자입니다. 상태가 위중하다고 들었습니다. 어디가 얼마나 위중한지 모르겠지만, 제가 가기 전까지 고모부님께서 살펴봐 주세요. 이아란 가족도 곧 도착하겠지만 그전에 고모부님이 그 사람 곁에 계셔야 합니다. 수술이든 뭐든, 필요하다면 수단과 방법을 가리지 말고 제발…… 구해주세요,

그녀를……."

차분하게 말을 쏟아내던 강빈은 결국 끝으로 갈수록 목소리가 메마르게 갈라져 나왔다. 나직하게 가라앉은 음성이 애처롭게 파르르 떨렸다.

[알았다. 내가 지금 바로 가보마.]

어두운 그림자가 드리워진 강빈의 눈동자에 투명한 물기가 번져나갔다. 아란의 사고 소식에 심장이 형체도 없이 으스러지고 남김없이 을크러졌다. 태어나서 처음으로 갖길 열망했던 여자는 강빈에게 심한 좌절감과 패배감을 안겨주었다. 사람의 '생명' 앞에서는 서강빈이라는 존재가 미약하다는 걸, 아무것도 할 수 없는 무기력한 존재라는 걸 아란은 잔인하리만치 아프게 깨우쳐 주고 있었다.

아란이 없는 세상은 이제 상상도 할 수 없었다.

이아란이 없는 서강빈의 세상은 감히 상상도 하기 싫었다.

통화를 마친 후에도 강빈은 석상처럼 우두커니 서 있기만 했다. 한숨과도 같은 뇌까림이 입술을 가르고 힘겹게 흩어져 나왔다.

"미처 몰랐어, 이아란."

쓰러지지 않기 위해, 바닥으로 곤두박질치지 않기 위해, 안간힘을 다해 테이블을 짚고 있는 강빈의 손등에 새파란 정맥이 도드라졌다.

"널…… 이렇게나 지독하게 사랑하게 되었다는 거…… 나도 미처 몰랐었다, 란아."

아란의 사고는 강빈에게 죽음보다 더한 고통을 안겨주었다.


한국병원 ER(응급실)에 일대 혼란이 찾아왔다. 갑작스러운 교통사고 환자에 ER은 아비규환이 따로 없었다. 시뻘건 선혈이 낭자한 아란의 곁으로 흉부외과 전문의가 한걸음에 다가섰다.

"어떻게 된 거야?"

레지던트 하나가 신속하게 대답했다.

"TA(Traffic Accident 교통사고)환자입니다."

"상태는."

"사고 당시 레스퍼러터리 어레스트(Respiratery Arest 호흡이 원활하지 못해 발생한 심정지)가 있었다고 합니다. 응급대원들이 늦지 않게 CPR(심폐소생술)을 했답니다."

"제너럴 컨디션(General Condition 환자상태)과 멘탈(Mental 의식)은?"

"호흡부전(호흡기능 장애로 숨 쉬기 힘든 상태)이며, 액티브 블리딩(Active Bleeding 현재 출혈) 양이 심각합니다."

아란의 상태를 체크하는 오 선생의 손이 바쁘게 움직였다. 차체에 끼인 듯 여기저기 찢기고 상처 입은 여자는 상당히 고통스러워했다. 희미한 숨을 가쁘게 몰아쉬는 여자의 의식이 점차 꺼져들고 있었다. ER에선 흔한 일이었다. 일상다반사이다시피 겪은 일이기에 오 선생은 의무적으로 피투성이가 된 여자의 몸을 드레싱했다.

전체적으로 팔을 상당히 많이 다친 듯했다. 아마도 사고가 나면서 다급하게 얼굴을 가리듯, 이번 환자도 그런 케이스인 것 같았다. 다른 신체 일부보다 팔을 심하게 다쳤고 그에 따라 레지던트의 말처럼 출혈양이 시간이 흐를수록 심각한 지경으로 치달았다. 그때, 병원장인 윤 원장이 다급하게 ER로 뛰어들어 와 소리를 질렀다.

"TA환자인 이아란 씨, 도착했나?"

병원장이 직접 ER에 나타나는 건 극히 드문 일이었다. 수많은 전문의와 레지던트, 그리고 간호사들이 윤 원장의 등장에 눈을 휘둥그레 떴다. 그러다가 이내 깊숙이 고개를 숙여 인사를 하고는 조금 전에 들어온 환자를 가리켰다.

"이아란 씨라면 여기, 이 환자입니다."

눈으로 빠르게 아란을 훑어 내린 윤 원장은 오 선생의 손에 들린 랩차트(환자의 검사한 내용을 정리해 놓은 기록)를 빼앗듯이 건네받았다.

"바이탈 사인(Vital Signs 체온, 혈압, 맥박, 호흡수)과 그 외 환자 상태는?"

윤 원장의 질문에 또 다른 레지던트가 막힘없이 대답했다.

"블리딩(Bleeding 출혈)이 심합니다. 피버(Fever 38도 이상의 열)도 높고, BP(Blood Pressure 혈압) 역시 계속 떨어지고 있습니다. 브라디카디아(Bradycardia 심박동 저하)도 보이고 있어서 현재, 환자의 상태는 최악입니다."

심전계 변화를 주시하던 윤 원장의 표정이 암담하게 변해갔다. 처음이었다, 조카인 강빈이 무언가를 부탁하는 것은. 그것도 그토록 간절하고 애절하게 매달린 경우는 난생처음이었다. 항시 곁을 주지 않는 차갑고 무뚝뚝한 성격이어서 어렸을 때부터 말 한마디 붙이는 게 힘든 조카였다. 쉽게 속내를 드러내지 않는 성격 탓에 어른들이 오히려 어린아이였던 강빈의 눈치를 보는 일도 허다했다. 헌데 그런 강빈이 떨리는 목소리로 애참하게 애원했다.

그녀를 구해주세요, 라며.

강빈의 애열한 음성이 귓가에 맴도는 듯해, 윤 원장의 마음이 편치 않았다. 무슨 일이 있어도 도와주고 싶었다. 조카의 간절한 바람을 외면할 수가 없었다. 피투성이가 된 아가씨를 기필코 살려내야만 했다. 그러나, 눈앞에 누워 있는 환자의 상태는 참혹할 정도로 처참했다. 망가지고 부서지고 찢겨져, 흡사 생명력을 잃은 사람처럼 보이기도 했다. 아란의 상태를 체크하던 윤 원장이 나직하게 뇌까렸다.

"어쩌다가, 이렇게……."

"운드 페인(상처로 인한 고통)으로 환자가 상당히 괴로워합니다."

"맙소사, 블리딩이 너무 심하잖아. 당장 수술장부터 어레인지하고 담당과장들 모두 호출해! 필요하다면 GS(외과), NS(신경외과), CS(흉부외과), OS(정형외과) 수술에 필요한 관계자들 모두 불러들이라고! 어서!"

윤 원장의 지시에 오 선생이 난색을 표했다.

"아직 보호자가 도착하지 않았습니다. 퍼미션(Permisson 수술 동의서)을 받지 못했는데……."

"정신이 있어, 없어? 이봐, 오 선생! 그런 것보다 환자 생명이 더 위급하다는 거 모르나? 이머전시 OP(Emergency OP 응급수술)라고! 어서 수술장부터 어레인지하라니까, 다들 뭐하는 거야!"

윤 원장의 불호령에 몇몇의 레지던트와 간호사는 ER 전화기에 매달려 수술장을 어레인지하고, 병원 내 방송에는 담당 과장들의 이름이 하나하나 호명되어 울려 퍼졌다. 뒤늦게 연락을 받은 신경외과 교수인 박 교수가 허겁지겁 ER로 들어섰다. 레지던트 한 명을 붙잡고 다급하게 말을 쏟아냈다.

"우진이, 아니, TA환자로 온 박우진 어디 있나?"

레지던트의 손이 아란의 곁에 나란히 자리 잡은 침대를 가리켰다. 부들부들 떨리는 몸으로 황급히 걸음을 옮기던 박 교수의 눈에 피범벅이 된 아란이 들어왔다. 억눌린 신음을 터뜨리며 박 교수는 아란의 곁으로 성큼 다가섰다.

"세상에…… 아란아……."

아들이 TA환자로 ER에 응급 후송되었다는 말을 듣고는 박 교수의 눈앞이 희뿌옇게 변했다. 헌데, 우습게도 우진은 잠을 자듯 곱게 누워 있었다. 교통사고 환자라는 말이 무색할 만큼 편안한 모습이었다. 대신 그 옆에 누운 아란은 한눈에 보기에도 상태가 위중했다. 아란은 촌음을 다투는 사투를 벌이고 있던 것이다.

"박 교수, 아는 사람입니까?"

윤 원장의 물음에 박 교수는 힘없이 고갯짓만 했다. 곱디고운 아란의 얼굴이 박 교수의 눈을 아프도록 파고들었다. ER에 병원장이 직접 와 있다는 사실은 미처 자각하지 못한 채, 박 교수는 멍해지는 의식을 부여잡기 위해 안간힘을 다했다.

"블리딩이 심해서 하이포볼레믹(Hypovolemic 혈액 부족)이 염려됩니다."

윤 원장을 향해 오 선생이 걱정스레 말했다. 수술장 어레인지를 마친 의사들이 일사불란하게 움직였다. 수술장으로 아란이 누운 이동 침대를 밀며 우르르 ER을 빠져나갔다.

"타킵니아(Tachypnea 숨을 가쁘게 쉼)로 환자의 페인(Pain 고통)

이 극심합니다."

"사이아노시스(Cyanosis 청색증. 혈액 내 산소포화도가 떨어져 피부가 청자색으로 변하는 증상)도 보이고 있습니다."

"선생님, 브라디카디아가 심하게 떨어지고 있습니다. 어떡하죠?"

여기저기서 쏟아지는 의견을 수렴한 윤 원장은 재빨리 지시를 내렸다.

"당장 에피네프린(Epinephrine 혈압상승제 및 심박동수 증가제로 사용하는 약물) 투여하고 빨리 수술장으로 옮겨, 빨리!"

레지던트 하나가 엘리베이터 버튼을 누른 채 그들을 기다렸다. 이동 침대가 빠르게 엘리베이터 안으로 들어갔다. 우진의 상태가 위중하지 않다는 걸 확인한 박 교수도 아란의 뒤를 따랐다. 긴박한 상황에 박 교수의 머리카락이 쭈뼛쭈뼛 서고 혈관을 휘돌던 피가 바짝바짝 말라 버렸다.

"사고 당시 양팔로 얼굴을 가린 듯합니다. 양쪽 팔, 특히 오른쪽 팔의 에올타(Aorta 대동맥) 파열이 의심됩니다."

몇 번이고 정신을 놓았다, 다잡았다를 반복했다. 여기가 어디인지, 어디로 가는지, 누가 있는지 아란은 아무것도 의식할 수 없었다. 지독하게 아파서 극심한 통증만 흐리마리하게 느낄 뿐. 너무 아파서 신음 소리 한 자락 내뱉을 수가 없는 고통스러운 상황의 연속이었다. 이대로 죽는 거구나, 이렇게 죽어가는 거구나…… 하고 희미하게 느끼며 아란은 수십 명의 의사들과 수술실로 들어섰다.

꺼져 가는 의식 사이로 아란은 흐릿하게 생각했다.

오빠는 괜찮을까.

오빠는…….

　"안정적인 상반기 실적에 결코 마음을 놓아서는 안 됩니다. 하반기에도 경기침체는 계속될 것이고 길어지는 금융대란에 대비를 해야 합니다. 만약 세계 경제가 흔들리게 된다면 그간 우리 경제의 단발 엔진 역할을 하고 있는 수출에도 제동이 걸릴 수밖에 없습니다. 소비와 투자가 부진한 가운데 수출마저 주춤거리면 하반기엔 경제 위기에 흔들리는 여타 다른 회사들처럼 서한전자도 치명타를 입을 수 있습니다. 불확실한 대외 경영 환경 속에서 반드시 하반기에는 긴장의 끈을 놓지 말고 철저한 미래를 준비해 두십시오. 오늘 회의, 여기까지입니다."

　정 상무가 차분하게 하반기 회의를 주도한 뒤, 마지막으로 강빈이 끝맺음 말을 던졌다. 말을 마치자마자 강빈은 회전의자를 홱 밀치고는 효한하게 일어섰다. 모두들 하나같이 일어나 허리를 깊게 숙이며 인사를 하는 임원들에게는 눈길도 건네지 않은 채 강빈은 황급히 회의실을 벗어났다.

　"입구에 차 대기시켜요."

　뒤따라오던 유 실장이 차분하게 응대했다.

　"미리 지시해 두었습니다."

　"이아란 상태는 어떻습니까."

　유 실장은 혀를 굳혔다. 임원전용 엘리베이터에 올라탄 강빈의 눈빛이 사느랗게 빛났다. 한참을 망설이다가 마지못해 입을 열었다.

　"그쪽에 사람을 보내놨는데, 상황이 많이 안 좋다고 하는 것 같았습니다. 지금 수술실에 들어가 있는데…… 그것보다, 약혼자인 박우진 씨가 의식을 찾았다고 하더군요."

"박우진? 그 사람도 같이 사고를 당한 겁니까?"

유 실장이 고개를 주억거렸다.

"아무래도 박우진 씨를 공항까지 배웅하려다가 사고를 당한 듯합니다. 공항 가는 길에 운전하면서 한눈을 팔았는지, 그게 사고로 연결됐…… 사장님!"

강빈의 건장한 몸이 엘리베이터 바닥으로 힘없이 무너져 내렸다. 유 실장이 재빨리 걸음을 옮겨 강빈의 몸을 부축해 주었다. 비틀거리며 엘리베이터 벽면에 간신히 몸을 기댄 강빈은 눈을 질끈 감았다. 입에 담기 험악한 욕지기가 금세라도 입술을 가르고 사납게 튀어나올 것만 같았다.

이건 말이 안 된다.

이건 정말이지 너무 잔인했다.

그의 욕심 때문에 이런 일이 벌어진 걸까. 욕심내어선 안 되는 고운 사람을 탐냈기에 이런 끔찍한 사달이 벌어진 걸까. 정말 그런 걸까……. 결국, 그의 말 한마디 때문에 사고가 난 것이다. 그의 지시에 의해서 아란이 사고를 당하고 말았다는 것이다.

이게 아닌데, 그가 원한 건 두어 달의 시간이었는데……. 이아란이라는 여자를 완전히 사로잡기 위해 두어 달의 시간이 필요했을 뿐이었는데, 결국 그는 아란을 위험에 처하게 만든 사람이 되고 말았다.

이건 정말이지…… 말이 되지 않았다.

'내가 원한 건 이게 아냐, 공주님……. 나는 단지 시간이 필요했을 뿐이야. 결코 이런 결과를 바라진 않았어. 이럴 줄 알았다면, 이런 일이 생길 줄 알았다면…… 박우진에게 그런 터무니없는 제안을 하진 않았을 거야, 란아……. 하필이면, 왜 하필이면…… 박우진을 배웅한다고 길을 나선 거야, 이아란. 왜…….'

눈앞에 펼쳐진 그의 세상이 점차 짙은 암흑으로 변해갔다.


대동맥이 파열된 아란의 수술은 열 시간이 넘도록 계속되었다. 그 시간은 수술실 안에 있는 사람이나 수술실 밖에 있는 사람이나 그들 모두에게 더디게 흘러, 억겁의 순간처럼 느리게, 느리게 흘러가고 있었다.

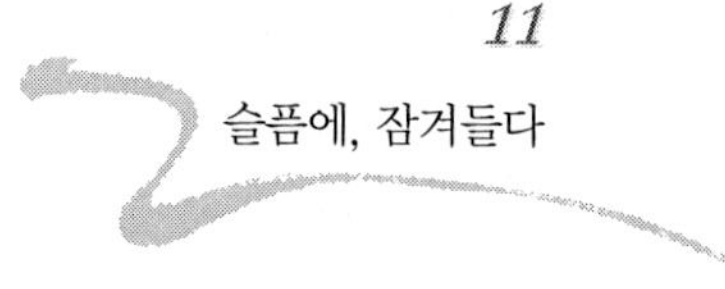

"안녕, 아란 씨! 오늘은 좀 어때요?"

한국병원 VIP특실을 우르르 들어오던 간호사 중 누군가가 살갑게 인사를 했다. 모닝라운딩(간호사들의 아침 회진) 시간이었다. 요 며칠 사이 친분이 도타워진 터라 간호사들은 스스럼없이 아란에게 아침인사를 하며 다가섰다. 침대에 누워 있던 아란이 상그레 미소를 지었다.

"좋아요."

"아유, 예뻐라. 그냥 확, 뽀뽀해 버리고 싶네."

능숙한 손길로 플로이드 로딩(Fluid Loading 혈관 내 수액(링거액) 주입)을 하던 민 간호사가 짓궂게 농담을 했다. 병실 한쪽에 마련된 고급스러운 가족실에서 대화를 나누던 최 여사와 우진이 천천히 침대가로 다가섰다. 민 간호사 옆에 서 있던 정 간호사는 아란의 체온과 혈압을 체크했고 몇몇의 간호사들이 여기저기서 차례대로 질문을 던졌다.

"어디 아픈 덴 없어요?"

"불편한 데는요?"

"진통은 좀 가라앉았어요?"

침대맡에 선 민 간호사가 랩차트에 무언가를 기록하며 아란의 상태를 주시했다. 최 여사가 걱정스러운 표정으로 조심스레 말문을 열었다.

"새벽에 통증으로 많이 힘들어하던데……."

아란의 몸을 찬찬히 훑어보던 민 간호사가 대답했다.

"아직까지는 그럴 거예요. POD(수술 후 지난 날짜)도 한 달밖에 안 됐고, 더구나 아란 씨가 의식을 되찾은 지도 이제 겨우 이십여 일밖에 안 됐잖아요. 너무 걱정하지 마세요. 차차 괜찮아질 테니까요. 담당 선생님 말씀으론 수술도 성공적이라고 했거든요. 진통이 심하면 언제든지 말해요, 아란 씨. 진통제 투여하면 되니까, 아플 땐 절대 참지 말아요. 알았죠?"

마치 친언니처럼 다정다감한 민 간호사의 친근한 말투와 행동에 아란은 보일 듯 말 듯 웃으며 고갯짓을 했다. 어여쁜 얼굴에 새겨진 미소가 눈이 부실 지경이었다. 민 간호사는 들리지 않게 한숨을 내쉬며 천우신조란, 바로 이아란 환자 같은 경우라고 생각했다.

처음 ER에 들어선 아란의 상태는 최악이었다. 과연 살아날 수나 있을까, 라는 회의마저 들 정도였다. 사고 후유증으로 출혈이 심했던 아란이 생명을 부지할 수 있었던 건 순전히 윤 원장의 도움이 절대적으로 컸다고 할 수 있었다.

퍼미션을 받지도 않은 상태에서 이머전시 OP 판단을 내린 윤 원장이, 한국병원 최고의 의료진을 대거 이아란의 수술방에 집어넣은 것이다. 목숨이 경각에 달한 아란의 수술이 성공적으로 끝날 수 있었던 건 내로라하는 실력을 갖춘 의사들이 있었기 때문이었다. 그러나 그들보다 더 뛰어난 사람이 있다면 바로 윤 원장이었다. 국내 각 의료계의 권위자이자 앞 다투어 선두를 달리는 의사들이 윤 원장의 지시에 아란의 수술 집도를 맡게 된 것이다.

윤 원장이 없었다면 그 수많은 의사들이 한자리에 모이지도 않았을 거고, 그렇게 되면 아란의 수술도 이렇듯 희망적으로 끝나지 않았을지도 몰랐다. 결국 아란이 의식을 되찾은 데에 가장 큰 공을 세운 인물은 수술을 성공적으로 이끈 의사들이 아니라, 윤 원장이라고 해도 과언이 아닐 정도였다. 그만큼 윤 원장은 아란에게 정성을 다했다.

만약 윤 원장이 아니었더라면, 그 위급한 상황에서 응급수술을 받지 않았더라면 과연 어떻게 되었을까, 라고 생각하는 것만으로도 민 간호사의 전신에 소름이 오스스 돋았다. 그렇다면 이 고운 사람은, 이토록 아름다운 사람은 안타깝게도 생명을 부지하기 힘들었을지도 모른다.

"자아, 아란 씨. 선물이에요."

가운 주머니에 들어 있던 자그마한 초콜릿 상자를 불쑥 내밀며 민 간호사가 눈을 찡긋거렸다. 누운 자세로 엉거주춤 받는 아란을 향해 허리를 숙이고 역적모의를 하듯 귀엣말을 속삭였다. 민 간호사의 눈이 한쪽에 가만히 서 있는 우진에게 닿았다.

"NS(신경외과) 장 치프 선생님이 주는 선물이에요. 맛있게 먹어요."

아란에게 남자친구가 있다는 걸 알지만 몇몇의 의사들이 사심을 담은 선물을 몰래몰래 건네곤 했다. 아란의 입가에 자잘한 미소가 물결처럼 번져 나갔다. 요 며칠 사이 받은 초콜릿이며 사탕이 서랍 안에 한가득 들어찼고, 쏟아지는 꽃다발은 병실 여기저기를 장식했다. 그 외에도 곰 인형이니, 토끼 인형이니 각종 인형이 아란의 침대 주변에 가지런히 자리를 잡았다. 아란의 손에 들린 작은 상자를 바라보던 우진이 부드럽게 미소를 지었다.

"아란이, 너…… 병원에서 완전 톱스타 저리 가라네."

하루가 멀다 하고 밀려드는 선물 공세에 우진은 놀리듯이 말했다. 민 간호사가 얼굴을 살짝 붉히며 변명하듯 말을 늘어놓았다.

"앗! 눈치챘어요, 우진 씨? 이해하세요, 이렇게 예쁜 여자친구를 뒀으니 이 정도 각오는 해둬야죠. 좀 이따가 선생님들 모여들어서 오전 회진하고 난 다음에는 더 많은 선물이 밀려들걸요?"

민 간호사의 재치있는 말투에 몇몇 간호사들이 나지막이 웃음을 터뜨렸다. 아란을 바라보며 침대맡에 우아하게 서 있는 최 여사를 향해 민 간호사가 궁금하다는 듯 불쑥 질문을 던졌다.

"비결이 뭐예요, 어머님? 저도 결혼하면 아란 씨처럼 예쁜 딸 낳고 싶은데 뭘 먹으면 이렇게 예쁜 딸을 낳는지 제발 좀 가르쳐 주세요."

아란의 뺨을 부드럽게 어루만지던 최 여사가 방그레 미소를 베어 물었다. 교통사고로 사경을 헤매던 딸이 의식을 되찾았다는 것만으로도 최 여사는 세상을 다 얻은 듯 충만감을 느꼈다. 지난 한 달 사이에 얼굴이 눈에 띄게 해쓱해지고 십 년은 더 늙은 듯했지만 이제 최 여사의 표정에도 웃음기와 행복함이 서서히 자리를 잡아갔다. 비록, 사고의 후유증으로 아란이 피아노는 완전히 접어야 하는 안타까움도 있지만 의식을 찾은 것만으로도 최 여사는 더 이상 바라는 게 없었다.

"그때 뭘 먹었는지 지금은 기억도 안 나는걸요."

의자를 당겨 침대 옆에 앉은 최 여사는 아란의 새하얀 손을 꼭 움켜쥐었다. 이 손을 다시는 잡을 수 없을지도 모른다고 생각했을 때는 지옥이 따로 없었다. 아란의 웃는 모습을 두 번 다시 볼 수 없을지도 모른다고 여겼을 때는 그대로 죽어버리고 싶을 정도였다. 이렇게 아란이 눈을 뜨고 서로 얼굴을 마주할 수 있다는 사실에, 잡은 손에 다스한 온기를 느낄 수 있다는 사실에 최 여사는 또다시 왈칵 눈시울이 뜨거워지는 것을 느꼈다.

"혹시 지금은 아픈 데 없어? 간호사 선생님들 왔을 때……."

"괜찮아, 엄마. 아픈 데 없어."

아란이 힘겹게 입술을 달싹였다. 아란의 상태를 꼼꼼하게 체크하던 간호사들이 한데 모여들었다.

"모닝라운딩 마쳤으니까 우린 이만 나가볼게요. 오늘부터는 조금씩 움직여도 될 거예요. 휠체어 타고 바람도 쏘이고 해요, 아란 씨."

아란은 양쪽 팔을 특히 오른쪽 어깨를 가장 심하게 다쳤다. 그리고 차체에 몸이 끼느라 다리를 많이 다치긴 했지만 척추는 무사해 큰 위기를 모면할 수 있었다. 그 외에도 크고 작은 상처가 걷잡을 수 없이 많았지만, 뇌를 다치거나 복부압박으로 인한 장파열 등이 없었음을 불행 중 다행으로 여겼다. 물론 피아니스트를 꿈꾸는 아란에겐 돌

이킬 수 없는 치명타일 수도 있으나 그것 역시 목숨과 맞바꿀 만한
건 아니었다.

십여 명의 간호사들이 단아한 몸가짐으로 조용하게 병실을 빠져
나갔다. 한국병원 VIP특실은 의료진과 보호자의 출입구 및 동선이
완전히 분리되어 있었다. 환자와 보호자의 사생활을 완벽하게 보장
하는 구조로 병실엔 전용 엘리베이터까지 따로 마련되어 있었다. 간
호사들이 나가자마자 동시에 엘리베이터 문이 열리고 이 부사장이
병실로 성큼 들어왔다. 출근하기 전에 항상 아란을 먼저 보고 가는
것이 이젠 이 부사장의 일상생활이 되었다.

"어디 보자…… 우리 공주님, 간밤엔 잘 잤니?"

아란의 보드라운 볼에 부드럽게 입맞춤을 한 이 부사장은 만지는
것도 아깝다는 듯 딸아이의 얼굴을 조심조심 어루만졌다. 아란이 고
개를 끄덕이며 눈이 하현이 되도록 방싯 웃었다.

"아빠도 잘 잤어?"

"네가 얼른 퇴원을 해야 푹 잘 수 있을 거 같다, 요 녀석아. 나도
네 엄마랑 같이 병원에서 생활해도 된다니까, 괜히 나만 따돌리는 것
처럼……."

아란과는 한시도 떨어지기 싫다는 듯 이 부사장이 서운함을 담아
말을 꺼냈다. 아란은 가만가만 고개를 내저으며 부친의 의견에 반기
를 들었다. 특급 호텔 스위트룸 못지않은 시설을 갖춘 병실이지만 부
친마저 불편하게 병실에서 지내는 건 내키지 않다며 아란이 강하게
반대를 했던 것이다.

"아란이, 어젯밤엔 통증없이 잘 잤어, 여보?"

"아파서 조금 힘겨워하긴 했는데 다른 날에 비하면 그럭저럭 잘 잤다고 할 수 있어요."

최 여사와 두런두런 이야기를 하던 이 부사장의 눈길이 우진에게 닿았다. 침대와는 조금 떨어진 가족실 입구에 우두커니 서 있던 우진이 고개를 숙여 인사를 했다.

"오셨어요, 아버님."

"그래. 우진이도 일찍 나왔구나."

슬쩍 고개를 돌리는 이 부사장의 눈길이 눈에 띄게 싸늘히 식어나갔다. 아란이 이 고초를 겪는 게 모두 우진의 탓인 것만 같아서 눈빛이나 말투가 곱게 나가지는 않았다. 물론 알고 있었다. 우진이 일부러 사고를 낸 것이 아니라는 걸. 하지만 그 사고로 인해 하나밖에 없는 딸은 생명이 위태로웠는데 정작 운전을 했던 우진은 여기저기 긁히는 정도의 경미한 찰과상만 입었던 것이다.

수술이 성공적으로 끝난 다음에도 아란은 꼬박 열흘 동안 의식을 되찾지 못했었다. 그런 반면 운명의 장난도 아니고 우진은 단 하루 만에 퇴원할 정도로 말짱했다. 같이 사고를 당했으니 두 사람 다 똑같이 사경을 헤매야 한다는 건 아니었다. 다만, 눈에 넣어도 안 아픈 자식을 교통사고로 잃을 뻔했으니 얼마나 분통하고 원통하겠는가. 우진의 잘못이 아니라는 걸 이 부사장도 잘 알고 있지만 당분간 보는 눈길이 곱지만은 않을 터였다. 제아무리 어릴 때부터 봐오고 아란과 함께 자식처럼 키워온 우진이라고 하더라도 한순간의 실수를 탓하지 않을 수가 없었다.

"아빠, 또 그런다."

얼음 조각처럼 냉랭하게 식어버린 이 부사장의 눈빛에 아란이 곱게 눈을 흘겼다.

"왜 오빠한테 그렇게 차갑게 말하는 거야? 내가 그러지 말라고 했잖아요."

이 부사장은 애써 입꼬리를 치켜 올려 미소 비슷한 것을 연출했다. 자잘한 주름이 새겨진 입매가 경련을 일으키듯 바르르 떨렸다.

"내가 언제 차갑게 말했다고 그러니, 우리 공주님은? 그래, 우진이 아침은 먹고 온 거니?"

"네, 아버님. 아버님도 아침식사하셨어요?"

우진의 물음에 고갯짓으로 대답을 대신한 이 부사장의 눈길이 아란에게 단단히 고정되었다. 다른 것은 눈에 들어오지도 않는다는 듯 한참을 바라보고 또 바라보았다. 이 고운 아이를 다시는 못 볼 뻔하다니, 이 재잘거림을 다시는 못 들을 뻔하다니 아직도 순간순간이 두렵고, 무섭고, 섬뜩했다. 두 번 다시는 겪고 싶지 않은 지옥 같은 나날들이었다.

"그러지 마, 아빠. 오빠 탓 아니라고 내가 몇 번을 말했어요. 그냥 사고였을 뿐이야. 오빠가 일부러 그런 것도 아닌데……."

사고 당시를 떠올리듯 말을 끝맺지 못한 아란은 진저리를 쳤다. 쇳소리보다 더 날카로운 급브레이크 밟는 소리가 귓가에 쟁쟁 울려댔다. 미친 듯이 팽글팽글 돌아가던 자동차에 몸을 맡기고 여기저기 충돌에 충돌을 거듭하던 순간이 거짓말처럼 또렷하게 되살아났다. 눈을 질끈 감은 아란은 악몽을 떨쳐 내듯 머리를 가로저었다.

잊고 싶었다, 그날의 사고를.

지우고 싶었다, 그날의 영상을.

시간을 거꾸로 되돌릴 수만 있다면 그 시간으로 돌아가고 싶었다. 사고 따위는 일어나지 않게, 다치는 일 따위는 일어나지 않게, 피아노를 그만두는 죽음과도 같은 아픔은 겪지 않게. 눈물이 날 것만 같아 아란은 혀끝이 아리도록 그악스레 물었다. 울면 안 된다. 우진의 앞에서 눈물을 보일 수는 없었다. 죄책감과 죄의식으로 잠은 물론 식사도 제대로 못하는 우진 앞에서 눈물을 흘리면 우진은 걷잡을 수 없이 망가질지도 몰랐다. 그의 운전 부주의로 사고가 났다며 눈도 제대로 맞추지 못하는 우진을 아란은 더 걱정했다. 눈가가 젖어들려고 해서 아란은 안간힘을 다해 두 눈에 힘을 주었다.

'울지 마, 이아란. 누구 탓도 아니야. 내 탓도 아니고 오빠 탓도 아니야. 그냥, 그냥…… 운이 없었을 뿐이야, 운이. 하지만, 그날 내가 오빠를 배웅한다고 나가지만 않았다면…… 기획사 팀과 함께 이동할 테니 집에 있으라는 오빠의 말을 받아들이기만 했다면…… 이런 일은 없었겠지. 이런 가슴 아픈 일은…… 정말 없었겠지.'

우진을 원망하고 싶지는 않았다. 비록 운전 중에 한눈을 판 우진의 잘못이 크긴 했지만 발단은 그녀였다. 깨진 펜던트에 연연하다 유리 조각에 손이 찔리지만 않았다면 우진이 한눈을 팔지도 않았을 터였다.

결국 누구의 잘못도 없는 것이다.

누구도 원망해서는 안 되는 것이다.

아란의 눈가에 말간 이슬 한 방울이 돋아났다가 이내 말라붙었다.

"오빠 탓 아니니까 이제 그러지 마. 오빠 마음도 불편할 텐데……

아빠가 자꾸 그러면 오빠 마음이 더 아플 텐데……."

"알았다, 알았어. 무슨 소린지 이해했으니 그만하렴."

아란의 애열한 두둔에 이 부사장은 어그러진 심기를 애써 억눌렀다. 열 시간이 넘도록 수술을 하는 동안 우진은 몇 번이고 의식을 잃고 깨어나고, 또 잃고 깨어나는 것을 반복했다. 목이 쉬도록 울고 또 절규하면서 자기 탓이라고, 자기 때문에 사고가 난 거라고 우진은 얼마나 가슴을 치며 후회를 했던가. 아란이 의식을 회복하지 못했던 열흘 동안, 잠 한숨 못 자고 물 한 모금 못 넘기던 우진의 처연한 모습을 떠올리며 이 부사장은 마음속에 몽글몽글 피어나는 미움이라는 감정을 점차 조금씩 지워 나가기 시작했다.

똑똑—

나직하게 울려 퍼지는 노크 소리에 네 사람의 시선이 병실 문가를 향했다. 조심스레 문이 열리고 몇몇의 의사들이 우르르 들어왔다. 아침 회진 시간이었다. 의자에 앉아 있던 이 부사장과 최 여사가 벌떡 일어나 정중하게 고개를 숙였다. 스태프(Staff 각 과에서의 전문의 교수)들과 레지던트들을 대동하고 윤 원장이 직접 회진을 돌았다. 아란이 응급수술을 받을 수 있는 데에는 윤 원장의 도움이 컸다는 걸 알고 있는지라 이 부사장과 최 여사는 더욱 깊이 허리를 숙였다.

"오늘은 어때요, 아란 양? 어디 아픈 데는 없어요?"

다른 병실은 몰라도 윤 원장은 아란의 병실만큼은 꼭 빠짐없이 들르곤 했다. 오늘도 제일 먼저 아란의 병실을 찾은 그는 다정하게 웃으며 뒤에서 부동자세로 서 있는 레지던트에게 질문을 던졌다.

"리오피(Reoperation 재수술)는 안 해도 되겠나?"

"네. 경과가 좋습니다."

"이데마(Edema 부종)는?"

"부기가 약간 있긴 합니다만 걱정할 정도는 아닙니다."

"어제 체스트 페인(Chest Pain 흉통. 가슴의 통증)이 있다고 들었는데."

윤 원장이 물으면 기다렸다는 듯이 여기저기서 대답이 날아들었다.

"보호자분께 포스트옵 오더(Postoperative Orders 수술 후 지시사항)는 말씀드렸나?"

"네. 추가 오더는 어제 말씀드렸습니다."

만족한 듯 고개를 끄덕이던 윤 원장은 스태프에게서 눈길을 거두고 아란을 응시했다. 여전히 창백하지만 하루가 다르게 원기를 회복하는 아란이 대견하기 그지없었다. 침대에 얌전히 누워 있는 아란이 얼마나 고운지 눈이 부실 지경이었다. 창 너머에서 들어오는 햇살을 한 몸에 받는 듯 아란의 주변으로는 찬연한 빛이 흩뿌려졌다.

"아직 앰뷰레이션(Ambulation 보행. 환자가 운동하도록 하는 것)은 무리겠지만 휠체어를 타는 것 정도는 괜찮으니까 오늘부터는 조금씩 움직이도록 해요, 아란 양."

"네, 선생님."

아란이 상그레 웃는 모습은 보는 사람마저 덩달아 웃게 만드는 효과를 몰고 왔다. 병실을 가득 메우는 의사들이 멍하니 서서 아란의 얼굴을 넋 놓고 바라보았다. 몇 마디 더 지시를 내린 윤 원장이 회진을 마치고 병실을 나갔다. 그때, 이 부사장이 윤 원장의 뒤를 따르며 몇 번이고 고개를 숙였다. 윤 원장을 볼 때마다 무의식적으로 나오는 일종의 버릇이었다.

"감사합니다, 원장님. 매번 이렇게 신경 써주시고…… 원장님 덕분에 우리 아이가 응급수술도 받을 수 있었는데……."

병실 밖 복도로 나온 윤 원장은 스태프들에게 먼저 가보라는 손짓을 했다. 오전 회진을 돌아야 하기에 스태프들은 윤 원장에게 인사를 한 뒤 바쁘게 걸음을 옮겼다. 스태프들이 모두 사라진 다음에야 윤 원장은 손사래를 쳤다. 늘 그렇듯 이 부사장의 깍듯한 인사치레에 마음이 편치 않았다.

"그만하세요. 매번 이러시면 저, 아란 양 병실에 못 옵니다. 이젠 괜찮으니까 부담스러운 인사는 그만하십시오."

"그래도 그게 아니지요. 사람 된 도리가 있는 것인데…… 원장님께 이 은혜를 어찌 갚아야 하는지……."

윤 원장의 나이 지긋한 얼굴에 난감함이 스쳤다. 아란이 응급수술을 받을 수 있었던 건 순전히 강빈의 노력이라고 해도 과언이 아니었다. 헌데, 강빈은 그 부분에 대해서는 함구령을 내렸다. 아란의 가족들에게는 일절 그 사실을 알리지 말라고 미리 언질을 한 것이다. 이야기를 해주어야 하나, 말아야 하나 갈등하던 윤 원장은 들리지 않게 한숨을 내쉬었다. 동년배로 보이는 이 부사장은 그 순간에도 허리가 부서지도록 깊게 숙이며 연신 감사의 인사를 전했다.

"이거 참…… 얘기하지 않겠다고 굳게 다짐을 했는데, 보호자분께서 이토록 극진히 대해주시니 제가 더 민망하고 송구해서 안 되겠군요. 음……."

이 부사장의 얼굴에 의아함이 스며들었다. 망설이던 윤 원장은 결심을 한 듯 단호하게 입을 열었다.

"아란 양이 응급수술을 받을 수 있도록 사전에 조치를 취한 건 제가 아니라 솔직히 조카 녀석인 강빈이의 입김이 더 컸습니다. 그 아이가 제게 급하게 연락을 하지 않았더라면 응급수술은 힘들었겠지요. 알고 보니 보호자분께서 강빈이와 같은 회사에 근무하신다고 들었는데……"

"네? 그게 무슨 말씀이신지……"

아연한 표정을 짓던 이 부사장이 반문했다.

"강빈이 말입니다. 서한전자 서강빈 사장. 보호자분께서도 그 회사 임원이라고 들었는데. 맞죠, 이진오 부사장님?"

윤 원장의 입에서 의외의 이름이 흘러나오자 이 부사장은 눈만 슴벅슴벅거렸다.

"아…… 그렇긴 하지만 서 사장님이 어떻게 그걸 알고……"

그날, 사고 소식을 접하고 정신없이 병원에 도착했을 때 아란은 이미 수술실에 들어간 상태였다. 병원 관계자 말로는 아란의 상태가 위중해 응급수술에 들어간 것이라 했다. 그 수술이 결국 아란을 살린 것이라는 걸 모르지는 않았다. 병원 측의, 아니, 윤 원장의 발 빠른 대응에 아란이 목숨을 구할 수 있었던 거였다. 그렇기에 이 부사장은 더욱더 윤 원장에게 고마움을 느꼈다. 감히 말로는 표현하지 못할 만큼 고맙고 또 감사했다. 자신의 전 재산을 달라면 기꺼이 내줄 수도 있을 만큼 고마움과 감사의 마음을 지니고 있었다. 윤 원장이 없었다면 지금쯤 아란이 어떻게 되었을지는 상상도 하기 싫을 정도였다.

헌데, 아란이 응급수술을 받을 수 있도록 물심양면 도와준 사람이 윤 원장이 아니라, 서강빈이라니. 도대체 서 사장은 어떻게 사고 소식을 알고 병원 측에 연락을 한 것일까? 이 부사장의 머릿속이 복잡다단하게 얽혀들었다.

사고 당시 의식을 잃기 전, 우진이 응급대원들에게 부탁을 했다고 들었다. 한국병원으로 가달라고. 사고 장소와 가까운 곳에 위치해 있기도 했지만 부친인 박 교수가 있는 곳으로 데려가 달라는 우진의 간절한 청에 두 사람은 한국병원으로 빠르게 후송된 것이다.

"강빈이가 다급하게 연락을 하기에 전 아란 양이 조카 며느릿감인 줄 알았답니다, 허허헛. 그래서 솔직히 조금 아쉬워요. 우리 강빈이가 하도 애면글면하기에 온 정성을 다했는데 아란 양 곁에 저렇듯 번듯한 약혼자가 있다는 걸 알고는 얼마나 김이 샜는지 아십니까."

"네에?"

윤 원장의 우스갯소리에 이 부사장은 눈을 휘둥그레 떴다. 윤 원장이 손을 허위허위 저으며 첨언했다.

"농입니다, 농. 강빈이 말로는 임원 세미나 중 우연찮게 아란 양 사고 소식을 접하게 됐다고 하더군요. 회사 임원 가족이기에 모른 척할 수 없었다고 하더이다. 이 부사장님도 아시지 않습니까. 강빈이 부친인, 서 회장의 성정을 말입니다. 가정이 평안해야 일도 편안하게 할 수 있다는 양반을 어렸을 때부터 보고 자랐으니, 강빈이 성품도 알 만하지요. 차가운 녀석이라 여겼는데 회사와 관련된 일이라면 그렇지도 않은가 봅니다. 이 부사장님, 다음에 우리 강빈이에게 따뜻한 밥이나 한 끼 대접해 주십시오."

"아…… 네. 그런 일이…… 있었군요. 서 사장님 덕택에 우리 아이가……."

이 부사장을 지그시 바라보며 윤 원장은 눈을 가느다랗게 좁혔다. 아란이 의식불명 상태에서 수술을 받던 그 순간을 아직도 잊을 수가 없었다. 원장실을 서성거리던 강빈의 모습이 뇌리에서 선연하게 되살아났다. 단 한순간도 소파에 앉지 않은 채 내내 초조하게 서 있던 모습은 보는 사람의 마음마저 애틋하게 만들 정도였다. 열 시간이 넘는 시간이 흐르는 동안 원장실에는 숨 막히는 정적이 흘렀다. 아란의 수술이 성공적으로 끝났다는 연락을 받았을 때에야 강빈은 쓰러지듯 휘청거리며 소파에 몸을 묻었다.

'감사합니다' 라는 나직한 혼잣말을 수없이 되뇌고 또 되뇌며.

그 후로 아란이 의식을 되찾기 전까지 하루에도 몇 번씩 강빈에게서 전화가 왔다. 아란의 상태를 묻는 전화가. 의식을 찾지 못하고 있을 때 강빈의 음성이 어찌나 처연하게 들리던지 윤 원장의 마음이 다 아렸다. 불행 중 다행으로 수술한 뒤 열흘 만에 아란이 깨어났을 때, 윤 원장은 열일 제쳐 놓고 강빈에게 연락을 취했다. 이아란 환자가 의식을 찾았으니 너도 그만 걱정하라는 말을 전했을 때, 강빈은 한동안 말이 없었다. 숨을 쉬는 것도 잊은 듯 수화기 너머에서는 긴 침묵이 흘렀다. 얼마나 그렇게 있었을까. 한참이 지난 뒤에야 탁하게 가라앉은 어조로 강빈이 힘겹게 말문을 열었다.

'감사합니다, 고모부님' 이라는, 인사를 어렵사리 속삭였다. 정말이지 조카 며느릿감인 줄 알았다. 그렇기에 윤 원장은 자신이 해줄 수 있는 모든 노력을 아끼지 않았다. 뭐가 어떻게 돌아가는지 알 수

없는 상황이지만 이아란이라는 어여쁜 아가씨 곁에는 '약혼자'라는
사람이 있고, 강빈은 여전히 하루에 한 번씩 아란의 상태를 묻는 전
화를 해왔다. 겉으로는 회사 아랫사람에 대한 예우라고 하지만 윤 원
장이 봤을 때 절대 그건 아니었다. 만약 그랬다면 그토록 다급하고
애참하게 '그녀를 구해주세요'라며 연락을 하지도 않았을 거고, 수
술이 끝나는 그 순간까지 원장실을 서성거리지도 않았을 것이다.

윤 원장의 시선이 굳게 닫힌 병실 문을 향했다.

'저 병실에 누워 있는 아가씨는 알기나 할까. 그 목숨을 살리기 위
해 한 사람이 얼마나 간절하게 기도를 하고 또 했는지……'

강빈의 애달픈 노력을, 섧도록 절절한 마음을 이 부사장에게 고스
란히 전할 수도 있지만 윤 원장은 말을 아끼기로 했다. 무엇보다 강
빈이 원치 않았다. 절대 발설하지 말라며 함구령을 내렸는데 밝혔으
니 어쩌면 서운해할지도 몰랐다. 하지만 이 정도는 알고 있어도 좋지
않을까, 하는 마음이 들었다. 적어도 감사의 인사 정도는 들어야 하
지 않겠는가. 한 목숨을 살리기 위해 누구보다 앞장섰는데 아무도 그
노력을 모른다는 건 너무 잔인했다. 씁쓸하게 입매를 말아 올리며 윤
원장은 이 부사장에게 목례를 하고는 몸을 돌렸다.

망연히 서 있던 이 부사장은 멀어져 가는 윤 원장의 뒷모습을 멍하
니 바라보기만 했다. 강빈의 도움으로 아란이 응급수술을 받았다는
것은 여전히 믿을 수 없는, 그리고 이해할 수 없는 대목이었다. 병실
로 들어가려고 손잡이에 손을 올리던 이 부사장은 돌연 고개를 갸우
듬히 기울였다. 그러고 보니 이상한 건 그것만이 아니다. 아란이 지내
고 있는 병실은 국내에서도 최고의 시설로 손꼽히는 한국병원 VIP특

실이었다. 국가 원수급 인사나 또는, 기업의 CEO들이나 지낼 수 있는 초특급 병실이었다. 한 층 전체가 특실로 이뤄진 병실은 하루에 몇백만 원을 호가하는 곳으로 일반인은 감히 엄두도 못 낼 곳이었다. 헌데 회사 측에서 특실을 제공한 것이다. 서한전자 임원 가족에게 제공되는 특별한 혜택이라는 말을 비서가 전했을 때는 그런가 보다 했는데, 이제 와 생각해 보니 그런 혜택이 있다는 말도 금시초문이었다.

"이거야, 원…… 무슨 소린지 당최 이해가 되질 않으니."

병실을 들어서며 이 부사장이 중얼거렸다. 침대를 일으켜 세워 아란이 생수를 마실 수 있도록 도와주던 최 여사가 물었다.

"의사 선생님들과 무슨 얘길 그렇게 길게 한 거예요? 혹시 우리 아란이 몸에, 무슨 문제라도 있는 건 아니죠?"

최 여사의 걱정스러운 어조에 이 부사장은 손사래를 쳤다. 침대맡에 놓인 의자를 바짝 당겨 아란의 옆에 앉고는 벙그레 미소를 지었다. 딸아이의 얼굴만 보아도 가슴 밑바닥이 뿌듯해지고 전신으로 따뜻한 열기가 번져 나갔다. 아란의 보드레한 뺨을 어루만지며 이 부사장은 무심하게 입을 열었다.

"우리 아란이, 잘 회복하고 있다니까 당신도 그런 걱정은 붙들어 매요. 그것보다 윤 원장님이 뜻밖의 소식을 전해서 나름대로 생각을 좀 해봤지."

"뜻밖의 소식이라뇨?"

손수건으로 아란의 입가를 닦아내던 최 여사가 무심하게 되물었다.

"아란이가 응급수술을 받을 수 있었던 게 윤 원장의 도움이라고 알고 있었잖소. 우리 모두."

"그런데요?"

"근데 그게……."

이 부사장은 잠시 말을 끊고는 아란을 주시했다. 우진의 곁에서 극진한 간호를 받는 아란은 선물받은 키티 인형으로 장난을 걸고 있었다. 두 아이가 해사하게 웃는 모습이 가슴이 저릴 만큼 고왔다.

"우리 회사 서 사장이 사고 소식을 듣고는 재빨리 윤 원장님에게 연락을 했나 봐. 그래서 윤 원장님이 응급수술을 지시할 수 있었던 거고……."

"네? 아니, 그분이 어떻게 알고……."

"내가 아란이 사고 소식을 임원 세미나 중에 접했거든. 아마 그때 누군가를 통해 들었나 본데…… 우리 아란이 생명의 은인은 그럼, 윤 원장님이 아니고 서강빈 사장이 되는 건가?"

"누구…… 라고 했어, 아빠?"

내내 우진과의 장난에 집중하고 있던 아란이 아연히 고개를 돌렸다. 사고에 관한 대화는 의도적으로 듣지 않으려고 모른 척 했는데 전혀 예상치 못한 이름이 부친의 입에서 거론되었다. 아란은 대답을 종용하며 들고 있던 인형을 한쪽으로 밀쳐 놨다.

"서강빈 사장이라고, 왜 아란이 너도 알지 않니. 아빠 회사 상관인……."

"내가 사고난 걸 강빈 씨가 대체 어떻게 알고……."

이 부사장은 어깨를 으쓱거렸다. 고개를 내저으며 단조롭게 덧붙였다.

"그거야 나도 모르지. 으음, 우리 비서실 직원을 통해서 들었나? 아무튼 윤 원장님 말씀처럼 다음에 서 사장에게 근사한 식사라도 한 끼 대접해야 되겠는걸?"

"이이는. 고작 식사로 되겠어요? 윗사람이 아랫사람을 그렇게 극진히 예우해 줬는데 더 큰 보답이 있어야죠. 뭐가 좋으려나…… 참! 그러고 보니 아란이가 깨어나기 전에, 회장님도 한 번 다녀가셨잖아요. 솔직히 그런 분들, 흔치 않으실 거예요. 회사 아랫사람 일일이 챙기고, 염려하는 분들……. 정말 고맙고 감사해서 뭐로 보답을 해야 할지."

두런두런 이야기를 나누는 부모님의 목소리가 아란에겐 전혀 들리지 않았다. 다정하게 팔을 주물러 주는 우진의 살가운 행동도 눈에서 멀어졌다. 오직 강빈의 모습만이 아란의 시야를 가득 채워 나갔다.

강빈이란다, 응급수술을 받을 수 있도록 도움을 준 사람이.

절체절명의 순간에 도움의 손길을 내민 사람이 윤 원장이 아니라 서강빈, 그 사람이란다.

아란의 맑은 눈동자가 혼란스레 변해갔다. 의식을 되찾은 뒤, 이따금 시간날 때마다 병실에 들러주는 서진을 보면서 아란은 간간이 강빈을 떠올렸다. 강빈을 떠올릴 때마다 뒤따르는 미묘한 죄책감과 죄의식은 내내 아란을 괴롭혔다.

아란은 다시금 그날의 일을 상기했다. 병원에서 서진을 우연히 만났던 그날이 기억 속에서 선연히 되살아났다. 서진과 식사를 한 날, 자리를 옮겨 가볍게 한잔한다는 것이 그만 정신을 놓을 정도로 술을 많이 마시게 되었다. 그리고 정신을 차렸을 때, 꿈처럼 거짓말처럼 강빈이 곁에 있었다. 서진이 많이 취해서 대신 데려다 주게 된 거라는 강빈의 차분한 설명을 들으며 아란은 고개를 끄덕였다. 인사를 전하고, 차에서 내리고는 그대로 집으로 들어가려다가 어렵사리 말문을 열었다.

"강빈 씨 마음…… 못 들은 걸로 할게요. 강빈 씨 마음 다치게 해서, 정말 미안해요. 하지만 난 오빠가 있는걸요. 우리 오빠 외에 다른 사람은 누구도 내 마음에 들어올 수 없는걸요. 그날 별장에서 대답했어야 했는데, 답변이 늦어서 죄송해요. 강빈 씨 마음을 기쁘게 받아줄 수 있는 좋은 분, 곧 만날 거예요. 강빈 씨, 충분히 멋있고 근사한 사람이니까."

길고 긴 말을 하는 동안 강빈은 묵묵히 침묵을 지켰다. 강빈의 대답을 듣지도 않은 채 아란은 도망치듯 집 안으로 몸을 숨겼다. 강빈의 고백을 거절할 수밖에 없어서 아란의 마음도 아팠다. 누군가의 마음을 아프게 해서 아란도 견딜 수 없을 만큼 아프고 또 아팠다. 귀한 인연 어긋나 버려서 아란은 그 밤, 강빈을 보내고 많이도 울어야만 했다.

그렇게 매정하게 그의 고백을 거절한 게 아란은 미안하고 또 미안했다. 헌데 강빈은 그토록 매몰차게 거절한 그녀에게 도움의 손길을 건넨 것이다. 모른 척 외면하고 무시해도 될 텐데 보이지 않는 곳에서 그녀를 도와주고 있었단다.

문득 아란은 강빈이 보고 싶어졌다. 강빈의 다스한 눈빛이 지금 이 순간 많이 그리웠다. 상념에 잠긴 아란의 두 눈에 투명한 이슬이 가득 고였다.


"우와, 정말 덥다. 그치, 오빠?"

내리쬐는 햇살에 눈을 살짝 찡그린 아란이 종알거렸다. 아란이 타고 있는 휠체어를 조심스레 밀던 우진이 걱정스레 말했다.

"그러게. 너무 덥다. 그냥 병실로 돌아갈까?"

"아니. 그건 싫어. 덥긴 하지만 견딜 만해."

병원 밖으로 바람을 쐬러 나온 아란은 오랜만의 바깥 공기에 함박웃음을 지었다. 수술 후 병실을 나온 건 오늘이 처음이었다. 찌는 듯한 열기에 어느새 이마에는 땀이 송알송알 맺혔지만 기분은 최상이었다. 살아 있다는 게 어떤 것인지 이 순간 온몸으로 느낄 수 있을 것만 같았다.

작열하는 태양 아래에 많은 사람들이 병원 밖 쉼터에 모여들었다. 자그마한 분수를 사이에 두고 그 주변으로 울창한 나무가 우뚝우뚝 솟아 햇빛을 차단했다. 길게 죽 늘어서 있는 새하얀 벤치 곳곳에 꽤 많은 사람들이 모여서 여름날의 한때를 보냈다. 더위를 식히기 위해 분수대 옆에 바짝 앉은 사람도 제법 되었다.

하늘 높이 솟아오르는 물줄기를 바라보던 아란의 입가에 고운 미소가 감돌았다. 잊고 있었던 기억 한 조각이 연기처럼 아련히 피어올랐다. 따스한 봄날 강빈과 쏟아지는 물줄기 아래를 뛰어다녔던 순간이 그림처럼 눈앞에 펼쳐졌다.

시원한 그늘을 형성해 주는 느티나무 아래에 휠체어를 고정시킨 우진은 아란의 앞으로 자리를 옮겨 무릎을 꿇고 앉았다. 눈을 꼭 감고 꿈을 꾸는 듯한 아란의 얼굴을 말없이 정안했다. 팔과 어깨, 그리고 다리를 심하게 다쳤으나 아란의 얼굴에는 겨우 긁힌 자국 몇 개만 남아 있을 뿐이다. 시간도 꽤 경과되어서 깊게 새겨진 상흔 몇 개만 희미하게 남아 있었다.

"무슨 생각을 하기에 그렇게 예쁜 표정을 짓는 거니, 이아란?"

우진의 물음에 아란이 천천히 눈을 떴다. 별처럼 맑은 눈빛이 우진의 눈에 담기는 순간 심장이 저릿하게 죄어왔다. 사고로 인해 절실하게 깨우쳤다. 박우진에게 있어서 이아란은 그 무엇보다 소중한 존재임을. 아란이 없으면 단 하루도 살 수 없음을 우진은 뼈저리게 뉘우쳤다. 평생 연주를 못한다고 해도 좋았다. 협연 따위 개나 물어가라고 단언할 수도 있었다. 다만 한 가지 아란만 있다면, 건강한 모습으로 아란만 그의 곁에 있다면 그 외에 모든 것은 포기하고, 단념할 수 있었다.

협연을 거절했다면…….

예정대로 약혼식을 치렀다면…….

아니, 아니. 아란의 말대로 자신은 그저 운전에만 집중할걸. 그랬다면, 그랬다면…….

모든 것은 때늦은 후회일 뿐이다. 시간은 무정하게 흘러가 버렸고, 흘러간 시간은 두 번 다시 돌아오지 않았다. 그 시간 속에 아란의 꿈과 미래도 함께 담겨 멀리 사라지고 더 멀리 흩어졌다. 또다시 죄책감과 죄의식에 시달리는 우진의 눈에 짙은 어둠이 깃들었다.

이번 사고로 아란은 꿈을 접어야 했다. 그의 실수로, 한순간의 부주의로 아란은 평생 피아노를 버려야 했던 것이다. 수술경과가 좋아서 일상생활에서는 아무런 변화도 없을 거라 했다. 하지만 고난이도 테크닉을 요구하는 피아노 연주는 대동맥 파열로 인해 철저하게 파괴되고 소멸되어 버렸다. 우진의 운전 부주의로 인해 아란은 평생토록 지켜왔던 소중한 꿈을 저버려야 했던 것이다.

눈가에 눈물이 번져 나가는 것을 느낀 우진은 황급히 고개를 숙이는 것으로 표정을 감췄다. 이마를 덮는 머리카락을 쓸어 넘기는 척하며 태연하게 눈물을 훔쳤다. 평생 갚아도 다 갚지 못할 빚을 아란에게 지고 말았다는 것은 우진의 마음을 한없이, 한없이 바닥으로 가라앉게 만들었다.

차라리 자신이 다쳤더라면 이토록 고통스럽지는 않았을 터였다.

왜 하필 아란이 다쳐야만 했는가. 왜 하필 그 운전을 자신이 했던가. 왜 하필, 왜 하필…… 끝없이 밀려드는 후회와 참회는 우진을 심연의 나락으로 내몰았다.

"너한테 이 빚을…… 어떻게 갚니, 란아."

우진은 쥐어짜듯 힘겹게 말을 쏟아냈다. 우진의 어깨를 부드럽게 다독이던 아란이 나직하게 속삭였다.

"그만하자, 오빠. 나한테 사과하고, 내 앞에서 고개 숙이고, 나 몰래 눈물 흘리는 거, 이제 그만해. 보는 내가 더 아프고, 더 힘들어. 오빠가 일부러 그런 것도 아닌데, 이제 그만 마음의 짐, 놔버려. 그리고 잊어버려, 제발. 오빠도 이번 사고로 많은 걸 잃었잖아. 더할 수 없는 좋은 기회를 놓치고 말았잖아. 어떻게 온 기횐데 협연을, 그 귀한 기회를 안타깝게 포기해 버렸잖아. 그거 생각하면 나도 미안해. 내가 오빠 발목 잡은 거 같아서…… 나도 너무 미안한걸."

"협연 따위! 젠장. 이건 아니야. 정말 이건 아니라고. 차라리 내가 다치는 게 덜 잔인했어. 네가 이렇게 아파하고 힘들어할 바에야, 차라리 내가 죽도록 다치는 게……."

"말도 안 되는 바보 같은 소리 그만해. 난 말이야 오빠, 다행이라고 생각해. 정말 다행이라고. 오빠가 다치지 않아서…… 하느님께, 그리고 세상에 존재하는 신이라는 모든 신께 감사의 인사라도 하고 싶을 정도야. 오빠가 다치지 않았다는 것에. 오빠마저 다쳤다면…… 오빠마저 피아노를 포기해야 했다면…… 그랬다면 난 아마 정말이지 견디기 힘들었을 거야. 정말이야."

환자복을 입고 있는 아란의 허벅지 위로 투명한 물기가 툭, 하고 떨어져 내렸다. 고개를 숙이고 있던 우진이 방울방울 눈물을 흘렸다. 매번 둘만 남겨지게 되면 사과하고 또 사과하던 우진은 마지막에는 늘 눈물을 보였다. 울고 싶은 건 그녀였는데, 피아니스트의 꿈을 접어야 해서, 유학의 꿈을 접어야 해서 목 놓아 울고 싶은 건 정작 그녀였는데 아란은 눈물을 보일 수가 없었다. 가족들 앞에서, 특히나 죄스러움에 어쩔 줄 모르는 우진의 앞에서 나약하게 눈물을 보일 수는 없는 노릇이었다.

"자꾸 이러면 오빠 아예 병원에 못 오게 할 거다? 그만 울어. 눈물 흘리는 남자, 매력없거든, 박우진 씨? 이 누나는 눈물이나 흘리는 못난 남자는 아주, 아주 싫어하거든?"

얼굴을 들어 올린 우진의 두 눈이 붉게 충혈되었다. 눈가와 양 뺨이 축축하게 젖어 있었다. 한 손으로 눈물을 훔친 우진은 아란의 볼을 아프지 않게 꼬집었다.

"또 까분다. 누가 누나라는 거야? 이게 어디 오빠한테 버릇없이."

"틈만 나면 눈물바람인 오빠가 어디 있냐? 그럴 때마다 진짜 내가 누나가 된 기분이라니까."

아란이 도도하게 턱을 치켜 올리며 장난스레 받아쳤다. 싱그레 웃던 우진은 아란의 따스한 손을 꼭 움켜쥐었다.

"란아."

"어?"

눈을 동그랗게 뜨고 대답하는 아란이 그 어느 때보다 아름다웠다. 뺨과 이마 여기저기 긁힌 자국이 오히려 투명한 얼굴을 더욱 돋보이게 했다. 울창한 나뭇가지를 드리우는 느티나무 아래에 있지만 한여름의 열기로 인해 아란의 얼굴이 어느새 발갛게 달아올랐다. 사랑한다는 말을 속삭이려던 우진은 아란의 콧잔등에 이슬처럼 맺힌 투명한 땀방울을 보고는 전혀 다른 말을 내뱉었다.

"안 되겠다. 너 무지 더운 거 같아서 그만 들어가야겠어. 아란이 너, 더위라도 먹으면 큰일 난단 말이야. 안 그래도 아버님께 미운털 단단히 박혔는데, 병간호라도 제대로 해야 점수 좀 따지. 이만 들어가고 내일 또 나오자. 알았지?"

아란이 재빨리 고개를 내저으며 투덜거렸다.

"싫어. 하나도 안 덥단 말이야."

"또 고집 피운다. 땀이 송골송골 맺혔는데."

검지로 아란의 콧잔등에 맺힌 땀을 닦아주며 우진은 휠체어를 슬쩍 밀었다.

"조금만 더 있자, 오빠. 어? 오랜만에 밖에 나왔는데 햇살도 좀 쬐고 사람들 구경도 좀 하고 싶단 말이야. 오빠, 제발…… 나 병실 들어가기 싫어. 거긴 너무 답답하고 갑갑하단 말이야."

아란의 간절한 매달림에 우진은 길게 한숨을 내쉬었다.

"그럼 잠시만 혼자 있을래? 얼른 올라가서 챙 넓은 모자랑 시원한 음료수 좀 갖고 올게."

"빨리 와야 돼."

"알았습니다, 공주님. 눈썹이 휘날리도록 휑하니 다녀올게요."

휙 몸을 돌리던 우진은 갑자기 움직임을 멈추고 아란을 돌아보았다. 아란이 고개를 갸우듬히 기울이며 우진의 행동을 의아하게 바라보았다.

"남자 의사 선생님들이 주는 선물, 넙죽넙죽 받지 마. 솔직히 기분 엄청 나쁘더라."

아란이 푸훗, 웃음을 터뜨렸다. 양쪽 볼에 깊게 팬 보조개가 깨물고 싶을 정도로 사랑스러웠다.

"뭐냐, 오빠는. 무사히 깨어난 거 대견하다고 의사 선생님들이 주는 선물도 질투하고."

"깨어난 거 축하한다고 주는 거 아니잖아, 그거. 그 사람들 다 너한테 흑심있어서…… 아씨, 됐다. 아무튼 금세 병실 다녀올 테니까 꼼짝 말고 기다려. 알았지?"

말 잘 듣는 착한 어린아이마냥 아란은 열심히 고개를 끄덕였다. 아란의 이마에 부드럽게 입맞춤을 퍼부은 뒤 우진은 병원을 향해 성큼성큼 걸음을 옮겼다.

"접니다, 고모부님. 이아란, 벌써 바깥나들이를 해도 될 정도로 상태가 호전된 겁니까?"

나무 그늘 아래에서 쏟아지는 햇살을 손바닥으로 가리고 있는 아란의 모습을, 강빈은 오래도록 정시했다. 미동없이 서서 한 쌍의 아름다운 연인을 아프도록 바라본 지 벌써 십여 분이 훌쩍 지났다. 휴대전화 너머에서 들려오는 윤 원장의 말에 한시름 놓은 듯 강빈은 고갯짓을 했다.

"네, 알겠습니다. 또 연락드리죠."

먼 곳에 떨어져 있는데도 아란의 고운 미소가 한눈에 들어왔다. 심장이 저릿저릿하게 죄어왔다. 아란의 얼굴을 가까운 데서 보고 싶은 열망이 강빈의 내면을 켜켜이 채워 나갔다. 발걸음을 돌려야 하는데, 잘 있는 걸 봤으니 이만 돌아서야 하는데 몸이 말을 듣지 않았다. 차마 걸음이 떼어지지 않았다. 슈트 하의 주머니에 손을 찔러 넣은 강빈은 하염없이 아란을 바라보는 것으로 시간을 보냈다.

다스한 열기가 가득 들어찼던 강빈의 눈빛이 일순 차갑게 변해갔다. 우진이 사라진 뒤 얼마 안 되어 아란의 옆에 흰 가운을 입은 의사 하나가 다가섰다. 상당히 친근한 듯 허리를 굽히고 휠체어에 앉은 아란과 눈높이를 맞춘 남자 의사가 무어라 말을 건네자, 아란이 생글생글 웃으며 고개를 끄덕였다. 아란의 수술한 팔을 조심스레 어루만지고, 열을 재듯 매끈한 이마를 짚어보는 남자 의사의 행동은 지나치다 싶을 만큼 호의적이었다. 아예 가던 길을 멈추고 아란의 앞에 무릎을 끓은 의사가 주머니를 뒤적거려 무언가를 꺼냈다. 한사코 거절하는 아란의 손에 자그마한 상자가 놓여졌다.

"저 녀석, 도대체 뭐하는 거야?"

의사의 옆모습을 노려보는 강빈의 눈이 파르랗게 빛을 발했다. 의사의 손이 아란의 뺨에 닿았다. 그 순간, 강빈은 사나운 심기를 억누르지 못하고 효한하게 몸을 움직였다. 십여 미터 떨어진 곳에서 순식간에 아란이 있는 곳으로 자리를 옮긴 강빈은 여전히 아란의 뺨을 어루만지고 있는 의사의 손을 바쉬 버릴 듯 사납게 확 낚아챘다. 갑작스러운 상황에 놓인 의사와 아란의 눈동자가 휘둥그렇게 변했다.

"지나치게 환자에게 친절하시군요."

강빈의 시선이 남자의 가슴팍에 닿았다. 가운 위에 새겨진 글씨를 일별한 강빈은 씹어뱉듯 잇새로 말을 밀어냈다.

"신경외과 전문의 장석우 씨, 그렇게 생각하지 않으십니까?"

입고 있는 하얀 가운보다 더 새하얀 남자의 얼굴이 부끄러움과 수치심에 검붉게 물들었다. 진땀을 흘리며 더듬거리던 의사가 변명을 늘어놓았다.

"아…… 전 그저 아란 씨 얼굴에 난 생채기를 살펴보느라……."

우악스레 홈켜쥐고 있던 의사의 손을 홱 내박친 강빈은 턱짓을 하며 오만하게 명령을 내렸다.

"바쁘실 텐데 그만 가보십시오."

이마에 맺힌 땀을 어색한 몸짓으로 닦아낸 의사가 황급히 몸을 피했다. 멀어지는 남자의 뒷모습을 강빈은 매서운 눈길로 응시했다. 화가 났다. 아란의 볼에 다른 남자의 손이 닿는 순간. 분노와 분개라는 감정이 맹렬한 기세로 영역을 넓혀 나갔다.

"너……!"

"안녕, 강빈 씨. 여긴 어쩐 일이에요?"

아무 남자가 얼굴을 어루만지는데도 가만히 있었느냐는 사나운 말이 혀끝에서 사그라졌다. 생그레 웃는 아란의 고운 모습에 하고픈 말은 죄다 입안에서 겉돌기만 했다. 석상처럼 우두커니 서 있는 그를 아란이 한껏 목을 젖힌 채 바라보았다.

"목 아파요."

한참을 바라보던 아란이 갑자기 뒷목을 주물렀다. 볼을 부풀리며 볼멘소리를 했다. 강빈은 재빨리 다리를 굽혀 아란의 앞에 앉았다.

"어디 불편한 데 없어?"

강빈의 질문에 아란이 고갯짓을 했다.

"아픈 데는?"

이번엔 아란이 가만가만 고개를 가로저었다.

"안 더워? 이렇게 더운데 밖엔 왜 나온 거야."

"괜찮아요. 여름은 더워야 제맛이잖아요."

"얼굴에 생채기가 아직 안 가라앉았네."

투명한 얼굴에 새겨진 긁힌 자국과 새파란 멍 자국이 강빈의 신경을 거슬리게 했다. 자신도 모르게 손을 뻗어 생채기를 어루만지는데 아란이 푸흣, 웃음을 터뜨렸다. 강빈의 심장에 전율이 흘렀다. 싱그러운 아란의 웃음소리를 듣는 순간, 심장이 터질 듯 옥죄어들었다. 더운피가 혈관 구석구석을 휘휘 내돌았다.

"그거, 아까 장 선생님이 다 했던 말인데. 장 선생님 되게 무안하셨을 거예요. 나까지 무안하던걸요. 근데, 왜 그렇게 화를 낸 거예요? 장 선생님은 순전히 의사로서 걱정한 거뿐인데.”

뾰로통하게 입술을 내민 아란이 투덜거렸다. 삼키고 싶을 정도로 유혹적인 도홍빛 입술이 강빈의 동공에 새겨졌다. 마른침을 삼키며 시선을 바닥으로 내린 강빈은 냉랭하게 덧붙였다.

“의사 말이라고 아무렇게나 쉽게 믿으면 안 돼, 이 순진한 아가씨 야.”

멀찍이 떨어져서 얼굴만 보고 가려고 했는데 결국 순간적인 충동을 못 이기고 아란의 앞에 서고 말았다. 이렇게 고운 사람 앞에 설 자격 같은 거, 그에겐 없는데. 다가설 자격 같은 거, 아란의 사고와 함께 철저하게 상실하고 말았는데. 박우진이라는 남자에게 뉴욕 필하모닉 협연을 제안하지 않았더라면 아란이 다치는 일도 없었을 텐데. 밀려드는 죄책감 때문에 강빈은 선뜻 얼굴을 들 수가 없었다.

환자복 안에는 붕대가 칭칭 휘감겨 있을 것이다. 어깨부터 시작해 손목까지 길게 이어진 희디흰 붕대가 소매 끝에서 보일락 말락 했다. 새하얀 손등에는 크고 작은 생채기가 들쭉날쭉 새겨져 사고의 후유 증을 고스란히 보여주었다. 우아하게 뻗은 강빈의 손이 아란의 새하 얀 손을 덮었다. 이번 사고로 아란이 피아노를 그만둬야 한다는 소식 을 이미 윤 원장을 통해 들었다. 가슴 한쪽이 소리없이 무너지고 형 체없이 으스러졌다. 슬그머니 손을 빼내려는 아란의 행동을 강빈은 더욱 힘주어 잡는 것으로 만류했다.

“다른 나라 병원을 알아보고 있어. 세상을 다 뒤져서라도 찾아낼 게. 너, 피아노 그만두는 일, 없게 할 거다. 그러니까 란아, 절대 포기하지 말고…….”

“왜 이렇게 나한테 잘해주는 거예요? 난 강빈 씨한테 해준 거 하나
도 없는데…….”

아란의 맑은 음성이 강빈의 귓가를 스쳤다. 강빈은 천천히 고개를
들어 올렸다. 두 사람의 시선이 짙게 얽혀들었다.

“고마워요. 신경 써줘서. 그런데 그러지 마요. 나, 강빈 씨한테 그
런 거 받을 자격 없어요. 다른 나라 병원이라니……. 나도 생각 안 해
본 건 아니에요. 하지만 안 된다는 거, 누구보다 내가 더 잘 알아요.
많이 힘들고, 받아들이기 괴로웠지만 이젠 괜찮아요. 미련을 버리니
까, 희망이 생기던걸요. 걱정하지 마요, 강빈 씨. 나, 그런 이유로 절
망하거나 슬퍼하지 않으니까.”

아란의 청아한 음성에서 촉촉한 물기가 배어 나오는 것을 강빈은
놓치지 않았다. 태연하게 말하지만 목소리에는 잔약한 떨림이 파동
처럼 일어났다. 아란은 울고 있었다. 소리없이 흐느끼는 아란의 울음
이 강빈의 귀에는 또렷이 들리는 것만 같았다.

“솔직히 나…… 피아노 치는 거 정말 싫었어요. 실력도 안 늘
고…… 시간은 흐르는데 내 실력은 매번 제자리고……. 오빠는 저만
치 앞서 가는데 난 늘 같은 자리였거든요. 아니, 퇴보나 안 했으면 다
행일까. 아무튼 잠시 쉬어가죠 뭐. 넘어진 김에 쉬어간다고 여태 피
아노만 쳐왔으니 한동안은 푹 쉴까 해요. 쉬는 동안 하고 싶은 일 찬
찬히 생각해 보죠 뭐. 그리고…… 강빈 씨 마음만큼은 고맙게 받을게
요. 다른 나라 병원을 알아보는 줄은 몰랐어요. 어떡하죠? 이렇게 잘
해주면 나, 버릇없어지는데.”

"넌 버릇 좀 없어져도 돼."

강빈의 그윽한 음성이 나른하게 울려 퍼졌다.

"웃긴 얘기 하나 해줄까요?"

아란이 목소리를 낮게 깔고는 조용하게 말을 이었다.

"제일 처음 눈을 떴을 때…… 내가 가장 걱정하고 염려했던 게 뭔지 알아요? 후훗. 얼굴이었어요, 얼굴. 팔도, 다리도 아닌 얼굴. 정말 웃기지 않아요? 피아니스트를 꿈꾸는 사람이 교통사고로 의식을 찾자마자 제일 먼저 걱정한 게 얼굴이라니……. 얼굴이 멀쩡하다는 걸 깨닫는 순간 알게 됐죠. 아, 나는 피아니스트 될 자격이 없구나. 명색이 피아니스트가 되겠다는 사람이 고작 얼굴에나 연연하고……."

아란의 음성이 점차 나직하게 잠겨들었다.

"란아……."

무슨 말이 위로가 되랴. 그 어떤 말이 모든 것을 잃은 아란에게 도움이 되고 희망이 되겠는가. 강빈은 아무런 말도 하지 못한 채 그만 혀를 굳혔다. 그럼에도 불구하고 아란은 아픔을 잊은 듯, 상처를 회복한 듯 상글상글 미소를 지었다. 갑자기 생각난 듯 종달새마냥 재잘거렸다.

"참, 오늘에서야 알았어요. 내가 응급수술 받을 수 있도록 도와준 사람이 강빈 씨란 걸. 사고 소식은 어떻게 알고…… 정말 고맙고 또 감사해요. 아니, 그것보다 탕감 안 되는 빚이 자꾸만 늘어가서 어쩌죠? 나 정말이지 갚을 능력 안 되는데……."

"고마워."

아란의 말허리를 자른 강빈이 불쑥 내뱉었다. 눈을 동그랗게 뜬 아란이 고개를 갸웃거렸다. 한 번씩 눈을 깜빡일 때마다 풍성한 속눈썹이 우아하게 말려 올라갔다.

"뭐가요?"

'살아 있어줘서.'

강빈은 혀끝에 맴도는 말을 애써 잠재웠다. 열 시간이 넘는 사투를 벌이면서 아란이 수술을 받는 동안 강빈은 간절하게 기도를 했다. 살아오는 동안 신의 존재를 믿어본 적도 없으면서, 단 한 번도 기도라는 것을 해본 적도 없으면서, 그 순간만큼은 신에게 매달리고 또 의지했다. 이아란이라는 여자를 살려만 달라고. 팔을 하나 못 써도 좋으니, 다리를 하나 못 써도 좋으니, 그 고운 얼굴이 엉망으로 망가져도 좋으니 제발 살려만 달라고 소리없이 되뇌었다.

헌데, 그의 기도를 비웃기라도 한 걸까.

아란은 '미래'를 잃었다.

피아노라는 아주 소중한 '미래'를.

"뭐가 고맙다는 건데요, 네?"

아란이 대답을 종용했다. 강빈은 싱그레 웃는 것으로 아란의 질문을 회피하고는 그녀의 손을 다정하게 어루만졌다. 손안에 잡힌 아란의 손에 다스한 온기가 전해지는 것이 꿈만 같았다. 이 손을 잡을 수 있는 찰나의 순간이 강빈은 그저 한없이 감사하기만 했다.

"근데 병원엔 어떻게 온 거예요? 설마 깨어난 지 이십 일이나 지난 내 얼굴 보러 온 건 아닐 테고……."

아란이 말끝을 흐리고는 핑크빛 혀를 쏙 빼물었다. 방싯 웃는 두 눈에 별빛이 스며들었다. 귀엽고 사랑스러운 아란의 모습이 강빈의 동공 깊숙이 파고들었다.

"음, 내 병문안이면 좋겠지만 그게 아니라 서진 언니 만나러 온 거라면 좀 힘들 텐데. 서진 언니, 아까 나랑 놀다가 ER 호출받고 급하게 갔거든요."

눈빛으로 아란을 묶어버리듯 강빈은 강렬한 시선으로 오래도록 바라보기만 했다.

'매일 왔다는 걸, 너는 모르겠지.'

태양이 온 세상을 태워 버릴 듯 이글이글 타오르고 있었다. 이마에서 흘러내린 땀방울이 아란의 보얀 뺨을 타고 조르륵 흘러내렸다. 손끝으로 땀을 닦아주는 강빈의 손길을 얼굴을 살짝 뒤로 빼는 것으로 아란이 거부했다. 손을 들어 올린 아란은 이마에 번진 땀을 무심하게 훔쳐냈다.

병실 앞을 몇 번이나, 몇 번이나 서성이다가 쓸쓸하게 발걸음을 돌렸다는 것을, 아란은 모를 터였다. 반듯하게 접힌 손수건을 꺼내어 아란의 얼굴에 맺힌 땀을 꼼꼼히 닦아주었다. 아란이 고개를 내저으며 거절했지만 강빈은 손짓을 멈추지 않았다. 욕심내어선 안 되는데, 자신의 섣부른 욕심에 의해 아란이 목숨을 잃을 수도 있었는데 이렇듯 눈앞에 있는 그녀는 자꾸만 그를 유혹했다. 손 내밀어 만져 보고 싶게 만들고, 가녀린 몸을 으스러져라 품에 안아보고 싶게 만들었다.

하고픈 말은 많은데 정작 소리가 되어 나오지는 못했다. 그의 마음을 가득 채우는 사람이 이아란이라는 걸, 그녀는 결코 모를 터였다. 이 마음을 다 밝히면 또 꼭꼭 모습을 감추고, 숨어버릴 아란의 모습이 눈에 선해서 강빈은 차마 숨겨둔 마음을 고백을 할 수가 없었다. 그의 머리에 온통 들어찬 생각이라는 게 이아란이라는 여자라는 걸, 아란은 짐작이나 할까. 하루 이십사 시간, 잠자리에 든 순간마저도 아란을 떠올리고 있음을 그녀는 알기나 할까. 강빈의 다스한 눈길이 아란에게 올곧게 닿았다. 긴 속눈썹을 깜빡이며 아란이 말없이 그를 바라보았다. 아란의 순결한 눈동자에 그의 모습이 또렷이 새겨졌다.

이렇게 아란이 다친 게 자신의 탓인 것만 같아서, 아니, 자신의 탓이어서 차마 다가설 수 없는 마음을 그녀는 알기나 할까. 그럼에도 불구하고 이렇듯 뼈저리게 후회하고 또 번뇌해도 이아란이라는 여자를 놓을 수가 없어서, 보낼 수가 없어서, 강빈은 그게 더 힘이 들고 고통스러웠다.

손에서 놓을 수도, 마음에서 비워낼 수도 없는 사람.

그 사람이 바로 이아란이었다.

"강빈 씨?"

"음?"

"아직도 나…… 좋아해요?"

물어보는 아란의 어투가 상당히 조심스러웠다. 강빈의 눈빛이 날카롭게 빛났다. 이런 말을 하는 저의가 무엇인지 그로선 선뜻 이해가 되질 않았다.

"그건 왜 묻는 거지?"

강빈의 음성이 탁하게 갈라졌다. 아란은 손가락을 만지작거리는 것으로 강빈의 시선을 회피했다.

"이렇게 잘해주는 거, 부담스러워서 싫어요."

　심장이 발치로 툭, 떨어져 내렸다. 강빈의 얼굴이 화강암처럼 딱딱하게 굳어나갔다. 그의 변화를 감지하지 못한 채 아란은 담담하게 말을 이었다.

　"강빈 씨 마음, 감정, 다 알면서 모르는 척하는 것도 못할 짓 같고……. 강빈 씬 날 위해서 모든 노력을 아끼지 않는데, 정작 난 강빈 씨 마음 아프게만 하잖아요. 누군가의 등만 바라보는 거, 해본 적 없어서 잘 모르지만 그래도 이거 하나는 알 것 같아요. 정말 아프고 힘들 거라는 거. 내 뒷모습 바라보면서 강빈 씨가 힘들어하는 거…… 안 했으면 좋겠어요. 강빈 씨 정말 좋은 사람인데, 나 때문에 힘들어진다면 내가 날 용서하기 힘들 거 같아요."

　아란의 차분한 음성을 듣고 있던 강빈의 눈가에 시린 성엣장이 드리워졌다. 부드럽게 말하지만 결론은 완곡한 거절이었다. 아득한 현기증이 밀려와 강빈은 지그시 눈을 감았다.

　"나 역시 강빈 씨를 좋아해요. 그 마음, 부정할 생각은 없어요. 하지만 내가 좋아하는 감정이랑, 강빈 씨가 날 좋아하는 감정은 서로 다른 거 같아요. 두 마음이 하나가 되면 좋을 텐데…… 안타깝게도 내 마음은 오빠랑 하나인걸요. 나는, 이런 나 때문에 강빈 씨가 안 아파했으면 좋겠어요. 진심이에요."

　목숨을 다 바치고 싶을 만큼 좋아하는 여자에게서 듣게 되는 말이 고작 다른 남자가 더 소중하단다. 그의 모든 것을 다 바쳐서라도 갖기를 열망하는 여자의 입에서 나온 소리라는 게 겨우 다른 남자와 마음이 하나로 연결되어 있는 거란다. 어쩌면 저렇게도 태연하게, 어쩌면 저렇게도 순수하고 아름다운 얼굴로 모진 말을 무심하게 할 수 있는 것일까. 어째서 그는 아무렇지도 않게 이런 말을 듣고 있는 것일까. 이 모든 것이 강빈에겐 잔인하고 잔혹하기만 했다.

"그 녀석 때문에 사고가 났는데, 넌…… 밉지도 않니."

아니라는 걸 알면서도 강빈은 억지를 썼다. 물론 우진의 실수로 사고가 나긴 했지만 근본적인 발단의 원인은 그에게 있음을 강빈 역시 모르지는 않았다. 그런데도 화가 났다. 아란의 절대적인 믿음을 갖고 있는 한 남자에게 주체할 수 없는 분노를 느꼈고, 동시에 골수 깊이 파고드는 격렬한 질투를 느꼈다. 어떻게 하면 이토록 맹목적인 신뢰와 믿음을 가질 수 있는지 절망적이기까지 했다.

"오빠 탓 아닌걸요. 누구 탓도 아니에요. 그저 사고였을 뿐, 그저 운이 없었을 뿐 누구를 탓해서도 안 돼요. 아니, 굳이 누굴 탓하려면 내 탓이겠죠. 그깟 목걸이 깨진 게 무슨 대수라고 운전하는 오빠 심란하게 만들고……."

아란이 혼잣말을 내뱉듯 나직하게 속삭였다. 강빈의 입가에 시니컬한 미소가 배어 나왔다.

"네 탓도 아냐, 이아란."

"네?"

아란이 무슨 소리냐는 듯 궁금증을 토해냈다. 씁쓸하게 입술을 말아 올린 강빈은 고개를 내저었다.

"이따금 병문안 와도 될까, 란아?"

잠시 생각에 잠긴 듯 말이 없던 아란은 한참 동안 강빈을 바라보기만 했다. 내리쬐는 태양 아래에서 두 사람의 시선이 하나로 겹겹이 얽혀들었다.

"친구로서 온다면 언제든지 환영이에요."

천천히 바닥에서 몸을 일으킨 강빈은 사느랗게 뇌까렸다.

"이아란이랑 친구 할 생각 없다고, 일전에 말한 것 같은데."

"그게 아니면 저도 곤란해요, 강빈 씨."

"깔끔하게 거절하는 건가."

"미안해요."

아란이 진심을 다해 사과의 말을 건넸다. 차마 그의 얼굴을 볼 수 없다는 듯 아란은 고개를 푹 숙였다. 아란의 고혹적인 목덜미를 삼킬 듯이 응시하며 강빈이 읊조렸다.

"나도 미안하다, 란아."

아란이 고개를 들어 올렸다. 구름과 흑요석을 닮은 아란의 보석 같은 눈동자에 지독한 혼란이 스며들었다. 허리를 숙인 강빈은 아란의 보드레한 뺨에 부드럽게 입맞춤을 시도했다.

'너, 놓을 수가 없어서…… 정말 미안하다, 란아.'


"어라? 저 사람, 서한전자 서강빈 사장이잖아?"

병문안을 온 소은과 나란히 병원 밖으로 나온 우진은 눈앞에 펼쳐진 상황에 숨이 멎었다. 우뚝 걸음을 멈춘 채 정물화처럼 미동없이 서서, 두 사람을 쳐다보기만 했다. 아란의 뺨에 입맞춤을 하는 남자. 그리고 그의 입술을 가만히 받아들이고 있는 아란. 마치 한 쌍의 완벽한 연인을 보는 듯했다. 두 사람은, 한숨이 나올 만큼 아름다운 커플처럼 비춰졌다. 우진의 가슴 밑바닥에 선득한 바람이 휘몰아쳤다. 아란을 바라보는 우진의 눈동자에 잔잔한 파동처럼 떨림이 일었다.

"저 남자가 아란 씨를 어떻게 알아?"

"소은 씨, 아는 사람이야?"

우진의 음성이 싸늘하게 흘러나왔다. 다른 남자의 입맞춤을 받고도 가만히 있는 아란에게 화가 난다기보다, 두 사람의 모습이 눈부시게 잘 어울린다는 사실이 우진을 더 당혹스럽게 했다.

"개인적으로야 모르지."

소은은 어깨를 으쓱이며 무심하게 덧붙였다.

"하지만 서한재단 측에 상당한 영향력을 과시하는 사람이잖아, 저 사람. 실제로 보는 건 처음인데, 정말 겁나게 잘생겼네."

강빈의 입술이 닿았던 뺨을 아란이 소맷자락으로 박박 닦아냈다. 그런 아란의 모습을 보면서 강빈은 시원스레 웃음을 터뜨렸다. 소은은 잊고 있었던 것을 알려주듯 말을 이었다.

"우진 씨는 모르겠지만 이번에 재단 측에서 톡톡히 후원받은 거, 모두 저 사람 덕이라고 들었어. 기획사에서 그러더라고. 서한전자 쪽에서 우진 씨를 잘 봤는지 아주 물심양면 밀어준다고 말이야. 뉴욕 필도 서한전자 쪽에서 강력하게 추천했다지, 아마?"

우진의 눈빛이 새파랗게 날이 섰다. 아란의 손을 거머쥔 강빈이 손가락 하나하나에 조심조심 키스를 퍼부었다. 아란이 안간힘을 다해 손을 빼내려 했지만 강빈이 놓지 않는 듯 두 사람은 옥신각신거렸다. 슬그머니 주먹을 움켜쥔 우진의 손에 엄청난 힘이 실렸다. 난생 처음 누군가를 흠씬 패주고 싶다는 폭력의 유혹이 우진의 내면을 사납게 채워 나갔다.

"설마 저 남자……."

"오호라! 혹시 서강빈 사장, 아란 씨한테 관심있는 거 아냐?"

차마 말을 맺지 못하는 우진을 대신해 소은이 의견을 피력했다. 눈을 휘둥그레 뜨고는 아란과 강빈을 향한 시선을 거두지 못했다. 소은은 입을 헤, 벌리고 바라보다가 급기야 혀를 찼다.

"긴장해야 되겠는걸, 박우진 씨? 이러다 꽃 같은 약혼녀 뺏기는 거 아냐?"

"말도 안 되는 소리 하지 마."

소은에게는 눈길도 건네지 않은 채 우진은 입술을 바득 물어뜯었다. 그 순간 오늘 오전 이 부사장이 했던 말이 섬광처럼 우진의 뇌리를 스쳤다.


"우리 아란이 생명의 은인은 그럼, 윤 원장님이 아니고 서강빈 사장이 되는 건가?"


대수롭지 않게 들었는데, 이제와 생각하니 전혀 대수롭지 않은 말이 아니었다. 서강빈이라는 남자가 아란의 생명의 은인이라는 소리였다. 헌데, 저 남자가 어떻게 사고 소식을 알고. 아니, 저 남자가 왜 아란을 도와준 것인가. 도대체 왜? 의문은 곧 명쾌한 해답을 제시했다. 아란을 다스한 눈길로 바라보는 강빈의 모습은 우진에게 하나의 깨달음을 안겨주었다. 그는, 한 남자의 눈빛으로 아란을 응시하고 한 남자의 손짓으로 아란을 어루만졌다. 무슨 다른 말이 여기서 더 필요하겠는가. 저 남자의 열기 어린 눈빛이, 애정 어린 손짓이 모든 것을 대신 말해주고 있는데. 우진은 두 사람을 뚫어져라 바라보며 눈을 가늘게 좁혔다.

"저 남자가 날 물심양면 후원해 줬다…… 이 말이지."

들쭉날쭉하던 아귀가 딱딱 맞춰졌다. 강빈이 또다시 아란의 손을 움켜쥐었다. 뿌리치려는 아란의 거친 움직임을 강빈이 능숙하게 잠 재웠다. 두 사람의 손이 하나로 얽혀드는 것을 못마땅하게 쏘아보던 우진은 주먹을 그러모아 쥐었다.

"젠장!"

사나운 욕지기를 내뱉으며 우진은 성큼성큼 아란에게로 걸음을 옮겼다. 두 사람을 당장이라도 떼어놓지 못하면 지금 이 순간 질투로 머리가 돌아버릴 것만 같았다. 소은이 재빨리 우진의 뒤를 이어 쫓아 왔다.

"뭐하니, 란아? 이분은 누구신데, 여기 계시는 건지……."

그러나 우진은 아무것도 못 본 척 태연함을 가장해 다정하게 말문 을 여는 것으로 어그러진 심기를 달랬다. 아란이 강빈에게 맞잡힌 손 을 조심스레 빼냈다. 아란의 발치에 무릎을 굽히고 앉아 있던 강빈이 천천히 몸을 일으켰다. 우진을 향해 몸을 돌린 강빈은 한 손을 내밀 고 정중하게 악수를 청했다.

"서로 일면식은 있지만 인사를 나누는 건 처음이죠, 박우진 씨. 반 갑습니다, 서강빈입니다."

"아, 네…… 안녕하세요, 박우진입니다."

짧은 악수를 뒤로하고 두 사람의 손이 멀어졌다. 허리를 구부린 강빈이 아란의 뺨을 검지로 톡톡, 두드렸다.

"내일 또 올게, 아가씨."

"친구로서 오는 건가요?"

"음…… 좋아. 일단 시작은 친구로 해두지 뭐."

"병문안 올 때 기본적인 예절은 알고 있죠, 강빈 씨? 양손은 무겁게, 발걸음은 가볍게."

싱그레 미소 짓던 강빈이 아란의 고운 뺨을 슬쩍 어루만졌다. 우진의 눈에 뜨거운 불티가 확 일었다. 그가 보는 앞에서 보란 듯이 아란을 쓰다듬는 강빈의 손길이 상당히 눈에 거슬렸다. 아란에게 인사를 마친 강빈이 몸을 돌렸다. 우진의 눈에서 파르란 독기가 배어 나오는 것을 눈치챈 강빈은 보일 듯 말 듯 미소를 지었다.

"잠시 이야기 좀 할까요, 박우진 씨?"

서너 걸음 앞으로 나가는 강빈의 보폭에 맞춰 우진도 덩달아 걸음을 움직였다. 무슨 볼일로 그러냐며 심통 맞게 물어보려는 찰나, 강빈의 사느란 음성이 이어지는 우진의 말문을 닫아버렸다.

"이아란이 잘못됐다면 너도 무사하진 못했을 거다, 박우진."

가만히 정안하는 강빈의 눈빛은 흡사 빙하를 품고 있듯 시리게 빛났다. 그 시린 기운에 우진의 전신에 소름이 소스락소스락했다. 얼굴을 일그러뜨린 우진은 어금니를 앙다물었다.

"갑자기 그게 무슨 말씀이신지……."

느티나무 그늘 아래에 있던 아란은 병문안 와준 소은에게 감사 인사를 전했다. 소은이 건네는 꽃다발에 얼굴을 파묻고 향을 맡는 아란의 모습이 꽃처럼 어여뻤다. 이렇게 자주 안 와도 되는데 미안하게 왜 자꾸 오냐는 아란의 다정한 목소리가 우진의 귓가를 바람처럼 스쳤다.

"공주님을 지키지 못한 기사는 더 이상 기사 자격이 없지. 안 그래, 박우진? 이건 경고야. 새겨들어. 두 번 다시 네가 운전하는 차에 란이 태우는 일 없길 바란다. 서툰 운전 솜씨 덕분에 란이가 목숨을 잃을 뻔한 걸 생각하면……."

서늘하게 노려보는 강빈의 눈에서 분노가 진하게 배어 나왔다.

"하! 웃기지도 않습니다? 당신, 뭡니까. 뭔데 주제넘게 그런 말을 하는 겁니까?"

우진은 헛웃음을 터뜨리고는 매섭게 쏘아붙였다. 냉소를 머금은 강빈의 입매가 비스듬하게 치켜 올라갔다.

"이봐요, 서강빈 씨……."

"그래. 너로선 황당하겠지. 잘 알지도 못하는 사람이 가당치도 않은 말을 내뱉어서 웃기지도 않을 거야."

"잘 아십니다? 그런데 왜 그런 말도 안 되는 소리를 지껄이는……."

우진의 이죽거림을 가로챈 강빈은 담담하게 덧붙였다.

"마음에 담은 여자야. 가슴에 깊숙이 새겨진 여자야, 이아란은. 그런 이아란이 사고로 사경을 헤맬 때…… 내 기분이 어땠는지 알고 있나? 아무런 도움도 줄 수 없는 내 무능함을 얼마나 저주했는지, 넌 알고 있나? 박우진 너 때문에 그런 사고가 났다는 걸 들었을 때 얼마나 화가 났는지, 넌 알고 있냔 말이다."

허를 찔린 우진은 입도 벙긋하지 못한 채 멍하니 서 있었다. 어느 정도 짐작은 했다. 아란을 바라보는 강빈의 눈빛을 보면서. 하지만 이토록 당당하게 그의 감정을 밝힐 줄은 미처 예상하지 못했다.

"소중하게 지켜주고 보듬어줘야 할 귀한 사람이야. 물론, 그건 박우진 네가 더 잘 알겠지만. 두 번 다시 너로 인해서, 이아란이 다치는 일 없게 하라고."

말을 마친 강빈이 멀어져 갔다. 멍하니 서서 강빈의 뒷모습을 주시하던 우진은 이내 결심을 굳혔다. 재빨리 걸음을 내딛어 강빈의 퇴로를 차단했다.

"나도 잠깐 이야기 좀 합시다, 서강빈 씨."

계속 해보라는 듯 강빈은 고갯짓을 했다.

"당신입니까? 내 스케줄을 좌지우지했던 인간이…… 당신, 맞습니까?"

한 자 한 자 잇새로 씹어뱉는 우진의 질문에, 강빈의 입매가 경직되었다. 정곡을 찔린 듯 눈자위에 미세한 경련이 일었다.

"뉴욕 필을 제안한 것도…… 결국, 당신이겠군요."

강빈의 얼굴에서 핏기가 소리없이 사라졌다. 어금니를 악 다문 우진은 거침없이 말을 이었다.

"대단하십니다? 그래, 어땠나요? 내 스케줄을 당신 손바닥에 올려놓고 이리저리 갖고 논 재미는 좋았습니까? 그나저나, 알고 있습니까? 우리가 왜 사고가 났는지. 아란이가 왜 사경을 헤맸는지. 당신, 알고나 있습니까?"

억지란 걸 알고 있다. 하지만 서강빈이라는 남자가 아란을 마음에 품었다는 말을 떳떳하게 하는 것만큼은 묵과할 수 없었다. 어디서 감히, 누구 앞에서 감히, 아란을 마음에 품었다고 건방지게 지껄이는 건가. 운전 부주의로 사고가 났지만 눈앞에 있는 강빈이 뉴욕 필을 제안하지만 않았다면 사고 따위는 일어나지 않았을 터였다. 저 남자가 개입만 되지 않았다면 아란은 피아노를 놓지 않아도 되었다. 저 남자만 없었다면 아란이 그토록 끔찍한 일을 당하지 않을 수도 있었다. 강빈을 노려보는 우진의 눈빛이 살기등등하게 변해갔다.

강빈은 멀찍이 떨어진 아란을 조심스레 살폈다. 누군가와 정답게 이야기를 나누는 아란은 이쪽으로는 눈길도 건네지 않았다. 슈트 하의 주머니에 손을 찔러 넣고 강빈은 오만하게 턱을 치켜들었다.

"맞아."

강빈의 사느란 음성이 우진의 귓가를 스쳤다.

"그런 기회를 제공한 거, 나다. 그러나, 그 기회를 받아들이겠다는 결정을 한 것도 너고, 판단을 내린 것도 너야. 이제 와서 다른 사람에게 책임을 전가하는 건 너무 어리석지 않나, 박우진 군(君)."

"비겁하군요. 좋습니다. 당신, 비겁한 짓 했으니까 나도 비겁한 짓 하나 합시다."

"무슨 소리지?"

"내 스케줄을 몰아치고 우리 사이를 훼방 놓은 게…… 당신이라는 걸 란이도 알아야 하지 않겠습니까?"

"고자질이라도 하겠다는 건가."

"못할 것도 없죠."

싸늘하게 뇌까린 우진은 시니컬한 웃음을 터뜨렸다.

"마음에 담은 여자라고 했습니까? 가슴 깊은 곳에 새겨진 여자라고 했습니까? 내 여자를, 감히 당신 마음에, 가슴에 품었다고 선전포고라도 하는 겁니까? 당신, 상당히 뻔뻔하십니다? 나 때문에 사고가 나서 얼마나 화가 났는지 알고 있냐고 물었습니까? 아니죠. 그게 아니죠. 당신 때문에 란이가 다쳐서 화가 나고 분노했겠죠. 안 그렇습니까? 이쯤에서 나도 경고 하나 하죠. 이아란, 내 여잡니다. 주제넘게 남의 여자 넘보지 마십시오. 아시겠습니까?"

"이제야 겨우 안정을 되찾은 란이를 두고 우리 두 사람, 이렇게 말도 안 되는 설전을 벌이는 거 조금 우습다고 생각하지 않나. 이런 얘긴 추후에 해도 될 텐데."

"남의 여자 넘보지 말라고 경고하는 겁니다. 이런 중요한 얘길 추후에 할 순 없죠."

자신만만하게 말을 마친 우진은 획 몸을 틀었다. 한 걸음 앞으로 내딛으려는데 강빈의 그윽한 음성이 우진의 우아한 몸짓을 일시에 잠재웠다.

"공주님, 제대로 지켜. 또다시 란이가 위험에 처하거나 다치는 날이 오면…… 넌, 영원히 공주님을 지키는 기사로선 자격 박탈이야."

"도대체 그 자격은 누가 주는 겁니까? 당신입니까? 하핫! 남의 약혼녀를 탐내면서 당신, 상당히 건방지고 주제넘습니다?"

"공식적으론 아직, 두 사람이 약혼을 한 건 아닐 텐데."

강빈의 통렬한 지적에 분기탱천한 우진의 얼굴이 검붉게 달아올랐다.

"약혼 건너뛰고 바로 결혼으로 간다면 어쩌실 겁니까, 당신."

시종일관 흐트러짐없이 초연하게 서 있던 강빈의 입매가 쓰게 비틀렸다. 먼 곳에 떨어진 아란을 응시하는 눈빛이 시간이 흐를수록 동요를 일으켰다. 슬그머니 주먹을 움켜쥐는 강빈의 손이 눈에 띄게 떨

렸다. 내내 감정의 변화를 보이지 않던 강빈이 처음으로 흐트러짐을
보이는 순간이었다.

"두 사람…… 결혼을 거론할 나이는 아니라고 보는데."

희미한 한숨 사이로 강빈의 음성이 나직하게 쏟아졌다. 우진은 코
웃음을 치고는 차갑게 응수했다.

"그거야 당사자인 우리 마음이죠. 아란일 당신 마음에 품은 거야
내가 상관할 바 아니지만 그 마음, 하루빨리 정리해야 될 겁니다. 약
혼이든 결혼이든 뭐가 됐든 아란일 내 여자로 만들 거니까 말입니다.
란이 예쁘게 봐줘서 고맙다는 말은 못하겠군요. 아참! 응급수술 받을
수 있도록 사전에 조치를 취해준 점은 진심으로 감사드립니다. 서강
빈 씨, 당신이 아니었다면 우리 아란인 지금쯤…… 어쨌든 감사합니
다."

생각도 하기 싫다는 듯 진저리를 친 우진은 말을 돌렸다. 정중하
게 고개를 숙여 인사를 건네고는 곧이어 뛰다시피 아란에게로 몸을
옮겼다. 아란의 이마에 맺힌 땀을 닦아주고 모자를 씌워주는 등 수선
을 피우는 우진의 모습이 강빈의 시야에 고스란히 들어왔다. 우진을
향해 상그레 미소를 짓는 아란의 고운 모습이 동공을 거쳐 심장 깊은
곳에 자리를 잡았다.

"저 녀석만 바라보면서 꽃처럼 해사하게 웃을 거면…… 차라리 내
눈에 예쁘게 보이지 말지 그랬니, 란아."

강빈의 쓸쓸한 혼잣말이 작열하는 태양 아래에서 소리없이 녹아
내렸다.

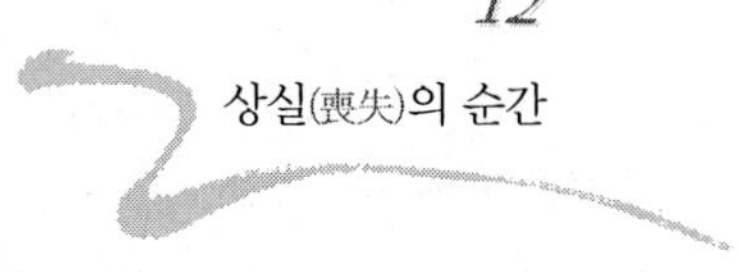

"중국 TGC 사와 모종의 거래를 한 거 같습니다."

데스크에 한쪽 팔을 걸치고 턱을 괸 강빈은 눈을 감았다. 계속해 보라는 듯한 손짓에 유 실장은 차분하게 보고를 이어나갔다.

"아시다시피 중국 업체들이 내놓는 텔레비전은 투박하기만 합니다. 1cm 이하 두께를 가진 국내 제품이 연이어 나오는 데 반해, TGC 사가 선보이는 텔레비전 두께는 10cm 가까이나 되니까요. 국내 제품과 가장 근접한 게 7cm라고 알고 있습니다."

잠시 말의 템포를 늦춘 유 실장은 나직하게 헛기침을 내뱉고는 목소리를 가다듬었다.

"그 외에도 풀 HD급 LED TV와, 3D TV 트렌드 부분도 쫓아오고 있긴 하지만 TGC 사의 기술력으로는 아직 상용화 수준은 아닙니다. 그런데 서강우 부사장님은 그 첨단기술을 TGC 사에……."

"넘겼다, 이겁니까?"

눈을 뜨지도 않은 채 강빈은 냉랭하게 뇌까렸다. 지그시 아랫입술을 물고 있던 유 실장은 보일 듯 말 듯 고갯짓을 했다.

"그리고. 그다음은요."

"TV 자체에 운동과 게임 등을 비롯한 다양한 콘텐츠를 제공하는 기술도 TGC 사와의 거래에 포함된 걸로 드러났습니다."

강빈의 조각 같은 입매가 실긋 일그러졌다. 기혁의 조언으로 강우를 조사한 지 한 달이 넘었다. 이미 한 차례 첨단기술 유출로 한바탕 소란을 일으킨 장본인인 강우가 또다시 회사를 위기로 내몰았다. 제 이익과 잇속을 차리기 위해 그룹의 명예는 뒷전이 된 강우의 철없는 행동에 강빈은 심화가 솟구쳤다.

'서강우 이 녀석은 대체 정신이 있는 거야, 없는 거야.'

주먹 쥔 손이 데스크를 내려칠 것만 같아 강빈은 슬그머니 손을 풀었다. 강빈의 얼굴에 서서히 노기가 번져 나가는 것을 감지한 유 실장은 조심스레 첨언했다.

"아직 두께나 화질 등에 있어서 국내 제품과 비교할 수는 없지만 중국 업체, 특히 TGC 사의 약진은 무서운 기세입니다. 그런 기업에 첨단기술을 유출한 건 서한전자만이 아니라 국내 가전업계에도 치명타를 안길 수 있을 겁니다."

차후 또다시 기술 유출에 관련되면 서한그룹에서 영구 제명시키겠다는 서 회장의 위협을 강우는 간과하고 있는 듯했다. 그 때문에 승진인사에서 두 번이나 밀려났는데도 불구하고 이런 엄청난 짓을 또 저지른 걸 보면. 카지노에서 수십억을 탕진했다는 말을 들었을 때에도 일이 이 지경이 되리라곤 감히 예상하지 못했다. 깊은 상념에 잠겨든 강빈의 머릿속이 복잡하게 얽혀들었다. 이 난관을 어떻게 극복해 나가야 할지 뚜렷한 해결책이 보이지 않았다.

"그리고 또 한 가지 중요한 건."

유 실장이 조용하게 말을 보탰다.

"올 하반기 출시 예정 상품인 바(Bar) 형태의 터치스크린 핸드폰 기술도 TGC 사에 넘기셨습니다."

국내 가전제품이 해외에서 뜨거운 반향을 불러일으키듯이, 휴대 전화 기술력도 국내 제품이 해외에서 독보적인 위치를 고수했다. 그런데 강우는 출시도 되지 않은 제품을 다른 나라 기업에 고스란히 헌납한 것이다. 그제야 강빈은 슬그머니 눈을 떴다. 유 실장을 주시하는 눈빛이 차게 빛났다.

"우리 쪽 손실액이 대충 얼마나 됩니까."

손에 들고 있던 보고서를 펼친 유 실장이 하나하나 읽어나갔다.

"TV와 핸드폰 기술 유출 두 가지를 다 합하면, 개발비용과 파생제품 개발비용, 향후 2년간 매출 차질 예상치, 그리고 가격하락에 따른 손실액 등, 대략 4조가 넘을 듯합니다."

은밀하게 조사에 착수한 터라 아직 외부에는 알려지지 않은 사실이었다. 이 일이 밝혀지면 강우는 물론 서한전자의 타격도 만만치 않았다. 지끈거리는 관자놀이를 검지로 꾹꾹 누르며 강빈은 씹어뱉듯 뇌까렸다.

"서강우 그 녀석, 지금 어디 있는 겁니까."

"보름 동안 중국에 체류하시다가 이틀 전, 미국 라스베이거스로 출국하셨답니다."

"그 녀석, 최대한 빨리 내 앞에 데려와요. 최대한, 빨리."

무슨 수를 써서라도 기술 유출만큼은 막아야 한다. 이미 한발 늦은 상태라면 다른 방법이라도 모색해 봐야 했다. 이대로 앉아서 무기력하게 당할 수는 없었다. 조금 손해를 보더라도 TGC 사와 의견 타진을 보는 게 급선무였다. 기술협력이든, 기술 제휴든 어떤 히든카드를 제시해서라도 TGC 사의 마음을 돌려야 했다. 그로 인한 손실은 어쩔 수 없이 서한전자가 감내할 수밖에 없었다. 한동안 눈코 뜰 새 없이 바빠질 것이다. 긴 한숨을 내쉬며 회전의자에 머리를 묻는 강빈의 얼굴에 짙은 그림자가 드리워졌다.

6층 소아과 병동 휴게실에서 피아노 소리가 울려 퍼졌다. 아이들에게 둘러싸인 아란은 자그마한 여자애를 옆에 앉히고는 다정하게 피아노를 가르쳤다.

"자, 봐. 이렇게 손가락을 쭉 펴고."

이름이 유나라고 하는 아이가 아란을 따라 검지를 쭉 폈다. 고사리 같은 손에 포동포동 살이 오른 모습이 앙증맞고 귀여웠다. 유나의 자그마한 손을 들어 올린 아란은 쪽, 하고 입맞춤을 했다. 아란의 입맞춤에 기분이 좋아진 유나가 방글방글 웃음을 터뜨렸다.

"이렇게요?"

"잘했어! 그리고 유나 넌, 솔, 시, 도, 시, 라, 솔을 차례대로 누르는 거야. 자, 언니가 하는 거 봐."

아란은 한 손으로 유연하게 건반을 차례차례 짚어나갔다. 곧이어 휴게실에는 젓가락 행진곡 도입부 부분이 청아하게 울려 퍼졌다. 맑은 음색의 피아노 선율에 아이들이 박자를 맞춰 짝짝, 손뼉을 두드렸다. 피아노 주변으로 옹기종기 모여든 아이들이 저도 하겠다며 앞 다투어 나섰다. 아란은 아이들의 머리를 하나하나 쓰다듬어 주며 달랬다.

"할 수 있겠어, 유나야?"

"네. 나도 피아노 배웠거든요, 언니. 젓가락 행진곡 앞부분은 쪼금, 아주 쪼끔 할 줄 알아요."

양 볼을 발그레 물들인 유나가 수줍게 말했다.

"정말? 우와, 피아노를 배웠다니 유나가 더 예뻐 보이는걸? 자아, 그럼 시작할까요, 예쁜 공주님?"

유나는 방싯 웃으며 고개를 끄덕였다.

"자, 그럼…… 시이이작!"

젓가락 행진곡 이중주가 경쾌하게 울려 퍼졌다. 피아노를 조금 배웠다는 유나의 실력은 예상외로 훌륭했다. 속도도 뒤처짐없이 능숙하게 아란을 쫓아왔다. 아란은 간간이 유나를 보며 잘한다는 제스처를 해 보였다. 아란의 칭찬에 자신감을 얻은 유나는 더욱 신나게 연주를 하며 까르륵 웃음을 터뜨렸다. 피아노 주변에 모여든 아이들이 음악에 맞춰 폴짝폴짝 뛰놀았다. 신나게 웃는 아이들의 해맑은 모습을 보면서 아란도 함께 웃었다. 모든 걱정과 근심은 아이들의 웃음소리에 흔적도 없이 녹아내릴 것만 같았다.

병실에만 있는 게 답답해서 엘리베이터를 타고 한 층 한 층 둘러보던 아란이 소아과 병동을 찾은 건 우연이었다. 소아과 병동 휴게실에 피아노가 있다는 걸 알고는 무료할 때마다 들렀다. 이젠 아이들과도 제법 친해져서 스스럼없이 지내곤 했다. 젓가락 행진곡이 엇박으로 나가는 부분부터 어려워하는 유나를 배려한 아란은 건반에서 손을 뗐다. 잘했다는 칭찬으로 유나의 머리를 부드럽게 쓸어내렸다. 그때, 나른한 음성이 아이들과 아란의 주변으로 날아들었다.

"파트너를 바꿔볼까?"

언제 왔는지 휴게실 입구에 비스듬히 기대어 서 있던 강빈이 한 걸음씩 다가섰다. 지나가던 몇몇 간호사들이 발걸음도 멈춘 채 강빈의 수려한 모습을 훔쳐보기 바빴다.

"꼬마 아가씨 대신, 나하고 이중주를 하는 건 어때?"

싱그레 미소 짓는 강빈을 눈에 담는 순간, 이상하게도 아란의 심장에 두근거리는 파동이 일었다. 일정한 속도로 뛰고 있던 심장박동이 조금씩, 조금씩 빨라지기 시작했다.

"피아노 칠 줄 알아요? 아니, 내가 여기 있는 건 어떻게 알았어요?"

아란은 눈을 동그랗게 뜨고는 질문을 퍼부었다. 아란의 옆에 앉은 자그마한 여자애를 강빈은 달랑 안아 올려 바닥에 내려놓았다. 아이의 머리카락을 부드럽게 쓰다듬다가 눈을 찡긋거린 강빈이 장난스레 윙크를 했다.

"꼬마 아가씨는 잠시만 여기서 기다리세요."

아란의 옆에 자리를 잡은 강빈은 무심하게 대답했다.

"피아노는 어렸을 때 잠깐 배웠고, 너 여기 있는 건 간호사들한테 물어봤지. 친절하게 여기까지 안내해 주던걸?"

아닌 게 아니라 강빈을 안내해 준 간호사는 휴게실까지 따라 들어와 아예 나갈 생각을 하지 않았다. 강빈은 감사의 인사를 전하는 것을 끝으로 간호사의 눈길을 외면했다. 피아노와 아란을 번갈아 보던 강빈이 손을 쭉 펴고는 건반 위에서 흔들어댔다.

"젓가락 행진곡이라…… 불후의 명곡이지. 자, 그럼 시작할까, 이아란 씨?"

같이 시작하자고 해놓고 강빈이 먼저 스타트를 끊었다. 아란은 재빨리 강빈의 속도와 음에 맞춰 건반을 통통 두드렸다. 강빈의 손과 아란의 손이 건반 위를 춤추듯 날아다니며 밝고 경쾌한 음을 연주했다.

요 며칠 사이, 강빈은 친구라는 명목으로 아란을 꼬박꼬박 찾았다. 강빈과 함께 하는 시간은 항상 유쾌하고 재미있었다. 시간이 어떻게 흘러가는지 알 수 없을 만큼. 이렇듯 그와 피아노를 연주하는 짧은 순간이 아란은 마냥 즐겁고 행복했다. 혹시나 음률이 틀릴까 봐 염려하듯 건반에서 눈을 떼지 않은 채 진지하게 피아노를 치는 강빈의 모습이 새롭게 다가왔다. 전혀 예상하지 못한 강빈의 새뜻한 모습은 멋있고 황홀할 지경이었다.

아이들의 요청에 강빈과 아란은 젓가락 행진곡을 세 번이나 더 연주했다. 나중에는 피아노를 연주하지 않아도 젓가락 행진곡 음이 아란의 귓가에 선하게 들릴 정도였다. 지겹지도 않은지 또 해달라는 아이들의 부탁을 강빈은 단호하지만 부드럽게 거절했다.

"더 이상은 안 돼. 이 예쁜 언니가 팔을 많이 다쳤거든. 무리하면 안 되니까 그만하자, 애들아."

아란의 컨디션을 배려한 강빈은 아이들을 향해 고개를 내저었다. 아란이 괜찮다고 말했지만 강빈은 듣지 않았다. 그만하라는 듯 건반 위에 놓인 아란의 손을 아래로 내렸다. 아이들이 서운하다는 듯 울상을 지었다. 나직하게 한숨을 내쉰 강빈은 할 수 없다는 듯 체념했다.

"좋아. 이 언니는 쉬라고 하고 대신 내가 한 곡 연주해 줄게. 으음, 뭐가 좋을까?"

아이들이 손뼉을 치며 이것저것 신청곡을 주문했다. 딱 아이들 수준에 맞는 '작은 별', '엄마 돼지 아기 돼지', '개구리와 올챙이', '솜사탕' 등이 여기저기서 시끄럽게 울려댔다. 강빈은 건반 맨 끝에서부터 첫 시작 건반까지 손끝으로 확 훑어, 아이들의 소란스러움을 일시에 잠재웠다. 예쁜 소리가 나던 피아노에서 귀청이 터질 것 같은 소음 소리가 나자 아이들은 입을 헤, 벌리고 멍하니 강빈을 바라보았다.

강빈은 싱그레 미소를 짓고는 아란에게 말했다.

"워낙 어렸을 때 배워서 끝까지 기억하는 음악이 별로 없어. 지금 당장 생각나는 건……."

말끝을 흐린 강빈이 연주를 시작했다. 조용하고, 차분하게. 조금은 어색하기도 하고 중간중간 틀린 음을 짚기도 했지만 아란은 그의 연주에 귀를 기울였다.

'바흐'의 '아리아'가 강빈의 손끝에서 재탄생되었다.

처음에는 모르는 음악이라며 아이들이 볼멘소리를 하고 입술을 부루퉁히 내밀었다. 고개를 내저으며 다른 곡을 연주해 달라고 마구잡이로 떼를 썼다. 아란은 검지를 세워 입술에 대고 엄하게 주의를 주었다. 아란의 무언의 질책에 아이들의 소동이 언제 그랬냐는 듯 잠잠해졌다. 그리고는 모두들 입을 다물고 강빈의 연주에 관심을 돌렸다.

아란은 연주에 몰입한 강빈의 진지한 모습을 말없이 정시했다. 피아노와는 거리가 먼 사람인 것처럼 보였는데 의외로 아주 잘 어울렸다. 피아노와 하나가 되어 고운 음률을 선사하는 그가 너무 아름다워서 아란은 문득 눈물이 날 것만 같았다. 강빈이 연주하는 '아리아'의 선율이 아란의 귓가를 스쳐 가슴 깊은 곳으로 조용히 스며들었다. 강빈을 바라보는 아란의 눈에 다스한 열기가 번져 나갔다.

이 순간이 아란은 묘하게 설레었다.

'아리아'의 음률과 함께 심박동과 맥박이 동시에 빠르게 상승했다.

전문가의 입장에서 보자면 강빈의 연주는 서툴기 그지없었다. 하지만 아란의 귀에는 완벽함, 그 이상이었다. 아란은 피아노 위에 놓인 강빈의 미려한 손가락과 그의 얼굴을 따뜻한 눈길로 응시했다. 강빈의 연주가 끝났을 때에는 아란의 입가에 부드러운 미소가 감돌았다. 칭찬은 아낌없는 박수로 대신했다. 아란의 두 손에서 연신 박수 소리가 울려 퍼졌다.

"정말 근사해요. 피아노는 대체 언제 배운 거예요?"

건반에서 손을 떼는 강빈의 손을 아란은 아쉬운 듯 바라보았다. 연주를 더 듣고 싶기도 하고, 그의 조각한 듯 아름다운 손을 더 바라보고 싶기도 했다. 누군가의 연주를 들으며 이토록 마음이 따뜻해지긴 처음인 듯했다. 우진의 연주를 들으면 자신은 그렇게 연주할 수 없음에 좌절하면서도 동시에 황홀하게 듣곤 했다. 어떻게 해야 우진의 뛰어난 연주를 배울 수 있는지, 어떻게 해야 조금이라도 더 우진의 실력을 본받을 수 있는지에만 매달렸다. 헌데, 강빈의 서툰 연주는 아란에게 전혀 생소한 감각을 일깨웠다.

설렘.

그리고 두근거림.

강빈의 연주를 들을 때부터 시작된 심장의 두근거림이 좀체 가라앉지 않았다. 또다시 심장에 욱신욱신하고 저릿한 아픔이 전해왔다. 피아노 의자에서 몸을 살짝 돌린 강빈이 아란과 눈을 맞췄다. 두 사람의 시선이 하나로 얽혀들고 서로에게 스며들었다.

"어렸을 때."

"언제 그만뒀어요? 아니, 왜 그만둔 건데요?"

"글쎄, 중학교 들어가면서 흐지부지했던 거 같아. 남자가 피아노 앞에 앉아서 시간 보내는 거, 좀 웃기기도 하고 한심하기도 해서."

강빈의 말을 듣던 아란은 오버하듯 한숨을 푹 내쉬었다. 콧잔등에 자잘한 주름을 만들며 귀엽게 인상을 찡그렸다.

"안타까워라! 계속하지 그랬어요. 그랬다면 정말 근사한 피아니스트가 탄생할 수도 있었는데……."

유나가 다가와 젓가락 행진곡 한 번만 더 같이 연주해 주면 안 되냐고 졸랐다. 팔에 매달린 유나를 달래느라 아란은 강빈의 이어지는 나직한 속삭임을 놓쳤다.

"그러게. 계속 배울걸. 그랬다면 널 조금 더 일찍 만날 수도 있었을까……."

찰랑찰랑 윤기가 흐르는 유나의 머리카락을 쓸어내리며 아란은 고개를 내저었다.

"유나야, 젓가락 행진곡은 내일 하자. 언니 내일 또 여기 올 테니까 그때 하면 안 될까?"

　시무룩하게 있던 유나는 그제야 환하게 웃으며 또래 아이들과 휴게실을 뛰어다녔다. 블록 쌓기를 하며 방실방실 웃는 유나가 예뻐서 아란도 환하게 미소를 지었다. 아란은 유나를 향했던 눈길을 강빈에게로 돌렸다.

　"네? 무슨 말 했는지 못 들었어요. 저 꼬맹이 때문에."

　아란의 물음에 강빈은 쓸쓸한 미소만 지었다. 철이 들기도 전부터 경영을 배웠고, 사업을 익혀 나갔다. 단 한순간도 그걸 후회해 본 적은 없었다. 헌데, 아란의 말을 듣는 순간 자그마한 미련이 강빈의 내면에서 싹을 틔웠다. 아란을 조금 더 일찍 만났다면 어땠을까, 조금만 더 일찍 만났다면 아란의 마음속 주인이 될 수 있지도 않았을까, 하는 말도 안 되는 미련이. 아란을 바라보는 강빈의 눈빛이 어둡게 가라앉았다.

　"아냐, 아무것도. 이제 그만 일어나자. 너도 병실에 가서 좀 쉬어야지."

　자리에서 일어나 아란에게 손을 내밀었다. 눈짓으로 휠체어를 가리키자 아란도 조심스레 몸을 일으켰다. 아란이 휠체어로 몸을 옮길 수 있게 도와주며 강빈은 걱정스레 부언했다.

　"애들 부탁 일일이 다 들어주지 마, 란아. 너, 아직까지 무리하면 안 돼. 이렇게 손과 팔을 많이 써서도 안 되고."

　아란은 생그레 웃으며 고개를 끄덕였다. 아란의 발치에 다리를 굽히고 앉은 강빈은 주변의 소란스러움에 눈살을 찌푸렸다. 정신없이 뛰어다니는 아이들은 미끄럼틀을 타거나, 그네를 타는 것으로 시끄러운 소음을 형성했다.

"안정을 취해야 하는데 이러면 곤란해, 이아란 씨."

"자주 오는 건 아니에요. 이따금 오는데…… 오늘은 강빈 씨 때문
에 조금 더 지체한 거 같아요. 원래는 더 일찍 병실로 올라가는데."

아란이 변명조로 말했다.

"병실에 데려다 줄까?"

굽혔던 다리를 펴고 일어난 강빈은 휠체어를 가만히 밀었다. 아란
은 고개를 내저으며 강빈의 손등을 톡톡 두드렸다. 천천히 미끄러지
던 휠체어의 움직임이 멈췄다. 아란은 비스듬히 고개를 돌리고는 서
운한 듯 종알거렸다.

"밖에 나가서 바람 좀 쐬고 싶은데."

아란의 몸을 찬찬히 훑어본 강빈은 한숨을 내쉬었다.

"쉬는 게 더 좋을 거 같은데."

"하나도 안 피곤한걸요? 하루 종일 쉬기만 하는데……. 강빈 씨도
알잖아요. 나, 요즘 더 이상 쉴 수 없을 만큼 쉬고 있다는 거."

아란의 투정에 강빈은 낮게 웃음을 토해냈다. 한여름에 예고도 없
이 쏟아지는 한줄기 소나기처럼, 강빈의 웃음소리는 시원하고 청량
하게 울려 퍼졌다. 강빈의 웃음소리가 마냥 듣기 좋아서 아란은 숨을
죽인 채 가만히 귀를 기울였다.

"좋아. 딱 십 분만 바람 쐬는 거야. 이의 달기 없기."

"십 분은 너무 짧아요. 삼십 분. 적어도 삼십 분은 돼야죠."

아이들에게 손짓으로 인사를 하며 아란은 협상을 제시했다. 뒤이
어 강빈의 단호한 음성이 아란의 귓가를 스쳤다.

“십 분.”

강빈의 거절에 심통이 난 듯 아란은 볼을 크게 부풀렸다. 휠체어가 부드럽게 움직였다. 얼마나 천천히, 그리고 조심스레 가는지 움직임을 느끼지 못할 정도였다. 아란은 뾰로통하게 받아쳤다.

“이십오 분. 나도 그 이상은 양보 못해요.”

“좋아. 이십 분. 나도 그 이상은 양보 못해, 이아란.”

한숨을 푹 내쉰 아란은 할 수 없다는 듯 고개를 주억거렸다. 우진이라면 삼십 분이 아니라 한 시간이라도 하자는 대로 할 텐데, 자신의 의견에 반기를 드는 강빈에게 아란은 문득 서운한 마음이 들었다.

병원 밖으로 나가기 위해 강빈과 아란은 엘리베이터에 올라탔다. 병원을 찾은 방문객과 환자, 간호사 등으로 엘리베이터가 가득 찼다. 밀폐된 공간에서 아란이 다른 사람과 부딪히는 것을 방지하기 위해 강빈은 휠체어를 한쪽으로 얌전히 고정시켰다. 엘리베이터 문이 서서히 닫히고 아래로 내려가던 그때, 맞은편 엘리베이터 문이 열렸다.

사람들이 하나둘 걸어나오는 틈에 우진도 섞여 있었다. 심심하면 소아과 병동 휴게실에서 아이들과 노는 아란을 알기에 우진의 걸음이 빨라졌다. 병실을 나간 지 삼십 분이 훌쩍 넘었다는 최 여사의 말에 걱정이 앞섰다. 아직은 무리하면 안 되는데 혹시나 아이들이 아란을 귀찮게 하는 건 아닌지 염려가 되었다. 우진이 휴게실 앞에 섰을 때, 아란은커녕 어린아이 그림자 하나 찾아볼 수 없었다. 텅 비어버린 휴게실을 망연히 바라보던 우진은 고개를 갸웃거렸다.

“여기에도 없으면 애가 도대체 어딜 간 거야.”

일이 많아서 오늘은 조금 늦게 병원을 찾았다. 피아노를 포기한다

고 해도 아란이 할 수 있는 게 뭔지, 유학은 완전히 접어야만 하는 건
지 알아보느라 오후 늦게야 병원에 온 것이다. 연주가 아니라 작곡
쪽으로 방향을 전환하면 유학을 포기하지 않아도 된다는 게 몇몇 교
수들과 선배들의 견해였다. 지금 작곡을 시작한다면 조금 늦은 감도
있지만 열심히만 한다면 작곡가로서 가능성이 아예 없는 것도 아니
었다.

요 며칠, 우진은 아란의 잃어버린 미래를 찾기 위해 정신없이 뛰
어다니고 많은 사람들에게 조언을 구했다. 우진은 할 수 있는 데까지
는 최선을 다하고 싶었다. 피아노만 보며 살아온 아란이 피아노를 놓
지 않게 하는 것과 두 사람이 나란히 유학길에 오르는 것, 그 두 가지
모두 이루고 싶었다. 그건 우진의 오래된 꿈이자 간절한 소망이었다.
그런 소중한 꿈과 소망을 한순간에 접을 수는 없었다. 휴게실을 휘둘
러보던 우진은 발걸음을 돌렸다.

"이 덜렁이가 같이 놀 애들 없다고 병실로 돌아간 건가."

휴게실 한쪽 벽면에 부착된 대형 벽걸이 텔레비전에서 만화영화
의 한 장면이 시끄럽게 울려 퍼졌다.


"이제 어쩔 거야."

지난날의 행적이 고스란히 담긴 종이 뭉치를 강우는 망연히 바라
보기만 했다. 새하얀 종잇조각을 쥐고 있는 강우의 손이 바들바들 떨
렸다. 바늘 떨어지는 소리마저 들릴 듯한 기묘한 정적이 오래도록 강
빈의 집무실을 메웠다. 소파 등받이에 몸을 기댄 강빈은 양팔을 엇갈
리게 팔짱을 끼고는 오만하게 턱을 치켜들었다. 고개를 푹 숙이는 것

으로 대답을 거부하는 강우가 답답하고 한심해서 강빈의 눈빛이 차디차게 식었다.

"너. 정신이 있어, 없어."

강빈의 사느란 음성이 강우의 귓전을 때렸다.

"이번 일로 우리 회사가 받을 타격이 어느 정돈지, 넌 짐작이나 하는 거야? 우리 쪽 손실액이 얼마나 되는지 짐작이나 하냐고, 서강우! 젠장!"

"큰…… 큰아버님께 벌써 말씀…… 드린 거야?"

고개도 들지 않은 채 강우가 쥐어짜듯 물었다. 단단하게 맞붙은 강빈의 입매에 조소가 묻어 나왔다.

"이 상황에서 한다는 말이 고작 그거밖에 없어?"

"당분간만 입 좀 다물어주라, 강빈아. 내가 해결, 해결하려고 했어. 정말이야. 조금만 시간을 주면 내가 깨끗하게 일 처리할 테니까 제발 큰아버님께는 비밀로 해줘. 부탁이다, 제발."

테이블 위에 종이 뭉치를 내려놓은 강우는 절박하게 애원했다. 소파에서 일어나 강빈에게로 성큼 다가섰다. 매정하게 외면하는 강빈의 팔에 안달복달 매달렸다. 강빈은 냉담하리만치 차갑게 강우의 손길을 뿌리쳤다.

"해결, 어떻게 하려고 했는데, 서강우?"

강빈의 싸느란 물음에 강우는 혀를 굳혔다.

"네가 말하는 깨끗한 일 처리는 도대체 어떤 건데? 어디 한번 들어나 보자. 그 잘난 입으로 속 시원하게 대답 한 번 해보라고, 서강우."

이렇게 빨리 꼬리가 밟힐 줄은 강우도 미처 예상하지 못했다. 강빈이 어떻게 이번 일을 눈치채고 발 빠르게 조사를 하게 됐는지도 강우는 감이 잡히질 않았다. 모든 일이 다 터지고 나면 믿을 만한 수하에게 돈을 좀 쥐어주고 대신 죄를 뒤집어써달라고 할 참이었다. 벌써 뒷감당을 해줄 사람까지 물색해 놓지 않았던가. 헌데, 강빈이 이토록 신속하게 자신의 뒤를 캐고 다닐 줄은 몰랐다. TGC 사와의 거래와 계약이 낱낱이 적힌 문서는 강우를 빼도 박도 못하게 했다. 이번 일이 서 회장의 귀에 들어가면 그는 영원히 경영에서 손을 떼야 한다. 그리고 집안에서도 제명일 뿐 아니라 부친 서영제 사장에게도 내침을 당할 게 뻔했다.

일순, 눈앞이 아득하게 변해갔다. 한순간의 욕심에 눈이 멀어 모든 걸 잃게 될지도 모른다는 생각에 뒤늦게 후회가 밀려들었다. 도박을 하는 게 아닌데. 카지노에 발을 들이는 게 아닌데. 이제 와서 뼛속 깊이 후회한들 무엇하랴만 강우는 강빈을 향해 절박하게 뇌까렸다.

"마지막이었어. 이제 두 번 다시 도박 안 해. 정말 손 씻었어. 죽어도 카지노엔 발 안 들여. 제발 한 번만 눈감아주라."

"너, 예전에도 그런 말 했었어. 나, 그리고 우리 아버지 앞에서. 그리고 작은아버님 앞에서 토씨 하나 안 틀리고 그 말, 그대로 했었어. 머리 나쁜 넌, 그새 잊었나 보지만 말이다."

강우는 어금니를 악다물고 씨근덕거렸다. 마른침을 꿀꺽 삼키고 까끌까끌한 혀를 이용해 애써 말을 형성했다.

"한 번만 봐줘. 정말 다시는 이런 일 없게 할게. 이번 일을 대신 뒤집어써 줄 사람도 찾아놨어. 벌써 돈까지 다 줬단 말이야. 내가 수족처럼 부리는 아랫사람인데 기꺼이 하겠대. 입단속은 철저히 할 거야.

무덤까지 비밀 가져갈 사람이야. 강빈아, 제발……."

"서강우, 너 정말…… 형편없이 망가졌구나."

일말의 측은지심도 일지 않았다. 이런 인간이 가족이고, 사촌이라는 게 낯 뜨거울 뿐이었다. 강빈의 시린 눈동자에 강우는 '고작' 그런 인간으로 비춰졌다. 소파 등받이에 몸을 깊숙이 파묻은 강빈은 길게 한숨을 내쉬었다. 집무실 바닥에 무릎을 굽힌 강우가 고개를 푹 숙이고 있었다. 강빈의 차가운 시선이 강우의 목덜미에 닿았다. 집무실은 냉방이 완벽하게 되었다. 밖은 여름의 막바지라 연일 폭염이 기승을 부렸지만 집무실은 쾌적하기만 했다. 하지만 집무실 한가운데에 있는 강우의 목덜미에는 식은땀이 소스락소스락하게 돋아나 아래로 주르륵 흘러내렸다.

"제발…… 강빈아. 한 번만, 마지막으로 한 번만……."

양손을 모아 하나로 깍지 낀 강우가 애처롭게 사정했다. 강빈은 입도 떼지 않은 채 중언부언하는 강우의 말을 무감하게 응대했다.

"다시는 안 그럴게. 두 번 다시…… 이런 일 없게 할 테니까, 제발……."

회환에 가득 찬 강우의 후회와 사죄의 말은 강빈에겐 모두 소불동념(少不動念)이었다. 이미 한 차례 파란을 겪었으면서, 그로 인해 득보다 실이 많다는 걸 깨우쳤으면서도 강우는 정신을 차리지 못했다. 그저 사건을 덮는 것에만 급급해 다른 것은 안중에도 없었다. 강우를 정시하는 강빈의 눈빛이 암연처럼 어둡게 가라앉았다. 강빈의 입술을 가르고 탄식이 흩어져 나왔다. 이대로 강우를 외면해도 누가 뭐라 할 사람 없었다. 강우의 청을 야멸치게 거절한다고 해서 누구 하나

질책할 사람도 없었다. 헌데, 강빈은 차마 그럴 수가 없었다. 가족이라는 울타리 안에서, 강우를 영구히 배제시킬 수는 없는 노릇이었다.

"TGC 사 대표와 이번 일에 관련된 관계자들 모두 연락해서, 빠른 시일 내에 회담자리…… 만들어."

획 고개를 치켜드는 강우의 얼굴에서 한줄기 희망의 빛이 스쳤다. 소파에서 몸을 일으킨 강빈은 용건이 끝났다는 듯 데스크로 걸음을 옮겼다. 강우에게는 눈길도 건네지 않은 채 냉매하게 덧붙였다.

"이번이 마지막이야. 네가 사고 치고 다니면 늘 내가 뒤치다꺼리하는 거, 정말 마지막이라고. 새겨듣는 게 좋을 거다, 서강우."


다음날, 강빈은 강우와 몇몇 최측근을 대동하고 중국 베이징으로 출국했다. 서 회장은 물론 서한그룹 임원들의 귀에 기술 유출사건이 들어가기 전, 사태를 수습하기 위해 강빈은 누구보다 고군분투했다. 이미 첨단기술을 습득한 TGC 사는 강경하게 거절했지만 서한전자의 기술협력이라는 달콤한 제안을 거부하지 못했다. 아시아 중 단연 독보적인 위치를 자랑하는 기업에서 추후 일 년 동안 첨단기술을 제공한다는 솔깃한 제안에 결국 TGC 사는 머리를 숙였다. 양측 대표의 팽팽한 신경전과 첨예한 대립 끝에 나온 결과였다.

강빈이 그 일로 베이징에 체류한 기간은 이십여 일이 훌쩍 넘었다. 수면 시간마저 부족한 하루하루가 끔찍하게 이어졌다. 회담은 총과 칼이 난무하는 전쟁터처럼 살벌했고 연일 주체되는 긴급회의, 비밀회의, 기밀회의가 수없이 반복되었다.

외부로의 첨단기술 유출을 막기 위해 강빈이 밤낮으로 사투를 벌이는 동안, 아란은 그에게서 더 멀리, 더 먼 곳으로 멀어져 가고 있었다.

　오른손으로 건반을 살며시 누르자, 이내 저릿한 통증이 손목을 거쳐 팔을 타고 올라왔다. 아란은 아랫입술을 그악스레 물었다. 눈물이 핑 돌았다. 신체 일부의 아픔에 눈물이 나는 건지, 자유롭게 피아노를 연주할 수 없다는 사실에 눈물이 나는 건지 알 수가 없었다. 눈가에 돋아난 이슬이 아란의 뺨을 타고 또르르 흘러내렸다. 휴게실 한쪽에서 블록으로 동물농장을 신나게 만들던 지혜가 다 만든 블록을 아란에게 자랑스레 내밀었다.

　"언니, 이거 잘 만들었지? 어, 언니 울어? 왜 울어?"

　바닥에 블록을 내려놓은 다섯 살배기 여자아이가 걱정스레 다가와 환자복 소맷자락으로 아란의 눈물을 닦아주었다.

　"어디 아파? 아파서 우는 거야? 나도 아프면 막 우는데……."

　"아냐, 우는 거. 눈에 뭐가 들어가서……."

　아란은 고개를 돌리고는 젖어든 눈가를 재빨리 훔쳐냈다. 피아노 의자에 올라온 지혜가 다리를 달랑달랑 흔들었다. 조그마한 입술을 종달새마냥 재잘거렸다.

　"언니, 피아노 쳐줘. 음, 젓가락 행진곡. 언니 한 손으로도 그거 잘 치잖아."

　아란은 엷게 웃으며 혀를 찼다. 매번 아이들의 주문은 같은 거였다. 젓가락 행진곡, 작은 별, 악어 떼, 곰 세 마리 등등. 아란이 왼손으로도 자유롭게 연주할 수 있는 곡을 선택해 자주 들려주었더니 아이들은 이제 틈만 나면 연주를 해달라고 졸랐다. 지혜의 부탁이 도화선이 되어 여기저기서 뛰어놀던 꼬맹이들이 우르르 몰려들었다.

아란은 못 말리겠다는 듯 고개를 내저었다. 피아노 의자에 떡하니 자리를 잡은 지혜는 전날 배웠던 음계를 짚으며 어서 같이 연주하자고 채근을 했다. 젓가락 행진곡 도입부가 어설프게 흘러나왔다. 한숨을 내쉰 아란은 지혜와 박자를 맞춰 검지로 건반을 통통 두드렸다. 몇 소절 지나지 않아 막힌 지혜는 피아노 위에서 손을 떼고 아란의 손짓을 부럽다는 듯이 바라보았다.

"파트너를 바꿔야 할 것 같은데?"

나직하게 들리는 음성과 함께 아란의 손짓이 거짓말처럼 멈췄다. 심장의 두근거림이 귀에도 고스란히 들릴 정도였다. 아란은 반갑게 고개를 돌렸다.

강빈이다, 이런 말을 하는 사람은.

그러나 휴게실 입구에 서 있는 사람이 눈에 들어오는 순간, 아란의 얼굴에서 반가운 기색은 흔적도 없이 사그라졌다. 하얀 약봉지와 생수병을 들고 있던 우진이 한 걸음씩 다가섰다.

"약 먹을 시간 지났는데 안 온다고 어머님 걱정하시더라."

왜 요즘은 오지 않는 걸까. 한동안은 친구로서 매일매일 병문안을 오던 강빈이 발걸음을 딱 끊은 지 이십여 일이 지났다. 아란은 사람들이 바쁘게 지나다니는 휴게실 입구를 망연히 응시했다. 마치 어딘가에서 강빈이 신기루처럼 나타날 것만 같았다.

생수병 뚜껑을 열고 약 봉지를 뜯은 우진이 아란의 앞에 내밀었다. 아란은 한입에 여러 개의 알약을 털어 넣고 물을 마셨다. 지긋지

굿하게 맞는 주사도 싫었고, 식도를 자극하며 내려가는 약도 이젠 끔찍하기만 했다. 아란이 약을 삼키는 모습을 지켜보던 지혜가 인상을 쓰며 뒤로 물러났다.

"으으! 난 약이 정말 싫어."

진저리를 치며 의자에서 내려가는 지혜를 보며 아란은 쓴웃음을 지었다. 어쩌면 저 어린아이와 마음이 똑같은지 불현듯 서글픈 마음이 들었다. 아란의 옆에 자리를 잡은 우진은 양손을 허공에 흔드는 것으로 손을 풀었다.

"자아, 박우진의 비싼 연주…… 한 곡 들려줄까?"

아란은 고갯짓으로 대답을 대신했다. 소란스럽던 휴게실에 정적이 흘렀다. 이미 몇 번이나 우진의 연주를 들었던 아이들이 환호성을 질렀다. 우진의 연주 실력을 아는 아이들은 이내 하던 놀이를 멈추고 하나둘 피아노 주변으로 모여들었다. 아이들을 하나하나 훑어보며 미소 짓던 우진은 천천히 건반 위로 손을 미끄러뜨렸다.

잠시 뒤, 휴게실에는 감미로운 선율이 은은하게 울려 퍼졌다.

'슈베르트'의 '세레나데'.

아란이 가장 좋아하는 곡이 바람처럼 귓가를 스쳤다. 다른 작곡가들의 세레나데는 따뜻하고 사랑과 희망이 넘치는 반면, 슈베르트의 세레나데는 어딘가 모르게 비통하고 애잔하고 애통해서 아란은 슈베르트의 곡을 더 좋아하곤 했다.

부드럽게, 부드럽게 울려 퍼지는 피아노 선율을 감상하며 아란은 살며시 눈을 감았다. 어쩌면 이렇게 완벽하게 연주를 할 수 있는 걸까. 어떻게 슈베르트의 아픔과 애잔함을 하나도 놓치지 않고 피아노에 고스란히 녹일 수 있는 걸까. 고갯짓으로 박자를 맞추고 나직이 허밍을 첨가하면서 아란은 우진의 연주에 심취했다. 아이들은 숨 쉬는 것도 잊은 채 우진을 뚫어져라 바라보았다. 휴게실 밖으로 오가던 이들도 잠시 움직임을 멈추고 우진의 손끝에서 탄생되는 아름다운 선율에 흠뻑 빠져들었다.

아란은 문득, '바흐'의 '아리아'가 듣고 싶다는 생각을 했다. 조심스레, 다소 어설프게 그 곡을 연주하던 강빈의 모습이 아란의 뇌리에서 되살아났다. 너무 좋았는데, 그의 연주를 듣는 순간이. 피아노를 연주하던 강빈의 아름다운 모습을 떠올리는 것만으로도 그날처럼 가슴이 떨렸다. 심장의 설렘이 가슴을 거쳐 전신으로 퍼져 나갔다.

어째서 요즘은 오지 않는 걸까. 강빈을 향한 그리움이 아란의 내면에서 소리없이 영역을 넓혀 나갔다. 간간이 휴게실 입구를 바라보는 아란의 눈빛이 물기를 머금고 애연하게 젖어들었다. 우진의 연주가 끝났을 때, 아이들은 고사리 같은 손을 움직여 열렬하게 박수를 쳤다. 한동안 연락을 끊은 강빈을 생각하느라 아란은 우진의 연주 후반부를 제대로 듣지 못했다. 아이들의 요란한 박수 소리에 연주가 끝났다는 것을 어렴풋이 눈치챘다.

상그레 웃으며 멋진 연주였다는 말을 하려는데 갑자기 우진이 의자에서 몸을 떼고는 아란의 발치에 한쪽 무릎을 꿇고 앉았다. 언제 준비했는지 짙푸른 벨벳 소재 케이스를 앞으로 내밀었다. 우아하게 뻗은 우진의 손이 보석 상자의 뚜껑을 조심스레 열었다. 휴게실 형광등 불빛 아래에서 섬세한 세공을 거친 다이아몬드 반지가 찬연하게 빛났다. 아란은 눈을 동그랗게 뜨고는 보석 상자와 우진을 번갈아 보았다.

"오빠?"

"아버님께 말씀드렸어. 너랑 결혼하고 싶다고. 성급한 결정이라고 한 대 맞을 뻔했는데…… 그래도 결국 허락해 주시더라. 다시는 너 아프게 하지 말라는 중요한 말씀도 덧붙이면서."

아란의 흔들리는 눈동자가 우진의 손을 향했다. 허공으로 높이 치켜든 케이스 안에는 정교한 커팅을 거친 보석이 우아하게 꽂혀 있었다.

"청혼하는 건가 봐."

"정말? 나 청혼하는 거 처음 보는데."

"그럼 조금 이따가 저 언니랑 오빠 뽀뽀도 하는 거야?"

"바보야! 그건 저 누나가 반지를 받아야 하는 거지."

옹기종기 모여든 아이들은 휴게실 바닥에 쪼그리고 앉아 자기들끼리 수군거렸다. 우진은 나직하게 웃음을 터뜨리면서 고개를 내저었다. 아란에게 윙크를 하며 속삭였다.

"요즘은 애들이 더 영악하다니까. 안 받을 거야? 오빠 팔 떨어지겠다, 란아."

입안이 바짝 말라 버린 듯해서 아란은 마른침을 삼켰다. 프러포즈는 예상하지 못했다. 약혼을 앞두고 있긴 했지만 결혼은 조금 더 먼 미래의 일이라고 여겼다. 두 사람 다 학업을 마치면 그때 웨딩마치를 올리기로 했는데 어째서 우진은 벌써 프러포즈를 하는 걸까. 아란의 고운 얼굴에 혼란스러움이 가득 배어 나왔다.

"사랑해. 평생 너만 보고, 평생 너만 사랑할게. 손에 물도 안 묻히게 할게. 우리 집에도, 독일에도 도우미 아줌마가 있으니까 넌 아무 것도 안 해도 돼. 원한다면 씻는 것도 내가 다 해줄 수 있어. 넌 그냥 내 옆에서 열심히 공부하고, 행복하게 지내기만 하면 돼. 지금 이 순간 밤하늘에 떠있는 별도 따주고 싶은데, 그건 내 능력으로는 힘드니까 한 번만 봐주라.”

우진의 익살에 아란은 생그레 웃음을 터뜨렸다.

“아란이 언니 웃었다! 그럼 이제 반지 받는 거야?”

“좀 있으면 뽀뽀도 하겠다!”

“쉿! 조용히 좀 해봐.”

아이들의 재잘거림에 우진과 아란은 고개를 내저었다. 우진이 나직하게 뇌까렸다.

“이거 장소를 잘못 잡았는걸. 좀 더 조용하고 은밀한 곳에서 프러포즈를 하는 건데.”

아란은 천천히 손을 내밀었다. 매끄러운 벨벳의 감촉이 손끝에 전해왔다. 한쪽 다리를 굽히고 있던 우진은 그제야 몸을 세웠다. 아란의 옆에 자리를 잡고 벨벳 케이스에서 영롱하게 빛나는 반지를 우아하게 빼냈다. 아란의 손에 반지를 끼워주고 우진은 그곳에 다정하게 입을 맞췄다.

“결혼을…… 왜 이렇게 빨리 하려는 거야, 오빠?”

“너 빨리 내 여자 만들고 싶으니까.”

아란의 보얀 뺨에 화사한 꽃물이 번져 나갔다. 우진은 눈빛으로 모든 언어를 대신하고 있었다. 널 안고 싶다고. 널 갖고 싶다고. 널 사랑한다고. 우진의 뜨거운 시선이 부담스러워서 아란은 고개를 돌렸다. 아란의 턱을 조심스레 움켜쥔 우진이 머리를 숙였다. 아이들이 까아꺄아거리며 소리를 질러댔다.

"이쯤에서 저 꼬맹이들 호기심을 충족시켜 줘야겠지?"

들릴 듯 말 듯 속삭이며 우진은 입술을 부딪쳤다. 짧은 입맞춤을 선사하고 뒤로 물러나던 우진은 한숨을 내쉬고는 거칠게 아란의 입술을 삼켰다. 혀를 밀어 넣고 아란의 입안을 거침없이 헤쳐 나갔다. 두 사람의 더운 숨결이 서로에게 스며들었다. 삼킬 듯이 빨아들이며 우진은 더 깊고 진한 키스를 퍼부었다. 우진의 단단한 가슴에 손을 올린 아란은 슬그머니 밀쳐 냈다. 욕망으로 어둡게 가라앉은 우진의 눈동자가 아란의 동공에 자리를 잡았다. 아란은 뒤로 물러나며 낮게 혀를 찼다.

"애들 앞에서 뭐하는 거야."

우진의 탁하게 갈라진 음성이 희미하게 쏟아져 나왔다.

"너 요즘 너무 예뻐지는 거 아니, 란아? 어떨 땐 섬뜩섬뜩하다. 너무 예뻐서."

우진의 장난스러운 말투에 아란은 새침하게 눈을 흘겼다.

"프러포즈, 받아주는 거지?"

오른손 약지에 끼워진 반지를 보며 아란은 무감하게 대답했다.

"당연한 거 아냐? 오빠가 나 어렸을 때부터 교육시켰잖아. 넌 크면 무조건 내 신부 하는 거다, 란아, 라고. 근데 생각보다 조금 이른 걸?"

고개를 갸웃거리는 아란을 보면서 우진의 눈빛이 진지하게 변해 갔다. 이르다는 건 우진도 알고 있었다. 하지만 아란을 탐내는 남자가 있는데 미적거릴 수는 없었다. 강빈에게는 당신 탓이라고 말도 안 되는 억지를 부렸지만 그 사고가 자신의 잘못이라는 걸 모르지는 않았다. 그렇기에 후원을 핑계로 스케줄을 제멋대로 조종해 아란과 함께 할 수 있는 시간을 방해하고, 협연을 제안해 예정되어 있던 약혼을 무산시킨 사람이 서강빈이라는 남자란 걸 아란에게 밝힐 수가 없었다. 그건 너무 치사하고 졸렬한 짓인 것만 같아서. 아니, 아니다. 결론은 강빈의 말이 옳았다. 그런 제안을 한 건 강빈이 맞지만 결정을 내린 것도 자신이었고 받아들인 것도 결국 자신이었다. 누군가에게 책임을 탓하기 전에 자신만 그런 선택을 하지 않았다면 아란이 다치는 일은 없었을 터였다.

협연을 욕심내지 않았다면, 아란과의 약혼을 우선으로 생각했다면…….

하루에도 몇 번씩 밀려드는 후회와 번민 속에 우진은 서글프게 흘어져 나오는 신음을 입안으로 삼켰다. 아란의 마음이 변치 않을 거라는 건 우진도 자신했다. 그렇기에 이따금 병문안을 가장해 아란을 찾는 강빈을 못 본 척 묵인할 수 있었다. 아란의 목숨을 구해준 은인에게 병문안마저 오지 마라는 매몰찬 거절의 의사를 전할 수는 없었다. 하지만, 가슴 한쪽에 피어오르는 한줄기 두려움. 그건 서강빈에 대한 두려움이었다. 차분하고 담담하게, 그리고 자신만만하게 이아란을 마음에 품었노라 밝히던 강빈이 우진은 두렵고 무서웠다. 어쩌면 그래서 더 결혼을 서두르는 것인지도 모른다.

그러나 무엇보다 결혼을 서두르는 이유는 평생 씻을 수 없는 죄책감과 죄의식 때문이었다. 교통사고가 일어난 뒤, 우진은 아란에게 크나큰 죄책감을 느꼈다. 사고 이후로는 불면증에 시달리느라 매일 밤, 잠을 청하는 게 힘들 지경이었다. 아란을 다치게 하고, 소중한 미래를 잃게 만든 죄의식은 우진을 하루하루 지옥의 나락으로 밀어뜨렸다.

아란이 영원히 행복해지는 것. 아란이 평생 예쁘고 환하게 웃는 것. 그것만이 지금 이 순간 우진이 해줄 수 있는 전부였다. 세상 누구보다 행복한 사람으로 만들어주고 싶었다. 우진이 간절하게 염원하는 건 이아란의 행복, 오직 그것뿐이었다.

"사랑해, 란아."

우진의 애틋한 고백을 아란은 곱게 미소 짓는 것으로 화답했다.


교통사고로 아란의 휴대전화가 엉망으로 망가졌다는 말을 들었다. 병원에 있는 동안은 새 휴대전화를 개통하지 않을 거라던 아란의 말을 되새긴 강빈은 못마땅한 듯 눈매를 틀었다. 중국에 있는 동안 시간적 여유가 없어서 전화 한 통화 하지 못했다. 병실로 전화를 해도 됐지만 아란의 모친인 최 여사가 받으면 괜히 아란이 불편할까 봐 가급적 자제했다. 그렇게 바쁜 일정 속에서도 윤 원장과의 통화를 게을리하지는 않았다. 아란의 상태가 눈에 띄게 호전되고 있다는 소식에 안도하며 중국에서의 일을 처리했다. 나직이 한숨을 내쉰 강빈은 엘리베이터 벽면에 몸을 기댔다. 이십여 일 만에 찾아온 느긋한 한때였다. 귀국하자마자 본사에 들러 급한 업무를 마친 강빈은 그제야 한숨 돌릴 여유를 찾았다.

오랜만에 아란을 만날 생각을 하자 지친 얼굴에 미소가 번졌다.

친구로서 서강빈이라는 남자를 언제든지 환영한다던 아란의 말에, 강빈은 천천히 다가서기로 했다. 급할 건 없었다. 서두를 필요도 없었다. 강제로 아란의 마음을 약탈할 생각도 없었다. 강압적으로 강요하고 싶지도 않았다. 이렇게 시간이 흘러 언젠가는 아란이 그의 진심을 알아주기만을 강빈은 간절히 바랄 뿐이었다.

스르르 내려가던 엘리베이터가 경쾌한 소리를 내며 멈췄다. 금속 철제 문이 소리없이 열리고 엘리베이터 밖에 서 있던 이 부사장이 한 걸음에 들어왔다. 엘리베이터 벽면에 비스듬히 서 있던 강빈은 자세를 바로잡았다. 정중하게 고개를 숙여 인사를 전했다.

"오랜만에 뵙습니다, 서 사장님."

"네. 잘 지내셨습니까."

닫힘 버튼을 누르고 몸을 돌린 이 부사장은 강빈을 응시하며 벙시레 미소 지었다.

"해외 출장을 다녀오셨다고 들었습니다만."

"네. 급한 일정이 있어서."

"퇴근 후에 다른 스케줄이 없으면…… 서 사장님, 저랑 술 한잔하시겠습니까?"

이 부사장의 조심스러운 제안에 강빈은 잠시 갈등에 휩싸였다. 아란을 만나러 가려고 했는데 어쩐다, 하는 곤혹스러움이 스쳤다. 벌써 못 본 지 이십 일이 넘었다. 중국으로 떠나기 전 병원 휴게실과 병원 앞 쉼터에서 아란과 시간을 보낸 게 전부였다. 갑작스러운 일정으로 다녀온다는 말도 못하고 비밀리에 출국했었다. 아란이 보고 싶었다. 그 청아한 목소리가 그리워서 심장이 아릴 정도였다. 이 부사장이 겸연쩍게 웃으며 첨언했다.

"일이 있으면 다음에 해도 됩니다그려. 아시지 않습니까. 서 사장님을 뵐 때마다 제가 항시 고맙고 감사한 마음을 갖게 되는 걸 말입니다. 해드릴 건 마땅히 없고 식사든 약주든 늘 대접하고 싶은데 워낙 바쁜 분이셔서. 다음에 편한 날 알려주세요. 그땐 근사한 곳에서……."

"아닙니다, 이 부사장님. 오늘 하죠."

강빈은 흔쾌히 받아들였다. 다른 사람도 아니고 아란의 부친이었다. 그런 분의 초대를 거절하는 건 왠지 내키지가 않았다.

"바쁘신데 괜히 내가 시간을 앗는 건 아닌지……."

"바쁜 일 없으니 신경 쓰지 마십시오."

"허허헛! 서 사장님, 보기보다 시원시원해서 마음에 듭니다그려."

이 부사장의 호탕한 웃음소리가 밀폐된 공간 안에서 커다랗게 울려 퍼졌다.


전통 한옥의 멋과 현대의 모던함을 접목시킨 삼청동의 '다원'은, 고위급 인사들이 자주 드나드는 곳으로 이름을 떨쳤다. 정·재계 실세들이 비밀회동을 목적으로 찾아들기도 했지만, 그저 편하게 술 한잔하러 들르는 재계인들도 허다했다. 어디로 가야 하나 고민에 빠진 이 부사장을 대신해서 강빈이 이곳을 추천했다. 사람들로 북적이는 바(Bar)는 다소 불편할 듯했고 이런 곳이라면 이 부사장도 정수(靖綏)하게 약주를 들 수 있을 듯했다. 시중을 들겠다는 다원의 사장을 물리고, 두 남자는 테이블 하나를 사이에 두고 주거니 받거니 술잔을 기울였다.

　전통의 미를 한껏 살린 병풍 옆으로 청사초롱이 환하게 불을 밝혔다. 반들반들 윤이 나는 자개장 위에는 나무로 깎아 만든 원앙 두 마리가 머리를 맞대고 사이좋게 서로를 마주보았다. 이미 한 차례 강빈에게 오찬 대접을 했음에도 이 부사장은 또다시 깍듯하고 점잖게 인사를 전했다.

　"우리 딸아이 목숨을 구해준 분에게 이런 걸로 과연 답례가 될 수 있을지 모르지만, 많이 드세요, 서 사장님."

　"그만하세요. 우연히 알게 되어서 그랬던 건데……. 이렇게 과한 인사치레를 들을 일은 아닙니다. 자꾸 그러시면 이 부사장님과는 불편해서 식사도, 약주도 하기 어렵겠는걸요."

　나이 지긋한 어른에게 매번 인사를 받는 게 부담스러워진 강빈은 대화의 주제를 슬그머니 돌렸다. 이내 이야기는 다른 곳으로 물 흐르듯 흘러갔다. 회사에 대한 이야기와 정치에 대한 이야기, 그리고 나랏일로 대화는 끊이지 않고 이어졌다. 대화가 깊어갈수록 두 남자의 술잔도 바삐 움직였다. 이 부사장의 잔이 비면 강빈은 정중하게 새하얀 도자기 주전자를 들어 올려 향이 깊게 배인 국화주를 따랐다.

　술이 약한 이 부사장은 몇 잔 마시지도 않았는데 이내 얼굴이 벌겋게 달아올랐다. 기껏해야 주전자가 두어 번 바뀌었을 뿐인데 혼자 다 마신 듯 연신 싱글벙글 웃음을 지었다. 잔을 가득 채우는 국화주를 한입에 들이켜며 이 부사장은 입안에 감도는 향긋한 향을 음미했다.

　"향이 아주 좋군요."

강빈은 고갯짓으로 대답을 대신했다. 단정한 자세로 술잔을 비우는 강빈을 응시하며 이 부사장은 한숨을 내쉬었다. 똑같이 마시고 있는데 흐트러진 건 이 부사장 혼자였다. 잔을 비우는 속도는 같았지만 강빈은 조금도 취하지 않은 말짱한 얼굴이었다.

"서 사장님은 술도 취하지 않으시나 봅니다."

들어올 때와 다름없이 여전히 어연번듯한 강빈을 보면서 이 부사장은 농을 던졌다. 싱그레 웃음을 짓던 강빈이 손을 내저었다.

"그럴 리가요."

남자의 미소가 어여뻐 보이는 건 이 부사장이 살아오는 동안 처음이었다. 입매가 우아하게 휘늘어지자, 조각 같은 얼굴에 화사한 빛이 스며들었다. 회사 내에서는 좀체 웃는 모습을 보이지 않았기에 처음 본 강빈의 미소를 이 부사장은 멍하니 넋을 놓고 바라보았다.

"보기 좋습니다. 그렇게 자주 웃으세요. 늘 표정에 변화가 없어서 젊은 사람이 웃을 줄도 모르나, 했는데 그게 아니군요."

"좋게 봐주셔서 감사합니다."

점잖게 인사치레를 하며 강빈은 이 부사장의 빈 잔에 맑고 투명한 국화주를 한 잔 따랐다. 입술만 축이는 정도로 마신 이 부사장이 테이블 위에 잔을 내렸다.

"말씀 편히 하셔도 됩니다. 편하게 말씀하세요, 이 부사장님."

강빈의 예바른 제안을 이 부사장은 손사래를 치며 강경하게 거절했다.

"아닙니다, 아니에요. 그건 예의가 아니죠. 그래도 서 사장님이 제겐 윗사람인데 말입니다."

"하하, 윗사람이라니요. 듣기 거북합니다. 앉은자리만 조금 위에 있을 뿐, 이 부사장님에 비하면 아직 한참 아래에 있는 부족한 사람인걸요."

"겸손도 지나치면 오만이 되는 법입니다. 서 사장님의 능력이야 이미 재계에서 모르는 사람이 없는데 뭘 그러십니까."

강빈의 빈 잔에 술을 따른 이 부사장이 말을 보탰다.

"서 회장님이 아주 뿌듯하시겠습니다. 이렇듯 훌륭한 아드님을 두셔서 말입니다. 흐음, 서른둘이라고 들었는데 어디 마음에 둔 참한 규수는 있으십니까? 없으면 이 늙은이가 중매라도 서고 싶은데 말이지요. 서 사장님의 훤칠한 인물과 올곧은 인품을 보니 좋은 사람 소개시켜 주고 술 석 잔 얻어먹고 싶은데요."

실소를 터뜨린 강빈은 고개를 내저었다.

"술이라면 언제든지 대접할 테니 그런 수고는 마세요."

댁의 따님을 원한다고 하면 이 부사장은 어떤 표정을 지을까. 비록 무산되었지만 약혼을 앞두고 있는 이아란이라는 여자를 원하노라 한다면 과연 이 부사장은 어떤 말을 할까, 싶어서 강빈은 입매를 굳혔다. 황량한 바람이 휘몰아치는 그의 마음을 알지도 못하고 이 부사장은 웬 여자를 소개시켜 주겠단다. 참 웃기지도 않는 상황이다 싶어서, 강빈은 쓴 술로 입술을 적셔 나갔다. 자조적인 미소가 걸린 입매를 술잔으로 노련하게 감췄다.

"사람이 나이가 차면 연애도 하고 가정도 꾸리고 해야 하는 겁니다. 너무 일에만 얽매여 있는 것도 보기 안 좋아요. 허허헛, 서 사장님 배려로 목숨을 건진 우리 집 공주님은 아직 나이도 어린데 조금 있으면 이 애비 품을 떠날 듯싶습니다.”

갑작스레 대화의 주제가 바뀌자 강빈의 신경이 팽팽하게 곤두섰다. 예민한 신경이 바짝 당겨진 활시위처럼 금세라도 끊어질 듯 위태롭게 지속되었다. 취소되었던 약혼을 다시 하려는 건가. 술잔을 쥐고 있는 강빈의 손에 희미한 떨림이 번졌다. 강빈의 변화를 알지 못한 채 이 부사장은 계속 말을 이었다.

“끔찍한 사고를 겪어서 그런가. 품에 더 끼고 있으면 싶었는데, 두 녀석이 당장 결혼을 시켜달라고 어찌나 성화를 부리던지…… 어이쿠! 괜찮으십니까?”

강빈의 손에 들린 새하얀 도자기 잔이 바닥으로 툭, 떨어졌다. 구김 하나 잡히지 않은 블랙 슈트 하의에 국화주가 빠르게 번져 나갔다. 이 부사장이 네모반듯하게 접힌 냅킨을 황급히 내밀었다. 강빈은 그것을 받을 생각도 하지 못한 채 이 부사장의 얼굴을 망연히 응시했다.

결혼? 결혼이라고 했던가, 지금?

심장이 파삭파삭, 깨어지고 을크러져 형체도 없이 뭉개지는 느낌이었다. 손끝이 바들바들 떨려와 강빈은 슬그머니 주먹을 쥐었다. 애써 감정을 추스르고 태연하게 냅킨을 건네받았다. 축축하게 젖어든 슈트를 닦아내는 강빈의 눈동자가 사느랗게 빛났다.

찰나, 우진의 비아냥거림이 강빈의 귓전을 울렸다. 그저 해보는 말이려니, 여겼다. 헌데, 정말이지 행동으로 실천할 줄은 꿈에도 짐작하지 못했다. 약혼 건너뛰고 바로 결혼으로 간다면 어쩔 거냐고 했던가. 결국 그 말은 그냥 해보는 말이 아니라 제 여자를 넘보지 마라는 경고였단 말인가. 좌식의자에 앉아 있던 강빈의 건장한 몸이 균형을 잃고 비틀거렸다.

"퇴원하고 안정을 찾는 대로 결혼하겠다고 우기는데, 원. 장래 사윗감의 쇠심줄 고집을 당해낼 재간이 없어서 내가 그러라고 했답니다."

"아직…… 따님의 나이가 어린 걸로 아는데……."

강빈은 각혈하듯 힘겹게 말을 꺼냈다.

'뭐가 그렇게 급하다고 서두는 거야, 이 아가씨야. 결혼은…… 정말이지 너무 심하잖아, 이아란.'

다른 남자의 아내가 된 아란은 떠올리고 싶지 않았다. 쏟아진 술잔을 한쪽으로 밀어놓고 새로운 술잔에 한가득 국화주를 따랐다. 술잔을 들어 올리는 것으로 강빈은 굳어버린 표정을 감췄다. 취기가 올라 벌건 얼굴로 빙그레 웃던 이 부사장이 고개를 끄덕였다.

"아직 어리긴 어리지요. 헌데 두 녀석이 원체 어릴 때부터 함께해서 그런지 일찍 결혼을 시켜도 아무 탈 없이 잘살겠다 싶어요. 우진이나, 아란이나 두 녀석 다 내 자식 같아서 같이 있는 걸 보면 예쁘고 곱고, 귀애스럽고…… 뭐, 그렇습니다. 그런 녀석들의 청을 거절할 수가 있어야 말이지요."

'결혼이라, 다른 남자의 아내가 된 이아란이라……'

일순, 혀끝에 향긋하게 퍼지는 국향이 역하게 느껴졌다. 강빈은 테이블 위로 술잔을 탁, 하고 거칠게 내려놓았다. 국화주를 쭉 들이켠 이 부사장이 덧붙였다.

"이번 사고로 잠시잠깐 우진이를 원망하기도 했지만 우리 딸아이 생각해 주는 마음은 부모인 나와 안사람을 능가할 정도랍니다. 어찌나 끔찍이 위하는지……."

무어라 말을 해야 하는데 혀가 무겁게 가라앉아 강빈은 일언도 할 수가 없었다. 대화를 이어나갈 적절한 단어가 도무지 떠오르지 않았다. 정교한 도자기 술잔을 만지작거리던 이 부사장이 겸연쩍은 미소를 지었다.

"아아, 내가 너무 내 얘기만 했군요. 자식 자랑은 팔불취들이나 하는 짓인 줄 알지만 서 사장님이 너그럽게 이해해 주세요. 우리 아이가 태어나서부터 항시 떨어지지 않고 서로 위하고, 아끼는 마음이 어여뻐서 내가, 어디 다니면 자랑이 끊이질 않습니다."

만면희색을 띠고 있는 이 부사장은 행복한 표정을 지었다. 사리사리 얽힌 생각에 사로잡힌 강빈의 얼굴에 짙은 그림자가 드리워졌다. 이따금 아란에게서 우진의 존재를 들을 때 어렴풋이 짐작은 했다. 꽤 긴 시간을 함께 나누고 지냈음을. 헌데, 그토록 길고 긴 시간 속에 서로를 품었다는 건 미처 몰랐다.

태어나서부터라니. 강빈은 진심으로 한 남자가 부러웠다. 박우진이라는 남자가 진심으로 부러웠다. 아란의 사랑과 믿음을 한 몸에 받고 있는 우진이 부러웠고, 그녀의 부친인 이 부사장에게 한없는 신의와 신뢰를 받는 그가 말로는 표현 못할 만큼 부러웠다.

"사고만 나지 않았더라면 우리 아이, 꿈을 접어야 하는 일은 없었을 텐데……."

한탄스레 중얼거리던 이 부사장은 나직이 혀를 찼다. 애열하게 젖어드는 눈가로 투명한 물기가 번졌다. 갈증난 사람처럼 술을 들이켜고는 잔을 내렸다. 쓸쓸한 미소가 걸린 입가에 자잘한 주름이 깊게 새겨졌다.

"그게 다 우리 아란이의 타고난 운명이고 천운이겠지요. 그래도 살았으니 다행이라고 생각합니다. 우리 곁을 떠나지 않고 살아주어서 감사하고 또 감사하지요."

강빈의 얼굴에 지우지 못한 죄의식이 번져 나갔다. 아란의 사고에 무관할 수는 없었다. 그것 또한 운명이고 천운이라고는 할 수가 없었다. 어쨌든 아란은, 그의 지시에 의해서 그날 그 시각 그곳에 있었던 것이다. 우진에게 협연을 제안하지만 않았던들 아란이 그곳에 있지 않았을 거고, 그렇다면 소중한 미래를 잃지 않아도 되었을 것이다. 지나친 죄책감이고 논리의 비약일지도 모른다. 하지만 아란의 사고 중심에 자신이 있었다는 것은 강빈에게 평생 씻을 수 없는 후회와 회한으로 남을 터였다.

"이게 다 서 사장님의 덕입니다, 덕. 사경을 헤매던 우리 아이가 목숨부지 할 수 있었던 게 다 서 사장님의 은덕 아니겠습니까? 그 은덕이 없었다면 두 녀석이 행복하게 결혼을 꿈꿀 수도 없었겠지요. 양쪽 집 어른들이 그 고운 아이들의 웃음을 두 번 다시 못 볼 뻔했을지도 모르지요. 내가 서 사장님 뵐 때마다 정말이지 큰절이라도 하고 싶을 정도랍니다."

이 부사장의 다정다감한 언행에도 강빈은 굳은 표정을 지울 수가 없었다. 얼어붙은 눈빛은 시간이 흐를수록 시리게 빛났다.

"참, 서 사장님도 우리 집 아이 몇 번 봤으니 아시겠지요. 우리 집 공주님, 아주 예쁘지 않습디까?"

술잔을 기울이던 이 부사장이 농을 던지며 너스레를 떨었다.

"회사 창립기념파티와 서 회장님 결혼기념파티에 다녀온 뒤, 우리 아이에게 혼담이 얼마나 많이 밀려드는지…… 약혼할 상대가 있다는 말을 하는 게 나중에는 입이 아플 지경이었습니다."

"아, 네…… 미인이더군요."

"농담입니다, 서 사장님. 그냥 웃자고 해본 말입니다."

진지하게 대답하는 강빈의 어투에 이 부사장이 허위허위 손사래를 쳤다. 이 부사장은 허허롭게 웃으며 강빈의 빈 잔에 잘 우러난 국화주를 한 잔 따라주었다. 두 손으로 잔을 받치고 있던 강빈은 입술을 적시는 정도로만 마시고는 곧바로 잔을 내렸다.

"사실 제 눈엔 세상에서 제일 고운 아이입니다. 너무 예뻐서 밖에 함부로 데리고 다니는 것도 아까웠지요. 나이가 들수록 어찌나 고와지는지 너도나도 탐내서 사람들 많은 덴 일부러 대동하지 않은 일이 허다하답니다. 흐음, 어디 보자…… 자랑이 아니라 어렸을 땐 지금보다 더 예뻤습니다. 어디 데리고 다니면 모두들 한 번씩 안아보려고 난리였지요."

슈트 상의를 뒤적거린 이 부사장이 지갑 사이에 끼워진 사진 하나를 꺼내 강빈의 앞으로 슬며시 내밀었다. 자그마한 사진을 받아 든 강빈의 눈가에 다스한 미소가 어렸다. 사진 속의 아란은 기껏해야 예닐곱 살 정도로 보였다. 눈을 동그랗게 뜨고 양손으로 브이(V)를 하며 활짝 웃고 있는 아이는 깨물어주고 싶을 정도로 사랑스러웠다.

턱 선까지 오는 새까만 단발머리를 찰랑이며 두 눈을 빛내는 아란의 사진을 강빈은 오래도록 바라보았다. 볼살이 붙어 포동포동한 동그란 얼굴에는 커다란 두 눈이 별처럼 반짝였다. 앞머리로 이마를 가리고 그 아래로 다듬은 듯 정교한 짙은 눈썹이 어린아이답지 않게 세련미를 갖춘 모습이었다. 사진으로만 봐도 장난기가 다분히 넘쳐흐르는 게 눈에 보일 정도였다.

"정말 예쁘지 않습니까? 그렇게 어렸던 녀석이 어느덧 결혼을 앞두고 있다니…… 참, 기분이 묘합니다그려."

"아직 따님이 안정을 되찾진 않았다고 생각하는데, 결혼은 언제쯤 염두에 두신 건지……."

새하얀 도자기 잔을 든 강빈의 손이 경련을 일으켰다. 떨림을 잠재우기 위해 술잔을 바술 듯 그악스레 바투 쥐었다.

'잔인하구나, 서강빈. 이아란의 결혼을 내 입으로 거론하다니…… 정말 잔인하구나.'

강빈의 입가에 쓰디쓴 환멸의 미소가 배어 나왔다.

"병원에선 한 열흘 정도만 더 있으면 퇴원해도 된다고 하더군요. 두 아이의 학업문제도 있고 또 애들이 하도 채근하고 졸라대서 아마 한 달 정도 뒤에 결혼을 하지 않을까, 싶습니다. 양쪽 집안에선 대충 그 정도쯤으로 날을 잡았거든요."

찰나, 눈앞이 아찔하게 변했다. 모든 사물이 뒤죽박죽이 되어 엉망으로 흔들렸다. 상 위에 먹음직스럽게 차려진 음식들이 마구잡이로 뒤섞였다. 한쪽에 곱게 세워진 병풍과 자개장이 제멋대로 날뛰었다.

'지진인가…….'

좌식의자에 등을 기댄 강빈은 빙글빙글 도는 어지럼증을 이기지 못하고 그만 눈을 감고 말았다. 강우의 일을 해결하고 돌아와서 제일 먼저 아란을 만나려고 했던 강빈은 아이러니하게도 그녀의 결혼 소식을 먼저 접하게 되었다.


"퇴원하면 아란 씨 살맛나겠다. 그치?"

가족실 소파에 등을 기대고 앉아 오렌지주스를 한 모금씩 마시던 서진이 물었다. 새하얀 가운 앞섶에 반짝이는 만년필과 형광펜이 가지런히 꽂혀 있었다. 아무렇게나 두르고 있는 청진기가 서진의 목에서 대롱대롱 흔들렸다. CD플레이어에서 흘러나오는 연주곡에 맞춰 서진은 리듬을 맞추듯 목을 까딱거렸다. '베토벤'의 '피아노 소나타 제17번 템페스트 중 제3악장'이 VIP특실을 가득 메웠다. 물 흐르듯 정교하고 섬세한 우진의 연주가 아란의 귓가를 스쳤다.

"안 그래도 그날만 손꼽아 기다리고 있어요."

아란은 장난스레 열 손가락을 쫙 펴고는 오른손 엄지를 접었다. 슬쩍 눈을 찡긋거려 윙크를 했다. 우아하게 말려 올라간 아란의 긴 속눈썹이 나비의 날갯짓처럼 팔락였다.

"이제 정확하게 구 일 남았거든요."

웃음기 가득한 아란의 말에 서진도 덩달아 미소를 지었다. 반쯤 마신 오렌지주스 병을 테이블에 내린 서진은 돌연 한숨을 내쉬었다.

"퇴원 앞두고 아란 씬 좋아 죽으려고 하는데, 우리 병원 남자 레지던트들이랑 치프들은 아쉬워서 죽으려고 하던걸? 알고 있어, 아란 씨? 아란 씨, 우리 병원 여자 의사들이랑 간호사들의 공공의 적이잖아."

"공공의 적인 것치고는 모두들 너무 잘해주시던데요?"

담당 의사는 물론 간호사 한 사람 한 사람까지 아란에게 어찌나 친절하고 상냥한지 매번 고맙기 그지없었다. 두 달이 다 되어가는 시간 동안 한국병원의 의사와 간호사는 아란에게 친구 이상의 존재가 되었다. 서진 역시 마찬가지였다. 시간적 여유가 있을 때마다 병실에 찾아와 아란의 무료한 시간을 달래주었다.

"그러고 보니 아란 씨, 오늘은 혼자 있네? 어머님이랑 꽃미남 약혼자는 어디 가셨나?"

"엄만 집에 잠시 가셨고, 오빤 이것저것 일이 많아서 오후에나 온다고 했어요."

아란은 테이블 위에 놓인 리모컨을 들어 올려 CD플레이어 볼륨을 낮췄다. 빠른 템포로 절정을 향해 치달아가는 우진의 연주가 서진과의 대화를 방해한 것이다. 서진이 인상을 찌푸리며 아란의 손에 들린 리모컨을 빼앗았다. 서진의 손짓에 나직하게 잦아들던 연주음이 다시금 커다랗게 울려 퍼졌다.

"좋은데 왜 줄여?"

앞가슴으로 팔짱을 낀 서진은 음률에 맞춰 손을 톡톡 두드렸다. 눈을 지그시 감고는 잠시 음악 감상에 젖어든 서진이 전율하듯 어깨를 떨었다.

"올 때마다 느끼는 거지만 아란 씨 약혼자, 연주 정말 끝내주게 한다. 소름 끼치는걸? 다음에 여건 되면 직접 연주회를 보러 갈까 봐. 나, 아란 씨 때문에 박우진 씨 연주회 앨범 몽땅 다 샀잖아. 여기 와서 듣고 홀딱 반해 버렸거든."

아란의 입가에 해사한 미소가 감돌았다.

"그 관심, 애정, 계속 유지하는 거예요, 언니."

"어휴, 또 약혼자 챙기기는. 알았어, 이 관심과 애정 쭈욱, 유지할게. 됐어?"

퉁명스레 말했지만 서진의 얼굴에는 웃음기가 가득했다.

"우진 씨, 학기 중에 한국 나온 거라고 들었는데 이렇게 오래 자릴 비워도 되는 거야?"

"학교 측에 얘기해 뒀대요. 결혼하고 나면 오빠 바로 독일로 가고, 저도 준비되는 대로 뒤따라…… 어머, 언니!"

마시려고 들어 올렸던 자그마한 주스 병이 서진의 손에서 바닥으로 곤두박질쳤다. 소파에서 황급히 일어난 아란은 서진의 옆으로 자리를 옮겼다. 바닥에 흥건히 쏟아진 주스를 티슈로 차분하게 닦아나갔다. 손에 묻은 주스를 건성으로 닦으며 서진이 질문을 던졌다.

"결혼? 결혼하는 거야, 아란 씨?"

새하얀 티슈에 오렌지빛 물이 배어들었다. 축축하게 젖은 티슈를 휴지통에 내던진 아란은 무심하게 고갯짓을 했다.

"언제?"

서진의 음성은 눈에 띄게 떨렸다. 이마를 덮고 있는 앞머리를 짜증스레 쓸어 넘기며 서진은 아랫입술을 물었다. 소파로 되돌아가느라 등을 돌리고 있는 아란의 뒷모습을 아프게 바라보았다.

"일단 퇴원부터 해야 되겠지만, 음…… 대략 한 달쯤 뒤로 날 잡았어요. 왜요, 언니?"

환하게 웃고 있던 서진의 얼굴에서 미소가 흔적도 없이 사라졌다.

힘없이 고개를 내젓던 서진은 한숨을 내쉬듯 나직하게 속삭였다.

"아냐, 아무것도. 근데…… 누구는 죽을 맛이겠네."

부친 윤 원장을 통해 이미 여러 차례 들었다. 강빈이 이아란이라는 여자를 얼마나 애달프게 생각하는지. 지금 서진의 눈앞에 있는 이 고운 아가씨를 얼마나 애틋하게 생각하는지를 고스란히 다 전해 들었다. 아니, 굳이 부친의 이야기를 들어서가 아니다. 이미 알고 있지 않았던가. 술에 취해 기절하듯 잠든 아란을 바라보던 강빈의 눈빛. 그 뜨겁고 강렬한 눈빛을 서진은 잊을 수가 없었다.

'왜 하필 아란 씨니, 강빈아. 다른 사람도 많은데, 세상에 널린 게 여잔데, 왜 하필이면 다른 남자를 사랑하는 이 아가씨냐고. 이 바보 같은 사촌아.'

약혼도 아니고 결혼이라니. 이 소식을 접하게 되면 강빈이 많이 힘들 텐데, 많이 상처받을 텐데. 우수에 젖은 강빈을 떠올리자 서진은 괜스레 화가 났다. 누군가의 마음도 몰라주는 무정하고 무심한 아란이 불쑥 얄미워지려 했다.

"결혼을 너무 일찍 하는 거 아냐? 아란 씨 나이도 아직 어린데."

아란을 응시하는 서진의 눈빛이 차게 식었다.

"에이, 어리긴요. 옛날 같으면 애를 낳아도 낳았어요, 언니."

사느랗게 변한 서진의 변화를 감지하지 못한 채 아란은 상그레 미소를 지었다.

"그럼 난, 옛날 같으면 손자 볼 나인가? 아니지. 북망산천 갈 나이구나."

"그건 아니죠, 언니! 너무 오버하신다!"

아란은 싱그럽게 웃음을 터뜨리며 난색을 표했다. 사고 후유증으로 피아노를 놓게 되었는데도 의연하게 대처하는 아란이 서진은 장하고 기특했다. 결혼을 앞두고 행복하게 웃고 있는 아란의 모습이 얄밉기도 하고 어여쁘기도 했다. 상반되는 두 감정에 서진은 씁쓸한 미소만 지었다. 강빈의 마음을 몰랐다면 진심으로 아란의 결혼을 축하해 줄 텐데, 지금은 그럴 수가 없었다.

"음, 한 달 뒤라면…… 너무 무리한 운동은 곤란할 텐데?"

서진의 뜬금없는 말에 아란은 눈을 동그랗게 떴다.

"무슨 운동 말이에요?"

눈을 찡긋거린 서진이 목소리를 낮게 깔았다.

"너무 격렬한 첫날밤은 피하는 게 좋아, 아란 씨. 의사로서 충고하는 거야."

"언니!"

아란의 볼에 장밋빛 꽃물이 화사하게 새겨졌다. '라벨'의 '죽은 황녀를 위한 파반'이 흘러나오는 가족실에 아란과 서진의 웃음소리가 하나가 되어 어우러졌다.

"두 아가씨들이 못하는 소리가 없군."

갑작스레 들리는 인기척에 아란과 서진의 눈길이 자연스레 가족실 입구를 향했다. 우두커니 서 있는 강빈을 발견한 두 여자는 반가운 표정을 지으며 동시에 소파에서 벌떡 일어났다.

"강빈 씨."

"어머, 강빈아!"

몸에 착 달라붙는 실루엣의 블랙 슈트를 멋들어지게 차려입은 강빈은 빈틈없어 보이는 완벽주의자 모습을 고스란히 드러냈다. 그레이 톤 스트라이프 셔츠와 같은 계열인 심플한 배색이 돋보이는 고급스러운 레지멘털 타이를 단정하게 매치한 강빈은 이제 막 일을 끝내고 회사에서 나온 듯했다. 한 걸음씩 다가서는 강빈을 보면서 아란은 환하게 미소를 지었다. 오랜만에 만난 강빈은 그사이 살이 좀 빠진 듯했으나 한층 더 수려한 모습으로 아란의 가슴을 설레게 했다.

"두 사람 다, 열렬한 환대인걸. 이거, 몸 둘 바를 모르겠는데."

아란에게 꽃다발을 내밀며 강빈이 덧붙였다.

"오랜만이야, 아가씨. 몸은 좀 어때?"

"아픈 데 하나 없이 완벽하게 좋아요."

"다행이네."

반짝반짝 광택나는 구김 펄지에 짙푸른 블루로즈가 예쁘게 감싸였다. 앙증맞은 생김새의 새하얀 조팝나무 꽃잎과 신비로운 블루로즈 수십 송이가 아란의 눈을 현혹시켰다. 이내 가족실에는 향긋한 꽃내음이 가득 번져 나갔다. 아란은 블루로즈 한 송이에 초옥, 입을 맞췄다.

"선물, 고마워요."

아란의 손에 들린 꽃다발을 부러운 듯 바라보던 서진이 투덜거렸다.

"나도 꽃 좋아하거든, 사촌?"

"입원해. 사다줄 테니까."

서진에겐 눈길도 건네지 않은 채 강빈은 무심하게 입을 열었다. 뚱한 표정으로 입술을 비죽거리던 서진은 가운 주머니에 넣어두었던 호출기를 꺼냈다. 요란한 호출음에 서진은 끙끙 앓는 소리를 하며 신음을 터뜨렸다.

"젠장! ER이다. 좀 쉬나 했더니만 그새를 못 참고……. 아란 씨 주스 잘 마셨어. 강빈아, 다음에 보자."

줄행랑을 치듯 가족실을 뛰어나가던 서진은 멈칫 걸음을 멈추고는 고개를 홱, 돌렸다. 검지를 세워 강빈을 가리키고는 나직하게 덧붙였다.

"너, 언제 시간 내서 나랑 밥 한번 먹자. 할 얘기도 있고……."

아란의 눈치를 살피며 서진은 조심스레 에둘러쳤다. 강빈은 고갯짓으로 대답을 대신했다. 그제야 만족한 듯 서진은 황급히 VIP특실을 벗어났다. 가족실 한쪽에 마련된 냉장고로 걸음을 옮기며 아란이 물었다.

"시원한 거 마실래요, 강빈 씨?"

아란의 움직임을 주시하는 강빈의 눈빛에 다스한 열기가 어렸다. 긴 머리카락을 하나로 질끈 묶고 있는 아란의 보얀 볼 주변에 잔머리 몇 가닥이 붙어 있었다. 귀 뒤로 쓸어 넘겨주고 싶은 충동을 억제하느라 강빈은 주먹만 그악스레 움켜쥐었다.

"주면 고맙지."

너무 격렬한 첫날밤은 피하는 게 좋아. 너무 격렬한 첫날밤은…….

장난기 다분한 서진의 음성이 강빈의 귓가를 스쳤다. 전신을 휘도는 혈액이 차디차게 얼어붙는 것만 같았다. 지난밤, 강빈은 잠 한숨 자지 못했다. 과도한 업무로 지쳐 쓰러질 것만 같았지만 어쩐 일인지 정신은 시간이 흐를수록 또렷하기만 했다. 이 부사장과의 술자리는 강빈에게 지독한 번민을 안겨주었다.

　시원한 오렌지주스를 강빈에게 건네며 아란은 소파를 가리켰다.

　"바빴어요? 강빈 씨, 살이 좀 빠진 거 같은데……."

　맞은편 소파에 앉는 아란의 곁으로 강빈은 걸음을 옮겼다. 손끝에 와 닿는 차가운 유리병을 테이블에 올려놓고 아란의 발치에 무릎을 굽혔다. 아란이 고개를 갸웃거리며 강빈을 응시했다. 아란의 맑은 두 눈을 담담히 받아내며 강빈은 나직하게 말문을 열었다.

　"결혼…… 하니, 란아?"

　아란이 눈을 깜빡였다. 길고 풍성한 속눈썹이 우아하게 아래를 향했다가 다시금 위로 올라갔다. 보석처럼 빛나는 아란의 눈동자가 강빈에게 고정되었다. 아란은 보일 듯 말 듯 고개를 끄덕였다.

　"네. 강빈 씬 그걸 어떻게 알고…… 아, 서진 언니랑 얘기하는 거 들었……."

　"그 결혼, 안 하면 안 돼?"

　강빈은 아란의 말허리를 다급하게 잘랐다. 바짝 말라 버린 입안에 물기라곤 하나도 없었다. 마른침을 삼킨 뒤 강빈은 애참하게 덧붙였다.

　"아니. 조금만, 아주 조금만 미루면 안 될까."

　"강빈 씨?"

　아란의 보드레한 손을 조심스레 거머쥐고 강빈은 손아귀에 힘을 줬다. 두 개의 손이 하나로 단단히 맞붙었다.

　"내게도 시간을 조금만 줘, 란아."

　자꾸만 손을 빼내려는 아란의 움직임을 저지하며 강빈은 잔뜩 쉰 음성으로 말을 이었다.

"박우진과 너, 서로 좋아하는 거 아는데. 두 사람, 서로 사랑하는 것도 아는데. 제발, 란아. 내 마음을 안다면, 널 향한 내 진심을 안다면…… 내게도 기회는 한 번 주면 안 될까? 이런 식으로 서둘러 도망칠 필요는 없잖아."

"강빈 씨, 안……."

"안 된다는 말은 하지 마, 이아란!"

아란의 말을 가로챈 강빈은 버럭 소리를 질렀다. 놀란 듯 어깨를 움츠리는 아란을 보면서 강빈은 격하게 달아오르는 자신의 감정을 애써 억누르고 추슬렀다.

"이렇게 급하게 결혼할 필요는 없잖아. 넌 아직 나이도 어리고, 박우진 그 녀석도 결혼을 거론할 나이는 아냐. 결혼을…… 조금만 천천히 생각하면 안 될까, 란아? 하지 말라는 게 아냐. 단지 반년, 아니, 석 달이라도 좋아. 그 기간 동안만큼은 결혼을 연기해 주면 안 될까? 내 식대로 밀어붙이지 않을게. 날 선택해 달라고 강요도 하지 않을게. 날 선택하든, 박우진을 선택하든, 네 선택도 기꺼이 존중할게. 대신…… 이렇게 빨리 도망가진 마, 란아."

심장이 두근거렸다.

맥박이 빠르게 줄달음쳤다.

강빈의 절절한 고백이 아란의 가슴을 사납게 할퀴고 지나갔다. 친구로서 조심스레 다가서는 강빈을 보고 마음을 놓았다. 좋아한다던 감정을 지운 거라 여기며 안이하게 생각했다. 헌데 그게 아닌가 보다. 이렇듯 진지하게 자신의 감정을 다 표출하는 강빈을 보면서 아란은 참 많이 미안했다. 더할 수 없이 죄스러웠다. 자신이 뭐라고, 이아란이라는 여자가 뭐라고 강빈은 이토록 애참하게 매달린단 말인가. 그리고 그녀는 무슨 말로 그의 상처 입은 가슴을 달래준단 말인가. 이미 대답은 정해졌는데. 이미 앞날은 아주 오래전부터 예견되어 있는데.

"몰랐어요. 강빈 씨 마음이 이토록 깊은 줄…… 정말 몰랐어요. 하지만 강빈 씨, 미안하지만 난……."

"미안할 얘긴 입 밖에 꺼내지도 마!"

강빈이 매섭게 받아쳤다. 아란은 가만가만 고개를 내저으며 말을 계속했다.

"일곱 살 때 손가락 걸며 오빠랑 약속했어요. 이다음에 크면 결혼하자고. 굳이 그 약속이 아니어도 이 순간까지 난 오빠만 보며 자랐고, 오빠만 보며 살았어요. 돌아보면 강빈 씨가 있다는 거…… 몰랐어요. 미안해요, 강빈 씨. 나…… 오빠에게 청혼받았어요. 그리고 그 청혼, 기쁘게 승낙했어요. 이 순간 강빈 씨에게 기회를 주면…… 우리 오빠, 나한테 많이 실망할 거예요. 그리고 많이…… 아파할 거예요. 미안해요, 강빈 씨. 미안하다는 말밖에 못해서 더 미안해요. 강빈 씨 예쁜 마음, 고운 마음 받아줄 수 없어서, 정말 많이 미안하고 또 미안해요."

다스한 열기가 감돌던 강빈의 눈빛이 북풍한설을 품은 듯 차게 식었다. 아란의 손을 바숴 버릴 듯 우악스레 움켜쥐며 나직하게 뇌까렸다.

"결국, 나한텐 기회조차 줄 수 없다는 건가."

“미안해요.”

아란의 속삭임이 아프게 흘러나왔다.

“몇 달만이라도 결혼을 연기해 달라는 게 그렇게 어려운 부탁인
가.”

강빈의 읊조림에 아란은 입술만 물었다. 어쩐지 가슴이 아팠다.
강빈의 고백을 거절하는 이 순간이 아란은 죽도록 힘겹고 고통스럽
기만 했다. 심장이 조각조각 나눠지고 뜯어져 나가는 것만 같았다.
신음 한 자락 내뱉을 수 없을 만큼 지독한 통증이 심장을 거쳐 전신
으로 뻗어나갔다.

“널 왜 눈에 품어버렸을까. 널 왜…… 심장에 담아버렸을까. 이젠
지울 수도, 비워낼 수도 없는데…….”

옥죄고 있던 아란의 새하얀 손을 들어 올린 강빈은 손끝에 뜨거운
입술을 눌렀다. 척추 뼈 사이로 저릿저릿한 전율이 일어 아란은 손을
빼낼 수가 없었다. 생소한 감각이 짜릿하게 번져 나갔다. 모세혈관까
지 아릿아릿함이 퍼져 나가 아란은 보이지 않게 전율했다.

“보답받지 못한 사랑은.”

잠시 말을 끊은 강빈은 아란의 조각한 듯 매끈한 턱을 거칠게 움
켜쥐었다.

“상대를 잔인하게 하지.”

강빈의 시선에 묶여 버린 아란은 도리질도 못했다. 아란의 보드레
한 입술에 강빈은 자신의 뜨거운 입술을 겹쳤다. 소스라치듯 놀라는
아란의 몸짓을 사납게 잠재웠다. 더운 숨결 한 자락, 아픈 신음 한 자
락, 모두 강빈의 입안으로 스며들었다. 입술을 포개고, 또 포갰다. 가

쁘게 내쉬는 호흡 하나하나 앗고, 또 앗았다. 강빈의 난폭하고 포악한 행동에 아란의 눈가에는 투명한 이슬이 가득 고였다.

두 개의 입술이 빈틈없이 밀착되었다.

서로의 호흡과 타액이 하나로 섞여들고 어우러졌다.

"강빈 씨……."

몸을 비틀고, 얼굴을 돌리려는 아란의 바동거림을 강빈은 외면했다.

희미하게 흩어지는 아란의 속삭임을 입안으로 남김없이 삼켰다. 강빈은 아란의 여린 입술을 약탈자처럼 탐하고 또 포획자처럼 탐미했다. 매끄러운 혀를 휘감아서 제 것처럼 빨아들였다. 아란의 보얀 뺨에 투명한 물기가 흘러내렸다. 억센 팔로 아란의 가녀린 몸을 바짝 끌어안았다. 열감으로 홧홧해진 입술로 강빈은 아란의 다스한 눈물을 거둬냈다.

물기 가득한 아란의 상처 입은 두 눈에 강빈의 심장이 바숴지듯 옥죄어들었다. 놓아달라는 간절한 눈빛이었지만 강빈으로서는 그녀를 놓아줄 수가 없었다. 놓아주고 싶지가 않았다. 더 깊이, 더 깊숙이 끌어안을 뿐. 달콤하고 달금한 입술을 낱낱이 맛보고 희롱하고 싶을 뿐. 이대로 영원히 이아란이라는 여자를 평생토록 소유하고 싶을 뿐. 아란의 입술을, 숨결을, 강빈은 남김없이 제 것으로 소유해 나갔다. 아란의 입술을 집요하게 빨아들이고 서슴없이 지분거리며 강빈은 한 순간도 입술을 떼지 않았다.

"하아……."

입술을 덮고 아란의 숨결을 앗았다. 가쁜 숨을 토해내는 아란의 입술 위에서 강빈은 나직하게 읊조렸다.

"지금 이 순간만큼은…… 네 숨결 한 자락, 모두 내 것일 테지."

눈빛으로 아란을 먹어치우듯 강빈은 강렬한 시선으로 정시했다. 아란의 두 눈이 스르르 감겼다. 파르르 떨리는 긴 속눈썹이 부챗살처럼 화려하게 펼쳐졌다. 우아하게 말려 올라간 속눈썹을 혀끝으로 덧그리고는 강빈은 입술을 뗐다. 옴짝달싹못하게 옥죄고 있던 손도 풀었다. 그제야 자유를 얻은 아란은 참고 참았던 숨을 가쁘게 몰아쉬었다. 장미꽃물이 밴 아란의 고운 얼굴을 강빈은 사느랗게 노려보았다. 아란의 발치에서 무릎을 굽히고 있던 강빈은 몸을 천천히 세웠다. 아란은 고개를 숙이는 것으로 그의 시선을 회피했다. 아란의 고혹적인 목덜미가 강빈의 눈을 파고들었다.

한입에 삼켜 버리고 싶었다, 이아란이라는 여자를.

"오늘 이후로."

강빈의 입술을 가르고 냉혹한 말이 흘러나왔다.

"널 찾는 일은 없을 거야."

으스러져라 주먹을 움켜쥐고 있는 강빈의 손등에 푸르른 힘줄이 볼가졌다. 아란이 고개를 들어 그를 응시했다. 아란을 품는 강빈의 눈에 시린 얼음 조각이 하나둘 박혀들었다.

"결혼, 축하한다는 말은 못하겠다."

강빈의 음성은 조금도 떨리지 않고 차분했다. 하지만 반듯한 턱엔 물결처럼 경련이 일었다.

"전부(全部)가 아니면 전무(全無)."

강빈의 입술이 딱딱하게 경직되어 이내 단단하게 굳었다.

"이쯤에서 널, 놓아주지."

허리를 숙여 아란의 매끄러운 이마에 마지막 입맞춤을 건넸다. 강빈의 뜨거운 입술이 닿는 순간, 아란은 자그시 눈을 감아버렸다.

"안녕. 공주님."

나직하게 뇌까리고는 칼바람을 일으키며 강빈은 몸을 뗐다.

"혹시라도 내 도움이 필요한 일이 생기면, 찾아와. 과연 그런 일이 있을까 모르겠지만."

그 말을 마지막으로 강빈은 등을 돌렸다. 미련없이 아란에게서 멀어졌다. 발자국 소리도 남기지 않고 강빈이 사라졌다. 삭풍이 몰아치듯 덜덜 떨리는 추위에 아란은 몸을 움츠렸다. 강빈이 사라진 곳을 망연히 바라보았다.

얼마나 그렇게 있었을까.

잠시 뒤 아란의 애달픈 흐느낌이 가족실에 울려 퍼졌다. 양손으로 얼굴을 파묻고 아프게, 아프게 눈물을 흘렸다. 바들바들 떨림이 이는 몸은 북풍한설 옷가지 하나 걸치지 않은 듯 춥고 시리기만 했다.

"어떡해……."

울음 섞인 목소리 사이사이에 힘겹게 내뱉는 말이 어렵사리 흘러나왔다.

"나…… 저 사람, 정말…… 많이, 많이…… 좋아했나 봐…… 어떡해……."

강빈과의 이별에 가슴이 무너졌다.

너무 아파서 숨을 쉴 수가 없었다.

아란의 새하얀 뺨 위로 눈물이 줄기줄기 흘러내렸다. 얼굴을 적신 눈물은 아란의 손바닥을 적셔 나갔고, 뒤이어 가슴도 남김없이 적셨다. 방울방울 흐르는 눈물을 닦을 생각도 하지 못한 채 아란은 오래도록 애달프게 울었다.

사고로 인해 피아노를 놓아야 하는 끔찍한 상황에 당면했어도 굳건하게 눈물을 보이지 않았던 아란은, 강빈의 냉담한 이별통보에 심장이 아릴 만큼 울고 또 울었다. 눈물이 멈추질 않았다. 참고 참아도 흐느낌은 계속되었다. 얼마나 울었는지 목이 쉬고 급기야 꺽꺽거리는 거친 숨이 흘러나왔지만 눈물로 젖어든 눈가는 마를 생각을 하지 않았다.

CD플레이어에서 우진이 연주하는 '모차르트'의 '레퀴엠' 중 '눈물의 날에'가 애잔하게 울려 퍼졌다. 강빈이 사라진 지 삼십여 분이 지난 뒤 병실에 들어서던 우진은 아란의 우는 모습에 놀라서 황급히 다가섰다. 소파에 앉아 양손으로 얼굴을 가린 아란은 섧게 울고 있었다.

"란아! 왜 그래? 무슨 일 있었어?"

아란은 고개를 내저었다. 토막토막 잘린 말을 힘겹게 내뱉었다.

"아파서…… 너무 아파서……."

"어디가? 어디가 그렇게 아픈 건데? 아프면 의사를 불러야지 미련하게 왜 혼자 울고……."

아란의 옆에 앉아 너른 품으로 가냘픈 몸을 끌어당기며 우진은 다정하게 달래주었다. 벽면에 부착된 버튼을 눌러 간호사실에 연결을 취했다. 인터폰에서 간호사의 목소리가 새어 나왔다.

[네. 말씀하세요.]

"이아란 씨 통증으로 많이 괴로워합니다. 빨리 와주세요."

[알겠습니다. 잠시만 기다리세요.]

우진의 목소리가 먼 곳에서 들리는 듯했다. 아란은 우진의 품에서 몸을 비틀어 빼냈다. 들릴 듯 말 듯 나직하게 속삭였다.

"아냐, 오빠. 몸이 아픈 게 아니라……."

'가슴이, 아파.'

차마 아프다는 말을 못 할 정도로 가슴이 지독하게 아파왔다. 강빈이 떠난 날, 아란은 섧게 울고, 애달프게 흐느꼈다.

그리고 강빈은 약속대로 두 번 다시 아란의 앞에 나타나지 않았다.


하나하나에 일련번호가 새겨진 뉴 리처드 헤네시(New Richard Hennessy)가 강빈의 손에 잡혔다. 투명한 크리스털 잔에 코냑이 반쯤 그득 찼다. 짙은 갈색의 액체는 독한 여운을 남기며 입안으로 사그라졌다. 오렌지빛 컬러 플레이트에 아보카도 칠리 살사를 곁들인 새우구이가 담겨져 있었다. 그 옆으로 지중해 열대과일이 탐스럽게 담긴 플레이트도 얌전히 놓여 있었다.

강빈은 안주는 입에도 대지 않은 채 묵묵히 코냑만 따르고, 마시기를 반복했다. 벌써 한 병을 다 비우고 두 번째 병을 반이나 비웠는데 술이 취하질 않았다. 미치도록 취하고 싶어서 독한 술을 끊임없이 마시는데 정신은 술을 마시기 전이나, 후나 달라지지 않았다. 아란의 청아한 음성이 뇌리에서 되살아났다. 곱디고운 얼굴이 선명하게 떠올랐다. 강빈은 어금니를 우악스레 사려물었다.

“오빠만 보며 자랐고, 오빠만 보며 살았어요.”

전신을 휘도는 혈액이 남김없이 메말라 버렸다. 아란을 손에서 놓고 마음에서 놓은 지 꽤 많은 시간이 흘렀다. 매일매일 일상의 변화 없이 업무를 보고 일을 하고, 회의를 주관했다. 끊임없이 밀려드는 보고서도 꼼꼼히 살피며 일에 매진했다. 하지만 해지는 밤이 오면, 강빈은 아무것도 할 수 없었다.

이아란이 생각나서.

심장이 떨리게 고운 미소가 생각나서.

자신도 모르게 아란에게 달려갈까 봐 엉망으로 취할 만큼 강빈은 매일 밤, 술로 하루하루를 연명해 나갔다. 우아한 곡선을 자랑하는 코냑 병을 바라보는 강빈의 눈시울이 미세하게 떨렸다. 정교하게 세공된 크리스털 잔이 강빈의 손아귀에서 위태롭게 들렸다. 바술 듯 거머쥐고는 남은 술을 입안에 털어 넣었다. 혀끝에 와 닿는 독한 코냑이 식도를 자극하며 매끄럽게 넘어갔다. 테이블에 잔을 내리고 망설임없이 잔을 채웠다.

“이 병을 마저 비우면, 취하려나.”

‘취하면, 이아란을 잊을 수 있으려나.’

강빈은 지그시 눈을 감았다. 의자 등받이에 등을 기대고 한숨과도 같은 신음을 내뱉었다. 정적이 흐르는 바(Bar)에 또각또각 하이힐 발자국 소리가 울려 퍼졌다. 소란스러운 게 싫어서 다른 손님은 받지 말라고 했는데 난데없이 들려오는 인기척에 강빈의 입매가 일그러졌다.

"누가 통 크게 바를 통째로 빌렸나 했더니…… 세상에, 강빈 씨였
어요?"

슬그머니 눈을 뜨는 강빈의 시야에 지수가 잡혔다.

"민지수."

"내가 더 큰 돈을 주고 이 바를 오늘 하루 사면, 강빈 씨 시간까지
살 수 있는 건가요?"

동의도 구하지 않고 지수가 그의 옆에 자리를 잡았다. 강빈의 냉
담한 눈빛이 지수의 얼굴을 싸늘하게 훑어내렸다.

"앉으라고 한 적 없는데."

강빈이 마시던 잔을 들어 올린 지수가 단번에 술을 들이켰다. 턱
을 한껏 치켜들고 술을 마시는 지수의 우윳빛 목덜미가 강빈의 눈을
파고들었다. 찰나, 아란의 목덜미가 눈앞에 아른거렸다. 고혹적인 목
덜미는 혀끝으로 더듬고 싶을 만큼 유혹적이었다. 그날 아란의 입술
을 훔치고, 숨결을 앗을 때 그 우아한 목덜미에 얼굴을 파묻고 싶었
다. 차마 그러지 못했지만 갖고 싶고 맛보고 싶어 미치도록 욕심이
났었다.

"혼자 쓸쓸하게 마시는 것보다 술친구가 있으면 덜 외롭고 좋잖아
요."

뒤늦게 웨이터가 다가와 난감한 표정으로 강빈에게 거듭 고개를
숙였다. 변명하듯 주절주절 말을 쏟아냈다.

"죄송합니다. 민지수 씨는 저희 바 VIP손님이어서…… 정말 죄송
하지만 민지수 씨, 오늘은 이만 돌아가 주시고 다음에 오시면 저희가
성심성의껏……."

"됐으니까, 가서 볼일 보세요."

짤막한 말로 강빈은 웨이터를 물렸다. 허리를 깊게 숙인 웨이터가 조용히 멀어졌다. 잠시 뒤, 크리스털 잔과 포크를 쟁반에 받치고 온 웨이터는 지수의 앞에 가지런히 놓아주고는 멀찍이 떨어졌다. 지수가 빈 잔에 술을 가득 붓고, 강빈의 잔도 채워 나갔다.

"실연이라도 당했어요? 표정이 왜 그렇게 심각해요?"

따르기 무섭게 잔을 비우는 강빈을 지수는 의아하게 바라보았다. 그러다가 실소를 터뜨리며 고개를 내저었다.

"하긴. 여자를 사겨야 실연을 당하지. 여자도 안 사귀는데 실연은 무슨……."

지수는 달금한 망고를 포크에 찍은 뒤, 자연스레 강빈의 입에 넣어주었다. 강빈의 무심한 손길이 바짝 다가선 지수의 팔을 매정하게 쳐냈다.

"귀찮게 들러붙을 것 같으면, 당장 내 눈앞에서 사라지는 게 좋을 거야."

머쓱한 표정으로 강빈을 응시하던 지수는 민망해진 손을 접었다. 내침당한 망고 한 조각이 지수의 입안으로 쏙 빨려 들어갔다.

"술만 마시면 속 버려요."

"민지수가 상관할 바 아닐 텐데."

"아아, 냉담하셔라."

한숨을 푹 내쉰 지수는 이번에도 말끔하게 비어버린 강빈의 잔에 갈색 액체를 한가득 따라주었다. 말 한마디 하지 않은 채 묵묵히 술만 들이켜는 강빈의 모습을 홀린 듯이 바라보았다. 조금도 곁을 주지 않는 이 남자가, 왜 이토록 좋단 말인가. 지수의 입가에 씁쓸한 미소가 어렸다.

"정말 무슨 일 있어요? 강빈 씨 얼굴빛이 너무 안 좋다."

지수가 걱정스레 강빈을 훑어보았다. 제법 마신 거 같은데 강빈은 흐트러짐이 없었다. 다만 빙하를 품은 듯 시린 눈빛은 그 어느 때보다 차게 빛났다. 강빈의 수려한 얼굴에 눈을 못 박은 지수는 술잔을 기울였다. 혀끝을 자극하는 독한 코냑에 진저리를 치며 나직이 속삭였다.

"이야, 오늘따라 술이 입에 짝짝 달라붙네."

강빈의 목 깊은 곳에서 웃음소리가 배어 나왔다. 지수는 믿을 수 없다는 듯 눈을 휘둥그레 떴다. 좀체 웃는 모습을 보이지 않는 남자가 웃은 것이다. 낮게 울려 퍼지는 웃음소리는 그윽하기 그지없었다. 강빈의 웃음소리에 온몸이 녹아내릴 것만 같았다. 지수는 황홀한 눈으로 강빈을 삼킬 듯이 뜨겁게 응시했다.

불현듯 잊고 있었던 한때가 강빈의 머릿속에서 되살아났다. 오래전 본가 바(Bar)에서 아란과 샴페인을 마시던 순간이 또렷하게 기억났다. 그날, 아란도 그런 말을 했었다.

"그냥요. 입에 짝짝 붙더라고요."

아란의 음성이 마치 귓가에서 들리듯 선연하게 떠올랐다. 결국, 잊을 수 없는 건가. 오늘도 실패한 건가. 이아란을 잊으려는 노력이, 또 물거품이 되는 건가.

지수의 무심한 한마디가 오히려 강빈에겐 독이 되어 날아왔다. 쓸쓸하게 술잔을 들어 올리는 강빈의 손에서 크리스털 잔이 지수의 손으로 옮겨졌다. 빼앗듯이 낚아챈 잔을 테이블에 내린 지수는 강빈을 향해 얼굴을 바짝 붙였다.

"흐음…… 정말이지 완전, 상처 입은 짐승 같은 얼굴이네. 치유가 필요할 거 같은데요, 강빈 씨?"

강빈의 뺨에 지수가 조심스레 입맞춤을 시도했다. 야멸치게 밀어낼 거라 짐작했는데 의외로 강빈은 가만히 있었다. 이내 자신감을 얻은 지수는 곧이어 강빈의 매력적인 입술에 자신의 입술을 내렸다. 혀끝으로 그의 입술을 쓸어내리고 조심조심 더듬어 나갔다. 굳게 다물린 그의 입안으로 혀를 밀어 넣는데 돌연 강빈이 그녀의 몸을 거칠게 밀쳤다.

"치워."

"위로가 필요한 일이 있으면 말해요. 기꺼이 도와줄 테니까."

지수가 은밀한 제안을 하듯 나직하게 속살거렸다. 단 하룻밤이라도 좋았다. 강빈의 품에 안길 수만 있다면 그녀는 얼마든지 쉬운 여자 취급을 당할 수 있었다. 값싼 여자로 하찮게 대해도 감내할 수 있었다. 그에게 안길 수만 있다면 어떤 수모를 받아도 상관없었다.

"초대인가."

강빈은 한껏 비꼬는 어투로 조소했다.

"원한다면…… 지금 바로 스위트룸을 예약할 수도 있죠."

호텔 바(Bar) 입구를 턱짓으로 가리키며 지수가 달콤하게 속삭였다. 허락을 구하듯 가만히 응시하는 지수의 고운 얼굴을 강빈은 사느랗게 주시했다. 시린 냉기만 매몰차게 배어 나오는 강빈의 눈빛은 얼음을 품은 듯 형형하게 빛났다.

"왜, 네가 아닌 걸까."

한숨처럼 나직한 말이 강빈의 입술을 갈랐다. 지수가 고개를 갸웃거렸다. 강빈은 하고픈 말을 입안에 잠재웠다.

'널 눈에 품었으면 나도, 편했을 텐데.'

탁, 하고 잔을 거머쥔 강빈은 쓰디쓴 술을 단번에 입안으로 털어 넣었다.

"왜, 나는……."

크리스털 잔에 코냑을 따랐다. 갈증난 사람처럼 강빈은 거푸 들이켰다.

'이아란이어야만 하는 걸까. 왜.'

"강빈 씨?"

강빈의 팔에 손을 올린 지수가 애무하듯 천천히 쓸어내렸다. 지수의 자근덕거림에 강빈의 눈빛이 차디차게 얼어붙었다. 팔을 더듬던 손이 단단한 가슴에 머물렀다. 어루만지고 더듬는 손길이 은밀하고 유혹적으로 변해갔다. 시니컬한 웃음을 터뜨리며 강빈은 지수의 손길을 떨쳐 냈다.

"널, 하룻밤 품는다라…… 어렵지 않지."

지수의 얼굴에 열기가 번졌다. 들뜬 기대감에 상그레 미소를 지었다. 품에 안기듯 바짝 다가선 지수의 가녀린 몸이 강빈의 너른 가슴에 안겨들었다.

"그런데."

강빈은 매몰차게 지수를 밀쳐 냈다.

"마음없이 잠자리를 하는 건, 교미와 다를 바 없지 않나."

강빈의 사느란 이죽거림이 지수의 귓전을 후려쳤다.

"교미는, 짐승이나 하는 짓이라고 알고 있는데 말이지."

민첩하게 자리에서 일어난 강빈은 한쪽에 단정히 벗어두었던 슈트 상의를 들어 올렸다.

"아쉽게도 나는 짐승이 아니어서. 그럼, 좋은 시간 보내고 가도록."

강빈이 나간 뒤 얼마 안 되어 적막감이 감도는 바(Bar)에는 요란한 소리가 울려 퍼졌다. 크리스털 잔과 뉴 리처드 헤네시 병이 깨지고, 테이블이 여기저기 나뒹굴었다. 사방으로 튄 유리 조각과 플레이트 조각이 지수의 어그러진 심기를 대변했다.

"서강빈, 이 망할 인간!"

허공을 노려보는 지수의 눈에 사박스러운 빛이 스며들었다.


대기하고 있던 기사가 뒷좌석 문을 열어주었다. 지친 기색이 역력한 강빈은 은회색 벤츠에 몸을 묻고는 눈을 감았다. 술이 취하지가 않았다. 취하려고 마신 술은 오히려 강빈의 감정을 낱낱이 일깨워 줄 뿐이었다.

"란아."

한숨처럼, 신음처럼 아란의 이름을 속삭였다. 어쩌면 이렇게도 깊이 들어왔을까. 잊을 수 있을 거라 그리 자신했건만. 지우겠노라 다짐하고 또 다짐했건만, 어찌 그 고운 얼굴 하나 지우지 못하고 있을까. 자동차 창 너머로 어둔 밤하늘이 휙휙 지나쳤다. 새까만 밤하늘에 총총히 박힌 별들이 아란의 맑은 눈동자를 떠올리게 했다.

빠르게 달리는 자동차 안에서 강빈은 창을 스르륵, 내렸다. 손을 내밀어 청량한 바람을 느꼈다. 초가을 시린 바람이 손끝을 타고 빠르게 스쳤다. 놓을 수 있을 거라 여겼다. 손에서도, 마음에서도 이아란이라는 여자를 놓고 비울 수 있을 거라 여겼다. 헌데 안 되었다. 제아무리 노력해도 가슴에서, 뇌리에서 맴도는 아란을 떨칠 수가 없었다. 가슴 깊이 각인된 이아란이라는 존재를 지울 수가 없었다.

"미안하다, 란아. 너, 보내고 싶었는데, 정말이지 지우고 싶었는데. 그랬는데……."

초가을 바람이 창가를 헤집고 들어와 강빈의 쓸쓸한 말을 삼키고 지나갔다. 오늘 오전, 부친의 서재 데스크에 놓인 편지꾸러미에서 낯익은 이름을 발견했다. 무시하고 외면했으면 이렇게 괴로워하지도, 흔들리지도 않았을 텐데. 이아란과 관련된 이름 하나에 충동을 억누르지 못했다. 단단히 밀봉된 우편물을 강빈은 부친의 허락도 구하지 않은 채 제멋대로 펼쳐 보았다.


『결혼합니다』


아란의 부친인 이진오 부사장에게서 온 편지를 펼치는 순간, 제일 먼저 눈에 띄는 글귀는 다섯 글자였다. '결혼합니다' 라는 잔인하고, 잔혹한 다섯 글자. 심장이 발치로 툭, 떨어지는 듯한 느낌에 강빈은 휘청거렸다. 결혼 일시를 훑어보는 눈빛이 시리게 얼어붙었다.

열흘 뒤, 아란은 다른 남자의 아내가 되어야 했다.

두 번 다시 그녀를 눈에 품어서는 안 된다. 이젠 그녀를 마음에 담아서도 안 되는 것이다. 허공을 노려보는 강빈의 눈빛이 파르랗게 빛을 발했다. 품 안에 갈무리해 둔 휴대전화를 꺼냈다. 망설이고 망설여 단축키를 눌렀다. 귀에 익은 강우의 느른한 음성이 강빈의 귓가를 스쳤다.

"저번일 해결해 주는 대가로 너…… 내가 시키는 거 뭐든지 다 한다고 했지, 서강우."

[뭐? 난데없이 무슨…… 그, 그럼. 말만 해. 내 목숨을 달라는 것 빼고는 다 들어줄 수 있으니까.]

바르르 떨리는 강우의 목소리가 들려왔다. 빠르게 지나치는 어둔 밤하늘을 응시하는 강빈의 눈매에 짙은 슬픔이 깃들었다.

"네 목숨은 나도 필요없어."

강빈의 싸늘한 뇌까림이 자동차 실내에 울려 퍼졌다.

"거두절미하고, 본론만 얘기하지."

검지를 움직여 내려진 창문을 닫았다. 어느새 계절은 여름을 지나, 초가을로 접어들었다. 낮 한때는 작열하는 태양이 이글이글 타올랐지만 새벽녘에는 제법 쌀쌀한 바람이 불어와 계절의 변화를 실감케 했다. 시린 바람이 휘몰아치던 자동차 안에, 바람은 자취를 감추고 강빈의 나직한 목소리만이 조용하게 맴돌았다.


『결혼합니다』

전통적인 문양이 섬세하게 새겨진 청첩장 하나.

왼쪽 상단에 멋스러운 글씨체로 인쇄된 다섯 글자가 그의 눈에 아로 박혀들었다.

붉은 매화를 연상시키는 꽃망울이 청첩장의 상단과 하단을 우아하게 장식했다. 그 가운데에 가느다란 붉은색 끈이 리본으로 매듭지어져, 선홍빛 매화 꽃망울과 하나가 되어 어우러졌다. 곱게 차려입은 여인네의 한복 자락을 떠올리게 하는 고아한 청첩장 하나가 벌써 몇 날 며칠째 그의 심기를 어지럽혔다.

예전에도 이와 비슷한 일이 있었다.

결혼을 알리는 청첩장이 아닌 약혼을 알리는 초대장에, 그는 몇 날 며칠 위란에 휩싸였었다. 지금처럼 사느란 눈빛으로 얇디얇은 종잇조각을 정안하고 또 정안하던 날이 분명 있었다. 그게 불과 몇 달 전이다.

헌데, 이번엔 결혼이란다.

약혼도 아닌 결혼.

'결국 네 선택은 이거였나.'

결혼을 연기해 달라고 그토록 애참하게 매달렸는데 강빈에게 돌아온 건 아란의 결혼식이었다. 깔끔하게 갈무리된 데스크 위에 덩그러니 놓여 있는 청첩장 한 장을 냉량하게 바라보던 그는 애써 시선을 거둬들였다. 우아한 몸짓에 회전의자가 소리없이 데스크에서 창 쪽으로 방향을 전환했다. 탁 트인 창 너머로 석양이 붉게 물들어가고 있었다. 회전의자 팔걸이를 거머쥔 그의 손에 우악스러운 힘이 실렸다. 슬며시 눈을 감는 수려한 얼굴에 비분과 노기가 드리워졌다.

사흘 뒤, 그녀가 결혼을 한다.

사흘 뒤, 그녀가 다른 남자의 여자가 된다.

그리고 그 잔인한 사실은 냉철한 이성을 멀어지게 하고 광포한 야성을 낱낱이 일깨웠다. 얼마나 많은 시간이 경과했을까. 어느덧 회색빛 하늘을 물들이던 노을은 소리없이 사라지고 그 자리엔 어둑어둑한 어둠이 짙게 내려앉았다. 미동없이 앉아 있기만 하던 그는 돌연 슈트 상의를 뒤적거려 휴대전화를 찾았다. 조각처럼 미려한 손이 일말의 망설임 없이 단축키를 눌렀다. 몇 번의 신호음이 울린 뒤, 누군가가 전화를 받았다. 귀에 익은 음성이 귓가를 스치는 순간, 그는 천천히 허두를 뗐다. 복잡다단한 표정과 달리 목소리는 조금도 흔들림 없이 평온하고 차분하게 흘러나왔다.

"일전에 얘기했던 거, 시작해. 뒷일은 내가 알아서 할 테니까 너, 이번 일…… 책임지고 진행해."

휴대진화 너머에서 급하게 들이삼키는 숨소리가 커다랗게 들려왔다. 믿을 수 없다는 듯 말을 더듬는 상대방의 이야기는 일언도 듣지 않은 채 그는 냉랭하게 덧붙였다.

"단, 차질없이."

이미 그녀에게 큰 죄를 지었다. 여기서 죄를 하나 더 짓는다고 해서 더 나쁠 것도, 더 잃을 것도 없었다.

"시간은 이틀이야. 이틀 안에, 모든 자료 언론에 돌려."

일방적으로 통화를 마친 그는 긴 한숨을 내쉬었다. 두 사람의 앞날을 축복해 달라는 메시지가 담긴 예스러운 청첩장에 시선이 올곧게 닿았다. 일순, 마지막 남은 양심이라는 이름과 죄책감이라는 미묘한 감정이 뒤섞여 그의 내면을 어지럽혔다.

하지만 거기까지.

양심과 죄책감, 그리고 죄의식 따위는 버린 지 오래였다. 그런 것으로는 그녀를 잡을 수 없다는 것을 그는 너무도 분명하게 알아버렸다.

달아나려 한다면 잡을 수밖에.

멀어지려 한다면 가둬둘 수밖에.

영원히, 영원히…… 자신에게 속박시키는 수밖에.

"알고 있을까. 넌, 내게 독이라는 걸……."

한숨처럼, 신음처럼 나직하게 흘러나오는 뇌까림.

청첩장에 새겨진 그녀의 이름을 어루만지는 손끝이 미세하게 경련을 일으켰다. 그에게 있어 그녀는 독이다. 한 번 중독되면 결코 헤어 나올 수 없는 치명적인 독. 일순, 그의 시선이 그녀의 이름 옆에 나란히 새겨진 다른 남자의 이름에 닿았다.

『신랑 박우진

신부 이아란』

곱디고운 비단에 정성스레 자수를 놓은 듯한 청첩장이 그의 손아귀에서 무참하게 을크러지고 짓이겨졌다. 마음에 들지 않았다. 그녀의 이름 옆에 새겨진 다른 남자의 이름이. 결혼 일시와 장소가 인쇄된 청첩장은 결국 쓸모없는 종잇조각이 되어 순식간에 휴지통으로 자취를 감췄다.


이틀 뒤, 서한전자는 내부자에 의한 첨단기술 유출사건이 표면에 드러나 세상에 파장을 일으켰다. 중국의 한 경쟁 기업인 TGC 사에 가전제품과 휴대전화 기술을 고스란히 빼돌린 사건은 일파만파로 불거져 사람들의 입에 오르내리게 되었다. 매스컴과 방송은 매 시간마다 그 사건을 속보로 내세워 발 빠르게 보도했다.

그날, 서한전자 경영전략본부 이진오 부사장은 첨단기술 유출사건에 연루되어 구속 기소되는 사건이 벌어졌다.

아란의 결혼을 정확히 하루 앞둔 시점이었다.

예정되었던 이아란과 박우진의 결혼식은 이진오 부사장의 구속에 의해 돌연 취소되었다.

『포이즌(Poison)』 2권에서 계속